大染坊

陈杰 著

北方联合出版传媒（集团）股份有限公司

万卷出版公司

序

  没有趣味，也就无所谓文学。买书要花钱，读又搭上一些时间，如果枯燥无味，那么这本书是不合格的——文艺作品首先应当有趣，然后才是它的社会功能。这是我对文学的全部理解。我自己读书也是如此，不管名著与否，如果不能从阅读中得到快乐，我会把它扔出很远。

  希望本书合格。

  是为序。

陈杰

第一章

1

清朝末年，人们的发型有点乱——辫子虽然还没剪，但额头上的"月亮门儿"却没了以前的讲究。家境稍好的人家还是三天一剃，穷人就顾不了这些，想起来才剃，反正也没人管了——后面还是辫子，前面却举着一丛短发，这从另一个侧面折射着当下不伦不类的社会形态。

一代将终，国运如此。

严冬，天色向晚，风紧云低，那风虽然很细，但很锐利，吹得人们行色匆匆。还有少许雪花飘落。

山东周村城里有条商业街，叫跑马道街。街上店铺排列。一个小叫花子沿着墙根儿走来，他抱着肩膀，脚步很快，东张西望。

他有十四五岁的样子，脸很脏，只有两只眼睛透着机灵。他上身破棉袄，肩和袖口棉花外露，腰系草绳；下身烂单裤，赤着脚。历史沉积的污垢已经把皮肤包裹严密，黑而亮，脚底板却是真实的白色。

他走着走着，见地上有一处水洼结成的薄冰，就站下来，抬起右脚，用脚后跟跺下去，薄冰破碎。他的嘴角露出一点笑意。然后继续履着墙根儿向前走。

一个穿棉袍的人走过，看到这一景，苦笑一下，摇摇头，缩了一下脖子，迈步走去。

小叫花子来到一个饭店门前。这饭店的匾额黑底黄字，上写"刘家饭铺"。两边的对子也是木质的，黑底绿字，上首"博山风干肉"，下为"八陡豆腐箱"。他刚想去掀饭店的门帘，一个穷愁的老者已经把帘子挑起。

小叫花子一猫腰钻了进去，帘子落下。

店里没有客人，光线很暗，只有灶口与店堂连接的墙洞上，放着一盏洋油罩子灯。火头很小，仅把小洞照亮，衬得周围黑暗冷清。

小叫花子冲着老者甜甜一笑，他虽然浑身寒气，但却笑得很开心："锁子叔！"

锁子叔穿着带补丁的棉袄，但很干净，肩头搭块毛巾，他是饭铺"挑帘的"，兼做杂役。

锁子叔哑哑嘴，想拉过小叫花子。可小叫花子二话没说，转身从门后头拿过笤帚簸箕，冲锁子叔笑笑，直接走向店中间的炉子。

他蹲在炉前扒炉灰，手脚十分麻利，锁子叔站在那里看着，无奈地叹气，回脸看向窗外。

小叫花子端起炉灰走向后边。

锁子叔走向炉子，从炉台上端过一个黑碗，里面连汤带水有半碗食物。他看看，站在那里，等着小叫花子回来。

小叫花子回来了，他把笤帚簸箕放回原处："锁子叔，盆在哪？我再把桌子擦一遍。"说着四处乱找。

锁子叔一把拉过他："六子，别擦了。我都擦过了。"随之关心地问，"今天要着吃头了吗？"

"嘿嘿。天冷，人家的门都关得严实，听不见我叫唤！嘿嘿。"

锁子叔叹口气："六子，今天太冷，来吃饭的人少，也没剩下什么东西。先吃了这口吧。"

六子抬头看看锁子叔，接过碗来，三口两口扒拉了下去。然后他开始舔碗。锁子叔不忍再看，回避开了这个场面。"多冷的天呀！"他自语着，走向门那边的窗户。

碗底上有个虾皮，他怎么舔也舔不着，于是就用筷子拨。可那虾皮就是不肯就范。他急了，放下筷子，用两个指头捏起来。他捏着虾皮的尾部，冲着窗口的亮光照着看，虾皮半透明，他翻来覆去地看一会儿，似是欣赏。然后笑了："我还治不了你！"说罢放在舌头上，然后专门用槽牙用力嚼。脸上有解气的表情。

锁子叔回过身来："六子，今天是腊八。这腊七腊八，冷煞叫花。今黑夜你可小心，千万别睡着！趔摸着找个草垛，要不看看谁家的门洞子里背风，对付一宿。"

六子笑笑："锁子叔，你放心，冻不死我。昨天不比这冷？我也没事！锁子叔，我走了，趁着天还没黑透，我再去要要。兴许再碰上苗瀚东苗少爷那好心人，再给个大白馍馍呢！"他说完昔日的梦想，笑着，就要走。

老者一把拉住他，从怀里掏出半块黑乎乎饼，塞到六子手里，叮嘱道："六子，你要是要着吃头，就留着；要是要不着，就拿出来吃了。六子，咱爷儿俩不认不识的，可我就是惦着你。我晌午吃了一半，想起了你，这半块说什么也咽不下去了。六子，我看这天要下雪，要不，今天黑夜你就去我那窝棚对付一宿？你婶子瞎，也不嫌你脏。"锁子叔说完躬着身，等着他的答复。

六子拿着那半块黑饼，眼里噙着泪。他看着锁子叔，锁子叔伸手抚摩一下他那杂草似的头发，一老一小，在昏暗的店堂里点缀着时代。

3

六子把饼揣到怀里，用袄袖子擦了一下泪，昂起头来，目光炯炯地对老者说："锁子叔，赶哪天我发了财，我给你老人家金元宝！"

老者叹口气，苦笑着："六子，叔等着……"口气十分渺茫。

六子用坚毅的目光看着锁子叔："叔，你别不信！说书的说了'将相本无种，男儿当自强'，'皇上轮流坐，今天到咱家！'我也是堂堂的汉子，我就不信我陈六子要一辈子饭！"

老者苦苦地笑着："六子，叔等着，等着。你要不愿跟我回去，今天夜里可千万别睡着呀！明天早上你一早就来，这么冷的天，我只要见你还活着，也就放心了。"

"叔，你放心，谁也不是带着钱生下来的！叔，有财等着我去发！我死不了！锁子叔，你老人家好好地活着，你看我陈六子给你盖青砖大瓦房，看我让你和瞎婶子三顿吃白面！我就不信我陈六子要一辈子饭！"说罢，挑起门帘冲了出去。

街上行人稀少。

老者跟出来，扬着手喊道："你可千万别睡着呀——"

街道空寥，苍老的声音传送出很远。

六子回过头："锁子叔，我睡不着，你放心吧。你回去吧——"

锁子叔站在严冬的寒风中，看着六子走远的背影。风吹来，他那花白的胡须飘动。他转过身，掀起门帘，自语着："可怜这没爹没娘的孩子！唉——"

六子昂着头走着，脚步很有力，也不再抱着膀。他边走边自言自语："要一辈子饭？要一辈子饭？"他突然伸长脖子大声喊道："要一辈子饭！我陈六子不能那么熊——"

2

织染街，店铺一家挨一家，天渐渐地黑下来，门也关上了。只有一个卖开水的还开着，也是正在收拾摊子。一个中年汉子正在封炉子，掏炉灰。随之搬过一扇门板。

远处传来稀疏的单响炮仗声："当——嗵——"更衬着寒冬傍晚高远空寂。

那茶坊的炉子很大，炉洞子朝向街，汉子蹲下来，想要除走下面的炉灰。六子走过来蹲下："叔，这灰先别除了吧，夜里我把腿伸进去暖和暖和。明早天一亮，我准收拾干净。叔，行行好。"

六子对那汉子作揖。

汉子侧过脸来看看他："你可别动这炉条，不能光你暖和，把炉子给我弄灭了！"

"叔，你放心，把你那铲子让我用用，我把炉灰铺平了，嘿嘿。"

汉子看看他，把小铁铲扔在地上，站起来上门板。

六子拾过铲子，把洞子里的炉灰摊平，还自言自语："这就是我的罗汉床。"

那汉子上完了门板，一脚门里，一脚门外："用完了吗？"

六子赶紧把铲子送上去，那汉子接过铲子："记着，别动炉条！你要把炉子给我弄灭了，明天早晨我砸断你的狗腿！"说着就要关门，六子用手支着："叔，你放心，我不动炉条。叔，你再行行好，给我口干粮吧！"

汉子气得差点笑了："你这小子，得了屁想屎吃，干粮？我还没得吃呢！"说着把门关上。

六子立在门前，有些木然。他向街两头望望，空无一人，就走向了炉洞子。他坐下来，一点一点地把腿向洞子里挪，炉洞子很深，一直吞没到腰部，只有他的上身露在外边，像墙根处趴着个半身残废。

他感到暖和，自言自语道："得了屁想屎吃？——叔，我不怪你，不是你心狠，是你自家也没的吃。"

离开水铺不远是通和染坊。

一个店铺的门头上，匾额隶书"周村通和染坊"。黑底红字，字迹斑驳。

这是一个前店后厂式的作坊。

院内堂屋中，周掌柜及女儿采芹坐在桌前，妻子在灶台上忙着做饭，热气腾腾。桌上是一大碗白菜炖豆腐，一小盘萝卜咸菜和一浅子窝头。旁边一个木托盘，上面是一个锡酒壶和一盘炒鸡蛋，两个馍馍。

周掌柜有四十多岁，清瘦精明，身穿便棉袄。

采芹有十四五岁，水灵大方，眉目端正。

妻子在锅台的热气里，向外捞水饺，捞了一遍又一遍。周掌柜含着烟袋说："捞干净了！我把灯给你端过去？"

"不用，我数着呢，二十个，都捞出来了。"妻子说着端过那碗水饺放在托盘上。然后端起来就想走。周掌柜用烟袋向下点一下："你先别慌，今个儿是腊八，都吃，咱也吃不起，要不给咱采芹留下五个？"

周太太为难："怕刘师傅不依。刚才他来过，我看他用眼数来呢……"

采芹忙说："别，别，爹，让刘师傅吃吧！这豆腐就挺解馋。娘，我送过去吧？"

周掌柜说："你也坐下歇歇，让芹给他送去吧！"

周太太脸上略微一沉："我去吧，芹，你大了，以后少到染坊里去，柱子不在的时候更不能去。记住了？"

采芹懵懂地点点头。

周太太端起盘子。

染坊里，一排排的大瓮大缸在黑暗处。

近门口的空地上，放一张小矮桌，桌上一盏洋油灯。一个中年汉子坐在桌前，不耐烦地等着吃饭，这位就是刘师傅。他略胖，在油灯的光线里，显得一脸横肉。

一个十四五岁的孩子在一旁擦拭家什，背向老刘。

刘师傅见饭还不来，有些烦："柱子，这灯烧你家的油？我说三遍了，把灯弄亮点儿！"

"是是是，师傅。"柱子放下手里的活计，赶紧过来拧灯。

灯亮起来，跳着燃烧。

刘师傅把烟袋凑向灯罩子，点上了一锅子烟："这光抽烟不行呀，得有酒呀。难道炉子灭了吗？！"

柱子说："那酒和菜是好了，我先给你端来？"

刘师傅轻轻地哼了一声："再等等吧，还是连吃带喝香。"

周太太端着饭进来，柱子上前接过来，放到桌上。刘师傅坐着没动地方。

周太太抱歉地说："刘师傅，忘了今天是腊八，现买面来不及，就包了这些，你将就点吧。"

"行行行，有饺子就叫过节！"

周太太对柱子说："柱子，跟我过去吃吧，让你师傅一个人肃肃静静地喝两盅！"

柱子看着刘师傅，老刘拿着筷子，向外一拨示意他可以去。

柱子跟着周太太刚要出门，刘师傅喊住他："柱子，咱这日子不能这么过，这吃饭又吃不到鼻子里去，还用这么大的灯？"说着把灯头拧暗。

柱子气得鼻子往外呼粗气，扭头跟着周太太出去了。

刘师傅倒上酒，"咽儿"的一声一饮而尽。美滋滋地点点头，夹块炒鸡蛋放进嘴里。

他又倒上酒，悠然地哼起了五音戏："俺刘七儿，心里恣儿，就差一个——小娘们儿——"

院里，堂屋里窗口透出虚弱的光亮。

雪下大了……

6

六子还是趴在那里，地太凉，他一会儿一翻身，拿出那块饼来看看，想吃又舍不得，闻闻，又放回怀里。

雪落在他身上，脸上……

这时，一只狗闻着嗅着沿墙根走来，来到六子跟前停下了，伸过头来闻六子。六子用手抚摸它的头，狗伸过头，让他抚摸。

六子和狗说话："狗呀，和我做个伴儿吧，我搂着你，咱俩都暖和。"

狗听不懂他的话，但闻见了饼的气味，把头朝炉洞子伸去。六子下意识地捂紧："狗呀，我是有块饼，可是不能给你呀，那是我的命呀！我陈六子现今还不如你呢，你还有身上的毛，我没有呀。我铺着地，盖着天，头上枕着块半头砖……"

那狗猛地向六子的腰间扑去，他用力一推，嗷的一声，那声音比野兽还凄厉，同时蹿出炉洞子。

那狗吓得飞跑而去。

六子站在那里，捂着怀里的饼。想了想，把饼拿出来。看看，又想放回去，快放到腰间了，他一愣神，接着大声地说："还是吃了保险！"随即咬了一大口。

炉子前边热，雪落之后成湿地，他走到门口处，用脚步扫了一下石台上的雪，坐下来，倚着门准备吃饼。"吃得慢，吃得长；吃得快，吃得香。我是快吃呢还是慢吃呢？"他拿着饼慢慢玩味，自得其乐。

雪下得更快了。

饼吃完了，他表情里带着对饼的回忆，目光有些迷茫。

六子倚着门板抱着腿睡去，雪落在他身上、头上，越来越厚。

他在梦里想起了说书场，说书人在台上一个劲地说，可没声音，这时，他看见锁子叔来到跟前，大声呵斥："千万别睡着！"六子打了个寒战，猛然醒来："锁子叔！"他想站起来，可那腿脚早冻麻了，一头栽到了街心。

他坐在雪地上，撸起破裤腿，抓起雪来狠劲搓，搓完了左腿搓右腿。一边搓，一边说："锁子叔，你是天上派来的，锁子叔，你是天上派来的，我命不该绝，我命不能绝。爹呀，你上辈子做了什么孽，让儿来受这样的罪！不怨爹，不怨娘，刘邦是个看街的，樊哙是个杀猪的，比我也强不到哪里去。"他站了起来，原地踩脚，"天哪天，你快亮——"他说着说着，忽然唱了后面的一句"出——来了——太阳暖洋洋，俺好——骑着那青鬃马——上沙场——"

他感觉到那脚行了，可以走路了，就在街心来了京戏里的撩袍造型，嘴里还自己打着锣鼓："锵呔锵！"他走了一个圆圈，然后上演《红鬃烈马》，叫板起唱："一马——离了，西凉界——，青是山，绿是水，花花——世界——"他向屁股后面挥鞭，打马而去，跳跶着跑向街的另一头……

他路过了通和染坊，来到了街口上，然后转身向回跑来，曲目也随之换成五音戏中的黑头："五月里哪——热嘈嘈！俺关公——上阵手提着刀！要问俺关公哪——哪里去？（白）哈哈！华容道上！——等着那曹操哪——"

他翻来覆去地唱，翻来覆去地跑，从街的这头跑到街的那头……

天渐渐地亮了，雪还在下。六子已经不跑了，只是不停地走，他脸色铁青，嘴唇黑紫。他抱着膀，一个染坊一个染坊地看，最后在通和染坊门口原地踏步跺脚，用嘴呵着手。

雪还在下。

3

院内，周掌柜推开纸糊的风门。他仰头看了一下天，拿起笤帚，抖落上面的雪。比昨天晚上看起来，他显得眉目和善，很有精神。

刘师傅伸头，透过窗格上那块小玻璃看到了院中的周掌柜，不屑地哼了一声。

柱子小心翼翼地把洗脸水放在他跟前："师傅，你洗脸吧。"说完，怯怯地看着师傅的脸色，侍立一边，手挓挲着，准备干事。

刘师傅用手试了一下，急忙把手缩回来，眼一瞪。

柱子立刻扶住盆边："热？"

"都能煺猪毛！"刘师傅脸上有些不善之气。

柱子赶紧去水缸舀凉水。

采芹对镜梳头，梳完之后拿过扫炕笤帚扫掉身上的落发之物。然后又拍打了一下花棉袄，推门跑出来："爹，我扫，你去开门。"

柱子也跑了出来，拿过另一把笤帚："爹，你回屋吧。一会儿我去开门。"

周掌柜摸了下他的头。

六子在门前听见院内有声响，立刻横躺在门前，抓起一些雪撒在身上，装作冻昏，两眼忽闪着，盼着院内早有人来。

周掌柜卸下门板时，见到了六子，先是向后退了一步，继而喊道："柱子！柱子！"

柱子和采芹一块儿跑来。

周掌柜和柱子抬起六子，向屋里走。

六子躺在炕上，他折腾了一夜，也累了，昏睡过去。周太太从盆里捏起热毛巾，两个手来回倒。采芹说："娘，他的脸冻得那么厉害，这热手巾行吗？"

周太太笑笑："这娘还不懂？我这不是来回地冷着嘛！"

采芹走到炕前，看着六子。

周太太拿着温毛巾，给六子擦脸。这时，六子的真面目露出，浓眉细目，嘴不大，有棱有角。周太太把毛巾递给采芹，给六子掖掖被角，心疼地叹了口气："唉！多俊的个小子，差点儿给俺冻煞！"

采芹在娘身后撇嘴笑。

六子这时已经醒了，眼睫动了一下。

周掌柜坐在椅子上抽旱烟。

周太太从锅里舀起水，冲了碗姜汤，然后烧上水，准备做点饭。

周掌柜说："先不用忙活，他得睡到晌午。"

周太太回过身来说："我先做好的温着，饿成这样，不能吃干的，我先给他做点疙瘩头，连汤带水儿的，先喝喝。什么时候醒了什么时候吃。"

六子躺在那里咽了口唾沫。

水烧上以后，周太太拿着姜汤过来，不住地用手搅动。她把碗放在桌角上，走到炕前，用手背试试六子的鼻息。"没事，她爹，这孩子喘气挺有劲，没事！"

周掌柜心事重重，应道："没事就好，没事就好。"

周太太过来坐下："她爹，这孩子醒了怎么办？"她的声音很轻。

周掌柜叹口气站起来，在屋里走着，周太太的目光跟着。周掌柜又回到椅子上："唉，我这不是正犯愁嘛！"

周太太忙说："这犯什么愁？"

周掌柜又把烟袋拿过来："她娘，要是买卖好，多一个人少一个人不碍事，可咱这买卖——唉！"

周太太刚想端姜汤，闻言又放下："他爹，要是这孩子今天黑夜冻死在咱门口，那不碍咱事！顶多扛到村口埋了。可他要是活过来，咱再把他撵出去……可是有点伤天理！"说完盯着丈夫。手也在桌子上轻打一下。

周掌柜无奈地仰脸向天："是呀——"

六子躺在那里，眼睫动了一下，听夫妻对白。

9

刘师傅进来了，乐呵呵地说："掌柜的，又拾了个伙计？"说着看了一眼柱子。

柱子低下头。

院里，太阳出来了，几只鸡在石榴树下啄食，母鸡专心致志，公鸡心不在焉地东张西望。

4

周太太站在门市上接活儿。刚下过雪，并无客人。她站在风门子前，透过那块小玻璃向外看，自言自语道："这么大的雪，这一夜也不知咋熬过来的。"

周掌柜在染坊里忙活，两只手伸向瓮里，把布提起，又洇回去，又提起……

柱子担着水进来，往缸里倒。

刘师傅用铁舀子舀起一勺染浆，拿到门口亮处看。

采芹斜坐在炕边上，盯着六子看。她看到六子的眼睫一动，吓得站起来，然后又凑过去，把脸凑上去看，轻轻地说："要饭的，你醒了？"

六子睁开眼："我还活着？这是哪呀？"

采芹猛地冲到院里，门也那样敞着，大叫："娘，他醒了！爹！爹——"

周掌柜在染坊里听到了，在围裙上擦擦手，朝这边奔来。

周太太也慌着往回跑，跑得急，胯骨碰在了柜台角上。

孩子一见周掌柜夫妇，硬要爬起来，周掌柜按下他。

周太太端来饭，柱子咽了一口唾沫。

周掌柜指挥："姜汤，先喝姜汤！"

周太太一撇嘴："你懂什么，这孩子不要紧，刚才我摸了，他手脚都挺热乎！孩子，先吃上一口儿再说话，吃，孩子！"说着把饭凑到孩子脸前，六子接过碗，泪流下来。

周太太右腿在炕沿，半坐着，撩起衣襟擦泪。随后转过脸，看着六子吃，此刻，她脸上漾着明媚的慈祥。

周掌柜不敢看，站在门前向外望，采芹双手端一碗水站在那里，等着他吃完送上。

六子稀里呼噜连吃带喝完毕后，就势把碗往炕边一放，由坐转跪，在炕上给夫妇俩磕头："爹！娘！"声音响而真。

采芹在一边笑他。

周太太受不了，擦着泪走开了。

周掌柜稳住情绪，深呼吸一下，走了过来。他看着这孩子很机灵，面有喜色，赞许地点头"嗯！嗯！"。

他拉过椅子坐到炕边，六子想下炕，他忙把他按住，"先坐着，先坐着。家里还有人吗？"说着抬手向两边划分六子的头发。

六子眼里含着泪："没了。以后你就是我爹！娘！你们收下我吧！我没病，我有力气，能干活！"说完，又要磕头，周掌柜再次按住他。

采芹在一边笑，他用恳求的目光看采芹。采芹过去拉娘的衣角，拧动身子，让娘把他收下。

周掌柜问："你叫什么名字？"

六子说："我姓陈，没名儿。我生下来的时候六斤沉，人家都叫我陈六子。"

周太太过来，用手拃了拃六子的腿长，然后爬上床，打开箱子，拿出一条旧棉裤。

六子说："娘，我给你添麻烦了。"

周太太喜泪在目："儿呀，等着，娘这就给你改棉裤！十几了？"

"十五。"

周太太点点头，让采芹过来："这是你妹子采芹，十四。"

采芹还没等六子说话，就叫："哥——"

六子的头低下了，泪落在被子上。

周掌柜看着外边，想了想，摇摇头："六子？六子？这名不行。你这孩子命大，这是大难不死！合一'寿'字。"他又望一下外面，"这雪也停了，你以后就叫寿亭吧。"

5

春天来了，院子里那棵石榴树冒出了绿叶，鸡在追逐，一群小鸡在后面跟着乱跑……

院中的井台上有一个鸳鸯辘轳，一头一个摇把。寿亭在这头，采芹在那头，两人笑着摇。

"你看人家干啥？"

"你这人说话有意思，你不看我咋知道我看你。真不讲理。"

"你不讲理！那你笑啥？"

"笑啥？高兴！这还用问！"

一桶水摇上来，采芹按住了辘轳把，寿亭把水提上来。

他挂上担杖钩子就挑，采芹上来按住："六哥，我知道你有劲，这筲太大，还是咱俩抬吧——别搋着！"

寿亭推开她的手："没事，闪开。"说着挑了起来，晃晃悠悠地挑进了染坊。

采芹正想跟进去，可一见刘师傅看她，不高兴地转身回到院中。

寿亭双手攥着筲系子，肚子顶着往染缸里倒水。

晚上，寿亭给刘师傅洗脚，随洗随抬起头给师傅说话儿。柱子手持擦脚布一旁侍立。

"师傅，昨天我去朱家送货。朱家门口站着几个娘儿们，评说谁家染的布好。我躲在一边儿听，都说还是你染的布鲜亮！也不掉色！"

刘师傅挺高兴，用鼻子哼一声："那当然！要不我能吃馍馍？哪个朱家？几个什么样的娘儿们？"

"就是后街朱家，那几个娘儿们都长得挺好看，还说你人敦实呢！"

刘师傅眼睛大亮："噢？赶哪天领我认认地方。"

刘师傅的脚洗完了，柱子端着洗脚水出去。

寿亭说："师傅，你是忙得出不去。咱这是在家里说，全周村谁不知道刘师傅？谁不佩服你的手艺？你要是一上街呀，哼！我看那伙子娘儿们能把你抢了！"

柱子在门口端着洗脚盆，听着直乐。

刘师傅乐不可支："六子，我有那么好？"

"可是！咱别的不说，就你这手艺，全周村有几个？没事呀，你得出去走走，到前街上去听听书，那里整天聚着些娘儿们。你安排好了，店里的粗活我干就行。"

"好！明天我下完料就出去逛逛。"

寿亭眼睛一眨，故作关心地说："师傅，忙了一天，你也累了，快躺下歇着，我给你捶捶腿。徒弟没钱孝敬你，下点力还行！"

刘师傅走到炕边躺下，伸过腿来让寿亭捏。寿亭从上到下地给他捏着，刘师傅双目微合，享受此时。

早上，刘师傅关上门，然后用手拉了拉，再四下里打量一下，开始在料屋里称量染料。这时，寿亭踩着凳子，偷偷地爬到窗户上看，他看秤砣系子压在什么位置，又看那染料是从哪个口袋里舀出来的……

6

晚上，说书场里，点着汽灯，光线惨白。土夯地面，一行行的短腿长条木凳，一溜溜认真听书傻人。有的抽烟袋，有的搓脚气。说书先生正在张牙舞爪地说《朱元璋》。寿亭坐在前排，目不转睛。说书人有三十多岁，两耳扇风，细脖凸腮。他一拍醒木："这朱元璋原来是一个要饭的，史书说他初为丐，也就是要饭；后为僧，就是和尚；终为帝，最后当了皇上。这'初为丐，后为僧，终为帝'几个字，便是洪武皇帝的一生。这人哪，要成就大事，就是要本着两个字，哼——"说书人擤出一股稠鼻涕，向下一甩，鼻涕贴在墙壁上，像个倒放着的惊叹号。"一是要善，该发善心的时候一定要发善心；再一个字就是狠！该狠心的时候一定要狠！朱元璋就有这两下子！他善的时候可以自己不吃饭，把饭让给那些当兵的吃；但他发起狠来——"一拍醒木，"比谁都狠！那么多名将跟着他出生入死，可是坐了江山之后呢——哪个也别想活！为什么？他不是恨这些人，他不但不恨，而且还很喜欢他们。这位问了——"他向台下一指，"那为什么还杀他们？好嘛！这回问到点子上了。"

寿亭托着腮，眼睛不眨。

刘师傅看侧前方的一个妇女，那妇女旁边坐着个三四岁的孩子。

"常遇春，徐达，个个都有盖世的奇功。不杀他——朱元璋想了——哟！这些人功劳那么大，将来我那孩子能镇住他们吗？不行！好嘛！来吧！当断不断，不是好汉！当决不决，不是豪杰！我先办了他们吧！先为我朱家的江山——"啪！又是一下醒木，"拔了这些蒺藜！"

7

夏天，晚上吃饭，刘师傅吃馍馍，还有菜。寿亭和柱子光着膀子蹲在一边，木箱上是盘老咸菜，二人拿着大窝头，喝着稀饭。

"六哥——"采芹在门外喊。

寿亭出来了。采芹塞给他一个咸鸡蛋。还没等寿亭说话，她笑着转身回了堂屋。寿亭回来，趁开门的机会把鸡蛋磕破。进门之后蹲回原处。

刘师傅纳闷地看着，没问什么，继续吃饭。

寿亭见刘师傅正常了，把鸡蛋悄悄剥开，自己咬了一小口，然后用眼的余光向后看了一下，把剩下的那多半个鸡蛋塞到柱子嘴里。柱子含着鸡蛋大瞪着眼，寿亭示意他吃下去。柱子听话地点点头。

大昌染坊紧靠着周家的通和染坊，这边人出人入，可大昌染坊却冷冷清清。王掌柜坐在柜台里守望，看街上行人。他约有四十岁，人精瘦，白净面皮，眉毛极黑。上身穿着白色夏布衫子，"月亮门儿"很亮，辫子也齐整。

一个中年妇女夹着一匹白粗布走过，他起身招揽："五嫂，染布呀？"

中年妇女看过来，没说话，继续往周家走。

王掌柜头和身子都探出柜来："在这里染吧，五嫂。"

"我去周家染！人家又便宜，又不掉色。寿亭还给送家去。"

王老板还想强调自己的服务优势，但人已走远，只得把话咽了回去。无可奈何地坐回来。他端过紫砂壶，对着嘴子饮一下，对妻说："这样的伙计咱也捡不着。瞧，咱这里，尽些能吃不能干的。"

寿亭在柜台里客气地接过那中年妇女的布。随手叠好包袱皮递还，满脸晚辈的笑："五婶，俺叔在外头跑买卖，俺那俩兄弟又小，家里要是有个扛扛抬抬的活儿，你就打发俺大兄弟过来叫我。"

妇女高兴："好，好。寿亭，啥时候能染好呀？"

"你在家等着，我明天下午准给你送家去。大热的天儿，你别跑了。我染好了再给你浆浆，挂上一层浆，那颜色就瓷实，洗烂了也不掉色。"

"好，那我可在家等着了！"

"你瞧好吧！"说着把妇女送出来，规规矩矩。

妇女一脸喜色朝回走。

寿亭在染布，刘师傅坐在一边抽烟。采芹送来绿豆汤，刘师傅盯着采芹。采芹不看他，盛一碗递给寿亭。寿亭顿一下，递给了刘师傅。他满意地点点头。

8

初秋的一个下午，周老板正在屋里练字。现在寿亭顶着干，他已经不用再下染坊干活儿了。

14

刘师傅推门进来了："掌柜的，清闲！"

周掌柜笑笑，把"忠厚传家"的"家"字最后一笔写完："刘师傅，坐，坐。"他虽这样说，可并没太在意刘师傅，审视着那个"家"字，自言自语道："真是'写好灰飞家，走遍天下有人夸'，这个'家'字是不好写。"

刘师傅不懂装懂地凑过来看："这不写得挺好嘛！掌柜的买卖够好了，又用不着卖字。"说时，眼睛里闪着妒意。

周掌柜听出来了，收起字纸。

"掌柜的，咱这买卖这么好，周村城里差不离一半的布都让咱染了，天天忙到不早，咱这工钱得长点了吧？"

周掌柜人老实，不敢直接看他："长多少，刘师傅你说。"

周太太从外面进来，看见他俩在谈事，把迈进来的那只脚又收回去。重新关上了门，向染坊走去。

刘师傅干咳了两声，试着说："就按一百斤小米算？"

周掌柜干笑笑："刘师傅，咱的买卖好，是咱的价钱低，加上寿亭四处揽买卖，没早没晚地里外忙活。不错，寿亭是我干儿，可咱到了年底也不能白着人家呀！"

刘师傅掏出烟荷包来装上烟，点上："寿亭？嗨！那早晚还不是你女婿？你这是肉烂在锅里！别说你不真给寿亭钱，就是给，他也不能要！你救了他的命，他还要钱？哼！"

周掌柜不愿意和他再讨论下去，就说："刘师傅，咱也是老伙计了，多年了，按八十斤小米算吧。"

"八十斤？八十斤……好！我退一步，九十斤！我的手艺你也知道，出了你周家门儿，准有等着请的。"

周掌柜慌忙说："好好好，就按九十斤。算了，一百斤吧。咱别因为这十斤小米弄得心里不痛快。"

刘师傅嘴角浮起一丝胜利的笑，抓起烟荷包："周掌柜，我跟你是跟定了。别人就是给我个金山，我也不走。"

刘师傅出去了。

周掌柜看着他走出，无奈地叹口气，摇摇头："唉！"

9

这天，一个大户人家在外边做官的儿子回来给他爹祝寿，在空场子上扎起了戏台。

夜晚，两盏汽灯高照，戏台正中央圆红纸上写着巨大的"寿"字。台上横批是"寿比南山"，立联右边是"人间好戏不散"，左边为"天上祈福延年"。

近台处，寿星端坐，有五十多岁。身穿缎子夹袄，头戴六片瓦寿星帽。他儿子紧靠爹坐着，身着清朝官服。那溜椅子上还坐着些女眷。

一二百人在下面仰脸欣赏本地艺术。

寿亭和采芹站在人群外边。柱子像个保镖，站在他俩身后。

台上一丑一旦正在表演。那旦角身上绑个纸驴，扭来晃去，丑角装作牵驴人，照应前后。

采芹问："六哥，这是唱的什么呀？"

"这种戏叫'肘姑子'（五音戏），这出戏叫《王小赶脚》，过去我要饭的时候整天听！嘿嘿！"

采芹看他一眼："听你这话儿，好像要饭还没要够呢！"

寿亭赶紧说："我是说，要饭到处乱窜，挺见世面，那时候，要着了口吃的——只要不是饿得受不了，就去听戏，听说书；要是要不着吃头儿，肚子里饿，听着戏也就忘了饿。嘿嘿。"

采芹说："赶明天你别吃饭了，听戏就行了。"

柱子后退了一步，笑了。

寿亭说："听戏，听戏，正唱到热闹的去处！"

台上，那旦角道："王小呀，咱可到了济南府了。"

丑角道："是呢！"

旦角道："咱逛济南吧？"

丑角道："好！"

旦角唱："说话间——来到那堂堂大济南呀——嗯——

城北是湖来呀，嗯——城南是山，

嗯——济南有那趵突泉，嗯——

（白）那三股水儿呀——（唱）咕嘟咕嘟地往外窜！嗯——

（白）再看看——那大明湖

16

（唱）白汪汪的一大片，嗯——

那大明湖里能划船，嗯——

千秆的芦苇成朵那莲，嗯——哪！"

旦角道："王小，咱进城去！"

丑角道："好！"

锣鼓点打出"急急风"：锵吹锵吹锵吹锵！锵吹锵吹锵吹吹！

那一丑一旦在台上转圈，丑牵着驴，旦紧跟，跑台跑到正紧处，旦踩了丑的鞋，那丑噔噔向前冲了几步，一头栽到地上。

台下哄堂大笑。

采芹笑得直不起腰来，寿亭也笑。

过了一会儿，寿亭说："这不算最好笑的，那回我在张店，也是看的这出戏，也是唱到这个去处，那女的跑着跑着，腰里的驴掉了。"

采芹一听，笑得坐在地上。

10

晚秋，石榴树叶已落光，只剩几个不成器的小石榴。

周掌柜在算账，寿亭进来了。随手关上了门，周掌柜问："有事？"

寿亭笑笑："没事儿，爹。"随手把陈茶泼掉，重新倒上新的。

"那你……"

周掌柜拿烟袋，寿亭赶紧拿过火绒，吹一口，递过去。

"爹，咱把那刘师傅辞了吧！"

"为什么？他干了什么错事儿？"周掌柜把腿从腚下拿出来。

"没有，嘿嘿。"

"那为什么辞人家？"周掌柜吐出的烟气，衬在纸窗的光亮里很蓝。

"这人虽说是个手艺人，可我看着他心眼儿不算正当！哼，他那套手艺我学会了！"他盯着周掌柜，没有退意。

周掌柜惊异地看着他："噢？你学会了咱就……这不好吧……"

寿亭接过火绒，放在盘子里："爹，我来这年把儿，翻来覆去看了，咱周家没有对不住他的地方！咱这条街上的染坊我也全去过，没有一个师傅有他那么大的谱儿。三顿饭，顿顿吃白面。初一十五的还得喝两盅！咱这不是卸磨杀驴，咱这是提前除害。这样

17

的人不能留。再说了，说书的也说了，'慈不带兵，义不养财'。离了他咱一样干。不仅照样干，还得比他干得好！咱不用再花那份冤钱。你要是拉不下脸来，我去办他。哼，顿顿吃白面，快赶上皇上了呢！"

周掌柜未置可否，低下头想着。

寿亭向前跨一步："爹，这善和狠，你得分对谁。"

周掌柜抬起手来制止："让我再想想。"

寿亭快快地出去了。

周掌柜望着他关门时的背影，意味深长地点点头，自言自语地说："才十五呀！"

11

十年后，寿亭已经长成了大小伙子。早上，小伙计卸了门板。寿亭阔步来到街上，举目四望。柱子也成了大小伙子，粗壮憨实，跟在寿亭的后头，像是寿亭的跟班。二人都是短头发。

一个小伙计走出来，小心地来到他俩身后："大掌柜的，二掌柜的，茶冲好了，先去喝一碗吧。"

寿亭原地没动，柱子回身示意知道了。

这时，一个人穿着孝袍骑着骡子朝这边跑来。寿亭向街心走了一步。那人见了寿亭，放慢了速度。寿亭抬手抓住缰绳，问那人："四哥，这是怎么了？"

那人下来，先是一笑："六弟，笑话来了。我那老东家死了。这个老王八蛋，七十二了，硬冒充二十七的，前天才又收了丫头进屋。你想呀，那丫头才二十一，正是十八路弹腿横着练的年纪，那老家伙怎么能扛得住？昨天晚上兴许是一招没接好，得了'马上风'，死挺了。六弟，这回出气了吧？"

寿亭笑着说："论说刘老爷这个年纪，轻来轻去的，练'太极'还马马虎虎，再唱《挑滑车》是他娘的作死！快去报丧吧。回头过来喝茶，四哥。"

四哥一笑，上了骡子："我走了，死了老王八蛋，管得兴许就没那么严了。回头我还得找你杀两盘。"说罢，打骡子而去。

寿亭笑容顿收，回身对柱子说："柱子，备火纸，我去吊丧。"

柱子纳闷："六哥，你要饭的时候，他见你一回，踹你一回。怎么还给他吊丧？我要饭的时候他也踹过我。真不是东西！"

寿亭回过身来："兄弟，该咱踹他了。"

寿亭说罢，转身进店。柱子刚想跟进去，寿亭回身怒目："快去买火纸！"

柱子一惊，答应着朝街西头跑去。

12

刘家大院，里面哭声一片，男女嘈杂，刘老爷的灵柩冲门停放，男左女右，大致有亲属四十人。

寿亭带着一个小伙计阔步进院，小伙计抱着四十多刀火纸。通报姓名之后，刘大少爷迎出来，过来就给寿亭磕头。寿亭没理他，直奔刘老爷的灵前，放声大哭："刘老爷呀——小侄忙呀！没能再看你老人家一眼呀——当初小侄要饭，你没少行好呀！我的天哪，好人怎么不长寿呀！我的天哪，想起当初……刘老爷呀，周村城里谁不说你好哇！"

刘大少爷一见寿亭悲痛欲绝，忙过来架起劝慰："陈掌柜的，已经这样了，你也别难过了。唉，老爷子也是……"

寿亭手擦去眼泪，抬手制止："唉，大少爷，你不知道，当初咱老爷子对我好哇！我想起来，心里就难受哇！"说着又要哭。

大少爷拉着他在一旁坐下："陈掌柜的，咱也不是外人，老爷子要是长病死了，那……"

寿亭回眸，面有不悦："大少爷，你是有文化的人，子不言父之过。八十八还结个瓜呢，这不是什么丢人的事儿，你可别再提了！"

大少爷叹口气："唉，陈掌柜的，你来得正好，我正愁着这丧棚怎么办呢，这下好了，你来办吧！"大少爷回身吩咐下人，"叫账房刘延年拿钱，套车，跟陈掌柜的去弄布。"

寿亭忙制止："大少爷，扎丧棚的这三十匹就算我孝敬老爷子了。"

大少爷说："陈掌柜的，买卖是人家周家的，你有这句话就行了。"

寿亭叹口气，摇摇头。

那些女眷一听钱，都止住了哭声，朝这边看。

大少爷两眼一瞪，用手一指："我娘、二娘、三娘，是正哭，这都是明媒正娶。你们他娘的哭什么？嗯？全滚到后院去，少在这里丢人现眼。滚！"

那些非正式的女子闻声而起，抹着泪下课。其中一位走到房角拐弯处，哭喊："老爷呀——你一走，我可掉到地下了！"

大少爷大吼："小枝子，你他娘的再喊，今天就把你卖了！"

寿亭忙扶一下大少爷的小臂："大少爷，咱正在给老爷办丧事，这些后话发完了丧再说。别生气，别生气。"

大少爷叹气摇头："陈掌柜的，唉！"

账房来到大少爷跟前："大少爷，拿多少钱？"

大少爷有点烦："陈掌柜的头一个来吊丧，这就得赏！多给钱，现在这个家我说了算。"

13

刘家的马车装满了蓝布，周掌柜开完了单子递给账房。寿亭好像是不经意地一抬右手，然后挠一下头。周掌柜和柱子退向后院。寿亭顺势把两个大洋放进账房的口袋。账房正要谢，寿亭拍拍他的肩："刘先生，常来常往，寿亭这里谢了。"说罢抱拳，把刘先生推送出来。

刘先生高兴地示意马车启动，还回头打招呼。

寿亭折回店里，周掌柜与柱子已在，寿亭哈哈大笑。

柱子问："六哥，你笑什么？"

寿亭说："老王八蛋活着的时候不给我干粮，死了我也得要回来。"

柱子也乐："六哥，你真行，哭也能弄来钱。"

周掌柜笑眯着眼看寿亭怎么回答。

寿亭让着周掌柜坐下，也拉柱子坐下："柱子，这哭，是大本事。那刘备能把江山哭来，我弄几十块大洋还不行？"

第二章

1

清朝垮台，辫子没了。发型更加混乱。有秃头、分头、背头。老年人剪了辫子之后，任头发散在脑后，成了半毛。

秋后的一天早晨，周家的通和染坊已经焕然一新。门面新装修过，门板上黑漆熠熠有光。当初的那块旧招牌也成了金字，并且门市两边还有了对子："筹来天南海北色；嘉惠街坊四邻人"。黑底绿字，出自周掌柜之手，经过多年的磨炼，笔画里还真有点孙过庭的意思。

今天第一天开张，人来人往，生意兴隆。周掌柜站在门侧，见人就作揖，眉开眼笑兼扬眉吐气。周掌柜气色光润，上身穿着柞丝绸带内衬的马褂，下身是长开衩的"跨马裙"，礼服呢皮底尖口鞋，神采奕奕。

寿亭站在柜台外的店堂中央应酬生意。上身穿着波斯青对襟细布便褂，脚上是白底黑帮的"踢死牛"布鞋。"一刀裁"的短头发，眉清目朗，干净利索，人很精神。

柱子在染坊里大声吼叫，指挥生产。伙计们乱窜乱转，不知如何是好。柱子急了，过去抢过一个伙计的活计，亲自示范。

"这样干，会了吗？"

"会了，二掌柜的。"

柱子向后退了几步，从一个全新的立场上审视。

门前竖着个多半人高的招牌，黄纸黑字："翻新开张，惠顾四方。染三搭一，天天新浆。"

鞭炮响起，孩子欢笑。待青烟散去之后，孩子们扑过来捡没响的炮仗。

街对面，站着些看热闹的人，面对此景，艳羡不已，议论纷纷：

"周家那祖坟好，合着发这个财！"

"什么祖坟好，还不是亏了陈六子。这孩子多机灵，见人不笑不说话。说来也怪，什么话从他嘴里说出来，特别中听。"说这话的是位中年妇女。

"他这是对主顾，有说有笑。你没见过他骂人，伙计们要是把活干差了，他日娘操

21

祖宗地骂。"

"要按你那意思，干差了活该夸奖？真是。"这位是个中年汉子。

另一位老者插进来说："他陈六子再能，要不是当初我让他在炉洞子里暖和那一宿，早不知道死了几回了！哼！"

刚才夸寿亭的那个中年妇女不愿意了："八叔，你这话说得不对。你让人家寿亭暖和那一宿，人家忘了吗？八月十五是五色的礼，到了年下，整个的后肘给你送。八叔，可别这样说了，让人家寿亭听见咋想！"

老者向后退了一点，连连说："也是，也是。"

中年汉子过来取笑："八叔，当初你要是把寿亭领进家里，现在的这个光景就是你的！八叔，你是行了好，可还没行到家！"

老者自语着："我卖水，六子去了也没用。"说完，渐渐退出评论者的行列，向茶水炉子走去。随走随摇头。

大昌染坊的王掌柜走过来，大家停止了议论，都下意识地把目光投向对面热闹处。

王掌柜自觉没趣，也没向这边靠，停下脚步远远地看着。他盯着减价的招牌。无奈地叹口气，摇摇头，神色中透着灰心。这边的热闹更衬得他寥落。他抬头望了望天，长出一口气，蹒跚地向自己的店铺走去……

王掌柜进了店铺，他太太伸过脸来问："说是又减价了？"

王掌柜低着头："嗯。"

妻子见他脸色不好，抓紧把那紫砂茶壶递过来。王掌柜心不在焉，接过来就喝，刚吸了一口，烫得蹦起来。他恶狠狠地瞪着眼："你想烫死我呀！"

妻子吓得向后一退。

王掌柜原地转了一圈，举起那茶壶，奋力摔在地上。

王妻下意识地一捂脸，然后看看丈夫，蹲过来捡地上的茶壶碎片……

2

下午，王掌柜家，一桌酒席。饭铺里送菜的提盒放在一边。王掌柜家虽说不上豪华，但也是殷实户，八仙桌子靠山几，条几中央放着座钟，两边各放一个博山段家窑出品的粉彩帽筒。图案是莺莺听琴之类。帽筒里插着鸡毛掸子和一个大号的"痒痒挠"。全字中堂是过年新挂上的，中间写的是苏轼的《题西林壁》："横看成岭侧成峰，远近高低各不同。不识庐山真面目，只缘身在此山中。"馆阁体，端端正正。两边的对子是冯梦龙的旧句，也在一个方面反映着王掌柜在生意上的处境："任凭波浪翻天起，自有中流稳渡舟。"

院子里，王掌柜的大儿子坐在小马扎上写大仿，书桌是个凳，看上去有七八岁。小儿子有五六岁，正在一个劲地抽陀螺。

寿亭进院，来到写字的大儿子跟前，摸摸他的头："兄弟，好好写，好好念，你六哥就是吃了不认字的亏。"

大儿子停笔抬起头来说："六哥，我爹说你都快把他逼死了。"

寿亭笑笑："你爹是生我的气，嫌我当初没冻昏在你家门口！兄弟，等你长大了，你就明白了，这是前世的缘。写吧。"

王掌柜迎出来，寿亭急忙走向前："叔，咋还请我吃饭呢！"

王掌柜笑笑："我不请你吃饭，你就不让我吃饭了！"说着掀起门帘，寿亭笑着进了屋。

王掌柜堂而皇之右首上坐，伸手让寿亭坐在下首椅子上。

寿亭笑笑："叔，咱爷儿俩差着一辈呢，我坐在你跟前，也好给你倒倒酒。"随手搬个凳子坐在桌角，紧靠着王掌柜。

王掌柜伸手拿酒壶，寿亭抢在前面拿住，按下王掌柜的手："叔，我整天忙得天黑地暗，也难得给你老人家倒个酒。"说着把酒倒上，表情十分谦恭，像个听差。

王掌柜说："你也满上。"

寿亭笑笑："叔，父子不同席，叔侄不对饮。这规矩可不能破！再说了，我也是尿壶放在搁几上——不是盛酒的家伙！你喝，叔，我给你端起来。"说着把酒端起。王掌柜看了寿亭一眼，叹口气，一饮而尽。

寿亭接着给王掌柜斟酒。

王掌柜喝了一口酒，叹了口气："寿亭，咱爷们儿相处也快十年了，你没来之前，我是周村城里第一大的染坊！这周长福也不知道哪辈子积下的德，让你昏在他门口！明明是个要饭的，大字不识一个，我就不明白你这是哪来的本事！"说罢摇头叹气。

寿亭笑笑："叔，本事谈不上，一个小染匠，还说什么本事呀！至于我爹哪辈子积德我不知道，我只知道他老人家当辈子行了好！所以我才玩命地干。"寿亭的话字字铿锵。

王掌柜苦笑一下："好嘛，你是玩命干了，我可受不了了！你没来之前，周家那染坊都想卖给我了。可偏偏你来了，这是命呀！"

寿亭委屈地说："叔，你嫌我？"

王掌柜说："不是嫌你，寿亭呀，你快把你叔挤煞了！"

寿亭傻里透精："叔，瞧您老这话说的！我哪有那么大本事？我那边看着挺热闹，白忙活！不赚钱！"

王掌柜说："还想怎么赚钱？这几年，周家添了十八口染缸，连着买了仨铺子。往下该买我这大昌染坊了吧？"

寿亭又给王掌柜斟酒，他自己根本没有动筷子的意思，好像是专门来侍候人的："叔，咱们门靠门，周记和大昌是一回事。过去讲的是'家贫望邻富'，我那买卖好了，来往的人多，你这里也跟着沾光。"

王掌柜把眼一瞪："寿亭，拿你叔耍着玩吧？你那价钱那么低，让我怎么干？还沾光？尽给我说些甘甜不垫饥的。"这时，王掌柜已经有些酒意。

寿亭往后拉了一下凳子，装作茫然地说："不低呀？叔。你这话是从哪里来的？"

"你是不低。你那里买卖多，一缸染料染十几匹布。用的又是德国颜色，又鲜亮，又不掉色。"

"叔，你这话就不对了！那德国染料又不是光卖给周家，不卖给你。你也能用呀。要是你那些伙计不会用，派两个灵透的去我那儿，我说给他们怎么使。"

王掌柜用鼻子哼了一声："寿亭，这不用你教。我现在是一缸染料用半月，就是这样，还赔本。那德国料不能过夜，你买卖多，当然行。十几匹布一齐下，既合算，又漂亮，我敢吗？那德国料放上一天，第二天变色了。你让我一缸料染一匹布？"

寿亭收敛笑容，正色道："叔，这怨不得我。我不能为了照顾你，把布染得乌了巴叽的。那不仅不能照顾你，连周记也得完蛋。买卖少，想找缘由，为什么买卖少，咱找到了缘由也就找到了病根，咱想法儿治！不能你这边长肺病，我也得跟着咳嗽。"

王掌柜见寿亭眉毛立起来，口气又缓和了些："好，你用你的德国料，叔不说了。你把那价钱抬起来，这可行吧，寿亭？"

"叔，你知道，我原来是个要饭的，俺爹收了我，也就是收了个劳力，我是跟着干活儿，做不了主！哪有伙计支使柜上的？"

院子里，写大仿的大儿子停下了笔，把凳子朝门口搬，两眼乱转，想听听屋里说什么。

王掌柜自己拿过酒壶，一头将酒壶倒枠在茶碗里，端将起来，一饮而尽。然后碗往桌上一蹾，盯着寿亭说："寿亭，叔看你是个明白人，我有句话对你说。这么着，叔

24

也别给你说些用不着的了。"他身子向后一挺，"你把价钱提起来，少用或者不用那德国料，年终大昌挣的钱里有你二成。这可行了吧？"

寿亭惊异地摇摇头，然后眉毛渐竖："叔，我陈六子是个要饭的，我都饿得快死了，也没偷过人家一个棒子，冬天脚都冻烂了，我去要饭，人家那棉鞋就晒在窗户台上，我也没偷来穿。我活得就是个直立！这种吃里爬外的事，陈六子今生不干！"

寿亭说罢从裆里抽出凳子放回原处，站起来走了。院中，他见王掌柜的大儿子看他，就大声说："兄弟，好好念，念好书，直直立立地做人！"

王掌柜透过帘子，看着寿亭离去。

寿亭回到周家，饭都摆好了，一家人等着他回来。大家见他面有怒气，都多少有些害怕。柱子站起来就想走："我和伙计们一块吃去。"

寿亭吼道："在这里吃！"

柱子胆怯地看他一眼，坐回原处。

周掌柜小声说："老王气着你了？别和他一样。"

采芹不怕他："别人气了你，别回家来撒气！喝口酒吧。"说着碰了寿亭一下。

寿亭的怒气减了一些，眉毛也落了下来。

周太太赶紧拿过酒："快倒上，给柱子也倒上，你爷仁喝两盅。"

寿亭说："街坊邻居地住着，没往死里挤你，就是留着面子，他娘的，还往我嘴里按苍蝇！"说罢，端起酒来一饮而尽。

柱子端起酒来不知如何是好，寿亭一看他一下子把酒倒进去。

采芹看着柱子笑。寿亭问："你笑什么？"

采芹说："我笑什么？我笑柱子这辈子不容易，碰上了你。"

寿亭也笑了，夹一块鸡蛋放在柱子碗里。

王掌柜的内弟一挑门帘从里屋走出来。这人三十五六岁，土分头，脸上骨多肉少。时下虽然已到秋后，可还穿着香云纱的褂子。这香云纱表面看上去像黑油布，实际上是很薄的一种丝织布料，也叫拷纱。"这个鸡巴要饭的，还他娘的挺难对付。"

王掌柜泄气地晃晃头："哎！这样的人咱也遇不上，咱就在这里坐着等死吧。这周村城里大大小小十九家染坊，早晚早晚，早早晚晚都得让他顶死。"

内弟拿过酒瓶，把酒顺到壶中，先给姐夫倒上，自己也满上一盅，冲着王掌柜一举，揣了下去。"啧！"他一咧嘴，"姐夫，还是我说的那法儿灵，绑了他，看他怎么硬。"

"老三，"王掌柜把眼一瞪，"这勾结土匪可是犯法呀！"

王太太过来倒水，添油加醋地说："这也比等死强。三儿说得有理。咱绑了他，吓唬吓唬他，让他知道害怕就行了，咱又不伤他，雇土匪也花不了几个钱。"

王太太梳着一个蝎子纂儿，个子却挺高，显得不甚协调。她见大儿子在门口，赶紧出来："上西屋写去。小孩子家，净听大人说话。"

大儿子不敢抬头，端着他那套家什朝西屋走去。

王太太放下帘子："他爹，我看就这么办吧。三儿，可千万不能伤人呀。现在周家成了大买卖，咱就是和人家打官司，可打不过人家，记下了？"

内弟冷冷一笑："我非让他叫了爹不可。"

王掌柜叹口气，端过面前的酒，一饮而尽，随手把盅子扔了，盅子在桌上滚动。

3

早晨，周记染坊门里，寿亭把褡子往肩上一背，冲着采芹幸福地傻笑："采芹，我天不黑就能回来。咕嘟下豆腐等着我。"

采芹说："嗯。你去收账，人家要是当时给不了钱，你可别着急，更不能骂人。你在咱家里怎么骂都行，可出去万不能。记下了？"她的口气像母亲。

寿亭挠挠头："我是骂咱那些伙计，他们干点事儿，让人着急！我反正又没骂过你。"

采芹笑了："人家整天侍候着你，再赚得你骂？真是！快走吧，你走了，柱子他们也轻快一天，省得听你骂！当初我要是知道你有这毛病，就不让收下你。收了账早回来！"

"就去收几家，都是大户。小户人家也不用去催，人家有了钱就自动送来。"

"那就快去快回。"

寿亭答应着，抬头看了看天："嗯。这天眼看就冷了，锁子叔还有瞎婶子那棉衣裳你还得赶紧做。说不定下场雨就能冷了。"

采芹说："我都拆洗完了，全是去年的新棉花，做起来就是。"

寿亭说："唉！人老了，禁不住冻了，你再给他絮上一层。"

"这还用你操心！咱爹在口外有个朋友，前些日子就打了信，说是让给锁子叔买个西口滩羊的皮筒子，好做个皮袄，给瞎婶子买个皮坎肩子，兴许这几天就捎来。咱爹说，人老了以后，离了皮衣不暖，离了肉食不饱。你先拐个弯，割点肉给锁子叔送去。"

寿亭很感激："唉，还是咱爹会办事！我心里就锁子叔这点念想！"

采芹怕寿亭难过，就故意说："就不念着我？"

寿亭转哀而笑："念！念！回吧。"

寿亭走去，采芹站在门外目送他，寿亭随走随扬手让回。

4

周村城里，广源粮号，门口竖着些装粮食的粗布布袋，袋口挽着，展现着里面的粮食。

寿亭来到粮号门口。掌柜的正坐在门口的凳子上看别处，一见寿亭在跟前，赶紧跑下来："陈掌柜的，来了，里边坐。"

掌柜的有三十多岁，胖乎乎的，挺和善。

寿亭笑笑："不进去了，我锁子叔那粮食送了吗？"

"送了，陈掌柜的，五十斤三合面，二十斤白面。不是我不按你的意思办，陈掌柜的，你锁子叔还是留下了五斤面，其他的又给送回来了。陈掌柜的，你这人孝，满周村城没有不知道的。可是你让我把面罗三遍，面罗得那么细，锁子叔又给我送回来，我卖给谁去呀？谁吃得起呀？"说着拉着寿亭往店里走，"我说，陈掌柜的，一会儿呀，你费费心，拐个弯儿去一趟你锁子叔家。让他每月给我个准数，到底是要多少面，你看看，这是上个月送回来的十五斤，这是这个月的，我撑不住呀！"

寿亭坐下："没什么撑不住的，送回来的这些面，你就按罗两遍的价钱卖，中间的那个差，算我的。"

"谢谢陈掌柜的。狗子，快倒茶！"他朝里喊。

寿亭制止："我坐不住。李哥，你这街上一溜七八家粮号，我没找别人，是看着你实诚。你罗三遍也好，罗两遍也好，长上俩钱儿也没事，你可千万给够秤。俺锁子叔要面子，他要是吃了不够，也不会找我说。李哥，你可给我记着，锁子叔对我有活命的恩情啊！"

掌柜的有点慌："陈掌柜的，我敢吗？就是敢也不能那么办呀，那缺大德呀！"说着急得跺脚。

寿亭站起来："好了，好了，我是这么嘱咐你。以后，头天送了粮，第二天就到我柜上支钱。你知道我不认字，时间长了我忘了。"

说着寿亭出来。

掌柜的在后面追着送。

广济药铺，金字招牌。两旁的对子是："云贵川浙地道药材；丸散膏丹遵古炮制"。

27

寿亭刚到门口，撩帘的已把门拉开："陈掌柜的。"

寿亭点点头。

药铺掌柜的一见寿亭，招呼着就从柜台里转出来："稀客，稀客！陈掌柜的，坐坐。"这位有四十多岁，黑对襟夹袄，头戴瓜皮帽。墙边一个半圆桌，寿亭坐下，掌柜的吩咐冲茶。寿亭说："刘掌柜的，我坐不住，忙！这治咳嗽的药有好的吗？"

"你锁子叔咳嗽？"

"这天眼看着就冷，我怕他那饿痨再犯了，先吃上点儿药滋润着。"

掌柜的低头唏嘘不已："唉，陈掌柜的，你要是发不了财，那就没了天理！你这知恩图报，谁见了，都比你矮半截。唉！杜先生——"他冲着柜台喊，杜先生快步来到柜台这边，"新近的陈李济枇杷膏来十瓶，打个六花包，陈掌柜的好提着。"

杜先生答应着去了。掌柜的转向寿亭："陈掌柜的，这药是新从广东进的，治你锁子叔那病最好，平和。陈掌柜的，别人的钱我挣，这药，我多少钱进的多少钱给你，就冲你这番心思。"杜先生把药递给寿亭。

"刘掌柜的，你的心意我领了，该多少钱就多少钱，打发个伙计到我柜上去结账！告辞！"寿亭说着站了起来。

5

几个老者坐在太阳下聊天，锁子叔倚着墙，低着头，大概是睡着了。

寿亭一手提着药包，一手提着一块当腰肉，大步流星地朝这边走来。那块肉约有五斤。

一个老者拿手推了一下锁子叔的膝盖："锁子，醒醒，你干儿来了，陈六子！陈掌柜的。"

锁子叔睁开眼寻找："在哪？"

寿亭看见了锁子叔，三步两步走上来，先和那些老者打招呼："叔叔大爷好呀！"

"好！好！"

寿亭弯腰挽起锁子叔："锁子叔，我不是不让你在外头打盹吗！"

锁子叔笑笑，老眼昏花地看着寿亭："来啦，六子。走，家去。"

寿亭挽着他，他手里提着马扎走去。

那些老者羡慕地望着这爷儿俩走去，赞许地点头，感怀地叹气。

锁子叔住的房子,原本是个大户人家,现在败落了。虽是青砖大瓦,但门楣却已破旧。

瞎婶子正在洗衣裳,手在搓板上搓。但听见了寿亭的动静,停下手,认真听。

寿亭搀着锁子叔进了院,瞎婶子忙在衣襟上擦擦手,伸着手说:"是俺儿来了吗?"

寿亭放下锁子叔,赶紧迎上去:"婶子,是我呀!"说着主动伸过脸让瞎婶子摸。

瞎婶子摸着:"俺儿都瘦了。"

"没瘦。婶子,来,咱屋里去。"寿亭搀着瞎婶子进了屋。

屋里的陈设很简单,床,还有两个箱子,冲门是桌椅。

寿亭扶二老坐下,自己坐在凳子上。

"锁子叔,我说了多少遍了,还是雇个丫头,别再让俺婶子侍候你了!"

锁子叔摇头:"这——满周村人都说我,摔跟头拾了个金元宝!再雇丫头,人家就笑话了。"

寿亭不以为然:"谁笑话谁,不用管那些,这事我做主了,明天就办!"

瞎婶子急了:"六子,这万万使不得!要是那样,你就是成心折你锁子叔的寿。不行,不行!"

房东听见寿亭来了,从北屋出来,朝这边走来。他三十多岁,面目黄瘦,身上的衣服料子不错,但都破了。

他笑嘻嘻地进来,冲寿亭鞠躬:"陈掌柜的,这有日子没来了。"

寿亭转过身,把凳子侧放,房东坐在了床边上。"整天忙活,今天也待不住,我来看看锁子叔,还得出去催账。"

房东一听寿亭坐不住,搓着手,嬉皮笑脸:"嘿嘿,嘿嘿。"

寿亭有点不耐烦:"你有事?"

"嘿嘿,陈掌柜的,你能不能先给点房钱?"

寿亭的眉毛当时就立起来:"今年全年的钱我都给你了,还他娘的给什么房钱?"

"今年的是给了!是给了,我是说陈掌柜的帮帮我,先支上明年的。"

寿亭正色道:"老李,你这房子我本来是想买下的。一是俺锁子叔老两口住不了,再说了,我要是一下子把钱给了你,你一个月就能抽光了。你看看你现在这个熊样,好端端的一个家,让你卖得还剩什么?抽大烟,多少人家抽败了,你也不是不知道。我要是给了明年的房钱,你几天就抽干净了,那你明年怎么吃饭?出去,我得和锁子叔说话。"

老李站起来,但脸上的笑却还在:"戒了,戒了。嘿嘿,陈掌柜的,给一块钱也行。"

"一块?"寿亭一眼看见了门前的那个衣裳盆,"把你老婆叫过来!"

"叫她干什么？"

"快去！"

老李吓得跑向自己屋。

寿亭对锁子叔说："锁子叔，俺婶子也老了，眼又不济。你俩安安生生的，也少了我一份子心事。我让老李他老婆帮你洗洗涮涮的，同院住着，近便。我看那娘儿们还正道，就是嫁错了男人。挺好的一个人，一辈子也就这样毁了。"

锁子叔忙说："不行，不行，人家是房东，李家当初也是大户人家，也是周村城里有名的富户。"

寿亭笑笑："狗屁富户！此一时，彼一时！咱先让这大户人家侍候侍候咱。"

老李领着他老婆进来了，寿亭赶紧站起来，让着那妇女坐下，然后探身说道："嫂子，我有这么个事儿托付你，俺叔老了，俺婶子眼又看不见，挺难。我看你也闲着没事儿，你就帮着这老两口子洗洗涮涮，也帮着做做饭。你也算有了个挣钱的差使，现在是八块大洋一亩地，一块大洋买俩丫头。甚至不花钱光管饭，也有抢着来的。我也不给你讲价钱了，这样，我三个月给你一块大洋，你要是把我这二老侍候好，到了年下，兴许还得多给。拿着，这仨月的工钱清了。"说着掏出一块大洋，递给那妇女，根本没给对方喘气的机会，直接就是命令。

那妇女喜形于色，把大洋抱在手里，连连作揖："陈掌柜放心，放心，我一定让你叔你婶子穿得干干净净，他俩的饭也归我做。做完了他俩的，我再做自家的。陈掌柜放心。"

老李瞅着他老婆手里的那块大洋，两眼发直。寿亭面色严厉："老李，我先把话说到头里。我陈六子不是有钱没处花！是因为我叔住在这里。我给了嫂子一块大洋，是为侍候我锁子叔，不是让你抽大烟的！嫂子，这钱不能给他。老李，你也不能要。你要是胡搅蛮缠，让我知道了，我一脚踢死你！听见了？"

"知道，知道。"二人说着出去了。

锁子叔说："哼，一会儿他就要了去。"

寿亭笑笑："那咱就不管了，只要她侍候好你俩就行！叔，婶子，我得走了。"

瞎婶子站起来："咱啥时候成亲呀？"

寿亭拉着婶子的手："婶子，快了，你就等着吧。到时候我让你和俺锁子叔坐在上首大席上，我和你侄媳妇过来给你行大礼！"

寿亭出门时，老李的老婆已经开始洗那盆衣裳了……

6

城外，一片还没收割的庄稼地，天色渐晚，寿亭背着褡子往回走，手里提着截柳树棍。

他路过一个土崖子，这时，从上面跳下两个人，一闷棍打在他头上，另一个拿麻袋套在他头上……

一处破旧的关帝庙，门前有火把，站着几个土匪。

借着那火把的火还能看清庙门上的对子，红漆早就褪去，字迹也有些斑驳。

横批是"亘古一人"，上联为"写春秋读春秋一部春秋"，下联为"兄玄德弟翼德德兄德弟"。冲门的关羽金身破旧；旁边的周仓手里的刀头也没有了，只攥着一根棍子；关平上身不在，只有半截腿。

土匪知道寿亭跑不了，也没绑着，只是一根绳子松松地把他拦在关平那半截腿上。寿亭神情镇定，微笑着看那几个人。

七八支火把熊熊燃烧，庙里人影幢幢。

土匪头领凑过来，这人二十七八岁，光头浓眉，少个门牙。"兄弟，知道这是为什么吗？"

寿亭一笑："大昌染坊，有话就说吧！能答应我就答应，我答应不了的，你宰了我也没用。"

土匪跟进一步："好，痛快！我说，你怎么知道是大昌染坊出的'签子'？"

寿亭乐了："嗨，这还不容易？我就是一个染匠，既没钱，也没地，也没得罪人。不是大昌能是谁？哥，有话你就说吧。"

土匪挺高兴："兄弟，一看你就是个明白人！咱弟兄们也是受人之托，事儿很简单，把你那价钱抬上去，也别用什么德国染料。你只要答应这些，我就放了你。你痛快，我也痛快！怎么样？"

寿亭装傻："大哥，这事大昌染坊的王掌柜找过我。他们这是给你出难题，你想呀，我是个伙计，这事我能做得了主吗？"

土匪怒目："那就绑你掌柜的！"

家里，采芹站在街边瞭望，望穿双眼。

周掌柜急得在屋里来回转圈。

桌上的饭都摆好了，寿亭的那碗豆腐也凉了。周太太面露焦急，又强忍着不表现

31

出来，她试着说："她爹，该不会让土匪绑了吧？"

周掌柜猛然停下来，回眸视妻。他想了一下，摇摇头："不能！土匪绑票是要钱，可咱没收到'票儿'呀？不能，不能。兴许是碰到熟人了。采芹说他今天还到他锁子叔那里去，还能是在锁子哥那里吃饭？"

周太太摇摇头："不会，他不会在锁子哥那里吃饭。就是在那里吃，他也得打发个人来送信。要不这样，让柱子去锁子哥那里看看？"

周掌柜忙说："可不行！要是一看没在那里，锁子哥知道寿亭到这没回来，还不得急死？瞎嫂子还不得疯了？不要紧，再等等，再等等，兴许咱说着道着就能一步迈进来。"

大昌染坊的王掌柜从门缝里向外看，他看见采芹焦急地站在街心。

王妻过来了，小声说："回来没？"

王掌柜一甩手："都是你兄弟出的这主意！要是弄出个好歹来，全得进局子！"

"没事，不是说好就是吓唬吓唬吗？"

"那是土匪！知道吗？杀人不眨眼的土匪！六子性情又刚强，宁折不弯，双方要是戗起火来，土匪还不杀他？你回去吧，我自家在这里看着就行！"

破庙里，土匪头子用酒洗刀，然后拿着刀在灯下照。

寿亭坐在那里看着，好像盼着土匪动手。

土匪头子见他面容平静，有些为难："兄弟，我是邹平常山柳子帮，常来你周村办差使。既然自报了家门，就不怕你告官。常山的局子我也敢炸。兄弟，自打干上这一行，我就没想着这辈子落个囫囵尸首！咱俩也无冤，也无仇，认识了，咱好说好散，家里也等着你。这样，你把价钱抬起来，又多挣了钱，你也少受了罪！别逼着哥哥动手，见了彩！这荒坡野地的，何必呢？"

寿亭替他解忧："大哥，我过去是个要饭的，你这一行我见过。当初咱还差点成了同行——就是因为我年岁小，跟不上趟，人家没要我。大哥，咱这么说，各行都有自己的规矩，你就捅我两刀交差吧。兄弟不怪你，你这也是买卖。"

土匪有点急："嘿，有点儿意思！头一回见。"

王掌柜的内弟老三沉不住气了，从门外冲进来："他妈的，老子这就撕了票！让你他妈的充硬汉！"说着就要去夺刀。

那土匪头子把眼一横："老三，杀人撕票可不是这个价！要杀，我放了他，你自己再去杀。"

32

老三嘟嘟囔囔地退到一边。

土匪说："兄弟，就这么着吧！我看你是条汉子，不忍下手，想交你这个朋友！听我的，把价钱抬上去！"

寿亭说："大哥，这价钱是我让掌柜的落下来的。全周村城都知道。我要是再抬上去，还有人信得过我陈六子吗？大哥，人活一口气，佛求一炷香。关二爷就站在这里——当初曹操上马金，下马银，美女十二人，他老人家都不动心！我陈六子宁可让掌柜的来收尸，也不能坏了人家的买卖。"

土匪急了："好呀，小子！你算是让我开眼了！来，先给他上炷香！"

他的手下早把香点着了，那炷香有烟囱那么粗，香头燃着，熠熠放光。那家伙用嘴一吹，呼呼地冒火。他双手抔着走向寿亭。

土匪向上一扬手："把他的衣裳扒了，我看看这一炷香下去，你还说什么！"

寿亭的衣裳被扒下来，绳子也松开了。

寿亭赤着上身，说："好吧，大哥，我答应你，把价钱抬上去，也不再用德国料子。关二爷当初降曹，土山约三事，也是被逼无奈。你把那香递给我，让我对着关二爷讲讲，不是我陈六子不肯受苦，是怕家里惦记着，我想早回去！"

土匪高兴了："这就对了嘛，什么叫识相？这就是识相，好汉不吃眼前亏。"说着，示意手下把香递给寿亭。

寿亭把香接过来，冲着香头呼呼地吹了两口气，香火更旺。他倚定关二爷的脚台，微微一笑，回手把香摁在了自己的胸口上，"嗞——"一股黄烟升起。然后保持姿势，转身面向关二爷："关二爷，我算条汉子吗？你老人家说句话！"随之，他又回过身来，土匪开始后退。他和颜悦色地问："行了吗？大哥？"

土匪傻了，那几个拿火把的不敢再看，把脸转了过去，有的把眼都闭上了。

寿亭向前一步问："大哥，你要是觉得不过瘾，我再来一下？"说着把香拿开，有些香头还粘在胸口的肉上，细烟缕缕。他正要挪地方，土匪头子急上前，双手夺下："兄弟，好样的！快快，快拿香油，你他娘的快呀！"

老三见事不好，撒腿跑了。

7

寿亭躺在炕上，采芹坐在旁边，心疼地掉泪。寿亭攥着她的手，冲她苦笑："过去要饭，三天两头让狗咬着，比这疼得多。那时候，狗咬着还没人管，看这，还有人心疼。"

采芹的泪落在那双握着的手上："疼煞我了，这王家咋这么坏？"

寿亭笑着："妹子，这人生下来就是受苦，我这还算命好的，遇见咱爹咱妈，还遇见你，唉，这不比那天冻煞强？"

采芹把头伏在寿亭的脸上，泪如雨下，嘤嘤有声，身体抽搐着……

早上，织染街西头，两头毛色放光的骡子飞驰而来，两个人骑在骡子上，旁若无人，风掀衣襟，能看见腰里的盒子炮。

骡子停在了通和染坊门口，街上的人都驻足观看，小声议论。

二人下了骡子，从骡子上拿下一个油罐子和一根带蹄子的猪腿，抬头看看招牌，推门而入。

周掌柜和太太都在，一见这二人，知道来了土匪，面有惊色。其中没拿东西的那一个对周掌柜一抱拳："周掌柜吧？"

周掌柜忙还礼："是是是！"

土匪把东西放在柜台上："我是常山柳子帮的王志武，昨天得罪了陈六哥，我大哥打发我来赔个不是！"

周掌柜不知道说什么好，周太太赶紧倒茶，让着那人坐下。

王志武坐下之后说："六哥这样的人，我们没见过！我们回到客栈之后，就打听这陈六子是个什么人。客栈里的人都熟悉六哥，说当年一个老头子给了六哥半块饼，六哥至今不忘，现在六哥发了财，供了十年的白面。我大哥听得都掉了泪！大骂自己绑错了人！他佩服六哥的人性，又不好意思来，就让俺兄弟来了，这罐子是獾油，一个肘子。周掌柜，你进去问六哥一声，只要六哥一句话，我们就把老三宰了，给六哥出气！"

周掌柜慌了："不用问，不用问，香是你六哥自己撮的，不碍老三的事。二位英雄，咱是买卖人，图个安生。我求二位了。"说着就下跪，土匪赶紧搀住。

"那好，就按你的意思办，放了老三这个下三烂。我大哥回常山了，他说了，等六哥好了，他在周村最大馆子摆席，要和六哥喝几碗，交下这个朋友！好，告辞。"说罢，抱拳而去。

周掌柜赶紧送出来，二人再抱拳，土匪扬长而去。

站在街对面的人目送着……

8

掌灯时分，街上的人少了，王掌柜先探头看看街上有没有人，然后迈脚出门，手里提着礼物。

寿亭躺在床上，刚吃完饭，采芹正给他擦嘴。

周掌柜进来了，采芹忙躲开。周掌柜小声问："寿亭，老王来看你，见不？"

"见。"他挣扎着想起来，采芹忙按住："他绑了咱，他还有理了！"

柱子在一旁怒目而视，双拳紧握，咬牙切齿，腮后槽牙肌肉绷动。

王掌柜提着点心盒子进来，一见寿亭就扑来："寿亭呀——大侄子！都是那个吃喝嫖赌的东西干的。大侄子，你让老叔怎么说！"王掌柜顿足捶胸。

寿亭伸手拉他坐下："叔，你坐，三舅是为你着急！这不是什么大事，你老就放心吧！这街坊邻居地住着，又是同行，有点争执不算什么。"

王掌柜拉着寿亭的手，热泪盈眶："大侄子，叔老了，你兄弟还小，我进了局子，这一家子就托付给你了。"说着要下跪，周掌柜提住他。

寿亭说："叔，你老这是什么话！这好好的，怎么出来局子了！没事。我是和柳子帮开个玩笑。没事，叔，我说没事就没事。你让三舅回来吧，这事过去了。香是我自己撮的，怨不着三舅！"

王掌柜说："大侄子，这染坊我是不干了，你好了，就盘过来吧！"

寿亭收敛笑容，正色道："叔，你这是成心往我头上扣屎盆子？你把我看成什么人了？借着这点儿事，抢人家的买卖。你还让我在周村城里做人不？"王掌柜相当意外，用另一种眼光看着寿亭。

寿亭接着说："叔，以后呀，该怎么干还怎么干，就当没这事！我这回见了土匪，也算长了见识！咱们门挨着门。远亲不如近邻呢。你放心，叔，不仅干，以后我还得帮着你。回头你打发两个伙计来，我教他这里头的窍门。"

王掌柜回到家里，一头大汗，妻子赶紧递过手巾。然后忙着倒水。

王太太问："他告局子吗？"

王掌柜一拍大腿，接着又松下来："唉——！没想到哇，人家一句难听的都没说。这是干的什么事儿。让老三回来吧，人家不追究！这小子，将来准能成大事。"

王太太冲着菩萨合掌膜拜，口中念念有词，菩萨无动于衷。

王掌柜喝口水，气急败坏地把茶碗一扔："我就是不明白，我也是初一十五的烧香，咱怎么就拾不着这样的伙计呢？"

9

柱子愤愤不平："六哥，你也忒好心了！告了他，让官府拿了这个老王八。"

寿亭淡淡一笑："兴他不仁，不兴咱不义。就这样吧，咱不告，满城的人都为咱传名。这一城的人都说他不仁义，他那买卖还能有个好？哼！土匪也算知道我陈六子是什么人了，谁再想雇土匪绑咱，那就得先想好了。这不是什么坏事。柱子，这两天我动不了，柜上的买卖你多盯着。"

柱子答应着出去了。刚到门口，寿亭又喊住他："你嘱咐咱那些伙计，这事千万不能让锁子叔知道。"

柱子答应着去了。

采芹给寿亭擦脸，说："周村城里都传遍了，锁子叔能不知道？我看还是我明天早晨去一趟，省得他乱着急。"

"好好，这主意好。"

采芹说："你咋对老王家那么好，气死我了。"

他拉住她的手："我——"他的声音很小，装着有气无力，采芹赶紧把耳朵凑上去："你怎么着？"

"我操他祖宗！"

采芹打他一下："又骂人！真是！"

寿亭不笑了，他攥着采芹的手说："采芹，你记着：周村城里这些开染坊的，谁离得咱近，谁就得先关门！王家是头一个。我陈六子就是他灭门的灾星。早早晚晚，周村城里就只剩下咱通和。"

采芹低下头："六哥，咱过平安的日子吧。咱的买卖已经够好了，钱多了没用。我这想起来，咱那小的时候多好呀，也没有心烦的事儿。现在咱的买卖是大了，可你倒是让我整天揪着心。"

寿亭说："妹子，开弓没有回头的箭，这买卖不是干大了，就是干没了。这也由不得我呀！"

36

第三章

1

早晨，淄博张店城里，人来人往，到处都是瓷器店。

虽是春来二月，但还透着寒气。人们的着装也五花八门，抬缸抬瓮的那些苦力已经开始光着膀子干活儿了，账房之类的人物穿着夹袄，老年人的棉袄却还没脱。

一座高门楼，后面是二进式的宅院。那门楼带着门厢，黑漆底子镶红条门心。门上的匾额从右向左横书金字"世代书香"。

门厢上的对子字字飘逸："向阳门第春常在；积善人家庆有余"。正宗的汉隶，柔中带峻，平和之中透着险奇。

那宅院青砖青瓦，院中有两棵大海棠，枝权伸举，苍老有力，枝头的花含苞待放。树下一个石桌，一个老妈子正在擦着，水洒在石头上，颜色变深。石桌中央是个棋盘，在"楚河汉界"处却是另一番文字："刘项争锋，江山谁属。"虽是没有问号，却能感到那个问号的存在。在棋盘的两头各有六字，南头是"无虑无求无忌"，北头是"有花有风有棋"。老妈子把抹布缠在指头上，抠着擦那些字。

正堂上，卢老爷在喝茶，他五十多岁，精神矍铄，瘦而不柴。花白头发向后归去，颌下细长花白短须。端坐在椅子上，身板很直。

这屋里的陈设虽不豪华，但能透出家境的殷实和主人的品位。冲门是博山大漆的八仙桌椅，"吕洞宾过海搁几"两头高翘。桌角和椅子扶手上的枣红漆虽被岁月磨淡，露出了木质，却显得家传久远。搁几的上方中堂画的一丛很旧的黄菊花，两边的对子是近代大书法家华世奎手书："人淡似菊菊不落；室小如船船永行"。靠东里间墙处是一个紫檀长条书案，简约灵秀，透着明朝万历天启风致。书桌的上方横幅字画是何绍基写走样的颜体字："读书扫地烧香。"

卢老太太从里间屋里出来了，富富态态，慈眉善目，头发花白。她过来给卢老爷添了茶。她见老伴面沉似水，就问："老大还没起来？"说着拿抹布习惯性地擦了一下壶底。

卢老爷不屑地哼了一声："哼！还老大！老二两口子也还没来请安呢！"

老太太坐在下首的椅子上："别整天一百个地方看不顺眼，这都民国了。家驹留洋好几年，这才刚回来的，记不得那些规矩了。"说着回手拿个橘子给老伴剥。

卢老爷斜过脸来："民国了，就没礼数了？我读林琴南翻译的那些书，知道洋人最讲礼数。"老太太想反驳，卢老爷伸手按下，"就算老大忘了，老大的媳妇不该忘吧？老二两口子不该忘吧？连人家王妈都笑话。"

老太太把橘子递过来，卢老爷看了看，接过去，不满情绪好似少了些。

老太太说："老大家和老二两口子我说他们，你对老大就宽限些吧！南到博山，北到桓台，这方圆二百里，咱家驹这样的洋进士有几个？"

卢老爷更加不屑："哼，还洋进士呢，写封家信都不通。你看那字写的！歪七扭八，怕我说他，还故意在汉字里加洋文，轻佻！"

老太太为大儿子辩护："这话我就不愿听。你不认识洋文，就说家驹那墨笔字写得不好。这出洋念书当初我就不赞成，是你死命地撺弄，你说中国之学快断气儿了。这好，学回来了，你又看不顺眼了。真是！不知道你怎么着才舒坦！"说着，老太太不怀恶意地白了老伴一眼。

卢老爷满嘴里是橘子，暂时无法反击。

东屋里，卢家骏两口子正在说私房话。家骏正在整理仪容，准备和太太一块过去请安。他二十一二岁，精明干练，皮肤黝黑透亮，中式便裤便褂，脚上穿着"日行八百里"胶底鞋（西洋最早输华的胶皮鞋）。他太太小个子，两眼溜圆，胖乎乎的，透着妇女式精打细算的神情。她穿着大红凤凰戏牡丹的花夹袄，正在对着镜子往头上插簪子，插上了，感到不合适，然后重新再插。家骏催她："你快点儿，咱爹这马上就急。"

"西屋里大哥还没起呢！咱爹那么大的规矩，我看他也没招儿！"

家骏不高兴："大哥刚回来，你别老攀大哥。快点！"

"哼！一万大洋在青岛买了染厂，你看人家大哥，这是什么命，什么心也不操。娶媳妇，有那么俊的表妹，娶好了媳妇就出洋，玩够了回来，就有现成的买卖在那里等着。你再看看咱！你整天和那些佃户打交道，为了三斤五斤的租子，来回地讨价还价。我看咱爹就是偏心眼儿。一万大洋能买多少地？他为了大哥什么钱都舍得花。可对咱呢？蒸个干粮还得看看掺了多少棒子面儿，连个馍馍都不舍得吃。咱大哥也够小气的，那搪瓷脸盆多好，也不说在西洋多带回一个来给咱。"

家骏有点烦："你行了，哪来的这些不对付！咱爹是有见识的人，当年进京见过梁启超谭嗣同，知道哪头轻，哪头重。地多有什么用？要是风调雨顺的，还能收点租，要是赶上旱了涝了怎么办？那地里就是不收成，你还逼着那些佃户变出粮食来？这工厂就不一样了，只要机器转着，就能挣钱。挣了钱买粮食还不一样？净让我心烦。还搪瓷脸盆，这铜盆还不一样洗脸？"

"家骏，青岛那工厂挣了钱有咱的吗？"她对下一步的财务情况还是比较关心。

家骏坐在那里笑笑："不管有咱的没咱的，光凭你叫我名字，咱爹听见就不依。"

妻子不高兴："你这人真不讲理。是你不让我再叫你相公，说朝代变了，人家上海北京都是叫男人的名字。人家真叫你名了，你又来了词儿。我看你和咱爹一样，一会儿一变，不知道怎么样才算舒坦。"

夫妻二人出门来，妻子在后头推家骏，故意大声说："去了趟青岛就累成这样！没命地睡！看不让咱爹熊你！"

卢老爷在北屋里听到了。

家骏委屈，刚想回头反驳，又被妻子杵了一下，二人朝北屋走来。

家驹的太太早穿戴好了，表妹正在侍候着当初的表哥起床。太太拿着家驹的衣服，他穿一件，太太递一件。家驹感到这是应该的，并不太在乎。太太像是做错了什么事，眉目低垂，不敢出些声色。

家驹的太太长得很稳重，浓眉大眼，刘海前遮，气质里透出点大家闺秀的韵致。中等身量，穿着马黄色昌邑缎子夹袄。

家驹刷牙，她拿痰桶接着。她看着家驹嘴里的那些沫，身子向后仰，害怕溅到自己身上。

家驹伸手试着洗脸水的温度，她忙说："相公，热不？"

家驹侧过脸来："我一回来就对你交代了，不能再叫相公。我是留学生，你整天相公相公的，叫得我像个前清的县官儿。就叫我家驹。"

"俺不敢。"

"这有什么不敢的？西洋夫妻之间都叫亲爱的，这怕什么？我出了一阵子洋，什么都看到了。中国毁就毁在这些没用的礼数上。我在德国读了一个外国人写的中国笑话，说甲午海战之所以失败，就是因为礼数太多。炮手装一个炮弹冲着管带一磕头，问问该不该放，等磕头回来了，日本人的炮弹先打来了。还弄这些没用的礼数！以后守着咱爹不叫，光咱俩的时候就叫我家驹。这就叫一声我听听。"

妻子托着毛巾脸红了，低着头，嗫嚅地小声试叫："家驹哥。"

家驹气得笑了："你这是刚从前清出来，又进了话本儿！把那哥字去了，重新叫。"

妻子的头更低了，羞怯地努力着小声叫："家驹。"

家驹满意了："这就对了嘛，叫常了就自然了。新时代，新女性，等我忙完了，我

39

教你拉提琴，说洋文。也不知道当初朝廷里那些狗屁大夫从哪弄来的招儿，让慈禧这个熊娘们儿活起来没完。这个熊娘们儿真是死晚了，耽误了中国。我在国外感受最深。一想起清朝的那些王八蛋，气就不打一处来。曾国藩左宗棠也生得不是时候，帮着清朝苟延残喘。孙中山也是生晚了，早该掀了清朝这个烂摊子！"

翡翠不敢抬头，好像清朝的罪责该由她承担。

家驹对中国历史评价过之后，开始洗脸，妻子手端毛巾小心侍候，随时准备递上去。

家驹洗完了脸，开始着装，竖起白衬衣的领子，打开衣橱找领带。

妻子忙问："你找什么，相公？"

家驹把眼一瞪，妻子赶紧低头改口："家驹，你找什么？"

"领带，我昨天打的那条。"

妻子忙从晾衣的竹竿上取来，递上："我昨天晚上刚洗了。"

家驹看着洗过的领带，皱皱巴巴，无奈地向后一仰脸，手也松下来："这东西不能洗。嗨！不错，不错，还没把我这西装洗了。"说着回身取过另一条。

妻子端着领带问："那脏了怎么办？"

家驹打着领带："脏了，你就放在那里，千万别洗。我捎到上海去洗。这不是水洗的东西。"

妻子更纳闷："洗件衣服还得去上海？"

家驹打好领带，拿过浅灰西装穿上："翡翠，咱慢慢地来，有些事儿一时半会儿说不明白。从今天晚上开始，我就给你讲什么是进步，什么是落后。走，咱先去给爹请安。这个礼数暂时不能破。"说着自己也笑了。

卢老爷端坐上首，等着朝拜，老太太表情倒是喜兴。

卢家驹西装革履地进来，微微颔首："爹，娘，早晨好！"

翡翠还是老式的规矩，低低头，握拳在腰："爹，安康！"又冲着老太太如此一下，"娘，安康！"

家驹坐在靠近卢老爷的鼓形镂空凳子上，家骏坐在他对面，好似文左武右。家驹进来时家骏已经起立，这时他给哥嫂请安："大哥好，大嫂好。"然后重新坐下。

卢老爷看着自己制定的这些仪式还没离谱，刚才的怨气消去一些。翡翠过去给公婆倒茶，倒完了茶。老太太顺手拉住大儿媳的手："翠，咱娘俩里屋去说话。老二家——"家骏太太闻声上前："娘。"老太太吩咐："你爹和你大哥他们要说说办厂的事，你也别在这里支应着了。给你钱，去割二斤肉，晌午咱蒸个丸子吃，拣着那五花三层的买，太

40

瘦了不香。"

卢老爷多少有些不悦："这不年不节的蒸的哪门子丸子！"

二太太答应着，老太太从兜里掏出一张潮乎乎的纸钱，并不理会丈夫的不满："俺家驹出洋这些年没饿煞就算命大的。我听着那些吃头，就觉得不垫饥。去，蒸顿丸子我说了还算！去吧。"

卢老爷怕当众再遭到更沉重的反击，顺坡下驴地笑了笑。

二太太得令去了，老太太领着翡翠去了里屋，大概是问问家驹夜间的表现。

卢老爷的脸色再次严肃下来，他上下打量着家驹。家驹多少有点发毛，也跟着看自己。没发现什么毛病，就冲爹笑笑。

"家驹，你回国这么些天了，这打扮儿也该换换了吧？"

家驹笑笑，不反驳。

家骏在对面精力集中，两眼乱转，随时准备回答问题。

这时再看家驹那身西装和锃亮的皮鞋，确实与环境有些不相称。他油头锃亮，戴着克莱克斯金边眼镜，帅气中透着阔气。

"你也知道了，家骏已经把青岛染厂户给过了，这就算是真正买下了。你打算怎么干？说说我听听。"

家骏插进来说："光过了过户，那律师行就要了十块大洋，真贵！律师这钱来得容易。"

家驹觉得那都是小场面，不屑地笑笑："怎么干？这没问题，我这几天就想到青岛去！只是这掌柜的还没找着合适的。"

卢老爷放下茶碗："我给你说了多少遍了，那陈寿亭就行。可你说人家是土染匠。让你和人家见见面，你都不肯去周村！家驹，这要是干大事，首先一条就是礼贤下士。"

家驹说："爹，不是我不见。缸染、瓮染、硫酸、黑矾的时代已经过去了。现在是机器染，机器印花，他连个字也不认，能干什么？不用说别的，他连电灯兴许都没见过。"

卢老爷说："你这话我就不爱听。电灯我也没见过。但是就是这没见过电灯的供着你出的洋。周村的染织全国有名，现在整个周村还剩三家染坊，其他的那些都让这个姓陈的给挤垮了。这还不是能人？能人就得认字？刘邦也不认字，一样开创汉朝四百年。"

家驹说："他那是靠着捣鬼，不是什么真本事。"

卢老爷说："我说，这做买卖的有几个不捣鬼的？再说了，人家捣鬼也好，不捣鬼也好，满周村那么多人，哪个不佩服？不用说周村，就是在张店一提陈六子，哪个不挑大拇指？本事大小咱先不说，咱先说那人性。当初他要饭，常去一个饭铺子，那撩帘的断不了给他点剩饭。现在这陈六子发了财，十几年供吃穿，还雇上房东太太给撩帘的当老妈子！那人性不好能办到？不错，这陈六子是不认字儿，但不是没文化。光凭知恩图报这一条，二十四孝不过如此吧？多少念过书的人一旦得势就变脸，甚至爹娘都不认。陈世美倒是状元，杀妻灭子的还不够狠？书是得念，但得分什么人念。好人念了书更好，可是坏人念了书，干起坏事来更毒。那秦桧不认字吗？你看他注的那《前六经》头头是道，写的那字龙飞凤舞，才俊非凡！绝对不在苏黄米蔡之下。甚至咱现在印书印报用的这老宋体，就是由秦桧那字演变而来。可是，这样的读书人有什么用？家驹，你是留了洋了，是见了世面，可是你也应当知道，真正的工业不是大学里能教出来的！要是能够教出来，那咱中国就多造这样的大学就行了。干买卖，什么是真本事？能挣钱就是真本事。也就是我，中了梁启超的邪，让你留了洋。这方圆几百里内，除了你，哪里还有专学染织的留学生？那些染匠多数不认字。陈六子人性又好，又是染行里的尖子，和这样的人搭伙能错得了吗？"卢老爷讲演完后开始咳嗽，家骏赶紧过去倒茶，同时示意大哥少说话。家驹也跟着起来照料。

卢老爷的咳嗽平息下来，伸手把烟袋摸过来。家骏说："爹，先别抽吧。"

卢老爷没理会小儿子的话，把烟装上。

家驹拿出烟卷来，在银烟盒上蹾，一下，一下，卢老爷看不入眼，把目光望向院子。

门开着，王妈抱着家骏的儿子往外走。

老太太从里屋探出来一条腿，扶着门框说："咱家驹刚回来，不知道陈六子的故事。你慢慢地给他说。那么大声干吗？有什么说什么，别动不动就从秦始皇他奶奶那里说起。咱就说请掌柜的，别一会儿陈世美，一会儿秦桧的，我在里头听着都闹得慌。"说完转身关上门。

内屋里，翡翠坐在婆婆的床边笑。

老太太回到床边，拉起翡翠的手："我要是不摁住这个老头子，他是越说越来劲。人越多，我这一手儿越灵。"老太太笑了。

翡翠说："姑，我也整天满耳朵是这陈六子，听说是个二不愣。他别欺负家驹哥。"

老太太拍打着侄女的手："翠儿，你姑夫虽是好叨叨，可那眼力却是不会差。咱不管那些，要是这些事儿还用咱操心，还要爷们儿干什么！"

卢老爷听完了太太对自己发言的批语及谈话的要求，并没有放弃讲演的宗旨。他吐出一些烟，声音如旧："家驹，咱这是在家里说想请人家陈寿亭，还不知道人家愿不愿意去呢！"

42

家驹突然有点慌："那周掌柜的不是回信说差不多吗？"

卢老爷叹口气："现在都看准了，这种地没有出路。博山赵家也在济南开个染厂，叫三元染厂，也想请这陈寿亭。可这赵家和周家是连襟亲戚，周掌柜的觉得这陈寿亭脾气急，好骂人，怕弄得亲戚门里不好处，这才愿意让他和你上青岛。"

家驹说："噢？赵家也开了染厂？我和赵东初——就是他家的老三，是济南正谊高中的同学，这人挺能干。"

卢老爷说："他家一共俩儿子，哪来的老三？"

家驹笑了："爹，这你就不如我熟了。他就是兄弟仨，老二小时候生麻疹死了，这老三也就没改口。"

卢老爷一摆手："这老二老三的都是些用不着的，咱说正事。赵家那大儿子是有名的买卖人，你刚才说的这老三也是北京名牌大学毕业。"家驹刚想说是哪所大学，被他爹用手压下了。"你想，这样明白世故的一家人都想请这陈寿亭，这人本事能小了？"

家驹想了想："也是，他大哥我见过，很有心计。这么一说陈寿亭还真有两下子？"

卢老爷说："有两下子这是定了！要紧的是，济南离周村近，陈寿亭刚和周采芹成了亲——就是周掌柜他闺女，怕陈寿亭挂牵着这一头儿。"

家驹一扭脸："嗨！这女人到处都是，还非在家里守着那个脏老婆？"

卢老爷闻言大惊，手指用力指内屋。家驹也自知失言，向里屋看看，主动赔干笑，上前给他爹添水。

卢老爷这回声音小了："家驹，咱买厂的这一万大洋，就有你丈人——你舅的四千二。这钱看来不多，你可要知道，亏得你姥爷在前清做过官，留下了点积蓄。要是种地，从土里刨这四千多大洋，那是好几辈子工夫呀！就是这，也是好几辈子省吃俭用省下来的。孩子，好好珍惜呀！"卢老爷说罢，喟然长叹。眼中似有泪意，向外边看着。

家驹也低下了头。

家骏见气氛有些沉滞，就插进来说："哥，陈六子这人我见过，说话相当敞亮，看着他那架势，就是把头砍了，好像是还能再长出一个来！陈六子既不嫖，也不赌，就是好骂人，这一条不好。"

家驹说："爹，这陈六子好骂人我也听说过。我就不明白，他原是个要饭的，哪来的这么大脾气？"

卢老爷深谙此道："俗话说得好：多大的本事，多大的脾气。没脾气的，多数是些吃才。"

2

周掌柜与太太在屋里说话,油灯稳定地燃着,夫妇俩显得相濡以沫。

周掌柜抽着烟袋诉衷肠:"她娘,这事儿我想了好几天了,越想越觉得不踏实。寿亭是没说的,可我前天去张店,见那卢少爷的神气里瞧不起咱寿亭呢!"

周太太给丈夫添着水说:"咱还瞧不起他呢!寿亭能把小买卖干大了,他卢少爷说不定能把大买卖干小了,弄不好还能干没了!她爹,这话你可千万别给寿亭说,他要是知道了,赶明天去张店能把卢家全骂了。这孩子天不怕地不怕,就是这点让人不放心。"

周掌柜大包大揽:"这你就不懂了,寿亭只要看见有利可图,不在乎别人怎么看他。要是赔本的买卖,你叫他亲爹也没用。"说着笑起来。

"这倒是。"

周掌柜笑容去后出愁容:"我说不出是咋回事来,就是觉得心里不踏实。"

周太太宽慰他:"有啥不踏实的?寿亭那么精明,肯定吃不了亏,别看不认字儿。"

周掌柜反思:"我知道他吃不了亏。只是这孩子心大,也爱斗狠,别弄出啥事来。"

周太太大力开导:"这你放心,寿亭最有数,就是斗狠,也是为了买卖。我在一边揣摸了好几回了,他不是蛮干。没把握的事儿,他压根儿不干。"

周掌柜想想,把实话说出来了:"我不是说这个。是说……青岛那地方灯红酒绿的,别、别给弄回个小的来。"

周太太生气了:"你咋能这样想孩子呢?寿亭来咱家这些年了,你见过不规矩的地方没?脾气急,好骂人这是真的!可要是那偷鸡摸狗的事儿,寿亭断是干不来!满周村城里那么多大闺女,哪个不惦记着他,弄小的还用去青岛?"

周掌柜:"惦着挨他的骂呀!啊?哈哈……"

周太太开始护短:"有本事,骂两句怕什么?我听见他嗷嗷喊,就觉得满染坊里有活气。"

寿亭和采芹在屋里说话。新房的喜气还没散去,依然给人一种甜蜜的感觉。

采芹在炕边上往一个深蓝色包袱里放衣裳,寿亭坐在小凳上,把头靠在采芹的腿上,幸福地卷土烟。

寿亭说:"我去张店第二天就回来,用不着带衣裳。"

采芹居高临下,忙着自己的事:"那火车烟熏火燎的可脏呢!你下了火车找个地方换上。那卢少爷是留学生，说是穿得西服洋领子的，你土头土脑一步迈进去，别让人家瞧不起。"

寿亭一挺脖子，眉毛竖起来："咱还瞧不起他呢！他找咱合伙，看的不是咱穿什么，是看咱有没有本事！"

采芹哄他："我知道，你有本事！这我知道，怎么一句话不对付就急呢！"说着系好包袱，在后面搂住他的脖子。

寿亭背着她："唉，就是不认字儿呀！采芹，等咱有了孩子，说什么也得让他上学，上大学，也出洋留学。要是孩子们不好好地念书，我就是死了，也爬起来给他拧了头去。"

采芹拉个小凳坐在他对面，夫妻相对，犹如儿时，情真意切："你要是再认字——"用手指一杵他额头"就上天了"！

寿亭的头弹回来，只是傻笑。

寿亭捏灭烟，把烟蒂里那点烟叶又抖回笸箩里："我这趟去张店，不能白跑，得想法把这事儿弄成了。采芹，周村这地方太小，就是咱一发狠，把另外的几家挤垮了，全周村的布全归咱染，又能有多少？青岛靠着海，什么事都走到前头。还有那德和洋行，我倒是要看看咱买的那些德国料子，让人家扒去了多厚的皮！以后咱直接从那里进料，光这一项，一年就能省出十亩地来。"

采芹故意沉下脸："哼！你去了青岛还能想着咱这家呀？那里净些穿裙子的洋学生，早忘了家里那缩纂的傻娘儿们了！"说着故意努起嘴，手玩着衣角装委屈。

寿亭当时就急了："采芹，我今天把话放到这里，我陈六子就是挣下座金山，也不干那事！要是……"

采芹急忙平息暴动："人家是和你说着玩儿，我知道六哥打小心里只有俺。"说着偎在他怀里。寿亭抚摩着她的头，表情悲壮。

3

早晨，卢府院子里的两株海棠开了，繁花满树，整个院子芬芳扑鼻。

家骏去火车站接了寿亭，拐过卢家那条街后，家骏说："六哥，我先一步回去报信。"说罢跑起来。

寿亭背着裙子走过来。

卢老爷满面喜色迎出来。寿亭疾步向前，右手向地下一伸，行了个请安礼。"卢老爷好！"

卢老爷赶紧接起他来，家驹在一旁上下打量着寿亭，神态有些优越。

正堂上，卢老爷让寿亭坐在椅子上，寿亭执意拉个凳子坐下，家驹也就坐在了他旁边。家骏忙着倒水。

里屋，老太太从门缝里向外看，回过头来对大儿媳妇说："你也看看，这就是那陈六子，个子虽说不太高，可真是威武。"

翡翠不好意思过来看，老太太就拉她。翡翠刚来到门边，卢老爷咳嗽一声，她吓得又回来："姑，俺不敢。"

老太太也不说什么，又把她推回来，她从门缝见寿亭扎开马步，两手撑着腿，她不住地点头。

老太太仰着脸问："是吧？这小子有股精神头。"

寿亭的褂子放在那个书案上，家驹看着那东西，忍不住笑。

卢老爷欣赏地看着寿亭："大侄子，你是我请来的大能人呀！"

寿亭起身接过家骏的茶，朗朗地说："卢老爷，你这是夸我，我连个字儿也不认，就是个染匠！大少爷这才是真正的能人，不仅识文解字，连洋话都会说！大少爷，我属虎，你属什么？"

家驹淡淡一笑："属兔，比你小一岁。"

寿亭突然感慨："大少爷，你有个好爹呀！咱俩差不多的年纪，你上了多年的学，我要了多年的饭，这是命呀！说书说的全是实话，'有福生在将相家，没福生下来是叫花'。卢老爷是在城头上拿着千里眼——看得真远呀！花了那么大的钱供你出洋念书。大少爷，我要是有这样一个爹，过上一天你这样的日子，这辈子也算没白活。唉！"说完把头低下了。

家驹有点找不着北，不知道从哪个方面应对，一时表情茫然。

卢老爷听寿亭这一恭维，加上寿亭的现身比对，从心里觉得到位。他看了一眼家驹，然后探身对寿亭说："爹好娘好，不如自强好，六十四卦'乾'第一，当头就说'天行健，君子自强不息'。那么多要饭的，为什么就你有今天？那么多开染坊的，为什么就你干得好？这都是靠你自强。《明会要稿》说洪武皇帝朱元璋'一字不识通六经'——当然朱元璋认字儿。我看你就有那点意思。同是染匠，可你这染匠谁敢小看？谁不知道陈六子？"说罢，拉过寿亭的手拍着，十分亲热。

家驹感到自己受了冷落，并且发现自己可能成为反面典型，就多少有些不耐烦，稍作思考，决定主动出击："陈掌柜的，你懂机器染吗？"

寿亭一愣，看着家驹："懂呀！"

家驹怀疑："跟谁学的?"

寿亭放下茶碗："去年我去上海买坯布,特别去了趟成通染厂,看了一眼。机器染没别的,就是比手工省事。"说完又把那碗茶端回来。

家驹迷惘地慢慢摇头。

寿亭看着家驹的头晃,顿时把眉毛竖起来："大少爷,我这人脾气急,怕激。这世上没啥太新鲜的事儿。这机器染就是用人少,染布多,其实工序是一样。我一眼就看明白了。机器染就是前醮后染,烘干拉宽。咱现在是用人拉宽拉长,它是换成了机器。那机器劲大,一丈布能拉出二寸来,所以说,这机器染的布,缩水更厉害,比手工染的还坑人。"

家驹认为基本正确："我是学的纺织印花专业,不过你说的这染布工艺倒是差不多。"

寿亭说："大少爷,咱青岛这厂里有印花机?"

家驹说："有一台,但是现在技工水平太低,光有机器没有用!咱去了之后,主要还是以染布为主。"

寿亭纳闷："你开不了?"

家驹多少有点尴尬："陈掌柜的,我实习的时候也开过。但是一个机器要好多人开,我自己办不了。"

寿亭点着头："那也就是说,上了一阵子德国,一个人回来没有用?"

家驹看了一眼父亲,忙说："不是一个人回来没有用,我能管开印花机的,知道他干得对不对。再说,哪有留学生亲自开机器的?"说时偷眼再扫父亲,接着岔开话题,"陈掌柜的,我就不明白,你就到染厂里看了一眼,就敢说懂机器染?"

寿亭不客气："我娘死得早,她老人家的话我还记得一句:这一等人不用教,二等人用言教,三等人用棍教。大少爷,有些人你就是用棍子打他,他学东西也是慢。他不是不上心,是不开窍!"

家驹有点挑衅："陈掌柜的,那你是哪等人?"

寿亭眉头一挑："大少爷,当着卢老爷,不能张开嘴就日娘操祖宗。我把话给你放在这里,不管什么东西,只要我看一眼,立刻就明白!否则就不是陈六子!"他已经急了。

家驹进一步挑衅："陈掌柜的口气大些了吧?"

寿亭放下茶杯,猛然站起,家驹也跟着站起来。"卢老爷,张店我也来了,您老我也见了。合伙干买卖,讲的是弯刀对着瓢切菜——正好。可依着我看,我倒是弯刀,可大少爷不是瓢,对不上碴儿!"说着就过去拿褡子。

卢老爷赶紧拉下他："家驹是不放心,是打听打听。家驹,你六哥还有绝的呢,你是不知道。"

家驹说:"噢?"

卢老爷努力赞美,生怕寿亭愤然离去:"你六哥在上海买坯布,他听不懂外国话,可是外国人和那中国掌柜的说什么,他都知道。"

家驹兴趣大增:"你怎么知道的?六哥,你说说听听。"这时他显得很天真。

寿亭一听卢老爷夸他,又见家驹叫他六哥,转怒为喜:"猜的。买卖上的事,就是个价钱。洋鬼子看我要货量大,就想便宜点儿。可那个中国人不愿意,他看我是山东来的乡下人,就想坑我。我还没等那中国人说完,站起来就走。他立刻蹿过来拉我,连连给我赔不是。他以为我能听懂外国话。哈哈……"

大家笑起来。

老太太在里屋里对大媳妇点画着,小声说:"翠儿,你看陈六子嘴真跟趄,家驹有这么个人儿帮着,准掉不到地下。"

翡翠点头赞同:"嗯!姑,你坐下,别再过去了,再让人家看见你。"

家骏见势有转机,忙凑上来问:"爹,叫馆子什么时候送菜?"

卢老爷一扬手:"这就送!我和你六哥喝着聊!家驹他娘,你出来吧,领着家驹媳妇一块出来见见她六哥。"

寿亭大惊,忙站起来准备应付。顺手向下拽拽褂子。家驹一把拉他坐下:"六哥,没外人,坐着,坐着。"

老太太与翡翠先后出屋,翡翠低着头紧随婆母。

寿亭忙上去拉着老太太的手请安:"老太太,我这叫驴还没上套,就嗷嗷地叫唤,惊了你老人家。嘿嘿!"

老太太欢喜:"大侄子,你要是声小,我在里头还听着费劲呢!翠儿,这是你六哥,大侄子,这是家驹太太。"

翡翠抱拳于腰,屈膝行礼:"六哥吉祥。"

寿亭没还礼,而是转过身来对着卢老爷:"老爷子,你可害死我了!你把这个家治理得不分男女,全是一套的仁恭理智,我哪一招儿也接不住呀!"说罢,大家笑起来,卢老爷拍寿亭的肩。

4

第二天下午，寿亭回来了，一家人接着。

周太太忙着倒水，周掌柜从抽屉里拿出一盒放了很久的纸烟，让他抽一支。寿亭接过来，又将烟装回烟盒放好。回手从采芹手里接过烟筐箩，熟练地卷烟。

周掌柜探身问："寿亭，谈妥了没？"

寿亭说："嗯，妥了！那爷儿几个一会儿就让我将直溜了。"

周掌柜纵深询问："说没说咋拆账？"

寿亭说："说了。那厂是一万大洋买的，是个新厂，一天没开过。盖这个厂的那男人把厂弄好了之后，心里高兴，就喝了口酒，下海洗澡，一口水儿给呛煞了。你说这是什么命！"

周太太在外围小声说："这一说……"她看向丈夫，"这厂还不大吉利？"

寿亭一扬脸："没事！娘。什么人，什么福，土地爷，住瓦屋！他那命担不住，不一定咱担不住！你放心娘，没事。"

周掌柜关心具体钱数："这一万大洋咱出多少？"

寿亭说："爹，这事我是这么办的：他六咱四，咱出四千。可是分红不能按这个办。咱虽然出钱少，但咱得拿六成，他拿四成。"他说完等着受表扬。

周掌柜寻思："人家是大股东，是东家，他能愿意？"

寿亭说："嗨，他不愿意？我是想用他那套家什学学机器染！要不，我让他拿三成。"

周掌柜淡化性地训责："寿亭，这不合规矩。"

寿亭说："爹，这世道变了，没有什么合不合规矩。咱的人就值这些钱。"他指了一下自己，"觉得不合算，你请别人。"

周掌柜赞许："嗯，好，好。那在厂里谁说了算？"

寿亭说："当然是咱。"

周掌柜说："你没立个字据？"

寿亭笑笑："不用，只要我干上，他就离了咱玩不转！只能咱辞他，不能他辞咱。爹，你放心吧。用不了三年两年的，咱就去济南或者天津，咱自家开工厂了。他就是叫咱爷爷，咱也没工夫陪他玩儿！爹，咱这是在家里说，我看他那大少爷是个败家子！留了一阵子洋，什么也没学会！连个机器都开不了！也就是他上辈子积了点德，碰上咱了，有咱帮他看着，兴许还能多撑几年，我看要是他自干，这一万大洋兴许能扔到青岛。"

49

柱子忙完了，跑了进来，随走随往下解围裙。他一见寿亭，立刻掉泪："六哥真要去青岛？"

寿亭拉他坐下，把没舍得抽的那盒纸烟拿过来，抽出一支递过去，采芹赶紧送上火绒。柱子一手拿着烟，一手拿着火绒犯傻。

寿亭把手放在柱子肩上，语重心长地说："柱子，咱爹咱娘都老了，这通和以后就靠你了。八十多个伙计，你可得管好呀！"

柱子眼泪落在腿上。

寿亭拍拍他的肩："柱子，这通和要是你干，听我一句话，就是一句话：老实、实在。只要按照这条办，保证错不了。守住这一摊子就是头功！千万别想发展扩大，就是守住。你可千万别学我。你人太老实，学不了！要是万一学走了样，咱这通和就完了。你六哥就一点退路也没了。"

柱子擦泪点头。

他又转向周掌柜："爹，就让柱子领着干！看着他实实在在地用料。一缸料，就染二十匹布，多一匹也不染。我那套一缸染料用一年，天天加点新料的办法，千万别让他用。染砸了一回，咱的名声就坏了。这德国料酸大了不行，矾大了不行，你就看着天天刷染缸，天天换新料！一点毛病也没有。"

寿亭端碗水递给柱子："柱子，我有件私事托付你。"

柱子抬起头来："六哥你说。"

寿亭叹口气："唉，我这一走，最快也是年下回来。这锁子叔我放不下呀！柱子，锁子叔那里，按照现在的章程办。当初要是没人家，你六哥早饿煞八回了。听见了？"

柱子点头："六哥放心，保证让锁子叔觉得和你在周村一个样。"

周家老夫妇不胜唏嘘，周太太撩起衣襟擦泪。

寿亭转向周掌柜："爹，这周村除了咱，还剩下三家染坊。爹，周村这个地方小哇！那三家要是实在没有买卖，咱就匀出一点给他们。爹，你比我有见识——这买卖大了招人恨呀！这你老比我懂，你看看现在多少人没饭吃，你看看现在多少土匪。我又不在家，柱子又老实，压不住场子！千万千万，舍财保平安。爹，你说呢？"

周掌柜赞许不已。

寿亭又转向采芹："采芹，明天一早，买上八色的礼，跟着咱娘去趟王家，告诉他，我要去青岛，我要看着给俺柱子兄弟成上亲。"

柱子刚抬起头来，一听这话，又把头低回去。

采芹刚想答应，周太太为难："寿亭，咱不是和人家说好五月六嘛！王家他祖辈上在前清中过举，讲些礼数。这事怕是不好办！怕人家不答应。"

寿亭眉毛竖起来了："什么？他还想给咱来个瘦驴不倒架？前清的皇上都没脾气了，他还摆的哪门子谱儿？还他娘的中过举！三天之内准有一个双日子。采芹，你看看，反正柱子那屋也盖好了，从箱子到柜子，全套都是博山大漆活儿，这是什么样的成色！这乱哄哄的世道，上哪里去找这样的人家！直接问问他行不行！不行？明天早上我站到街口上，大喊一声，周村的大姑娘挤破咱的门。干脆明天早晨我和咱娘去。还中举？还他娘的中风呢！"

采芹插进来说："哪里也有你！哪有大老爷们儿去办这事儿的！"

寿亭笑着说："不是怕你办不了嘛！"

采芹说："你怎么知道人家办不了，柱子，放心吧。"

柱子不敢抬头。寿亭伸过头来惹柱子："兄弟，当初咱破衣烂衫，左手打狗棍，右手破饭碗，曾去王举人家要过饭。到明年这时候，就给王举人家把外甥添！有点意思吧？"

采芹过来点他头，一家人笑起来。

5

早晨，火车上，家驹坐在餐车里，他身穿咖啡色西装坎肩，打着领结，衬衣雪白。他抽着烟，手摇着红酒，看着窗外的景色。

春天的田野带着些靠不住的希望。

性感的女侍应生走过去，家驹贪婪地用眼追着。

女侍应生回头一笑，家驹举杯还礼。

普通硬座车厢里，寿亭依然是便裤便褂，他磕开咸鸭蛋夹在烧饼里，又拿出蒜来，一口烧饼一瓣蒜，很香，表情很得意……

6

济南三元染厂门口，大掌柜的赵东俊站在厂门口，看着工人进厂上班。这个工厂十分正规，洋灰的门垛子，后面的厂房也是西式的"一切厦"，红砖红瓦石头基。

东俊三十多岁，身材中等，老实敦厚，中式打扮。虽然表情沉静，却隐隐地透出威严，一如前人之谓"不怒而威"。

工人向他鞠躬："大掌柜的早！"

东俊很严肃地还礼："早，早！"

这时他三弟赵东初骑着英国三枪小飞轮自行车过来。见大哥站在门口，提前下了车。他身材高大，西装革履，只是没打领带。

他推着车子走过来，笑着说："大哥，早！"随后他小声凑近说，"大哥，别每天早晨站在这里。像个监工，工人们也害怕。"

东俊表情如旧："我不是监工，我是让工人知道，东家来得也很早。"

东初笑笑："大哥，陈六子跟着卢家驹去了青岛。"

东俊叹口气，看着天："唉！是呀。咱爹嫌人家要的份子太多，放走了这个人。唉，可惜呀！"说时，神情怅惘。

东初陪着哥哥往里走："你觉得他俩能干好？"

东俊觑着眼向前看："不是干好干不好，咱应当想想他什么时候来吃下咱。"

东初有些惊异："陈六子这么能？"

东俊轻轻叹口气："三弟，这孝——是件好事，但这顺——就未必。这次我顺着咱爹，放走了陈六子，这早晚是块心病。"

东初更纳闷："他能拿咱怎么样？你是采芹的表哥，我是采芹的表弟。再说，青岛离咱远着哪，一时半会儿不能和咱犯上顶。"

东俊依然面有忧虑："要是没有这层亲戚，我更担心。东初，你上过大学，知道这工业和种地是两回事。从有十亩地到有一百亩地，少说也得用十年；可是工厂就不一样，从小到大，连两年也用不了。当然也能干赔了。但这个工厂到了陈六子手里，干大了，怕是用不了几年。"

东初点头。

兄弟俩来到一棵小枣树前，东俊抬手摘下一个黄叶，又说："东初，你知道我从来不说狂话，但我心里不是不狂。咱这么说吧：除了苗瀚东——咱苗哥，我是斜着眼看山东省工商界的这些人物。陈六子——"他转向东初，"斜着眼看我。"

东初疑虑："他敢斜眼看大哥？连个字也不认，还反了他呢！"

东俊转过脸来，停下说："三弟，你是大学生，千万不能以为上学多，就自命不凡。你可以笑话陈六子不认字，但不能小瞧这个人。以后咱难免和他打交道，记着我的这句话，千万小心，千万别惹他。这个人虽然有知恩图报的一面，但他的另一面是有仇必报……"

52

第四章

1

春天，青岛的樱花开了。

早晨，海水清澈，海鸟飞翔。海边齐腰深的水里，一个老者穿着胶皮裤在乱摸东西。摸一会儿，从水里拿出个物件放到身上的篓子里。那边，一个破衣烂衫的小女孩提着篮子，裤腿高卷着，赤着脚，沿着海找寻。发现个小蛤蜊之类便喜不自禁，收归己有。

沿海的马路清静安宁，地面湿润，两边是新出芽的法国梧桐。洋人的别墅上，常青藤也开始抽出卷曲的叶芽。一个金发少妇牵着白色狮子狗晨遛，边走边对狗进行教育。几个外国水兵跑步经过，回头和她打招呼。那女人眉飞色舞，两眼放光。

远处是白色的外国轮船。

寿亭在车间里忙着，大喊大叫，手舞足蹈，指挥生产，后面的染槽子里冒着热气。

车间有三趟槽子。寿亭跑到一个槽子边，用铁舀子撩起染浆看色值，然后大声命令："王长更，加一磅硫化青。"

一个很伶俐的小伙子应着："好嘞！硫化青一磅。"

一个小伙计捧着个现成的纸包跑过来。

寿亭又跑到另一个槽子边，把手放在水面上，感受水温："温度好了，开始下布。"

众工人一齐应着，两个工人把本来悬在槽子上的布落下来。机器开始转动，把染过的布慢慢卷起。

寿亭对旁边的一个瘦子说："登标，这布头过得太快，颜色不实，回转机器，重染布头。记住，这是第二回了。要是下回再这样干，我宰了你！"

登标忙答应着，冲向机器："回车，重染布头。记着，下回电机为八十转。"

机器开始回转。

寿亭连跑带走地去了第三趟槽子，拿过布来看。一个领班的小伙子凑上来问："掌柜的，行吗？"

寿亭说："不错，行。"

家驹站在车间门口，看着寿亭跑来跑去，过意不去地叹口气。一个伙计跑过来："东家，有事找掌柜的？"

家驹笑笑："没事，你忙吧。看着掌柜的那茶别凉了。"

伙计答应着去了。家驹走开了，抬头看了看天。账房老吴过来了。

"东家。"

家驹皱着眉："我说老吴，你说说掌柜的，别和工人一块儿吃饭了，让他和我一块儿吃。"说着继续向前走。

老吴跟着："怕是不行。别说和你一块儿吃饭，就是伙房里给他碗里多盛上块肉，他都骂。"

家驹叹口气："唉，你去吧。我去给六哥买斤点心，夜里也好垫垫。"

家驹走了，老吴站在原地叹息。

2

周家院中，周掌柜打完太极拳，收势站稳，释放气息。然后从石榴树上拿过毛巾，仪式性地擦擦脸。看着一树新绿，自言自语道："又是一年春草绿，真快呀！"

这时，对面南屋里传来一声婴儿响亮的啼哭，周掌柜大声疾呼："她娘！福庆哭了，快去看看！"

周太太在围裙上擦着手，从屋里跑出来，不满地说："就是不哭，也得让你这一嗓子给吓哭了。"

屋里，采芹把奶头塞进孩子嘴里，哭声止住。她抚摩着孩子那毛发稀疏的头颅，说："你这个臭爹，也不回来看看咱，光剩下干工厂了。娘要是当初知道他这样，咱就不跟他了。你说呢，福庆？"

福庆只顾吃奶，哪懂母亲甜蜜的抱怨。

周太太进来了："咋哭了？"说着过来探察。

采芹抬起眼来对娘笑笑："这孩子饭量大，刚喂了他，又要吃。娘，你坐下。"说着向一边挪了挪。周太太坐下，摸着孩子的头。

采芹说："这个小六子，知道添了儿，也不说回来一趟看看。"

周太太宽慰道："男人没当过爹，不知道是怎么回事。喜是喜，但不揪心。可是要让他见一面，就不一样了。"

"娘，我想抱着福庆去青岛，也好让他看看孩子。"

周太太严肃起来："这可不行，这孩子还太小。这天也稳不住，一会儿冷一会儿热的。

54

别再闪着了。"

"这个小六子，一干起活儿来，什么都忘了，就像得了'野马猩'（马的一种传染性热病，得病后跑死为止，此病二十世纪初经新疆传入中国内地，现已绝迹）。卢家这回可真雇着驴了。"

周太太不悦："那卢少爷人是挺好，可干不了什么，厂里都得寿亭顶着。芹儿，寿亭这样的男人不好找，可别怨他。等夏天，我让柱子送你去青岛，也让柱子媳妇抱上他儿子。寿亭见了准高兴。"

采芹想着那一幕，表情神往……

3

早晨，车间里，寿亭干了一夜，两臂渍着染缸里的蓝颜色，脸上也有几处。旧裙子改作工作服，用围裙当腰带扎住，挽着袖子。那十几个伙计的打扮大致也是这一派。

染槽边，他领着人把最后一批布一一捞出，这才拿块包皮布擦手，长长地出了口气："嗯——"

他朝车间门口走了几步，站了一夜，腰腿僵直，他拉过一个木箱慢慢地坐下，掏出土烟点上。监工的把头吕登标划着洋火躬身给他点上。

吕登标虽是把头，但看上去和工人一样，只是神色有点横。他欠身对寿亭说："掌柜的，总算在停电前染出了这一槽子。这就上拉宽机，一刻钟准能全部完事。掌柜的，你就回去歇着吧。"

寿亭没看他，眼向着车间外看，外面亮，他的眼觑着，像是忧虑。他递给吕登标一支烟，轻叹了一声："唉，光染出来没有用，还得卖呀！"

把头不知道怎么回答，只是跟着点头，脸上的表情与他掌柜的保持一致。少顷，他吩咐登标："你让工人们干完之后把机器刷出来。告诉大伙儿，抓紧吃饭，吃完饭赶紧睡觉，来了电，接着干。"

吕登标连连点头，转身奉旨大喊："掌柜的说了，干完了抓紧刷机器，刷完了机器先吃饭，抓紧睡觉，来了电接着干。咱先说好了，到时候我就喊一声，谁要是起不来，这一夜就算白干了。都听见了？"

工人们应声寥寥，表达着自己的不满。

他一边喊，寿亭一边用眼剜他。

登标问："掌柜的，还有什么事？"

寿亭撑着膝头站起来："你他娘的这是怎么说话！一样的话为什么不能好好地说？什么叫一遍？叫两遍还累煞你？什么玩意儿！"

登标下意识地后退一小步。

寿亭走过去几步，说道："伙计们，这一夜忙活得不轻。我让伙房蒸发面馍馍，煎了咸鱼，放开了吃，吃饱了早歇着。咱大华染厂要是挣了钱，年下大家都有份儿。"

工人们很高兴。

寿亭转身瞅着登标："你不能歇着，吃完了饭到我那里去。"捻灭烟径直走去。

4

早晨，家驹租来的府第——一座灰色的哥特式小楼，虽是旧了些，但那品位却在。院子里紫穗丁香正开放。鹅卵石甬路弯出个写意的"S"，从门口通向楼前。这大概是当初主人姓氏的打头字母。甬路两边是爱尔兰茸草，颜色浅淡，柔软细致。白色的木栅栏短围栏，新近漆过。一个底气不足的青岛地方巡警过来动一下短门，抬头向上看了看，无恙，又向下一个门走去。

楼上，家驹穿着睡衣下床。

室内的陈设都是西式的，桌脚床腿全是圆的，还旋了些花样，生硬地模仿中世纪奇篷达尔风格。

二太太坐在镜子前面用"热筷子"（是个带夹子的铁管，把铁棍烧热了插在里面）卷刘海，没理会家驹下床。二太太看来是个刚毕业的学生，二十出头，黑长裙、深蓝多半袖圆领短褡。虽是穿着入时，她眉目间透着小家薄相，衣着粉黛怎么也遮不住寒酸。

家驹见无人侍候，轻咳了两声权作提示，二太太如旧，并无反应。他忍不住了，并且认识到还是语言比咳嗽更有表现力："衬衣！"

二太太没回头，依然扶着头发："在椅子上。"

家驹咽了一口气，他看着镜子里太太的容颜，面有厌恶："衬衣！"音量加了些，调门却没提。

二太太双手捏着那筷子，跑到椅子那里，拿过衬衣甩给家驹。家驹的脸被包住。

家驹拿开衬衣，轻道："像个什么样子！"

"嘻……"二太太高兴，显然对自己的魅力估计偏高，并没去回头看家驹。

"当当当"，有人轻叩门。

二太太发号施令："进来吧。"

一个十五六岁的小丫头端着西式早餐进来，低眉收目，过去放到桌子上："太太，先生的牛奶这上吗？"

二太太转脸向小丫头："等一会儿。"

小丫头倒退着出去。

家驹为了减少穿裤时的心理成本，没再叫，拿过裤子看看，又看看二太太，无奈地摇摇头，回忆当初翡翠在侧时的情景。他轻轻地叹口气："唉！"

"叹什么气？想你大老婆了？"

"是，正在想。"

"娶了我后悔了？"

"十分后悔。后悔当初不听六哥之言，自己找来些不痛快。"

"别张口闭口六哥六哥的，什么呀，连个字也不识，完完全全一个土老巴子。"

家驹冷笑一下："我要把你这话学给六哥，他就敢扇你的脸！还是六哥说得对，就是娶，也得先送回老家学学规矩。"

"扇你的脸！还送回老家去学规矩，学你大老婆怎么侍候你？我是堂堂青岛女子高中的毕业生。你大老婆和你六哥一样，也是个土老巴子，一身土腥味儿。"

家驹穿好衣服，表情并不激烈："不错，是个土老巴子，是一身土腥子味。可是翡翠家'一门忠烈，世代簪缨'！这是张之洞题的。张之洞是谁知道吗！她爷爷也就是我姥爷，前清的武科，随着左宗棠远征新疆，出生入死，血洒沙场。比你多强得多！我是说气节。在洋人码头上做个小书记员儿，你就自认了不起了。哼，可笑！"说着进了洗漱间。

这时，小丫头端着牛奶适时地进来了。二太太见有第三者出现，就没再跟踪继续战斗，只是长长地吞了口气，把那热筷子摔在梳妆台上。

小丫头吓得一哆嗦，眼睛乱转，渐知不是冲自己，这才小心退出。

家驹洗漱完毕出来，坐在二太太刚才的位置，冲着镜子往头上抹油。二太太的左手扶着床头，看向家驹，冷热兼有地说：

"行了，家驹，你那头够亮了。整天油头粉面的，也不知道想干什么！"话里带着敲山震虎的意味。

家驹不为所震："想再找一个！"

二太太一撇嘴："这我相信。"

家驹跟进："相信就好，省得到时候没准备。"说着起身过来吃早餐，并没在乎二太太脸上的颜色。二太太生气，把身子扭过去，等着家驹来哄她。家驹看了笑笑，继续吃饭。

二太太见家驹不理她，自动转过身来，坐过来正面进行挑衅："在家里这么横，到了厂里像个跑堂的。还东家呢，你六哥喊一嗓子，你就吓得和兔子似的趴在那里，大气儿也不敢出。"

家驹把牛奶杯往桌上一蹾："你这是怎么说话？今天停电，昨天晚上六哥在厂里干了一夜。我也该盯着，可六哥说咱刚结婚，怕你受冷落。你这人怎么好坏不分呢？你要是不愿意在这待，就回张店老家，省得给我添乱。"说时，用手背向外打发。

二太太向前一伸头："没门儿！"身子又收回来。

家驹厌烦地闭着眼："不管有门儿没门儿，你只要嫁给我，就得听我的。当初咱只是朋友，你说你怀孕了，咱这才结了婚。我本来是想找点共同语言，觉得你也受过新式教育，不会差到哪里去。万万没想到你这样。女人最有利的武器是温柔，不是尖酸刻薄。我现在才知道，外国人的话根本没谱儿，还是中国人看中国人看得准，'女子无才便是德'，一点不错！"

二太太一撇嘴："哼，还留学生呢，满脑子旧思想。"这时，她的样子是让家驹生气的那种天真。家驹已经对她感到束手无策，于是也不再从口头上震慑。他慢慢地站起来，看着二太太，二太太侧身不看他。两道目光射在二太太的耳根处，这不起什么作用——耳朵无法解码眼睛的内容。他越看越气，把桌布一掀："去你妈的新思想！"碗盘飞起，二太太惊起。

家驹抓过礼帽，大模大样地往头上一扣，四平八稳地走去。

二太太目送着他，呆立，然后如新式话剧中女主人公伤心的姿态，趴在餐桌上哭起来。

5

寿亭在他的办公室里，坐在那把太师椅上，雄视着屋里的人。

家驹坐在办公桌右侧的椅子上，他没有办公室，这把椅子就是他办公的地方。他抽着烟，把烟灰弹在寿亭的烟缸里。

账房的吴先生站在寿亭桌前，这就算开会。吴先生比他俩大几岁，有三十岁的样子，蓝布长大褂，个子也不高，头发渐已凋谢。看上去精明老练又老实。他躬着身，拿着账本，要向寿亭汇报工作。

寿亭坐在太师椅上抽土烟。那把椅子是纯粹的中国式样，但他面前的办公桌却是西式的，还是漆得最时髦的"蜡格漆"（英国产，细腻油亮）。这两件办公家具显得十分对立，像是当下一战中的国际形势。他这办公桌上没什么文具，只有一个印台和一个手摇电话。再就是家驹从西洋带回的搪瓷缸子，这是他送给寿亭的礼物，寿亭十分爱惜。

家驹的对面是一个长条连椅，客人来了就坐在上面。

吴先生端着账本，面有困惑："掌柜的，咱染得不少，可卖得不多。出货还是不快。我看咱的机器得停停了。"说完，下意识地向后挪两小步。

寿亭点点头，端过西洋搪瓷缸子大口喝水，然后看着窗外，定睛不动。

家驹又拿出一支烟，多此一举地把烟装在烟嘴里，拿着不点。他试着说："六哥，咱做点广告吧，我写了个稿子，念念你听听？"

寿亭还是向外看："念吧。"他揉揉眼，并不看家驹。

家驹把烟横搁在桌上，清清嗓子："青岛大华染厂的飞虎牌染色布，不掉色，不缩水，红布似那关云长，黑布似那黑张飞……"

寿亭抬手打断："停停停！关张赵云都是些不沾边的事儿。哪跟哪儿！你这是见了丈母娘叫大嫂子——根本不着调！"

家驹的才华受到否定，拿着稿子有点傻，嘴也半张着。

吴先生想乐又不敢，把头低着，下意识地倒退一点。

寿亭猛地站起，转到屋中空场上，抽着烟在屋里来回走，吴先生退向一边，让出场地，目光跟着寿亭的运动路线来往。

寿亭运动了一阵，站到了家驹面前，家驹忽地站起来，身子向后一缩："六哥。"

寿亭气笑了："我又不揍你，你往后退什么？家驹，咱现在的货，多是让乡下的小布贩子弄去。这些人批量小，给的价钱还低，这不是正道！绝对不是正道。这是我在周村时用的办法，不行，得改。这是青岛，有海有船，过了海就是东三省。我过去的法儿在这里不灵——供飨灶王爷和供飨玉皇大帝不能是一个供飨法儿。我七八天睡不着了，也出去转了四五天，得想法儿。再这样下去别说挣钱，不赔就不错。"说完又开始转。

家驹问："那你打算怎么办，六哥？"

寿亭咳了一阵，看了一眼手里的半截烟，扔向门后："我琢磨了好几天了，咱要是想干大，就得让商家有利可图。一是要抓住外埠的大买家，另一个，就是要让青岛这十八家布铺都卖咱这飞虎牌。"他又去桌上摸烟，一看扔在那里的半截烟还在燃烧，又过去捡起来，继续抽。吴先生看了也笑。

家驹把烟点上，看着烟嘴上的图画说："谈何容易。孙明祖在这里经营多年，那些客商都是他的老主顾，怕是一下拉不过来。"

59

寿亭猛然一变脸，声音也很高昂："他娘的，洋学生那么难对付，你都能弄回家去，就勾不来一个客商？"

家驹自知刚才的话太重，忙赔着笑脸，表情也尴尬："六哥，这不是一码事。"

寿亭冷冷一笑："什么不是一码事？男的女的都是为了钱！你要是没钱，二太太跟你？"

吴先生一看形势不妙，拿着账本想撤。寿亭喊住他："老吴，别走！"

老吴原地转回身："掌柜的。"

寿亭招手让他近前："你等一会儿，等一会儿。我嗓门儿高，不是冲你，也不是冲东家，我是着急。咱还有事要商量。"他转向家驹，"我说，家驹，你换个地方住吧？"

家驹拿着烟停在那儿，纳闷地看着寿亭。

寿亭接着说："二太太跟了你，本想着是享福，你呢，是想找他娘的什么共同语言！结果，她福也没享上，你那共同语言也没找着。你俩是公鹅鸽碰上了母斑鸠，远看模样差不多，实际上不是一类。这样，你换个地方住，去住渤海大酒店。带着二太太。费用算柜上的。看着海，谈着情，她享福，你也再找找你要的东西，兴许能弄出个四五六来。"寿亭说完笑了。

家驹不解："六哥，你这是……"

寿亭一扬手："我没说你犯什么错，不是把你轰出去，是让你去办大事。我让王长更盯了十来天了，孙明祖的客商一共有两路，东北来的那一路下了船就住渤海大酒店，坐火车来的那一路住李仓客栈——这一路不用你管，你就在渤海大酒店盯着。只要见是来趸布的，二话不说，见面请客。把你那中文洋文都有片子往上一递，那些人就得傻眼！然后就往咱厂里拉。你是留学生，有派头，能唬住人，又是专学染织的，这在青岛也是独一份儿。咱现在的布和孙明祖的价钱一样，他和咱有协议，不能降价。但是咱刚开始干，咱要是规规矩矩的，永远干不过孙明祖。咱怎么办呢？好，咱暗地里拉拢那些客商，一匹布里多给他五尺，不信他们不动心。"

家驹感到疑惑："六哥，这行吗？"

寿亭烦了："怎么不行？沈阳也有染厂，他为什么坐着船，舍着命到青岛来？还不是图便宜？咱的布为什么比沈阳便宜？还不是钻空子？——洋人收税收不着，北洋政府又不敢跑到洋人的地盘上来收税。大家都是图钱，还什么孙明祖的老主顾！咱给他的利大，他就是咱的老主顾。咱是干的时间短，不如孙明祖那栈桥牌有名，可咱染的那布生生高出他一头来。两家的布放在一块儿，他就是关公后边那周仓——根本不是一道局。你看看孙明祖染的那布黑不溜秋的，什么玩意儿！家驹，你放开了请，请上三桌拉一个主顾来，就是头功！请客你比我内行！只要你能和那些人吃上饭，剩下的事我来办。"

家驹点头："你这一说，我心里就有底了。"

老吴跟着点头。

寿亭开始给老吴下命令："你去渤海大酒店订房，先订半年。那些客商都常来，账房都认识他们。你让他见了疋布的，立刻上楼告诉东家。家驹，你就在房间等着，陪着二太太谈恋爱。请客吃饭办大事！你告诉渤海那掌柜的，挣了钱，也有他的份儿。现在这人哪，都得给他弄个猴儿牵着，他要是得不着便宜，帮你干事？休想！"

老吴问："我这就去？"

"去！"

"咱订他半年的房，还给他还价吗？"

"还价吗？照着脚后跟上还！一码儿是一码儿。"

老吴告退。

家驹站起来，为难地说："六哥，你在染槽子边上跑来跳去的，我坐在酒店里看风景，我心里不是滋味儿。"

寿亭一瞪眼："我在染槽子上闹腾，是为了咱这买卖；你在酒店喝酒捞肉，也是为了咱这买卖！把客商拉来，就是头功一件！回去收拾东西，也让二太太高兴高兴。"

家驹愤愤地说："我刚从家里撒了疯出来，把台桌都捆了！我要是这就回去，她别以为我怕了她。"

寿亭点根烟："家驹呀，咱也不是外人，你是我兄弟。你家大太太我也见过，别看是小脚，领到哪里也不寒碜！你完完全全可以领到青岛来，既有疼，又有爱，该有多好。你就是不听我的，非得发丧弄上套和尚道士——添一份子乱！兄弟，本事大不如不摊上，摊上了就将就吧！"说着拍拍家驹的肩。

家驹想起翡翠来，面有愧色。继而说："六哥，这半年房钱也是不少。"

寿亭宽慰他："家驹，我没上过学，也不认字儿。就是知道点事儿，也是你天天给我念报纸念来的。可咱是买卖人，这干买卖有些钱可以省下，有些钱就是要花了。你省下了盐，就能酸了酱。咱花的是小钱，挣回来的是大钱。别想钱的事，回去收拾吧。领上老二奔渤海，也让她高兴高兴。"

家驹乐了："六哥，给她起的这个名好，以后我就叫她老二。"

寿亭叹口气："唉！老二就老二吧！兄弟，别再弄出老三来呀！"

元亨染厂，孙明祖坐在沙发上听账房汇报销售情况。他满意地点头。

明祖有三十岁，中等身材，人虽不胖，但脸上肉多。中式打扮，绸子对襟夹袄上还挂着怀表。头发很亮，向后梳着，上唇有短胡子，浓密整齐。他掏出手绢来，包住鼻子弄了两下："嗯，很好，很好，就照这样干。我看陈六子撑不到年底，要不是青岛税少，他早滚蛋了。"他站起来跑到纸篓那里吐了口痰，擦过嘴说，"都说这陈六子有两下子，我也没看出他那两下子在什么地方。开工的时候也不短了，还是和乡下那些小贩子打交道，不用说往外埠发货了，本埠的布铺都不愿意卖他那烂货。"

账房刘先生极瘦，脖子挺长："说陈六子厉害，那是赵东俊吓唬你。现在他的布全下了乡，根本赚不到钱。前天我到布铺里走了一圈，根本看不见他那飞虎牌。"

这时，一个摩登女人进来了。她有二十三四岁，身着米色制服裤，紫红夹克衫，烫发披肩，高大性感。刘先生冲那女子躬躬身，笑笑："贾小姐来了。"说着自动退出，顺手把门带上。

孙明祖捻灭烟站起来，张着手走过去："思雅，我一看见你这打扮儿就冒火。"说着就搂她。

贾小姐也不挣扎，只是笑着说："当心进来人。"

"这是咱的厂！进来人怕什么？"

"要是你老婆进来呢？"

"那正好，省得我说了，成亲。"说着就制造事端。

贾小姐虽然穿着新派，但仍不脱中国古典，半推半就含着带笑，撩得那孙明祖欲火中烧……

6

李仓客栈，光线阴暗。掌柜的正在闭着眼听戏，摇头晃脑，怡然自得。吕登标进来了。他慢慢地走到柜台前，举起拳头猛砸下去，惊得掌柜的应声而起："保护费我交了。"登标哈哈大笑。掌柜的定睛一看，自己也笑了："哟！是吕把头，你没吓死我！我还以为是何大庚的人来了呢。"

登标一笑："何大庚，还他娘的何二庚呢！"

掌柜的笑笑："吕把头，有事儿？"

吕登标从绸子夹袄中掏出烟来，递一支给他："刚才差点吓死你，这马上就得乐死你。有趸布的吗？"

"今天没有。你来接谁？"

登标把肘枕在柜台上，抽着烟说："谁也不接，我是打麻将在中家——截和儿！陈掌柜的让我给你俩钱儿花花。"

掌柜的高兴地说："陈掌柜的给我钱？为什么？"

登标用眼扫了下四周，放低了声音："陈掌柜的要放个人在你店里。"

掌柜的有些慌："什么人，不是贩大烟的吧？"

"你他娘的才贩大烟呢！"

登标说着，向门口立着的那个人一招手，那人快步走过来。掌柜的看看他，表情紧张。

登标一乐："放个人帮着你干活，陈掌柜的还给你钱，这好事没碰上过吧？"

"这是——"掌柜的更慌。

登标拉过那伙计："就让他在这里盯着，只要元亨染厂的客商一来，你就告诉他，他就回厂送信，我就过来接人。陈掌柜的说了，每年给你十块大洋。先给五块，这是定钱。"说着把五个大洋顺到柜台上。

掌柜的大喜："我还以为干什么犯王法的事儿呢，这好办。元亨染厂的西路客商都住这儿，保证一个也跑不了。陈掌柜的我也见过，那是痛快人。行，放心，我准给你全截住。"

登标问："这些贼羔子趸布的都是什么地方人？"

掌柜的内行："这些人多是潍县胶县一带的，最近还来了些新海任丘天津附近的。青岛的洋布便宜，加上路费趸回去也合适。"

登标点点头，他让伙计门外站着。那小伙子点点头，出去了。登标盯着掌柜的，叹口气："高掌柜，我也挺穷……"

掌柜的忙拿出两个大洋放在登标手边，同时向门口看了看。

登标没拿，依然盯着掌柜的，把手从臂弯里拿上来，伸出了三个指头，在掌柜的眼前晃。

掌柜的想了想："行，就按你的意思办。"又从柜下拿上来一个大洋。

7

大街上，寿亭心不在焉地走着，边走边到处看。

青岛最大的布铺——万方布庄，门楣上金字起凸。门两边的石条门厢上镂着对子："粗麻细纱勤耕事；蜀锦杭绸好还乡"。寿亭虽不认字，还是抬头看了看门面。然后抬脚进了布铺。

店里很冷清。寿亭虽然穿着平常，但有点气度。一个伙计赶紧过来问："掌柜的，要点什么？"

寿亭笑笑，大声叫板："什么也不要！告诉你马掌柜的，就说大华染厂陈寿亭来访。"说着立在店中央，四处察看。

马掌柜闻声而出，抱拳相迎。寿亭朗朗地大笑着："马掌柜的气色不错呀！"

"托福！托福！"二人向内堂走去。

布铺后堂，寿亭和掌柜的近坐说话。掌柜的表情为难："陈掌柜的，你的布确实染得好，既鲜亮，又脆生，特别是那衣久蓝真上眼哪！可就是牌子新，老百姓没买过，怕掉颜色，价钱上也不比元亨的低，所以卖得不快呀！"

寿亭一笑："牌子是新，可你也不能十匹布给我卖仨月呀！"

掌柜的不好意思："陈掌柜的，你是大买卖，我是小买卖，小买卖讲的是转得快。你那布卖得慢，我就不敢再进货。我不是不帮忙，是实在没办法。"

寿亭微笑着盯着他："我给你送办法来了。"

掌柜的假忧转喜："噢？陈掌柜见多识广，快给我说说，咱也发点小财。"

寿亭乐了："我让你发小财？好！发小财！你店里几个伙计？"

"三个。你问这个干什么？"

寿亭不理他："年下回家你给他们多少'喜面儿'？就是过年的钱。"

掌柜的笑了："陈掌柜的，你染布是内行，可开布铺你就外行了。给什么钱？咱管他饭还给他钱？哪有那样的好事。满街全是要饭的，有个吃饭的地方就得知足，还给钱？全青岛的布铺没一个给工钱的。不过，嘿嘿，大伙计也就是他们的大师兄，在咱这里干的时候长，过年回家的时候，我就给他块布，捎回去给他多做个褂子，这就不错了。这是掌柜的赏的，他爹就得拿着这块布满村里显摆，这是他儿子挣回来的。要是给了钱，他爹还不得烧出毛病来？"

寿亭也笑了，拍着他的肩："老兄，你这是借驴拉碾——白使唤呀！这样，让你的伙计年下到我柜上去领钱，每人一个大洋，让他们使劲给我推销飞虎牌，怎么样？"

掌柜的高兴："好，好！陈掌柜的，你把那钱给我，我发给他们。省得他们一个一个地去麻烦你。"

寿亭笑着摇晃头："给了你，你就不给他们了！你的，我另外给。这样，你卖我一匹布，我就多给你二尺的钱，也就是两毛，卖五匹就是一块。现在乡下的地不到十块钱一亩，你要是卖上二百匹，年下就能买十亩地，这是不是个小财？哈哈……"

掌柜的连连作揖，随后撇下寿亭跑出来："你们几个都进来！"伙计们进来了，站在那里听吩咐。"这是大华染厂的陈掌柜的。咱从今天开始，使劲推销飞虎牌，来了截布的，就说飞虎牌好，颜色鲜活不掉色。陈掌柜的说了，你们要是卖好了，年下每人给你们一个大洋。快谢陈掌柜的！"

伙计们齐谢，寿亭还礼："弟兄们，我陈六子说到做到，你们要是不放心，我先打发人把钱送来。使劲给我卖，卖好了，发了财，一块不过瘾，咱就两块！怎么样？"

伙计们乐不可支。

这时，账房在门外柜台上算账，眼珠乱转，不动声色。寿亭看着他的后背，笑笑。

掌柜的送寿亭出来，路过账房身边的时候，寿亭顺手拉了他衣襟一下。

寿亭在离布铺不远的电线杆底下蹲着抽烟，两眼乱看，等着账房。一辆洋车过来了，欠身问寿亭："先生，坐车吗？"

寿亭笑笑："你看我这样像坐车的吗？"

车夫怯生生地说："先生，我今天第一天拉，我哥说，只要看见褂子上没补丁的，就得过去问问。"

寿亭按着腿站起来："今天第一天干？"

"是，先生。"

寿亭问："从这里拉到前海沿多少钱？"

车夫想一下："二分，先生随便给，一分也行。"

寿亭看看那小伙子的脸，那小伙子打量自己。

寿亭轻轻地叹口气："唉！万事开头难呀，兄弟。我当初还不如你呢。好，咱俩碰了面儿，就是前世的缘。我在这儿等人，不能坐你的车，拿着一毛钱吧。"说着把一个小纸票递给车夫。

这事来得太突然，车夫吓得往后退。寿亭笑了："我既不是码头上的恶霸，也不是绑票的土匪，我是大华染厂的掌柜。你的车有车租，一天挣不着钱，就得自己赔上。刚干，不会干。这干买卖什么时候都能赔，就是一开张不能赔。拿着，兄弟。"

这时，寿亭看见账房朝这边走来，把钱塞到车夫的号衣口袋里，迎着账房走去。

车夫的手伸进口袋，拿出钱来，看着寿亭背影，表情木然。随后拉着那空车扭头走，边走边回头。

"陈掌柜的，找我有事？"账房回头望布铺。

寿亭也没看他，眼看着马路对面："使劲卖，每匹布里有你一尺的好处。年下到我那里去领钱。"

账房抱拳胸前："陈掌柜的放心，这事我准办好。飞虎牌卖得好，咱就少进元亨那栈桥牌。陈掌柜的，我走了。"

寿亭扔掉烟蒂，抬眼望向街尽头，嘴角是一丝轻蔑的笑意。

寿亭又进了另一家布铺。

他站在店堂正中："通报葛掌柜的，就说大华染厂陈寿亭来访。"

8

这是渤海大酒店餐厅。傍晚，窗外的海正在涨潮，轰轰有声。家驹和二太太在那里等客人。他身着白西装，叼着象牙烟嘴，架着二郎腿，表情悠闲。二太太还是那套学生行头，只是妆化得浓了点，原来的小家薄相又透出轻佻。家驹不愿看她，望向外面的海。

二太太给家驹倒茶，坐回去后说："六哥看上去土，可出手很大方，是干大事的人。"

家驹不屑地说："你不是说六哥是个土老巴子吗？哼！"

"我是嫌他反对咱俩恋爱，所以才这样说的！他是有本事，可他不懂新式的男女感情。"

家驹从烟嘴上推掉烟蒂："他不懂新式男女感情？哼，六哥谈恋爱的时候，你兴许还没上学呢！他和六嫂十五岁就在一起，青梅竹马，两小无猜。那是书里才有的恋爱！你懂个屁！"

二太太正想说自己是不懂屁。这时客人来了。家驹马上换上笑脸："任掌柜的好！"

任掌柜的抱掌，家驹把手伸过去。任掌柜顿了顿，忙伸手握过来："卢先生好，好！"

家驹转身介绍："这是我二太太，也是我的私人秘书——王桂珍。"

王桂珍颔首淡笑，妖媚地把手伸向任掌柜，任掌柜表情慌乱，一时不知如何是好，把手在衣服上擦了擦，伸上来……

海浪涌上了窗子，又很快地退下。

那三人举起了红酒，不知祝福些什么……

明祖和贾小姐也走进餐厅，这时，贾小姐一眼看见了任掌柜，拉了明祖一下："看，长春的老任。"

明祖寻找，发现目标，很纳闷地摇头："他俩怎么认识的？"

贾小姐只看家驹："卢家驹是有点风度，你看那派头。"

明祖不无妒意地说："派头？他那合伙人更有派头！连个字也不认！我说，这老任来了，怎么也不给咱说一声？"

贾小姐说："甭管了，明天他准到咱厂里来！咱换家馆子吃饭吧！"明祖点点头，和贾小姐撤了出来。

9

晚上，福庆睡着了，采芹坐在桌前，独对孤灯，思念着寿亭。灯里的火苗跳动，屋里的影子摇曳。采芹双手托着腮，神往地看着前方，她想起了一些往事，不由得笑了。笑过之后，脸上是苦楚的相思。慢慢地，她要说话，可嘴动了几下，却出不来声音。她无奈地摇头，过去看看孩子。福庆在梦乡里。采芹伏下身去，轻轻地吻了一下儿子，又把脸贴在儿子的小脸上，然后给儿子向上拉一下小被子。又回到桌前，看着灯发呆。

"六哥，你真这么忙吗？"声音那么弱，那么长。

柱子两口子此刻正在屋里喝茶。媳妇说："他爹，我看六嫂这两天不高兴，是不是想六哥呀？"

柱子叹口气："不光她想，我都想。我说，你会写字，不行明天你过去和采芹商量商量，给六哥写封信。咱爹虽会写，可这不方便。"

柱子媳妇看上去挺利索，薄嘴唇，细长眼，皮肤白净。"这——写是行，可六哥自己念不了，还得卢少爷念。这夫妻之间的书信外人念……不大合适吧。你说呢，他爹？"

柱子想想："没事儿，也就是说说心里话，又没别的。我说，也别等明天了，你这就去采芹那里，先去陪她说说话。"

媳妇答应着起身。

柱子叹口气："唉，还是唱戏的说得对'嫁夫不嫁买卖汉，一辈子夫妻两年半'。这一年见个一回两回的，也真是急人。快，快去，六哥也是想采芹，快去商量着写，拿着你那套家什，今天晚上就写。"

柱子说着双手给太太捧过砚台："咱爹什么都好，就是当初忘了教俺仨认字儿。这倒好，采芹写不了，六哥看不懂，可急死我了！"

第五章

1

早上，寿亭从家里出来，天阴着，寿亭若有所思或是愁眉不展。寿亭住在一个临街的小楼上，这楼有些破败，门里人出入，看上去都较贫穷，这显然是个杂住楼。街的马路是小石砖排起来的，石砖上溢出水光，冷湿滑腻。街对面有个小饭铺，他走了进去。

他坐在饭铺里吃着豆浆油条，边吃边往外看。忽然，街上的人多起来，一些学生拿着小旗朝南跑，小旗上还有字。寿亭不认字，很纳闷。他三口两口吃下那些东西，付过账跑出来，可那些学生都过去了。他急匆匆地往厂里走。

出了他那条街就是海，马路让昨晚漾上来的海水冲洗得很干净。他正在寻思着往前走。马路对面的洋车夫看见了他，大声喊："掌柜的。"

寿亭停下一看，是他在万方布庄门口给了一毛钱的那位，笑了。

洋车夫来到跟前："掌柜的，你住这呀。嗨！咱俩隔一条街。上车，我拉你去上工。"

寿亭笑笑："不用，不远。"

洋车夫执拗："上车，上车。这些天我整天踅摸，盼着能碰上你。那天你给了我一毛，还真把财神引来了，我又挣了一毛一。我哥才挣了九分呢。上车，掌柜的，我说什么也得拉你一趟，还上这个情。"

寿亭站下了："兄弟，你不知道，我是要饭的出身。你坐在车上我拉你行，你拉我就不行。来了青岛我也坐了两回洋车，在上头看着人家拉，心里别扭。你快忙去吧！"

洋车夫不同意，跟着寿亭往前走："掌柜的，有钱的坐车，没钱的拉车，这是天理。没啥别扭的。快上来吧。"说着放下车把。

寿亭有点烦："快走，我有事！我给你一毛钱是给你打上股子气！让你好好上前奔。你怎么没完没了的？走！"

洋车夫见寿亭眉毛都立起来了，嗫嚅地答应着。拉起车来向相反的方向走了。他边走边回头看寿亭，心说这人怎么说翻脸就翻脸。

这时，又有伙学生跑过来，寿亭试着上去拉住一个。这学生看来刚上中学，也就十三四岁的样子，戴着有皮边的学生帽，穿着黑色的立领学生服。

"你干什么？"男生问。

寿亭谦恭地问："小兄弟，这人来人往的要干什么？"

学生看看他，觉得他是个乡下人，说："要游行，反对把胶州湾割让给日本人。这些事儿你不懂。"学生甩下他跑了。

寿亭站在原地叹口气，下意识地揉揉眼，继续向厂里走。他一路走，一路琢磨，又看到有学生打着横幅，他不认识上面的字，只能用眼使劲看字，越看越急。上去问人家，那些学生急着走，没空回答他。他忽然想起了什么事，快步向厂里跑去。

办公室里，家驹和吴先生都在。

老吴等着汇报工作，可寿亭还没来。家驹抽着烟，心闲无事，随便问："这货走得怎么样？"

老吴笑笑："东家，这外埠出货明显见快。咱的飞虎牌也总算漂洋过海地去了东北。哈尔滨的老孟又来电报，让咱备货，这都是你截来的。咱这渤海大酒店没白住。这才多长时间，咱的房钱全挣回来了。"

家驹点点头："光挣回房钱不行，还得盈利。东北这些人都挺豪爽，比乡下的那些小布贩子好对付。对于我来说，谈这样的生意感觉还是可以的。还是六哥说得好，有些钱是得花。"

老吴说："乡下的那些小布贩子，也让掌柜的拾掇得没了脾气。咱现在是二十匹起卖，再来弄个一匹两匹的，中午还得管上顿饭，咱现在根本不侍候。"

家驹点点头："孙明祖已经知道了咱在渤海大酒店截了他，等六哥来了，咱还得再商量商量，他要是也去那里住着，咱可怎么办？"

老吴笑了："东家，这你就不知道了。以往，那些客商来了，是自己出房钱，住在渤海大酒店。可现在是咱出钱，让那些客商住临海大酒店。这临海大酒店是柜台苗家开的。当年掌柜的去苗家要饭，正好赶上苗老爷留学的儿子回来，他就是现在大名鼎鼎的苗瀚东。现在苗瀚东在济南开着面粉厂。当时，苗先生一看掌柜的挺可怜，就给了掌柜的一个馍馍。从那以后，掌柜的年年去给苗家拜年，这十几年来年年如此，进了门二话不说就磕头。苗先生大为感动，多次想让掌柜的去济南跟他干。掌柜的不忍心扔下通和周老爷一家，所以也就没跟苗先生去。现在咱住临海大酒店，掌柜的本来是想回报苗先生当初那一个馍馍，可苗先生在济南知道了，来了电报，让酒店里不收咱的钱，说等着买卖干大了再说。那临海大酒店对孙明祖来说，吃饭可以，住宿不行——这是苗先生的意思。他不能在那里住，怎么去那里截咱的客商？东家，你认识苗先生吗？"

家驹站了起来："苗先生是山东最让人敬佩的工业家，也是留学的前辈，是带着清

69

朝的辫子去的英国剑桥。听说人长得极其气派，只是无缘一见。等哪一天有空儿，我让六哥领着去济南见见苗先生。"

老吴接着说："东家，还不只是这些。苗先生还来了信，说咱要是钱不宽绰，直接说。东家，一个要饭的和一个留学生，可是天地悬殊呀，掌柜的能让苗先生这样器重，也就看出咱家老爷的眼力来了。"

家驹眼前一亮："去，你到楼下把苗先生那信拿来我看看。"

这办公小楼的楼梯在外边，寿亭一跃就是三台，蹿了上来。

老吴正要走，寿亭闯进来。他上来就问："家驹，你知道这街上要干什么吗？"

家驹漫不经心："嗨！那和咱没关系。"

寿亭把眼一瞪："你怎么知道没关系。说！是怎么回事？"

家驹吓得站起来："六哥，你别急，是这样。中国参加了欧战，也是战胜国。可是在巴黎和会上，美国英国想把德国在胶州湾的利益转让给日本，所以，这些学生游行。戏匣子里说北京闹得更厉害，上海也闹，咱这里晚，刚开始。"

寿亭一把拉住家驹："咱不管那么多，我看着学生们游行都打着幡。老吴，你，再叫上几个人，跟着东家，把积压的那四十四窄幅布找出来，做成游行的幡，让学生打着满街转去。"

家驹笑了："六哥，那不是幡！发丧的才叫幡，这叫横幅。"

寿亭也想笑，又忍回去："好，不管叫什么吧，就是学生举着的那东西。正面写上游行的字，背面写上咱那飞虎牌。不要钱，只要给咱打着就行。快！快招呼人写！让吕登标联络各学校。咱在厂门撑个摊子，给学生送水，也送幡。快办！"

家驹眼前一亮："嘿！六哥，这招行。"

吴先生说："掌柜的，那四十四匹布可是不少钱哪！"

寿亭有点急："老吴，你怎么也让我着急呢？放在仓库里狗屁不是！打到街上才是钱。你俩赶紧去呀！"寿亭一跺脚，二人急走。寿亭看着他们的背影，气得笑了。

2

元亨染厂。孙明祖和贾小姐站在临街的小楼窗前看游行。他那楼不算高，离着街也近，那些横幅就在眼前。

学生打着横幅前面是："外争主权，内惩国贼""取消二十一条""拒绝和约签字"，等等，后面却是"飞虎牌染色布——颜色鲜，不掉色"或"大华染厂支持爱国""飞虎就在胶州湾，巴黎和约不能签"，等等。

马路两边看游行的人很多，看着队伍走过去，又看见横幅后面的广告，议论纷纷：

"这个厂真有钱，那么多好布。"

"这个厂挺爱国。干买卖就得这样，不能光认钱。"

"这飞虎牌在青岛？什么模样？掉色不？"

"我也没注意。改天到布铺看看，要是不太差，以后咱就买这牌子。让这样的厂挣钱，心里不别扭。"

"要是中国的买卖人都这样，咱这国就有救了。"

队伍向前走着……

孙明祖叹气，他对贾小姐说："思雅，这就是陈六子的精明之处。不光这，他不知道用了什么招，布铺里的伙计疯了似的推销飞虎牌。要是这样下去，用不了几天，他还能再上一趟染槽子。"

贾小姐笑笑："不是陈六子，是卢家驹。他是留学生，这些招儿都是外国来的。"

明祖有点醋意："那小白脸是个摆设，是陈六子顶着干。我看你对卢家驹有点意思。"

贾小姐轻轻一笑，也不回避："卢先生就是有派头，人家在渤海大酒店办公。"

明祖有点急："哼，他是在那里截咱的客商。"

贾小姐看着外边："我比他更能截，可你不是怕花钱嘛！"

孙明祖有些生气："咱还用截吗？那些客商原来就是咱的。要是大华不给他们好处，截也截不走呀！我一会儿就打发人出去问问，倒是暗地里给了多少。"

贾小姐面有不屑："这还用问吗？大华给他们的暗扣肯定少不了。那些人得了好处，所以不到咱这儿来了。我对你说了多少遍了，现在的青岛不比以前，多了个大华，咱自己控不住了。那布铺我也问了，陈六子许愿过年的时候布铺里的伙计每人一个大洋。昌邦布铺的伙计亲自告诉我的。明祖，咱得改了，再不改，咱的买卖越干越小。你看，咱这些天才出多么点儿货！"

明祖未置可否，从窗口走开了。

明祖坐下后，叹了口气："思雅，我不是不让你去渤海截客商，咱的客商和陈六子接上头之后，再来了，就住临海了。"

贾小姐说："那咱也去临海。"

明祖淡淡一笑："知道临海是谁开的吗？苗瀚东！山东最大的工业家。他和陈六子兄弟相称。我就不明白，这个陈六子原来是个要饭的，怎么和苗先生有这么深的交情。这人还真不能小看。"

贾小姐不屑地一笑："那是陈六子自吹，苗瀚东能认识他？"

明祖笑笑："苗瀚东给临海大酒店来了电报，你要一说住店，账房立刻就会把那电报拿出来给你看，我抄下来了，你看看。"说着明祖拉开抽屉，拿出一张纸交给贾小姐。她轻念道："'我弟在青，生意初兴，食宿免费，具归博东。'这陈六子还真有一套！明祖，这上面也没说不让咱住呀！"

明祖说："苗瀚东是什么人？还用明说？你去了之后账房直接告诉你，他要是让咱住下，他自己的饭碗就得砸了。唉，这个陈六子，去哪里不行，偏偏跑到青岛来乱我。"

贾小姐思忖着说："敢放着钱不挣，帮着陈六子，是不是有他在大华入了股呀？"

明祖一惊，站了起来："要是那样，咱就更麻烦了。苗瀚东多大的实力？咱根本不是他的对手。"

3

寿亭正在车间里领着干活，吴先生来了。寿亭看着吴先生那脸色，知道有事，就擦擦手走过来："怎么了？"

吴先生向外拉寿亭："掌柜的，东家的二太太来了，哭哭啼啼的，在你那里坐着呢！"

寿亭纳闷："咱从渤海撤出来，是咱不用在那里住了，当初也没说让她一辈子待在那里。"

吴先生小声说："我看不像是这事儿，你快去看看吧。现在是小声哭，她要万一撒起泼来，东家以后怎么见伙计们。"

"什么忙也帮不上，净他娘的添乱！"寿亭说着脱下破褂子，拿过好褂子换上，跟着吴先生向外走。

二太太坐在平时家驹坐的椅子上哭着。

寿亭进来了，二太太一见哭声升起，但没有申诉为何而哭。

寿亭厌烦地皱着眉，伸手示意："停停停。有什么说什么，这是工厂，不是你的家。你闹什么？为什么闹？"

"卢家驹这个没良心的！嗯……"

"停下！我告诉你，我脾气急，你再哭我让警卫把你轰出去！说！为什么？"

寿亭把二太太镇住了。他拿过搪瓷缸子要喝水，缸子是空的，就走到水管那里对着嘴喝。二太太见状，觉得有些意外。

72

"六哥，你得给我做主。"

寿亭抹着嘴："做什么主？家驹出去了，我能做什么主！说，为什么？"

二太太擦去伤心的泪花："六哥，卢家驹见我怀孕了，又在外面找人儿。"

寿亭冷冷一笑："找谁了？找人怕什么。"

二太太惊异地看着寿亭，想发作但又忍回去，眉毛也落下来："是电报局的！叫欧阳一帆，这名字是她后来自己改的，她和我同学，原来叫欧桂花，现在加了个阳，故意弄这四个字的名字勾男人。"

寿亭笑笑："改名就能勾住男人，那你也改。她四个字儿，你弄上五个，咱比她多一个。"

二太太接不住寿亭的招法，就说："六哥，我知道你爱开玩笑，可这不是开玩笑的事儿，家驹是有妇之夫。"

寿亭拿着烟正要点，听见这话把洋火杆扔下了："二弟妹，这你早该知道，家驹早是有妇之夫。家驹就去你们中学讲了两回西洋景，你们就好上了。现在你也怀了孕，可家里那大太太还没怀孕呢！要是你再生个儿子，长子不是正出，将来这家产怎么分？这都是些麻烦事儿。再说了，你到现在也没回张店去见见家驹的爹娘。你让我年下见了他二老怎么说？人家能不问，让你看着家驹，你是怎么看的？"

"他是大人，不用你看。"二太太底气不足，头也不敢抬起来。

"那好，你自己看着吧。还有别的事吗？我忙着呢！"寿亭想走。

二太太开始哀求："六哥，家驹最听你的，你就说说他吧。"

寿亭抬手制止："第一，他也不听我的。当初你俩弄得天昏地暗，烟火流星，好得都忘了自己是公儿是母儿。我当时就不愿意。结果怎么样？还是没挡住，还得罪了你。还是老吴说得对，劝赌不劝嫖，劝嫖两不交。这事不是劝的。"

"家驹逛窑子你也不管？"

"不管。有卖的，就有买的。买卖人，这不是什么大事。当老师的不能逛窑子，要是逛了没法回去教学生。"

二太太没了词儿。坐在那里一声不语。

寿亭把口气缓下来："二弟妹，你和家驹弄的这一出本来就不对。家驹家里的大太太是他表妹。咱这买卖里还有人家的钱。现在家驹找了你，大太太该怎么想？噢，我出上钱让你去青岛找小老婆？人家想起了你们这一出，还不和吃个苍蝇似的？乡下那女人有什么？不就是有个男人嘛！你还和人家夺。现在你同学和你夺了，你受不了。弟妹，我回头可以说说家驹，你呢，也就八仙桌子盖井口——随着方，就着圆吧！回去对家驹

73

好好的，把你那些不着四六的狗屁新派学生调儿收起来。你对家驹好，他心里就想着你。不管你那同学名字是四个字还是她娘的五个字，家驹只要不动心，她一点戏也没有。回去吧，按我开的这个方子抓药，要是不灵，你再来找我。"

在这个过程中，家驹正好穿着白西服从外面回来，听见寿亭教育二太太，小孩子似的偷着乐。当听到寿亭让她回去时，吓得撒腿就跑，去了账房。

二太太垮了，提出了最后一个要求："他找也行，就是不能找欧桂花。"

寿亭气得乐了："这有什么不一样，反正都是女的。"

"她在学校的时候跟我不和！"

寿亭更乐了："你要不按我说的办，他真能把你同学娶回来。二弟妹，要是那四个字的真进了你家的门，你是和得和，不和也得和，一点招儿也没有。你俩一个男人，这不是妯娌不是两乔的，我也不知道怎么个叫法，反正是不远。对了，你俩将来的孩子一个爹。"

4

二太太走后，寿亭坐在那里抽烟，越想越笑。这时家驹蹑手蹑脚地进来了："走啦？"

寿亭斜他一眼，家驹虽是到了他那椅子跟前，但是没敢坐下："六哥，没她说的那么真。我和欧阳就是吃了一顿饭，让她看见了。"

"什么他娘的欧阳欧阴的，打住。你弄了这一个，我就犯愁见了你爹怎么说，你再弄上俩，整个张店城还不把牙笑下来！家驹，你年纪不小了，行了。咱出来打天下不容易，家里那些人都盼着咱有点出息。这是采芹——你那六嫂不知道你这一出《鸳鸯会》，要是知道了，明天就来了！你听见了吗？打住！"

家驹忙说："打住，打住！我和欧阳不是真的，是闹着玩儿。"他见寿亭气小了，接着说，"六哥，有副对联说唱戏的，你听听。'金榜题名虚富贵；洞房花烛假姻缘'用在我这里正合适。嘿嘿。"

寿亭笑了笑："抓紧拾掇利索了，守着老二好好过吧！"

家驹答应着，接着开始说公事："六哥，咱这两天一闹腾，还真见了成色。报纸电台要采访咱们，我让他们下午四点到渤海大酒店。咱的飞虎牌这下子成名啦！"

寿亭站起来："你怎么不早说！好，采，让他们采！"

家驹说："还是你出面吧，六哥。"

寿亭说："我不行，我不认字，说不到点子上。这事还是你内行。你是留学生，能说会道。我是红烧狗肉不能上大席，只能在染槽子边上显威风。"说完，有些失落。嘴角上带着苦笑。

家驹点点头："好。六哥，那咱说什么呀？"

寿亭乐了："这还用教吗！就说爱国。那些学生怎么喊的，咱就怎么说。"

老吴刚才在账房里知道了这件事，也进来了。

寿亭接着指示道："那些记者都挺馋，今天晚上你就在酒店里摆下大席，大鱼大肉让他们吃个够。五块大洋足够了。这比你那广告便宜多了。光吃了还不算，还得让他拿着。老吴，你来了正好，你和东家合计一下，看能来几个人，每人一丈二蓝布，让他们做个大褂子穿。"

家驹高兴地从椅子上站起来，在屋里来回奔走。寿亭伸手示意让他暂停运动："这伙子人都很穷，指望着敲竹杠过日子。你告诉他们，每年八月十五来领布，进了腊月门就来领肘子。总而言之一句话，这伙子婚丧嫁娶咱都跟着随份子，这钱该花。"

老吴不失时机地问："掌柜的，给他们哪种蓝？是衣久蓝还是深蓝？"

寿亭气得差点乐了："老吴，我看你也快傻了，那衣久蓝能做大褂子吗？"

老吴辩白："不是还有女记者嘛！"

寿亭乐了："那些女记者都有男人，有的还有好几个。干脆说吧，深蓝，不管男女，一人一丈二。咱烧上这炷香，就不管谁收获了。费劲！"

家驹正想走，寿亭拉开抽屉拿出一封信，老吴退下。

"你六嫂来了封信，老吴说信皮子上有字，他不能拆。我拆开了，可是看不懂，没把我憋死！你先说说，信皮子上那四个字是什么？"

家驹苦笑一下："这四个字是'近人可读'。念吗，六哥？"

寿亭急得来到跟前："快，快！看看六嫂说什么？这他娘的不认字就是个残废。快！"

家驹念道："'采芹小妹启六哥安好'，这是第一行，接下来是'过年一别，百日有余，妹思夫兄，夜以继日。福庆我儿，目瞩东方，虽无言语，亲情至态'，就是孩子常朝青岛方向看。六哥——"寿亭走到窗前背过身去。家驹一看，赶紧把头低下，接着念道："'夫兄性如烈火，妹每思此，坐立不安。采芹相夫教子，妇道所在，惜不在侧。有心无力，多是焦急。切盼夫兄遇事勿躁，宽处落脚，细处用心。'六嫂说让你遇着事往宽处想，别着急。'夏天不远，我儿渐壮，夫兄不弃，欲赴相侍。'六嫂说到夏天的时候，想到青岛来侍候你。'二老均好，生意如旧，夫兄勿念。函到作复，免妹挂牵。亦妹亦妻采芹恭呈，柱子内人代笔并同拜。'六哥，柱子这媳妇文笔不错。"

寿亭叹息着转过身来，把信要过去，叠好，放在衣袋里。"家驹呀，家里这些人，没日没夜地念着咱。咱得好好干哪，要不，咱对不住这些人呀！兄弟，听我的，老二收了就收了吧，可别再弄别的了。"

家驹点点头："六哥，你放心吧。"

寿亭又把信拿出来。"等咱的买卖上了正轨，你也帮着我认俩字儿。我要是认字，想你六嫂的时候就拿出这信来看看，那多好。唉，不说了，你快去会那些记者吧。你看看人家那些记者，就指望着写字过日子，真是了不起。"

家驹感伤地低着头，慢慢下了楼。

5

明祖坐在办公室里看报纸。

"本岛大华染厂以实业救国为己任，发财赚钱不忘国家兴亡。在五月五日学生抗议游行的时候，拿出上等好布四十匹，做成横幅，以自己的行动表达了爱国强国的意愿。同时，他们还停下工厂的锅炉，专门给游行的学生烧水，送水。更为感人的是，他们全厂上下，从工人到董事长都吃窝头，那天为了支持学生示威游行，特地买了一袋子美国富强粉，蒸了一笼箩馍馍放在厂门口，学生饿了就给学生吃。

"天下兴亡，匹夫有责，大华染厂的董事长卢家驹先生这样说：'和其他大厂比起来，我们厂小了一些。但厂小不能忘忧国！我们捐了四十匹的横幅，这不算什么。我和我的合伙人陈寿亭先生一致认为，没有国家强大，我们的利益就得不到保证。皮之不存，毛将焉附，就是这道理。我当初远赴德国学习染织，就是要走实业救国之路。所以，我们将自己产品的牌子定名为飞虎牌，就是想通过我们的努力，使中华民族跻身列强，像飞虎一样虎虎有生气……'"

明祖站起来，晃动着头，把收音机关掉了。

寿亭听家驹念完了报纸，喜得坐到桌子上，然后又下来，然后再蹦上去。家驹也乐，问："六哥，我诌的这一小段还行吧？"

寿亭喜得直不起腰来："好呀！工厂那锅炉能烧水吗？孙明祖看了得笑死。还美国富强粉蒸馍馍，还一笼箩，说得有鼻子有眼儿的，要是咱有那馍馍，我先吃上三个。"寿亭笑得直擦泪。

家驹还是想得到正面的肯定，重复刚才那句话："六哥，我诌的这一小段还行吧？"

寿亭称赞："太行了！家驹，记着，以后不管什么游行，不管是反对缠小脚，还是主张打离婚，或者是主张中医公开营业，咱就照着这个法儿办。"

家驹点头称道，吴先生也随声附和。

寿亭失落地问："可是，家驹，这游街怎么弄了两天就散了？"

家驹反问："你的意思是一直游下去？"

寿亭挠挠头："咱弄上了四十四匹布，怎么着不游个十天半月的……"

6

早上，孙明祖摘去怀表，头上也没抹油，化装成一般人进了布店。没了那套装束，他的气派也跟着没了，看上去像是个破落子弟。他刚往柜台前一凑，伙计就迎上来："掌柜的，截布？这飞虎牌的好。布又瓷实，又不掉色。在这一些布里，飞虎牌最鲜活。要多少？哪种色？"说着就拿尺子。

明祖脸上的表情很沉重，低声问："有栈桥牌的吗？"

伙计打岔："还是这飞虎牌的鲜活，你要多少？"

明祖脸往下一沉："我问的是有没有栈桥牌的！"

伙计见势不好，忙说："有是有，可是一般人都不买栈桥牌，虽说这两种布一样钱，可栈桥牌乌了巴叽的，不精神，和没睡醒似的。"

明祖刚想发作，正好有对夫妇进了布铺。这对中年夫妇看样子是教师，男的戴着断了腿的眼镜，断腿处缠着丝线。伙计放下明祖，笑脸相迎："两位，截布？这飞虎牌的好，不掉色，颜色也鲜活。"

女的说："不用你说，我们就冲着飞虎牌来的！这个深蓝的，一丈二。"

伙计高兴地答应着，将布展开丈量。

明祖和气地过来："请问两位，为什么买这飞虎牌？"

男的说："这个厂有正义感！学生游行又送水又送馍馍，像这样的工厂主中国还太少。"

明祖不屑地笑了："哪有的事儿！那是工业锅炉。"

男的并不看他："报纸上这么说的，还能错得了？"

明祖不想进行争执，把口气缓下来："你觉得这飞虎牌的颜色怎么样？"

男的回答："过去没注意这个牌子，现在看着还行。"

明祖又问："你觉得栈桥牌的怎么样？"

男的说："也行。过去没这布比着，看不出怎么着来，可一比，栈桥牌显得旧。这飞虎牌捐助过我们学校的游行，我们那一路没走他厂门口，也没得着馍馍。但是横幅倒是大华染厂送的。买一回，就算回报吧。如果真像说的那样不掉色，以后就买这牌子了。"

明祖点头："原来如此。"

两人付过钱后走了，明祖望着夫妇的背影，一拍柜台上的布，长长地叹口气。

伙计又过来："掌柜的，看见了吧，都认这飞虎牌。来多少？"

明祖说："你还是把栈桥牌的给我拿过来吧，我要比一下。"

伙计不情愿地从柜台下面把布拿上来："你看，同样是深蓝，飞虎牌显得多厚实。掌柜的，听我的，错不了！"

明祖把两种布放在一起比着，深深地点头："嗯，是有点不一样。伙计，这飞虎牌一共有几种色？"

"六种。"

明祖用手一划拉："一样给我来三尺。"

伙计不解："三尺？三尺你能做什么？"

明祖苦笑："小兄弟，我什么也不做。我是元亨染厂的东家孙明祖，我是买点样子回去比比。"

春天的太阳照进来，孙明祖在办公室里正和几个技术人员讨论，对两种布进行对比，指指画画。

贾小姐坐在沙发里修她那红指甲，间或向后理一下新烫鬈发。再向这边看一眼，她感到这是多此一举。

明祖说："李先生，你看他这布，颜色怎么这么准？你看这蓝，不仅颜色稳，还不露黑头，和染料桶上的色样完全一样。你看这衣久蓝，多脆。他这是添了什么料子？"

李先生摇摇头："他添了什么我不知道，但我能肯定，他这不是用的现成色，这是好几种颜色调出来的。"

明祖点支烟："那就不好办了。唉，学生这一闹，飞虎牌有了名。它没名的时候，谁也不注意它的颜色好，可现在不一样了，如果这样下去，大华染厂就会慢慢变大，虽说一两年之内影响不到我们，但是长久下去我们会挺难受。李先生，你能不能也弄几种颜色调试调试？"

李先生摇摇头："怕是一时半会儿试不出来，这些中间色都与水温有关系，温度过高过低都不能表现正常色值。"

贾小姐在沙发里漫不经心地说："这肯定是卢家驹从德国带回的现成配方。咱把那方子弄来不就行了吗？"

明祖眼前一亮，朝沙发那里看了一眼，然后示意那些人出去。那些人也正好为难，李先生听了这句话算是看见救星了："贾小姐说得有道理，这可能就是德国的现成配方。"说着示意那几位一块儿走。

明祖过去关好门，赔着笑走过来："思雅，你能把卢家驹的方子套出来？"

贾小姐笑笑："这有什么难？上次商会组织跳舞，卢家驹就约我吃饭。"

明祖佯装正色："不许失身，咱宁可不要那方子，你也得守身如玉！李先生调不出这颜色，咱再请能人，可你是我唯一的。"说着坐在另一个沙发上，偷眼观察贾小姐的反应。

贾小姐没直接看他，看着自己的手笑笑："那是我的事。这几年我为元亨出了不少力，你还是按当初的约定，给我加上那一成份子吧。"

明祖思忖一下："这得开董事会。"

贾小姐冷冷地抬起眼来看他，明祖立刻改口："我是董事长，我说了就算。就按你的意思办。我要是有了这方子，就能把陈六子从青岛赶出去。他有名是暂时的，是暂时的虚名。学生的游行也停了，他又没钱做广告。可咱栈桥是老牌子，关键是现在大家都知道了飞虎牌，让它比得咱那颜色不好了。"

7

卢府，卢老爷没了脾气，坐在院中的石桌子上独自饮茶，边喝边拍腿叹气。

屋内，老太太正在宽劝翡翠，翡翠低着头掉泪，抽泣不止："找了就找了吧，干吗还要送回来？姑，我心里堵得慌。"

老太太抚摩着她的手："翠儿，就是因为有了身孕才送回来的。她生完了孩子，我让她留下孩子走。不光是你，我也觉得心里堵。都是你这个爹，让他去留洋，学了自由恋爱回来。翠儿，在家驹心里还是你重。宽心，啊，孩子。过年他回来，我把那个小婆子打发走了。咱也怀孩子！"

翡翠抽泣着说："姑，咱地里打的那粮食也够吃的，咱那窑厂也能挣点零用钱。咱不让家驹哥去青岛不行吗？咱要了钱，没了人，图个什么？"

老太太也掉了泪。"孩子，咱那大钱都扔上了，想收也收不回来呀！孩子，别难过，姑对不住你。等那个野娘儿们来了，看我怎么收拾她！"老太太气得咬牙切齿。

翡翠抽泣着说："怨不得人家，是家驹哥忘了俺。"说着大哭着跑向自己的屋。

老太太追出来："他爹，快去喊家骏套骡车，把咱哥他嫂子接来！"老太太用手一点，

"都是你，留洋留洋，好好的孩子给弄成这样。翠儿呀，开开门，姑有话说。"老太太推着门，"这是哪辈子作的孽呀，养了这么个东西！"

家骏的太太在自己屋里一直关注着事态的发展，看到这一幕，偷偷地笑，一想幸灾乐祸不对，忙跑过来，加入了劝导的行列。"大嫂，你开开门，看把咱娘急出病来。"

卢老爷叹口气站起来，从一个全新的高度进行反击："怨我怨我，什么事都怨我！外国人是一夫一妻，这找二房，不是外国学来的。"说着抓紧出去叫家骏了。

8

寿亭正在车间里领着干活，家骏来了："六哥，现在这么多工人，不用你再干了，指画指画就行！"

寿亭拿过块包皮布擦手："你有什么事？"说着把家骏向一边拉了一下，怕染浆溅到他身上。

家骏犹豫，拿过一封信："是……思雅请我吃饭。"

"谁是思雅？"

家骏抻抻量量地说："就是……就是大洋马。"

寿亭乐了："嘿！有点艳福。"他和家骏往外走，"你这是披蓑衣的还没走，打伞的就来了。二太太怀着个孩子，我看你还是少弄这些营生。"

家骏为难："六哥，我也不想弄，是她非要请我。我收到这信就犯嘀咕。这大洋马是孙明祖的相好，又是元亨的股东，她请我，能有什么好事儿？我心里没底，这才来问你。"

寿亭想想说："我知道，这大洋马是孙明祖最得力的干将，没有她，元亨没现在这成色。她请你能为什么呢？嫁给你倒是不会，在一块玩玩倒是有可能，也就是跳跳舞什么的。至于别的，你除了学染织不会染织，什么也不会呀！哈……"

家骏也乐了："要钱，她不会，她是不是想会会我这留学生？"

寿亭和他来到车间外边："留学生和别的男人也没什么两样。不过女人说不准。你这一说，我倒觉得还真得慎重，别中了什么计。先别慌，你让我想想。"

这时候，一个小童工跑出来，吕登标拿着竹篾子在后面追，大叫："站住，回来！"

那童工顶多有十四五岁，家骏见了一皱眉。寿亭回过头，大吼："放下！你这是干什么！"

那童工过来就给寿亭跪下："掌柜的，我错了，别打我。"

寿亭一把提起他来，吕登标气呼呼地跟上来："这个小杂种，吃饭最多，干活最少。我让他放水，喊了好几遍他都装没听见。"

寿亭问童工："有这事儿吗？"

童工哭着："掌柜的，我站在烘干机跟前，那机器轰轰地响，我没听见。"

寿亭问："是没听见还是成心不动弹？"

吕登标抢过去说："他听见了，就是不动弹。我看就是欠打。"

寿亭冷冷地看他一眼，吕登标向后退了一步，怒气全无。

寿亭说："狗子，你是东家的远亲，你爹找了老东家好几回，说了不少好话，这才带着你来了青岛。咱这活是累，没白天没黑夜的，可总比在家挨饿强。你没来的时候，全粮食的干粮你吃过吗？"孩子摇摇头。"没吃过吧。干咱这活，不能光有力气，还得灵透。那机器转着，挤着你怎么办？你看看杜二子，还不是因为睡着了才挤掉了一只手？这是咱东家人性好，养着他，要是搁着别处，这一辈子可怎么办？给吕把头鞠个躬，回去吧，好好干。"

狗子给登标鞠躬，然后抹着泪走了。登标刚想走，寿亭让他站住："咱这厂外头就是马路，你举着个竹篾子撵个孩子，你想干什么？"

"你喊他的时候，一声他就应，可我喊好几声，他就是生生地装着没听见。气死我了！"

寿亭盯着他："吕登标，从今往后我给你立下个规矩，不能动不动就打人。不错，我也打，可那是他真干错了。我不在车间的时候，你就坐着抽烟，一动也不动，你当我不知道？你是把头，你拿钱多，你不领着干，那些工人能服你的气？"

登标没词了，寿亭抬手轰他走，登标走了。

寿亭教训登标的时候，家驹走到一边去抽烟。他见登标回了车间，这才又回来。

寿亭说："我想辞了他。"

家驹忙制止："不行不行不行！他是翡翠的姨表弟，不行不行。六哥，这可不行。"

"正是因为他是大太太的表弟，我才留到现在。他收工人的礼你知道吗？"

家驹慌了："我抽出空儿来说说他。我在外头娶了老二，打心里觉得对不住翡翠，再辞了她表弟，翡翠又要面子，别一时想不开，再寻了短见。不行，不行！"

寿亭叹口气："唉！这朝廷里全是亲戚，事儿就不好办，工厂也一样。就这么着吧。刚才说到哪里了？"

家驹看看太阳，掏出手绢来擦擦汗："说到大洋马为什么请我……"

寿亭觑着眼说："你先去吧，记着，回来照实给我学。这男女之间的事儿，本身就

81

是干柴火上打火镰，火星子要是掉在柴火上，兴许没事，多数是有事。家驹，你不到车间里去，你是不知道，这些工人比在家里种地累得多。人家撇家舍业地跟咱出来，就是想弄个仨瓜俩枣的。咱别出去乱花钱，等咱有了钱，多买机器少用人，咱留着钱干大事业。"

9

下午，周村通和染坊里，柱子正在与客商说话。伙计们里外地忙活。这时，一个邮差来到门口。这邮差穿着绿坎肩，背着绿褡子，站在门口喊："周掌柜的，青岛姑爷有信来。"

柱子闻声而起，先向门口跑，一想不对，然后向后跑，边跑边喊："爹，六哥有信来，拿图章。"

周掌柜的正在堂屋悬腕运笔，闻之弃笔于侧，拉开抽屉拿图章。

周掌柜在看信，柱子也往纸上看，只是不认字，表情关心带着急："爹，六哥信上说什么？"

周掌柜喜中带急地说："快去你家把采芹和你娘叫来，让你媳妇也过来。你六哥那飞虎牌在青岛城里打响了，还上报纸。这报纸是什么？"

柱子也不知道报纸是什么，站在那里摇头。周掌柜的笑了："我知道你不知道啥是报纸，快去叫人哪！"

柱子答应一声，飞奔跳出门槛……

第六章

1

下午四点多钟，家驹在家里洗漱，以备精神焕发地去会贾小姐。他在那里洗脸，二太太捧着毛巾一旁侍候。家驹脸上带着水，侧着脸说："我是这样说，并没让你这样做。"

二太太低着头："你说得对，女人最大的武器是温柔。家驹，以前我错了，你能原谅我吗？"

"无所谓什么原谅。咱俩本来不认识，两个生人突然在一起生活，相互不适应这很正常。"说着继续洗脸。

二太太表情更加温顺："晚上回来吗？"

"还不一定，看客人是不是去崂山或者打不打麻将。我尽量回来。"家驹接过手巾来擦，接手巾的那一刹那，嘴角有一丝胜利的微笑。

家驹往脸上抹雪花膏，二太太先期来到梳妆台前，拿好头油预备着。家驹坐在梳妆台前，二太太递上头油之后，又去衣橱里取出领带捧在手里。

"家驹，咱什么时候回张店，我好给咱爸咱妈买点礼物。要走就得快走，我的肚子再大了就不方便了。"

让二太太这一温柔，家驹有些惭愧，打好领带之后，双手放在二太太的肩上，二太太就势伏在他胸前："你答应我，别再去找欧桂花，她不是好人。"

家驹借着搂住她的机会，抬起手来看了一下手表："六哥说得对，得留着钱干大事业，不能再乱花钱。"

二太太在他怀里说："我当初是让你的风度给迷住了，不管你家里是不是有太太，无意中伤害了你张店家里的太太。以后我就叫她大姐吧，反正她也比我大。当初我想嫁给你，我爸妈都反对，但是我爱你，谁也不能阻止我。可是欧桂花就不一样了，她是看见你的钱，是冲着你是大华染厂的东家来的。现在大华比以前有名，还上了电台，她更不会放过你。家驹，我给你生第一个孩子，这是咱俩爱情的结晶，是纯洁的。"

家驹的眼珠乱转，随声应付："是纯洁的，第一个孩子……"家驹想走，但当时的情势又使他不能生硬地离开，就借势拿烟，推了二太太。

家驹点着烟，在餐桌前坐下来，二太太冲着外面轻唤："小红，先生的咖啡好了吗？"

小丫头端着咖啡过来放下，二太太问："你还吃点点心垫垫吗？"

"不用了，这就走。"

二太太对丫头说："那你去吧。"丫头出去了。她出来门，捂着嘴笑。

家驹抽着烟说："咱爹那里倒是不用买什么礼物。只是你自己多带点衣服。张店是个县城，虽说旁边就是洪山煤矿，可是冬天不兴生炉子，怕你一下子受不了。你没在乡下或者县城里生活过，去体会一下，也是有好处的。"

二太太把手放在家驹的手上："咱爸咱妈都那么大年纪了，他们都不怕冷，我更没事。我回去以后好好的，让二老高高兴兴的，和大姐也搞好关系。我不会让你为难的。家驹，当初你一登上讲台，我就看傻了，你穿着白西装，那么潇洒。你讲的什么我全没听见，光看你了。我现在得到了你，我要好好珍惜，不让别人来碰你，你是属于我的，家驹，你永远是我梦里的白马王子……"

家驹怕缠绵下去一时难脱身，就看表，佯装惊异："哟，我可得走了。"说着站起来。

洋车等在院门口，他下楼上了车，回头望时，见二太太正从窗口处，甜蜜地笑着向他招手。家驹忽然觉得自己很虚伪。

2

临海大酒店是一个三层的楼，是走了样的西式建筑，门前有柱子也有白石拱顶，本是想豪华，但这一弄看上去倒像个西洋的中学。

家驹穿着灰西装来到门口，门童把门拉开。虽说是中餐馆，但那些服务生倒是西式打扮，短立领的白制服，带着牙线的紫红裤子，头上还扣着顶浅筒帽。如果说饭店像中学，那这门童就是中学乐队的号手。

家驹遵循西洋传统，手里还拿着一簇花，以康乃馨为主，加配石楠竹及苏铁，看上去像求婚。他进门之后两眼乱找。门童问："是大华染厂的卢董事长吗？"家驹一愣，随之说是。

门童说："贾小姐让你在餐厅六号台等她，她一会儿就下来。这边请，卢先生。"门童把手伸向前方，引导航向。

家驹没动，站在原地问："她住在这儿？不是不让元亨……"

门童说："对，住201房，贾小姐说你也可以直接上去。先生要上去吗？"

家驹想了想，还是跟着门童去了餐厅。

吕登标从结账台上回过身来，看着家驹走去，捂着嘴乐。

这餐厅靠着海，家驹点上支烟慢慢抽着，看着窗外的景色。他向上推了一下眼镜，想着可能发生的事情，嘴角上，有一丝笑意。那束花躺在餐桌上，等着被献出去，然后再回来。

家驹背对着餐厅门口，但当贾小姐出现时，他从周围人们的目光里，就知道身后出了情况。他从容地转过身，随之站了起来，脸上出现了惊异、喜悦。

贾小姐妩媚地笑着，向家驹款款走来。她胯骨很宽，人也高大，长发披肩卷曲。下身是穿着米黄色的马裤，小腿侧部是一排扣子，半截小腿套在棕红马靴里。上身是银灰色的东洋绸灯笼鼓袖的衬衫，束在腰里。还扎着三指宽的水手皮带。她这一身行头，衬得餐厅里其他几个新式女性保守委顿，光彩全无，像是夏天太阳底下的电灯。

家驹伸手拿过那束花，笑笑，献上。

贾小姐先闻闻花，随之嫣然一笑："卢先生久等了。"伸过手来让家驹亲吻。家驹没想到她这套西洋路数如此地道，稍一停顿，一是意外，再就是怕周围的人嗤笑。但那有红指甲的手就在那里，他已经退路全无，于是躬身轻吻手背："贾小姐真是楚楚动人。"

贾小姐轻描淡写地勾了他一眼："谢谢。打动卢先生可不容易。"家驹拿起菜单，推了推眼镜正要点菜。贾小姐从上边一把拿了过去："不用点了，今天我请卢先生，已经安排好了。"她象征性地回脸对服务生说："上菜吧！"服务生深鞠一躬，去了。

二人相对而笑，脉脉含情，眉来眼去。春天似乎不只在外边。一个涨潮的海浪打在窗上……

家驹脱掉西装，另一个服务生马上接过去，同时把衣撑伸入西装的肩，反叠过来，十分地道。

家驹卷起白衬衫重新坐好，把手撑住台边，正式进入操练状态。

贾小姐看到了家驹手腕上的方形手表："这手表真别致，浪琴？"说着就拿住了家驹的手，家驹的表情出现浅层次的慌乱，忙给贾小姐更正："摩凡陀。是上学的时候买的。"

贾小姐点点头，把家驹的手放回原处。大面积的侵占转为小范围的骚扰——用手指轻抚。家驹深谙此道，亦将手放在她的手背上，做原地运动。他不由得喟然长叹："知己，红颜，春日，海天，这才是新式的四美具！"

贾小姐虽是穿着新派，但那文化水准未必听得懂家驹的话。家驹见周围的人向这边看，不等贾小姐的恭维到来，就说："Speak in English，please？（请用英语好吗？）"

贾小姐笑笑："我的英语还不足以与卢先生交谈。"贾小姐看他一眼，然后把目光投向窗外，笑着，笑得很甜蜜遥远。她也没让家驹把手拿开，听任他私下里抚慰。

菜上来了，贾小姐抽回手来："菜上来了。"

另一个服务生用盘子端过一瓶洋酒，请家驹鉴定。家驹拿过来看看瓶贴："Scotch whisky（苏格兰威士忌），这酒比中国白酒都猛烈。"

　　贾小姐甜蜜地挑衅："卢先生怕吗？"

　　家驹笑笑，表示这不过是小场面，自己不怕。

　　服务生把酒往杯里灌，家驹看看酒杯，再看看服务生："Boy（男孩，在餐厅中专指服务生），这酒不能倒这么多。"

　　服务生刚想停下，贾小姐说："倒吧，这是中国。"

　　家驹也承认贾小姐说的是实情，就由着服务生倒了大半杯。

　　二人举起酒，在眼前深情一停，碰杯。

　　登标手扒着餐厅的门边，脸也贴在门边上，把两道目光使劲伸将进去。看着家驹和贾小姐轻声谈笑，鼓鼓捣捣，他满脸艳羡，长长地叹了口气，接着垂头丧气。

　　这时，海边华灯初放。

　　旁边小桌上的一对新式男女自知抵不住这对近邻，站起来走了。路过时，那男的还向家驹他俩轻轻躬身。

　　贾小姐铲一只海参要喂家驹，家驹看看四周，想接过勺子自己吃，贾小姐向旁边一躲。家驹无奈，就像被形势所迫的证券交易商，稀里糊涂地赶紧张口吞进。

　　贾小姐喝了几杯酒，脸颊潮红温烫，人也显得更妖冶动人。她问家驹："你在国外那么久，怎么没带一个洋小姐回来？"家驹的烟飘近她，她厌嫌而又妩媚地用手驱赶。

　　家驹借势出击："那时候老实，只知道家里给定了亲，所以没往这方面想。唉！是不是很傻呀？"

　　贾小姐一歪头："现在后悔了？"

　　家驹笑笑："无所谓后悔，现在想找个洋小姐也不是难事，只是中国女人已经够好了。"说时，眼睛盯向贾小姐。

　　贾小姐抿嘴一笑，把酒再举起……

　　天黑实了，再也看不见外边，那瓶酒也喝完了。家驹的脸上出了油光。

　　服务生又拿着一瓶酒过来，躬身问贾小姐："小姐，还要打开吗？"

　　家驹已有醉意，左肘枕着台面，右手在头上摆："思雅，今天就这样吧。别再开了，我行了，再有一小杯就醉了。"

　　服务生拿着酒走了。

　　贾小姐两眼放亮光："卢先生醉了？"

　　家驹索性跃出战壕："光这酒还不要紧，主要还有你这人。良宵美宴，海景佳人，真是人生一乐！曾经沧海难为水，除却巫山不是云。今天之约，是一个灿烂的记忆！它会在我人生的阅历中闪着光芒，让我终生难忘。"说罢又把头垂回去。

贾小姐看着他的头顶笑："家驹，我也一样。'舍家趁夜随君往，何惜红颜当酒垆。'古人都那么浪漫，我们……"

家驹一听这话，酒减了一些："是这样，有时是要放弃一些东西。我们走吧，再这样下去，我大概会此情难抑。思雅……"

贾小姐本想去挽家驹，可他却真的自己站了起来。贾小姐笑笑："你这是有酒做着防护，说出一些心里话。"

家驹已经完全暴露，也就只能承认现实："一切，都是随遇而安。"说着挽着贾小姐堂而皇之地向外走。

他俩相携着走向餐厅门口，那束花被遗落在桌上。

家驹挽着贾小姐来到楼梯口——其实他俩是相互倚着，才不至于全摔倒。她借醉撒娇，把头依在家驹的肩上，闭着眼命令："送我上楼！"

家驹挽着她上楼。

服务生帮他们打开门，家驹挽着她进了房间。这是一个套间，外面有沙发，家驹想扶她坐下，刚往沙发那里走。贾小姐就下达了下步的行动指示："扶我去床上！"

家驹扶着她到床边，看样子是想渐渐松手扶着她躺下，这时，贾小姐由侧转正，抱定了家驹，二人缓缓地倒下去。

一阵热烈的忙……

序曲过后，贾小姐闭着眼交代下一步的工作："把靴子脱下来……"

登标连蹦带跳地奔下楼，绸褂子衣襟向后飘着，飞蹿出酒店。

账房有三十多岁，站在柜台里笑了。

3

大华染厂的伙房就是餐厅，那边的大锅里热气缕缕袅袅，屋中央吊着一盏小电灯，衬得屋里昏暗。十几张粗木桌子，围坐着一些工人。寿亭蹲在板凳上和工人一起吃饭。他光着膀子，左手里是个大窝头，右手端着黑碗喝稀饭。中间是一大盘子咸菜。吴先生坐在寿亭旁边，吃得较斯文。

登标擦着头上的汗，走到寿亭身后，神秘地说："掌柜的。"

寿亭侧回头，然后夹了一下子咸菜放在稀饭上，和登标一起出来。

登标喘着说："掌柜的，东家和大洋马上了楼。"

寿亭把碗放在窗台上："噢，你看见了？"

"嗯，我亲眼看见的。"

寿亭乐了："你估摸着能弄出点实事来？"

登标也笑了："掌柜的，你是没见，那大洋马太馋人了。我说不出她那股子味来。这么说吧，别说东家，就是你，掌柜的，兴许也扛不住她。"

寿亭又气又乐："去你娘的，我扛什么呀！人家又没找我。登标，你说，她为什么舍身陪东家？"

登标摇头。

寿亭接着嘱咐："这事，对谁也不能说，特别是年下回家，更不能对你表姐说。买卖人，这种事儿免不了。"

登标："掌柜的放心，我不说。说了之后我翠表姐更伤心。掌柜的，你说，东家咋那么招女人喜欢呢？"

寿亭笑笑："这是让咱们给比的。你看咱这些人，土了巴叽的！东家和咱们比起来，就像谷子地里蹿高粱，人家能看不见？"

登标点头，认为说得有道理。

寿亭忽然醒悟："快，快去给二太太送信儿，就说东家陪客商打麻将，今天晚上兴许回不来。送完了信，你再去宾馆门口守着，别让东家回了家。要是一旦弄到两岔里去，二太太还得来找我闹。"

登标为难："你是说东家能在那里住一夜？"

寿亭笑了："一夜不一夜说不准，反正一时半会儿完不了。你先去守着吧。"

"他要是夜里在那里住下，我也一直守着？"

寿亭一瞪眼："怎么着？要不你去车间干活，我另让人去？"

登标见势不好，没敢说别的。撩起衣襟擦擦汗，走了。

寿亭回手从窗台上端过稀饭，笑着摇摇头。吴先生跟出来了："掌柜的笑什么？"

寿亭说："美人关，美人关，连皮带肉地往下粘。没治！我说老吴，你说这大洋马为什么亲热咱东家？"

老吴很外行地摇摇头："掌柜的，这事儿你都弄不懂，我就更别说了。你要是说做账嘛——"

88

寿亭打断他："我又没问你账。我是想，这大洋马不缺吃不缺穿着的，这是想干什么呢？难道是'王司徒用计间董吕，凤仪亭吕布戏貂蝉'？想离间我和东家？"

老吴说："掌柜的，甭管谁戏谁了，这回你可得捂着。东家已经有俩貂蝉了，再弄回一个去，咱年下怎么见老东家？我现在就犯愁。"

寿亭端过窗台上的饭碗，对老吴说："不管怎么着了，明天咱就知道了。这一时里，东家是山顶上的碌碡往下滚，想刹也刹不住了！"

4

元亨染厂，明祖办公室。

早上，贾小姐走进元亨染厂的明祖办公室。明祖站起来，下意识地在贾小姐身上找受伤线索："怎么样？"

贾小姐坐下："什么怎么样？"

明祖赶紧赔笑脸："我说那方子。"

贾小姐审视着自己的手背："还有些周折。"

明祖凑过来："噢？现在还不行？"

贾小姐保持原姿势："那方子是陈六子自己配的，投料的时候谁也不让看。"

明祖有点急："这么说咱白陪他……"

贾小姐抬起眼来："白陪什么？净胡思乱想。卢家驹去要了，他说问题不大，等会儿给个信儿。"

明祖退回来："这方子是一个工厂的命根子，怕是不那么简单。"

贾小姐说："什么不简单？东家说了掌柜的就得听！我看陈六子离开卢家驹，自己也没法儿干。"

明祖笑笑："我看卢家驹要不来那方子。等会儿你给他打电话，看看咱俩谁说得对！"

5

阳光从南窗射进来。寿亭在办公室，与吴先生对账。吴先生合上账本夹在腋下，说："掌柜的，你好几天没睡觉了，还是先睡一会儿吧。"

寿亭揉揉眼，点上支烟："老吴，咱一共一趟槽子，就是白天黑夜不停地干，也不

89

到孙明祖的四分之一。趁着现在卖得好，多挣点儿钱。回头咱再上一套机器。你把钱拢一下，回头让东家先和德和洋行聊聊，怎么着也得再上套机器。就是上套机器，也得用四五年才能撵上元亨。"

家驹进来了，形态有些垮，眼神躲躲闪闪，不敢正视寿亭。他莫名其妙地叹了口气，就想去自己的椅子上坐下。

寿亭笑着问："才一夜就扛不住了？"

家驹摆摆手："六哥，别提了，我遇上难事了。"说着坐到他那椅子上，把寿亭的烟缸拉过来。

寿亭站起来："怎么着？大洋马想嫁给你？"

家驹点烟："那倒简单了。老吴，你先出去一下。"

老吴看看家驹，眼里带着乐子走了。

家驹看着老吴带上了门，站起来凑到寿亭跟前："六哥，我作了大孽了！"

寿亭也紧张："怎么了，快说，你他娘的快说呀！"

家驹摇摇头："唉，六哥，大洋马要咱染布的方子。"

"什么？"寿亭的眼瞪圆了。

家驹不敢抬头："我知道她请我吃饭准没好事，可没想到这一手。都怨我，喝了口酒。"

寿亭气得在屋里乱转，像是上了发条："你知道吧？那是咱的命！这孙明祖也忒不是玩意儿了，这是刨咱的祖坟呀！你他娘的也没数。你先问准了什么事，然后再脱裤子啊！你倒好，不管什么后果，你先把事办了。"他指着家驹："你说，这怎么办吧？"

家驹已泄劲："不给她也就是了，我回头给她点钱。"

寿亭又在屋里转了两圈，更加愤怒："放屁！大洋马是元亨的股东，咱俩的房子都是租的，人家住着自己的小洋楼，一般的小钱根本看不到眼里。好，咱给大钱，可这老吴是你爹派来的，这钱他能给？就算能给，这也忒贵了，比娶仨姨太太都贵。"

家驹下巴落到最低："是她自己主动勾的我，就是不给她钱，她也不能把我怎么样。"

寿亭又气又乐："现在是……都把我气糊涂了。她要的不是钱，是方子。你没说这方子只有我自己知道？"

家驹还是不敢抬头："说了，她让我向你要，还说让我再给她挖个懂行的伙计。"

寿亭逼近他："你答应了？"

家驹向后退守："在那个时候，好比在泰山的十八盘上，想站也站不住。我什么都忘了。"

90

寿亭一跳坐到桌子上，口气突然松下来："家驹，你没问问她厂里要不要我？你娘也不知道怎么养了你这么个废物点心！"

家驹脸上淌下黄汗，手垂着："六哥，要不我先回张店躲上一个月？"

寿亭又从桌子上下来："家驹，咱给布铺里让利，让你在渤海大酒店截客商，事儿巧，正好赶上学生游街，咱这买卖才算缓过苗儿来！你倒好！真是没用，没打着兔子反倒崩瞎了自家的眼！"

家驹站立在原处独自忍受，等待最后结果。

寿亭接着说："家驹，孙明祖那么喜欢大洋马，可没收她当姨太太，就是为了把她用到买卖上。人家美人儿都能舍出去，这买卖还能干不好？咱给布铺里的那点好处，他用不了几天就能弄明白。就算咱当时有点名，可栈桥牌是多年的老字号，元亨厂又大，想把咱干挺了还不是很容易？咱的长处就是布色好，这是我多年摸索出来的，这是咱的命呀！家驹！祖宗！现在你睡了大洋马，咱就是死赖着不给方子，她也不能把咱怎么样。可是，家驹，那咱可成了无赖了！你可是留学生呀！"寿亭这时眼睛乱转，嘴角上也渐出笑意，气不如刚才足了。

家驹抬起头来："那我怎么办？六哥？"

寿亭在屋里来回走："这孙明祖也忒不是东西了，使出这样的毒计。我怎么事先没想到呢！"

吴先生进来了，只是进来一步，不敢深入："掌柜的，楼下有东家的电话。"

家驹问："什么人打来的？"

吴先生看看寿亭，然后对家驹说："是个女的。"

"不接！"家驹烦躁地摆手。

寿亭一伸手："慢！接！看看她说什么。"

"她准是问那方子。"

"给她！慢！给了她咱怎么办呢？不过，人得有信用，特别是对女人。我还有一套备用的，咱还能让他撑不上。家驹，这是我十几年的心血呀！去，答应人家吧。人家大洋马也是有名有姓的主儿，也是青岛数得着的美人儿，人家哼哼唧唧地陪了你一晚上，是得给人家点东西。去吧，接电话，方子伙计都给。"

家驹用手绢抹一遍汗，想谢寿亭又不敢，头颅保持着原来的角度转身出去了。老吴跟在后面。寿亭大喊："老吴，你回来！"

老吴表情痛苦："掌柜的，真给她那方子？咱……"

寿亭抬手打断他，叹口气："唉，要不有什么办法？你去车间，把那——"寿亭想着，

"把王长更叫来，人家不仅要方子，还让给她个伙计。这回倒利索。"

老吴说："掌柜的，这王长更可是挺能干呀！"

寿亭也无奈："就这么着吧！"

6

贾小姐在明祖办公室里打电话。明祖站在她后面，身子前倾，努力想听清通话内容。

贾小姐放下电话："办好了，陈六子同意给方子，家驹还给挖了伙计。这下行了吧？"

明祖刚想高兴，转而思忖："这陈六子怎么这么大方？不对，他准捣鬼，肯定捣鬼。我听赵东初说过，这陈六子脑子极快，贼心眼最多。不行，这事得慎重。"

贾小姐哼了一声："慎重什么？咱又不是拿来就用，咱得翻来覆去地试，真行咱才用，不行咱还用呀！我说过了，家驹是东家，陈六子是掌柜的。东家说什么掌柜的能不听吗？家驹让着陈六子，是图省心，大事还是家驹说了算。"

明祖摇摇头："他这东家要真能这样干，我看这大华染厂撑不了几天。陈六子投错了主儿喽！"

家驹回到寿亭办公室，眼里含着泪，嗫嚅道："六哥，都怨我……"

寿亭摆摆手："嗨！事儿出了，说什么也晚了。我让老吴去叫王长更，人家不是还要个伙计吗，给他个好的。"

家驹又想道歉，寿亭止住他："家驹，以后看着谁好，咱直接娶过来，别招猫惹狗的，弄不好更贵。"

王长更进来了，寿亭示意他稍等。"家驹，你这一夜也没闲着，陪着客商打了一夜麻将，那也不是个轻快活儿，早回去歇歇吧。我得给长更交代几句，去了把布给人家染好。"

家驹犹豫了一下，出去了。

寿亭让长更坐到桌前。这小伙子有二十四五岁，剃着光头，两眼挺大，挺机灵。

寿亭过去关上门，又拉了一下门，确认已关好。

二人低声密谋……

"长更，你明天早晨跟着东家去元亨，办完了事你就回周村，我这就让人给柱子写信，过了年你再回来。"

长更点头："掌柜的放心，这事我能办好。"

92

寿亭拿过桌上的三包东西："这三包东西你拿着，方子我给东家。这元亨染厂我去过，他有个样子槽。他得了咱这新方子肯定不敢大批染，他要先在样子槽里试着染样子。你记着，在水又烫手又不太烫手的时候，再下这东西。不能让人看见。千万记着，早下晚下都不行。他连染上三次心里有底了，才敢大批染。如果他三次以后还试染，你就回来再拿几包。一般不会超过三次。"

长更问："他要开了大机器那我怎么办？还往里放这东西吗？"

寿亭听了哈哈大笑……

7

第二天早上，孙明祖在办公室里和家驹说话。贾小姐在一边坐着，不住地用眼瞟家驹。明祖表情混乱。

明祖说："我去车间看看。"说着，不等家驹反应，出去了。

贾小姐一见明祖退出，就朝家驹走来。家驹下意识地进入防守状态。贾小姐过来搂住他："亲爱的。"家驹慌神，忙推开她："不行，明祖进来怎么办？"

贾小姐虽说是舍身取配方，但也是真挺喜欢家驹。她人太大，坐在家驹的腿上高出一截，很不方便继续操练，于是就下来，拉家驹去长沙发上坐。然后捧过家驹的脸来就亲。家驹见其浓情似火，也不能拒绝，只得应对，但是少了些英勇。稍后，贾小姐提出一个周期性的可行性计划："咱们每个礼拜见一次好吗？家驹，我是真的喜欢你。"

家驹说："我也很喜欢你。可我觉得咱俩的来往是不纯洁的，我已经很自责了。"

车间里，李先生像个药房里的伙计，一边看着方子，一边让那几个伙计称这称那。一会儿皱眉，一会儿点头。

王长更伸手试水温，一包东西倒进去。

明祖过来了，长更上去就鞠躬："东家好！"

明祖对李先生说："你看看，人家卢先生的伙计多有规矩。长更，以后在元亨，你就是第二主机！"说着，把手放到长更肩上，"我绝对亏待不了你，让你在这里干一年，顶在大华干三年。好好干，咱真发了大财，你一样是股东。"

长更再鞠躬："全靠东家养活。"

明祖乐了，哈哈大笑起来。

元亨染厂虽然是大，但环境和大华差不多，也是黑乎乎的，热气腾腾，那硫酸味呛得明祖打了两个喷嚏。李先生忙过来说："董事长，你回去吧。这里的硫酸味道太浓，你受不了。我烘干完了立刻送上去。"

明祖又到槽子边上看了看，转身走了。

办公室里，家驹又回到了单人沙发里，贾小姐坐在扶手上，家驹多次让她下来，她搂着家驹就是不肯，一会儿亲家驹的头一下子。惊得家驹直看门："快下来，明祖别一步进来喽！"

贾小姐又亲了他一下："进来了怕什么，我又不是他的。"尽管这样说，还是下来坐到另一只沙发上。

家驹长出了一口气："唉！真是春宵一刻值千金，我没让陈掌柜的骂死。"

"你还怕他？那个土孙？"

"不是怕。这方子是人家的，当初入算成了股本，让我拿出来给你，人家肯定不高兴。好在陈掌柜的还有备用的，这才把这老方子给了我。"

贾小姐立刻收敛温柔："你把那个方子也要来。"

家驹冷冷地说："思雅，行了，我也得吃饭哪！大华也得发展哪！别说陈掌柜的不能给，就是能给，我也不同意。以后咱再来往，就是风月友谊，别再和买卖掺和到一起好吗？"

贾小姐对家驹下一步的工作方针还没表态，明祖已经在敲门了，她站起来过去把门打开。明祖进来，冲着家驹胡乱表示。

李先生拿着一块布进来，明祖赶紧站起来看。

李先生说："真是不错，和大华的布样一模一样。"说着拿着另一块布样进行比对。

家驹成了内行："你这是急着看样子，烘干急了点，要是正常烘干，可能还鲜亮。"

明祖兴高采烈："好好，再染遍样子。"

李先生走了，明祖拿着那块布爱不释手。贾小姐和家驹用眼交流。

明祖放下布样，过来拉住家驹的手："卢先生，你回去替我谢谢寿亭，改天我请他吃鱼翅席。这可帮了我大忙。"

贾小姐把二郎腿拿下来，准备送客。

8

寿亭在办公室里嘿嘿独笑，然后转成了哈哈大笑。

家驹进来："六哥，你在笑什么？"

寿亭收住笑声："我笑什么？笑有你这样的东家。你腾着云，驾着雾，什么都敢答应。"

家驹尴尬地傻笑："你把咱那方子给了元亨，咱以后怎么办？"

寿亭脸一沉："怎么办？等死呀！年下回去我要是给你爹多说了这一段儿，兄弟，你就在张店趴着吧！"

家驹慌忙说："六哥不会，六哥不会。都怨我，都怨我，那洋酒也太厉害，比你喝的那'烧刀子'还厉害。这人哪，不能喝酒，一喝上酒，什么都忘了。唉，还是古人说得对，英雄难过美人关哪！"

寿亭腾地跳起来："什么？你是英雄？有你这样的英雄？"

家驹忙更正："我是说，英雄都难过美人关，何况我呢！"

寿亭坐回去："家驹，刚才我在想，幸亏你没赶上前清。要是在前清，你再干李鸿章那个差使，那才热闹呢！"

家驹见寿亭的情绪有好转，也就松弛下来，接着话头儿说："我比人家差远了，李鸿章敢往英国外交部的红地毯上吐黏痰，我可不敢！"说完自己带头笑起来。

寿亭拿过两张报纸扔给家驹："这报纸两天没念了。你昨天是鹁鸽抱着窝进来了黄鼬——惊了蛋儿。今天你又出使元亨。这两天的报纸一块念，补上。"

家驹见一切恢复正常，表情也轻松了，清了清嗓子："先念外头的事儿，还是先念青岛的事儿？"

寿亭点上烟，指示道："先拣着和咱染厂沾点儿边的念，随后再念那些用不大着的。至于那些娶媳发丧，还有那些獾生了个狗之类的狗屁新闻，今天就省了吧！"

明祖和贾小姐正在亲昵，有人敲门，明祖站起，整顿一下，喊声："进来！"

李先生又拿着布样进来："东家，挺好，这回烘干稍微慢了一点，真是更鲜亮。"

明祖拿着布看，稍顿，他问："李先生，他那方子和咱们有什么不一样？"

李先生想了想："区别相当大，根本就不是一路。咱是纯色为主，加色辅助。陈六子这方子全是中间色，多色调配，找不出哪一个为主来。我在另一个小槽里试了一下，稍微有点出入都不行。另外就是他添了点助色剂。我觉得，这是他和咱最不一样的地方。一般染蓝，一加助色剂就偏黑，他这个不添助色剂，那颜色就在上头浮着。董事长，这方子可不能外传，咱有了这方子，全山东谁也不怕。包括济南三元染厂，别看他厂大。"

明祖点点头："嗯。这方子就你拿着，别人连看也不让他看。你去吧，再染一遍，要是没有问题，开大机器染。从今天开始，你和新来的王长更到小伙房吃饭，工钱吗，你肯定长，那小子的工钱再另说，咱先看看他那本事。但有一条，你帮着我留住这小子。我看他抽烟，打发人给他买一条子炮台。跟着陈六子有什么出息，给那么点钱，整天吃咸鱼。那咸鱼比咸菜都便宜。"

李先生一听长工钱有自己，早已是点头哈腰，又听能到小伙房吃饭，更是受宠若惊："要是再试一遍没事，我看咱今天夜里也别停下，连轴转。"

明祖点点头认同："可以，记着那方子，千万不能让别人看！就是你也不能带出元亨染厂。"

李先生表决心，然后出去了。

明祖又来到沙发边："思雅，这回你可办了大事了！咱这布要是和大华染得一样，用不了几天，陈六子就得卷铺盖走人。"

贾小姐越发有理："我说吧，掌柜的再能，也得听东家的。"

明祖叹口气："唉！这不读书不行呀，不认字，陈六子就吃了这个亏。《老子》上说'国之利器，不可以示人'，可惜他不懂。从此，大华将风光不再。哈哈，多亏你呀！宝贝！"说着把思雅揽入怀中。

贾小姐挣开："别试了，快开大机器染吧。"

明祖想了想："再试一次，真的没问题了再开大机器。哼，我十五天之内就能将陈六子逼得无路可走。"

9

天晚了，寿亭下楼正要回家，刚从窗台上拿过锁，王长更来了，"掌柜的。"

寿亭有些惊异："你怎么回来了？"

"他的四台机器全开了，今天夜里也不歇着，一次投染了二百匹！掌柜的，人家那么多机器，咱什么时候能撵上人家呀！"

寿亭笑笑："很快，很快就撵上他。我说，你还得回去，起码再待三天。"寿亭仰脸向天，算计着，"白天黑夜不停地干，烘干，再加上拉宽拉长，还有整平烫熨。"他转向王长更，"咱得帮人帮到底，送人送到家。他每天染多少匹你给我记下来，天天回来报信儿。再待上三天，要不他们记不住。"

长更愣愣地答应着："掌柜的，三天以后呢？"

寿亭说："三天以后再说。你先回去。也可能待两天就行，现在定不下。到时候我让吕把头去告诉你。"

第七章

1

早上，寿亭去上班。他吃完了饭，在小饭铺门口刚点上烟，那个拉洋车的又过来了："陈掌柜的，我拉你上工吧？"

寿亭气笑了："你真是没完没了。还是那句话，不坐，那一毛钱的情，我就是不让你还上。"

拉洋车的也笑了："陈掌柜的，是我娘非逼着我来。我娘说，让我天天问，只兴你不坐，不兴我不问。我娘说是你那一毛钱引来的买卖，让我常记着。"

寿亭吐出口烟，看了看街那头，转回来说："兄弟，唉，好好地孝顺你娘。有个娘疼你，比什么都强。不是我不坐你的车，我是干买卖的，要天天看看街上的事儿，车走得太快，我看不真。明天就别来了，你要是遇个什么难事，需要个仨瓜俩枣的，就来大华染厂找我。小钱我还能出得起。"说罢拍拍车夫的肩，叹口气走了。

车夫惘然。

寿亭刚走到海边的那条马路上，一个穿布褂子的汉子凑上来问："大哥，要土吗？真正的上等云土。"

寿亭没停下，斜着眼问："你看我像抽大烟的吗？"

那汉子不屑地笑笑："有钱的人都抽！装什么正经。"

前面实际上没人，寿亭抬手喊："巡警！这里有个贩大烟的。"

那汉子闻声就跑，跑出一段后回头看，发现没人，就站住了，寿亭又冲他跑去的那个方向喊："就是他，贩大烟的，别让他跑了。"

那人实在害怕这样公开身份，下了马路，顺着海边连走带跑，边走边回头。

寿亭笑了。

寿亭走路总是东张西望，看这看那，四处观察。他看到前面聚着一伙子人，就朝那些人走过去。

昌邦布铺门口，一班军乐队在做准备工作，间或吹出个试号的音符，这伙人穿着带穗头的制服，头上还插着鹅毛。

这昌邦布铺门面挺花哨，门厢上还有两根凸出来的假立柱，刷着大红漆。两边的对子显示着他的货色来源："苏杭绸缎湘粤绣品；东洋细布天竺麻纱"。

寿亭过来拉住那指挥："哎，兄弟，这是要干什么？"指挥看看他，然后看看寿亭的手，意思是你那手别把我这白衣裳捏脏了，寿亭赶紧把手拿开。那指挥用白手套捋着手里那根锃亮的铜杆子。摇摇头："是元亨染厂叫的堂会，为什么吹这场，我还真不知道。"

"元亨染厂？"寿亭寻思着，朝前走，布铺刘掌柜的一把拉住他："陈掌柜的早！"

寿亭回身，也笑着抱拳："哟，刘掌柜，这是要娶二房？"

刘掌柜有三十八九岁，穿着绸袖子。他上唇有胡子，脸上溢着油光，头顶渐谢，更显得脸大。他说："陈掌柜的，我正想找你。"

寿亭开玩笑："给你随份子？"

刘掌柜一甩手："嗨！什么随份子！咱说点儿正经的，你那一套路数过时了。元亨染厂的新布出来了！颜色比你那飞虎牌还鲜亮。今天上市。"

"比我厂里的布还鲜亮，你花了眼了吧？"

刘掌柜急于进入正题："我是没花眼，只怕你走了眼。咱说正经的，人家也给了伙计钱，每人两块，比你多一块，你也得跟着涨了。"说完用手上抬。

寿亭点点头："嗯，是得涨了。不过，我那一块有准儿，元亨的那两块怕是拿不到手里。"

掌柜的嘲笑寿亭："陈掌柜的，我看着你这一套就不顺眼。钱，人家都发给伙计们了！怎么还说拿不到？"

"那就恭喜发财了！"寿亭抱拳相庆，口气里透着冷嘲。

掌柜的又说："人家元亨就是大厂，布也好，气魄也大。广告从昨天就上了电台，每天播半个钟头。我昨天盘点了一下，你那飞虎牌还有一匹多一点。再卖了这些，你要是还想让小号卖，陈掌柜的，咱得改改规矩。"

"噢？怎么个改法儿？"

刘掌柜向上一拉袖子："人家元亨是每匹布里让四尺。"说着伸出四个手指头，"人家牌子老，布和你的一样鲜亮，你怎么着也得给五尺吧？"弯着的那个大拇指也弹开来，"至于给伙计们的钱，你也不能等到年底了，这就得发。先发给我，我给他们收着。前一阵子咱就按一块算，随后你怎么着也得给两块五吧？得比元亨多五毛吧？怎么样？"

寿亭抬起头来看天，在天上寻找。嘴里还不住地发出啧啧的声音。刘掌柜纳闷，也抬头跟着看，他没看到什么，寿亭却越看越有意思。刘掌柜问："你看什么？"

寿亭一本正经地说："我看着天上想往下掉馍馍呢！"

刘掌柜气得一甩手："嗨！陈掌柜的，我干的是买卖，卖谁家的货赚钱多，我就卖谁家的货。"

寿亭做个"六"的手势，拧来拧去地在刘掌柜的脸前晃。刘掌柜不解："你这是什么意思？"

寿亭冷冷一笑："你顶多蹦跶六天，六天之后你就得求我。"嗓门突然高起来，吓了刘掌柜一跳。

刘掌柜把眼一瞪："求你？你说梦话吧？你要是再较劲，剩下的那一匹我也不卖了，你让人拿回去。"

寿亭点点头："好好好。我随后就让人来取。六天之后，我在厂里等着你。我先把话放在前头，你这个店，一尺也不让。"他说完就走。

刘掌柜气里有恨地笑了："你，你，你做梦去吧！"

2

周掌柜在院子里练太极拳，周太太撒鸡食，嘴不时还发出一些鸡也许能听懂的声音。柱子过来了："爹，我可应了人家那三家染坊，到了晌午你可想着去会仙楼哇！"

周掌柜停下："同行之间帮点小忙是应该的，再说，这也是你六哥的意思。我看还是免了好，让人家省下这份儿钱吧。"

柱子为难："这些话我昨天就说了，人家就是不依。我看，你就去吧。我那嘴和棉裤腰差不多，也不能替你。再说，我和那些掌柜的差着一辈儿呢！"

周掌柜未置可否："柱子，咱这一匹布里提了这五厘钱，买卖差了多少？"

柱子脸色降下来："至少差一成半，那些小户都不来了，还说咱挣钱没够呢！"

周掌柜点点头，拿下了挂在石榴树上的剑。柱子说："那三家染坊倒是高兴了，可咱吃了亏。爹，我想咱那买卖要是再往下走，就得把价钱再降回来。咱不能把财神往外推。"

周掌柜抽出木剑："先这么着吧！回头我打封信，问问你六哥再说。这样，晌午我去会仙楼，咱吃亏的事也让那三家子知道知道。"

周太太在一旁插进来说："柱子，你也是，咱就是少上二成，也比那三家子加起来多两倍。咱的钱让人家挣了去，你爹本来就心疼，你还跟着添火。就按寿亭说的办。他爹，你晌午到了会仙楼可别再提这事。咱涨价之前挨家挨户地告诉了，人家都知道了，都领了咱的情。你再翻来覆去地磨叨，反倒显得小气。吃了亏，人家也不说咱好。"

周掌柜认为夫人说得有理，柱子看看周太太，周太太乐了："你看我干什么？你要是把那钱价落下来，小心你六哥回来——"用手一指，"不骂死你，就算你命大。"

柱子挠着头傻笑："娘，不是我贪财，我是怕把六哥交下的买卖干小了。嘿嘿！"

"干小了不关你的事。真是！"周太太说。

柱子见自己的建议遭否定，笑笑，去了作坊。

采芹从屋里出来，周太太忙上去问："福庆还没醒？"

采芹说："醒了，吃了一顿又睡着了。娘，这天也热了，寿亭那夏天的衣裳我也做好了。看看让俺爹写封信，一块捎了去。"

周掌柜说："不用捎，过两天卢大少爷就送二太太回来，让他捎着更保险。"

采芹听到这个内容，脸上有些不安。没再说什么，转回了屋里。周太太凑过来，先回头看看，确认女儿进了屋，担心地小声问："他爹，咱寿亭不会也弄个小的吧？"

3

元亨染厂办公室，明祖志得意满地来回踱步，表情深沉，深沉里透着踌躇满志。

他问账房："第一次发出去了多少匹？"

"四百三。码头上的船也联络好了，贾小姐从东北来电报，说最少发一千匹。"

明祖点点头："嗯，最快什么时候能装船？"

"下午。"

明祖想了想："下午先装一千匹。船后天下午才开，我让车间连班干，这一天一夜还能染八百匹。先往东北发一千五。剩下的留给青岛和省内，再干出来，才发北京天津。主要是东北，陈六子截了咱的客商，飞虎牌在东北卖得也不错。咱不仅要把他赶出青岛，干脆一块儿把他从东北轰出来。"

账房应诺，随后饮水思源地恭维道："董事长，这都多亏了人家贾小姐。这回贾小姐可立了大功了。"

明祖点点头："嗯！我们要是干挺了大华，就控制了这一带的染布市场。咱现在连让利带打广告，多少赔点儿钱。等咱稳住了神，咱得合合成本，看着陈六子死挺了，立刻涨价。刘先生，这事你先着手谋划着，那些小股东不明白我的意思，总来找我。下午开个会，省得一个一个的说了。"

4

寿亭气呼呼地进了办公室，家驹已经坐在那里，拿着报纸正在温习，准备授课，还在报纸题目上画出重点。他见寿亭面有怒气，忙站起来问："六哥，谁气着你了？"

寿亭摸过烟来点上："昌邦布铺。他娘的，元亨的新布今天刚上市，他就敢对我横鼻子竖眼。一匹让我多给他五尺，你说气人不气人？昌邦布铺，狗屎！告诉老吴，以后这个店再来提布，一尺不让。"

家驹自知理亏，小心应着。他先把手里的报纸放下，拿过桌上另一张纸朝寿亭跟前送。寿亭把眼一瞪："你知道我不认字，让我看什么？什么事直接说。"

家驹咽口唾沫，委屈地看看寿亭："东亚商社的滕井派人送来这个，咱订的那一千件坯布他不能履约了。"

寿亭腾地跳起来："什么？让他赔违约金。"

家驹看了一下那张纸："他同意赔违约金。"

"噢？"寿亭感到意外，下意识地把纸夺过来，然后又扔给家驹，"他这是为什么？"

家驹胆怯："他这是……他……"

寿亭头上的筋绷起来："说！你看你这个熊样！"

家驹心一横："布全让孙明祖买下了，咱再想要，只能等日本来的下一船。六哥，这……这全怨我。"

寿亭气得吸冷气："孙明祖这是想挤死我，一边用咱的方子染布上市，一边又不让咱开工。这也忒绝了吧？"说着向家驹跟前走了走，家驹随之后退。"家驹，你这就去日本商社取回订金，连违约金一块儿要回来。给滕井说，让他下午在商社等着我。"

家驹忙答应："六哥，都是我……"

寿亭喝了口水："不管是你不是你，和孙明祖这一战早晚脱不了。我既然让你去和大洋马吃饭，就是不怕她勾你。这干买卖，一山二虎的事儿常有。咱要是无声无息小打小闹地这么干，他孙明祖兴许还能容下咱。可咱要是想干大，他会想方设法地给咱下蛆！现在不下，早晚也得下。只是没想到，孙明祖看着面善，心却这么毒，一计接一计。"

家驹连连点头："是！是。商业竞争的残酷性历来如此。"

寿亭鼻子里出着冷气："哼，姓孙的，哼哼！"

家驹抬眼看着寿亭蜡黄的脸，小声说："六哥，你可别气着。"

寿亭依然看着窗外："哼哼！孙明祖，你是不碰一下子不知道山神爷的屎是石头的。"

家驹垂手而立。

寿亭说："你去把吕登标找来，我有事找他。"

家驹总算解放了，放下那纸去了。

寿亭把那张纸拿起来："小日本，你也跟着起哄。"

5

布铺门前，吹吹打打，人声鼎沸。"元亨新品，八折狂减，只限三天，良机莫失。"的大牌子有一人多高。黄纸红字，十分抢眼。许多人举着布从人群里挤出来。

明祖坐在办公室里，开心地笑着。纸烟放在旁边，嘴里却叼着雪茄，自我感觉离大亨只有一步之遥。

元亨染厂车间里，王长更在指挥着染布。登标在门外向他招手。长更会意，不着痕迹地走出来。他看了一眼四周，问："吕把头，掌柜的有事儿？"

登标咬着牙点头："掌柜的说,今天你先别走,再待上几天。"长更点头。吕登标又问："成了二主机，也没先给点'喜面儿'？"

"给了条子烟，我没舍得抽，给你留着呢！"

登标满意地点着头……

6

东亚商社侧面向海，背后是个山丘，白石台座，紫柱黑瓦。屋顶宽大舒展宽阔，尖长檐角伸出很多。门前那块平地上，种了些樱树和花草，刚喷过水。

寿亭朝这里走来，用手动动那些花，赞许地点头。这时，门开了，一个二十多岁的日本小伙子冲着寿亭恭敬地鞠躬："陈先生，下午好！滕井社长正在等你。"

寿亭笑笑："三木，咱整天见，别这么客气。"寿亭拍了一下他的肩，跟着他向里走，寿亭接着说："三木，你这日本姓都俩字，没法小王小李的叫。叫你小三木吧，又觉得不对路；直接叫你三木吧，又显得不近乎。都说这日本人是中国的外甥，怎么鼓捣来鼓捣去，越鼓捣越不像他舅呢！哈……"

三木跟着笑："陈先生叫我什么都可以。"

滕井有四十多岁，小个子，身穿黑西装白衬衫，打着领结，人很利索。他听见寿亭的声音，立刻迎出来，立定站好，原地鞠躬："对不起，陈先生，我请你原谅！"

寿亭拉住他："滕井哥，你怎么干这事！"

滕井拉着寿亭进屋，坐在榻榻米上。这间茶室基本上代表了日本室内布置风格，榻榻米上一个坑，客人可以把脚放下去。坑上的平台上铺着席子。小长桌深红色调，茶盘是日本引以为荣的漆器。那墙上还有两个日本字，用镜框装着，写的是日本汉字"清幽"，只是少了笔画。墙上挂盘中是描绘的《源氏物语》中的故事，寿亭也懒得去看，只对那侍女的服装有兴味。

侍女跪下进茶。寿亭调皮地捏捏侍女和服腰带后面的背囊："我说，她这小包袱是干什么用的？"

滕井笑了："是装饰物，没有什么实际用途。"

寿亭故意插科打诨："我还以为是装手纸的呢。"

侍女站起躬身退出。

滕井说："这是中国茶，只是运回日本加工了一下，哪天你有时间，我请你领略真正的日本茶道。"

寿亭笑笑："你日本那一套，我也知道得差不多了。你上次请我吃饭，除了那炸的东西——叫什么来？"

滕井忙说："干炸天妇罗。"

"就那玩意儿还凑合，其他的那些根本没滋味。上次你和家驹去弄那茶道，他回去对我说，那茶上有层沫子，和唾沫差不多。免了。"

滕井笑笑："不在那茶怎么样，是气氛——宁神内敛，物我两忘，相当于中国庄子所说的境界。"

寿亭喝茶："什么桩子柱子的，说说，咱那布是怎么档子事儿？"

滕井晃着头："陈先生，我是没办法。"

寿亭从茶碗上抬起眼来："什么？你的布你没办法？"

滕井忙解释："南崎丸此次一共运来三千件坯布，有你们厂里订的一千件，这我不用说了。另外的两千件是元亨厂的。"

寿亭说："这不挺好嘛！你为什么违约？他给的钱多？"

滕井坐着鞠躬，面有愧色："是这样，陈先生，元亨厂的贾小姐在东北找了关东军的将领，他们来电命令我把布全卖给他们。陈先生，你不了解日本，我如果敢违背，就很难再经营下去。真是对不起！"

寿亭把茶碗往桌上一撂："嘿！这娘儿们还没完了！滕井，你也是，这么大年纪了，油里没你，盐里没你，也帮着那娘儿们架秧子。还一件布里赔了我五块大洋，你倒是挺大方。"

藤井再鞠躬："这钱是元亨染厂拿的，我倒没损失什么。只是损失了本社的信誉。请相信，陈先生，我确实没办法。"

寿亭看着他："你是没损失什么，可我怎么开工？"

藤井说："是这样，我影响了陈先生的经营。我的下一船货二十天之内就到岸，我想，每件布让利陈先生两块钱，还是按一千件算。这样可以吗？陈先生？"

寿亭佯装无奈："不可以又能怎么样？就这么着吧！你也有难处，明天我让家驹送订金来。"寿亭刚想站起来，好像又想起了什么事，"我说，你那国也怪，当兵的还能管着干买卖的。"

藤井干笑笑："陈先生不了解日本，现在军队什么都管，不光做生意的，连学校他们都管。"

"派人去教书？他们懂个屁！要说鼓捣着硫黄木炭造炸药，他们在行。"

藤井也乐了："他们不是去教书，是教学生们军训。在日本连女学生都要知道怎么用枪。我女儿来信告诉我的。"

寿亭也乐了："学用枪干什么？将来打他男人？"

藤井看看寿亭没正面回答，只是轻轻叹口气。

寿亭见他不答，就作总结性发言："藤井哥，咱实实在在说，别的日本人我没打过交道，不知道怎么个成色。你倒还不错，也挺有信用。可是你国里弄的那一套女人放枪，男人上房的，这是格外一路。"说着笑起来，同时告辞。

藤井笑着拉住他："陈先生，今晚我请你喝酒，喝最好的清酒。我做错了事情，理应赔罪。上次你忙，没喝好，咱们今天好好喝。我们一边喝着酒，我让人一边给你弹琴唱歌。"

那女侍轻轻地把门拉开，面带敬意低头跪在门边。

寿亭笑笑："抓紧运布！你那酒——"他指了一下跪在门外的日本女侍，"和她一样。"

"怎么样？清酒不好？"

"水太多！哈哈……"

藤井拍着寿亭的肩也笑了。

7

刘先生拿着账单站在明祖办公桌前："董事长，咱连让利带减价，陈六子怕是撑不了几天了。今天我让人出去问了问。这四天，飞虎牌基本上是一尺没卖。"

明祖点点头，学张作霖用大拇指左右捋了一下短胡子："他就是卖，也无布可染了。自从他来了青岛，我就觉得不踏实，可一直没找到好办法。刘先生，咱这些天一共发到外埠多少？"

刘先生："细账在这里。"说着掀动账单，"天津、北京到唐山，沿铁路一共发出去四千三。水路发出去两千六。贾小姐还来电报要货。"

明祖沉吟，然后说："你回电报告诉她。先不发了。减价到此为止。先卖完这些再说。反正陈六子的布顶不上去。等他们卖完了，第一步，恢复原价。第二步咱就该涨点价了。刘先生，你这两天也琢磨琢磨，看看涨多少比较合适。"

刘先生答应着要走。明祖又叫住他："告诉门房，千万不能放陈六子进来。我绝了他的后路，他肯定急。滕井来电话，说昨天陈六子去把他骂了一顿。这陈六子原来是个要饭的，脾气又急，什么事都能干出来。干脆派人去大华门口盯着，只要看见陈六子往咱这边走，抓紧跑回来送信儿。"

8

火车快进站了，家驹扶着二太太站起来，随之叹了口气。

"怕咱爸骂你？没事，我去给咱爸说。他老人家总不会骂我吧？"二太太虽说是怀了孕，但肚子还没鼓出来。

家驹摇头："前人曾说近乡情怯，我现在是近乡心虚。不管出现什么局面，你都得忍着。不能大哭大闹，得慢慢地来，让他们慢慢地接受你。翡翠不会对你怎么样，咱娘可能会说几句，没大事。也不知道家骏收到信没有？"

车站外，一辆骡车，佃户牵住缰绳，家骏站在车前，从出站的人流里找他哥。

家驹和二太太出来了："家骏，我在这儿。"

家骏发现了目标，笑着跑上去。还不等他开口，家驹对二太太说："这是家骏。家骏，这是你嫂子。"

家骏笑着，只是对嫂子这个称谓不太适应："呃，呃，小嫂子。"

二太太脸上本来满是笑意，让家骏这一个"小"字减去了一些："二弟好。"

家驹忙更正："不对，你得叫二叔。"

"二叔？为什么叫二叔？"

家驹有点烦："指着孩子叫。"说着把皮箱递给了兄弟。佃户牵过骡车。

二太太更纳闷，家骏忙说："叫什么都一样，都一样。嘿嘿。"

二人上了车，二太太让家骏也上来。家骏摆手不上，示意佃户启动。

家驹在车里说："男女授受不亲。这时候你看着他在地下走，可到吃饭的时候，你们这些女眷就不能到桌子上来吃，得坐在旁边的小矮桌上，菜可能也不一样，你得有点思想准备。"

二太太茫然地应着。

街口上，家骏太太斜伸着身子往这边望，王妈领着她那刚会走的孩子。她看见车子，惊喜地喊："来了，来了！王妈，快跑回去送信儿！"

王妈想先睹为快，但一看主人的脸色，领着孩子快步往回走。家骏太太没等二太太下车，就忙着和二太太打招呼，车上车下乱交流。

车没去卢府，而是去了旁边的一个院子。这院子里的枣树上还拴着驴，墙根处还立着农具。

家驹感到意外："家骏，这是怎么回事儿？怎么来了庄户院儿？"

家骏尴尬地笑，没有作答，只是抽出凳子放在车尾，侍候着兄嫂下车。

王妈来了，跑到家骏太太跟前，小声地说："二相公娘子，老太太说，先让大相公自己过去。"说着看家驹。

家驹也听到了，下意识地把手放在二太太手上，也是安慰，同时也是示意让她稳住。

翡翠坐在自己屋中的椅子上，手平放在腿上发呆，神情木然看着外边。

老太太进来了，表情由尴尬转为关切："翠儿，翠儿？"

翡翠这才醒过神来，忙起身："姑，你不用过来，我没事儿。"

老太太跺下脚："我打发人叫家驹去了。咱得当面问问他，这是为啥。"老太太也自知这话没有实际内容，心虚地偷眼看翡翠。

"姑，人都来家了，就这样吧。别再弄出动静来，让四邻们笑话。"

"弄出动静来？动静小了我都不散伙！你稳住，那二婆子进来给你磕头的时候，不用正眼看她！先杀杀她的威风。"

翡翠为难："姑，这些礼数免了不行吗？她还怀着孩子，身子也不灵便。弄得过了火，家驹哥也是为难。"

"他为啥不想想让咱为难呢？可让他气死我了！"

家驹进了院子，老太太按一下翡翠的手："翠儿，你坐着，我先去问问他。啊，翠儿，你坐着。"老太太不放心地出去了。

翡翠隔着竹帘看见家驹走向北屋，不由自主地站了起来，向前走了两步，又呆站在那里，口中喃喃自语道："家驹哥……"傻站了一会儿，泪慢慢地流下来。

9

大华染厂停工了，整个工厂很肃静。工人们在打扫环境卫生，收拾垃圾。

寿亭与吴先生在办公室里下象棋。吴先生输了，寿亭笑起来。吴先生见寿亭赢了棋高兴，就说："掌柜的，你这巡河炮也真是用神了，打得我象也飞起来了，车也出不来，真厉害！"

寿亭笑笑："现在想起来，当初要饭没少学了东西，听说书，看下棋，隔三岔五地还听场戏。就是那饿真是受不了！那猪食我都吃过。"

老吴叹息："正是因为有了这些历练，你才有今天。孟子说：天降大任于是……"

寿亭抬手制止老吴讲授经学："孔子也好，孟子也好，我也扒到学堂的那窗户上听过，就是觉得不如说书的那套热闹。特别是那《隋唐演义》，济南剪子巷口，三十六友齐会贾家楼第一条好汉李元霸，第二条好汉王伯当，那秦琼秦叔宝，有名的朋友八百个，无名的朋友数不清，还有那山东淄川小罗成，回马枪挑了单雄信，真是热闹。唉，这想起来十几年了。"说着啪地拍了一腿，随后探身问："老吴，我想问你这样一句话，要是当初我上你家要饭，你能给我点吃头吧？"

老吴笑笑："幸亏你没去。要是你去了，我再没给，这一时里你不拾掇我呀！"

二人大笑起来。

老吴见寿亭高兴，就说："掌柜的，咱这回布被老孙截下，是个不小的教训。咱仓库里得有点儿布，一是压仓保本，再就是防着海上起大风，船靠不上岸。没有隔夜粮，心里没底呀！"

寿亭叹口气："我也这么想。可咱的钱不宽绰，不敢压。等咱有了钱，就压上一万匹。行市见好，咱就染出来；行市不好，咱就放着坯布等行市。没有压仓布，咱不敢玩得太深了。"

吴先生赞许地点头："掌柜的，你和苗先生这么好，咱能不能借他点钱，先周转周转？咱现在卖了豆腐才有钱买豆子，这可不是个长法儿。"

寿亭长出一口气："你不了解苗先生，那人的气派，不是一般人能比上的。我要是一借钱，他今天夜里就能让人送来。可是，咱不能借呀！他那人把钱看得比鸡毛都轻，根本不让你还。我这一辈子，要是能赶上苗先生一半，那也算没枉做一回人。"

老吴点头，重新摆棋："再来盘，掌柜的？"

寿亭问："行，来，我再让你见识见识后手的过宫炮。我说，东家这会儿兴许到家了吧？"

吴先生点点头："火车要是不误点，这会儿兴许吃上饭了。"

寿亭笑笑："哼！吃上饭？这会儿东家正在屋当中站着呢！那卢家多少辈子没收过二房，让家驹改了规矩，那一家人还不乱了套？那天二太太来闹，我说过她，大街上那么多男人，干吗非抢别人的男人？这没个好儿。"寿亭点上支烟，"这二太太本想跟着留学生风光风光，这一送回张店，你就等着吧，用不了几天，她就受不了了，自己就得跑回来。"

老吴放下棋："这倒不会。就是二太太从小生在青岛，家里虽说不宽绰，可吃饭还没问题。不说别的，到了张店，光冬天那个冷，她就撑不住，连炉子都没有！"

寿亭接着说："炉子不炉子的那是后话。二太太跟着东家在青岛吃的什么？又是牛奶，又是面包。卢家别看是大户，也是不年不节的不肯蒸回馍馍，一天到晚，咸菜碟子朝着天。乡下，哼，夏天那咸菜缸里都有蛆，冬天就是冰碴子。这还得说是好人家。"

吴先生乐了："二太太嫁给了东家，还以为是掉到蜜罐子里了呢！"

寿亭乐了："蜜罐子？这马上再给她个醋坛子。大洋马一出还没完，家驹又和电报局那打电报的好上了。这回得摁住他，要不，年下回家，我真没法到他家里去拜年。"

吴先生摇头："掌柜的，就怕东家想撒手，那打电报的不放手。我看这事没这么简单。"

寿亭乐了："这好办，先告诉她，成了亲，就得回张店。我看她一听这话，准能惊得一去不回头。"

二人正在大笑，吕登标敲门进来，寿亭看他一眼："有事儿？"登标一哈腰："掌柜的，这几天停工，那工钱怎么算？不是我问，是工人们让我来问的。"

"怎么算？照发。你来了正好，让伙房去码头买鱼，放上油，大锅炖。蒸白面馍馍，大伙一块儿解解馋。"

登标答应着："那告诉工人们什么时候开工？"

寿亭不耐烦："抓紧买鱼，五天，快了四天就开工。告诉伙房一天炖鱼，一天炖肉，吃饱了准备着上机。反正他娘的有人请客。"

吴先生不解地看着寿亭。

10

舞厅里，明祖正和舞女跳舞。那舞女穿着黑底大红花的旗袍，腰很细。明祖不住地用嘴啄她的额。那小姐假意躲闪，带着风尘中的风情万种，弄得明祖把嘴伸长。

账房刘先生来了。他神色焦急地看着那对舞伴，想上前禀报，又怕搅了局。原地转着圈想办法，他看着，然后回来转一圈儿，这样来回了几次，实在忍不住了，拉过那男服务生，让他把明祖叫过来。

明祖下意识地用手绢擦擦嘴脸，刚想询问发生了什么事，刘先生就把几张电报塞到他手里："东家，出大事了，那些布全掉色！"

"胡说！咱们涮完了才烘干的，根本不掉色。"

舞厅里的其他人都把头回过来。明祖知道自己的嗓门太大了，拉着刘先生出来，在走廊的电灯底下看电报。刚想开始阅读，那舞女过来了，拉着明祖扭捏不言，只是转动身子。明祖恍然大悟，从口袋里拽出一张钱递给她。

办公室里的灯全开了，明祖的脸上油汗相混，泛着不祥的光亮。明祖眼前是退回来的布，灰布成了脏布，蓝布成了淡蓝旧布。管技术的李先生站在那里，擦着汗，拿着布样子找不到原因，又不知如何是好。明祖坐在椅子里发愣，像是中了邪。

李先生还是纳闷："这不可能呀！方子没问题，烘干之前咱也涮了好几遍，不掉色呀！怎么老百姓买回家，一下水颜色就掉了呢？怪事，怪事！"

明祖摆摆手："去把那个王长更叫来问问。染了那么多，货都发出去了，嗨，快去呀！"

李先生原地没动，抬眼看着明祖："前天，王长更接到家里的电报，说他娘病了，回桓台了。"

明祖惊得站起来："啊？天哪！你们也不想想，大华染厂的那些伙计全是张店周村桓台来的，你也不想想，就知道瞎染。张店那附近，哪来的电报哇？明白了，明白了，这是陈六子成心办我。怨我呀！"明祖又坐下，接着又站起来，"我明明知道这方子是一个工厂的命根子，可我生生去挖。是我一时糊涂，这下子完了。"自我检讨完后又坐回椅子里。

李先生低着头，下意识地向后退。刘先生看他一下，接过来说："董事长，布已经这样了，咱得想想对策。贾小姐在东北让人家给扣住了，咱不退钱，人家就不放人。"

明祖看着桌上的玻璃板："退钱，如数退钱。"

刘先生面有难色："东北的钱可以退，可北平天津一带的钱怎么办？咱那俩外庄掌柜的——李柄琪、路世林也让人家扣了。人家还要和咱打官司。关键是现在咱没钱。"

明祖忽地站起来逼问："钱呢？嗯？"

刘先生后退一步："咱不是都买成布了吗？"

明祖打了个响嗝，借嗝之力坐下，呆呆地看前方，又过了一会儿，嘤嘤地哭了。

刘先生拿过毛巾，明祖低头接过去。刘先生试着说："东家，现在唯一的办法……"

"说，快说！"

"就是把布卖给陈六子。"

明祖深深地垂着头："卖给陈六子，对呀！卖给陈六子。济南赵东初三番五次对我说，陈六子厉害，别去惹他。你想呀，我要他染布的方子，那是他的命，他能给我吗？现在明白了，晚了。你——"他猛然昂起头，指着刘先生，"明天下午定下临海大酒楼二楼大餐厅，清场！我要请陈六子。不仅让他买布，还得问问他染过的这些布怎么办。陈六子，陈六爷！六哥呀，你害死我了。"说着又哭起来。

11

晚上，卢家的思想工作分成两头展开，一头是老太太对二太太，一头是家驹对翡翠。

庄户院北屋里，放着一张单人床，原木色的桌椅。老太太坐在上首，二太太坐在婆母的跟前。二太太卸去那些脂粉，倒是显出了良善。婆母哪怕是喝一口茶，她也是站起来添，还掏出手绢来给婆母擦嘴角，弄得老太太不知怎么办好，就势拉住了二太太的手握着。

"孩子，论说这买卖人再找个二房，也不是什么大事儿。可咱家不一样，翡翠是我侄女。这也不要紧，可我多当初是四品的提督，你上过学，也知道左宗棠手下无贪官，甚至左大人自己的俸禄往家捎晚了，他亲爹亲娘也得借钱买粮。咱家的那点钱是他老人家一点一点地攒下来的。他就盼着打仗，因为打仗吃战饭不要钱！我多也就能吃饱。咱见的清朝那些官都吃得浑身肥肉，可谁能想到四品提督平时饱不饱呢？"老太太掏出手绢来擦，"他老人家从新疆打完了毛子，都五十多岁了，皇上赐黄马褂还乡，他就带着个小包袱，其他的就是那些在京官员写给他的字画，别的什么也没有。他前胸后背除了刀伤就是枪伤。后来清朝不行了，那点俸禄也没了。他一句怨言也没有。他自打回来的第二天就下地干活儿，等老了干不动了，就坐在地头上看庄稼。孩子，咱在青岛买工厂，就是用的这样的钱！现在家驹娶了你，孩子，这一时里，要是你是我，要是你是翡翠，你会怎么想呢？"

二太太把脸伏在老太太的手上哭泣："妈，真是对不起！"

老太太抚摩着二太太的头："孩子，还不止这些。家驹留洋，咱家的钱不够，我爹又做主卖了他那些字画，这才凑足了学费。他老人家一辈子就是盼着子孙有出息，就是盼着家驹学回真本事来救咱中国。家驹临走去给他姥爷磕头，那天正赶上阴天，旧伤疼得我爹满头大汗，他拉着家驹的手说：'孩子，咱的枪打不远，所以你姥爷才浑身是伤。你要是贪玩不用功的时候，就想想姥爷身上的那些疤瘌，就有劲了。'孩子，这就是咱家呀！"

"妈——"二太太泣不成声。

家驹坐在椅子上，翡翠拉个凳子坐在他跟前，拉着家驹的手，轻柔地劝慰着他："家驹哥，别再自责了，已经这样了。你一个人在青岛也是闷。就是咱家里的背景，显得这事儿不大好，其实放在别人家，这算不得什么塌天的事儿。"

家驹叹口气："我从来没像今天这样瞧不起自己。唉，好在姥爷不在了，我的压力还小了些。一代一代的人，都对我寄托着多大希望，可我什么也没学会，学会的回来也用不上。好在有六哥顶着，总算还圆下一场来。唉，翠，明天我陪着你回娘家，也去给姥爷上坟，向他老人家赔个罪。翠，男人薄情这是天性，但是这事儿我是办得太出格了，真对不住你。"家驹说着泪流下来。

翡翠疼爱地给他擦着："家驹哥，咱不说这些了。你虽是二十大几了，可还是小孩子。我从小就让着你，你也习惯了。爷爷从京城里回来，带回来那西洋糖，咱俩一人分了两块，你吃完了，又把我那块要了去。你都填到嘴里了，又觉得不对，再吐出来给我。家驹哥，那时候多好呀！别掉泪了，啊？"

家驹叹息一声。

翡翠接着说："我爹捎来信，让你别不好意思，就当没这回事。明天去了也不会有人提。你别自己磨不开了，啊？"

家驹摇头："唉！不堪回首。唉，我明天见了舅舅怎么说呀！"

翡翠起身给他倒了杯茶。家驹双手接过去，不由自主地说了声谢谢。

翡翠又坐下，疼爱地向上捋了一下家驹垂落下来的头发。家驹借势攥住她的手："翠，六哥说了，等过了年，咱那钱腾出空来，就先让咱买个小楼。你和她都跟着我上青岛吧。我在青岛挺想你的。等到了青岛，那楼上就咱俩的时候，我拉琴给你听。你又会下围棋，没事儿的时候咱们俩相对而弈。人的一生非常短暂，我会好好地待你的。"

翡翠点着头，泪光在跳动："家驹哥，我等着。"

12

早上，吴先生领着元亨染厂的刘先生来到寿亭办公室。吴先生说："掌柜的，元亨染厂的刘先生来了。"

寿亭坐在那里没动，面沉似水，没有任何表示。

刘先生上前施礼："陈掌柜的，让我怎么说呢，唉，这是我东家给你的信。"

寿亭接过信，随手撕碎，向后一扬，瞪着刘先生："知道锅是铁打的了？"

"知道了，知道了，这回真知道。陈掌柜的务必帮忙，务必帮忙！"

"帮忙？帮什么忙？派个臭娘儿们来勾我东家。你再让大洋马来勾我吧！她还觉得自己是万能人儿呢！"

刘先生的汗都出来了："陈掌柜的，务必救救元亨，务必！"

"救活元亨？救活了元亨，孙明祖再来挤对我？"

刘先生忙摆手："不会，不会。东家说了，要和陈掌柜的交朋友，元亨大华今后商量着干。你也不看信，那信上就这么说的。"

"我知道是这么说的，甚至比这说得还好听！"寿亭一拍桌子，吓了刘先生一跳，"陈掌柜的，你这是……"

"哼！大胆元亨！明祖小儿，只用美人计也就罢了，又用烂计断我粮道。气死我也！呜呀……老吴，胡琴哪！没听见我叫板吗？"

寿亭哈哈大笑："刘先生，我是和你开玩笑！"刘先生长出了一口气，人也松弛下来，这才掏出手绢来擦汗。吴先生也如梦方醒，跟着笑，把刘先生让到椅子上坐下。刘先生的脸色转好："陈掌柜的，我东家定下了临海大酒楼，晚上请你喝酒，当面赔罪。"

寿亭收住笑："是想让我帮你把那些布回染一遍吧？"

"是，是，是这个意思。另外还请陈掌柜的收下我们一千件布，好暂时周转周转。"

寿亭站起来，刘先生也跟着站起来。"回去告诉孙掌柜的，酒，免了。不过，刘先生，没你们这么不地道的带头破坏规矩，降价，还截了我的坯布，不让我开工。你们也不想想，一个大洋马能值几个钱？她一脱裤子我就得给方子？笑话！"

刘先生连连作揖："陈掌柜的，大人不计小人过，大人不计小人过。陈掌柜的，我们已经山穷水尽了，元亨还能不能维持，全靠陈掌柜的。"说着拉出下跪的架势，寿亭赶紧制止。

寿亭冷笑："我也别挤兑你了。那布，我帮着你们回染，那一千件坯布……"刘先生张着嘴等结果，"那一千件我按原价买回，我说的原价是指滕井的原价，不包括那五块大洋赔偿。"

刘先生不好意思："是，是。陈掌柜的，这事你也知道呀？"

寿亭轻蔑一笑："哼！咱都在这块地上干买卖，别总想着谁挤谁，谁都不易！至于回染那些布，这样吧，都运回来，我带十个工人去你们厂，今天就开始染。但是有个条件，告诉孙掌柜的，让你厂里懂技术的全在那里看着我干，材料也用你的。你们不是想学吗？好，让你们学，让那些人看着我干完了，照样还是不会。"

"陈掌柜的手艺大家都知道，都佩服。"

寿亭轻蔑地笑笑："让你那主机李先生也在那里看着。好，就这么着吧。快发电报，把布运回来。布还在，没亏多少，就是搭上点路费，没事。回去告诉你那里管技术的李先生，他对王长更说'陈六子不过如此'，刘先生，这话可大了！我当时要是心狠，再给你加上点东西，你今天就是想回染也没用了，五天之后，那布全就都成了煎饼——酥了！"

刘先生一惊："现在不要紧吧？"

寿亭让他坐下："没事儿！这一来一回也就是亏个万把大洋。对元亨这不算什么。记着这一回吧！"说罢，看着窗外，像是自言自语："我还没修炼到家，所以还不够狠。"

第八章

1

早上，天阴着，空气很潮湿。

青岛大华染厂门口，门房在用左手扫地——他的右手被机器轧掉了。人们都穿上短袖的衣服，他却依然穿着长袖白布褂。右袖口瘪着，装在衣袋中。

寿亭在路上拾了一块炭，如半块砖大，他挺高兴，边走边看那块炭。

门房见了寿亭，笑脸迎上去："掌柜的早。"说着就接过那块炭。

"拾了块炭，发了个小财，送到锅炉房去。"

"哎，我知道。"

寿亭刚想走，可又停下来。他看了看天，指着门房那半截胳膊问："这天不好，断了的那个地方疼不？"

门房笑笑："就是觉得紧绷绷的，倒是不疼。嘿嘿！"

寿亭拍拍他的肩头，叹口气，低着头走了。

那门房看着寿亭的背影，又看看自己的断臂，也叹了一口气，拿着那块炭向锅炉房走去。

2

爱丽舍俱乐部，中英文对照的小招牌立在院门边。小洋楼爬满青藤，鲜花开放。

家驹看着窗下的景色打领带。他又看向远方，远方是海。床上，新派妓女睡意未去："才几点就走，真是……"说着翻了个身，又翻回来，然后坐起，"你二太太也走了，你也自由了。晚上还来吗？"

家驹假意地叹了口气，并没回头："唉，晚上来不了。"

"那你还走这么早。"说着不满地努起嘴。

"不能去晚了，六哥特别恨迟到。"

"你那六哥我见过，土了巴叽的。没见过你这样的，东家倒让掌柜的管着。"

"只有他管着，我爹才放心。"

"晚上真的不能再来了吗？"她还抱着最后一线希望。

"晚上来不了啦！我要陪德和洋行的内德吃饭。六哥一心想干大，要添设备，我得出面谈呀！"

妓女下床穿上拖鞋："买设备还用你谈？全青岛谁不知道你是甩手大爷？"

家驹一笑："你懂什么，甩手最好。"

妓女轻哼了一声："该不会是约未来的三太太吧？"

家驹轻蔑地笑："其实，找三太太也好，到你这里来也好，都一样花钱。到你这里来更贵。"他打完了领带，去衣橱里拿西服，"不找了。俩太太就够乱了。女人跟着我，享不了福。家里现在还不知道怎么样了呢！唉！"家驹穿上了西装，不经意地回头打个招呼，快快地走了。

妓女来到窗前，想等着和家驹招手，可她突然改变了主意，不屑地哼了一声，转回来一头栽回床上。

3

滕井在东亚商社的小院子里浇花。侍女跪在那里擦门，三木从里面出来，侍女忙坐回脚上，双手扶腿，给三木鞠躬。三木也点了下头，拿着一张纸走到滕井身后："社长，电报稿拟好了，请你过目。"说着双手呈上。

滕井接过来看，边看边点头。然后递还三木："嗯，很好，很好。"

"现在可以发吗？"

"可以。三木君，你看这样好不好？除了三菱公司之外，再各发一份给殖产机器公司和日本机器公司，看看他们能不能造这种设备。陈寿亭要的这套设备是目前世界上最先进的，好几个配套附机需要定做。"

"好。"三木抬起头来看看滕井，"社长，我们是不是再联络一下元亨染厂的孙明祖，如果我们一次购入两套，国内企业给我们的价格可能要低一些。"

滕井放下喷壶，笑笑："他暂时不会要的，他还没有从上次的打击中恢复过来，也不愿意和陈寿亭再发生摩擦。以我的观察，他就是真想购入设备，也不会与大华一起买。他怕再中了陈寿亭的什么计。"滕井轻快地笑着。

三木也笑了，随后他对滕井进言："我们也得小心中他的计，这个人的心眼太多。"

滕井摘去植物上的一个黄叶："这个人虽然心眼多，但是挺讲规矩。其实，他所有的计都摆在你面前，让你自己去选择。比如这一次，他已经把自己的全部计划告诉我们了，他也正与德和洋行的德国人谈这笔交易。他让卢家驹把清单送来，写得这么详细，就是想让我们报出底价。"滕井淡淡地笑着。

三木脸上的笑容没有了："我们和德国人争来争去，两家可能都得不到好处，反倒让陈寿亭占了便宜。我刚才回忆了一下，自从我们与陈寿亭交易以来，我们从他那里得到的利润最少。远远少于元亨染厂。社长，我们很可能不会从这套设备中获得利益。"

滕井抬手让他停下："我们宁可得不到利润，也不能把交易让给德国人。三木君，只有我们的交易量大，政府才会重视我们，才会对我们在海外的活动提供帮助。本土的企业也是如此。他们不了解支那，总想把产品卖到支那来，但又找不到很好的代理商。这套设备订单，就是我们实力的证明。三木君，这套机器表面上看来价格不高，约四万元中国币，但中国的货币是银本位的，它的国家很大，而货币总量却很少，所以币值很大，也十分坚挺。如果把这笔款子换成日元，数字就相当惊人。这样的交易对我们来讲是有意义的，对国内的企业来讲，也会引起他们足够的重视。"

三木信服地点头，然后又问："社长，有一个问题我早想问你。"

"什么问题？"

三木一副请教的姿态："在白坯布与染色布之间有那么大的差价，我们为什么不直接在本土把布染好之后再运到支那来？如果那样，中国的染厂就会倒闭，包括陈寿亭。"

滕井轻叹口气："这是国家的政策，我们无可奈何。白坯布属于出口工业中的棉纺丝织类，可以得到政府的扶持，不仅税率极低，政府还提供资金方面的支持，所以我们的纺织业发展很快；而染色布和印花布就属于民用工业，政府并没有给予足够的重视。这个建议我曾向厚生省提出过，他们也没有答复我。但是，他们不知道，支那虽然工业落后，但它的印染工业目前却比本土发展快。正是我们国家的这种政策，给了支那印染业发展的机会。我们呢？却处在他们的下层，只为他们提供原料。照这样下去，用不了几年，支那人就会把我们的坯布染上色，再卖给我们，让我们运回本土去卖。"滕井说完之后，转身看着海，抬手示意三木去发电报。

三木的问题得到了解答，却引起社长忧国忧民，于是三木用力鞠了一个躬，快步进了商社。

4

明祖办公室里，刘先生正在和明祖说事。贾小姐坐在沙发上看报纸。

刘先生拿着那张纸："董事长，我们先回了德国人？就说咱暂时不添机器？"

明祖同意："不添，不添，不过，陈六子如果上了这套机器，就真的与咱分庭抗礼了。唉！这套机器我早就想上，一时糊涂，输了一局。刘先生，先回了内德吧，就说我们再考虑考虑。"

贾小姐闻声抬头朝这边看了一眼。明祖知道她在看自己，嘴角略带一点嘲笑，并没有理睬她。

刘先生点头："董事长，我就不明白，这种滚筒机中国只有两套，全在上海，陈六子连个字也不认，他怎么知道要买这种机器？"

这回明祖主动看了贾小姐一眼："他是不认字，可那卢家驹是在德国专学的染织，虽然不会干，可是什么样的机器好，他还是知道的。"

刘先生点头。贾小姐放下了报纸准备发言，明祖站起来走到窗前，看下面的街，然后边转身边说："这套机器用人又少，占地方又小，还特别快。现在想起来，咱们早就输给陈六子了。去年陈六子把他那台崭新的德国海德堡印花机卖给咱，咱只看见便宜了，没想到咱操作不了，现在放在那里一点没用，陈六子却把废铁变成了钱……"

还没等明祖叹气，贾小姐就插进来说："他卖机器的时候，就是他最困难的时候。我问过卢家驹。当时我就说不让买，你和李先生极力主张买，李先生还说他同学会开。别说他同学没来，就是来了，把花布印出来了，那花布有市场吗？现在想起来后悔了，其实早该后悔。"

刘先生一看要起内战，也没告别就溜出来，随手把门带上。

明祖不高兴："你嚷什么？还当着老刘。"

贾小姐站起来，用嚷告诉明祖她嚷的是什么："咱不能就这样算了，咱不能看着那个乡下人在青岛兴风作浪。我自己出钱，买了这套机器，和他对着干。赔了算我的，挣了算股份。"贾小姐的头发近来没烫，人显得老了些，说话时头发甩来甩去显得很乱。

明祖一看弹压无效，抓紧改变策略，走过来说："咱买也买得起，只是现在用不着。咱那批回染的布刚刚卖完，这需要一个休养生息的时间。思雅，咱把目光放远一点，市场很大，没有必要和陈六子怄气。现在大华虽说发展很快，可是要真正撵上咱，还得有段时间。其他的几个染厂又都很小，市场基本还是咱占着大头，没有必要和陈六子直接干。"

在明祖说话期间，贾小姐摆了好几次手，但明祖坚持说完这个自然段。这时轮到她发言了，她却气得把词忘了，吸了口气说："气死我了！我咽不下这口气，还得和他干。"明祖笑笑，伸过手来要搂她，贾小姐不让搂，把他的手推开，"把手拿开！气死我了！"

明祖乐了："我都不生气，你气什么？大华那飞虎牌正在上升的势头上，咱没有必要在这个时候和他干。再说了，冤家宜解不宜结。思雅，咱还是想想怎么样能把现有的机器用足吧！新广告你写好了吗？"

"没有！"贾小姐说着拿包要走。明祖忙问："你要去哪里？"

"我去找内德，那套机器我买定了。"

明祖有点烦："不行，你就是买了，我也不让你往厂里安。"

贾小姐一扬眉："那我自己开染厂。没见过你这么无能的。"说着就往外走。

明祖忙上去拉住她："好好好！买！"贾小姐的劲儿小了些，有回来的意思。明祖接着补充："买是买，但现在不买。咱等着陈六子安装好了，咱过去看看再说。这种机器咱们从来没见过，昨天我问李先生，他说他也没见过。别说得挺好，买回来不好用，就像买的那印花机。坐下，坐下，消消气。"

贾小姐正往回坐着，一听这话又弹起来："噢，这说来说去，还是不买呀？"

明祖硬是拉她坐下，接着进行纵深解释："思雅，事情都过去了，咱也别说怨谁了。我是一朝被蛇咬，十年怕井绳。我怕这是陈六子的计。他知道咱暂时困难，没有太多的余钱，故意让内德来告诉咱要买机器，想激起咱的火儿来，让咱也买一套这样的机器，把咱仅有的这点儿流动资金变成固定资产。没有流动资金，咱就没法儿正常开工。要是那样，咱可是谁也怨不着呀，是咱自己往火坑里跳的呀！明白了吗，思雅？咱现在是休养生息，以待来日，还是与陈六子相安无事为上。你说呢，思雅？"

贾小姐用另一种目光看着明祖，停了一会儿，她喃喃道："还真得防着他这一手儿。"说着拉过明祖的手放在自己脸上，把身子俯了过去。

5

卢老爷来看周掌柜。他从车站走出来，一辆小驴车赶紧上去招徕："大爷，去哪？"

卢老爷打量打量他，见这汉子有三十多岁，看上去很老实，就问："去周村街里，通和染坊，多少钱？"

"嘿嘿，不超过二分，兴许还不要钱呢！"他不容卢老爷分说，就将他手里的蒲包和两条大咸鱼接过来，放到车后，然后扶着卢老爷上了车。

小驴车起步。周村车站离着周村城里有二里地，汉子在前头赶着车，卢老爷在后头看风景。走出有一里的样子，小驴车来到一个小石桥上，那汉子把车停下了。卢老爷立刻警惕起来："你要干什么？"

那汉子虎着脸过来问："不干啥，我问问你贵姓？"

卢老爷更慌："我姓卢。"

那汉子表情松弛下来，笑了。接着又要去牵驴。卢老爷挺纳闷，一把拉住那汉子的衣袖问："我说，你这是干什么？"

那汉子笑了："大爷，你别见怪。我姓杨，在周村车站赶驴车也好几年了。凡是坐我车的人，到了这个地方我都得问问贵姓。凡是姓杨的，我就不要钱，凡是姓潘的，我就立刻把他轰下来。嘿嘿！"

"你这是为什么？"

"因为潘仁美害了杨继业还不算，还害杨七郎，真是奸臣！弄得国家没了栋梁，害得杨家全成了寡妇。佘太君那么大年纪了，还得挂帅出征。这潘仁美真不是东西！他那儿子潘豹也不是个好鸟！"

卢老爷哈哈大笑，示意那汉子继续走："哈哈，你这是听《杨家将》听得入了迷。这潘杨讼并不见于正史。哈哈，宋朝离着现在八九百年了。再说了，潘姓是个大姓，又不只是潘仁美一家。以后可别这样了。"

那汉子也笑："我听书只要听到这一段儿，那气就不打一处来。上回我又听到这一段，气得我从书棚里出来，一脚把老潘家那个茶水摊子给踢了，结果还赔了人家三毛钱。大爷，你说，这些奸臣为什么总想害忠良呢？他们又能得到啥？"

卢老爷看着那汉子这么执着，收住了笑："这姓潘的在历史上也有许多忠良，比如潘安，不仅人美……"卢老爷看着天，寻找着中国历史上更有力度的潘姓人物，"还有东吴的大将潘璋，一刀差点把曹操那头砍下来。"

卢老爷的车一到，柱子忙迎出来，接过卢老爷手中的礼物，让着卢老爷去了堂屋。堂屋内，周太太倒茶，神色兴奋。周掌柜坐在下首，也是笑脸相候。屋外，采芹纳着鞋底在窗下窃听。

卢老爷发言了："周掌柜的，寿亭这孩子是能！这才去了一年半，把本钱挣回来不说，又另外挣了俩厂的钱。这不，又要添机器啦！没想到，没想到。这是信。"

"噢？"周掌柜把信接过去，无声诵读。他看完之后回手放进条几上的小盒子里，开始寻找发财根源："都是大少爷懂行，寿亭也就是出出力。"

卢老爷叹口气："唉，周掌柜的，咱不是外人，我不说你也知道。咱那孩子是去德国学的这一行，可听说他根本不到车间里去，那些机器没一样会开的，不会开机器也不要紧，也没让他开机器，你可别七个馍馍上供——弄些神三鬼四来呀！这不，家里，咱给他娶了媳妇，他不让跟着去青岛。不去就不去吧，嘿！没几天，自己在那里找了个学生，肚子大了，送回来生孩子。你说说，周掌柜的，让咱怎么办呀！不对她好吧，那肚子里还怀着咱家的孩子，对她好吧，咱又觉得对不住大媳妇。这一阵子可把我愁煞了！你那老嫂子比我还为难，那大媳妇是她侄女。"

周掌柜会打太极拳，于是就用太极八卦之法化解："卢老爷，这不是什么了不起的事。买卖人，整天在外面见人。大少爷人又长得好，又是留学生，那些女学生见了，能不往上扑吗？再说了，青岛那地方又红灯酒绿的，男的女的搂着跳舞，这硫黄木炭紧靠着火绒，就是不炸也得出股子黄烟。这怨不得大少爷。再说了，那么大的买卖，找个洋学生也不是什么大事，难免，难免。你别往心里去，长了就好了……"

采芹听到这里针锥子扎在手上，她用嘴吮着。

周掌柜发表完硫黄理论之后，试探着问："那寿亭没别的吧？"

"人家寿亭一门心思就是挣钱，这些烂事人家从来不沾。"

采芹在窗外笑了。

"噢，那还好，那还好。"周掌柜说，神色稳定了些。

"还不光这。寿亭和那些工人们一块儿在厂里吃饭，伙房做什么人家寿亭就吃什么；可家驹，得让饭馆子送饭。周掌柜的，我就不明白，从小我的家教那么严，可怎么没起作用呢？"

周掌柜很得意，但没说什么。

卢老爷接着说："那账房老吴是我派去的，老吴来信说，寿亭一天到晚在厂里，从配料到卖布，全是他一个人撑着。周掌柜，要不是有寿亭，就冲他弄那女学生，冲他天天吃馆子，我就把他召回来。"说着击节叹气，"唉，周掌柜的，你说咱家世代书香，知书达理的，怎么生了这么个孩子！这两天我算想明白了，这上学，还是得在中国，这外国，说什么也不能去。"

周太太过来添茶："卢老爷，你别总想着大少爷的这些小事儿。当东家的下馆子，这不是什么了不起的事儿。当初咱这作坊雇着个师傅，他那点手艺几天就让寿亭全学会了。就是这样的人，还天天吃白面呢！"

卢老爷感叹："他们开业一个月之后，我就去了一趟青岛。唉，看着寿亭那么忙，看着家驹天天穿着西装，除了喝茶就是抽烟，我都觉得不平。家驹这孩子临下生的时候，你那老嫂子有些难产。当时我慌。洗了手，撒了一卦，得了个'泰'卦。周掌柜的，这六十四卦讲的就是否极泰来，这'否'卦和'泰'卦紧挨着。当时我就放了心，结果一会儿家驹就生出来了。就这一卦，就说明这小子今生有福。他这一辈子，有寿亭帮着，准是掉不到地下。人是个命呀！寿亭打小就受苦，这发了财，还是没逃出受累来。这孩子好呀！我是打心里喜欢呀！"

采芹在外边笑了，认为自己的选择完全正确。接下来是怎样保住胜利果实。

周掌柜对卢老爷这番话半懂不懂，但还是说："大少爷年下的时候我也见过。虽说是富家子弟，但并不猖狂。人也挺好的。他和寿亭在一块儿，兴许得吃点气。寿亭那脾气急，张嘴就骂人，我看大少爷少受不了他的气。"

卢老爷接过来说："周掌柜的，寿亭要是那种斯文人，咱这买卖就合不了伙了。我就是要弄这么个人放在他旁边。我去青岛的时候给寿亭说了，骂不管用，就用脚踹他。"说罢，二人大笑起来。

卢老爷忙着赶回去的火车，坐了一会儿就走了。

采芹走进屋，对周掌柜说："爹，我明天搭车去青岛，去找寿亭。"

周掌柜感到突然："芹儿，寿亭脾气急，还是先打个信问问，先给他说声吧！"

采芹勃然变色："他还敢把我撵回来？除非他也找了洋学生！"采芹不等爹答复她，回了自己的屋，周太太赶紧跟过去。

周掌柜无奈。

火车上，采芹抱着福庆，柱子两口子坐在她对面，也抱着孩子。柱子提心吊胆地问："采芹，六哥不会把咱骂回来吧？我这心里怎么就是不踏实呢！咱先说好了，这可不是我让去的，到时候你可得给我做主。"

采芹笑笑："你都快问了八遍了。不能！不仅不骂你，说不定还请你喝酒呢！看把你吓的。还反了他呢！"

柱子媳妇说："六嫂，我见了六哥也是怕。"

采芹笑着说："没见过你俩这么没用的。怕他干什么？"

柱子媳妇说："六哥也没骂过我，都是柱子回去学的。他说他一看见六哥眉毛立起来，那心就哆嗦。他想六哥，就整天说六哥，说得我心里也没底了。"

采芹气得笑："让你俩这一说，我是嫁给阎王了。没事，我专门拾掇他。"

6

卢老爷与老伴坐在那里喝茶。卢老爷说："我看还是让小媳妇过来住吧。一个人在个庄户院里，还怀着孩子，这不合适。"

老太太有些为难："过来是行，可住到哪里呢？"

卢老爷说："论说妻妾不能同房，可家驹不在家，就让她和翡翠住到一块儿。两个人说说话，我看也没什么。"

老太太反对："还得等等，再放她一阵子！先让她风干风干再说！再说了，咱也得让翡翠看出来。"

卢老爷刚想继续发言，这时，老太太看见翡翠往外走，隔着帘子喊："翠儿！去哪？"说着就跑到院子里。

翡翠原地站住，低着头，等着老太太发问。老太太过来拉住她的手："你这是去哪？刚怀上孩子，不能乱跑，别碰上不吉利的东西给咱冲了。"说着扶着翡翠朝西屋走。

二人进了屋，翡翠让婆婆坐下，自己也坐下："姑，我是想去庄户院看看。"

"去看那小婆子？看她干什么？又不缺她吃，又不缺她喝的。"

翡翠捻动着衣角，低着头说："家驹哥走的时候，再三嘱咐我，让我常过去看看。"

"他也好意思说。哼！"老太太看上去很生气。

翡翠抬起头来说："姑，她已经进了咱家的门，已经成了咱家的人。再冷落她我觉得不好。再说，她也识字，又天天给家驹哥写信，要是让家驹哥知道咱冷落她，我怕他回来熊我。再说了，家驹哥在青岛，那买卖上本来就帮不上什么忙，看着六哥一个人忙活，心里本来就过意不去，要是再加上家里这套不痛快，整天喝酒浇愁，六哥的脾气又急，人家不骂他吗？姑，我都容得下，你就别了。人家生完了孩子，兴许还得回青岛，积下些恨怨不是好事。姑，让她到南屋住也行，让她到我屋里来也行。她在城里长大，没受过什么摔打。她才刚二十，一个人住在庄户院里，别再弄出什么事来。"

老太太叹气："唉，这是什么事呀！"

二太太的肚子鼓出来了，可是气色精神却很好。虽然一人在庄户院里，打扫得却很干净。她看着一本有关婴儿喂养的书，还不停地做笔记。这时，老太太进来了。她赶紧起身，甜甜地叫了一声"妈！"随之扶老太太在椅子上坐下。

老太太关心下一代的成长，关切地问："那孩子这一时里正长着，你怎么只吃干粮不吃菜呢？"

二太太说："妈，我和翡翠姐姐都怀了孕，你就让人给我们俩单独做饭。我问过了，你和爸爸家骏他们只吃咸菜，我看着那肉菜实在咽不下。妈，就让我和大家吃一样的饭吧，啊？"

老太太急得拍腿："嗨，你管那些干什么！这不光为了你自己，还有肚子里那孩子。孩子，现在那些事儿都过去了，我和你爹在那里说，这要是一前一后连生上两个大胖小子，那是多大的喜呀！"

二太太低下头："妈，我来了这一段时间，真是体会到了很多东西。比如你还有翡翠姐姐的善良与宽容。唉，我要不是从心里爱家驹，真是没有勇气待下去了。你们对我越好，我越觉得自己不对。"

老太太拉着她的手："不说这些了。一会儿你就搬过去住，等一会儿翡翠就过来接你。孩子，你要理解娘的难处，你过去之后，我兴许不能给你好脸色，我那是假的，是做样子的。孩子，等将来你当了婆婆，就知道我这一时里的难处了。好，我得走了。"老太太不等二太太说话，起身出来。二太太送到屋门口，望着老太太的背影苦笑。

7

下午，车间里热气腾腾，寿亭光着膀子和工人一起干活，当年摁香的那个地方有个疤，亮光光的，像个护心镜。他跑来跑去，四处指点江山。

一个十分敦实的小伙子过来说："掌柜的，七号灰色染槽的水冒气了。"

寿亭交代一下这边的工作，跟着小伙子走过来。槽子边上，放着一桶鱿鱼。寿亭先用手试试温度，摇摇头说："还不行，再加热。"那小伙子点头，寿亭又回到了这边。工人们让出地方，寿亭走上前，一个小伙计赶紧递上一窄条白纸，寿亭捏着纸的另一头，把纸洇进去。少顷，拿出来，看了看，又走到车间门口光亮处看，然后大喊："加一磅零一平茶碗黑矾，一整饭碗硫酸。小心别烧着手，戴上胶皮手套子。准备下布。"

工人们应声忙活着。

寿亭又走到七号槽子跟前。那小伙子说："掌柜的，我看太热了，手都下不去了。"

寿亭把手放在水面近处，感受一下温度，摇摇头说："再加热。"

小伙子想提出异议，寿亭当时就急了："你他娘的听见了吗？加热！"

小伙子应声跑过去，再次推上电闸。回来之后，寿亭对他说："在所有的颜色里，灰最难染。染料多了就成了黑或者深灰，染料少了就染不上，全靠这温度。水温太低，粘不住；水温太高，硫酸就较劲，就能把布烧烂了。知道吗？"

小伙子挠着头笑。寿亭轻打他一下："你还想给我当师傅。我干买卖以来，辞的第一个人就是我师傅。你看着！"说着从旁边桶里拿起一条鱿鱼，提着尾部，把那鱼头上的爪子涮到槽子里。鱼爪立刻卷起来，寿亭扬手大喊："停止加热，半桶凉水！"

小伙子随手提过半桶凉水倒入。寿亭再试，鱼尾还卷："把舀子递给我。"

小伙子直接舀起一舀子水，寿亭接过来，加入了一半，再试，鱼尾还是卷，又把剩下的半舀子加进去。鱼尾还是卷，但似乎卷得慢一些了。寿亭高喊："开机，下布！"

七八个工人忙起来，机器轰轰隆隆地转起来，大卷筒的布从上面流下，涮入槽子之后，又被这一端的机器卷起。

寿亭叫过那个小伙子，把着手里的鱿鱼说："一刻钟一试，这鱼尾巴卷到这个程度为准。凉了就加热，热了就加水。染砸了我揍死你！还自称什么七号槽主！记住，就到这个成色。"说着把那条鱿鱼的尾部掐去，剩余部分横摆在一块木板上。

小伙子笑着："掌柜的，咱要是天天染灰布多好，伙计们就能天天吃鱼了。"

寿亭突然想起事来："我说，试水温的这些鱿鱼送到伙房的时候，告诉那些做饭的傻瓜，焦了颜色的这一截子务必去掉。上次我就看见咱那汤里有没弄干净的地方。这矾这酸全有毒。别让那些傻瓜要了咱的命。记住了？"

小伙子认真地点点头："记住了，掌柜的，你快去抽根烟歇歇吧！"

寿亭后退一步，拿出根烟来点上，又着腰，看着伙计们干。然后感叹地说："这是在青岛，有鱿鱼。过去在周村，我是用手试呀，连上烫，带上硫酸烧，我那手指头整天烂乎乎的。唉！"说着顾影自怜地叹口气，走了几步，找了一个木箱慢慢坐下来。

那小伙子拿着鱿鱼跑过来："掌柜的，是这个成色不？"

寿亭看看："嗯，行！就这样。"

小伙子回身大喊："接着下！"然后给寿亭端着一饭碗白水过来，"掌柜的，你先喝口水歇歇。"

寿亭接过水来大口喝着。那小伙子又说："掌柜的，我看还是用温度表吧，还是那玩意儿更准。"

寿亭放下碗："什么？用温度表？你知道吗？那水温表是德国来的，一根就是三块大洋。上回我听了东家的话，进了十根，还没用一个月，全烫烂了。那水银还蹿出来落到槽子里，毁了一槽子料。十根就是三十块，这桶鱿鱼呢？才一毛钱。咱还能解馋。你怎么不知道勤俭过日子呢！再说了，要是都知道了多少度，不就都会了？别的厂给钱多，挖走咱一个人怎么办？我告诉你这鱿鱼打卷的程度，就是信得过你这王八蛋。滚，少在这里给我支招儿！"

小伙子笑着跑回去。

寿亭也笑了。

账房吴先生来了，走到寿亭身边小心翼翼地说："陈掌柜，德和洋行的内德来了，还带了个翻译。"

寿亭不回身："让他和东家先谈着。"

吴先生嗫嚅地说："东家他……他又出去了。"

寿亭扔下手中的布，回身把眼一瞪："去哪了？"

"电报局的那个女的又来了，东家怕在厂里吵起来不好看，就叫着那女的出去了。"吴先生见寿亭脸色骤变，吓得不敢抬头。

"去哪了？把他找回来！现在这女人真不要脸，一旦让她沾上，想抖搂都抖搂不下来。上回让我数落得差点没了气儿，趁我不在又来了，真是不要脸！"

工人们见寿亭冲着账房吼，就回过头来看，见寿亭一回头，又都吓得赶紧回头干活。

"别找了，掌柜的，东家这一时也没心思，就是叫回来也管不了什么用。掌柜的，你消消气，还是你去见那德国人吧。"吴先生赔着笑脸。

"哼，他娘不知道怎么养的他。不行，得去叫他，告诉他这是工厂，不是吊膀子的地方。去叫他！"

老吴说："这回不怨东家，我见东家让她走，她就是不走。"

寿亭叹口气："赶明天我得说说他，说什么也不能再穿那破西装了。"

吴先生跟进说："是是是，不能再穿西装了。陈掌柜的，其实人家德国人和东家谈过了，说接下来的事要和你当面谈。东家给人家说，他根本做不了主。"

寿亭冷冷一笑："哼，没见过这样的。打水，拿衣裳。"

一个小伙计飞也似的端着一脸盆清水跑过来，吴先生拿着衣服等候着。

寿亭开始洗脸。

寿亭和吴先生往车间外边走。这时两个工人准备抬硫酸，一个工人二十多岁，一个十几岁。他俩把绳子套进坛子鼻儿，插上扁担就要抬。

寿亭一看这场面，扬手大叫："不行，那是硫酸！"

晚了，工人已经把坛子抬离了地面。坛子鼻断了，坛子破裂，硫酸溢漾，一地黄烟。寿亭一个箭步蹿上去，猛力把那孩子推开，那孩子倒退几步，坐到地上。二十多岁的那个小伙子看着硫酸向自己流来，吓傻了，慢慢地向后退着。寿亭一步迈过去，捡起扁担朝他杵去。那小伙子被捅出去五六步，一腚坐到地上。总算没烧着他俩的腿。

其他的工人围过来。

那俩工人傻了，坐在地下只剩下害怕，都忘了站起来。寿亭拿过绑布的竹篾子，没头没脸地向二十多岁的那个小伙子抽去。小伙子蹲在地上，抱着头。寿亭一边打，一边怒骂。吴先生用力抱住他。

寿亭气得呼呼直喘："我说过多少次了，抬硫酸要用垫子，就是不听！就是不听！他娘的，要是真烫着，你让我怎么对你家里交代！"

吴先生推着他走，他一路骂骂咧咧，边走边回头。

办公室里，内德和翻译坐在连椅上等着。内德有三十多岁，身材高大，穿着格子布的西装。那翻译二十多岁，穿着白衬衣，头戴鸭舌帽，帽顶上还有个小布扣。

寿亭呼的一声撞开门，怒气冲冲地进来了。内德很意外，连惊带礼貌地站起来要握手，寿亭没理他，从他身边走过，坐到自己的椅子上。内德把手一摊，耸一下肩，很尴尬。寿亭冲着吴先生吼道："让他俩上外间等一个钟头，我正在气头上，什么事也说不了。快让他们出去！"

内德和翻译对视一下，摊摊手。吴先生过来，让着他去了外间。

外间里，吴先生给他俩端过水来，对着内德赔笑脸："杜先生——"他对翻译说，"你给内德先生解释解释，陈掌柜的就这脾气，一会儿就没事了。刚才工人不按规定抬硫酸，差点烧着。他整天忙里忙外的，也是心焦。陈掌柜的少年得志，十五岁就当掌柜的。"

翻译说："我听说陈先生过去曾经要过饭……"

吴先生赶紧用手指里面，示意翻译停下："可别说这！"他又用手指了一下里面，"要是让陈掌柜的听见，你这买卖就别做了。"

内德也用眼瞪翻译，翻译赶紧改口："我是说，我听说过陈先生的本领，也听说过他的脾气。不过内德先生是有身份的人，这样鲁莽很不合适。这不是对待合作伙伴的方式。"

吴先生笑笑："杜先生担待。陈掌柜的这就给内德先生留了面子，因为是洋人。要是你自己来，他一嗓子就把你轰出去。杜先生，你是不知道，陈掌柜的除了他丈人不敢骂，谁都敢骂。土匪都拿他没办法。青岛码头上的地痞厉害不？可就是不到这里来闹。这你知道。何大庚从自己的腿上往下割肉，他割一块，陈掌柜吃一块，生吃！何大庚一看

127

镇不住，关上门认了陈掌柜做大哥。你是来谈买卖，谈成了买卖是目的，别挑这些小事，别把大事耽误了。"

内德听得懂汉语，只是说得不好："嗯，我知道，陈是个传奇人物。"

寿亭想喝水，可搪瓷缸子里没有水，他就过去对着水管子喝了一阵。他抹了一下嘴，大声喊老吴。

老吴闻声而至："掌柜的。"

"你办两件事。"

"是！掌柜的，你说。"

"从柜上拿两块钱，记到我账上，给刚才那个贼羔子送去。我打了他，事后想想觉得忒重。还是个半大孩子，这事儿也难免。别让我吓得他跳了海。去，替我给他赔个不是，就说陈寿亭错了，给你赔不是。"

"好，好，我这就去办。陈掌柜的，你这是打一巴掌给个枣吃。"

"你说什么？"寿亭的眼又瞪起来，"打一巴掌给个枣吃？我打他，是因为他错了；给他两块钱，是因为我错了。这根本不是一回事。"

"是是是是是……"

"第二件，买机器的那个单子在你那里，你抄一张，再给查西汀洋行的英国人送去。咱要货比三家，让他们这些狼崽子争肉。最后肉是咱的，给他们的全是骨头。"

"这事儿对，就得让他们争。我把内德先生叫进来吧？"

"叫进来吧，好好的，生了一顿闲气。"

"陈掌柜的……"吴先生支吾，他见寿亭又把眼瞪起来了就赶紧说，"人家是来谈买卖的，别对人家横鼻子竖眼的。"

"老吴，我这气刚消了，你别再激我的火。我不管什么德国人还是他娘的日本人，他们是拱着来和咱做买卖，是想挣咱的钱。你记着，老吴，我在周村，你在张店，咱俩都能吃得上饭。咱之所以跑到青岛来挣钱，就是为了有了钱高声说话。有钱就是祖宗，就是他们的祖宗！"

老吴连连说是，倒着退了出去。

这时，登标满脸喜气地跑进来："掌柜的，你家大嫂来了。还有个伙计，叫柱子，也带着媳妇。"

寿亭一惊："在哪？"

"楼下吴先生那里。"

寿亭刚想去，接着想起了一件事："登标，那个叫柱子的不是伙计，是我兄弟。你先下去陪着，说我正和洋人谈买卖。先公后私，我谈完了买卖就下去。"

登标点着头："掌柜的，东家也回来了，正在下面陪着大嫂说话呢。东家让我告诉你一声，晚上他请客，不让你在厨房里吃饭。"

寿亭想了想："不用，你让伙房蒸馍馍，炖鱼，大伙一块吃，都高兴高兴。去馆子花钱太多。告诉东家，免了。"

第九章

1

一九三一年，九一八事变。

寿亭现在住在一座青砖小楼上，楼下还有个院子。院子前面有块空地。老孔把洋车放好，等着寿亭上工。

早上，寿亭准备去上班。福庆这时已有十岁，他没去上学，就坐在院中的小马扎上看书。这孩子大眼睛，看上去很安稳。他见父亲出来，就站起来说："爹。"

寿亭慈爱地抚摩了一下他的头："还不赶快去上学？"这时他已有三十多岁，依然是短头发，只是上唇有短胡子。穿着布夹袄，干净利索。

女佣孔妈出来了："老爷，少爷学校里今天游行，反对日本鬼子。太太怕人多乱，就没让少爷去。"说时在后面扶着福庆的肩。

寿亭一听，回身大喊："采芹！"

采芹这时也已三十多岁，人很瘦，但看上去还精神。她闻声跑出："你喊什么，省得人家不知道我叫采芹。"

寿亭皱着眉："这孩子不能在家里关着，再这样下去，好好的一个孩子就让你给关傻了。游行人多怕什么？老孔！"

老孔在院门外回应："来了，老爷。"

采芹刚想说话，寿亭抬手制止："不用送我去上工了，快送少爷去学校。晚了，拉着他快跑，要不赶不上队伍了。"

"好好！"老孔拉过福庆的手就要走。采芹忙从衣袋里掏出个小钱递给福庆："拿着这一分钱，要是晌午游不完，就买俩烧饼吃。"

福庆高兴地接过来，冲着爹妈鞠个躬："爹，娘，我上学去了。"

福庆跑出去跳上老孔的车，老孔让他坐好了，于是开始飞蹿。

采芹想拉寿亭回屋，寿亭一挣："有什么话晚上再说，你以为这是在周村呢，上工没个点。"

采芹笑着，送寿亭出来。寿亭站住说："采芹，这孩子不能不让他出去，得让他出去见世面。在咱跟前，永远长不大。回去吧。"

130

采芹说："我寻思着这日本人占了东三省，满街筒子都是难民，别把福庆拐了去。"

寿亭气笑了："难民拐咱福庆？他自己的孩子还养不活呢！我看你也快傻了。回去吧。"

采芹站在门口，笑着目送寿亭，见寿亭走远了，这才回到院中。孔妈正在择菜，站起来说："太太，刚才忘了告诉老爷，咱晚上吃大包子，让他回来吃饭。"

采芹笑里带嗔："孔妈，你也是多嘴，让他吼了我一顿。下午再说吧，到时候让老孔给他去送信儿，让他晚上回来吃饭。"

孔妈答应着，采芹回了屋。

2

码头上，一条轮船靠了岸。人们从船上涌下，全都破衣烂衫，提着行李卷。大人喊孩子，男人喊老婆，一片混乱。两个穿黑衣裳的港警在维持秩序，人流将他俩拥向一边。

一个港警对另一个说："这一天一船，青岛也盛不下呀！唉！"

"说是日本人在东北见人就开枪，他们不往内地跑怎么办？听说烟台蓬莱难民还多。这东北军也真够熊的，一夜之间就丢了三个省。"

"得得得，打住！兄弟，这事儿忒大，咱管不了。"

"这管不了是管不了，可养兵千日，用兵一时，你他娘的跑什么？和日本人玩命呀！"

这时，一个女学生模样的女子来到港警跟前。她看上去二十岁左右，中等略高的身材，学生头，黑裙子黑鞋白袜，灰上衣外面还罩着最时髦的线结外套，美丽清纯，两只眼睛忽闪忽闪的。她叫沈远宜。她冲着两个港警一鞠躬："请问老总，这青岛一共有几家医院？"

那个瘦港警忙接过来说："病了？我叫洋车拉着你上医院。"说着就要招手、叫洋车夫。

沈小姐赶忙说："不是，是找人。"

他一摆手，那两个洋车夫又蹲回去。"找人？这青岛医院可多了，大的就有三家，可这三家吊着角呢！这样吧，你自己找也找不着，这人山人海的，全是你们那里来的难民，问路你都找不到人。我让那洋车拉着你找，一家一家地找，不管找多少家，你就给他五毛钱吧！"

沈小姐很高兴："谢谢老总！"说着又鞠了个躬。

瘦港警冲着洋车夫喊道："臭蛋，你过来！"

131

臭蛋闻声而起，拉起洋车飞奔而至。瘦港警指着女子说："这小姐来咱青岛的医院里找人，你拉着人家，挨个地去医院找。不管找多少家，就是五毛钱。听见了吗？"

车夫点头哈腰，顺手接过沈小姐的旅行包。她再向港警鞠躬致谢，然后上了车。洋车夫刚拉出几步，港警又喊："臭蛋，过来！"

车夫放下车，让小姐暂等一会儿，自己跑回来。瘦港警说："臭蛋，这可是个大买卖。你留一毛，俺俩一人两毛，听见了吗？"

"一定，一定。这根本不用您嘱咐。我走了？"

港警挥手，让他快去。这时，沈小姐回过头。海风吹来，她额前的散发飘动着。

洋车消失在人流中。

沈小姐走进了第一家医院，她让车夫在门台下等着，她走出去了几步，然后又返回来，提上了她的旅行包。

车夫擦着汗，尴尬地摇摇头。

她来到医院窗口，客气地问里面的小姐："请问护士小姐，这医院里有位叫霍长鹤的病人吗？"

那小姐忙站起来："这位霍先生是干什么的？"

沈小姐忙说："是东北军的一个军长，负了伤，听说就在青岛治疗。"

那小姐立刻睁大眼睛："日本人在东北真杀人吗？"

沈小姐点点头："小姐你费心给我查一下。"

那小姐笑了："我们这里没有这位霍先生，不信，这是住院病友名单，你自己看吧。"说着把一个本子递出来。

沈小姐用指头捋着查。

洋车在马路上跑着。

沈小姐又进了一家医院，还是提着她的旅行包……

3

孔妈在厨房剁馅子，叮叮当当地乱响。采芹出现在厨房门口："孔妈，忙过了吗？我也搭把手吧。"说着就要去洗手。孔妈制止："不用，太太，你歇着，你身子还不好，可别再累着。你要是一个人坐着闷，就坐在这里和我说说话儿。"说着搬过一个高凳子。采芹坐下了。

132

"刚才我在屋里听戏匣子，听着那日本鬼子在东北杀人，气得我出来了。"

孔妈停住手里的刀："太太，你说那日本鬼子能打到青岛来吗？"

采芹想想："兴许不能，这青岛和东北隔着海呢！"

孔妈认为有理："也是，也是。我看这日本人在东北也长不了，兴许抢了那秋庄稼都得回去。"

这场关于东北局势的讨论正想往纵深发展，老孔拉着车进来了。

采芹问："你怎么不拉着老爷一块儿回来？"

老孔说："老爷说，游行的人太多，让我上学校门口接少爷，我就回来了。太太，我走了。"老孔说着又出了院子。

"我说不让去吧，非得去。你说让人担心不。"说着就要向院门口走。孔妈笑了："太太，没事。刚才轮船公司任家还让人来问呢，说他那少爷游行也没回来呢。他那孩子和咱少爷一个班。上学下学都一块儿。没事儿，你还是坐下歇会儿吧！"

"噢，噢。我还是不放心。"采芹应着，还是去了门口。

过了半个时辰，游行的队伍散了，孩子们拿着小旗三三两两地往家走。

采芹在门口望着，看见老孔拉着福庆有说有笑地走来，舒心地笑了。她回身对院内喊："孔妈，上笼蒸吧！少爷回来了。"

"哎——"孔妈答应着。

太阳快要落下去了，沈小姐和车夫又来到一家医院。沈小姐下了车，提起了她那旅行包。车夫说："小姐，这是青岛最后的一家医院了。要是再找不到那个霍军长，我看你就得想想住处了。"

沈小姐点点头："好，我问一下再说，说不定就在这家医院里呢！"

车夫说："小姐，你出来之后就得给钱了。这五毛钱不包括拉着你去旅馆。可是我还是拉你去。"

沈小姐无心和他纠缠，答应着进去了。

沈小姐来到住院处，里面的小姐正在交班，和另一位护士说道着。沈小姐客气地问："请问，在我们住院的病人里，有位叫霍长鹤的先生吗？"

里面的小姐也没回答，直接把住院簿扔出来："你自己找吧！"

沈小姐放下旅行包，开始在本子上找着，十分认真。

旁边的连椅上坐着两个贼，自从沈小姐一进来，他俩就盯着。他们见沈小姐认真专注地看本子，年龄大的那个朝另一个一努嘴，二人游动到沈小姐的身后，从沈小姐的脚下悄悄地拎走了旅行包。

沈小姐没有找到那个姓霍的，失望地把本子还回去。低头一看自己的包没有了，大惊，原地转圈。走廊上已空无一人。她慌乱地跑出来，问车夫："你看见我的包没有？"

车夫本来背朝楼洞，这时一听没了包，他比沈小姐还着急："提着，提着，怕我偷了跑，这下好了，我这一天白拉了。"

沈小姐跑出医院门，车夫在后面跟着。还没等他喊，沈小姐又跑回楼洞，问那护士小姐："你们看见有人偷包吗？"

车夫在她身后站着，神色焦急。

那两个小姐回过身来，鄙夷地看了她一眼："没有。我们在屋里怎么能看见外面的事。真是！"

沈小姐呆了。

她走出楼洞，坐在医院的台阶上落泪。那车夫急得捶胸顿足："光我自己还不要紧，主要还有那两个警察。我要是拿不回钱去，他们准认为我昧起来了。我就是浑身是嘴也说不清呀！"

沈小姐呆呆地坐着，脸上毫无表情。那车夫继续说："你找人找得急，中午还不吃饭，我也跟着不吃。这天虽说是凉快了，可这一天我那汗就没停下。唉，你身上怎么就不放上几块钱？嗨！"车夫原地跺脚。

沈小姐终于说话了："你让我怎么办？"

车夫一眼看见沈小姐的外套，凑上去说："大妹子，要不你把外面这件衣裳给我？我回去也好交个差。不拿点物件，那俩警察不信呀，他们不揍死我呀！"

沈小姐也没说什么，呆呆地，慢慢地把外面的线结外套脱下来，递给了车夫。车夫见此，犹豫了一下，叹了口气，还是接了过来。他对沈小姐说："那我走了。"

沈小姐呆坐着，就像根本没听见他说的话。

当铺正要打烊上门，车夫停下车慌慌张张地跑进去："慢着，慢着！"说着冲进铺子，把那件外套递上去。

里面两个先生都戴着眼镜，高个儿那位接过东西一看，立刻与另一位对视了一下，接着说："不是偷的吧，臭蛋？"

"不是，不是。是抵的车钱。那女人的包让小偷拿跑了，没钱给我，就脱下这东西抵车钱。这值几个钱吧，刘哥？"

"值个屁！当多少钱？"

臭蛋笑笑，擦着汗说："怎么着也得给两块钱吧！"

"一块。多了不值。"

"一块五吧！刘哥帮帮兄弟！"

"一块五当死，不开当票，也就是不能赎回。"

"好好，一块五就一块五。"

"要整的还是要零钱？"

"零的吧。嘿嘿！"

钱穿过铁栅子，从上面伸下来："数数，别他娘的出了门再说少一毛。"

车夫数钱："没错，刘哥，我走了。"

出来门，车夫喜形于色。他忽然想起了什么，就把钱数出了一块，装进一个口袋，又数出四毛放在腰里。剩下的那一毛装在另一个口袋里。

沈小姐还是坐在那里，门房过来催她走。这时，车夫来了。他放下车，过来对沈小姐说："那件衣裳我当了，当了五毛钱。你的包没了，身上一个钱也没有。我的车钱不要了，给你这一毛，也好吃顿饭。"说着把钱塞到沈小姐手里。沈小姐拿着钱，还是呆呆的。车夫问："小姐，你没事我走了？"说着就走。

车夫消失了。沈小姐似是在自语："那是长鹤给我买的英国开司米，值三百块大洋呀。"细风吹来，沈小姐抱住了肩。

这时，门房回过头："你该给他要当票。嗨！"门房有点急，随之追出院子。

车夫已远去，门房失望地一甩手。

4

太阳全落了，但是天还很亮。寿亭下班从厂里出来。这时的大华染厂已经成了大厂。洋灰的门垛子，老宋体的大字白厂牌，正规气派。只是门房成了两位，那一位没了左手，这一位没了右手。二位站在一起，相得益彰。

"陈掌柜的回家呀！"他俩一同笑问。

寿亭笑笑："车间里也下班了，你俩也关上大门去吃饭吧！看看你俩，打盹打盹，把手打没了，哼哈二将。唉！"

他路过卢森堡咖啡厅，看见厂里的雪佛兰汽车停在门口，他围着车转了两圈。门童赶紧上来照应。他突然大声喊："这是谁的汽车！"

司机小丁跑了出来，面有惧色："陈掌柜的。"

"我他娘的说过多少回了，咱这汽车是拉客商的，私事不能用。把东家叫出来！"

还没等司机去叫，家驹已经走出来："六哥，我没破规矩，是东初来了。"

"赵老三来青岛？不和我照面儿，就跑到这里来喝洋茶？"

这时，赵东初也推门出来了。东初也有些见老，但仍是仪表堂堂，西装革履，英年洋派。"六哥，好呀，里面坐吧。"

寿亭佯装生气："老三，你是越来越有出息了。我这就揍你！"

东初赔笑："不是我不给你请安，六哥。下午我去厂里，看见你正在带着工人改锅炉，就没敢惊动你。你光着个膀子，我怕一叫你，你再磨不开面子——那么大的掌柜的，还下车间干活儿。六哥，咱现在买卖大，再光着个膀子不是个样儿。"

寿亭笑了："你哥不干？上回他来青岛，说他天天在车间盯着。是你小子坐在办公室里享福。"

东初给他递烟，他一挡，把土烟掏出来点上："你哥好吗？"

"好，好。大哥一听我要来青岛，特地跑到济南五陵源给你买的茶叶。回头让家驹带给你。还给你捎来点豆蔻砂仁，说是让六嫂给你炖肉吃。六哥，你说说，你和我哥这些人，动不动就是炖肉，这都什么年代了！真有意思。"

寿亭也笑了："不管什么年代，这炖肉就是过年。我和东俊这些土孙，不管挣下多少钱，那股土腥味儿也去不了。这就是咱染的那布——洗烂了也不掉颜色。"

家驹见寿亭嗓门大，门童也在一边笑，就说："六哥进来说话吧，站在街上……"

寿亭看了下自己身上的便夹袄："你看我这打扮人家让进吗？明天，明天晚上我请老三吃饭。那锅炉还得弄一白天。家驹，明天你选地方柜上出钱。今天我得回去，你六嫂让老孔送来信儿，说家里蒸了大包子，让我务必回去。"

"谢谢六哥！"家驹高兴得搓手。

寿亭收住笑："你净把事弄反了。幸亏老三这不是外人，知道你是东家，要是别人，还以为你是伙计呢！"

"六哥，"东初插进来说，"我们在济南都知道，没有你的话，家驹一分钱也拿不走。哈哈……"

"不是我，是卢老爷子让我这么办。今天是个例外。家驹，你在这里喝完了洋茶，再找个馆子请老三吃饭。然后带着老三去八大关的洋堂子，就是那土耳其浴，涮一个。全算柜上的。家里，我让老孔去送信儿，告诉你那一土一洋两个蜜罐子，就说你在外头陪客商，回去早不了。她俩一看老孔——我的兵，就放心了。你俩放开玩吧，看看那白俄娘儿们有好的吗，一人弄一个。我走了。"

家驹高兴，东初在一边笑："你俩是有点意思！"

136

"家驹，到老三走的时候，你打发人去买一篓子好螃蟹，给东俊哥带回去。"

寿亭刚想转身，东初一把拉住他："六哥，这回游行的阵势这么大，你怎么没再掺和着弄横幅？哈……"

寿亭没笑："我那一手都学会了，我就不弄了。我说，老三，这东北军又是飞机又是大炮的——当年蒋介石冯玉祥两下里大战，这东北军出了山海关，给蒋介石助威，那是什么样的威风！——还他娘的自称'中国第一精锐'！怎么一见日本人就没戏呢？可他娘的气死我了！"

东初笑着对家驹说："你整天给六哥念报纸管用。哈……"

说笑着，寿亭走了，家驹东初又折回咖啡厅。

坐下后，东初问家驹："六哥有退出青岛的意思吗？"

家驹点上烟："上个月日本人占了东北之后，六哥挺忧虑。一个国家，没有军队给撑着，谁心里都慌。"

东初岔开话题："现在两个嫂子都在青岛，处得还行吗？"

家驹弹一下烟灰："马马虎虎。老大主内——管着那六个孩子，老二主外——盯着老妈子采买。我看着她俩还行。唉，东初，咱这是在这里说，要不是当初六哥骂着我，现在四房也打不住。你说说，这兵荒马乱的，我要是真弄上四个老婆，十来个孩子，就是逃难也费劲。"二人大笑起来。

东初笑过后说："采芹是我表姐，六哥也是我表姐夫，他俩还真行。六哥这么大的买卖人了，也没再弄个小的。我哥都赞成他。"

家驹说："别看六哥表面上比土匪都横，整天嗷嗷地骂人，他那心是又细又软。去年六嫂生病住院，他坐在床边上，拉着六嫂的手，那眼泪就没停过。这硬汉子掉泪让人受不了呀，我根本都不敢看……"

5

寿亭家中，桌上摆着两个小菜，一个韭菜炒鸡蛋，一盘虾皮。

这小楼虽说是中西合璧，但室内的陈设却是地道的中式。八仙桌子靠山几，中堂水墨画的内容是长江大船风满帆。两旁对子是王维旧句："江流天地外；山色有无中"。这些家具字画之类，与天花板上的浮雕花图案、四边的石膏牙线很不和谐，像是紫木金边的雪茄烟盒里放着个中国短烟袋。好在桌上面的圆筒吊灯光线集中照桌子，那些装饰在暗处，不那么抢眼。

采芹对楼上喊："庆儿，别用功了，下来吧，吃饭了！"福庆应着，下楼来。

寿亭先喝了口茶，表情美滋滋的。

福庆来到桌前，采芹对儿子说："福庆，给你爹倒上酒。"孩子看看爹，拿起酒壶倒酒。寿亭信口胡诌："当年拉着你娘的手，现在儿子给倒酒，有点意思。"

"你整天胡说八道，也不怕孩子笑话。"采芹说。

福庆只是笑。

孔妈端上来大包子。她听见了寿亭的话，也笑了。

寿亭拿了一个包子递给儿子，眼里满是慈爱："福庆，你得多吃，吃得多才长得快。"

福庆笑着点头，并不说话。

"采芹，你也来一盅？"寿亭端着盅子说。

"不行，我最近咳嗽得厉害。"说时，手捂胸前。

寿亭喝着酒，一只脚蹲踩在椅子上。孔妈端来稀饭。她看了一眼寿亭，又看看采芹，试着说："少爷，老爷和你娘说说话，咱们去厨房吃吧？"

孩子看寿亭。寿亭摸了一下孩子的头，同意他去。孔妈领着福庆走了。

孩子刚走，寿亭就严肃地说："我说，咱福庆忒老实，这不行呀！"

采芹说明老实的原因："还不怨你！你整天发起疯来嗷嗷的，孩子的胆都让你吓破了。"

寿亭点两下头："唉！"他又喝了一盅，"我这驴脾气就是摁不住。从小要饭，没规矩，这辈子是改不了了。"

采芹给他倒上酒，又用筷子把菜堆了堆，她自己却不吃，只在那里陪着。

"采芹，这孩子呀，就得摔打，不能把他拢在家里，得常带他出去走走，哪里人多上哪去。过去，我在乡下要饭的时候就傻，整天让狗撵得乱窜。后来去了张店周村，那里人多狗少，又能要着干粮，也能长心眼儿。后来还要了媳妇。哈哈……"

"喝酒也堵不住你的嘴！"

寿亭放平筷子，先看看外边，然后凑前一点，一本正经地说："采芹，"他又往前凑了一下，"咱真不能再生一个？"

采芹的脸沉下来，叹了口气："看来是不行了，滕井也领着我去日本诊所看了，说是不能生了。"说着有些沮丧。

寿亭点点头，静默，忽然把头一扬："一个就一个。好儿不用多。供着咱福庆上学，上好学，大了之后也去留洋。要饭的爹，留洋的儿，这也是一景。"说罢朗朗大笑，从旁边的点心盒子里拿出土烟来。这土烟比一般的烟长一截。

采芹看着那土烟："寿亭，这土烟就别抽了。什么哈德门、红锡包，咱什么抽不起？你整天在外面见人，这不是个样。"

寿亭点烟，接着发表自己的见解："那纸烟一包就买土烟半斤，冤枉钱我不花。抽烟抽烟，抽的是烟，不是牌子。"他抽得很得意，一边喝酒，一边笑，心情很好。

"寿亭，"采芹的口气很小心，"这些日子我一直琢磨着……"欲言又止，看丈夫的脸色。

"有话快说，别让我着急。"

"我琢磨着咱这也算发财了，别说我还生不了，就是能生，也受不了那个累了。六哥，要不再从周村给你弄个小的来？"稍顿，"捡那壮壮实实的黄花大闺女，来家多生几个孩子。"

寿亭很惊讶，把凑到嘴边的盅子停在那里："采芹，你这是想干什么！这事不能办！"说罢，酒盅往桌上一撂。酒洒了出来，采芹赶紧站起扶正盅子。

"咋不能办？"

"人家家驹说得对，咱俩这是从小的夫妻，咱这也是自由恋爱。那时候，你夏天给我买甜瓜，冬天给我买麻花。过年过节的蒸回馍馍，你一个也不舍得吃，都是留着给我。我不吃你还不愿意。妹子，咱这是什么样的感情？这事呀，万不能办！不行，不行！"

"六哥，这一出是一出。咱不孩子少嘛，咱不是让她来生孩子嘛！"

"不行，不行，这事万万不能！"他把那只脚从椅子上拿下来，"你知道我这人心软。要是弄个小的来，我就什么也别干了，整天心烦吧！你想呀，我在那边搂着个小媳妇，刚想鼓捣点小事儿，可一想起你在这边揽着咱福庆落泪，我什么事也办不了，就剩下难过了。可话又说回来，我要是这边陪着你，一想那边还有个锃明瓦亮的大闺女，也是挂牵着。不行，不行，这是没事添乱，这事万万不行！"

采芹让他说乐了："嗨，没什么不行的，咱爹咱娘也是这意思。"

"他们这是老糊涂了。放着好日子不过，要那么多孩子干什么？没有用。前年我去南京，到了夫子庙，人家给我算了一卦，人家说得明明白白，咱就是一个儿子的命。说我这人毒，合着下一辈子人丁不旺，到福庆那一辈子就好了。那先生说咱福庆是仨儿子的命。"

"可咱就福庆自己，这也单点呀！将来福庆也没个帮手。"

"什么帮手！你要是干了总统，还不有的是人帮？这一说，我倒想起来了，蒋介石就一个儿子，人家怎么不弄个小的生孩子？把这个念头给我灭了，以后不能再提。大丈夫应当纵横天下，不能总鼓捣着生孩子。"

采芹乐了。

"你笑什么？"

"六哥，你就是在家的时候太少，我和你有说不够的话。唉！你在厂里忙一天，回来累得那样，我不忍再缠着你说这说那。六哥，别说你把买卖干得这么好，你就是今天还要饭，我也觉得自己这辈子没嫁错人。咱现在都三十多岁了，可你早晨去上工，只要一出这个门儿，我就想起小时候那样来。"采芹起身给寿亭添上酒，寿亭的右手在一边照应着。采芹坐下之后说："唉，年下倒是不上工，可四下里是应酬。六哥，什么时候有一天，半天也行，咱俩说说话呀！"

寿亭感慨万分："唉！这些年我也是一口气儿硬撑着。工厂得发展，一二百工人得吃饭。整天脑子里那根弦儿紧绷着。刚才我和那俩残废也说到这个话头。等着吧，等我干不动了，咱俩一人一个小马扎，冬天晒着太阳，我陪着你说话。咱不说这些了，说起这些，觉得人这一辈子挺难。采芹，这男人喜欢女人是天性，我碰上俊女人也是使劲看。为什么我不让弄个小的来？妹子，咱家里要是来上这么个人，不管是生孩子也好，侍候我也好，妹子，那就把咱俩这二十多年的感情给毁了。不值呀！听我的，断了念头吧！啊？"

采芹点点头："你快吃饭吧。咱不说这些了，再说就到了那伤心处了。"

寿亭点点头："也是，也是。嘿嘿。"

采芹深情地看着丈夫："这些年你什么都变了，就这嘿嘿一笑，和小时候一模一样。"

寿亭说："家驹给我说了这样一段话，我记下来了，说给你听听？"

采芹点头："快说说。"

寿亭本来端起了酒，这时又放下了："家驹说，不管男人对男人，还是男人对女人，首先是相互的信任，也就是信得过对方；第二步是相互的理解，就是体谅对方；这最高处，就是相互的欣赏，也就是你看着我好，我看着你好。我觉得这话有点道理。咱俩就是这样，你看着我好，我看着你更好。是这样不？"

采芹感激地点点头，随后问："你欣赏家驹吗？"

寿亭干脆地说："非常欣赏。你知道我欣赏他什么吗？"

采芹抿着嘴笑："该不是欣赏他骂不还口吧？"

寿亭用一个指头来回地摆："不是。我欣赏他做人的那种——这文化词怎么说？噢，做人的态度。家驹最大的好处是，他知道自己能干什么，不能干什么。我是整天和他开玩笑，说他不懂印染，其实家驹很用功，他没事儿的时候，就看外国每月寄来的那种书，上面全是印染方面的事儿。咱这些年买的机器，全是家驹定的，都是最新式，一回也没走了眼，咱没花一分的冤枉钱。"

采芹点头："是，是这样。要是没有家驹这样的文化人儿在后头，你光能干，又有什么用？就是挣点钱，也得让人家坑了去。"

寿亭点头："是，这是我最知足的地方。另外，采芹，人和人在一块，特别是男人和男人在一块，你知道什么最难避免？"

采芹问："是什么？"

寿亭一扬眉："争！就这一个争字，不知毁了多少事。"

采芹说："噢？"

寿亭喝了一盅，采芹又给他倒上。寿亭点上土烟，长叹一声："唉！可是家驹，他却是让。这一个让字，要不是有大文化、大学问，要不是有卢老爷子这么的高人点拨，一般人是做不到的。我要饭的时候，街上的人都是我老师；到了你家后，咱爹妈是我老师；干了染厂之后，家驹就是我的老师。要是没有家驹，你想想，我又能干什么？苗哥够厉害了吧？他第一回见家驹，就私下里对我说，家驹这样的人万里挑一，极为难得，让我珍惜。你说对不，采芹？"

采芹很信服："是。家驹就是好玩，其实这人特别善。他每回见了我，说话的那样儿，那笑，都和亲兄弟似的。"

寿亭感受很深："真正的高人，不是我这样的，上蹿下跳，到处乱跑。真正的高人，是让你心甘情愿地为他上蹿下跳。家驹就有那点意思。"说着寿亭又干了一盅。采芹伸手把盅子拿走了，命令道："行了，就喝这些！"

寿亭说："嘿嘿，再给一盅。咱不是说话嘛！嘿嘿，就一盅。"

采芹给他倒了半盅："就这些了。"

寿亭笑笑："你既然给了半盅，说话也就到此为止了。你要是给倒满了，我还和你说话。你自己选吧。"

采芹说："你要这么说，这半盅我也倒回去。"

寿亭一听，忙护住，端起来干了，伸手拿包子。

采芹喊道："孔妈，把老爷那碗豆腐端上来吧！"

孔妈应声而至，端来一碗豆腐："不凉不热，正好！"

寿亭说："谢谢孔妈。"说罢连吃带喝，狼吞虎咽。采芹看他那样，笑着，目光很温柔。

寿亭抬起眼："你笑什么？这豆腐是个宝。"

"从周村吃到了青岛，二十多年了，你也不烦。"

"这你不懂，当年我要饭的时候，总是想着，什么时候能大碗地吃豆腐呀！现在行了，想吃几碗就吃几碗。采芹，我觉得我这辈子有三件美事：抽土烟，吃豆腐，搓脚气。哈哈……"

采芹乐不可支，也拿起了包子。

6

夜色深沉，海浪如诉。沈小姐躺在海边的石凳子上，瑟瑟发抖。

远处，是轮船的灯光，不时传来低沉的汽笛声："呜——"

这时，一个穿格子衬衣的男人来到沈小姐跟前，低声说："小姐，这里很冷呀！"

沈小姐无语，还是那样蜷曲着。

那男人说："小姐，跟我回家吧。我可以给你钱。"

还没等那人说完，沈小姐就像被蜇了一样，哇地叫了一声，吓得那男人一惊。接着沈小姐坐起来，又那样来了一声，男人见势不好，边回头看边撤去……

第二天下午，沈小姐又来到昨天丢包的那家医院，胆怯地问："小姐，再把住院簿拿给我看看好吗？"这时，沈小姐已经没有了昨天的风采，头发有点乱，在海边待了一夜，灰褂子也脏了。她精神疲惫，目光呆滞。

那小姐看她一眼，没好气地把本子扔出窗口。

7

夜幕降临，华灯初上。栈桥边有个巴黎西餐厅。

家驹赵东初和寿亭在靠窗的桌边坐着。窗开着，白纱窗帘飘舞。寿亭上身绸大褂，足蹬千层底礼服呢黑布鞋，裤脚上还扎着绑腿，整个打扮与环境很不相称。菜还没来，寿亭拿着那刀叉玩弄，觉得很有意思。

东初说："六哥，我这次来青岛，一是进点儿日本坯布，再者我大哥让我问问你和家驹，有没有迁济南的意思。"

"噢？怎么想起这茬儿来了？"寿亭眼睛转着。

东初接着说："是这局势。这日本人占了东北，青岛街上的日本人也很狂，虽说还没占，但这是早晚的事。其实他们从德国人手里抢过青岛之后，这一二十年根本就没走，和占了也差不多。"

家驹说："上个月日本人占了东北，日本人高兴，那些浪人喝醉了酒，在光复路上调戏中国女人。我一看见日本人就生气。"

寿亭盯着东初，过了一会儿说："在中国的地面儿上，我不光看见日本人，看见他娘的哪国人都生气。老三，我和家驹去了济南怎么干呢？"

"这好办，六哥。我哥说，现在日本人到处收购中国工厂，大华趁这当口，一定能卖个好价钱。你俩卖了这边的厂，咱们合到一块儿干，就能控制北平以南，长江以北这块地方。你又懂技术，又能干，家驹又是专学这行的，咱们要是合起来，就能和上海的那些大厂干一场，就能把他们全都赶出山东。"

家驹忙摆手："千万别指望我，我在德国学的是印花，回来之后根本用不上。这你知道。"

东初说："我大哥的意思正在这里。咱这些年就是染布，这花布的市场一直是上海人占着。咱们现在也算有钱了，也进台印花机，和他们争一下。"

家驹摇摇头："东初，这印花布可不是那么简单。染布，蓝的染砸了，咱改黑的。可要是印布印砸了，布就废了。六哥一直不让干。咱厂里原来有台崭新的德国海德堡印花机，真是好机器。崭新的，一次也没用过。可六哥半价给了孙明祖，就是青岛元亨染厂的孙明祖。当时我很心疼，我爹也不愿意。可后来看，还是六哥有主见。孙明祖把那机器弄回去之后，连一寸布也没印出来。翻来覆去地试机，还赔上了不少钱。"

东初往后一仰身子："孙明祖是孙明祖，咱是咱，他没你这样的人，所以玩儿不转。"

家驹忙摆手："别别别！东初，那印花布，特别是多色套印，一共得有十五六道工序，四五套色版，一遍一遍地往上对，可麻烦了。这些年我早忘了。如果将来咱们真要干印花，我倒是能从德国找工人，千万可别指望我。"

寿亭放下刀叉："老三，这印花布也不难，只是那花布卖得太慢，只卖夏天这一季。咱现在是挣钱，不管印布也好，染布也好，什么卖得快，挣钱多，咱们就干什么。我觉得，印布是个方向，花布市场确实也是往上走，可我觉得好像还稍微早点儿呢！是不是还没真到时候呀！"

家驹算是看见了救星："还是六哥说得对，现在还不到时候，买花布的人还太少。"

东初笑起来："我算是看出来了，家驹，你是怎么省心怎么干。哈哈……"

家驹毫不隐瞒："东初，说我是东家，我就是东家。实际上，我就是跟着六哥在青岛玩儿。除了和德国人谈判我当个翻译，六哥什么也不让我干。六哥知道我也干不了什么。唯一的一点用处就是天天给六哥念报纸。"

寿亭好像没听见家驹的话，他一直望着窗外，眉微微地皱着。良久，他正色对东初说：

143

"东初，你回去转告东俊，你弟兄俩的人品我知道，都是正道干事的人，要是这局势再这样下去，我和家驹肯定会去投奔。青岛虽不肃静，可这大华染厂一年可是几十万大洋的流水呀！"

东初点头，听得很认真。

寿亭接着说："上月日本人占了东北，我也和家驹商量过退路。可是现在就放了手，是不是早点呀？"

东初点点头，点烟。

家驹说："六哥，实际上也不早了。不光咱中国乱，在欧洲，德国也是闹哄哄的。"

寿亭转向家驹："家驹，你是我的东家，咱弟兄俩在一起也十来年了，我就把你当亲兄弟看。你别慌，日本人在青岛也不是一天了，我觉得暂时还不要紧。不要紧不是说没有事儿。滕井找过我三回了，可咱这工厂现在不能卖。还是那句话，不到时候。说一千，道一万，咱不怕。进，咱可以干下去；退，有济南东俊东初兄弟们托着，沉得住气。现在我不想别的，我想怎么趁这个乱劲狠赚一把，然后再走。"

东初指着寿亭笑了："六哥，你真让我哥猜对了。"

"怎么着？"寿亭问。

"我大哥说，你六哥就是死，也得先看看哪家棺材便宜。哈哈！"

寿亭问："咱苗哥好吗？"

东初说："你这一说，我倒想起来了。那天我哥去苗哥家，说了想拉你到济南的事儿，苗哥很高兴，他说他新学了几招儿，准能破你的巡河炮。"

寿亭说："苗哥在钱上一点不在乎，可要是输盘棋，半年忘不了。前两天来信，还想着年初六输给我的事儿呢！"

东初说："苗哥当初只身海外，一个人在剑桥，人生地不熟的，也没个伴儿。他就一个人在学生宿舍里按照什么《橘中秘》《梅花谱》自己下棋。你那套是张店大街上学来的，野路子，苗哥没见过，所以顶不住。"

寿亭感叹："当初我站在苗哥家的大门洞里喊，就喊了一声，苗哥就从北屋里出来，拿着馍馍递给我，我都不信这是真事儿。他说'快吃吧'，我立刻就给苗哥磕了个头。苗哥的泪接着就掉下来。唉，苗哥这人真善呀！那时候苗哥真精神呀！身子也直，眉毛扬着，那真是美男子！可是年下我见他，觉得他老得挺快。唉！"

东初说："也是操心呀！那么大个摊子，全是他顶着，去欧洲进机器，进了机器回来再指画安。唉，都不容易呀！"

寿亭转向家驹："一会儿你给小丁说，再去码头上订一篓子好螃蟹，让东初带给苗哥。

我忙得把这事给忘了。他娘的，这就是忘恩负义。"

家驹说："咱吃着饭，我让小丁这就去码头，再回来接咱也不迟。"说着站起来走出餐厅，出来给小丁交代着。

菜上来了，大家准备吃。家驹正要往寿亭的杯子里添红酒，寿亭用手一挡，从桌下拿上一瓶没商标的白酒来。东初家驹急着想制止，他已经咬开瓶盖倒上了。站在一边的白俄侍应生撇嘴耸肩。寿亭眼一抬，嘴角带着蔑视的微笑："怎么着，笑话我？你这狗屁馆子我一天就挣仨。当心我盘过来把你轰出去。"

白俄侍应生委屈地摊手，表示自己无辜。周围的人都回过头来看，寿亭若无其事："来，老三，家驹，干！"

东初急得伸过头来小声说："六哥，在这西餐厅不能大声说话。"

寿亭停住了酒："噢？还有这规矩？"他的嗓门根本没减，"我这还没喝酒呢！要是下去半瓶，动静还大。来，干！他娘的，哪来的这些规矩。"

旁边的一对青年男女嫌恶地朝这边看了一眼，站起来走了。家驹冲人家点头道歉。东初家驹对视无奈。

寿亭笨手笨脚地用叉子挑西红柿片，怎么也挑不起来，家驹东初替他着急。寿亭挑烦了，一扔刀叉，回头对那白俄侍应生说："去，给我拿双中国筷子来！"

海上生明月。

餐厅门口，司机打开车门。寿亭说："你俩走吧，我沿着海边走走，想点事。"

"六哥，要不让小丁送东初，我陪你走走？"家驹说。

"不用，你们走吧。东初，明天我就不送你了，回去问你哥好。"

东初拉起寿亭的手："六哥，遇事不能着急。我看你酒也喝得太多，当心伤身子。现在也是大厂的掌柜了，没必要总去车间干活儿。"

寿亭淡然一笑："酒不能不喝，活儿不能不干。没事，没事。哎，老三，我忘了问你了，这西餐的菜倒还马马虎虎，可是干吗最后给咱喝服药呢？"

"药？"东初不解。

家驹一甩手："嗨！六哥是故意的，他说的是咖啡。"

大家笑起来。

第十章

1

家驹家的小楼上，翡翠在幼儿室里帮着下人给那三个小的孩子洗澡。下人负责洗，她负责给洗好的裹上毛巾被，抱回房间。那三个孩子大的有四五岁，小的有两三岁。二女一男，看上去都很听话。翡翠把其中最小的一个抱回去，放到床上，亲一下孩子："盖好被被，娘去抱你五姐。"小男孩瞪着眼看她。翡翠又亲他一下，去了洗澡间。

孩子们的书房里，二太太戴着眼镜给孩子们批改家庭作业。被批改的那个男孩站在二太太的旁边，另外的两个坐在桌子对面等着，也是很规矩。二太太对站在身边的男孩子说："寿之，这字是出手宝。题都做对了，但字写得不好。以后还得留意。好了，你可以去洗澡了。"

寿之给妈鞠了一个躬："谢谢妈。"

二太太笑笑："去吧。亨之，把你的作业拿过来。"

亨之双手把作业递过来，然后转到二太太身边，恭听批语。

二太太拿着笔一行一行地往下顺，掀过一页，改了个地方。"岳母刺字是刺了四个什么字，亨之？"

亨之抬眼小心地回答："精忠报国。"

二太太摸了一下他的头："那你为什么写成忠心报国？"

亨之不好意思地笑："我滑了手了。"

二太太正色道："别的字可以写错了，这几个字不能写错。过年的时候，爷爷专门给你们三个讲过岳母刺字的故事。这是中国读书人的精神。去写十遍。"二太太说罢把作业发还。亨之鞠一躬，去了那边。

三女儿双手把作业交给二太太，然后也转过来。二太太看着，没有发现什么问题。对她笑笑："咏芝，你字写得也很好，题也都对了，可是还是写得慢。考试的时候都有时间限制，以后要写得快一点，不能大家都吃饭了，你还没写完。好，爸爸回来我对他说，让他表扬你。"

咏芝鞠一躬："谢谢妈。"然后退出。这时，大太太进来了，咏芝改口叫："娘，我去洗澡了。"鞠躬出去。

146

大太太一指那边写精忠报国的亭之："又没做对？"

二太太摘下眼镜："出了点小错，我罚他多写。大姐，你快坐下歇歇。"

大太太抱怨地坐下："他就是粗心，不如寿之咏芝。"

二太太一拍她的手，示意不要再说下去。

2

海边，明月当空。沈小姐扶着一棵小树，表情平静。她自嘲地苦笑着，目光看着泛起白光的大海，慢慢地向下走去。

海正在涨潮，海浪涌向沙滩。

沈小姐站在海边，海浪向她涌过来，没过她的膝，然后又退回去。她站在那里，任浪来回。她面向着大海，喃喃地作最后的自白："长鹤，你要是牺牲了，那我很快就会见到你。你要是活着，那你就永远见不到我了。同学说你在青岛，我坐船来找你，找遍了青岛所有的医院。是老天让我和你分开。长鹤，我本该穿着你给的开司米来见你，可是，上帝把那么一点点东西也给拿走了。长鹤，我来了。"她的脸上既有海水也有泪，她慢慢地向海心走去。

海浪把她打倒，她站起来继续向里走，水淹过了她的胸，沈小姐主动躺下去，水把她没过了。可这时，一个大浪打来，把她推回来四五米。她苦笑笑，继续向里走，一个更大的浪打来，把她推到很浅的地方。她坐在水里，看着月亮和满天星斗，喃喃自语道："是天……"一个浪迎面打来，中断了她的自语，她站起来，继续向里走去……

寿亭一边看海一边走，抽着烟，不住地挠头，低低地骂了句："他娘的！"他在离海浪两米左右的沙滩上坐下来，抽烟远望。明月如水，海浪很高，他下意识地向后退了一下。

寿亭突然瞪起了眼，她看见了沈小姐。这时，沈小姐已经坐在海浪打不到的地方，嘤嘤地哭着。风吹来，冻得她瑟瑟发抖，头发贴在脸上，情形狼狈。

寿亭赶紧站起来，随手把烟蒂扔进浪里，快步走过来。他可能是酒劲上来了，起身的时候晃了一下。

沈小姐抱着膝盖，浑身湿透，虽是自杀未遂，但眼里却没了生存的欲望。

寿亭先咳了一下，权作提示，走过来蹲在她旁边："妹子，怎么犯傻呢？没有过不去的火焰山，何必寻短见？"他的酒气熏得沈小姐向后挪了一下，也是害怕。

寿亭笑了笑："妹子，我喝了口酒，不用怕，我不是坏人。我是大华染厂的掌柜的。

也是心里乱，从海边走着回家，刚点根烟，就看见你……"

沈小姐回过身来，怯怯地打量了一下他："你怎么知道我寻短见？"

寿亭一听她能说话，就高兴了："嗨！妹子，我在海边住了十年了，常见这一出儿。这都是洋小说闹的。看上几本子就中邪，就没头没脑地自由恋爱，恋不成就想不开，不是上吊就是跳海。嗨，妹子，等这股子劲过去之后，回头再想想，那叫傻！起来，这里太冷。快，先找个暖和地方换件干衣裳。你自己起，我是个男人，不能拉你。快，还站得住吗？"

风吹来，沈小姐抖得更厉害，上下牙嗑嗑直响。她听了寿亭的话，慢慢地站起来，可是站不稳。寿亭急忙伸手扶住她，接着忙把手拿开。"我先给你找个地方住下，有什么话咱明天再说。"他一回身，冲着马路大喊："洋车！洋车！"马路很高，寿亭看不见洋车，就说，"妹子，你在这里等着，我上去喊洋车。"沈小姐点点头。寿亭向马路跑去。

海边马路对面是英国华纱布青岛公司，三个洋车夫借着那门口的电灯下棋。寿亭大喊："洋车！"

三个洋车夫一听人喊，弃棋拉车齐奔过来。寿亭面对三个洋车夫有些为难："他娘的，刚才我在下面喊，一个人也不应，这好，三个都过来了。谁先过来的？"

一个瘦子见利忘义："掌柜的，刚才你喊我就听见了，这也是我先过来的。"

那两个车夫正想争辩，寿亭抬手制止："你俩回去下棋吧，是你们自己把财放跑的。你，跟我下去。"

瘦子车夫欢快地答应着，跟着寿亭下了马路。

路灯昏黄，街道显得很旧。女子抱着肩缩在车里，偷眼看寿亭。

车夫抬起车把问："掌柜的，咱去哪？"

"渤海大酒店。你他娘的快拉，没见这人都快冻煞了吗？快，跑起来！"

车夫并没动："先生，你也上来，我好跑起来。"

寿亭笑笑，用手推动了车，手扶着车帮说："怪不得你拉洋车呢！根本就不知书达理。你不知道男女授受不亲？哼！快拉！"

沈小姐说："大哥，不要紧，你上来吧。"

寿亭把手从车帮上拿开："妹子，你别管我了。你一个人还轻快，他还能跑起来，我能跟得上。快跑，说你哪，你这个傻瓜！"

女子在车里很感动。

门童一见寿亭，就朝里面喊："陈掌柜的来了，里面快接着！"

账房闻声，弃台而出，跑到了门口。

寿亭三人进来了，账房一看寿亭，赶紧迎上来："陈掌柜，这是怎么回事儿？这女眷是——"

寿亭有点不耐烦："你甭管是谁了，把你那些老妈子找来，让她们侍候着这小姐先住下，洗洗。叫开衣裳铺的门，按这小姐的身量买两套衣裳。"

"好，好，这就办！刘妈——李嫂——"

两个老妈子过来，她们先冲着寿亭行礼。寿亭摆手："这里冷得浑身筛糠，还行的哪门子礼！快，快扶小姐上楼，把那洗澡的水弄热点儿，你俩听着，往好里侍候。"

两个女佣接旨，扶过小姐。小姐也想谢，寿亭又摆手："你也免了。快，快上去拾掇拾掇吧！恋爱就恋爱吧，跳的哪门子海！快上去！"

一干人走向楼梯。沈小姐边走边回头，泪水罩着她感激的目光。

账房端过茶敬上："陈掌柜的，你先喝口茶。还有什么吩咐？"

寿亭一饮而尽："嗯，这么着，一会儿你上去问问，看看人家吃饭没有。还她娘的吃饭，命都不要了，准没吃饭。弄点饭，面条，对，面条就行。弄得热一点。你再去找个西医来给她看看。跳了海，准得发烧。你可给我听明白了，是西医，不是中医。我就信不过那些糟老头子，三个指头号脉，还他娘的闭着眼，装模作样，什么事也得让他耽误了。"说时，学中医闭眼号脉的样子。

"是是是。老刘，快去海员诊所，叫刘所长，让他快来。"

"一共就他自己，还刘所长呢！"寿亭嘟嘟囔囔。

老刘答应着去了。

他把事情安排完了，心里挺舒畅，把那车夫叫了过来，问："喂，伙计，过来过来。"

车夫笑着凑上来："陈掌柜的。"

"嗯，学得还挺快，知道我姓陈了。"

"嘿嘿！"

"我说，兄弟，你这辈子走过运吗？"

车夫一愣："陈掌柜的，我要走运还能拉洋车吗！"

"噢，没走过运。那你拉洋车一回挣着过一块大洋吗？"

"掌柜的，你这是拿穷人开心呀！我俩月也挣不了一块大洋呀！"

"哈哈哈……好好好！"他拍着车夫的肩，"你没走过运，也没挣过一块大洋。好！今天我喝了点酒，高兴！我让你跑了这几步，就挣一块大洋，走上一回运。老高！"账房赶紧凑过来。"拿纸笔来！"账房不解地看着他，寿亭把眼一瞪，账房赶紧递过纸笔，放平摆好。

寿亭像书法家似的一拉袖口，认认真真地在纸上画了一个圈。画完之后还自我欣赏。"嗯，好，好！"说完把纸递给车夫，"这就是一块大洋，明天去大华染厂账房去拿。"

车夫拿着那张纸，大睁着眼："掌柜的，画的大洋呀！这——"

寿亭一戳那纸："这就是大洋，我让你走回运。"

车夫为难地问："掌柜的，这——"

账房凑上来："这是大华染厂的陈掌柜的，陈掌柜的不会……不，不愿写字，这就灵。要是取不来钱，我给你。真是！"

车夫拿着带圆圈的纸，傻站着。

寿亭对账房说："我说，老高，我看，这小姐不像是放鹰撒鹞子的'仙人跳'，你就管吃管住吧。要什么，只要不离谱儿，你就给她弄。等过几天她消停了，抓紧打发她走。我一块儿结账。"

他的酒劲上来了，晃了一下。账房赶紧把他扶住："陈掌柜的，你这人的心还真好，谁遇上你算是烧高香了。"

"你他娘的抬我！结账的时候我要看明细。我粗归粗，可不是孙种！"

"那当然，那当然。"

寿亭晃得更厉害，他醉眼蒙眬地转向车夫："兄弟，把哥哥送回家吧，这一忙活酒劲上来了。"

"掌柜的，我要是明天真能拿到一个大洋，这辈子，我什么时候见了，什么时候拉你。"

车夫搀着他向门口走去。

账房送出来，寿亭突然喊道："快打发人去买衣裳！"

"你放心吧，陈掌柜的，我要是办不好，赶明儿，你骂死我！"

楼上，那沈小姐洗完澡出来。死而复活，人生体验多了一些，好像一下子也成熟了。她看上去很美，身材修长，气质文雅。她拿毛巾揉着湿发，老妈子赶紧接过来，扶她坐在沙发上，替她擦头发，然后拿过梳子把头发给她梳向后面："小姐真漂亮呀！"沈小姐苦笑一下。

张嫂向房间走来，身后的服务生端着托盘，里面是一碗面和四盘小菜。她让服务生在门口等着，自己进来问："小姐，是先吃饭还是先让大夫上来？"

沈小姐想了想："先吃饭吧，大夫就不用上来了，我觉得自己没事。我在学校里的时候是运动员，体质很好。"

张嫂去门口接饭。刘妈转过来说："就是没事也得看看，以防万一。再说大夫也来了。送你来的那陈掌柜的脾气急，他要是知道没按他说的办，根本不结账。"

张嫂把饭摆在旁边的桌上。沈小姐问："送我来的那人是谁？"

张嫂表情一收："哟！那可是大财主。大华染厂的陈掌柜的。"

"叫陈什么？"

"这不知道。只知道他不认字，脾气急。可是都说这人心眼儿不坏。"

"你们对他很熟悉？"

"也说不上熟悉，只是都知道他不少故事。我兄弟就在大华染厂，前年去的，他说陈掌柜的当初是个要饭的，到现在也不忘本分，对工人也挺好，就是好骂人。他——"

刘妈刚想讲故事，沈小姐打断她："他走了吗？"

张嫂接过来说："走了，拉洋车的扶着他走了。我看他快醉了。小姐，你就放心地住，缺什么你就说，反正全是陈掌柜的结账。你这不是第一个，你就放心吧！小姐，你先站起来，我给拃一下身量，好去买衣裳。"

沈小姐的目光有些神往，慢慢地站起来。张嫂拃着她的身长，裤长，在这个过程里，沈小姐一直呆呆地看着前方。张嫂拃完之后说："小姐，你等着，我这就回来，我拣着好的给你买！"

沈小姐这才醒过神来："别，普普通通就行。别乱花人家的钱。"

张嫂看了看她，出去了。沈小姐转过头对刘妈说："你也出去吧，让我自己待一会儿。"

屋里就剩下了她自己。她来到餐桌前，看着那碗面，拿起了筷子，然后又放下。她回头看了一眼放在一边的湿衣裳，然后站起来进了洗澡间，抬手抹去镜子上的雾气，看着自己的面容，对着镜子里的自己苦笑。她就那样站着，脑子里响着寿亭的声音："恋爱就恋爱吧，跳的哪门子海！"

3

家驹现在的小楼就洋气了很多，外面是竹子扎的矮栅栏，院内还放着白色秋千式的晃椅。楼前一盏灯，照得院子更显幽静。

小丁给家驹拉开了车门，家驹下来了。小丁说："东家，慢走。"家驹没看他："想着，一早送三掌柜的上火车。想着，先到码头上拿螃蟹，是两篓子。"

"放心，东家，您慢走。"

下人出来开门，家驹抬头一看，楼上有两间屋亮着灯，笑了。

楼前灯下，二位夫人双双迎候。家驹走上来，笑笑："你俩还没睡？"

二太太让着翡翠先说话，翡翠看看老二，说："六嫂说你回来得晚，我就和二妹打扑克等着。"

家驹走在前面："以后不用等。你俩快去睡吧，今天我自己睡。孩子们都睡了？"说着就上楼。二位夫人在后头跟着。

翡翠说："睡了。"接着试探着说，"喝茶喝饿了吧，再吃点东西？"

家驹上着楼："吃点也行。这西餐说起来还是不如中餐。加上说话，也忘了吃了。"

二太太赶紧冲着楼上说："刘妈，给老爷热上牛奶，烤烤面包。家驹，六哥愿意去济南吗？"

"再说吧。"家驹心不在焉地回答着。身后的二位太太交流一下眼色。

早晨，寿亭从家里出来。老孔早已准备好了洋车。院子门外那棵法国梧桐树下，昨晚那车夫坐在那里。他虚坐在车把上，得意地用嘴一吹那大洋，吹一下，接着放到耳朵上听。接着又吹一下，十分高兴。他一见寿亭，立刻跑过来。寿亭笑笑："你真是狗窝子里放不住干粮！先拿回来了？"

"是是，陈掌柜的，我主要想看看你画的那圆圈灵不灵。"

"怎么样，灵吧？"

"嘿嘿，当然灵。你那账房一看就知道是你画的。陈掌柜的，我拉你上工吧！"

"不用，老孔，你也不用送我了，我想走走，看看街上的事。"说着就走。

车夫撵上来问："陈掌柜的，还是让我送你一趟吧！要不我心里不得劲儿。"

"哪来的那么多讲究？不用送。"

车夫笑着问："陈掌柜的，我就是不明白，你画个圈柜上就能支大洋，我要是再画上一个呢？"

寿亭气乐了："你要是再画上一个，这一个也得不着了。那就是你这人贪心太重。"他弹了一下车夫的额头，走去。

街上，满是东北逃来的难民，寿亭的眉头皱着，不住地摇头。

厂门口，有二十几个难民坐在那里，看样子是几家人商量好了一起出来逃难。还有孩子在吃奶。一个妇女在扒翻着小女儿的头发，从中寻找虱子。那两个门房轰他们走，可那些人就是坐着不动。寿亭过来皱着眉头问："怎么回事？"

还没等门房说话，那些男人就把寿亭围上了。其中一个大个子用手一扫，那些人没了动静。他代表大家对寿亭说："掌柜的，我们这些人在东北就是干染厂的，你收下我们吧，我们不要工钱，管饭就行。"

寿亭打量打量他，又看看那些人："干染厂的？干他娘的什么染厂？"

"沈阳普多染厂。我是电工，他是染工，手艺都很好。"

寿亭又扫了扫这些人，叹了口气："他娘的，小日本净给我添乱。他们占了东北，让你们上我这里来吃饭。"他一指，门房立刻挤进来。"来了就来了吧！你，领着他们先去伙房吃口饭。吃完了饭，让老婆孩子去工棚住下，男爷们儿都去我那里报到。你再去车间要点试样子的底布，给他们每人做件衣裳。把他们身上的那些破烂，全填到锅炉里烧了。那上头全是虱子！东北的虱子个大，还会飞。"

门房连连应诺。

寿亭接着指示："你去招呼一声，让咱厂里的那些家眷娘儿们，也帮着他们做衣裳。不用好，能穿就行。这一套弄利索了，你去让锅炉房送点水，让他们洗个澡，男先女后，男人干净。记着，烧了那些破衣裳。我好不容易把全厂的虱子灭干净了，不能再传上。要是落到布上一个，咱这布就别卖了。"寿亭说完之后谁也不看，昂首走去。

那些人感激地望着他的背影。

4

寿亭办公室里，家驹老吴都在，一见寿亭进来，家驹忙起立。

"我他娘的就是不明白，整天吹牛，连个小日本都顶不住。"说着坐到桌子上，"你拿着那张纸比画什么？什么事？"

"六哥，这一船一船的难民往这来，这不，让咱捐钱呢！"家驹递过那张纸。

寿亭接过来，看也没看直接撕了："咱捐了。我刚收下二三十口子难民。还他娘的捐这捐那，捐什么也没用。你要是把小日本揍出去，我把这染厂都捐了。净他娘的屁话！"

吴先生端过茶来："掌柜的，先喝一碗。"

寿亭笑了："还真得喝一碗，气得我口干舌燥的。"

渤海大酒店的账房进来了。他冲着家驹老吴抱拳行礼，然后直奔寿亭："陈掌柜的，那小姐走了。"

家驹诧异地看着寿亭。

寿亭也有些意外："走了？这么快，去了哪里？留下个什么话儿没有？"

"留下了。是这么回事，她是东北大学的一个学生，与东北军的一个军长相好。日本人打沈阳，那军长受了伤，没了音信儿，她后来听说军长在青岛治病，就跑到青岛来找，找遍了所有的医院也没找着，东西也让人家偷了，一着急，跳了海。可是一想，跳了海，就再也见不着那军长了，又上来了。这才碰到陈掌柜的您。这是信。"说着把信递给寿亭。

老吴给账房端来碗水。

寿亭气得直笑："你知道我不认字儿，想看我的笑话是吧？给东家。"

"是是是！"

家驹接过信，慢慢打开："哟，这字写得不错呀！"

"你管那字干什么，念！"

家驹笑了，念道："'敬启陈掌柜恩人：小妹昨日海边寻短，幸得恩人救助，感激万分。小妹乃东北大学学生，与霍长鹤军长相知，情深似海。长鹤虽有家室，小妹不图名分，痴心追随左右。日前，沈阳一战，长鹤荣伤。闻知其在青岛，远道来寻，不得下落，行囊被窃，全无归计，故而绝望。后遇陈掌柜古道热肠，小妹得以衣食。日后定当报答。小妹有姨在济南，今日前去投奔。从渤海酒店柜上支走大洋二十，权作暂借。稍事安顿，随后寄还。爱人之夫，有违四德，无颜面辞陈掌柜，故呈书信。来日方长，容当后报。小妹沈远宜再拜。即日。'六哥，你真有一套！"

寿亭一拍大腿："好嘛，刚收了二十多人，又没了二十大洋，今天这是想干什么！"气得自己也笑起来。

"六哥，你只要喝上口酒，那善心就摁不住，我是服了你了。"

"嗨，不就是二十块大洋吗？在咱手里就是多一个少一个的事儿，在人家手里，就能活命。咱要不是积点德，这买卖能干大？给了就给了吧。老吴，给他结账。"

酒店账房挺高兴，刚想走，寿亭叫住他："我说，老高，我让你管吃管住，可没让你给她钱呀！我要是不认账你怎么办？"

高掌柜忙说："当时我也这么想，可我转念又一想，你要是不认账，我顶多就是亏二十个大洋，可我要是不给那小姐，就害了陈掌柜的名声。所以我就给了。"

寿亭哈哈大笑："好，会说话。老吴，记到我账上，如数结账。"

老吴把账单递给寿亭。他拿过印台问老吴："今天礼拜几？"

"礼拜三。"

"嗯，礼拜三用这个指头。"说着用中指按了红印。

老吴和账房出去了。

家驹又气又乐："六哥，这军长的小情人肯定错不了。昨天晚上我说陪你走走，你

154

就是不让，结果放走了大美人。你说可惜吧！"

"你小心那军长找回来。崩了你。"

家驹笑起来。

吕登标进来了："掌柜的，我把那伙子难民带来了，见见吧？"

寿亭冷眼上下看他："我给你说过几回了？嗯？上了工把这身皮扒下来！你那绸夹袄是借的呀！嗯？"

"是，这不还没进车间嘛！这就扒，这就扒。"

"还有一件事你记住，这个八月十五，你没收工人的礼，不错。年下回家也不能收。登标，在乡下，蒸个馍馍就走亲戚，多么难！都拖家带口的，不容易。去年你家用大笆笼盛馍馍，你当我不知道？后来馍馍长了毛，你老婆满庄里送人。今年你要是再弄这一套，我砸断你的狗腿！听见了？"

"听见了，听见了，绝不收……"

寿亭不耐烦地摆摆手："把那大个子叫进来，就是那个电工。"

电工被登标带进来："掌柜的，我姓白。"

家驹坐在椅子上饶有兴味地看着他。

"这是东家。"

"东家好！"

家驹不动声色，浅浅地躬了下身。

寿亭问："你叫白什么？"

"白金彪，就是老虎腰里长翅膀的那个彪。"

寿亭闻声站起："嘿，这名儿行！我属虎的，咱这牌子又是飞虎牌，你倒好，老虎长翅膀，行，有点意思！"

家驹在一旁笑他。

白金彪没见过这一派，吓了一跳。

吴先生拿着张纸进来，看来是有事。寿亭一摆手，让他等一下。

"掌柜的，我们这些人感激你的大恩大德，我们不要工钱，管饭就行。普多染厂也是机器染，我们这些人都会干，就是那东北实在没法待了。小日本见东西就抢，见着女人就往上扑。掌柜的，我们这些人刚才托付我，让我代他们谢谢掌柜的大恩大德。"

"去去去去，不用感激我什么大恩，等我死了，真心哭两声就算报答了。你——"他指着登标，"领着这些人，他们都干过染厂，过去干什么，现在还让他们干什么。工钱和其他工人一样。老吴，就从今天给他算。多给这小子一块，我看着这小子挺顺眼。

155

老虎腰里长翅膀，嗯，还他娘的有点儿意思。"

他们走了。

登标来到门外，问道："没见过这样的掌柜的吧？"

金彪忙说："真是汉子！唉！"

老吴把那张纸递给家驹："掌柜的，东家，商会让去开会，说是要大伙一块儿抵制日货。"

"嗯？一块儿抵制日货？"寿亭的眼瞪得溜圆。

"是这么说的，王会长点名让掌柜的去开会。"

"六哥，咱们从东亚商社订的布……"

寿亭忽地又站起来："老吴，关上门！"

老吴知道有大事，表情立刻紧张起来，半跑着过去把门关严，然后又忙跑回来："掌柜的。"

寿亭瞪着眼说："你去码头上问一下，问问那日本船西红丸停了几天了，再问问西红丸下一锚抛在什么地方，我好知道它装什么货回去。我和东家去开会，不管东亚商社来电话还是来人，都说我不在。就是滕井亲自来，也给我把他打发了。咱们吃下他这船坏子布。"

"六哥，这行吗？"

"你先等一会儿。"寿亭用手一拨，家驹被放到了一边。"老吴，本埠布的行市又涨了多少？"

"各商号都抵制日货，本埠布的行市一路上涨。各工厂一看涨，又都不卖。咱卖吗？"

"他娘的，我问你涨了多少！"

"一成。"

"好！"寿亭跳上桌子，一拍大腿，"把厂里的布全卖了。保本压仓的那一万匹昨天也全染完了，一块儿卖了，抓紧换成钱，少要票子，要银圆黄金。这么说吧，用银圆提货，一块钱里让一分，用金子让五厘。金子麻烦，还是多要大洋。"

老吴试探性地提醒："掌柜的，咱要是卖了那压仓保本布，可就一点退路也没有啦。万一有个风吹草动的，咱可怎么办呀！"

"什么？风吹草动？咱这就要兴风作浪，有风吹也是咱鼓捣出来的。没事儿，卖！就按我说的办。去，去办，越快越好。全卖了！"

老吴答应着去了。寿亭激动得在屋里来回走。家驹的目光跟着他转："六哥，这有准儿吗？"

"什么有准儿？家驹，发大财的机会来了。你等着看，看你六哥给你玩一把。这一出戏猛一下还想不出名来，就叫'关云长单刀会鲁肃'吧！我这就给他演一出《单刀会》。"

"六哥，可是人家会骂咱卖国贼。"

"谁是卖国贼？堂堂东北军都顶不住日本鬼子，咱一个开染厂的能干什么？咱就是不买这船布，把大华染厂关了行吧？日本人也走不了呀！再说，咱这不是卖国，咱这是帮着国民政府办日本鬼子，正是报纸上说的'从长计议'，怎么还他娘的卖国呢？咱国里有蒋委员长，就是咱想卖，蒋委员长能让咱俩卖吗？净他娘的胡扯！"

家驹气笑了："我是说国家兴亡、匹夫有责。"

"狗屁！没有咱俩，这国该亡还是亡，该兴还是兴，你还以为咱俩是人物呢！净些废话！"

家驹没词了，只是站在那里笑。

"家驹，我说，这是个机会。咱抛开抵制日货不说，这日本布占中国市面的二成半。这天马上就冷，老百姓都得做棉衣裳。布铺里不卖日本布，本埠的布又不够，价钱只能一个劲地猛升。老百姓还买得起呀？日本布卖不了，就得降价。一边升，老百姓买不起；一边降，那布又便宜又好，你让老百姓怎么爱国？抵制日货，这事长不了。"

"嗯，有道理。"

寿亭接着说："再说了，咱们在这之前早就订了货，滕井也他娘的不走运，以往都是船晚来，这回却早到了二十多天，生生就是来给咱送钱。要是搁到平时，这很正常，咱也就收下了。现在抵制日货，谁也不敢办。可话又说回来，如果滕井找个地方存放二十天，到了交货期，你能不要？谁能赔得起那么大的违约金？咱税也纳了，捐也交了，军队都扛不住，咱俩也别羊群里蹿出个驴来——充那大牲口了。"

家驹信服地点头："是这样，是这样。六哥，你想怎么办？"

"怎么办，我现在还没想好。记着，这几天你先别出去玩儿，有事派你用场。"

"六哥，我有个小小的要求。"

"说，说完咱抓紧走。"

"这船布咱自己用不了，得卖一些。这钱不是咱染厂挣的，六哥，你能不能不给我爹说？"

"为什么？"

"六哥，家里的那些烂事儿我不愿意说。这些年，咱分的那钱都让我多买地了。"

"这人真是没法说，老爷子一贯反对买地嘛，这几年也不知道是动了哪根筋，弄上那么多地。嗨，年下我还得和老爷说道说道。"

157

"六哥，你不知道。家骏觉得工厂是咱的，他捞不到什么，就使劲撺掇着我爹买地，说什么地是根本，不能没了根本。我爹也怕家骏说他偏心，也只能认了。这下好了，张店周围的地快让他爷儿俩买净了。六哥，你现在是没见家骏那做派，整天骑着马，挎着盒子枪，还拿着手电筒，在地里到处转。咱那个地方多么乱，都让土匪绑两回了。六哥，这不是个长法儿。这兵荒马乱的，手里没现钱不行。你看那些东北逃难的，要是都买成地，能带着逃难吗？我想手里有点钱，也好应急。回头你再给老吴说说，咱厂里分的红，也得给我爹那里留出一点来，放在一边给家里存着，以防万一。要是全给了他，还得买成地。六哥，咱弟兄俩不是外人，人家苗先生是看着你的面子，才收下那些粮食。要不，那么多麦子卖给谁呀！现在咱卢家是张店第一大地主，要是赶上年景好，都整列车地往济南运。"

寿亭点点头："嗯，地已经够多了，可不能让老爷子再买了。那美国面才两块钱一袋子，粮食不值几个钱。"

家驹拉着寿亭去连椅上坐下："六哥，你说得很对，粮食不值几个钱。英国历史上有个圈地运动，就是把地圈起来种草，放羊，剪下羊毛来做呢子，做毯子，比种粮食划算得多。我把这话给我爹说了，你猜，他说我什么？"

寿亭笑着问："说什么？"

家驹苦笑一下："他说，只要佃户们能吃草，他就种。唉，真是没办法。"

寿亭笑了："老爷子这是骑着洋车子下大坡——不敢拐把。那就给他们留出点钱来，不能由着他们这样办。老吴那里倒是好办，可是你多年下得看账呀！"

家驹笑了："六哥,这你就不知道了。你要问我爹四书五经这没问题,哪一句怎么讲，准能说个头头是道。别说咱厂里这工业账了，就是家里那账，他也是指望着账房给他说说，他连算盘都不会打。他所谓的看账，就是问老吴。"

寿亭想了想："行！咱这船布要是挣了钱，就给你。关于分红截留，我再和老吴商量商量。我先和你说好了，我把钱给了你，你可不能乱花了。这俩太太都在青岛，都挺好的，可不能再弄个老三来。"

"六哥，你放心，还老三呢，我早没了那个心了。"

二人说着站起来，家驹左右地扭动脖子。寿亭关心地说："这一阴天，你那脖子又不得劲？还得按时去推拿。"

家驹笑笑："唉，就是老了。"

寿亭笑起来："家驹，你是不知道呀！昨天晚上我碰上的那个妮子，真叫漂亮，两个眼忽闪忽闪的。"说着寿亭用眼学沈小姐慢慢眨眼的样子，"真叫风流真叫美。可惜

158

你没跟着我，要是你见上了，你就年轻了。你就是玩儿了命，也得把她弄成你老三。俊呀！好呀！"

"六哥，你馋我。"

两人笑着往外走。这时，寿亭想起了一件事："家驹，这日本布为什么比本埠布便宜那么多？那日本棉花也是从咱这里运去的，怎么人家织完了布，加上运费运回来，还比本埠布的价钱低呢？"

家驹说："六哥，这就是中国！你看着国民政府那些人整天吹牛，其实，没有一个真懂经济的。这日本的纺织业在他国里属于换汇业，就是能挣外国钱的企业，他为了挣外国的钱，就不收这个行业的税。不仅不收税，还给百分之三的补助，也就是咱常说的三分，所以他价格低。可是咱这里呢，纺织业是纳税大户，加上工业不发达，能缴税的企业又少，所以就对纺织业猛抽税。这是竭泽而渔，就是抽干了水拿鱼。咱染布还好点儿，那些纺织厂，比咱难得多。每年秋天，先得等着日本人收购完了棉花，中国的纺织厂才能收，因为日本人给的价钱高，老百姓不懂什么中国日本的，拣着好棉花卖给日本人。日本收够了，好棉花也差不多没了。这是本埠布成色不好的主要原因。这弄棉花既费工，又费力，疵点还多，所以在成色上争不过日本布。人家不纳税，还有补贴，本埠布成色差还得交很重的税，所以在价钱上也争不过日本布。六哥，你说得对，咱是想爱国，用国货，可那本埠布咱敢用吗？染完了一层小疙瘩，逼得咱还得再熨一遍。要不卖不了。就算卖了，老百姓回家一洗，小疙瘩又出来了。咱怕砸牌子，所以不敢用。这些年不是桂系打老蒋，就是冯玉祥和老蒋玩儿命，光剩下打仗了，根本没心管什么国计民生。"

寿亭听得很入迷，他眨着眼："照你这一说，整个国民政府全是些废物？"

"全是废物，没一个中用的。"

寿亭拍拍家驹的肩："这样，下一任我看还是你干吧。"二人说笑着出去了。

下来楼，寿亭看看天说："那个姓沈的闺女上济南，这会儿也不知道坐上车了吗？"

家驹笑着说："六哥，你整天自称坐怀不乱，我看你是没遇上好的，那东北学生幸亏走了，要是在青岛呀，我看六嫂的地位受威胁。"

"揍死你这个小子！这些学生都有点儿傻，这火车上那么乱，我是怕她再让人家偷了钱去。"

小丁打开了汽车的门，躬身等着二位。

5

孔妈正扫院子，家驹的车夫进来了。孔妈赶紧让着往里走，随之喊道："太太，东家的车来了。"

采芹从屋里出来："我在电话里给她俩说，让老孔送我过去就行，还让你再跑一趟。老谢，抽支烟再走。老孔，拿烟！"

老孔跑出来。老谢说："陈太太，不用了。我家二位太太那茶都冲上了，让我接着你就走。孔哥，好呀？"说着把老孔递过来的烟夹在耳朵上。

采芹上了卢家的洋车，随后对孔妈说："东初捎来的火腿，老爷不让往咱家拿，说是有股子哈喇味儿。卢大太太今天请了明白人来做，让我过去尝尝。晌午我不回来吃饭，你和少爷吃吧。下午要是变天，你就让少爷穿上坎肩。老谢，咱没有急事，不用跑，慢慢地走就行。"

沈小姐坐在餐车上。她穿着蓝衣蓝裤，外面是个黑绒镶边坎肩，依然是楚楚动人。服务生把茶和点心端过来："小姐，慢用。"说着鞠了个躬。她也颔首回礼，随手拿起一块点心。

车开出了青岛站，她低头看着站台向后退着。

她喃喃自语着："青岛……伤心之地……陈掌柜的……"

一个穿西装的男子回过身来朝她看，沈小姐停止了自语。

火车在田野上飞驰……

第十一章

1

早晨，东亚商社里。滕井已五十多岁，依然那么瘦，只是近来添了些皱纹。他站在办公室的窗前向外望着，表情十分忧虑焦急，手里拿一支没有点燃的香烟。

滕井的办公室里全是深紫色的家具，十分简单实用。写字台上，放着文具和绿玻璃罩台灯，旁边是他一家人的合影。小女儿穿着海军服笑着。后面墙上的横幅，是日本汉字写的"琴心剑胆"，也算流畅。

滕井叹了口气，回过身来，在办公室里来回踱步，不住地摇头。他来到办公桌前，拿起全家的合影，看着女儿的笑靥和妻子温情的目光，感慨万端："十几年了……"他坐下来，拿过一张纸，写了个数字"40"，然后又站起来在办公室里来回走，最后立在窗前，向外望着。

三木进来，轻轻地合上门。室内是木板地面，三木走动的声音很响。三木来到滕井身后说："社长，青岛的各染厂和贸易行都不愿意接受这船布，起码现在是这样。"他说着，看看滕井的背影。他比滕井高，就是躬着身，也比滕井高出一些。

滕井依然看着窗外："他们都已经交了订金，你没说让他们帮帮忙吗？"

"这些话我都说了，我甚至是求他们，可是没有用。我们这船布早到了二十天，他们现在不要，也不算违约。所以，我们这船布不能认定是订货，只能算是散货。如果二十天之后他们还不要，我们就可以罚扣违约金；但是我们如果把这批布卖出去，二十天以后交不了货，倒是我们要赔偿他们。"

滕井点点头："这时候，合同就起作用了。唉！你对他们说价格了吗？"

三木说："说过了。他们都说很低，但是谁也不敢买。"

滕井叹了口气："中国商人历来是见利忘义，但这一次不同。一夜之间占了三个省，对他们的冲击太大。唉！"滕井回过身，"我父亲当年来华剿灭义和拳匪，回去之后感受很深。他对我说，支那民族人多势众，人民也很勇敢，只是缺少一种精神把他们集中起来。如果那样，这个民族将很伟大。东北的军事行动，从反面给了他们一致对外的理由，但是，却让我们这些生意人很被动。"

三木提醒，同时抬眼看滕井："社长，同样，没有政府的支持，我们也不可能——"

三木开始正视滕井，"在不支付任何赋税的情况下，在支那进行这样的大宗贸易。"

滕井神色有些慌乱，忙说："是这样，是这样。我们也从富国强兵中得到了利益。三木君说得很有道理，我们的困难是暂时的。"

三木的嘴角有一丝微笑："社长，不管怎么样，要尽快处理掉这船布。"

滕井意味深长地说："是呀，什么事情都有个轻重，我会尽力的。西红丸要装运军粮去旅顺，这是大事，我知道。"

三木试探地说："我们是不是先卸下来，放上二十天？"

滕井摇头："青岛没有这样大的仓库，一万五千件，没有这么大的仓库。露天存放也不行，现在正是雨季，要是淋湿了，那就彻底完了。"

滕井看着手中的烟，三木想给他点上，他摆摆手。他忽然把眼一瞪："降到五十五块一件，抛出去。"

三木惊悚："社长，那样我们将赔一半，我看……"

滕井很坚决："宁可赔一半，也不能让军部杀掉我们。正像你说的，帝国的利益是第一位的。"滕井盯着三木，三木低头听候指示。"你只联系两个人，一个是元亨染厂的孙明祖，一个是大华染厂的陈寿亭。只有这两个人能吃下这船布。同时，也只有他们有这个胆量。孙明祖可能还差一点，主要是陈寿亭。前几天我找过他，受帝国的委托购买他的工厂，但陈寿亭不肯卖，他没有退出青岛的意思。既然不退出，就要正常开工，就需要大量的布，只要价格低，我想他会全收下。你积极地和他联络，我亲自和他们谈。"

三木立正："社长分析得很对，我马上去办，力争让西红丸早日起锚，尽快把粮食运交旅顺的将士。"

三木刚想走，滕井又说："你记着，我们这船布出手之后，你就马上通知本土，继续发运同样数量的坯布。我们这次赔了，下次不能再赔。"

三木说："社长，我们是不是写一个文件给政府，说明一下我们在支那遇到的困难，争取得到更多的补贴。因为这次世界性的大萧条前所未有，时间也特别长，本土的企业纷纷倒闭，只有和支那贸易有关的企业还在发展。这就是我们对帝国的贡献。我想他们会考虑的。"

滕井笑笑："我是要写的。现在更让我担心的是我们贸易的自身。因为支那是一个封闭的国家，它的经济在这次大萧条中没有受到太大的影响。江浙一带的经济发展很快。这些地方本来就富庶，现在许多乡下的士绅卖了土地，到上海去开工厂，以纺织厂居多。三木君，我们本土企业的设备都老了，织的布虽然表面看来还可以，但是应当看到，上海的纺织业对我们是一个很大的威胁。他们从德国购进的是高速织机，那种机器相当先进。加上现在英国人把印度的棉花运到支那，这两个因素加起来，支那的纺织业将以惊人的速度发展。这是让我最担心的地方。唉！我自己静一会儿，你去吧。"

三木鞠躬出去了。

2

商会会场，横幅是"青岛染织同业抵制日货共话会"。人很多，围会议桌坐着。

王会长有四十八九岁，浓眉大眼，上唇胡子浓密。他坐在会议桌的上首，双手撑住案头，雄视会场。

寿亭与家驹靠着坐，旁边是孙明祖。寿亭拿出土烟来刚要点，孙明祖按下他的手。"寿亭，抽这个。"说着递过纸烟，"都什么朝代了，还抽土烟！"

寿亭嬉皮笑脸："我说去那边儿坐吧，你非拉我坐在你旁边。坐就坐吧，还嫌我抽土烟。明祖，我还没搓脚气呢！"

孙明祖多少有些无奈："寿亭，不见你吧，还想见你；见了你吧，你是没一点正经的。来抽这个。"

"明祖，这你不懂，我这是洗脚盆子泡煎饼——就好这一口儿。"

明祖用手点着他："你看看你这一套！坐着汽车来开会，穿着便褂子抽着土烟，和你那汽车根本不配套。"明祖说着，也不管他那一套，把一支点着的烟硬塞到寿亭嘴里。寿亭不好推托，也就抽起来。

王会长不满地看了这边一眼，寿亭根本不在乎他，学孙悟空手搭凉棚，望向王会长，王会长气得笑了。随后，他故意把茶杯往桌上一蹾，清了清嗓子，开始说话："诸位，诸位，静静，静静！"会场安静了些，但还有嗡嗡声。"今天一大早，请诸位来这里，就是两件事，一件是抵制日货，再就是请各位开仓出货，平抑布价。诸位都是青岛染织界有实力，说了算的，这国家兴亡，匹夫有责。日本人无端挑衅，占了东三省，山河破碎，黎民涂炭，兵凶战危，难民成船……"

王会长正四六对仗地讲得起劲，寿亭插进来说："王会长，你和周村说书的王铁嘴是亲戚吧？我怎么听着后边这几句是王铁嘴的真传呢！就是差块醒木。"

会场哄堂大笑。

"寿亭！"王会长倚老卖老地训斥寿亭，"这里有你的长辈，也有你的晚辈。这么大的掌柜的，也不怕人家笑话。正经点儿！"

寿亭笑嘻嘻地说："咱有什么说什么。你就别从尧舜禹汤说起了，都还忙着呢！"

王会长没再理他："现在青岛的布价一个劲地往上涨，报纸说咱们奇货可居，操纵市场。学生在布铺门口守着，商家不敢卖日本布，就是卖也不敢摆出来。可是这本埠布量又少，所以，各位应当本着急公好义的精神，开仓出货，先把青岛的布价拉下来再说。"

　　寿亭接过来说："王会长，咱在这里坐着的都是内行。各染厂虽然都有自己的牌子，可用的那坯布，差不多都是日本来的。这算什么布？日本布还是本埠布？"

　　王会长根本没考虑："有自己的牌子就是本埠布，学生不管。自从去年以来，日本开始向中国销售染色成品布，'大光''犀牛''和平'这三个牌子最多，学生们就是管这些布。我们中国染厂出产的布，就是中国布。不过，从这以后，日本坯布尽量少用，最好不用。这也是本次共话会的另一个内容。寿亭，说你哪，你厂里还存着多少货？说说。"

　　寿亭把烟捻灭："王会长，你这是出我的丑。"他看看身边的明祖，"孙掌柜的我不知道，兴许也没存货，反正大华染厂是没有了。这工厂不比你那贸易行，可以存下货等行市。其实这行市也不用等，眼下这行市够好的了。现在我要是还有存布，那可发大财了。明祖，你也干染厂，咱讲的是转得快，别说没货，就是有货也不敢存哪，存不起呀！你说呢，孙掌柜的？"

　　孙明祖接过来说："陈掌柜的说得对，我们讲的是快进快出，不在乎什么行市，只关心产量人。当然，行市好可以多赚点。做买卖盼的就是行市好。元亨染厂也是无布可卖，要是有，这回可赚大钱了。"

　　会长根本不相信，轻轻地哼了一声。在场的人也都知道他们是在唱双簧，都在交头接耳。

　　孙明祖低过身来问："寿亭，你看这行市还能上？"

　　寿亭把手放在明祖的手背上，小声地说："你想，新棉花还没收上来，本埠坯布一路向上，日本坯布看这个架势也不让用了，咱那布还不一天一个价？等着，千万沉住气。天马上就冷，我看这行市准能打个滚。"明祖认同地点头。

　　他们的交谈引起了大家的注意。

　　会长接着说："这第二件事嘛，就是抵制日本货。他们占了东三省，咱不能再帮着他们做买卖。刚才我那贸易行里给我送来信，说西红丸船上的布到了五十多块钱一件。"

　　会场一片嗡嗡声。

　　寿亭的眼瞪得溜圆。

　　"大家安静，安静！"王会长双手向下摁声音，"这五十多块钱，刚刚够买棉纱，是够便宜的。但这个便宜咱不能占，咱就是要让他怎么运来的怎么运回去。"

寿亭跳起来："王会长，你这话说得对。咱得分个里外，知道轻重。我先把话放在这里，谁要是买船上的日本布，我陈六子就操他祖宗！就按王会长说的办，让小日本怎么拉来的怎么拉回去。"这时，寿亭突然问身边的明祖："孙掌柜的，我说得对不？"

明祖一愣，但立刻缓过神儿来，接着站起来："既然陈掌柜的这么说了，我也表个态，就按寿亭说的办。谁要是买日本布，就是卖国贼。咱们立个字据，大家都签名。"

掌声四起。

家驹抽着烟，看着寿亭上蹿下跳的表演，按捺不住地乐。

王会长高兴了，让人去拿纸笔。会场里气氛活跃。

寿亭看看四周，低声对明祖说："我说，明祖，咱说是说，可咱们和滕井都是老熟人了，人家也给咱帮过忙。这日本鬼子占东三省，也不是他让去的。要是他真找到咱俩跟前，让咱买他那船布，这可怎么办？你得给我支个招儿，咱既不得罪他，还不买那布。"

明祖说："这好办，出去避两天。"

寿亭夸张地恍然大悟："这招儿好。我正好想回趟周村，对，又回家探了亲，还不驳滕井的面子，日后见了面也好说话。"两人说着笑起来。家驹代表大华染厂签名。

出来后，家驹和寿亭朝汽车那里走。家驹说："六哥，就等着人家操咱祖宗吧！"

"让他们操吧，是他操咱祖宗，还是咱祖宗操他，还不一定呢！"二人笑起来。

3

餐车上，远宜的面前是一杯茶，她托着腮，看着外边，若有所思。

刚才的那个男人又来了，满脸堆笑地问："小姐，我可以坐在这里吗？"

远宜根本没回头，保持着原来的姿势，冷冷地说："不可以。"

那男的并不尴尬："小姐，旅途是寂寞的，何必拒人于千里之外呢？我是个医生，不是坏人。"说着就坐下来。

远宜回过头，根本没看他，站起来走了。

那男人望着远宜的背影，有点傻。

寿亭办公室，家驹抽着烟，表情很轻松，寿亭在屋里来回转圈。

家驹说："六哥，你打算怎么办？"

寿亭还是转："我这不正在想嘛！这事关键是不能漏了风。"

家驹说："低价买进来，看来问题不大，可是这一万多件布往哪里放呀！又都是那日本大件。"

寿亭纵身一跳，坐在桌子上："家驹，怎么放我想好了，这你不用管。只是现在咱还有个对头，这个对头就是孙明祖。我现在是想，在青岛除了咱和老孙，谁还能吃下那船布。"

"我看没人了。剩下的那些人不是守财奴，就是小散户，一是没那么多的钱，再者没那么大的胆。"

寿亭从桌子上蹦下来："嗯，好，好！家驹，这两天你什么也别干，就是陪着老孙玩儿。逛窑子跳舞打麻将都行，就是不能让他去厂里。大洋马下了天津，没人给他出主意，这机会千载难逢。只要让老滕井找不到孙明祖，我就能挤死这个小日本。"

家驹高兴了："行，六哥，刚才明祖还说，俱乐部来了四个波希米亚的妞儿，正约我呢。"

"好，咱请客，使劲玩。别心疼钱，你俩一人弄俩，全他娘的包了！那洋娘们儿人高马大，是正宗大洋马，你可别闪了腰。你只要把明祖缠住，就是头功一件，知道了吗？我要让滕井找不着他。滕井这些年虽然对咱挺客气，可是我始终觉得这老小子瞧不起咱中国人。这回国恨家仇一块儿报，我非得弄得他叫了爹不可！"

家驹兴奋："现在就去？"

"对，你去账房，多拿钱，开上汽车。实在不行，就和他带着洋娘儿们去崂山，对，就去崂山，在那里租上宾馆住三天。三天我就用慢火把滕井给炖透了！"

家驹提出了一个技术性的问题："要是开汽车去崂山，就不能一人弄俩，车里坐不下。"

寿亭给他提出解决方案："那就拣好的一人一个。"

家驹认为只能如此，答应着就要走，寿亭一把拉住他："家驹，就看你的了。最好能尽快出青岛，带上洋娘儿们。刚才我给孙明祖下了套子，告诉他先不急于卖布。他卖不了布，就腾不出钱来买布。可是咱这边的布都卖完了，那一万多匹布三个钟头就能上市。让咱这么一冲，那行市立刻就得向下走。孙明祖是个非常精明的人，他一看就能明白是怎么回事。咱们要是让他看穿了，家驹，咱可全完了。压仓保本的布也卖了，咱可一点退路也没有呀！"

家驹点头，表情很悲壮。

4

上午十点多钟，济南三元染厂的办公室里。大掌柜的赵东俊也已四十多岁，中式打扮，人略胖，看上去老实忠厚。他正坐在办公桌前戴着花镜看报纸，边看边忧虑地摇头。他的桌子上有个毛笔架，吊着几管小狼毫。旁边是一沓便笺，红色的八行竖栏，天头处红字为"三元赵东俊"字样。很有派头。桌前侧放着一把镂空红木椅，是让客人坐的。

有人敲门，东俊低声应道："进来。"

东初拿着电报进来："大哥，六哥来了电报。"

"噢？什么事？"说着把电报接过来。

"他说是有船日本布，两万件，他想和咱一块吃下来。五十五块一件，这个价钱可比棉纱还便宜呀！日本人实在没法了，所以才找到他。"东初说着坐在那把椅子上。

东俊看完电报，放在一边。随之摘下花镜，笑笑："要是肯定要。不过，这不是日本人的底价，陈六子在捣鬼。"说着笑起来。

东初有点着急："大哥，我也觉得这不是底价，不过咱不要管那些，只要咱觉得合适就行。"

东俊摇摇头，又把电报拿过来："三弟，做生意要沉住气。这船布，他陈六子自己吃不下去。这些年他虽然发了财，飞虎牌也有些名气，但还没有这样大的财力。青岛那么多染厂，他为什么不和别人做？这一是怕走漏了风声，让别人骂他，再就是他不放心。别看陈六子表面很粗，可他干事儿相当慎重。和别人做，可能中间会有闪失；和咱做，赚钱不赚钱除外，他十分放心。所以咱不用急于答复他，让他自己往回退，抻抻他，抻得他受不了了，他那底价也就出来了。明白吗，三弟？"

东初越听越急，从椅子上站了起来："大哥，他虽然干事慎重，可是他也挺要面子，也有一头撞死不说疼的脾气。咱要是总抻着他，他那火儿就能冒上来，一气之下，再联络了别的买家，那咱可就亏大了。这可是天上掉下来的馍馍呀！大哥，用心计也得看看对手，陈六子不是很简单的人。大哥！"

东俊轻蔑地一笑："三弟，你等着，他要是能联络到别的买家，还跑到济南来找咱？你沉住气，这么多年，我总想和他过过招儿，看看他究竟多么高。在张店一带都快把陈六子传成神人了。哼！你等着，我让他看看，赵老大也是盐里泡、卤里淘的汉子。先不回电报，按我说的办。你现在就开仓出布，备下款等着收布。"

东初急得一甩手，抓过电报出去了。

5

下午，寿亭坐在办公室里，一边喝茶，一边瞅着正在作响的电话。那铃一直在响，他就一直瞅着，就是不接。他站起来，拍了拍电话，自言自语地说："滕井，我不是不接，是你还没着够急。"他把电话当滕井，耐心安慰着，"这什么事呀，都得讲个火候。我要你的布，你别急，急我也不接。"

吴先生进来了："掌柜的，你和谁说话？"

寿亭笑着说："我正在唱空城计。赵东俊那边回电报了吗？"

吴先生焦急地说："还没回。"

寿亭笑了："这就对了，咱们吃定他了。"

"怎么说？"

"赵东俊不是赵东初，这人很了解我。他虽然上学不多，但却是买卖人中的尖子。当初我和他在济南过了一次招儿，一正一反打了个平手。当时我就看出来了，他不是为了那点事儿，是想和我较劲。他是你六嫂的表哥，我弄得他太惨了，你六嫂就得说我。我呢，也就借坡下驴认了输，给他留了面子。买卖小，这面子我能留，但是大买卖，东俊哥，兄弟也就只能照章办事了。老吴，赵东俊知道咱报的不是底价，所以他抻抻咱，等着咱降价。钱不钱的是另一回事儿，他可能也不在乎一块两块的，关键他是要证明比我厉害。好呀，东俊哥，你就抻兄弟吧。老吴，你老家的地多少钱一亩？"

老吴不解："掌柜的，你历来不让买地，怎么想起问这个来？"

"你别管，我问你多少钱一亩。"

"好地十二块，不好的地也就是十块。"

"好，老吴，咱们干完了这一把，份子你照拿，我再送给你一百亩地。今年我就不给你老爷子送礼了，这一百亩地就算提前送了。"

"谢谢掌柜的。"他淡淡地说，大概觉得寿亭是和他开玩笑，"掌柜的，那滕井可是快疯了，把人都派来了，正在我那儿呢。"

"他现在报价多少钱？"

"他说最低五十，否则他宁可拉回日本。"

"那就让他拉回去吧。"寿亭端起茶来刚要喝，又放下了，"我让你问的那西红丸……"

"问清楚了，那船前天就该起锚，去旅顺，是运粮食。"

寿亭忽地站起来："什么样的粮食？"

老吴吓了一跳："说是大米。"

"大米？大米？"寿亭在屋里来回走，"东北净些逃难的，谁还吃得起大米？大米？日本船……"他跑到老吴跟前，"老吴，我吃定滕井了。那大米是军粮，滕井不敢耽误。还他娘的运回日本，你自己糊弄自己吧！"

老吴恍然大悟："对对，东北人不吃大米，是日本人爱吃那米团子。"

"老吴，你下去告诉那日本人，说我不方便在厂里见他，也不方便见滕井，让他晚上去我家。千万想着这句话，让他转告滕井，我不会买他的布，就说我在商会起了誓，不能坏了规矩。"

老吴懵懂地答应着，出去了。

崂山海军上将宾馆是一个别墅式的宾馆，院内有四五座小楼。楼下的台球室里，家驹和明祖穿着坎肩，准备打台球。那两个洋小姐在一旁候着。一个穿红坎肩的侍者端来玻璃瓶的崂山矿泉水。明祖坐在沙发上，拿过一瓶，脑子里在琢磨事。家驹的眼乱转。

明祖说："家驹，我怎么自从出了青岛，心里就觉得不踏实呢？"

家驹手捋着球杆："你和寿亭一样，干买卖干上了瘾，乍一闲下来适应不了。我就没事儿，前人曾说'偷得浮生半日闲'，明祖，这人哪，没有吃不了的苦，倒有享不了的福。有什么不踏实的！"

明祖想想："这崂山离着青岛百十里地，要是厂里出点什么事儿，往回走都来不及。"

家驹故作镇静地笑笑："咱不是有汽车嘛！寿亭为了让咱玩好，回周村都没让车送。其实开汽车回周村比坐火车慢多了，那路也太难走。"

"寿亭真回了周村？"

"明天早上的火车，可能票都买了。"家驹说着瞟了明祖一眼，"寿亭还说，你给他出的主意真挺好。说实在的，明祖，这滕井，我那里也好，你那里也好，咱都得罪不起呀！要是和他反了目，结下了仇，咱这厂还开吗？上哪里去弄布？上海？光那运费咱也出不起。可是咱都躲出来了，你找不着咱，也省得他日后记恨咱们。其实我不用躲出来，滕井知道我管不了事，可是寿亭说，狗急了跳墙，他怕滕井逼我，所以让我也出来了。"

明祖站起来："我说，家驹，这不是寿亭的什么计吧？不会把我支出来，独吞那船布吧？"

家驹不以为然："说真的，明祖，我们还真想吞。可是吞了之后麻烦太多，一是没有那么多现钱，再者这一万五千件放在哪里？让学生给烧了那就全完了。寿亭本来想联合你干这事，他怕你怀疑他，也就算了。"

"我也这么想，主要是没处放。至于钱，还好办一点。"

家驹接着说："咱不说那些烦心事，什么日本布，咱现在的买卖挺好，没必要再冒那样的险。明祖，为了当初那件事，寿亭一直觉得欠你个情。这些年，寿亭总把那事搁在心上，说当初太急，伤了你那么一下子，欠着你个情。他总想找机会还上那个情。"

"嗯，这话寿亭也亲自对我说过。没事，思雅明天就回来了，我不在，她会处理的。来，咱开始？"

家驹总算找到了话头，他边向球桌边走，边说："明祖，贾小姐嫁给那诗人也两三年了，怎么也不生孩子呢？那个诗人叫什么名字来？"

"叫他娘的'沙漠的月亮'，这是什么烂名字！"

"我说，他不管你和贾小姐的事儿？"

"什么？一分钱不挣还有脾气？还反了他呢！"明祖说着把球打出去，两个洋妞拍手叫好，明祖拉过一个来亲着。家驹趁机说："我先出去方便方便。"家驹出来了。

小丁在院子里擦车，见家驹出来忙站起来："东家。"

家驹低声说："把汽车的电源线拔下来，假装坏了，修不好。孙明祖厂里没汽车，就是有，他也不懂。"

小丁问："为什么？"

家驹把眼一瞪："买卖！"

6

下午，东亚商社里。滕井拿过那张写有"40"字样的纸，看着，自嘲地笑笑，无可奈何。然后拿过一张纸，在上面写着。然后随手按铃叫人。

三木来了："社长，有什么吩咐？"

滕井伸手让他坐在桌前的椅子上，把那张纸递过来："按这上面写的准备礼品。陈寿亭这个人吃软不吃硬，我得先给他点饵料。"

三木看看纸上的内容："社长，他厂里的人说得很清楚，到他家喝茶叙旧都没有问题，只是不谈布的事。"

滕井笑了："这是中国式的狡猾。如果不谈布的事，他根本不会让我去他家。三木君，你等着明天卸船吧。哈哈……"

三木信服地点头。

滕井说："三木君，我们这次赔是赔定了，只是多少的问题。陈寿亭已经严阵以待。

我怀疑孙明祖失踪，就是陈寿亭捣的鬼。只是陈寿亭目前不愿与我们纵深合作，否则，青岛的染厂全得倒闭。"

"噢？他有这么精明？"

"比你想的还要精明。今天我们可能把布卖出去，但价格不会高出三十元，姓陈的一定会往绝路上逼我们。再者，这个人对帝国有偏见。你想想，他每次见我们，总是说些让我们不舒服的话。他和我们交易，在很大程度上是中国布太差，他没有别的选择。对我们，他还算客气；对德国人，他直接不留面子。国家太弱，个人太强，这样会吃亏的。"

三木点头："我们已经控制了青岛的染织业，社长，下一步我们是不是把价格提一点，把我们的损失找回来？"

"我已经对你说过了，上海的纺织业发展很快。现在不是提价的问题，是我们怎样才能不让上海布进来，这是主要的。我们总卖坏布也不是长久的办法，我想下一步，在青岛收购染厂，向支那工业的深处挺进。如果我们手里有几个染厂，我们的处境就会完全改变。三木君，你可以想一下，他们厂里的布是高价购入的，是我们加过利润的；而我们自己染厂里的布却是低价的，是没有加过利润的。只这一项优势将相当明显。加上我们还有政府津贴做后盾。我们要渐渐让他们感到无利可图，甚至有可能染得越多，赔得越多。这样用不了太长的时间，那些染厂就会被迫与我们合作，包括陈寿亭。正像你说的，我们身后有帝国的精锐军队。我一想起这些，心里就宽松了许多。"

三木很佩服，佩服完了出去了。滕井站起来，回身看着墙上的字"琴心剑胆"，慢慢地笑开了。

7

元亨染厂对面有个小茶水摊，登标坐在那里喝茶，两眼盯着元亨染厂。卖茶的中年汉子说："先生，你从晌午就在这里喝，撒尿也回头看着染厂，这是为什么？"

登标笑笑："为了让你挣钱。怎么着？"

汉子笑笑："你当我不知道？你是大华染厂派来的，对不？"

登标一惊："你怎么知道？"

汉子说："前年夏天，就是你，坐在这里数元亨从厂里运出去多少布。你还拿着小口袋，元亨出来一车布，你就往小口袋里放一个小石子。我记得清清的，对不？"

登标笑了："记性不错，是我。怎么着？"

"不怎么着，我是想问问你，你数元亨的布干什么？"

登标一笑："这叫知己知彼，我们得知道他有多大的产量。我相当于书里说的那探子。不是自己人，掌柜的不让你来干这个。"

"那你为什么今天不数呢？"

登标正想回答，就见一辆洋车拉着贾小姐回来了。登标猛然站起，扔下几个小钱，匆匆走去。

卖茶汉子拿着钱自语道："这干买卖还得用探子？"

贾小姐推明祖办公室的门，门锁着，她就敲门。这时刘先生出来了，手里拿着钥匙："贾小姐不是说明天回来吗？"

贾小姐心急，没直接回答他："董事长去哪了？"

刘先生打开了门："不知道。早上去商会开会回来，吃完了中午饭就走了。"

"和谁走的？"

刘先生看她一眼："和，和卢先生，就是大华染厂的东家。"

贾小姐气得一摔小手包，坐到沙发上。

刘先生躬身问："贾小姐有急事？"

"没急事我能跑回来吗？天津港有一船卖不了的布，天津染厂都不敢买日本货，咱完全可以接过来。才七十块钱一件，日本大件。这样的好事哪里找去？这个孙明祖！"

刘先生冷笑道："七十？滕井那船布也来了，现在五十五都没人要。"

"什么？"贾小姐弹了起来，吓得刘先生向后退了一步。"什么？五十五，咱怎么不要？"

刘先生不紧不慢地说："今天早晨青岛所有的染织商号开了会，一致抵制日货，董事长也签了字。"

贾小姐气急败坏地坐下了："傻呀！这中了陈六子的计，他想独自吞下这船布。你说董事长和卢家驹一块儿出去的？"

"是，是和卢先生一块儿出去的。"

贾小姐又站起来："准了，准了！准是陈六子在捣鬼。"

刘先生笑笑："贾小姐，这回你猜错了。本来董事长也想吞下这船布，可想了想这一万五千件没地方搁，又怕学生来给烧了，也就算了。滕井昨天就来求董事长，可咱那成品布也还没出手，也是没有现钱，想来想去，董事长觉得还是不蹚这下子浑水。可又怕陈六子买了这便宜布，将来顶咱，今天早上开会，他就给陈六子支招儿，让他回周村探亲，这样既不得罪滕井，也不用买布，陈六子听了挺高兴。咱两下里都下了闸，

172

送火车票的那里有咱自己的人，这你知道，大华染厂门口也有人盯着。陈六子确实买了回周村的车票。这两路人都回来送了信儿，知道确实是买的去周村的车票，董事长这才放了心。要不，卢先生叫他，他不能跟着走。"

贾小姐坐下："一万五千件非得全要吗？咱少买点不行？"

茶房送来水，刘先生让放在茶几上，茶房出去后他说："咱仓库里全是成品布，顶多还有放四百件的空位。这少买也是买，滕井可能会同意。贾小姐，我当时出了这么个主意，咱可以全买下来，装到火车上，沿着胶济铁路向沿途各县批发，最后剩下多少，全卖给济南三元染厂的赵东初。那个厂大，也有钱。董事长觉得也行，可就是没有钱！要是有钱，这回咱真赚大了。"

贾小姐又跳起来："对，这是个好主意。把元亨染厂押给银行，立刻就能筹来现钱。快，快派人去找董事长！"

刘先生说："抵押工厂的这个办法，我和董事长也议过，押厂贷款要开董事会，就怕那些股东不同意，一嚷嚷，把事传出去，那就麻烦了。"

贾小姐咬着牙："快派人去找董事长！咱不开董事会，反正这笔买卖稳赚，不用管那些小股东。"

刘先生犹豫着："贾小姐，这可犯法呀！"

贾小姐烦了："什么法？买日本布还说是卖国呢！不管那些，赚钱第一，快派人去！"

8

寿亭正在和老吴下棋，登标撞开了门："掌柜的，大洋马回来了！"

"什么？"寿亭惊得站起来，"这个熊娘儿们怎么从天津得到信儿？"

登标擦汗。寿亭在屋里来回地转，突然回过身指着电话说："老吴，给我约滕井，我这就见他。"老吴说好，刚要拿电话，寿亭一步迈过来，把电话摁住："让我再想想。登标，咱的汽车什么时候出的元亨？"

"吃完中午饭，有一点多钟。"

寿亭看了看墙上的表，此时已是下午五点，表情松弛了些："这时候东家早到了崂山，让那个娘儿们着急去吧！没事，老吴，接着下。"

老吴担心地说："她要是直接和滕井联系呢？"

寿亭的表情又紧张起来："有这个可能。"接着又在屋里来回走开了，"她直接联络也不要紧，滕井挺讨厌她。好多次，她让关东军的相好压滕井，滕井没办法。给元亨的价钱总是比咱低一点，滕井向我解释过。再说了，她既不是东家，也不是掌柜的，滕井未必敢等。随她去，不操这个心了。老吴，是财不散，别说她找不着孙明祖，就是找着了，孙明祖也不敢办。"

老吴点头。寿亭从桌上拿过那张车票，对登标说："把这张票退了吧，退的钱归你了，今天受累不小。"

登标挺高兴，拿着票走了。

老吴问："孙明祖这人也够精的，要不是咱门口那俩残废发现得早，咱做了这个势子，他兴许不能跟着东家去。要不然，他怎么晌午才走呢？"

寿亭有些感慨："是呀，残废有残废的用处。只有大家都想着工厂，咱们才能干大。老吴，这回挣了钱，每人给他们五块，你替我想着。"

天黑下来，屋里的电灯亮了。贾小姐在办公室里来回走动，刘先生进来了："贾小姐，舞厅饭店都找遍了，没找着董事长。"

贾小姐盯着刘先生："你说，咱们自己给滕井联络怎么样？"

刘先生想了想："咱说什么呢？说咱想要那船布？董事长回来不同意怎么办？"

"现在不是他同意不同意的问题，没有他的签字，咱从银行贷不出款来。要是我签字有效，根本不找他，我早把厂押出去了。没事，反正陈六子明天早上回周村，青岛就剩了咱自己。不行！"说着又要摸电话，"要是陈六子今天晚上买下那船布怎么办？不行，我得和滕井联络上。"

刘先生过来按住电话："贾小姐，这可不合规矩呀！我不知道，那不关我的事；我知道了，就得给你说明白，你不能擅自决定这么大的事。"刘先生表情很坚定。

贾小姐很意外："老刘，你想干什么？"

刘先生没有退意："我是监事会主席，不能让你这样干。我有我的难处，贾小姐。"随之，由硬转软，"贾小姐，我看还是等明天，明天早上董事长准能来上班。咱没有那么大的仓库，陈六子也没有。再说了，他就是真想买滕井的布，咱能争得过他吗？我看还是算了吧。"

贾小姐坐回来，把双手插进头发里，沮丧地叹了口气："我真该自己开染厂了。"

第十二章

1

晚上，家中，寿亭坐在八仙桌的右首，采芹在左首，夫妻二人正在喝茶说话。采芹不安地问他："寿亭，我怎么觉得这事儿有点儿悬呢？"

寿亭抬起眼来看着她："干买卖就是富贵险中求。我哪回干事不悬？咱要是一直规规矩矩，现在还在周村呢！你放心，咱干完了这一把，就能吃喝嫖赌花上三辈子。"

采芹嘟囔着："你也别吃喝嫖赌，咱也别花上三辈子。"

寿亭气得笑："我这是打个比方，嫖可毁志，赌能败家，这我从小就知道。你以为我听说书是听热闹儿？我一直用着心呢！"

采芹给他倒茶："我知道你不是听热闹儿。自从你一进俺家，我就知道你不是省油的灯，不是省料的驴。"

寿亭乐了："噢？看出来了？说说，怎么看出来的？"

采芹放下茶壶："当初你根本没冻昏，我还看见你眼动呢！只是我没给咱娘说。"

寿亭多少有点尴尬，接着嘿嘿地傻笑："我忘了，反正是冻得不轻。嘿嘿！"

采芹笑着说："我当初要知道你胆子这么大，就不该让留下你，省得整天为你提心吊胆。一会儿让土匪绑了去，一会儿吃何大庚腿上的肉。这些年没让你吓煞，就是命大。"

寿亭开始插科打诨："什么？你不留下我？这事你说了算？周村街里那么多染坊，我为什么非得去你家？我这是有预先准备的，不是非昏在你家门口不可。这事儿你不提，也就罢了，既然你提起来了，咱就得说说。你猜我为什么昏在你家门口？"

"你说说，为什么？"

寿亭开始编造："有一回呀，我要饭路过你门口，你呢，正在门口站着，我一看，这个闺女好看！两个眼那么大。好，就娶她当媳妇吧！知道了吧？我是奔着你去的。哈……"

采芹也笑起来："你编都不会编。那时候我娘根本不让我出门，大门不出，二门不迈的，还站在门口！你编得可真匀和！"

寿亭说："不管编也好，造也好，我醒过来一看见你，心里明白了，这辈子光棍是打不成了。现成的媳妇就站在那里，手里还端着碗水。我知道自己将来能发财，能当大

175

华染厂的掌柜的。可是一看你，不仅人长得好，还挺知道疼人，就劝自己，收下她吧！"

采芹气得笑："我这就揍你！"说着扬起手。

寿亭接着说："我常给家驹说，你是留学生，所以二太太跟了你，你那不算本事。看咱，一个要饭的，把掌柜的闺女给娶了，这是什么成色！"

采芹气得过来扭他的耳朵，寿亭忙求饶。

老孔在院里喊："老爷，车我准备好了。"

采芹问："弄车干什么？"

寿亭喊："知道了！"

老孔在院外应着。

采芹说："寿亭，婆婆公公死得早，我也没尽过孝，咱俩本身就欠着祖宗的。可是你在商会里起了誓，你买了日本布，人家不指名道姓地骂咱祖宗？"

"让他们骂去吧！还祖宗呢，连个坟头都没有，究竟埋在哪里我都不知道。咱家世代受穷，到了我这里，人家还能骂咱祖宗，这就不错。这也算光宗耀祖了。再说了，这事儿他们知道不了。我要是让他们知道了，还叫陈六子吗？"

"寿亭，咱挣那么多钱没有用，还是免了这一场吧。啊？"

"免了？笑话！你就等着数钱吧！咱这又不是坑老百姓，是坑日本人。不过，等一会儿滕井来了，你让老孔拉着你和福庆出去坑坑，别在家。这事是挺脏，我自己淘大粪就行了。"

采芹无奈地叹口气："你的事我也管不了，你就掂量着办吧。我也就是指画着给你洗洗衣裳，看着给你炖碗豆腐，别的事我也不懂。反正我也知道，坏良心的事你不干。柱子来了信，说锁子叔的棉衣裳都弄好了，让你放心。我也让福庆回了信。想起来呀，六哥，咱这也是二十来年了。真快呀！你看我这身子骨，还不知道能撑几年。"

寿亭宽慰她："破罐子能熬坏了柏木筲。你想呀，那罐子虽破，打水的时候小心着，别碰到那井沿上，永远烂不了；可柏木筲就不行，看着结实，可天天水沤着，准烂到破罐子前头。你看锁子叔，一到冬天就咳嗽得要死，可一立春，就缓过来了。这是为什么？因为他行下了善，老天爷不让他死。采芹，咱俩风里雨里城里乡里，买卖归买卖，可咱没干过一点缺德事儿。放心吧，有病治病，你的寿限长着呢！我死了你也死不了。哈……"

采芹却说："我死了，你也难过，可过了那股子难受劲儿，别人劝着，兴许过几天就续上弦了。可要是你死在我前头，那我活着也没什么意思了，还不如跟了你去。"

寿亭不满："你这人顶不讲理，绕来绕去，还是说你有情，我薄情。说得好好的，怎么引到这个话题上，一会儿死一会儿活的。我这马上就要上阵杀敌，净败我的锐气。"

采芹并不为其所动："你还是少点锐气好。卢老爷给你写的那俩字多好，'藏匿'。人家也给裱好了，可你就是不让挂，说是像做贼的藏东西。人家不是那个意思，是让你做事的时候留一手，藏着点儿。"

寿亭听得很认真："你这一说，我倒是计上心来，今天我就给滕井用一手。军师，你还有何见教？"

采芹并没笑："做人讲的是老要张狂少要板，不老不少不要脸。我说错了，你就不老不少的。哈……"

寿亭也笑起来。

采芹听见院里孔妈说话，止住了笑，对寿亭说："兴许是滕井来了。"

寿亭点头沉吟，一抖袍袖："列队，迎敌！"

采芹慌忙制止："你小点声，让人家听见！祖宗！"

孔妈通报，说滕井来了。寿亭与采芹对视一下，向门口迎来。

2

东俊东初兄弟俩对门住着，两个院子一个路南一个路北。东初的房子是中式花厅式的四合院，院内花木葱茏，曲径通幽，富贵之中透着雅致。北屋里，所有陈设全部西式，沙发前的茶几处还铺着地毯。沙发后面的墙上是剑桥珂罗版的油画。为了证明出处，在紫色的镜框边上还烫着金字 CAMBRIDGE 字样。东初坐在沙发上看英文报纸，可刚拿起来，又气得扔下。

东初的太太有三十多岁，穿着制服裤，白衬衣束在里面，人也很高大，短头发，看上去很干练。她端着咖啡壶过来，看见丈夫烦躁不安，就说："其实没必要这样动心计，采芹是咱表姐，六哥是咱表姐夫。你还是去南院给大哥说说，抓紧定下吧，省得一夜睡不好。"说着打开丈夫面前的咖啡杯，把咖啡倒上。

东初抬眼对她说："兰芝，你在这坐一会儿。"

太太坐下了。东初说："临下班的时候，六哥也没回电报。其实大哥也不放心，也怕这买卖黄了。我走得晚，大哥到家之后又打电话到厂里问，听说电报还没来，我看他也挺着急，还故作镇定，真是没必要。"

太太把咖啡端给东初："我看大哥做事情，在某些地方有些保守，这样下去可能会落伍的。"说着观察丈夫的反应。

东初放下咖啡杯："六哥在张店周村一带很有名气，年下回家的时候，大哥听着那

177

些人夸六哥，很是不服气，嘴上没说，可站起来走了。大哥熟读'三国'，干什么事都想想当年诸葛亮用的什么计。可那东汉离着现在两千多年了，那一套早过时了。"

兰芝笑了："大哥通'三国'，可六哥不仅通'三国'，什么《忠孝烈女传》《精忠说岳》他全知道。去年夏天我带着孩子去青岛，他和六嫂陪着我吃饭，他讲得头头是道，我绝对不相信他不认字。他讲得相当有意思，我和家驹都听傻了。大哥要是用'三国'的招数对付他，我看未必能沾光！"

"那是他当年要饭的时候听来的。说来也怪，不管什么事，他一遍就记住。他不认字，也不看账，可老吴根本不敢捣鬼，他甚至比老吴还明白。明天他来电报，可能会降一点价，但大哥抻了他这一下，他早晚得找回来。兰芝，不信，你看着。"

"东初，六哥让咱帮着在济南买地，这事怎么样了？"

说到这里，东初看了一下门，低声说："我给你说件事，你可千万不能说出去。"

太太紧张地点头。

"你知道去年制锦市街爆炸的那家置业洋火厂吗？"

"知道，还炸死了六个人。我每天去妇女建国会上班，就从那里路过。"

"大哥想让六哥买那块地方。这真不知道大哥怎么想的，那地方能行吗？"

"是呀，那地方不吉利呀！前后三家子在那儿开工厂，都没有好结果。那地方可是太不吉利了。"

东初冷笑一下："六哥想到济南来开工厂，这本身就是大哥的一块心病。他嘴上没说，可心里却想着，让那凶地败败六哥的财运。这有必要吗？"

"你怎么说的？"

"我未置可否。有些话，虽说是亲兄弟俩，也不能明说。"

太太从果盘中拿过苹果和水果刀："你还想把这事告诉六哥？"

东初笑了："不用我告诉，大哥自己就会把这事首先告诉六哥。他知道六哥天不怕地不怕的，要饭的时候曾在坟地里睡过觉。他甚至会激六哥买下那地方。"

太太把削好的苹果递给东初，他没吃，放在了咖啡盘里："做生意是得用心计，但要分什么事，什么人。六哥要是想坑家驹，那家驹还不一点招儿都没有？可人家不这样干。我看六哥来了济南，好好地和他相处，不仅不会妨碍三元染厂，可能还会多一个帮手。"

太太的眼睛转了转："东初，有件事我从青岛回来之后就想说，可一直没说出口。"

"什么事，说。"

"我和六哥也就是一面之交，了解也不多，但我觉得这个人应变能力相当强，准能发大财。六哥要来济南开厂，咱是不是私下里入上一股，也好有个退路？你别熊我，我不是有私心，只是觉得大哥那一套跟不上时代。"

东初苦笑一下："晚了。家驹对我说，六哥来济南，是想干印花，罗兰也好，海德堡也好，那些新式的德国印花布都相当贵。再加上三套到四套滚筒染机，盘子已经很大了。咱自己的那点钱根本不管用，可大钱又都在厂里，大哥是不会让我提钱出来的。"

太太懵懂地点头："现在不是时兴换股持股吗？能不能用三元的股换六哥的股？"

东初乐了："你这不是挺懂经济嘛！"

太太低下头："懂什么经济呀。在大哥看来，我就是会生孩子。我说到厂里干点事，他就是不同意。我给你当个秘书也行呀！"

东初拍拍她的腿："就这么着吧！老式家庭，他同意你穿这制服裤，就不错了。这还说我惯着你呢！"说着看看外边，表情又焦急起来，"我去大哥那儿一趟，如果他同意，我这就去给六哥回电报。"说着站了起来。

太太给他拿外衣，趁机说："你要看着大哥高兴，就帮我提提骑自行车的事。"

东初笑了："让你穿制服裤，这已经破了例。我看也别说了，说也没用，他不会让你骑着自行车满街跑的。"

太太拿着西装，让东初穿上，连娇带叹地说："唉，咱什么时候能自己说了算呀！"

3

滕井这不是第一次到寿亭家来，对周围环境和采芹都挺熟悉。采芹亲自给滕井倒茶，滕井手放在碗边，恭敬地照应着。他回手提过一些西药说："陈太太，近来感到好些吗？这是我让人从日本带来的西药，你按时吃，对你身体康复会有帮助的。"说着把药双手递给采芹。

采芹接过来，也是躬身致谢："谢谢，总让滕井先生破费。"

滕井又拿过两只人参："陈先生，这是给你的，是你们东北的上好人参。"

寿亭接过来，看也没看就放到靠山几上："我说，滕井先生，你看看你们那些兵，没事不在家里好好待着，非要去东北。你看看现在，满街筒子是难民，我厂里也收下了二十多个。照这样下去，咱俩的买卖都别干了。"

滕井抱歉地摇头："陈先生，这是政府的事情，我们不去管他，咱们还是好朋友。"

"咱们是好朋友，可是这一弄，成了敌国。一边是咱们的交情，一边是两国的开兵打仗。咱俩夹在中间不难受？"

采芹见谈话开始，就冲滕井鞠躬："滕井先生，我和孩子出去走走，你们谈着。"

滕井起身相送，寿亭示意他坐下。屋里只剩下他们俩。

滕井从椅子上站起来，拉出八仙桌中央的凳子，靠近寿亭坐下说："陈先生，咱们认识十几年了。我既是你工厂的供货商，也是陈先生的朋友。这回西红丸上的布，陈先生一定要收下。"说着站起来鞠躬。寿亭拉他坐下。这时，滕井装的也好，真的也好，确实已经哭了，掏出手绢来擦泪。

寿亭给他倒茶，叹口气说："滕井先生，我不是不帮忙，但这件事儿太大，我不敢呀！要是那些学生知道我买了那船布，还不把大华染厂给砸了！同业同仁又该怎么看我？滕井先生，我一生最讲义气，这一回，实在不同，我相当为难。"

滕井擦擦泪说："请陈先生相信，政府出兵东三省，我个人是不赞成的。我是一个商人，只想做生意。当然，政府也支持了我。我在中国二十多年来，一直感觉都很好，不管中国强也好，弱也好，我是对着每个客户，我自信是平等地对待陈先生和青岛的其他商业伙伴。可现在，大家都躲着我。商社里也来了些新人，有些还是军部派来的，那么狂热，我自己的处境也相当艰难。"他像个孩子似的哭了。

寿亭好像是被感动了，他拍了拍滕井的肩："滕井先生，咱们慢慢想办法，沉住气，过几天，这股风就能过去。"

滕井擦擦泪："陈先生，你只要给点钱就行，我只想抓紧了结这件事情。"

寿亭想了一想说："滕井先生，咱把话说明了吧！我带头在商会里起了誓，我是不能买你的布了。我给你推荐个人吧！"

"谁？"滕井眼前一亮。

"元亨染厂的孙明祖。他准行。"

滕井刚燃起的希望又破灭了："我找过他了，他也躲着我，厂里说他根本不在青岛。现在只有陈先生能帮我。我拜托陈先生！"

他又站起来鞠躬。寿亭伸手拉他坐下。"我说，老滕井，你别一会儿鞠躬，一会儿鞠躬，我受不了这个。你知道我这人心软，见不得别人受难为。你说吧，那布多少钱？"

滕井来了精神："一共一万五千件，陈先生要是全能吃下，就算四十块钱。可以吗？陈先生？"

寿亭把手放在滕井的手背上："滕井先生，这个价钱已经是够低了，但是我实在不敢要。我看你还是原船运回吧。"

"三十五块。"滕井的表情已经绝望。

"滕井先生，我说过，价钱已经是够低了，三十五块，刚刚够织工费。现在不是价

180

钱的问题，关键是我不敢担这风险。你卖完布，回国也好，在青岛也好，都没人敢动你。可是我，还得在青岛干买卖。"

滕井拉着寿亭的手："陈先生，不到万不得已，我不说出这件事，在到你家来的路上，我还在想，是不是把这件事说出来。"

寿亭一愣："噢？什么事？说出来，也好让我明白明白！"

滕井看着寿亭，攥住了他的手："陈先生，大华染厂现在是大工厂了，这其中我也帮了你很多的忙。当初你们厂订购滚筒染机，德国人明明报价三万八，你却对我说报价三万整。其实我当时就知道了，是内德打电话告诉我的。他让我与他合伙挤对陈先生，把价钱抬起来，等生意做成之后分利润。可是我没那样干。我不仅没那样干，反而佩服你精明。你说的这三万整，是把运费除掉了。你觉得日本到中国路途近，三万我准能接受。我很赞赏你做生意的态度，所以我接受了。但是，我不仅没有从那笔生意中得到一分钱的利润，反而赔进去六百中国币。这些年我都没说破，生意来往，理解尊重很重要。我希望陈先生……"

寿亭有些尴尬："都哪年的事了！"

滕井接着说："还有一件事我要告诉陈先生。元亨染厂的贾小姐常用关东军来压我，我给他们厂的布价格是低一点，但陈先生不知道，我给他们的每件布都少二十米。这样算来，比给你厂的布还要贵。中国没有海关商检，他们也没发现，就是发现了也拿我没办法。可我给你的布都是足重足长的。所以三木常对我说，与陈先生交易，获得的利润最少。我不是今天有难处，才故意这样说，我是在有意识地保护陈先生的利益。陈先生，我不到万不得已，是不会说出这些话来的。"

寿亭一听恍然大悟，但很快沉下脸来："让你这一说，这些年我欠你情欠大了。"

滕井低下头："我不是让陈先生领情，我是请陈先生帮忙，帮我个人的忙。"

寿亭点上支烟："滕井先生，我不要你的货吧，你会认为我不帮忙，可我要了这船布，将来你会认为我这人太狠，用这么低的价钱买走了你的货，事后你会越想越心疼，越想越生气。你觉得我是乘人之危，这样反而伤了咱们的感情。滕井哥，我看你还是运回日本吧，或者找个地方囤上二十天。二十天之后，这股子风也就过去了，咱们还是朋友。"

滕井站起来，两眼通红："陈先生，我宁可送给你。因为这船布要去运军粮。"

寿亭佯装大惊，也跟着站起来，大瞪着眼怒吼："你怎么不早说！嗨，你这个老滕井！你让我说你什么好！咱俩什么话不能说，你还藏着掖着，绕来绕去的。咱们这么多年的朋友，我能见死不救吗？你还绕的哪门子圈子！你倒好，从民国八年一阵子给我弄到民国十八年，又是买机器又是大洋马的布少二十米，全他娘的没用！"寿亭拉着滕井坐下，

"你这个老滕井！我也就是看着你比我大几岁，要是你比我小，我一脚踹出你去！你负了咱俩的交情。不就是那船布吗？有什么大不了的？今天，滕井哥，我给你玩儿一把'破了头用扇子扇'！我一口吞下去，那船布归我了。"

滕井拉着寿亭的手，用力地摇着，热泪盈眶。二人齐感叹，随之滕井从提包里掏出合同。

寿亭很警惕，借着开玩笑说："和我签合同不行，我不认字。"

滕井笑笑："陈先生，数字你是认识的，别的我都填好了，填上个数就可以，只是要你按个手印。"

寿亭夸张地点头，滕井抽出钢笔，填上了"35"。寿亭用眼瞄着，等他填好了，寿亭才说："三十五少点吧，要不你再加一点？就算我的意思。"

滕井鞠躬："我已很感激陈先生，不加了。陈先生按个手印吧。运到什么地方，运费都由我负担。"

寿亭从抽屉里拿出印台，印上手印，叠起合同放进抽屉："你那心病是好了，滕井哥，该我着急了。明天早上我派人去你商社，至于怎样处理这些布，我想想再说。滕井哥，今天夜里你是睡着了，该我睁着眼了。你看看你那些鸡巴兵，他们占了东三省，咱这合法的买卖，倒和贩大烟似的。钱，明天一早就给你送一些去，要是凑不足，差个一星半点的，你也先将就着，我四处找人暗着卖，四处里给你淘换钱，五天之内准能付清。"

滕井笑起来："可以，陈先生的信用我是知道的。这件事情我会常记着。"

东俊大宅正堂，带罩的电灯吊在八仙桌上方。东初东俊分坐两侧。东俊面色温和，平静自然。东初却有些焦急："大哥，你说陈六子下午就能回电报，可都这时候了，也没回。我回家之后，又打电话问了厂里，电报还是没来。大哥，我看这事不能总抻着，别抻出别的事儿来。"

东俊给弟弟倒茶："三弟，陈六子好弄险，咱再抻他一晚上，要是明天晌午他还不来电报，咱就认了。咱要一万件，剩下的那一万就按他说的，先存在咱的仓库里。"

东初站起来："不行，大哥，这事你玩得有点儿过了，不能这么个抻法儿。陈六子不是等闲之辈，咱总这样抻着，非出麻烦不可。大哥，这事儿我不能听你的，我这就去电报局给他发电报。放了这个机会太可惜。"

东俊过来摁下他："东初，我知道这抵制日货长不了，但眼下正在风头上，陈六子再能，也找不到买主。你就听哥的吧。他就是降下一块钱来，一万件就是一万块。这买卖的额大，咱不能不算呀！三弟，现在咱三元染厂确实是大厂，山东省除了苗哥，大

182

概没人比得上。可是，你别忘了，咱当初开始干的时候多么难！你在北京上大学不知道，我带着伙计们没白天没黑夜地干，一块钱一块钱地攒。三弟，咱和陈六子不一样。他是从染坊到染厂，咱家是从种地到开染厂。陈六子虽然是要饭的出身，但是他看一万块钱很小，咱就把一万块钱看得很大。为什么？咱得想想，种地的多少辈子挣一万呀！"说着用指关节敲敲桌子，"别的不说，就说咱老家博山，一万块钱差不多能买一千亩地。三弟，整个博山一共才有多少亩地呀！三弟，你应当常想着这些，想着咱的出身。当然一万块对咱来说，现在也不算什么事儿了，但是赚一万，就比赔一万强，这一反一正就是两万。关键是，不能他陈六子说多少钱就是多少钱。他又不是税务局，不能还价儿。听我的，三弟，押着他，保证没错儿。我就不信他不降价。"

东初无奈地一甩手，"大哥，咱要是总想着种地，这买卖就别干了。你总想和陈六子见个高低，这实在没必要。大哥，陈六子是很刁，可是对咱，还算说得过去。上回青岛刮大风，轮船靠不上岸，咱给人家的硫化青那么贵，人家直说咱帮了忙，根本没提价钱的事。大哥，陈六子傻呀？他当初要说借咱四十桶硫化青咱能不借？可是人家没那样干。后来我问了家驹，其实咱那硫化青运到青岛的时候，大风早停了，船也卸下来了，咱那硫化青根本没救了急。可是人家根本没提这事，如数给了钱。大哥，人家不欠咱的，是咱欠人家的。你觉得陈六子找不到买主，我看未必。他从十五岁就当掌柜的，走一步看三步。咱就说个最笨的办法，他把那两万件布装上火车，沿着胶济线一路向西卖，这一路多少染坊？多少布铺？就那个价钱，甚至到不了潍县就能卖干净了。大哥，抓紧定下这事吧，我也好去发电报，这时候电报局还关不了门。"

东俊认为有道理："沿着胶济路卖，这样的办法他能想出来。可我觉得他不能那样干，他没那么笨。这样吧，明天，就到明天中午。三弟——"他按下东初，"做买卖和做人一样，要泰山崩于前面不改色，处变不惊才是本事。陈六子就是不和咱做了，他也会打个电报来，这一点你放心。"东初又想发言，东俊按下他，"这船布他之所以想和咱做，另一个用意就是把他那一万件布放在咱仓库里。这就是他将来在济南开染厂的压仓布。我之所以敢押着他，倚仗的就是这一点。我想了一晚上了，他没不降价的道理。"

东初无奈地站起来，要走："大哥，该说的我都说了，但我把话放在这里，咱就等着后悔吧！"说罢，头也没回就出去了。

东俊的太太一直在屋里听着，听见东初走了，这才从里屋出来："他爹，他三叔毕竟上过大学，看得远，他说的那些话也挺有理的。"说着过来给丈夫添茶。

东俊冷冷地哼了一声："书生之见，不足为用。"

太太把茶壶放下，坐在刚才东初那把椅子上："买卖上的事，我不懂。可你得说说他三叔，他三婶子穿着制服裤，包着腚，那不是个样儿——街上没有看别人的了！"

东俊自嘲地笑笑："读了几本书，就不知道天高地厚，不在家里好好待着，还去什么妇女建国会。今天下午她到厂里，让我捐点钱，说是救济难民，我根本就没抬眼看她。"

"你给她了吗？"

"差点让我骂出去。给她个屁！"

太太拔下簪子来，拢拢头发重新插上，小心地对丈夫说："他爹，我说个事你可别着急。"

东俊一斜眼："什么事？"

"她三婶子买了辆自行车，让我给你说说，她想骑着车子去上班。"

东俊忽地站起来，怒目而视："你怎么管的家？嗯？"

"我……"太太后撤，进入防御状态。

"你什么？"他指着太太，"你这就去北院，把她给我叫来，让她把那车子也推来！伤风败俗！都是老三惯的她。快去！"

太太满面惧色，赶紧站起来说："我去，我去。"

"把老三一块儿叫回来。这是什么家风！"

东俊本来就心烦，一听自行车的事，气得脸都黄了，一摔门去了书房。

4

早上，老孔拉着寿亭在厂门停下。寿亭边和门房打着招呼，边往厂里走。这时候，他看见白金彪在仓库外边墙上弄电线，就大喊："白金彪，你干什么？"

金彪听见喊，赶快放下电线从梯子上下来，快速跑过来："掌柜的。"

"你这是干什么？"

"掌柜的，好几天了，我就看见这电线上冒火花。昨天后半夜下雨，我就走出来看看，吓了我一跳，整条线全漏电，咝咝地冒火星子。虽说是在仓库外头，可是我怕这旧线的包皮带着火掉下来，烧了仓库，就把线掐断了。这不，我想换上条新线。嘿嘿！"

寿亭盯着他看，金彪有点慌："掌柜的，我干得不对？"

寿亭没说什么，叹了口气："你去账房领十块钱。"

"为什么？"

"夜里下雨，还惦记着线路，这就该奖。"说着走了。

金彪想说不要，又不敢撵上去说，站在那里表情很乱。

184

寿亭走进办公室，吴先生跟着进来。老吴想问昨天谈判的结果，还没等他说话，寿亭就说："你等一会儿下去，把姓施的那个电工辞了。"

老吴问："为什么？"

"仓库墙上的电线都脱了皮，他也看不见，要这样的电工没用。你想着，奖给白金彪十块钱。夜里下雨，还想着起来查电线，这样的伙计就该奖。"

老吴答应着："好好，这样的伙计是该奖。"接着提醒道，"掌柜的，那姓施的可是市长的亲戚，咱要是辞了他……"

寿亭的眼瞪起来："什么？市长的亲戚？就是韩复榘他姐夫也得辞！照我说的办！"

老吴一看事不好，赶快答应，随之递上热茶，赔着笑问："掌柜的，和滕井谈得怎么样？"

寿亭脱下外面的夹袄往椅子上一摔："嗨，还是他娘的没修炼到家！"

老吴担心起来："没谈成？"

寿亭放下茶碗："那倒不是。滕井一见我，就装可怜相，我事后想了想，他那一套肯定是事先想好的。又是哭，又是鞠躬，把我弄得心软了。他说了三十五块，我也没再还价。唉！这功夫不是一天练出来的，还是欠着火候呀！滕井走了之后，我抽了自己仨嘴巴。你看看这手印子。"他指着自己脸上的痕迹说。

老吴笑了："掌柜的，行了，三十五，这是拾的呀！我给你弄个热手巾焐焐？"

"不用。留着这手印子，让我多记几天。我本来想好了，最多给他三十。唉！在那个情势下，实在张不开嘴了。滕井比我大十来岁，尽管咱看着日本人不顺眼，可也是十几年的朋友了。我这人就是他娘的贱，不能看见别人掉泪。"

吴先生说："掌柜的，行了！三十五块钱，就是没有赵东俊，咱自己也能吃得下。这回可发大财了！"

"钱准备好了吗？"

"准备好了。"

"嗯，这钱不能一次给他。这好几十万不是小钱，咱要是一下子给了滕井，他会觉得咱早有准备，是设下套子等着他。你见了他的时候要使劲说难，哭穷，说四处里给他淘换钱。这不，费了那么大的劲，才凑了一半，另一半两天之后才能凑齐。这还不行，你还得埋怨我办错了事，不直说也得绕着弯儿地让他感觉出来。去了之后，给他来个哭丧的脸，一脸的不高兴。要是说起话来，你再表现出爱国，拐着弯地埋怨我，得让他觉得咱挺为难。老吴，这买卖人要是把东西卖便宜了，那和吃了屎差不多。咱不能让他在这上头记恨咱。"

老吴说："掌柜的，这事我怕弄不匀和。别弄过了火，再让他看出来。"

寿亭说："没你这么笨的！这样，把本票往他跟前一扔，然后噘着嘴不说话。他给你倒水鞠躬，你就带搭不理的。总而言之，一句话，你丈母娘刚咽了气儿，不表示吧，怕亲戚们说你；表示过了火吧，又怕外人笑话。就这样——"寿亭拉下脸来，学丈母娘去世后的表情。

老吴说："我试着办吧，只要不笑就行了，我觉得也差不多。去年丈母娘刚死，那表情我还能想起来。你看是这样吧？"老吴表演着，二人大笑起来。

寿亭一拍老吴的肩："好，就这样。哈……"

老吴收住笑："掌柜的，可是济南三元染厂还没回电报，咱是……"

"没回电报就对了。你这就去给赵东俊打电报。原先咱给他说的两万件，这回告诉他还有一万五千件，就说孙明祖已经提走了五千件。记着，电报上那话一定不能客气，最好骂他两句。就以我的口气吧，这样写：'不仁不义，胡猜乱忌，乱看"三国"，四处用计，不是东西，六弟生气。'哈哈……"

老吴笑着从衣襟上掏出钢笔："我得记下这几句来，我听着还行。说完了正事之后，我把这几句弄到后头。"

老吴写着，寿亭继续批示："咱原先报价五十五，这回报价五十六，给他长一块钱，先把你那一百亩地挣出来。哈哈……"

吴先生没笑，抬着头不解地问："掌柜的，咱报五十五人家都不回信儿，再加一块，不是更不回信吗？"

寿亭哈哈大笑："老吴，我把话放到这里，到不了中午，准回电报。你告诉他，让他带着银行的本票来。把咱那五千件也放到他仓库里，这就是咱的压仓保本布。听我的，一点错没有。"

吴先生连连点头。

"你发完了电报，直接去找滕井，告诉他，让他用火车把布运到济南西货场，运费让他付。尽快装车。"

"不等赵东俊回信？"

"不用等。老吴，这赵东俊、赵东初都是最精明的买卖人，他们知道我爱弄险，所以抻我，等着我把价钱降下来。至于降多少钱他可能不在乎，他是想让我知道，他能识破我的计。也就是敲山震虎地告诉我，以后和他打交道，最好放老实点儿。这是他的根本用意。可是，这五十五的价钱也太馋人了，他们一看别人要走了五千件，心里准慌，一看又长了一块钱，更慌。这些我早就料到了，所以第一次发电报，我就故意给他多说了五千件。不用等了，装车发货。你就等着回家买地吧，这是三元染厂送给你的。哈哈……"

赵东俊正在办公室里看账，东初进来了："哥，你总把别人往坏处想，六哥来电报了。那布被孙明祖买走了五千件！行市也长了一块钱。六哥在电报上骂咱不是东西。你看看吧！"说着把电报摔到东俊的桌子上，气得坐在桌前的椅子上喘粗气。

东俊忽地站起来："有这事？"他拿过电报来看，然后自己抬手打了自己一个嘴巴："嘿，这事儿怨我！"

东初把刚点着的烟摁在烟缸里，抬手拉着哥哥坐下："什么也别说了，快说咱们怎么办吧！"

"怨我怨我全怨我！全怨我！这回是得罪陈六子了。"

东初又拿过电报："别说这么多了，说什么也没用了，快说怎么办吧！"

东俊慌了："就按电报上说的办，打发人腾仓库，办款，就按五十六办款。你发完了电报立刻去青岛，再打发人去玉记买上十个扒鸡。青岛没有藕，也给他带上一些。见了你六哥就说电报收晚了，你还把电报局骂了一顿。"

东初不等他说完，就朝外走。东俊又叫他回来。

"什么事儿，大哥？"

东俊想了想："我觉得这事有点蹊跷呢！孙明祖的元亨染厂也不小，怎么只要走了五千件？他怎么着也得和陈六子平分，要一万呀！"

东初停在那里，把电报往回一送："再等等？咱再抻抻他？"

东俊双手齐摆："不不不！可不能再抻了，再等可就真黄了。快去办吧！"

东初什么也没说，出得门来，低低地自语道："自作聪明！"

东俊点上支烟，慢慢地坐回椅子上，自言自语地说："不能呀，难道我猜错了？"他忽地站起来，想了想，又坐下了，大声喊，"老周！"

茶房老周进来："大掌柜的，有事？"

东俊在那里愣神，自言自语地说："呃，我看人不会错呀，难道这一回真的……"

老周一看掌柜的如此神态，倒退着往外走。

东俊看着老周带上门，木呆呆的。门一响，他这才醒过神来："老周，回来！"

老周又进来了："大掌柜的。"

东俊叹了口气，最后放弃了用计："唉！你让账房赵光顺赵先生骑上洋车子，快去五陵源，拣着最好的茉莉大方买上二斤。再去桂香村，泰康也行，买上四盒子好点心。

三掌柜的要去青岛，让他带给陈掌柜的。"

老周出去了，东俊在屋里来回走动，自言自语道："难道陈六子能有这么高？敢长上一块钱？唉！"他死心塌地地坐下了，回过身，看着墙上的大字横幅"宁神"。

东初家，孩子们都上学去了。家里只剩了兰芝，她坐在那里写日记。"昨晚，大哥把我叫了过去，训斥一顿。老式家庭，实在没有办法。我感到窒息，但是我要抗争。作为一个新时代的女性，要有独立的人格，要追求灵魂的解放。我不是哪个人的玩物，我不是娜拉，我要抗争！不让我骑自行车，不让我抹口红，从这些细节上，就能看出中国多么落后，多么没有希望……"她奋笔疾书。

院子里，洋车夫老王正在保养那自行车，摇得轮子飞转，还往上面滴油。王妈过来说："不用上油，又不让太太骑出去……"

她的话还没说完，兰芝高大的身躯出现在北屋的高台上："不让骑出去还不能在家里骑？老王，去把大门关上。"

老王放下油壶，应着跑出去。

兰芝继续指示："王妈，把那些花盆子往旁边搬搬，我在院子里骑一圈。"

王妈应着，就去收拾。兰芝此时是运动员的打扮，制服裤，白色力士鞋，戴着白手套。

老王关大门回来了，说："太太，你就围着中间的这些树骑就行，你可慢着点儿！"

兰芝笑笑："我经常夜里两三点钟出去骑……这你还不知道吧？我现在骑得很熟了。"

老王笑笑："我知道，哪回大门一响，我就醒了。我也见太太骑过。嘿嘿。"

王妈拍打着手上的土，过来复命："太太，好了。骑吧，也让我见识见识。老王说你骑得挺好，我还没见过呢！"

兰芝受到鼓励，开始表演，骑着车子在院里转开了。越骑越快，越骑越高兴。她一转回来，老王两口子就拍手，她在车上倒着链子，觉得自己挺帅。老王害怕，提示道："太太，这院子还是小，还得慢着点儿。"

"没事儿！"兰芝说着又骑了过去。

王妈对丈夫说："太太骑得真好，人也新式。我看着比哈德门烟卷那画上的人都好看。"

老王应着："是骑得不孬。"

王妈说："什么事儿，都是兴男人不兴女人。咱先生开汽车大掌柜的都不管，可咱太太骑个自行车，他倒是不依。我是看着不公道。"

他俩的交谈及赞颂，兰芝都能听得到，又骑过来后说："不公道的事儿多着呢！不光这。"说着又骑过去。

老王怕出事，就喊："太太，就这样吧，骑两圈过过瘾就行了！"

兰芝正在兴头上，只是笑，没回答。这时，北屋里的电话响了，她一分神，车子扎进树丛。王氏夫妇忙救驾，兰芝的腿磕了一下，疼得直咧嘴。她指着北屋说："快，快去接电话！"

王妈飞奔北屋，老王想用手搀，又觉得不妥，就低下膀子让太太扶着，兰芝忍痛站起。

老王害怕："这可怎么好，这可怎么好，先生回来俺俩怎么说？"

兰芝咧着嘴："没事儿，就说我自己碰的。哎哟，这么疼呀！"

王妈奔出来："太太，先生让你接电话。"

王妈过来架着，兰芝一蹦一跳地向北屋走。费了好大的劲，才来到屋里，咧着嘴装欢乐："有事吗，东初？去青岛呀！好，我知道了。你还回来拿点衣服吗？噢，马上回来呀，好，好，我这就给你准备。好好。我知道。"说着把电话放下。

王妈慌着问："这可怎么办？"

兰芝笑笑："没事儿，先生知道了也不要紧。你俩出去可不能说呀！老王你出去，我好看看摔破哪里了。"

老王忙出来，王妈拿红药水，兰芝解裤腰："真疼呀！我得把这笔账记到封建主义上面。"

下一篇日记有了主题。

第十三章

1

冬天的一个早上，明祖穿着皮袍子下了洋车。

办公室里，贾小姐早来了。她见明祖进来，也没起身，明祖对她笑笑："来得这么早？"

贾小姐伸手倒茶："我是不放心你，怕你再让陈六子坑了。"

"哪有的事儿！"明祖说着挂好外衣，坐在贾小姐旁边的沙发上。

贾小姐问："他约你吃饭，都说了些什么？"

明祖看看门，低声说："寿亭想退出青岛，问咱要不要大华。除了他那飞虎牌，别的都能卖给咱。"

贾小姐本来半躺在沙发里，一听这话立刻坐正："为什么？"

明祖叹了口气："上海布价格越来越低，成色也可以，日本布和青岛已经没有什么优势了。咱现在的产量也是越来越小。加上日本人占了东三省，那些日本人在东三省实行专卖制度，市场都由他们控制着。青岛就咱和大华这两个大厂，这一下子失去了三个省的市场，市场太小，再经营下去不仅无利可图，说不定这两家还能挤起来。我看他说的是实话。他感到欠咱个人情，这才首先问咱。如果咱不要，他想卖给一个德国人。"

贾小姐很感兴趣："他要多少钱？"

明祖点上支烟，吐出一口，把茶端起来："具体没说，我听他那口气，七八万就行。这价钱是不高，可眼下咱这一个厂都开工不足，再收一个厂，没有什么用处呀！"

贾小姐又坐回去："东三省的市场是没有了，咱们可以向济南方向发展呀！我看可以考虑买过来。"

明祖笑笑："思雅，赵东初兄弟俩的三元染厂比咱大得多，他染的那布虽说比不上陈六子，但比咱的成色好。我看向济南方向发展，困难相当大。陈六子也说了，他卖了大华，也想去济南开染厂。光一个三元就够咱受的，再加上陈六子，我看向那个方向发展是死路一条。"

贾小姐说："他要是卖五万，我自己就想买过来。"

明祖拍了一下他的膝头："思雅，这里头有个情分，当初他将计就计，让咱亏了一万多大洋，这事一直在他心里搁着。别说五万，就是八万，除了我，别人他谁也不卖。

现在滕井整天找他，想买下大华，只是他不愿意卖给日本人。我看，这事你就别想了。"

贾小姐不依不饶："你也是傻，就用你的名义买，接过来之后你再让给我呀！"

明祖苦笑一下："思雅，男人之间的事情，有些你不懂，对方要是真诚地待你，你不好意思骗他。这事我不能办。"

贾小姐不以为然："什么真诚，上回卢家驹约你去崂山，我觉得就是他下的套子。我始终纳闷，滕井那一船布怎么能在一夜之间就没了。陈六子很刁。"

明祖紧张起来："思雅，这话你出去可不能乱说。滕井也这样问过我，我说是早就约好的。思雅，你看滕井多横。那天他到厂里来，上来二话没说，直接就问咱元亨染厂卖不卖。当时我还没回过味来，后来才知道，他现在是直接给日本政府干事。咱说了个不卖，他回去就给咱每件布里长了两块钱。长就长了吧，他那布明明在西平新仓库放着，可就是不给咱，故意让咱不能正常开工。你那关东军的朋友也让他告了，还受了处分，降职调到南满铁路去了。你刚才说的话要是让滕井知道了，他还不得派人杀了寿亭。思雅，咱这些年是和大华磕磕碰碰的，但大家都是中国人，咱得知道个里外。"

贾小姐点点头："我就是觉得，这些年没能赢陈六子一局，心里窝火。"

"思雅，人家这就不在青岛了，忘了那些事吧。我都不生气，你还生什么气？其实，咱也该想想自己下一步怎么办了。"

"咱就是不卖，我看滕井也不能把咱怎么样。青岛他还没占呢！现在全国上下喊抗日，我看东北他们也长不了。明祖，你就帮我这一回，帮着我把大华买下来吧！"

明祖站起来："思雅，你要钱我给钱，要物我给物。你自己去和陈六子谈吧，这个忙我不能帮。这涉及我孙明祖的人品。思雅，你也对我挺好，咱俩也这些年了，但是，这个忙我实在不能帮。"

贾小姐坐在那里愣神，想计策。

这时，刘先生敲门，明祖站了起来。

2

大华染厂办公室里，寿亭、家驹、吴先生都在。家驹坐在一边悠然自得地剔着烟嘴，寿亭点上烟，对吴先生说："快过年了，咱怎么给工人发'喜面儿'？"

吴先生试探地说："还按去年的规矩办，一人五块？"

寿亭摇摇头："不行，太少。咱这帮子工人都挺能干，东北来的那些人更好，五块太少。家驹，你说说，咱发多少？"

家驹笑笑："六哥，还是你那句话，我是磨道里的驴——只听吆喝。还是你定吧。你觉得少，就十块。反正咱也赚钱了。"

老吴笑着说："掌柜的，我家老爷子让你年下务必去一趟，他要亲自谢你。他逢人就说陈掌柜的送给他一百亩地，整个张店没有不知道的。"

"好，好，我去。我看，今年每人发二十块。家驹，你说呢？"

家驹吹通烟嘴，把烟装上，说："行，就按二十发。让工人们知道，只要跟着六哥，就有奔头。"

寿亭站起来："是跟着东家有奔头，要不是你指画得好，咱这大华还不早死挺了？哈……"

"六哥，你又在要我。"家驹也笑起来。

老吴觉得发二十块钱太多，心疼得试了好几试，只是没敢说出来。他轻轻地问："那两个残废呢？"

寿亭把茶放下，猛醒道："你要不说，我还真差点忘了。人家是在咱厂里轧残的手，咱不能像别的厂那样，给俩钱就打发了。那俩残废每人三十块。只要大华染厂还在，他们就有饭吃。不仅有饭吃，还得有钱花。这事儿要让工人们都知道，让他们知道大华染厂不仅买卖好，还有股子人味。"

家驹说："这事办得好，办得高！找这帮子工人不容易，没白没黑地干。六哥，这事有点高度。"

寿亭看了看家驹："我这马上就给你来没高度的。家驹，我想把吕登标辞了。你看他这把头干的，没一个工人不恨他。"

家驹一听猛地站起来："六哥，这事不能办。你辞他，你自己去给翡翠说，我可不落这个埋怨。"

寿亭气得发笑："你说说你！留了一阵子洋，什么也没学会，学会的也忘了。一共弄了俩太太，我要不摁着，我看四个也打不住。你表面上哪个也不怕，其实她俩你都怕。还什么'互敬互爱，随遇而安'，我看，你都快让她俩拾掇傻了。"

家驹傻笑："六哥，咱当初在青岛买这厂，不是用了人家的钱嘛！六哥，为了我，别辞吕登标。好六哥，好六哥，全都为了我。"家驹作揖。

寿亭犯难："不辞他，工人不解气。那这样吧，你让他过了年别回来了，随后我再派他用场，工钱照发。行了吧？"

"行，行。可是这话得你去给翡翠说，她听你的，你说什么是什么。"

"好，我让你六嫂去告诉她。就这么办吧。老吴，你去把白金彪找来，我让他过年在这里看厂子。这人行，够忠够勇。"

吴先生出去了。

家驹一看屋里只剩下了寿亭，就凑过来说："六哥，咱坑了滕井，我估摸着这小子回过味来了。前天明祖对我说，滕井问过他这事儿。"

寿亭点点头："我知道。昨天我和明祖一块吃饭，他也对我说了。滕井，当初我办得他还太轻，饶了这个王八蛋。那些浪人到厂里来捣乱，就是滕井派来的。我心里明明白白的。家驹，你说这人怎么说变就变呢？我和滕井认识十几年了，过去是那么客气，那么懂礼数，现在咋这么横？怎么变得这么快？"

"六哥，滕井在青岛一直为关东军储运物资，明祖说他最近得了个政府的什么奖，还在日本上了报纸，人全变了。现在他整天满嘴里是为天皇效忠，走路的样子都变了。明祖说滕井想买他的厂，口气相当横，气得他半晌没说出话来。六哥，咱也该想想退路了。"

寿亭笑了笑："想到了。滕井也找过我，只是现在还没想好具体怎么办。昨天咱也把卖厂的事儿告诉孙明祖了，要不要，是另一回事，可咱这礼数可是到了。大华想出手，第一个问的你。话又说回来，咱也就是觉得这些年，争了人家的生意，最后他给点钱，咱把厂卖给他，这个人情也算还上了。可是，孙明祖明明白白地给我说了，他不要大华。这是个明白人，不要就对了，现在的生意多么难干。坏布日本人控制着，说涨价就涨价。上海布虽说是成色好了，但咱一下子还不敢用。明祖也看出来了，是到了该想想退路的时候了。"寿亭点上根烟，眉毛向上一扬，"家驹，孙明祖不要，我就把这厂卖给滕井。他要也罢，不要也罢，最后我还得让他买了去。我办了他那船布，心想，都是买卖人，都不容易，我本来是想找个机会回报他一下，想扯平那船布的事。现在看来，不用了。他让浪人到咱厂里来放火，吓唬咱，这已经扯平了。我还得办他。"

家驹害怕："六哥，这事可得小心着，滕井已经不是原来的滕井了。我看他直接就是个日本兵。再者，这小子让你办过一次，这回他加了小心了。这事怕是不易。"

寿亭轻蔑地一笑："家驹，没有卖不了的东西，就怕不会吆喝。咱这个厂当初一万大洋开工，现在也就是值五六万大洋。我十五万大洋卖给滕井，还得让他上赶着买；我让他买完了，才知道上当；上了当，我还让他说不出来。这事我想了好几天，大致有了谱。家驹，你给我联络济南的那个犹太人，我先去和他谈一场。我明天就去济南。"

家驹高兴了："对，还是卖给那个犹太人比较好。第一，人家过去在德国就是干染厂的；再者又刚逃出来，没脾气，后患也少。我这就给他去打电报。六哥，够本儿就卖，我恨不能今天就离开青岛。"

193

寿亭走过来拍拍家驹的肩："兄弟，咱就生在这乱时候，怕事儿也没有用。我让东初在济南帮咱弄了块地，等咱们卖了这边，咱俩再去济南打天下。"

家驹很感激："六哥，这些年我一点力也没出，就是跟着分钱，实在是过意不去。我想好了，卖了大华，我就不再干工厂了。我给你帮不上什么忙。德意志洋行在济南开了分行，来信让我去做买办。我估摸是让我去干翻译。像我这样的，也就只能动动嘴。有你分给我的那些钱，这辈子足够了。"家驹拉着寿亭的手，眼里含着泪。

寿亭没说什么，推开家驹的手，把头回过去了。

过了一会儿，寿亭稳定了一下情绪说："家驹，过了年，你得去趟上海，办点大事。"

"办什么事，六哥？"

"我现在还没最后想好，到时候再说吧。唉！在青岛经营了十几年，咱俩也都见老了。你看看你的皱纹也出来了，我的腰也有些弯了。想起来，心里还真不是滋味。唉，他娘，我陈寿亭是赶的时候不好，要是赶上那太平盛世，我能把大华染厂干得和整个青岛城那么大！我能把飞虎牌卖遍全中国！兄弟，人强不如命强，咱这中国要是和英国美国似的，滕井敢给咱捣乱吗？咱还用得着整天动心眼吗？这话是昨天孙明祖对我说的，我觉得有道理。"

家驹也是感慨万端："这富国强兵从清朝就开始喊，清朝还是个囫囵中国，现在可好，少了三个省！六哥，抓紧脱手抓紧走吧！先躲开滕井这个冤家对头再说。我就怕他回过味儿来加害于你。"

寿亭冷笑："家驹，你这就错了，滕井不想看着我死，他是想看着我难受。他想看着我走投无路，去求他。滕井哥，你就等着吧，咱俩还得再唱一出呢！"

白金彪进来了："掌柜的，找我？"

寿亭强笑笑，对家驹说。"家驹，把你那烟留下，你去发电报吧。不要告诉那犹太人我什么时候到，我得先和赵东初合计合计，看看这事怎样才能办得周全。"

家驹掏出精装哈德门烟放在桌上，站了站，欲言又止，叹口气出去了。

寿亭整顿了一下情绪，抽出一支烟递给金彪，拉着金彪去连椅上坐下："兄弟，坐坐。在大华干得还行？"

白金彪双手接过烟，感激涕零："掌柜的，你让我说什么好呢！俺们这伙人要不是遇上掌柜的，现在还不知道是死是活呢！"

寿亭把火递给他："咱这是缘分。快过年了，每人发二十块钱的'喜面儿'。我一会儿给账房说，你们这伙逃难来的，每人再加五块。你，加十块。"

"掌柜的，掌柜的……"金彪不知道说什么好，立刻想下跪。寿亭搀住他："你们这伙人每人再发三丈布，过年了，也做件子新衣裳。回去替我问老婆孩子们好。"

金彪擦泪，点头。

寿亭攥着金彪的手："兄弟，我有件大事托付你。"

"掌柜的，你说，上刀山，下油锅，我这就去！"

寿亭惨淡地笑了笑："不用下油锅。我明天就去济南谈买卖，过完了年才能回来。你带着人看好咱的工厂。其实厂里已经没什么东西了，布也全卖了。关好大门，日本人来捣乱，千万别和他们打。记下了？"

金彪眼一瞪："掌柜的，咱厂里也有十几条枪，那些王八蛋明明在厂里放火，你为什么不让崩他几个？"

寿亭拍拍他的肩："金彪，咱这国不行呀。咱崩了他，麻烦也就大了。咱那些枪，吓唬贼行，可不能打日本人呀！你想呀，东北军那么多枪都不敢放，咱那几条枪能干什么？日本人抢了东北军七千万大洋，三百架飞机，杀人就更别说了。日本人这么欺负咱，中央政府都不敢放个屁。唉，兄弟，忍着吧！"

金彪咬着牙点头。

"我一会儿就打发人给滕井送礼去，他现在还多少讲点面子，我再让老吴客客气气地给他写封信，估计他们也不会再来闹。"

"他们敢来，我宰了他！我真他娘的受够了！"金彪怒目圆睁。

"别，别！要是那样，你跟着我回周村吧！记着，一个字，忍！嗯？"

金彪点头。

"好，你去吧。弟兄们跟着我干了一年，你代表我谢谢大伙儿。"

金彪扑通跪倒："我代表弟兄们谢谢掌柜的！"

寿亭疾步上前拉他起来："别，兄弟，我受不了这个。去吧。"金彪，刚走到门口，寿亭又叫住他，"我说，金彪，我问你这样一句话。"

金彪擦着泪回过头："掌柜的，你说吧。"

寿亭苦笑一下："如果我有一天在济南开工厂，你们跟着我去吗？"

"去！掌柜的，你走到天边，我们也跟着。"

寿亭点点头："好好，去吧。"

金彪擦着泪走了。

寿亭点上支烟，站在窗前向外看着，看着那已经不冒烟的烟囱。远处，雾蒙蒙的。冬季阴冷的散射光映得他那脸有些惨白。屋里就他自己，办公桌上依然没有文具，茶碗里的茶也凉了。他就那样站在窗前，他想起自己当年在通和染坊门口往身上撒雪的情景，想起锁子叔递给他半块饼，想起在关帝庙里，自己往胸口上搋香眼泪流了下来。

"要是赶上那太平盛世，我能把大华染厂干得和整个青岛城那么大！我能把飞虎牌卖遍全中国！"接着，是一声无奈的叹息。

账房里，老吴接着电话："贾小姐，你有重要的事？好！好！卢森堡咖啡厅就在厂附近，你到了？好，我这就去给陈掌柜的说。好好。"

贾小姐放下电话，掏出小镜子来补补妆，往嘴唇上添了些彩。

不一会儿，贾小姐看见寿亭走过来，忙收起那套东西，向门口迎来。寿亭从没进过咖啡厅，乍一进来有点摸不着头脑，正在四处乱找。贾小姐突然出现在他面前，莺声燕语地来了一句："六哥！"

寿亭一惊，稳了稳神，忙说："不敢，陈寿亭。"

贾小姐拉着寿亭到她的桌旁坐下，示意侍者上咖啡。

寿亭冷冷地说："贾小姐是想买大华染厂吧？"

"你怎么猜到的，六哥？"

寿亭笑笑："你整天恨得我牙根儿疼，这十几年你一直骂我，不为这事你能找我？"

贾小姐故作娇媚："人家是恨六哥不在乎我嘛！"

寿亭忙摆手："打住，打住！咱有什么说什么，千万别弄这些'仙人跳'。钢钩子抓不住琉璃球，你那家什用得不是地方。"

贾小姐捂着嘴笑得更厉害："六哥说话真有意思！明祖回去对我说了，你那厂八万就卖，这个价钱卖给妹妹吧。"

寿亭一闭眼，笑笑："论说卖给谁都是卖，你既然把话说到这里了，贾小姐，听我的，别买。在青岛开工厂的年代已经过去了。你想想，要是好干，我能走吗？"

贾小姐不以为然："那你为什么卖给明祖？"

"贾小姐，你虽是挺能干，但你毕竟没在元亨当过家，主过事。这个厂，明祖能干，你不能干。大华在我手里，我比明祖干得好，在明祖手里，他比你干得好。同是这个厂，要是落到日本人手里，半年就能把明祖干挺了。妹子，咱这些年虽然没说过一回话，可你知道，我不是坏人。这干买卖，是开门容易关门难哪！妹子，我都快离开青岛了，没有必要再藏着掖着。这些年，你一个女人抛头露面，东奔西跑的，攒下点儿钱不易，还是好好留着吧！可别一时头发热，全陷到这里头。"

寿亭的表情很真诚，贾小姐有些摸不着头脑："真这样难吗？"

寿亭把咖啡杯向外推了推："妹子，这日本人整天想买工厂干什么？还不是和咱争买卖？他现在是买厂，咱可以不卖。甚至我和明祖商量好了，两家都不卖。那又怎么样？日本人会在这里建厂。你想呀，那坯子布是他控制着，他给咱的价钱高，他自己厂里的价钱低——光这一下子，咱也受不了。日本人甚至敢不挣钱，平着赔着往外卖。他要是真这样折腾上三个月，咱顶得住吗？一边是高价的原料，一边是低价的行市，咱不是找死嘛！妹子，你叫我六哥，我认了。听我一句话，好好留着你的钱，看看再说。"

贾小姐点点头："那你把厂卖给明祖，日本人要是真这样干怎么办？"

寿亭笑笑："明祖买了大华，也就基本上控制了青岛染布业。日本的坯布产量很大，上海的布也正向这边冲过来。滕井就是建厂，一年半年也建不好。这时候，明祖就是坯布的唯一买主，滕井也害怕失去这个买主，所以，明祖再撑个一年两年的没问题。大华一共值七八万块钱，要是干上两年，三个大华也挣回来了。只是明祖感到现在形势不好，不愿意再扩大。实际上，明祖不买大华是对的。如果你把这个厂买过去，滕井就会分头对付你俩。说句不好听的话，你俩都不是滕井的对手。妹子，过了年我还回来，我就要和明祖联合起来对付滕井。妹子，你信也好，不信也好，我陈寿亭不会坑人，更不会坑一个女人。妹子，死了这份心吧。你记着，把钱换成金子放着，银圆也行，美金也行，就是别存中央票。你看看咱这个鸡巴国家，青岛有中国的军队吗？咱整天从海边走，你见过一艘中国的军舰吗？如果这局势真起了变化，日本人真从东北过海杀过来，咱那钱，就是一把纸呀！"

贾小姐被寿亭的话感动了，认真地点点头，不无遗憾地说："六哥，这些年我对你成见太深了。我早该和你来往，真长见识呀！"

寿亭笑笑："妹子，这快过年了，厂里的头绪也挺多，我明天还得去济南，我的心绪也挺乱。等过了年回来，咱叫上明祖家驹，心平气和地吃顿饭，商量商量下一步怎么个干法儿。"

贾小姐点点头，还是问："六哥，你这厂不是想卖给德国人吗？"

寿亭站起来："我能坑外国人，却不能坑中国人，你记住我这句话。至于卖给谁，那都是后话。我得回去了。"说着，寿亭站起来。

贾小姐此时的目光里已满是崇敬与感激……

3

晚上，济南燕喜堂饭店，"明湖晚风"雅间里。

这燕喜堂是济南有名的馆子，雅间墙上的对子也很有气派：

"溽暑久炙蟹成赤；佳馔携风通心白"。字肥而有力，很有苏轼的那点意思。

东俊兄弟俩宴请寿亭。他们已经喝了一阵子了，桌上已有八九个菜。这时，堂倌敲门，端上来糖醋鲤鱼。寿亭高喊："打住，东俊哥，这菜也不能再上了，咱吃不了呀！跑堂的，听我的，你要再上菜，我把这桌子掀了。"

跑堂的端着木盘子笑。东初一摆手："上！我还没开始吃呢！六哥，你消停消停吧，济南府就这规矩。"东初转向跑堂的，"没事，该怎么上就怎么上。"

"好嘞——"跑堂的干脆地答应着去了。

寿亭对东俊说："东俊哥，要是那些老一辈的看见咱这么个糟蹋法儿，还不得心疼得背过气去？"

东俊也笑了："嗨，六弟，此一时，彼一时。过去咱在乡下，一年才吃一回饺子，咱不能总想着那些。来，咱弟兄俩干一个。"

二人一饮而尽。东俊给寿亭夹菜。寿亭说："我当初真傻，该直接到济南来要饭。我看，光这饭店剩下的，我也吃不了。"

东俊笑着说："你想得倒美，咱剩下的这些东西，"东俊手一划拉，"他那伙计也捞不着，大师傅要带回家里去。"说着又把杯子端起来。

喝完了酒，东俊说："六弟，制锦市街的那块地还行？"

寿亭端起酒来："东俊哥，多亏你张罗。那个地方干染厂真合适。来，我为这事敬哥哥一杯。"

二人碰杯，东初在一边陪着喝。

"东俊哥，那地方挺好，门口就是高压电，还有一条河流过厂里，那可是真正的济南泉水呀。咱开染厂就怕没水，这下好了，有条河，水钱省下了。可是，东俊哥，这地方那么好，怎么价钱不高呢？"

东俊叹口气："你不问，我也得给你说。那个地方不大吉利。"说着，表情有些沮丧，"那地方，前后三家想在那里办厂，都没干成。你看到那厂房没南墙吗？"

寿亭点头。东初往自己的杯里倒酒，有意识地回避不看。

"那就是一个姓马的在那里开洋火厂，明天开业，今天晚上那火药库炸了，还死了六个人。一家干不成是运气不好，两家干不成是时运不济，可这第三家不仅没干成，反倒搭上好几条人命。六弟呀，都说那地方主凶！你现在还没接手，反悔还来得及。我看这事你得慎重。六弟，这干买卖图的是个吉利。我可把这事告诉你了，你可好好想想。"

寿亭根本不在乎："那是他命软，戗不住。当初青岛大华也是这一套，原来的厂主把厂建好之后，一天没干就死了。周村我爹他们也说不吉利，咱还不是在那里发了财？

198

东俊哥，还是家驹他爹说得对，'子不语怪力乱神'。过去我在桓台鱼龙村一带要饭，离着咱苗哥家也不远。当初，那里有一个财主，不知道为什么，就是看着我不顺眼。只要他一见我，就放出狗来吓唬我，有一回还真咬了我的腿肚子。第二年我又路过鱼龙，听说这个老王八蛋死了，我就没再往别处去，专门在那一带转悠。我是为了天天夜里，蹲到那个王八蛋的坟头尖子上拉屎。今天一泡，明天一泡，他家里的人害了怕，又是烧纸，又是上供，不住地磕头求饶。我躲在树后头看着差点笑死。他也没从坟里爬出来把我怎么样。我就是那神。"说着大家笑起来。

东俊说："你是从小就知道记恨人呀！"

寿亭说："那时候我是饿得没劲，要是有劲，我就把他从坟里扒出来，朝他头上拉，看他能把我怎么样！"寿亭哈哈地笑着。

东初插进来说："六哥，打住，这里吃着饭呢！还是说说那块地怎么办吧。这是正经事。六哥，北菜园子那里也有块地，也有高压线，你要是觉得这块地不吉利，咱明天就去那里看看。"

寿亭一扬手："我来了，什么毛病也没了。我接过来之后，连根儿把那厂铲平了。既然都说那里不吉利，咱就连和尚带道士地作它三天法，一准儿没事。"

大家都笑了。

寿亭接着说："老三，你哥帮着我买了地，你给我找人设计工厂，就找那个德国人索鲁纳，让他去青岛大华看看。至于车间怎么设计，随他办。我只要求那办公室要和青岛的一个样，方向、大小、模样全一样，包括楼外头的爬山虎。让我坐在里头就觉得还是在大华。"

东初说："这倒不难，索鲁纳整天托我给他揽生意。只是他要价太高。"

寿亭一摆手："这没事，他要价高，就有高的道理。这洋人干买卖直，不会乱要钱。再说了，这新式厂房，中国的这些泥瓦匠根本没见过，这个小钱不能省。按我说的办。"

东初应下了。

东俊叹口气："六弟，同行是冤家，你来了，可别挤对你哥哥。你那本事我知道，你要是挤我，我可不是对手。六弟，咱当初，你在周村，我在张店，前后算起来小三十年了。再说了，我是采芹的表哥，老三是采芹的表弟，实实在在地不是外人。"

寿亭不高兴地说："东俊，我一口一个哥地叫你，你怎么这么想呢？东俊哥，要不是被逼无奈，我谁也不想挤。这几年我要是心狠，早把孙明祖挤趴下了。可我不能那么干。钱，不能一个人全挣了，那会遭天谴！我来了，你是多一条膀子，咱俩一个价，联合起来挤外埠。我挤你干什么？我看你怎么越活越没劲了呢！"

东初整了整西裤吊带，忙打圆场："六哥，我大哥从来没有瞧得起谁，就你这块心病。他一直惦着把你收进来。当初是我爹嫌你要的份子多，咱们没能凑到一块儿干事，这是一个不小的遗憾。现在他老人家不在了，可你又干大了，想收你也收不成了。我大哥是佩服你的本事，也害怕你捣鬼，所以，他说谁也不用防，防你就行。哈……"

寿亭盯着东俊，头歪着："东俊哥，我今天喝了口酒，说句你不愿意听的话，买卖上，你应当多听听老三的。不错，咱们都是白手起家，不容易。可有些事，不能太小心。咱当下是在个乱局里，有些事还不能按照四书五经办。钱没了，咱再挣，杀了头，还能再长出一个来。哈哈……"寿亭朗朗大笑，东俊却是点头思考。

寿亭与东初碰杯。东初说："六哥，你来之后是印为主还是染为主？"

寿亭眼睛一转："我想着少上染槽机，多上印花机。先用染维持着局面，渐渐地往印布上边靠。这染布太简单，现在是人不是人的都开染厂，挣钱越来越少，咱得来点儿别人干不了的。咱这些年一直没明白过来。家驹前几天翻译了一个外国资料念给我听，他说现在外国的单色布，也不染了，是单色版印上去的颜色，既省水，工艺又少，用人更少。家驹正在翻译具体的工艺流程。我看这个办法好。"

东俊认同："这个法儿行，省得整天锅炉热水的那么个闹法。回头让家驹给咱俩说说，具体是怎么弄的。六弟，这花布的利还真大！春夏两季出货也快。你上了印花机，随后我也上，甚至咱们一块儿上。咱弟兄俩要是联起手来，就不怕上海天津的那些厂。"

东初接过来说："六哥，上海六合印染厂的林荣祥是我大学的同学，他那'虞美人'的牌子你也听说过。他多次找我，想到山东来合伙办厂，他出技术咱出钱，他要二成的份子。你看行不？你要觉得行，我就给他写信。"

"二成的份子？多点儿吧？几年？"寿亭眉头微皱。

"三年。他既有英国人的背景，也和日本人交易，是个很有实力的人物。听说他那印布厂英国人都想参股，人家在很大程度上是冲着'虞美人'这块牌子。当然，印花的技术目前在中国，谁也比不上他。"

"三年？三年？三年就三年，技术就是钱，没有人家的技术咱也挣不着钱。你给他写信吧。我在济南站住脚之后，就去上海。说办就办。"

东初很高兴。

这时，一个中年人端着酒杯推门进来。他油头锃亮，绸裤绸袄，腰里还扎着板带，一看就是地痞。"嘿！两位掌柜的，有贵客？这位是……"

东俊兄弟俩赶紧站起来，寿亭也跟着站起来。"白先生，来吃饭哪。这位是青岛大华染厂的陈掌柜的。"

地痞叫白志生，他放下酒杯双手抱拳："久仰久仰！岛上名人！大掌柜的也多次提起。青岛道上的何大庚也是小弟的朋友。小弟白志生，小号宏盛堂，陈掌柜的今后还得多关照。"

寿亭也应付抱拳还礼，大家一同干了一杯，白志生告辞。东初冲外面一喊："小二！"

小二进来："掌柜的，有什么盼咐？"

"加道鱼翅牛尾汤，白老板的那桌算到我账上。"

小二应着去了。白志生致谢告辞。

寿亭问："这王八蛋干什么的？"

东俊叹了口气："城顶口上开药铺的，济南青洪帮的头子，地痞。还有一位没进来，姓钱，叫钱世亨。六弟，你来了济南也得喂他一口。"

寿亭怒目圆睁："我喂他个屁！我厂里也十几条枪，怕他？去他妈的！"

东俊赶紧摁寿亭坐下："我厂里也是十几条枪，可咱犯不上。咱给他个仨瓜俩枣的，图个省心，就算喂狗了。"

寿亭说："东俊哥，刚才这小子提到青岛的地痞何大庚，我给你讲讲这一段。当初我刚到青岛，这姓何的来要保护费。这小子也不长眼，你不看看这是谁家，你就乱收钱？我当然不会给他，这小子就给我'开彩'！撕开裤子就从腿上往下割肉，想吓唬我。我就看着他割，不仅看着他割，他割一块，我吃一块，后来我让老吴从伙房拿来了盐，蘸着盐生吃，还喝着酒。连割了三块，那王八蛋撑不住了，关上门认了我做大哥。东俊哥，这一路的王八蛋就是吓唬老实人，我要来了济南，先给他改改脾气！"

东俊把手放在寿亭手上："六弟，咱现在犯不上了。这些王八蛋已经不'开彩'了，现在是暗地里放火打黑枪。你就别和他们怄气了，咱现在是大买卖了。"

寿亭鼻子直出冷气："我那钱给了要饭的，人家得给我作个揖，我也落得个行好；给了这些人，我他娘的窝囊！他打黑枪？咱那枪也不是白天打。去他妈的！"

东俊见势不好，忙哄寿亭："不说这个，不说这个，生闲气。老三，结账。等一会儿我先回去，你陪着你六哥回旅馆。寿亭，你什么时候去苗哥那里，咱俩一块去。"

寿亭这才忘下白志生："我忙完了这些烂事儿，就去见苗哥。唉，这老哥哥是咱做人的样子呀！"

东俊说："再下棋你可别赢他了，他整天说这事儿。"

寿亭说："你可别听他的。下十盘，他起码赢六盘，甚至七八盘。可你要是赢了他，那可麻烦了。他一旦厂里没事了，就在办公室里给你写信。我给你背两句。"寿亭清清嗓子，"'忆当初之博弈，弟之右炮过宫，摄我左翼，某当象三进五，始得抗衡。又见弟之二路炮高处巡河，欲存闪击。一念之差，象七进五，终成败局。憾哉！憾哉！'可让他乱死我啦！"

东俊笑着说："苗哥这是给你留着面子，是用中文写的。那天他对我说，改天他用英文写，让家驹翻译给你听，让你急得直蹦。后来又说，那还真不好写，因为中国象棋和洋象棋对不上路，没有现成的词儿。"

三人大笑起来。

东初和寿亭沿着泉城路往回走，东俊先回家了。他俩路过芙蓉街口，周围很黑，可芙蓉街口却灯火通明，人多热闹。

街口上是座小洋楼，青砖青瓦，顺楼立着红色霓虹灯，醒目地标出"夜明妃叙情馆"六个大字。街里也是家家掌灯，门口的灯箱上也是这类的字号，什么"赛明妃""琴馆""潇湘馆""薛涛遗致"，等等。就在夜明妃叙情馆门外，站着一溜十几个士兵，持枪警卫，面朝街道，不让行人靠近。寿亭问："这是什么地方？"

"窑子。六哥，没见过窑子门口站岗吧？这叫开眼。"

寿亭不解："窑子怎么这么大阵势？是韩复榘她闺女？"

东初笑了笑："什么也不是，就这么大阵势。门口有站岗的，就证明里面来了大人物。"

"噢？有点意思。是怎么回事？"

"这人哪，就是犯贱。这夜明妃我也没见过，说是东北来的一个流亡大学生，人很美，还会弹钢琴，还会画油画。你要是拉弦子弹琵琶那很普通，也抓不住茬儿。可这位不仅会弹钢琴，英文也很好。这下可把济南府给镇住了。据说打个茶围就得五十大洋。这么说吧，你再有钱，只要她认为你俗气，就是花一万大洋她也不见。夏天，对，夏天的时候有个著名作家路过济南，见了她一面，那小子算是忘不了了，就写了篇文章发在上海北平好几份报纸上，说她是李香君之后中国第一名妓。这下子可大发了！北京天津的公子哥都坐着火车来送钱，济南的那些土财主连边都靠不上。现在要想见她，得要提前三天预约，要不，根本不接待。六哥，要不明天我打发人约一下，咱哥俩儿见她一面儿？"

"去他娘的！五十大洋能买两车肘子，两年吃不了。"

他俩笑起来。

"六哥，还有笑话呢！"

"噢？快说！"

"那些人排队来见夜明妃，见是见了，可猛一下子办不了真事，这些人着急呀！可急也没用，人家就这派。好嘛，那伙子人从她那儿出来，就奔了别处泻火去了。这条街上的妓女全沾她的光，什么赛明妃小明妃全出来了。她们还每天派人盯着，看看今天夜明妃穿的什么，她们好跟人家学，穿一样的衣裳。"

寿亭笑完了之后说："东初，过年回家见着家驹，千万别提这个茬儿！家驹要是知道了，非来不可。"

东初一挑眉毛："哎，六哥，你别说，家驹那留学生的派头，说不定还真能把事办了。"

寿亭打了一下东初的头："你省下这番心吧！"

路边有个卖熟玉米的，寿亭要买，问东初吃不吃，东初摇头。寿亭买了一个，边啃着玉米边说："东初，我明天在北洋饭店和那个犹太人再谈一轮，我觉得这人还行，把大华交给他起码塌不了架。你明天给我联络三个五个的报馆记者，让他们去拍个相片，你帮着我把这事弄成新闻。"

东初说："报馆好办，一叫就来。六哥，你又捣什么鬼？"

寿亭看着马路对面，笑笑："济南登完报，你再给我弄一套会谈的相片，放大，我要带回青岛去。"

第十四章

1

年初一，早上鞭炮不断。锁子叔住的街上，拜年的人们来来往往，相互抱拳祝贺。还有三四位老者站在那里，晒着太阳。

寿亭已经买下了李家的院子，锁子叔现在住在北堂屋里，老李两口子住进了西屋。这北屋宽敞豁亮，两个窗户满是冬天的太阳。锁子叔已经七八十岁了，冬天生病在床，身后倚着个枕头。瞎婶子坐在椅子上。房东李太太往炉子里添炭，炉子烧得通红，另一个小丫头在一旁切肉。瞎婶子说："李太太，咱省点吧，我在这里都觉得烤得慌。"

李太太笑着说："婶子，这可不行。陈掌柜的一会儿就来拜年，要是一看炉子不旺，屋里不暖和，大年下的，我可不找那个骂。"

瞎婶子说："他不骂你，他是好骂老李。"

锁子叔咳嗽，李太太赶紧上前侍候。这时，老李进来了，他虽然换成了布裤布鞋，但还是细皮嫩肉。他给瞎婶子倒上茶，恭敬地端过去："婶子，你喝茶。"

瞎婶子接过茶来说："老李，一会儿寿亭来了，拜年归拜年，可别张嘴给人家要钱。人家买过来这院子，让你两口子白住不说，还每月给你钱，这就行了。他看见抽大烟的就生气，虽说你现在不抽了，可他还是忘不了这个茬儿。记下了？"

老李赔着笑："婶子，你放心吧。我是想问问陈掌柜的，能不能带我去他厂里干个活儿。"

瞎婶子说："你也别问，他肯定不要你。你也省得吃窝鸡，大年下的。"

这时，汽车笛响，老李一听，大叫："陈掌柜的来了！"说着蹿出去。

那年代，周村没有一辆汽车，街上的人一见汽车，都围了上来。小丁下来拉开门，寿亭先下来，采芹和柱子、福庆后下来。寿亭穿着普通的棉袍子，还是黑布棉鞋，但那气度却已非往日。他站在原地，看了一眼四周，见有三位老者倚着北墙站在那里，都有七十多岁。他走上去，拉住第一位的手说："叔，好呀！"说着把一个大洋放到老者的手里，"侄子在外头很少回来，你自己买点心吧。没事儿的时候常去和我锁子叔说说话儿。他老人家下不来床，也是想你们这些老弟兄。"老者拿着大洋，呆呆的，无言以对。他又走向第二位，也是给了一块大洋……

204

这时老李跑出来，见了寿亭就磕头："陈掌柜的发财。"

寿亭看看他："起来吧，你这不抽大烟了，脸色也好多了。"说着一撩棉袍，进了院子。柱子采芹后面跟着，小丁双手满是礼物。

锁子叔想下床，瞎婶子和李太太按着他。这时，寿亭一行进来了。寿亭拉着福庆抢先跪下，其他人等也随之跪倒："叔，婶子，你俩好呀，小六子给你老人家拜年了！"

锁子叔伸着手，刚想说话，却咳嗽起来，寿亭赶紧上前捶背。这时，锁子叔老泪横流。

寿亭强笑着劝他："叔，咱爷儿俩一年就见一回，哪回见你都是这一套。不哭，咱这不是挺好嘛！"

采芹忙上来帮着锁子叔擦泪，福庆过来拉着锁子叔的手。小丁放下礼物，到院子外面去了。

寿亭拉个凳子，坐到瞎婶子旁边："婶子，日子过得还行吧？"

瞎婶亦是感慨万千："唉！寿亭，你叔当年就是行了针鼻儿大小的那么点好，换得你年供米，月供柴，养老送终。这整个周村城谁不眼馋呀！"

"婶子，咱不说这些。我就要告诉告诉那些人，行好准有好报，作恶准有恶报。"

锁子叔在那里拉着福庆的手低声说话，采芹坐在床边上侍候着，柱子拉个小凳坐在旁边。老李两口在外围侍立。小丫头倒了一碗茶，双手给寿亭送过来。寿亭问瞎婶子："这小丫头怎么样？听话吗？"

"小凤也是和咱投缘的人，你叔夜里整夜地咳嗽，她就整夜地陪着，和亲闺女差不多。"

寿亭转过身："噢？好好！柱子，给她两块钱。"

小凤害怕："俺不要。"

柱子赶紧掏出钱来给她："快拿着，拿慢了我六哥就骂你。"

小凤拿过去，过来磕头。

这时，李太太过来给寿亭磕头："多谢陈掌柜的赏饭。"

寿亭笑笑："李太太，好好侍候我叔我婶子，这二老在，咱就这么着。二老百年之后，这个院子我再白送你。"

李太太高兴。柱子也给了她两块钱。这时，老李过来了："嘿嘿，陈掌柜的，我想跟着到你厂里干活儿。嘿嘿，不知道行不？"

寿亭冷眼看他："干活儿？你这个身子骨能干什么？"

"干什么都行。我想，我不老不小的，总在家里闲着也不是个长法儿。嘿嘿。"

寿亭点点头："知道干活儿，这就不错。比抽大烟强得多。你别跟我去青岛了，去通和染坊吧。柱子。"

柱子赶紧过来："六哥。"

"过了年让老李去染坊干吧，你看看他能干什么，就让他干什么。记着，不能让他碰钱。这抽大烟的人，没了钱也就没了瘾。钱一多了，还得抽。"

"是是是，六哥。"

老李直给寿亭和柱子作揖，寿亭不看他，来到锁子叔床前："叔，还得按时吃药，你老人家好好地活着。过了年我就到济南开工厂，等我站住了脚，我就把你和俺婶子接到济南去。"

锁子叔无声地笑着："我在这里就挺好，到了济南谁都不认识，也没人和我说话，我闷得慌。还是在周村好。"

寿亭双手攥着锁子叔的手："叔呀，我在青岛挺忙，可要是一闲下来，就想起你老人家。可柱子给我说，你还是不舍得全吃白面。叔呀，你和俺婶子都太老了，你这身子骨儿本来就不行，多少年吃不饱，你这病还不是饿出来的？所以说，这老了之后得保养，不能再省着啦！叔，你算成全小六子，按我说的办吧。你壮壮实实的，我也好有个念想，也省得挂心。咱爷儿俩今生有缘，咱得好好地珍惜。别说你吃这一点儿，就是把周村的粮栈全买了，也就是一句话。这些年，我什么都忘了，就是忘不了天冷。哪天我去刘家饭铺，你都是先拉过我的手来攥攥，给我暖和暖和。一个要饭的，没爹没娘，人家见了我，不是放狗咬，就是用脚踹，哪有人把我当人呀！你也不知道将来我能发了财，成了事儿。叔呀，你不是光给了我点儿剩饭，你还教了我怎么做人。我在厂里对工人，事事处处是学你。叔，大年下的，你别老是哭呀！"寿亭说着拿出手绢来给锁子叔擦泪。

锁子叔说："我整天和在梦里似的。"

寿亭劝着："叔，别说我小六子今天有了钱，就是我还要饭，要了来得先给你，先给俺婶子。头年里，我就让账房给柱子来了信，不让会仙楼那大师傅回家，等着咱这一出。过一会儿，咱就在这堂屋里摆下大席。当初，你在饭馆里撩帘儿，人家吃着你看着；我到馆子里要饭，盼着人家剩下点儿。今天咱给他倒过来，让他们也侍候侍候咱。"

锁子叔拉着寿亭："寿亭，俗话说'前三十年，看父敬子，后三十年，看子敬父'，我和你瞎婶子无儿无女，可周村城里最大的财主，见了俺俩也不敢小看。为的啥？还不是因为有你？我咳嗽起来，要死要活的，可一想你，那病就好了一些。"

寿亭高兴："这就对了，好好地活着。叔，听我的，吃好喝好。你要不听，我就不让粮栈给你送粮了，改成天天让会仙楼给你送饭。这两样你自己选吧。"

锁子叔乐着："六子，这都多少年了，你说话还那样利落。叔听你的。"

采芹在和瞎婶子聊着，小声说："婶子，小六子是个邪驴，他真能让会仙楼天天来摆席。"

瞎婶子叹息一声，脸对着天。

采芹说："婶子，你俩好好的，比什么都好。那三合面和白面差不了多少钱。可别俺们一走，再按你那一套办了。"

瞎婶子握着采芹的手："侄媳妇，天也得保佑咱寿亭。"

寿亭对柱子说："柱子，坐上汽车上会仙楼，让他上菜。"

柱子闻声而起。

寿亭对福庆说："福庆，你给爷爷奶奶唱个歌，就唱那《万里长城大中华》。那歌挺有劲。"

福庆站起，来到了屋子当中，大家都看着他。

> 东起山海，西至嘉峪，
> 万里长城跨过崇山峻岭！
> 秦时关口，汉时月亮，
> 壮士挽弓钢刀也在手！
> 四万万同胞的血和肉，
> 这就是我们的大中华！
> ……

福庆那歌里，多少透着些天真和苍凉。

街上，大概所有的人都出来了，围着汽车看。小丁站在车前，保护着车，不让小孩子往上爬。

几个青年汉子挤到前面，围着小丁问这问那："陈掌柜的工厂有多大？能顶几个通和染坊？"

这些问题小丁觉得很幼稚，但又不能不回答："这猛一下不好说，要说顶几个通和染坊吗，顶一百多个吧。"

周围人轰的一声："我的娘哎！"

"那快赶上整个周村城了。"

"这个要饭的真厉害呀！"

"还说人家是要饭的，你好好地跟着人家学吧！"

"那厂不是他自己的，还有张店卢家呢！人家是东家。"

另一个指着这汽车问："这个东西值多少大洋？"

小丁回答得很干脆："一万零五百大洋。"

"我的天哪！"

喧哗一片，小丁被众人包围着。

2

早春，夜晚，家驹的小洋楼前，几个穿黑衣服的人朝着楼上的窗户用冲锋枪扫射。窗上的玻璃碎落下来。

家驹从床上惊起，刚拉亮电灯，灯泡被子弹打碎。翡翠惊得抱着家驹。家驹拉着她一起滚到床下，然后向窗户跟前爬去。二人蹲在窗下定定神。这时，孩子们全吓醒了。家驹放下翡翠，向门外爬去。

孩子们从卧室里跑出来，一看家驹趴在地上，用手向他们示意，也就都趴下了。二太太抱着小女儿，坐在窗下墙角处。家驹就带着孩子们向窗下挪动。这时一个手榴弹扔进来，家驹大喊不好，拾起来从窗子里扔出去。但是那个手榴弹没响。

翡翠这时也爬过来，一家人缩在那里瑟瑟发抖。

孩子们全吓哭了。家驹低声呵斥："别哭！"

翡翠问："你在外头惹谁了？这枪打得这么密。"

家驹捂住她的嘴。一家人就在那里潜伏着。

早上，寿亭在办公室和德国设计师讨论方案。索鲁纳的中文说不好，寿亭急得在屋里来回转。"老吴，你派个人去看看东家怎么了，昨天说好的早来，怎么到现在还不见人影？"

老吴答应着刚想走，家驹失魂落魄地进来了，他的手上包着绷带。

寿亭大惊："怎么了？"

家驹坐在椅子上哭了："六哥，快把厂子卖给滕井吧，昨天夜里一阵乱枪，差点要了我的命。"

寿亭也是一惊，气得在屋里来回走。他示意老吴先让索鲁纳下去。索鲁纳问家驹："卢先生怎么了？"

寿亭说："老索，你先下去待一会儿，等一会儿咱再说那新厂设计。我这里忙着。"

索鲁纳往外走："纳粹？"

家驹没心思和他说话，只是说："差不多。"

老吴让着索鲁纳下了楼。

寿亭气得脸色蜡黄，这时老吴回来了。

家驹从衣袋里掏出那个没响的手榴弹，上面用皮筋绑着一张纸。寿亭问："写的什么？"

老吴拿给寿亭看："让咱滚蛋。"

寿亭冷冷地说："这滕井怎么变成下三烂了！好，舅子，你陈大爷陪你玩儿一把。"气得寿亭在屋里来回乱转，"滕井，你这是逼我和你玩。"然后他转向老吴，"老吴，按咱昨天商量的办，你这就坐上汽车去报馆，给他们点钱，让他把咱那稿子尽快登出来。"

老吴答应着出去了。

寿亭拉着家驹坐到连椅上："兄弟，不用怕。滕井这是逼咱尽快卖厂，咱把厂子卖给他就是了。你看这样行吧？明天一早，我让王长更护送你家所有的人，先回张店。咱们陪着他玩儿，行吗？"

家驹低着头："他们今天就想回去。过了年我就不让他们来，非得要跟着来。幸亏那个手榴弹没响，要是响了，就全完了。"

寿亭苦笑："滕井要的不是咱的命，是要咱的工厂。前几天滕井去我家，知道你六嫂孩子没跟着回来，要不，昨天晚上就去我家打枪了。没事，等汽车回来你就回去收拾一下。你要是害怕，也一块儿回张店吧。"

家驹抬起头："六哥，我不能放下你一个人走，我不怕，大也不过一个死。咱陪着滕井玩完了这一场，一块走。"

寿亭拍拍他的肩："那也好，老婆孩子回了张店，你到我那里去住，带上咱厂里的枪，我再带上金彪等几个住在楼下，保证没事儿。你放心吧，还是那句话，滕井要的是大华染厂。给他！"

第二天，家驹把老婆孩子送到了车站，王长更在一边陪着。

这时，三木带着另外两个人躲在一旁，见到家驹在送妻小进站，笑了，招手示意回去。

滕井洗漱完毕，向上拉了一下和服的领子，向窗前走去。他虽然很瘦，但胸膛上还有点黑毛。

他站在窗前，看着院子里的樱花，表情沉静，不住地点头。

日本侍女小心地拉开了门，用漆器盘子端来茶和报纸。滕井不拿，那侍女就那样躬身等着。

过了一会儿，滕井转过身，从托盘上拿过茶喝了一口，放回茶碗，拿起报纸，看着大标题，念道："大华染厂董事长卢家驹宅夜遭枪击，该厂上下萌生退意"。哈哈……他狂笑起来。接着大声喊："三木！"

三木进来了："社长。"三木鞠躬。

滕井问："大华染厂有什么情况？"

三木鞠躬："工厂那边一切照常，我守在卢家驹的门前，一直跟他到火车站，见他把所有的家眷送上了火车。现在他家里只有两个下人。"

滕井点点头："陈寿亭家里呢？"

三木说："陈寿亭昨天住在厂里，没有回家。"

滕井笑了："好！他这是害怕了。我看大华染厂用不了几天，就是我们的了。"

三木说："是这样。"

滕井指着报纸说："才两天，他们就撑不住了，今天晚上再去大华染厂门口放枪。住在厂里？住在厂里也不能让他安静。"

三木拿过报纸，小心地指给滕井看："社长，你看。"报纸的下面是寿亭与德国人会谈的照片。

滕井又念副标题："德国巨商贝格尔不日抵青，讨论大华转手事宜"。八嘎！

三木应声立正。

"三木，这姓陈的原来是要饭的，胆子大，不怕吓唬。今晚先不要去放枪了，给他打电话，我最后和他谈一次。如果不行……"他用手做了个枪毙的动作，三木明白。

三木出去了。滕井看着窗外，自言自语地说："陈寿亭，再一再二不再三，我已经仁至义尽了。"

3

海边，梅鹤日本料理馆，滕井身着和服，席地而坐盘着腿，闭着眼听琴。

寿亭走进来。三木在门口等他。他拍了一下三木的肩："三木，怎么几天不见脸上长了个疖子？这是上火呀！"

三木没理他，示意他换鞋。寿亭笑着说："我这脚臭，怕熏着滕井先生。"

三木笑笑，带着寿亭进来。滕井起身相迎："陈先生，你好呀？请坐，请坐。陈先生，你的气色不太好呀！"

寿亭笑笑："这又是枪，又是手榴弹，我害怕，睡不着呀！"

他俩对面坐下，敬完茶，滕井叹口气："唉，这治安越来越坏。报纸我看到了，卢先生还好吗？"

寿亭笑了笑："家驹很好，他也让我问你好，他愿意把厂卖给你。滕井先生，这不是你让人干的吧？"

滕井一变脸："这不可能。我们历来都是公平交易，这一点，陈先生很明白。我怎么能干出这样的事情来呢？"

寿亭笑了笑："我也说不是。我对家驹说，我和滕井先生认识十几年了，这种下三烂的事滕井先生绝对干不出来。"

滕井有些尴尬："是这样，是这样。我和我的国家是很尊重中国人的，特别是中国商人。陈先生，这你是知道的。陈先生，咱们都是老朋友了，商业上的摩擦虽然也有，但总的来讲，这么多年还是比较愉快的。陈先生，你也不愿意再在青岛干下去了，我看，咱们还是谈正题吧。"

寿亭低头喝茶："你说吧，还是那句话，只要价钱合适，我先照顾老朋友。我也干烦了，恨不得立刻脱手。"

滕井点点头："好，陈先生痛快。你那厂里的机器差不多都是我卖给你的，大概也就值五六万块钱。我和陈先生相交这么多年，我出七万，可以吗？"

寿亭依然用嘴吹茶："地呢？厂房呢？"

滕井眼睛一转："在青岛，地不值钱。厂房也很旧了。陈先生，我这是帮帝国收购中国的工厂，这不是咱们俩做生意。"

寿亭放下碗："这么说，你做不了主？"

滕井强笑："不是我做不了主，我要考虑帝国的利益。七万块钱不少了，这个价钱是很公道的。"

寿亭并不生气："滕井先生，就算地不值钱，可那一厂工人呢？中国的情况你比我都熟悉，在中国，技术工人是不好找的。我的工厂不仅设备运转正常，而且工人也挺能干。这个厂你今天买过来，当天就能开工，比你新建工厂要快很多。就算你建厂很快，但不可能一下子找到这么多技术工匠，除非你从日本带着工人来。"

滕井点头："嗯，有道理，那我出八万。"

寿亭摇摇头："滕井先生，咱们认识也十几年了，我认为你是一个很聪明的生意人，不仅信誉好，而且也很客气，做买卖也算公道。这样，德国人出十六万，卖给你，十五万。"

藤井听寿亭夸他的时候挺高兴，可一听报价立刻想急，但他深吸了一口气，又吐出来："陈先生，不要再玩过去的把戏，我是不会上当的。那个德国人我们调查过，他是个犹太人，德国政府是不庇护他的。他不敢买你的工厂。"

"藤井先生，贝格尔现在是美国人，上次他给我看他的护照，我不认识外国文，家驹认识。"

藤井一愣："噢，那说明不了什么，我们会让他神不知鬼不觉地消失掉。"藤井腮上的肌肉绷起。他直盯着寿亭。

寿亭淡淡一笑："这我完全相信。但这与生意没有关系。"说着从怀里掏出一张银行票据，两个指头夹着传给藤井："这是上海花旗银行的本票，存的是美金，换算过来就是十六万。只要我同意和他立字据，也就是签约，他也会在这张本票上签字。我拿着钱走了，至于你怎么拾掇他，我就不管了。"

藤井接过来，看着，看了正面又看反面，慢慢地点头："陈先生，确实是这样。十四万，这是我的最高价。你如果同意，我下午就付款。"他的眼里已经露出凶光，慢慢地将本票递还。

寿亭接过本票放进怀里，沉着脸地说："藤井先生，咱们是多年的朋友了，你最近变化很大，我很意外。你们现在还没占青岛，如果是你们占了，你一分钱不用给我，直接让我滚蛋就行。但是，现在你们还没有兵进青岛。我不管你是为帝国收购工厂还是什么，我是看着你这个人。就冲这多年的交情，就十四万。藤井先生，当年你给我买机器的那档子事，今天就算扯平了。"

藤井站起来，拉着寿亭的手："不仅是扯平了，我还欠陈先生一个人情。我下午就付款，你让卢先生来签协议。我明天就接管工厂，可以吗？"

寿亭要告辞："藤井先生，我明天等着你来接手。交接完了之后，我就去济南了。咱们交往这么多年，这乍一分开，我心里还不是滋味呢！"寿亭还真想掉泪。

藤井也唏嘘不已，拍着寿亭的手背："陈先生，我会去济南看你的。你到了济南之后，我希望你还能购买本社的坯布。大华在青岛结束了营业，并不代表我们的友谊走到了尽头，咱们还是应当常来常往。本社在济南也有分社，叫高岛屋，我会吩咐他们，尽力协助陈先生。"

寿亭笑笑："好，明天早上，我在大华等着你。告辞！"

藤井忽然拉过寿亭："陈先生，我在中国这么多年，也是有感情的。我从东京帝国大学商科毕业之后，直接来到这里。我不见你的时候，有时候很恨你，但是见了你，就不想放你走。陈先生，我提一个要求，大华染厂还是你的，咱们一起合作，干更大的事情，赚更多的钱，我们一起发展，好吗？"

寿亭非常真诚地说："滕井哥，咱们是老朋友了，我在济南已经开始建厂了。再说，你们占了东三省，我要是跟着你干，也怕别人说三道四的。咱们要是有缘，还会继续合作下去。你刚才说了，日本人在山东的总部就是济南高岛屋，你的人也住在那里，你也常到那里去。胶济铁路这么方便，咱们还有见面的日子。我也会一直用你的坯布，尽管现在日本布已经算不上便宜。但是，我陈寿亭从二十多岁就和你来往，这些事情我是不会忘的。"

滕井点头："是的，是这样。我今天没有约你到商社去，就是想和你喝几杯。可是咱们进行得太快，还没开始点菜，你就要走了。我知道你不会和我合作，但是我要作最后的努力。你算给朋友一个面子，咱们一起喝几杯吧！"

寿亭眼里含着泪："滕井哥，你的情分寿亭领了。下午咱还得签约，我也得再到车间指画着，把机器给你保养一下，好让你接过来之后立刻开工。咱俩虽然也都老了，但是还有千千的早晨，万万的下午。我在济南等着你，等着你再给我唱日本歌，在你喝醉了时候。滕井哥，寿亭告辞了。"说罢，两人携手走出来。滕井原地站好，鞠躬。寿亭抱拳："回去吧，我明天在大华等着你。"说罢回身上了汽车。

4

明祖办公室里。明祖放下了滕井的电话，两眼发直，呆呆地坐到了椅子里。贾小姐在明祖接电话时，一直关心地听着，她看到明祖呆若木鸡，关切地问："陈寿亭真把大华卖给了滕井？"

明祖掏出手绢来擦汗，嘴唇直打哆嗦。

贾小姐又问："滕井给咱打电话是什么意思？"

明祖端过水来喝一口："他问元亨什么时候卖，"他呆呆地看着前方，"寿亭，你走了，我连一个伴儿也没有了。"

贾小姐拉起明祖，坐在沙发上，随之把茶也端过来："明祖，别发愣呀，你说说，咱怎么办？卖还是不卖？"

明祖双手抱着头，低垂着。这时，刘先生进来了："董事长。"

明祖抬起头来："什么事？"

刘先生表情犹豫："东亚商社打来了电话，从下月开始，停止提供坯布。"

明祖自嘲地笑了："真让寿亭猜对了。刘先生，就按咱商量的办，打电报到上海，从现在开始，用上海六合纺织厂的布！让上海六合派人来谈。"

孙先生出去了。贾小姐说："这事我怎么不知道？"

明祖说："我忘了告诉你了——过年回来后，我和寿亭长谈了一次。他让我找赵东初，联络上海林家，就是六合。这林家不仅有纺织厂，也有染厂。前几天上海寄来了布样，也报了价。布的成色不错，比日本布差不到哪里去。但这还不是国内最好的，因为咱刚开始用，不敢订得太多，新近刚起的那些纺织厂，嫌咱要的量少，不肯来。不过这价钱比滕井现在的布价低。幸亏寿亭支了这一招儿，要不现在咱可怎么办哪！"

贾小姐说："陈寿亭不是说把工厂卖给德国人吗，怎么弄来弄去卖给滕井了？"

明祖叹口气："这也是没办法。你没看报纸吗，滕井让人去家驹楼前头放枪，还扔手榴弹！寿亭当初给我说，他虽然把厂卖给了滕井，但他又说保证让滕井开不了工，不让滕井挤咱。"

贾小姐不屑："这是哄孩子呀！大华染厂接过来就能干，怎么还说让滕井开不了工。这是怕咱抢他的买卖，怕咱先把元亨卖给滕井。哼，这人心眼真多！"

明祖摇着头："不会，他当时说得很认真，咬牙切齿的。"

贾小姐烦了："明祖，咱也该想想了，陈六子走了，青岛就剩下咱了。要不，滕井也会到咱这里来打枪。"

明祖苦笑："寿亭卖了大华，能在济南继续干，可咱卖了元亨，到哪里去呀！看看再说吧！唉！"

贾小姐灵机一动："明祖，你看这样行不行，咱让滕井入咱的股，咱和他合起来干。"

明祖垂着头："那样还不如卖了呢！"明祖叹着气，看着窗外，"泱泱中华，天朝上邦，万国来朝，全他妈的屁话！中国，中国人的中国！在中国的地面儿上，让外国人逼得走投无路。"说时，仰面看着天花板，眼泪淌下来。

寿亭还没回来，家驹一个人在办公室里乱转。老吴站在一边，想劝又不知道从何说起。

家驹走到老吴跟前问："滕井不会把六哥扣起来吧？"

老吴忙说："不会，绝对不会。这是谈买卖，他怎么能抓人呢？"

家驹又开始转："那就好，那就好。这去了时候也不少了，也该回来了。难道汽车坏到路上了？"

老吴干笑："那不会，就是坏到路上，这几步走着也回来了，看来是没谈完。"

家驹站到窗前："东初说得真对，六哥就是死，也得先看好了哪家棺材便宜。都这份儿上了，给钱就卖吧，别再争来争去了。唉，急死我了！"

老吴走到电话跟前："东家，要不我给东亚商社打个电话？"

家驹愣了一下："不行，不能打。别坏了六哥的套路。不行，这个电话不能打。"

老吴的手从电话上拿开："要不，我打发个人到东亚商社门口瞅瞅？"

丁零……电话响了，家驹一步迈过去抓起电话："喂？哪里？噢，明祖呀，六哥去东亚商社卖厂还没回来。"老吴在他身后一听这话，急得直摆手。"好好，你知道了？滕井告诉你的？实在没办法呀，明祖。咱好好聚聚，十几年了，对，没问题。不行，不行，明祖，还是我请客。好，好，六哥回来我告诉他。好好。"家驹把电话放下了。

家驹脸上轻松了些："六哥把厂卖了，滕井给他打的电话。"

老吴这才掏出手绢来擦擦汗："万幸，万幸，卖了就好，卖了就好。"

家驹说："老吴，快让人冲上壶茶，六哥这就回来。"

老吴答应着下楼了。

寿亭进来了，家驹一看寿亭，像小孩子似的哭了："六哥，你可回来了。呜——"

寿亭大惊："怎么了？"

家驹哭着说："我怕滕井扣下六哥。"

寿亭拍拍他的肩："好了好了，这不回来了嘛！"

家驹也不好意思了，低着头摘下眼镜把泪擦干："六哥，咱那本票他看出来了吗？"

寿亭冷冷地哼了一声："他看出来？看出什么来？那是真票，是咱自己存的钱。你的外国名就是贝格尔。滕井还他娘的神了呢！"

家驹看着天："谢天谢地，谢天谢地。"

寿亭警惕地看了一眼门口，拉过家驹来说："下午你和老吴去滕井那里签协议。拿了钱，你一定坚持要银行本票。今天坐火车是来不及了，先让小丁送你到蓝村车站，先出去一百里地再说。赶明天早上，火车到了蓝村，你就上车去济南。现在滕井什么事都干得出来，我怕他截了咱的钱。我觉得他不会这样干，但咱不能不防。你前脚走，我随后就给东初打电报，让他到车站去接你。你到新厂等我。咱账上的钱我早让老吴转到济南了。我应付完这边的事，立刻去济南找你们。你愿意干，咱俩接着干；你愿意去干买办，咱们就分钱。反正都在济南，还能常见面。"

家驹的泪流出来，把头低下了："六哥，我舍不下你，可我，说什么也不干了。"

寿亭安慰他："好了，兄弟，快去办吧。贴个告示，让工人们知道。你下去的时候把白金彪给我叫来。你也给工人们讲两句，代表我，谢谢大伙儿。"

家驹答应着去了，边走边擦泪。

屋里剩下了寿亭自己，他不住地冷笑："哼，哼，小日本，我日你祖宗！"

工人们在告示前乱了，都嚷着要跟陈掌柜的走。那些东北来的女人也抱着孩子来了，有的哭起来，拉着吴先生问究竟。

家驹站到椅子上，大声喊："关上大门！"

两个残废把大门关上，然后两人双双哭了。没了左手的说："杜二哥，咱俩可怎么办呀！日本人肯定不能用咱这残废呀！"

"是呀！咱得去找找陈掌柜的，不能这样扔下咱呀！"

"你过去给东家扶着椅子。天哪，这可塌了天了！"

没了右手的那一位哭着过来扶住了家驹的椅子。

家驹开始发言："工友们，听我说，安静点儿，听我说！"

那个号称七号槽主的敦实小伙子哭着问："东家，这是为什么呀！"

家驹站在椅子上也掉了泪："工友们，弟兄们，大华染厂在青岛的营业结束了。这些年来，有赖于各位工友的努力奋斗，大华染厂才得以蒸蒸日上。我代表我本人及陈寿亭先生，谢谢大家。我给大家鞠躬了！"家驹站在椅子上三鞠躬，下面哭喊声乱成一片。

"工厂卖了，我们上哪里吃饭去？"

"死也不给日本人干！"

"东家，我从张店跟着你来青岛，十几年了，不能就这样走呀！"

家驹站在上面，哭着说："弟兄们，我、我、我对不住大家。日本人到我家里放枪，要杀了我，我卖大华是没有办法。弟兄们，我给你们鞠躬了，谢罪了！"

下面一片混乱。

5

寿亭抱着肩膀站到屋中央，白金彪进来了。他一进门还没等寿亭说话，就大声嚷："陈掌柜的，我们是为了躲日本鬼子才来了青岛，你怎么又把我们交给日本人呢？"说着哭起来。

寿亭拉他坐下："金彪，别哭！男子汉，大丈夫，怎么还没弄懂四五六就咧着嘴哭呢！你也不想想，我怎么能舍下弟兄们，自己走了呢？你看着我办那些狗日的。"

金彪擦去眼泪，纳闷地看着寿亭。寿亭拉着他的手："金彪，弟兄们愿意跟我走？"

"愿意！掌柜的，你走到天边我们都跟着。"

"好！你听着，你这就下去偷偷告诉弟兄们，让老婆孩子三天之后先去济南，路费盘缠都算柜上的。我会留下账房的人帮着办。你们在这里给他对付一个月，打也好，骂也好，就是一个月。今天是三月初八，到了下月初八晚上，老吴会买好车票在火车站等着你们。我走的时候你们千万别哭。我带上那俩残废，日本人不要残废，他们不注意。我要留给滕井一座空厂！让这些王八蛋干去吧！我坑不死这些舅子，就不姓陈！"寿亭咬牙切齿。

金彪说："对，我临走的时候，把机器都给他弄坏！"

寿亭忙摆手："别，别，咱不惹那麻烦。只要你们带着伙计们顺利地出了青岛，就是头功一件。我在济南摆下大席等着你们。"

金彪说："现在下面乱成了一片，伙计们都急了。我这就下去说吧？"

寿亭拉着金彪的手："你叫上王长更、王世栋等等几个在工人中有威信的人，先劝着工人们散了，然后就说陈掌柜的另有安排。千万别把下月初八走人的事说出来！记着了？咱厂里一共有五个青岛的当地人，那个姓施的电工已经让我辞了，现在还有四个。这四个人家在青岛，兴许不能跟咱去济南。一会儿你下去把这四个人给我叫上来，每人给点钱，先让他们回家听信儿。等咱在济南安顿好了，咱再来信问他，愿意跟咱去，咱高接远迎，不愿意跟咱去，咱也给了钱。省得他们回家乱说，坏了咱的事。门口那俩残废也给我叫上来，这两个人都很老实，别一时想不开寻了短见。"

金彪答应着就要走，寿亭拉着他的手，语重心长地说："兄弟，你漂洋过海地来到青岛，咱弟兄们才算遇上，这是前世的缘分。咱在济南的工厂能不能开起来，咱能不能给日本人留下个空厂，就全靠老弟了。"

金彪二目圆睁："掌柜的，你放心，我要办不好，就一头撞死！"说罢转身而去。

这时，司机小丁进来了，哭着说："掌柜的，你把汽车也卖给日本人了？"

寿亭笑笑："这汽车是我自己出钱买的，和大华没有关系。你放心，下去吧。"

小丁半信半疑地边走边回头。

6

早上，下着蒙蒙细雨。

明祖住的是一个公馆，院子很深，花铁艺西式栅栏门，一条甬路通向里面。他的楼房是白色的，十分气派。明祖站在楼前走廊上，和太太告别。

洋车夫把雨帘撩起来，等着明祖上车。车夫身上披着黄油布，裤腿挽得很高。

太太不放心地说："现在这么乱，滕井又整天盯着你，下了工就回家。你不回来，我的心也就悬着。"

明祖说："没事，他不能把我怎么样。"

正在这时，大门开了，寿亭的汽车开进院来。

明祖惊异："寿亭的汽车。他不是今天走吗？"说着让洋车夫让开地方，回身对太太说："柏芝，见了寿亭叫六弟，人家这是来和咱告别。你总说见见这个人，一直就没这个空儿。这人挺义气，临走了还想着来一趟。"

太太答应着。

汽车开上了门廊，小丁下来了："董事长。"

明祖往车里看："寿亭呢？"

小丁递过一封信："陈掌柜的给你一封信。"

明祖赶忙接过来拆开，回身就往屋里走。他急着看，太太扶着他坐下。明祖轻轻念道："明祖我兄珍重：寿亭来青岛这些年，与老兄不断争斗，给你添了不少乱，也给你惹了不少麻烦。当初年轻，很不懂事，请老兄原谅我。日本人逼着我把大华卖给他们，实在也是无奈。今后青岛只剩老兄支撑民族染织业的局面。想来也是难过。如果在青岛能干下去，就干；干不下去，就去济南找我，咱们一样可以合起伙来干买卖。车上有一套布样和我染布用的方子，是前几天我让家驹写下来的，十分详细，留给老兄，照此操作，万无一失。前年我想买辆汽车撑撑工厂的门面，家驹他爹不大高兴。我不便让他老人家为难，就自己出钱买下来。你也喜欢这汽车，常来借去拉客商。我去了济南，济南那地方比较土，我也用不着汽车，把它送给老兄，做个念想。小丁人很老实，就让他给你开车吧。我坐今天早晨的火车去济南了，代我问嫂子好。总说去见见嫂子，也没见成。咱都太忙，没有这个空儿。我也不会写字，头上一句，腔上一句的，我说着老吴写。就写到这里吧。咱们还有见面的日子。务必珍重。弟陈寿亭泣拜。"

明祖已经泪流满面，他拉过太太："快！快！快上车，火车这还开不了，和我去送寿亭！"

夫妻二人上了汽车。

汽车在雨中飞驰……

寿亭一个人站在雨中的站台上，那两个门房，一个在车上看着行李，一个站在寿亭身后用右手给他打着伞，寿亭把伞推开，把自己暴露在雨里。门房再把伞伸过来，他再次推开伞，仰脸向天，雨落在他脸上。

一个三十多岁的男列车员来到寿亭身后："先生，上车吧，马上开车了。"

寿亭慢慢地转回身，又慢慢地上了车："青岛呀——"

一声凄厉的汽笛割裂了飘雨的早晨，车开了，青岛在寿亭的视野中退去，淡淡地，带着一份无法诉说的凄哀。

站台空旷，只有那辆雪弗兰汽车，和雨中的明祖夫妇。明祖望着火车开去的方向，脸上没有表情，只有雨水在淌。小丁趴在方向盘上哭着。

远处，飘着袅袅白烟，间或传来缥缈的汽笛声。

早晨，细雨蒙蒙……

第十五章

1

初秋，早上，济南宏盛堂药店。这个药铺有点特别，它的门脸形似牌坊，比周围的铺面高出一截。牌坊横过梁上，是本埠男人女角的名士兼书法家王小脚的手迹"宏盛堂"，两边的对子也口气很大："参茸阿胶店中尽宝；华佗扁鹊全是名医"。不仅店面的口号不着四六，盛气凌人，从拉药盒子的伙计到坐堂的先生也都斜着眼看人。

店里只一个买药的，是同达鑫鞋店的大师兄。这小伙子二十多岁，相貌端正，老成和气。他递上方子后在那里等着。药店账房过来了："德顺儿，回头给你东家说，光来抓药还不行，还得买点福寿膏。"

德顺赔着笑："李先生，你知道，东家不抽大烟。"

账房笑笑："不抽大烟？那他那鞋店也别开了。自己不抽，还不能送人？这福寿膏是孬东西？养人！"

药抓好了，从很远处扔过来，德顺赶紧抱住。

德顺递上两个银洋："东家说了，多了的让几位买茶喝。嘿嘿。"

账房接过来掂了掂："哟，光你这三服青龙败毒汤就五块大洋。你掌柜的把这宏盛堂当成破烂市儿了！死性！"

德顺赔着笑说："李先生，我东家说这药在万和堂是两毛钱一服，这两块大洋……"德顺的话还没说完，账房就示意他停止发言："德顺儿，咱也认识，你是个伙计，也主不了事儿。你那东家仗着和钱爷是同乡，这些年本号一直没逼他。这不找你麻烦不等于不能找你麻烦，你得开窍儿！"说着用手叩了叩柜台，"昨天派人去了，他这才来抓这三服药。我估摸着，这药抓回去他也不吃，就是给俩小钱应付应付。我们钱爷说了，不能因为是同乡就例外。回去告诉他，每月送十块大洋来。你那鞋铺小，我们钱爷也知道，这是老鼠尾巴上长疖子——挤不出多少脓来。要十块大洋，这就是照顾。回去赶紧送来，要不，哼哼，钱爷可是有点儿烦呀！走吧。"

德顺赶紧点头哈腰，连连说是，提着药走了。

账房十分不满："真他娘的心里没灯！非得让你把话说明了。"

旁边的坐堂先生向上一推花镜："还得让他买咱的福寿膏，这玩意儿一旦用上，就省得咱每月去要了。"

这时，一个不知深浅的乡下人提着一篮子酸枣蹲在店门的马路上。账房冲着那伙计一扭嘴，伙计气哼哼地出来。

"你蹲在这里拉屎呀？"

"卖点酸枣。怎么着，这里不让蹲？"卖酸枣的并不害怕。这时那伙计拎起篮子一甩，扔到了马路中央，酸枣散了一地。乡下人刚想争辩，伙计飞起一脚踹在他胸口上。乡下人被踹得仰面朝天。他爬起来就想拼命，路过的一汉子赶紧上前把他拉住。

那伙计骂骂咧咧地进了店。

那汉子拉着乡下人走开几步，低低地说："快走吧，你也不看看这是什么地方，就想摆摊儿？这是青洪帮的铺子，打了你还得让你给他钱！快走吧！"说着把那乡下人推走。

乡下人一是不服气，再就是不知道什么是青洪帮："我说，这位大哥，什么是青洪帮？"

汉子笑了："我也说不明白。这么说吧，就是不分青红皂白地打人要钱，这就是青洪帮。走吧走吧。"

乡下人懵懂地点着头："这济南府兴这个？警察不管？"

那汉子笑笑，走了。乡下人去马路中间拿过篮子，捡地上的酸枣。一个巡警在路南用黑白两色的警棍指着他，高声断喝："老赶子，滚！别让救火车轧死你！"

宏盛堂后堂大厅，白志生在看报纸，他一只脚踩在椅子上，喝着茶，嗑着瓜子。他突然大声说："嘿！这土老巴子到济南来开工厂。世亨，你来看，又多了个给咱送钱的。"

"谁呀？"钱世亨擦着盒子枪，漫不经心地朝这边走过来。这人有三十多岁，黄脸油光光的，看上去很阴，那样子像是多少有点文化。

白志生指着报纸上的整版广告："'宏巨印染厂择吉开业，厂长陈寿亭诚邀诸位莅临'。这小子我见过。上次在燕喜堂，赵老大赵老三陪着他。这次他在聚丰德请客，到时候咱得狠敲他一笔。"

钱世亨摇摇头："大哥，赵家的买卖在济南府也数一数二了，赵老大人虽和气，但是相当高傲，一般的人根本看不到眼里。他能陪着吃饭，说明这姓陈的有些来头。咱常碰上赵老三陪着客人吃饭，可从来没见过赵老大陪着谁。大哥，这事儿还不能办糙了，得先打听打听。"

白志生看着钱世亨："我说，你怎么越来越不长进了呢？一个开染厂的能有多大能

221

耐？还打听打听，没那规矩！只要在济南开厂设店，咱这一份就得有。这宏盛堂就是民间税务局！给也得给，不给也得给。要不，他别想安生。"

钱世亨接着说："大哥，咱是常年吃济南，有些事还得悠着点儿。赵老大能按月给咱钱，他是不愿意多事。去年我去天津，运河帮就给我放过话，那意思就是让咱别把事做过了。大哥，我听那话里，这运河帮的老大宁五爷和赵东俊的交情非同一般。"白志生多少有点傻眼。钱世亨接着说："这运河帮个个都是双枪二十响，连沧州大桥都敢炸，还有害怕的事儿？我看，咱就是给赵东俊个面子，也不能把事做急了。咱先看看是怎么个局势再说。"

白志生一扬手："狗屁！这是济南府！只要在济南府干买卖，就得给咱上供。还运河帮呢，赵老大要是真和运河帮有交情，还能每月给咱钱？他这是拉大旗作虎皮，甭管他。"

钱世亨不以为然地笑笑："大哥，你看着，保证这姓陈的连个帖子也不给咱下。"

白志生把眼一瞪："他敢！我给他砸了！"说着站了起来，火气上来了，"我这就去找他。"

钱世亨一把拉下他："大哥，等等，咱的钱一分少不了。这姓陈的万一是韩复榘的亲戚怎么办？听我的，大哥，还是先打听打听。"

2

济南宏巨染厂，是寿亭的新厂，不仅门面洋气，里面那一排排的车间也很气派。寿亭和家驹站在门口欣赏。寿亭很满意。家驹穿着蓝西装，金丝眼镜也是新换的，越发显得帅气。

寿亭对家驹说："这洋鬼子干事，真能干到你心里去。我告诉他我叫陈六子，他就把两边的门垛子给我设计成六米高，这两个垛子之间也是六米，从厂门口到车间是六十六米。这左右厂区之间，本来可以空着，他却给我设计了'6'字形的小花园，既不妨碍车来车往，还不能让你一眼看到底，还真是有点意思！"

家驹笑笑："他这叫主题设计。这种设计中国也有。索鲁纳这个人很聪明，他一看你脾气这么急，知道不往你心里弄，肯定通不过，故意拍你的马屁。要不，你不给他钱。"

二人说着往厂里走。大华染厂的那两个门房还在。寿亭问："咱现在这套门面比大华怎么样？"

没了左手的忙说："看着挺顺眼，我站在这里也觉得光彩。"

寿亭点着头往里走。走出一段后，家驹说："六哥，咱这新厂新车间在济南也是一景了，你弄两个缺胳膊少腿的站在那里，是不是有碍观瞻呀？"

寿亭看看家驹："兄弟，这东西有贵贱，人也有俊丑，你得分摆在什么地方。把俩残废放在门口，一个没右手，一个没左手，哼哈二将。上下班的工人天天看见他们二位，能不感到心里安稳？来往的客商也觉得新奇。这俩残废不用说话，咱的为人一看就知道。这个厂有点儿人味！残又怎么样？照样养着。东俊就说我这一招儿挺高！"

家驹佩服地点点头："还是我爹说得对，这本事大小，不在读书多少。不仅这样，有些人还不能读书。"

寿亭觉得新奇："噢？说说。"

家驹笑笑，说："我爹就说三种人不能读书。第一种是钻到书里出不来的人。看了《西厢记》，相思崔莺莺，钻到书里出不来了，这种人不能读书。再就是读了书干坏事的人。这有文化的人干坏事，比没文化的人更毒。比如秦桧。"家驹点烟，寿亭一把夺下，"说完了再抽。这第三种是什么人？"

家驹又把烟放回烟盒："第三种就是天分过高的人。这人天分过高了，读书不仅不能帮他，反而会误了他的事儿。中国人常说秀才造反，三年不成，就是这个道理。刘邦朱元璋都是无赖，反而造反做了皇帝，就是因为读书少。这读书少顾虑就少，天分再高，说不定真能把事能干成了。那黄巢李自成就不行。黄巢想考进士，一边骑马横枪地造反，一边背诵《周易》中的《十翼》；李自成更有意思，下马是《资治通鉴》，上马手不离《孙武子》。就是书害了他们。他们读了书，顾虑就多，干什么事之前都得先想想，先查查前朝有无先例。这就把事耽误了。是书妨碍了他们的天分。他要不读书，由着性子干，说不定还真能干成了。"

寿亭斜着眼说："你这说来说去，是转着圈骂我，说我是无赖呀！"

他俩说笑着向账房走去。

账房就在寿亭楼下。那小楼和青岛大华一个模样，只是原来坐西朝东，现在是坐北朝南。原先看不见的那个室外楼梯现在来到了正面。吴先生一听寿亭说着话来，赶紧迎出："掌柜的，东家。"

家驹苦笑一下："老吴，以后别叫我东家了，就叫我家驹吧。"

老吴看看寿亭，笑着伸手向里让。

寿亭说："咱仨在一块儿玩了十来年，挺好的，干的哪门子买办！"

家驹叹口气，拉了个椅子坐下。另一个小伙子端来茶。这位是老吴的侄子文琪。

老吴拿出一个牛皮纸袋子放在寿亭面前，躬身说："掌柜的，我和文琪先出去，你

223

和东家慢慢聊。东家，我先到后面看看。"

说着叔侄俩出来，把门带上。

寿亭拿过那个袋子，放到家驹面前，轻轻地叹了口气。家驹从袋子里掏出那些银行的票据，大致看了看，又装回去，然后推到寿亭跟前。

家驹说："六哥，这实在太多了，不行，不行！我当初一共投了六千大洋，这些年连上我爹那里，加上你给我的，七八十万了，这钱我说什么也不能再要了！"

寿亭不急，看着家驹笑："兄弟，话不能这么说。没有当初那一桶水，活不了我这条大鲤鱼；没有当初那六千大洋，也就没有后面的这几十万。再说了，要不是你留学德国见了世面，也不会在青岛买工厂。你不买工厂，我也去不了青岛。去不了青岛也就挣不了钱。挣不了钱是小事，要不是你，我还不是周村街里的一个染匠？在周村你有天大的本事又能怎么样？所以说，就是那六千大洋，成全了我陈寿亭。所以说，你拿这些钱一点不多。"

家驹急了，站起来说："我的钱够花了。这新厂刚开，正用钱，我拿着钱没有用。不行，不行。"

寿亭用小拇指冲那些票据一指："按我说的办。我这还没有全部给你。我怕你花钱没数，把钱花完了傻了眼，就留了点钱给你当股份。我九你一。家驹，不说别的，这些年光挨我的骂，也值这些钱。人生一共有多少年？咱俩一待就是十几年。兄弟，咱俩要这样推来让去的，就显得没有意思了。装起来。我怕这时局起变化，就让老吴去新开的渣打银行全换成英镑。虽说这英国让新上来的那西他拉（希特勒）弄得心神不定，但还是比咱这中华民国撑劲。你花多少，就换多少。就在商埠上，很方便，打个电话他就来换。我觉得买点金子也行，他这个银行也卖金子，成色还不错。"寿亭说完把那些票据放到家驹的公文包里，"就这么办吧，都是滕井给的。你先回家，中午叫上赵老三，咱去聚丰德吃顿饭，一块儿商量开业的事。咱现在没汽车了，东初那汽车实在太花，我是不坐。咱就都坐洋车吧。我说，你抽空还得给明祖写封信。咱破了人家的财，要不是咱俩在青岛弄上这十几年，人家还不大发了。什么事，都是事后想起来才觉得不对。其实青岛也不是他的。"

家驹无奈，感喟着收下了钱。他从包里顺手拿出报纸："好，我明天就写。六哥，咱的广告出来了。咱十八号开业，还有十天，这中间还得再登一次。咱得弄出点阵势来。"

寿亭下意识地把报纸接过去，又送回去："念！"

家驹笑了："六哥，我去干了买办，谁天天给你念报纸呀？"

寿亭望向窗外，深吸了一口气："是呀，没人给我念了。"

家驹看了寿亭一眼，忙扭转气氛，念报纸："六哥，你听着：'别青岛，来济南，染出一片蓝蓝天！'六哥，我这词还行吧？"

寿亭并没回过头来，他盯着厂中间那个小花园，意味深长地说："染出一片蓝蓝天，是呀，染出一片蓝蓝天，就剩下我自己染了。"

3

上午十点多钟，夜明妃叙情馆里。夜明妃——沈远宜坐在沙发上看报纸。她穿一件浅灰色布旗袍，学生发式，弧形月白发卡。清丽脱俗，文雅恬静。这房间很大，屋子里有一架深红色的三角钢琴，墙上是小幅油画，画的内容是些静物，水果鲜花之类，其画法明暗反差很大，越发显得深远静谧。这个房间里从桌布到椅套全是白的。里面是卧室，浅蓝色的帷幔挂起，床前是踏毯，高贵简洁。

她看着报纸上的广告，自言自语地说："'别青岛，来济南，染出一片蓝蓝天！'青岛开染厂的，陈寿亭……"她猛地站起来，拿着报纸跑到电话旁边，摇一阵电话，"给我接宏巨染厂，哎，对，新开的。"她等着，下意识地向后拢了下头发，"喂，宏巨染厂吗？"对面答应。"陈掌柜的在吗？出去吃饭了？噢，问我是哪里呀？我是陈掌柜的朋友。"她笑了，"陈掌柜没有女的朋友？"她的笑更加天真迷人，"那好吧，我下午再打吧。请问一下，陈掌柜的在青岛的工厂是叫大华染厂吗？噢！好，好。谢谢！"她把电话放下后，大声冲楼下喊："姨妈——"

一个中年妇女闻声上楼，她有四十出头，干净利索，风韵犹在。"什么事，远宜？"

她指着报纸："你看，青岛那个陈掌柜，他来济南开染厂了。这下可好了。快让顺子来，拿我的名帖去请他。不行，我亲自去。"说着就要去拿外衣，还是一件线结的白色开司米。

她姨拦住她，要过报纸放在一边："就是二十块大洋人情，回头加倍给他就行了，你还亲自去请他。不用。"

远宜很诧异，她用陌生的目光看着姨妈，傻了一会儿，又拿过外套，十分坚决地说："不行！这个人太好了，这样的人我从来没遇见过。那天要不是人家，我就冻死在海边上了。"

姨妈不以为然："远宜，也不全是他，也有天意。"

"天意？天意怎么不让我找到长鹤？天意为什么让小偷偷了我的包？天意？如果有天意，也是让他来救我。那天他还喝了酒，走路都打晃，可他就是不上车。我坐在车上，人家在地上跑，真是一点邪念都没有。这样的人能简单说成是二十块钱的人情？不行，我得去。"说着就往身上穿外套。

姨母按住她："不行，起码今天不行。下午一点，我答应了三元染厂的赵老三了，人家陪德意志洋行的客人来看你。听话，啊？"

远宜厌烦透顶地坐下了，把外套用力甩向一边。姨妈赶紧过去拾起来，抖搂一下搭在臂弯里。远宜撇着脸："那你把顺子叫来，让他先去一趟。"

姨母蹲在沙发前哄她："远宜，你现在可是远近闻名的红人儿，那些做买卖的哪个不到咱这里来？用不几天，那陈掌柜的准来。到时候咱好好招待他不就行了嘛！啊，听话。"她见远宜还努着嘴生气，眼珠一转，扶着她的腿说，"远宜，他不是要开业吗？要么到那天咱给他送厚礼，不仅还了人情，还给他撑了门面。这多好！"

远宜立刻惊喜起来："对，我给他来个惊喜。我要好好谢谢这位陈大哥。"

中午，三辆洋车来到济南聚丰德饭庄门前，东初一并付过钱。因为宏巨染厂开业要在这里请客，寿亭打量着店外的场地。家驹抬头看着饭店的对联，不禁念道："'冬笋茭白淡咸六味，鹿唇驼蹄上下八珍。'东初，这口气不小呀！"

东初笑着说："这是济南最大的馆子，正宗鲁菜。六哥，你看这铺面还行吗？"

寿亭笑笑："咱又不吃铺面，只要能把生的弄熟了就行。"

饭店刘掌柜一溜小跑迎出来，让着三位往里走。

楼上"风摆荷"雅间，三位落座。

饭店对面有个小空场子，一个外地来的艺人在变戏法儿。这汉子有三十多岁，光着膀子。他面前的地上铺着块红布，上面扣着两个小碗，一对铁球，还有一个小泥人。他正在招徕看客："各位，本人虽是家在济阳，但祖上却是济南人，当年袁世凯当济南提督，我爹就是他老人家的马弁。现在麦子早收了，秋庄稼还没到点，所以抽空到济南来寻寻旧友，带来几样玩意儿，在这里献丑。刚才说了，我虽不是济南人，但是俺爹是济南人。当然，不是所有的济南人都是俺爹。各位老少爷们，婶子大娘，姐姐妹妹，您有钱帮个钱场，没钱帮个人场，一分二钱，往这里扔。"他用手一指跟前的红布，"炸弹——"他一指远处，"往那里扔。"

周围的人大笑。

"你别光说不练哪！"周围几个人喊。

雅间里，桌上已经摆上了四样小菜。东初拿着菜谱，他说一个菜，小二点一下头。

这时，楼下传来变戏法的招徕声，东初皱了皱眉，小二赶紧过去把窗子关上，冲着东初点头赔礼。

菜点完了，东初把菜谱交还了小二。小二一溜喊着往下跑："清烹虾段，软炸里脊，九转大肠，爆炒腰花，罗汉肚，荷叶肉，外带奶汤蒲菜。三元染厂三掌柜的赏钱五毛——"

"好嘞——"厨房里随之应和。

寿亭说："这一个地方一个风俗，青岛的饭店就没这套。北京和济南差不多。东初，这后一声，有的能喊出来，有的就不能喊出来。比如小偷，让他一喊'贼赏五毛——'那警察就来了。"

东初家驹都笑了。

楼下，那个变戏法的拿起小泥人："我这东西可是个宝，前知三百年，后知五百载。这位说了，你这是胡吹。好！咱看看我是不是胡吹。说远了没用，咱就来近的。咱先问问他这两天的天气怎么样。咱先说昨天——"说着把小泥人放到耳朵上，"它说了，昨天是阴天。各位，说对了吧？好，咱再问问他今天——"又把小泥人放到耳朵上，"它说今天是晴天。对了吧？好，咱再问问它明天——"说着又放到耳朵上，这回拿下来说，"它说了，这明天——明天再说吧！"

周围的人哄堂大笑。

这时，饭店里的刘掌柜挤进来，对着变戏法的一拱手："兄弟，对不住，今天小店有贵客说话，您换个地方发财？我这里谢了。"说着塞上三毛钱。那汉子一看，也识趣地抱拳还礼："哟，得罪，得罪，还劳您破费。"说着收摊子。

观众纷纷散去。

菜上齐了，东初、寿亭和家驹一齐碰杯。这时，刘掌柜进来，进门就抱拳问好："三掌柜的，刚才撩帘的稍没留神，来了个卖艺的，咋咋呼呼，扫了三位的兴致，得罪，得罪！"

东初赶紧站起来介绍："六哥，这是刘掌柜的。刘掌柜，这是宏巨印染厂的陈掌柜的。这位是卢先生，德意志洋行的买办。"

刘掌柜有四十多岁，上唇有胡子，微胖。他连连作揖："陈掌柜，卢先生，贵号开业，把这么大的场面安排在小店，真是抬举小弟。谢谢！以后陈掌柜的在济南发财，还得多关照小店。"

寿亭也是抱拳："这是给老兄添麻烦，你还得多担待。来，刘掌柜，我先谢了。"说着拿起酒杯，与刘掌柜一饮而尽。

刘掌柜喝完酒说："这菜还将就？"

寿亭朗声说道："相当好！"

刘掌柜又抱拳："过奖，过奖。三掌柜的，谢谢你给我介绍这么个大主顾，这桌饭，算兄弟请了。"

东初刚想说谢，寿亭用手拨开东初："刘掌柜，我这人粗，有什么说什么。你这买卖在济南的饭馆子里算是头一号。可这毕竟是饭店，饭店就是把生的弄熟了，烟熏火燎的看着挺热闹，可这挣不了多少钱。我说话你别在意，你这买卖太小，撑不住折腾。你要是想请我，好！等一会儿让厨房给我来碗豆腐，再来头蒜，那就算请了。"

刘掌柜不便执拗，他赞赏寿亭的直爽，谢过出去了。

东初说："六哥，等一会儿咱们还要去见夜明妃，你吃蒜，不行不行！"

寿亭笑了笑："咱俩又不上去，就是在远处看看，家驹不吃就行了。"他笑着，用力拍家驹的肩。

"什么夜明妃？"家驹摸不着头脑。

寿亭擦擦笑出来的眼泪："家驹，这回可是真东西。夜明妃，中国第一名妓！名声不下于北京的董，董，董她娘的什么来？"

东初赶紧补充："董小婉。"

"对，董小婉。家驹，这夜明妃和董小婉可不是一道局。董小婉是个穿便棉裤的大娘儿们，可这夜明妃，既会弹钢琴，又会说英文。那个美呀！真好看呀！其实我也没见过。哈……"他猛拍家驹的肩膀。

"你没见过就说得这么热闹。"家驹又气又笑。

"老三见过。前天我让老三送去一百大洋，说了不少好话，咱这才约上。家驹，见这夜明妃得提前三天预约。和她说一个钟头的话，最少是五十块。别人说一个钟头，咱说俩钟头，够了吧？"

家驹不解："这么贵？离谱了吧？"

东初接过来说："一点不离谱。我说你是德国洋行的买办，德国工科的留学生，人家这才答应。我要说是六哥，开染厂的不认字儿，钱再多也没用。"

家驹笑了："有点儿意思。我这里先谢六哥！"

寿亭说："我先说好了，我就请这一回。这些年在青岛，你没少挨了我的骂，没让我骂死就算命大，这回算是哥哥赔个不是。家驹，这夜明妃可是个无底洞呀，到时候可别说六哥害你。"

家驹不以为然："六哥，我什么样的没见过。北京上海我都花不了眼，这济南不会有什么特别人物。"

东初笑着说："家驹，话可不能这么说。那天我去定点子，从旁边看了一眼，那真是勾魂呀！她不是单纯的漂亮，有股说不出来的味儿。"

家驹来了精神："噢？我是得见见。"

寿亭笑得更厉害："家驹，见了这一回，想着下一回，就往那里送钱吧！送完钱就心疼，心疼就骂陈六子。"

沈远宜坐在那里吃饭，两个老妈子在旁边侍候着。她还是看那张报纸上的广告，问："这制锦市街离咱这里多远？"

年轻的那个老妈子接过来说："不远，在西关，过了护城河就是。"

"你们知道宏巨印染厂吗？"

两个老妈子对视摇头，说不知道。

东初他们的酒快喝完了。东初说："咱开业要请的那些人，我和家驹谈过了，济南的商号我出面请，外面的商行洋行家驹负责请。六哥，你刚来，这场面咱得办得像个样！要不镇不住。"

寿亭点头："你俩看着请吧。"

家驹说："咱买他机器的西门子公司，卖给咱锅炉的康进西公司我都请了。洋人爱送花篮，我觉得这倒好，比送牌匾之类的雅。"

东初说："家驹这一说，我倒想起来了，上海六大染织厂，天津五大染厂，在济南都有外庄，我也让他们送花篮。家驹，你这干了洋行，和你那些同学都联系上了，什么美国使馆英国使馆，也让他们表示一下。"

家驹说："德国使馆没问题，我让安德鲁去办。其他使馆的那些同学也都在那里管点事，洋鬼子爱凑热闹，我估计问题不大。当时咱上工业学校，人家都瞧不起，可是咱有钱，断不了地请他们吃顿饭。现在他们混好了，我一请，肯定会来，让我看看他们那谱儿。六哥，这些年他们去青岛，也都是咱照应，这点小忙他们能帮。"

寿亭站起来："我说，我一句外国话也不会说，净是来了些洋鬼子，你俩让我说什么呀！不行，不行！"

"六哥，我和东初都会说，你放心好了。六哥，你忘了，你不是有绝的吗？"

"什么绝的？"

"你不是能猜出洋人说什么吗？"

"我揍你！"

家驹求饶。

东初说："六哥，自庚子以来，中国人一听见洋鬼子就害怕，要是来上几个洋鬼子，那就给咱壮了门面。我厂里那两个安装印花机的捷克人还没走，要是不行，让他俩也扮上，反正到了那里就是吃饭，也不让他说话。"

寿亭忙摆手："不行，不行。不管是哪国人，这干什么的一眼就能看出来。那俩毛子我见过，太老实，没有那股子趾高气扬的劲儿。不行，不行。"

家驹说："我洋行里的那几个洋人肯定能来，他们还惦着和六哥做买卖呢。"

东初又说："六哥，这济南和青岛不一样。青岛原先是德国人占着，后来又让日本人抢了去。前几年国民政府虽说是收回了，也是有名无实。所以，青岛没有那些税务局之类的烂衙门，干工厂基本上是没人管。这济南可不行，各种衙门齐全，哪个衙门咱也惹不起。我觉得还得请这帮王八蛋。"

寿亭笑笑："好，那就给这些王八蛋下帖子，你俩看着办。"

东初看了一眼家驹，试探着说："家驹，我觉得訾有德也得请一下，这家人也不能怠慢。"

家驹看看寿亭，没敢直接表态。

寿亭不以为然地问："这姓訾的是干什么的？"

东初赔着笑说："六哥，这訾有德是我和家驹的高中同学，但他爹很厉害，是山东最有名的律师。济南人把律师叫作刮地皮的。他爹叫訾文海，号称山东第一名嘴，没理也能争三分。他有这样一个本事，再没理的官司，只要找了他，准能打赢了，但是也准能叫你倾家荡产。你只要找了他，那就只能把官司打到底，你想中途停下，门儿也没有。"

寿亭问："怎么着，不打了还不行？"

东初接着说："对，不打都不行。你不打了，他帮着对方打你，逼着你再回来打。所以济南人都恨他，也都怕他。他也知道自己干了不少缺德事儿，就把他家的院墙垒得六七米高，上面还有电网，防止仇家晚上跳进来，要了他的命。因为他家院墙高，济南人把他家叫作'模范监狱'。咱在济南干买卖，这样的人咱惹不起。六哥，咱好鞋不踩臭狗屎，我看就给他下张帖子吧！"

寿亭冷冷一笑："哼！这是他娘的明抢明夺，这样的人比土匪都可恨。"

东初笑了笑："六哥，你这话算说到点子上了。现在都知道訾文海厉害，所以不是太大的冤情，就不打官司。如果冤情太大，就直接雇土匪报仇。有人算了一笔账，请土匪比请律师还合算。请訾文海，那是花不完的钱，小官司他能给你弄成大官司，不让

230

你倾家荡产他不算完。可请土匪呢，是一次性付钱，土匪既讲义气又有信用，既能省钱，还能解气。所以訾家现在的买卖不算好，真是没人敢再请他。他那儿子訾——"

寿亭把眼一瞪："什么？这样的人还能有儿子？没了天理！"

东初接着说："中学毕业后，他那个儿子訾有德去了北平，在一个野鸡大学里混了个文凭。现在没人请他爹打官司，他就想另找发财的路，前两天来找我，问我干染厂能不能发财，还问我入不入他的股。"

家驹接过来说："他也找过我，问我为什么不干染厂了。六哥，这个訾有德交际极广，滕井他也认识。"

寿亭一斜眼："认识滕井，他就该知道陈六爷。他要是还长着眼，最好离咱远一点。"

家驹接着说："他说他挺佩服你，想认识认识你。"

"你直接给我告诉他，陈六爷见的都是好人，他这样的，周仓摆手——关二爷不见！"

东初思忖着说："六哥，这訾有德翻来覆去地打听染厂的事，莫非真要干咱这一行？六哥，他要是真一脚迈进咱这一行来，咱两家就得处处防着他。这訾有德虽说不会打官司，但他那爹忒狠，心忒坏。他也够受的，极度自私。家驹，你还记得吧，当初他借了徐平三的自行车，说好就一天，可一个礼拜没见人。还车子的时候徐平三问他为什么不守信用，他说，你没法从法律上说我不守信用，咱俩当初没写借据。就这种人性！"

寿亭冷笑道："你就告诉他干染厂最发财，让他干，我第一个办挺的就是他。我也让他尝尝倾家荡产的滋味，给济南的老少爷们儿除了这一害。"

东初忙摆手："别别别！六哥，这样的人咱惹不起。"

"哼！只有他惹不起咱。这样的人，老三，不能请。你要是请了，我当场抽你嘴巴！少他娘的砢碜我！"

家驹一看寿亭火气上来了，忙从桌下攥东初的手，东初忙说："六哥说不请咱就不请。"

寿亭气得鼻子里冒冷气，端起酒来连干了三杯。家驹东初面面相觑，不敢多说话。

寿亭喝完酒，就想掏出钱来结账，东初摁住："六哥，今天我结账。六哥，济南这地方和青岛不一样，有些话你还得听我的，我对济南熟，所以有些还不能不请，就是再恶心人也得请。比如这个人——"

"又是一摊什么狗屎？"

"嘿嘿，就是青洪帮的白志生。上次你见的那家伙。"

"老三，你让不让我吃完这顿饭，这都是些什么玩意儿？除了刮地皮的，就是敲竹杠的。你兄弟俩在济南就是整天应付这些人？"

东初赶紧解释："不是，六哥，我怕他们捣乱。"

"敢！土匪我都不怕，还怕这些王八蛋！去他妈的！"寿亭火了。

东初忧虑地摇摇头。

4

东俊吃完午饭后，坐在椅子上合目假寐。太太过来说："到床上去歇会儿吧，到点我叫你。"

东俊没睁眼："不用，老三陪着六子去聚丰德吃饭了，我一会儿就得回厂。"

太太坐下："六子来济南时候不短了，看看你哪天方便，叫他和采芹来家吃顿饭。"

东俊睁开眼："他哪有这个空儿！厂是新的，机器还得调试。采芹也挺忙，新买的那个院子也得指画着收拾。前天我过去，见家里在安电话。她说电话通了之后，第一个就打给你。"

这时，电话铃正好响了，东俊乐了："我这里刚说到电话，这电话就响了。你接，可能就是采芹。"太太过去接过来："谁呀？"

对方报了姓名。太太表情紧张，捂着话筒说："找你的，訾家那儿子。"

东俊厌恶地摆手，低声说："就说我不在家。"

太太说："别价，他是问老三去哪了。"

东俊无可奈何，接过来："有德呀！"

訾有德说："大哥，东初去哪了？厂里说他出去了，家里的老妈子说他没回家。"

东俊说："他和陈掌柜的还有家驹出去吃饭了。"

訾有德说："嗨！我给他说了好几遍了，让他给我引荐陈掌柜的，这个东初，把这茬儿给忘了。在哪个饭店？我去找他。"

东俊嘴角有一丝冷笑："哟，在哪个饭店我不知道，可能是在汇泉楼，昨天我好像听他说了这么一句。"

訾有德说："好，大哥，那我去找他。我挂了，大哥。"

东俊放下电话，太太问："刚才你说是去了聚丰德，这怎么又成了汇泉楼了？"

东俊笑笑："姓訾的这些天总打听染厂的事，说不定是想开染厂。他知道六子是个人物，就想认识认识。哼，还聚丰德！他要是去了，六子一听訾家是刮地皮的，还不当场把桌子掀了？掀了桌子也不散伙，他能吐老三一脸唾沫。"

太太说："这小六子，张飞卖刺猬——人又刚强，货又扎手。你还得常说着他，让

232

他学会应付街面儿上这些事儿。"

东俊冷笑一下："哼，刮地皮刮不着了，想起这一行来了。"

太太紧张地说："訾家要是干染厂，那咱可得小心着点。"

东俊笑笑："訾家要是干染厂，根本用不着咱，光小六子自己就能弄得他浑身痒痒找不着虱子在哪里。别看訾家这么大能耐，在印染这一行里，小六子的哪一招儿他都接不住。说不定这些年刮来的钱全得扔下。"

太太更紧张："他爹，晚上你就把六子和采芹叫家来。我打发王妈准备饭。你可得给他说说这訾家的事儿，千万千万别惹这家子！你看着那訾文海戴着眼镜，拄着文明棍和个人似的，真比无赖还无赖。一旦让他沾上，那是没完没了的麻烦。"

东俊摸着下巴，隔着帘子看向院子："还是六子说得对，他来了济南，是我的一条膀子呀！"

第十六章

1

虽是中午一点多钟,芙蓉街的妓女却已站在了门口,嫖客也络绎而来,东张西望,左右挑选。寿亭三人刚进街口,一个神情猥亵的中年人便挡住了他们的去路。寿亭虽不认字,但做派里却有点不怒而威的意味。那汉子看看寿亭,知道这是主事的,随之掏出来两包药:"先生,这是好东西。"

东初想拉着寿亭走,但那汉子把药杵在寿亭面前。寿亭接过来看。那汉子忙进行功能介绍:"这是'金枪不倒',这是'一夜成仁',灵着哪!"

寿亭认真地点点头:"嗯,好药,那你先吃上我看看。"

那汉子干笑着:"先生,我不开玩笑,这药真是很灵。你再看看这一包,'梅开二度',真正的印度货。"

寿亭拿过来:"嗯,这刚把你从局子里放出来,你又干上了。你是不是还想进去?嗯?"

那汉子一惊,结结巴巴地说:"先生,你,你认错人了。"说着撒腿就跑。倚在门边上的那些妓女也随之抽身而回,把门关上。

三人哈哈大笑,东初问:"你怎么知道局子里抓这个?"

家驹接过来说:"在青岛天天抓。这些人卖药挣不到太多的钱,没法给警察行贿,所以抓他。"

寿亭笑着把药递给家驹:"拿着,兄弟,说不定能用上。"

家驹接过来,随手扔在地上。三人笑着进了夜明妃叙情馆。

这个小楼是砖木结构,地上铺着青砖,庭中还有立柱。楼下的客厅很大,里面是一组沙发,靠外一点是个圆桌和几把圆凳。整洁干净,气氛静谧。冲门是幅大中堂,画的是东坡踏青,两边的对子也是苏轼的旧句"人似秋鸿来有信;事如春梦了无痕"。家驹耳目一新,兴味盎然,不住地点头称许。

沈远宜的姨母款款地向东初走来,不卑不亢,举止得体,虽有笑意却无笑容。东初赶紧鞠躬:"姨母好!"

姨母手叉右腰,给东初还礼,让着三位坐在圆桌处。随之一壶热茶不期而至。

寿亭使劲嗅,转着圈看内里的陈设,感觉别致,不住地点头:"就凭这股子香味,

234

嗯！行！"

送茶的走了，斟茶的下人过来。家驹看着那茶说："六哥，这是英国骨瓷机器壶，真是讲究。"

寿亭掏出土烟点上，不以为然地说："新夜壶刷干净了，一样冲出好叶子。"

姨母闻言，看了寿亭一眼，寿亭并不躲闪，姨母只好隐忍。

东初谦恭地对姨母说："姨母，你请沈小姐下来一趟好吗？我这两位朋友都没见过沈小姐，也想一睹芳容。拜托姨母。"东初再次鞠躬，口气谦和。

寿亭说："嗯！说得这么热闹，是得看看。"

姨母鄙夷地剜了寿亭一眼，寿亭看见了："怎么着？看我这打扮土？当心把你外甥闺女娶了。"

东初赶紧赔礼："我这朋友说话直，姨母别介意。"

姨母没看寿亭，不满地对东初说："三掌柜的，你是济南商界名家，这没说的。可你朋友这做派，怕是远宜不肯见。"

寿亭笑了："不是我，是我这朋友上去。别说你不让我见，就是让我见，人家也不见我呀！"

沈远宜听见寿亭大声说话，在楼梯的拐角处停了一下，笑了。她知道来的是寿亭，但她一见，还是愣了一下，抿着嘴笑。她低头来到跟前，十分温柔地说："三位先生好！"

东初家驹连连问远宜好。寿亭大大咧咧："难怪，难怪，就这一声，人都酥了。"说罢大笑起来。

东初伸手介绍："沈小姐，这位是宏巨印染厂的陈寿亭先生，马上就在济南开业。"

远宜深情地看着寿亭说："陈先生好。"

寿亭脸向别处，不敢正面接触："好好好。"

"这位是德意志洋行的卢家驹先生。就是他仰慕沈小姐。"

"卢先生好。"

家驹十分礼貌地轻轻拉拉远宜的手。

寿亭一抬手："家驹，这就开始算钟点，你快上去吧，看看能不能弄出点实事来。我和老三在下面喝茶。听着，这在家减衣裳，出门带干粮，没病预备药，你倒是好，三包药全扔了。"

东初十分尴尬，把脸看向街；家驹站在那里无所适从；姨母气得脸都青了。可远宜只是笑，像小妹妹一样拉起家驹的手，在前面用力拽。家驹还不好意思，支支吾吾地给他俩打招呼，寿亭摆手让他快去。远宜随走随回头对着寿亭笑。寿亭也笑了："你看我干什么？把我兄弟侍候好。"

远宜抿着嘴，点点头。寿亭那么粗鲁，她一点不生气。

姨母气得一甩手到里边去了。东初凑过来说："六哥，我看这夜明妃对你有点意思。"

寿亭身子往回一缩："老三，这你就外行了。到这儿来的都拿拿捏捏的，没文化也得装着大学毕业。人家没见过我这样的，觉得这新鲜，心想：咦，这个土孙挺有意思！"

"不是，六哥，那眼光，生生就是喜欢你。"东初认真地说。

寿亭一拍大腿："你六嫂当年比她还俊。当然你六嫂不会弹钢琴。东初，这话又说回来了，她也不会纳鞋底子，不会炖豆腐做饭呀！"

"六哥，"东初喝口茶，"你这些年还真不赖，也没再给我弄个小嫂子。"

寿亭点上土烟，东初退开一点，他看着寿亭抽土烟，很无奈。

"买卖好，心闲的时候也不是不想。可我一动这个心思，就想起当初你六嫂对我的那些好处来，心里就酸，就不由得骂自己下三烂。家驹说我人虽然粗，可很懂感情，说我和你六嫂是情深似海，外人插不进来。我仔细琢磨琢磨，还真是这么回事。我这辈子，免了！打麻将，来个清缺，绝了这一门吧。"寿亭笑起来。

2

楼上，远宜削个苹果递给家驹，家驹接过苹果放在一边，叹口气，表情怅惘。

远宜轻声问："卢先生，是我让你生气了吗？"

家驹摇摇头："没有，只是恨自己没和沈小姐生在一个年代。"说罢唏嘘不已，头也垂下了。

远宜笑笑："生在一个年代又怎么样？"

家驹目光炯炯："我要是和你一般大，就会不顾一切地追你。四十了，晚了！"

远宜给他端过茶："咱们是忘年交的朋友，一样很好的，何必去想那么多？卢先生，我不愿意看你不高兴的样子。"她把嘴努起来，故意使气。

家驹干笑了一下："刚见你的时候，我突然想起海涅的一句诗。"

"噢？"

"你听得懂德文吗？我知道你英文很好。"

远宜摇摇头，那么天真。她看着家驹，眼神清澈。

"那诗不好翻译，如果硬是译成中文，大概意思是'叶子落去之后，才想起枝头上的花，但是，明年春天你不在'。唉！"

远宜说："卢先生，你太让我伤感了。"她玩着白手绢，眼睑垂下来。

家驹动了真感情，长吁短叹，不能自已。

远宜眼前一亮："卢先生，我给你弹琴吧！"

家驹恍恍惚惚地应道："好，好，弹吧。"

"你愿意听什么？"她歪着头问。

家驹这才回过神来："噢，噢，弹，弹《Dialogue du vent et de la mer》，风和海浪的对话。"

远宜很高兴："卢先生喜欢德彪西……"

琴声传来，寿亭抬头听着："有点意思。东初，我看家驹能毁到这一场里。"

东初淡淡一笑："不会，家驹见过世面，家里的二太太也是新派人物。"

寿亭说："他那二太太？哼！是让我一顿骂，骂得没了脾气，这才放下学生架子，学做老婆。就她那套武艺，根本没法和这夜明妃过招儿。老三，这夜明妃要是真勾住了家驹的魂儿，我看，给他留在宏巨染厂那一成份子，差不多就该全送来了。"

东初笑着说："听琴听琴，别唠叨那些买卖上的事儿，那些东西和这个环境不配套。"

寿亭一瞪眼："嘿！我看你那魂也快给勾去了。这事我可得给你哥说。咱浆里来水里去地染布淘纱，弄那俩钱儿可不容易。要是看着好，花上大钱娶回家，没事儿慢慢地叙情，我看倒是比零碎着送钱便宜。"

东初斜他一眼，又向外拉了拉凳子。

这时，姨母过来了。姨母本来不想理寿亭，可他主动搭讪："大嫂，你这买卖可真行！不用水，不用电，比开工厂都挣钱。"姨母不理他。"我说，别看你半老不老的，还真有一手。别的窑子吧，费劲不少，挣钱不多。你这好，不费劲，嘿，不少挣钱。"

姨母实在受不了了："陈掌柜的，你也是有身份的人，别张口窑子闭口窑子的，这里是叙情馆，是说话的地方。"

寿亭不管那一套："其实都一样。只是别的窑子进门直接开始，你这里得慢慢滋润，等滋润透了，再说下一回。差不多也滋润透了，钱也花完了，最后还是什么事儿也没有。"

那姨母实在受不了这一套，一甩袖子气得走了。

家驹在楼上鼓掌。寿亭对东初说："老三，没事，家驹还活着。"

东初有点儿烦："六哥，是不是让那一百大洋心疼得你胡说八道？真是！以后咱还怎么再来？"

寿亭狡黠地笑着："我是没打算再来第二回。"

237

楼上，远宜问："那两位是你的朋友吗？"

"是，穿西装的那位你认识。穿便褂的过去是我的合伙人，一起在青岛开过染厂，青岛大华染厂。我那牌子叫飞虎牌，沈小姐听说过吗？"

"嗯，听说过。"远宜点头，"那你为什么不和他在一起干了呢？"

家驹笑了笑："沈小姐，做生意很不容易，我觉得自己不是做生意的材料。"

远宜问："十八号开业你还去吗？"

家驹一愣："你怎么知道十八号开业？"

"报纸。"她调皮地用手指了一下。

"噢。是这样。我去，宏巨也还有我的股份。在这里，我郑重邀请沈小姐也能赏光。"

远宜点点头："我会去的。"

家驹惊喜："真的？好！欢迎！十分欢迎！"

家驹有颈椎病，脖子总是不舒服，他一有空儿就东摇西晃地活动活动。远宜很温柔地说："卢先生脖子不舒服？"

"唉，也没什么大毛病，就是老了。"

远宜站起来："我给你揉两下吧，可能会好一点儿。"

家驹很意外："实在不敢劳驾沈小姐。"他刚要站起来，远宜双手将他按回椅子上，转到他身后，慢慢地给他捏着。家驹闭上眼，如醉如痴。

远宜笑着，笑得很甜。家驹下意识地去摸远宜的手。远宜笑笑，撒娇地说："别乱动嘛，听话！人家给你按摩呢！"

家驹摇摇头，把手拿开了，叹了一口气。

东初给寿亭倒茶，他好像缓过来了。

寿亭说："东初，这时候也不短了，咱这一百大洋也快花完了，也不知道家驹弄着点真东西没有？"

"六哥！你别老说粗话。这是什么地方，真是！让人家怎么看咱！"

寿亭用指头点着他："你看看，幸亏上去的不是你，我看你还不如家驹呢！"

东初不再理他。

寿亭涎着脸问东初："你常去窑子吗？"

东初不回答。

寿亭觉得没趣，转换话题："弟妹那自行车骑上了吗？"

238

东初这才回过身来，笑笑，说："六哥，你抽空儿还真得说说我哥。你弟妹穿个制服裤，他把我叫去数落一顿，买了自行车，这不又不让骑。别看他认字儿，我看在有些事儿上，还不如你这不认字儿的呢！"

寿亭点点头："这骑自行车我能说他，可这制服裤我也觉得还是不穿的好。"

东初纳闷儿："为什么？"

"这制服裤的裤裆小，用布少，对咱这个行业不利。"

东初气得笑了："你要是上来邪劲，一句正话也没有！我表姐不知道怎么和你淘得。"

远宜看了一下表，家驹意识到时间到了，识趣地站起来说："我该走了。"

远宜轻轻地说："没关系，可以再坐一会儿。"

家驹摇摇头，整理西装，自言自语地说："李易安说，'才下眉头，却上心头'，过去以为她这是遣词造句，现在看来，这是'只缘未到情深处'呀！唉，确实如此呀！'此去经年，应是良辰美景虚设'……"说着顾影自怜地整了下西装。

远宜笑而不语。她看着家驹，说："卢先生，你把眼睛闭上。"

家驹十分听话地把眼闭上了。远宜慢慢地走上去，轻轻地依偎在他胸前。少顷，她用左腮右腮各贴了一下家驹的脸。家驹没睁眼，只是在陶醉。远宜离开："卢先生，十八号再见！"

家驹整顿了一下情绪，深吸一口气，又长出一口气，大声说："唉，平生愿足。"

东初三人走出门来时，太阳斜照着芙蓉街，街口上的小商贩也陆续出摊，开始营业。

寿亭用指头在家驹眼前晃。

家驹用手推寿亭："干什么，六哥？"

"我看看魂儿回来没有。感觉怎么样？"

东初也很关心："都聊了些什么？沈小姐的修养怎么样？"

家驹叹了口气："真好呀！别说一百大洋，就是二百也值。六哥，你见了她，不是想把她怎么样，甚至一点杂念都没有，就是想和她那样坐着。面对面，心里真安静呀！真美呀！"

寿亭说："你说的这套全是虚的。别说那些没用的，弄着点真玩意儿没有？"

"什么真玩意儿？"

大家笑起来，家驹不笑："六哥，在她面前，要是想那事，俗！不过最后她自动亲了我两下。"

寿亭大叫："好！值！一下子五十块。五十块买一车肘子。她这钱来得容易，两下两车后肘子！"

东初指着寿亭对家驹说："六哥就知道肘子！这哪跟哪？根本靠不上。你吃了蒜，本来就不让你跟着来，你非得跟着。跟着就跟着吧，家驹，你不知道，这俩钟头，六哥就没停下胡说八道，弄得我在人家那里上不来下不去的。"

寿亭说："叙情馆，叙情馆，就是让你想说什么就说什么。老三，我看明天准找不着你了，你是一准儿跑来。一会儿回去，我先得把这个情报向你哥报告。"

东初说："你给我哥说咱俩到了这地方来？你以为就没人能治了你？到时候，我让我哥给你来个以毒攻毒，让他把这事儿告诉苗哥，你就等着挨熊吧！"

寿亭忙说："我错了，三弟。情报现在取消。哈哈……"

家驹始终没有进入他俩的谈话，只是一个人深思。他忽然转过脸来正色道："六哥，东初，刚才我想，这沈小姐虽然美，人也看着挺善良，又会弹钢琴，又通英语，这样的女人不多见，但是，这样的女人不能娶回家，只能这样远远地看着。"

东初认同地点头。

寿亭问："为什么？归了咱自家，还不愿什么时候叙就什么时候叙？真是想不开。"

家驹说："六哥，这你就不懂了。这样的女子一旦娶回去，就糟蹋了。鲜花不能摘下来熬汤喝，那是暴殄天物，焚琴煮鹤。"

寿亭提出相反意见："我看煮了就利索了。"

家驹并不笑："六哥，你只要看着这个女人好，你真心地喜欢她，最好离她远着点儿。因为一旦走近了，在一起时间长了，就看出缺点来了，原先的那美也有残缺了。要是那样，实在是一种失败。我是刚才见了沈小姐，冒出来的这个想法。"

寿亭不以为然："那按你这个意思，我和你六嫂，还得一个住南屋，一个住北屋？中间是隔着个天井？花了一百大洋，什么实事儿没办了，没用的倒是弄回不少！"

东初说："家驹，你今天别理他！他是胡搅蛮缠，根本不和你说正经话。"

他们正笑着向前走，叙情馆斟茶的那个老妈子撵上来："先生，等一下。"

他仨停下来，很纳闷。

寿亭故作凶相："怎么着？还想再要钱？"

老妈子赶紧赔笑："不是，先生。"说着把银票递给家驹："我们小姐说，让你们把钱拿回去。"

"为什么？"家驹问。

老妈子笑着摇头。寿亭乐了："嘿，头一回见。家驹，难道你来个反勾魂，把夜明妃给勾住了？"

老妈子笑着走了。

东初接过来说："六哥，你看咱俗了吧？人家玩的就是这派。家驹虽说不懂印染，当然我是说不会干印染，可这学问却是通中西，人长得也好，又是留学生的派头。人家沈小姐也是欣赏。人家不是光认钱。这下好了，你在那里胡说八道了一下午，人家又是茶又是烟地侍候着，还把钱退回来。这下看你怎么说。"

家驹有点费解："这是怎么回事呢？"

寿亭点点头："周村王铁嘴说过这样的话：'闻道有先后，术业有专攻。'她练的这一功，一般人还真扛不住。不说别的，光不要钱这一招儿，咱仨就有点傻。她这是为什么呢？"

3

訾家的房子青砖青瓦，四角伸出，高大阴森，像个庙。院子也是青砖墁地，左右各一棵银杏树，旁边还有口水井。旁边放着消防锨和一大桶沙子，以备火起急用。

訾文海和儿子訾有德坐在正堂里商量事，小丫头小心地倒茶。那桌椅虽然也是八仙式样，但都是紫檀木的。訾文海身后墙上是他留学获得硕士的大相片。他那时还年轻，黑衣加身，下缀"日本东京帝国大学法律硕士"字样。

他有五十多岁，戴着老式圆眼镜，上唇是细线式小胡子，只镶在嘴唇上一溜，上部剃得很干净。人本来就胖，再加上这溜胡子，就显得凶。訾有德和家驹年纪相同，也是约四十岁，人长得很体面，中等身材，也戴着金丝眼镜。

訾文海放下茶说："这陈六子明天开业，到现在还不送请帖来，是不是忙得忘了？"

訾有德说："不可能。我既找了赵老三，也找了卢家驹，当面给他说过了。这二位都答应了，可为什么还没送来呢？不行我亲自去要？"

訾文海一抬手："不行，咱可不掉那个价。这陈六子刚从青岛来，不知道咱訾家是怎么回事儿，可能没往心里去。随他去吧，愿意送就送，不愿意送，哼，反正早晚都得认识。"口气极为自信。

訾有德点上支烟："爸爸，咱既然想涉入印染行业，就得熟悉这一行。这陈六子挺能，胆子也挺大。滕井特别嘱咐，最好先别和陈六子弄翻了。这人并不好惹。"

訾文海看着院子："滕井，哼，他不了解我，他哥哥了解我。他应当知道咱们也不好惹。"

241

訾有德担心地问："爸爸，这日本人占了东三省，咱和滕井联合办厂，会不会影响到你在法律界的名声？"

訾文海不动声色："咱的五十一，他的四十九，咱是大股东。咱就是用他的钱，并不让他露面，不会有事的。"

訾有德试着说："我看这滕井不好控制。比如，咱厂址上的那些旧房子，拆下来的旧砖也能卖钱，可他非得让咱用火药炸，要弄出点动静来。再说了，咱开业的时候不能让他到场。"

訾文海转过脸来："有德，对于合伙人，要慢慢去改变他。时间长了，滕井就知道咱是谁了。其实，他在济南也找不到合作者。陈六子是他的老熟人，他为什么不去找他？"

訾有德点点头："你是说他只能与咱合伙？"

訾文海冷笑笑："别看他占了东三省，到了济南，滕井就得听咱的。国民政府再熊，也不会让他打到济南来。他那兵打不到济南，就只能用经济来占领。咱家是干律师的，并不懂印染，他之所以找到咱，就是因为咱有影响力。不用管滕井，我有办法对付他。倒是这个陈六子要费点心思。这人对我们很有用处，他要是能帮咱一把，咱就把滕井甩了。我也不愿意和日本人搅得太深。"

訾有德说："爸爸，这同行是冤家，陈六子要是不能得到好处，怕是不会帮咱的。"

訾文海很自信："他刚来济南，人生地不熟，能认识咱，对他有好处。让他入股就算给他面子了，不用给他额外的好处。哼，连字都不识，我不相信他能有什么超常的本领。"

訾有德认为父亲说得对："爸爸，要不我再给卢家驹或者赵老三打个电话？"

訾文海摇摇头："不用，他要是不送请帖来，明天早上咱自己去——山东第一律师给他这个面子。"

訾有德说："这是不是太抬举他了？再者他也不认识咱呀！"

訾文海冷笑一下："他不认识咱，他请的那些客人还不认识咱？咱只要去了，就是给他捧了场，他就欠了咱的人情，接下来什么事情也就好说了。"

4

聚丰德饭庄后堂会客室，寿亭家驹还有东俊兄弟俩在喝茶商量事。旁边是三盘子用红纸裹着的大洋。

门外金彪等四个一米八以上的大汉在通向后堂的过道处站立，表情严肃。

白志生钱世亨带着十几个地痞横着走进饭店，刘掌柜赶紧迎接。

"陈掌柜的在哪？我们来贺喜！"

刘掌柜不敢怠慢："白爷，钱爷，陈掌柜的在后堂。这边走，这边走。"说着引他们往里走。白志生让手下留下，他只和钱世亨进来。

来到门口，金彪向前横跨一步，拦住了去路。刘掌柜赶紧上前说："这是白爷，钱爷，来贺喜的。"

金彪打量一下这二人，侧身让他俩过去。白志生冷冷一笑，向前就走，路过金彪跟前时伸手一摸金彪的腰："嗬，兄弟，还带着家伙。"

金彪冷冷一笑，轻轻哼了一声。

钱世亨低声说："大哥，这家子不是善茬儿，我看还得见机行事，不能胡来。"

白志生根本不听："去他妈的，我让他见老子的鸡！"

二人推门进来。

"嗬，陈掌柜的，你是一点面子也不给呀！兄弟自己来了。"说着就坐下，拿过烟来就抽。

东初赶紧上来照应："怨我，怨我，陈掌柜的对济南不熟，是我把白爷给忘了。对不住，对不住！"

寿亭脸色铁青，强压着怒火："既然来了，就一块喝酒吧！"

白志生把眼一斜："就光喝酒？赵家两位掌柜的没说咱济南的规矩？"

"什么规矩？"寿亭站了起来。东俊赶紧把他按下。东初顺手拿过三根大洋，递给白志生："白爷，这是陈掌柜的给你的赏。"

白志生在手里掂了掂，哼了一声："陈掌柜的，这就是规矩。以后每月三百！谢了！"说完谁也不看，一撩褂子出去了。

寿亭气得咬牙切齿，大吼："白金彪！"

金彪带着三个大汉进来："掌柜的。"说着把枪抽出来。

东俊受不了了："六弟，这些王八蛋咱惹不起，有警察在后头给他们撑着。咱是正规买卖人，不和他们生气。再说，今天也不是时候。"

寿亭怒火腾起："我就是不干这染厂了，也要先办了他！"说着就脱外衣。

金彪带着另外三条大汉提枪就走，东初一把拉住："站住！你们先出去，把枪收起来，不叫别进来。没有我的话，老实待着。"

他们看看寿亭，家驹也示意他们先出去。金彪等人又把枪掖腰里，答应着出去了。

寿亭气得呼呼直喘。

243

东俊硬劝他："六弟，忍着，听哥哥的话，先忍他一忍。六弟，咱就是想出这口气，也得过了今天。再说了，就是出气，咱也不能出面。这事你甭管了，咱办完了这事，我亲自去天津，去叫运河帮的宁老五。当初在博山，仇家一刀没砍死他，他爬到咱家，是咱救了他的命。我一句话，他立刻就来。我也受够了，这事包在我身上，不仅办了这两个贼羔子，连他那药铺一块儿给他炸了。我这些年不愿生这气，总想着咱是正规买卖人，不愿意沾上贼匪。好嘛，他还没完了！六弟，放心，哥哥回头准办了他。"

寿亭这才坐下，还是呼呼直喘。

大堂里，白志生对钱世亨说："这姓陈的挺横，不服气。等一会儿，看我的眼色行事，给他砸了。我得让他知道咱是谁！"

众喽啰摩拳擦掌，跃跃欲试。

白志生往椅子上一坐，高声断喝："老刘，冲茶！"

饭店门口高挂灯笼，铺着红地毯。客人陆续到来。这些人有的抬着匾额，有的拿着礼单名帖，来到门口就交到司仪手里，司仪照单宣读。

寿亭家驹他们在大堂深处待客，一条紫红地毯一直通到他脚下。东俊站在寿亭稍后侧的位置上，重要人物他就接着。东初家驹站在红地毯两边，都是西装革履，油头锃亮。

司仪站在门口的台阶上高唱客人名号："陈寿亭先生同乡故友，山东商界第一名家，济南成德面粉厂苗瀚东先生！"

寿亭一听，回身对东俊说："苗哥从上海赶回来了，快！"两人赶紧来到门口。寿亭双手握着苗先生的手："苗哥，我算着你就能赶回来。"

苗先生身着缎子夹袄，器宇轩昂，五十多岁，头发漆黑。他把手放在寿亭的背上："六弟，咱弟兄们总算都来济南了。六弟呀，你是来了，可邮电局那买卖受影响啊！我没法给你写信了。"说罢朗朗大笑，旁若无人。二人还有东俊一齐往前走。司仪不敢念下一个，家驹东初也赶紧上来鞠躬握手。

寿亭说："咱弟兄俩常见面，也真省下不少心事。我要是想你的时候，抬腿就去了。再一来，我也肃静了，省得你整天炮二平五、马八进七地拾掇我。"

苗先生哈哈大笑："快，快站到那里去迎宾！让东俊陪着我说话就行。东俊，我多年之前，就知道六弟有今天。别说在上海，就是在欧洲，我也得赶回来。我替我兄弟高兴。哈……"

东俊过来接住苗先生，陪着坐在上首说话。寿亭归位，示意司仪继续朗读。

白志生钱世亨一见苗先生，就是一愣，相互交换一下眼色，没说什么。继而见寿亭和苗先生关系不一般，二人的气焰减了不少。

客人依次往里走，寿亭向来客作揖寒暄。

"章丘旧军孟家暨京沪宁杭四十八家祥字号代表孟庆利先生！"

这位中式打扮，寿亭很客气。

"济南齐鲁铁工厂马长有先生！"

东初赶紧向寿亭引荐。

"济南玉华纺织厂厂长丁世聪先生！"

这位三十多岁，白西服上别着红花，打着红领带："六哥，大喜呀！我爹发烧，派我来了！"

寿亭拉着他交给家驹。

"济南小清河运输公司经理赵树才先生！"

白志生对钱世亨说："你看来的这些人吧，全是些干买卖的。他妈的，办他！都不敢碰苗瀚东，今天就在苗瀚东的眼皮底下办，看他能怎么样！"

钱世亨说："可不行，姓陈的和苗瀚东不一般。"

白志生不屑："没收他苗瀚东的钱，其实也没什么大不了的，就是不愿惹麻烦罢了。"

钱世亨说："苗瀚东见了韩复榘都不站起来，他的背景深着哪！"

白志生一扬脸："你净听那些人胡吹。要是按你说的，咱这买卖还不能干了呢！"

"德意志洋行安德鲁先生！"

安德鲁手捧鲜花，面带微笑，趾高气扬地走进来。

家驹满嘴里跑着中德两种语言，向安德鲁介绍寿亭，寿亭抱拳致谢。"家驹，你就陪着老安坐吧。"

白志生一愣，与钱世亨对视了一下。白志生说："那小白脸不简单呀，还会说外国话。"

钱世亨说："这不算什么，赵老三也会。"

"英国渣打银行济南买办刘洪楼先生！"

家驹忙上去迎接。

"德国巴伐利亚康进西机器公司中国总办理何永平先生！"

"德国西门子公司中国总办理岳家庚先生！"

白志生有点沉不住气了："我说，这小子还真是有点来头。"

钱世亨琢磨着："还不要紧，全是买卖上的来往，倒是没有官府。"

"大不列颠及北爱尔兰联合王国驻华公使助理屠在东先生！"

这位也是三十多岁，身体笔直，一派绅士风范。他一见家驹就拥抱，然后向寿亭鞠躬。

寿亭手足无措，哈哈大笑。

白志生说："大不列颠这国，没听说过呀！"

钱世亨神情有点紧张："就是英国，大哥，这事办得有点糙。"

"山东省国民政府副秘书长耿世年先生！"

寿亭急问东初："你请的？"

东初摇头："没有。先别管这些，先接着，随后再问！"

"山东省警察总署专员代表任海洋先生！"

这位文质彬彬，一点不像警察。

"四十二军军长代表李志武将军！"

这位全副武装，见了寿亭双脚一磕，用力敬礼。寿亭无以应付，亲自让到座位上。

"天津德通银行刘炳琪先生长子刘继家先生！"

"山东文海律师行，山东省著名律师訾文海及长子訾有德先生！"

訾文海爷儿俩出现在门口，也是手捧鲜花。苗先生坐在那里，脸上出现厌恶的表情。他厉声质问东俊："老六才来济南，不知道轻重，你请他来干什么？你这是想干什么？"

东俊吓得忙解释："苗哥，谁也没请他，这家人想干染厂，是他自己拱进来的。"

苗先生一甩袖子："扫兴！"

訾文海的名字一报出，很多人都回过头去。大堂里安静了一些，东初家驹面面相觑。这时就见寿亭怒目圆睁，大吼一声："赵东初！"

苗先生忙站起来往这边走，其他人也都回过头来。东初见势不好，快步跑来："六哥六哥六哥，不是我请的，也不是家驹请的，是他自己来的。我和家驹没摁住。"

苗先生走到寿亭身边，低声命令："六弟，先接着。"说完就往回走。

寿亭忙应道："好，苗哥。"他双眉一扬，冲着门口一扬手，"请！"

白志生钱世亨相互一看，白志生说："世亨，这姓陈的真横呀，连訾文海都不放在眼里。"

钱世亨拉了他一下，让他别说话。

大堂里的变化訾文海都看到了，冷冷一笑，抱着鲜花走上来。寿亭原地没动，二目直逼訾文海，毫不退让。

訾文海很有礼貌地浅鞠一躬："久闻陈先生是商界奇才，慕名自来，多有冒昧。"说着把花递上。寿亭没有接的意思，东初赶紧接过去。寿亭也是冷冷一笑抱拳在胸："寿亭初到济南，却是早已满耳訾家。请坐！一会儿我给訾先生敬酒！"那直接就是京戏里的花脸叫板。

家驹擦着汗，拉着訾有德，东初扶着訾文海，同时偷眼朝苗先生那边看看，拉着訾氏父子去远一点的地方坐了。訾文海毫无尴尬之色，表情十分平静。

苗先生对东俊说："老六还行，话不多，挺有劲！"

这时，门口还有好几位等在那里。司仪看看里面恢复正常，回过头来，继续宣告："德国耶拿大学文学博士山东齐鲁大学西文系主任华西满先生！"

"北京富和洋行巩又成先生次子巩博伦先生。"

白志生这时有点傻了，与钱世亨紧急商量。

这时，两辆汽车停在门口。第一辆上先下来一队士兵，警戒在店门两边，另一辆汽车的门慢慢地开了，先下来两个当兵的开门，远宜这才慢慢地下了车。她身着淡青色旗袍，月白色开司米披肩，清丽脱俗，温文尔雅。她淡淡地笑着，怀抱一束红玫瑰，走向门口。

场外一阵骚动。

她把名帖递给司仪。司仪愣了一下，慌得没接住，又赶紧拾起来，连连道歉。继而声音猛然高抬："济南宏巨印染厂陈寿亭先生之至爱亲朋，红颜知己，本埠红星沈远宜小姐！"

"噢——"整个大堂一阵轰动。

寿亭傻了，东初看了一眼寿亭，赶忙向外迎来。

訾文海父子也惊得站起来，相互对视，眼里满是内容。

远宜沿着红地毯向里走着，婀娜多姿，光彩照人，眼里是深情的微笑，旁若无人，只是看着寿亭。白志生低三下四地脱帽鞠躬，她根本不看，好像周围的人都不存在。东初迎上去，她也好像没看见，径直走了过去，东初有点尴尬意外。她只看着寿亭，笑得那么明媚灿烂。

寿亭傻站在那里，一点主意也没有。大堂一片静寂。远宜款款地走到他跟前："哥！"莺声呢喃。寿亭没了主意，双手挓挲着，不知如何是好。远宜上前一步，轻轻把身子贴上去，继而搂住了寿亭，把脸偎上去，借着贴上寿亭脸的机会小声说："哥，我在青岛借了你二十块大洋。"

寿亭恍然大悟，架着远宜的胳膊审视，不禁大笑起来："好，好！妹子，好！"

全场一片叫好声。家驹站在洋人旁边也傻了。

白志生急得没主意："世亨，这回闯大祸了！"

钱世亨也慌了："大丈夫能屈能伸，抓紧把钱送回去！不行！明天，明天备厚礼，咱俩亲自去他厂里，再送块匾！说好话，多说好话！人家这么大的势力，不会和咱们一样。"说完，带着他那些人，侧着身子溜出逃窜。跑出几步之后擦着汗说："我的娘哎，这姓陈的是干什么的？"

苗先生对东俊说："这小六子是有一套，行！"

东俊也笑着说："苗哥，你可千万别以为他光会染布。他那招儿呀，一万！"二人大笑起来。

白志生走了几步，在一个店铺门前的石台上坐下，抬手拉着钱世亨也坐下："我说，这个土老巴子是干什么的？莫非真让你说准了，是韩复榘的亲戚？"

钱世亨说："不会。要是韩复榘的亲戚，起码苗瀚东不会来。"

"给我棵烟抽。"白志生看上去很累。

酒宴在进行。

寿亭到哪里敬酒，远宜都陪在身边，也向客人鞠躬。她的右手总放在寿亭肘下照应着。

家驹忙里偷闲，悄悄地拉过东初："我说，东初，六哥是真有绝的！"

远处，寿亭正在给苗先生和东俊敬酒。

寿亭说："妹子，这是咱苗哥，是我做人做事的榜样。"

远宜赶紧致意："苗哥好。"接着行了个法式的屈膝礼。

这时，苗先生的留学生的派头出来了，他剑桥一派地轻轻躬身："粗俗商贾苗瀚东。"

寿亭接着插科："看我哥这派！我怎么就是学不会呢！"

几个人碰杯大笑。

家驹和东初在远处看着，并不时低语。这时，寿亭又和远宜去了另一张桌子，寿亭忙得出了汗，远宜掏出手绢，疼爱地擦着寿亭额角。家驹东初双双叹息，二人碰杯，一饮而尽。

訾文海对儿子低声说："咱和滕井合作定了。让这些满身铜臭的商人，重新认识訾家！"

第十七章

1

早晨，济南城里大街上人来人往。这是济南最繁华的商业街，店铺林立。德隆布铺刚开门，一个伙计在往地上撩水，另一个站在柜台前望着门口。掌柜的在后堂。

寿亭推门而入，他一身布衣布裤，平民打扮，开始走访市场。

伙计见他进来，就凑过来问："掌柜的，要点什么？"

寿亭抬手打个招呼笑笑："我随便看看。"他沿着柜台走，每种布都看。他拿过蓝布的一角用手捻，眼看着上方，专门用手体会。然后再看，继而借着门口的光亮看。伙计觉得这人很内行，候在那里不敢发问。

寿亭上下打量伙计的身板："行，小伙子，挺精神！这布什么牌子？"

伙计忙笑着说："名士青。"

"噢——"寿亭点点头，"多少钱一件？"

伙计笑了："先生，我们这里论尺卖，买成件的你得去染厂。"

"噢，噢。对不住，对不住。"他又往里走。

这边摆的全是花布，有七八个品种。他拿起花布来问："这是什么牌子？"

"虞美人，上海六合染厂的。这布卖得最快，颜色也鲜活。"

寿亭把花布抖开一些，冲着门口的光亮把布拖平，从背后一点一点地找着看，边看边摇头："这布怎么这样？多少钱一尺？"

"一毛四。便宜！"

"便宜是便宜，可也太绉了！"他又拿过另一种花布，先是用手捻，捻时不住点点头："伙计，这是什么牌子？"

"貂蝉，天津开埠印染厂的。这布倒是结实，印工也说得过去，可是一般老百姓都不买它，卖得不算太快。"

"为什么？"寿亭看着伙计，手指捻着布。

"这布好是好，可价钱贵。现在老百姓都很穷，买东西还是认便宜货。它顶不住虞美人，还是买虞美人的多。"

"多少钱一尺？"

"一毛八。"

布铺掌柜的听见了寿亭问话，出来看个究竟。他摘下花镜，认出了寿亭，赶紧迎上来。

"我道是谁呢，问这问那的，原来是陈掌柜的。这是出来看看行市？"

寿亭与他寒暄："买卖还行？"

掌柜的说："现在哪有行不行的，将就着吧！"

寿亭点头，问："你觉得这虞美人怎么样？"

掌柜的说："花布就是这牌子卖得好。好是好，可是这布太薄，我觉得纱支不够，太绡。老百姓买了去顶多穿一夏天，第二年拿出来一看，别处都没事，只是印的那些花烂了，全是窟窿。陈掌柜的，你是内行，这是怎么回事？"

寿亭拿着布笑了笑："一是纱支不够，撑不住印刷铜版来回挤。"说时把两个拳头对顶在一起挤揉，"印薄布，颜色就得稀。现在印布的这些颜料，本身就是酸性的，最方便省钱的稀释办法就是硫酸兑水。这布本来就薄，印刷铜版再一挤，再加上点儿酸一拿，第二年也就真酥了。便宜是便宜了，可这真坑人哪！"寿亭摇头叹气。

布铺老板跟着寿亭向前走动。寿亭又说："其实稀释颜色不一定非要用硫酸，草酸也一样，但是草酸贵，进口的更贵。可这话又说回来，现在能印花布的厂子少，就那么两三家。老百姓一年穿烂了，第二年还得买它的。如果这布太结实了，第二年它也就没有买卖了。我自己就是干染厂的，也是盼着衣裳早烂。要是一件衣裳穿好几年，那工厂怎么干？可也得八九不离十呀，怎么能这么个干法！"

掌柜的大彻大悟，不住地点头："原来是这么回事。"

寿亭又说："给我来两丈，我带回去看看。"

伙计在撕布，寿亭又问："开埠染厂的布为什么卖不动？"

掌柜的说："东西是好东西。现在这人买东西，还是图便宜。今年春天我去天津进了二十匹，唉，压到手里了。这天也冷了，就只能等着明年了。"

寿亭又问："你在天津看见有卖虞美人的吗？"

掌柜的说："有，也是卖得挺好，就在开埠染厂的眼皮底下。那开埠染厂眼睁睁地看着，干着急。现在这人不认实在，你那布再好，只要价钱高，他就不买。陈掌柜的，没法儿。这好东西，就是这样生生让孬东西顶死的。现在就这样。"

寿亭拿着布出来，然后过了马路，进了另一家布铺。

2

十点多钟，一辆奔驰牌的木壳汽车开进厂来，在寿亭办公室楼下停住。这车是柿子黄色，加力筋及主要框板是巧克力色。东初从车上下来，跳跃着上了楼。

寿亭站在印花机旁边，手拿着花布与几个技工商量事。那印花机停着，寿亭拿着印废了的花布纳闷："这是怎么回事儿呢？他娘的，这是有点儿邪。"吴先生进了车间，他来到寿亭跟前："掌柜的，三掌柜的来了。"

寿亭没转身："你让他到这里来，我正有事问他。"

一个三十多岁的技工问："掌柜的，再试一遍吧？"

寿亭看着他："我看先停停吧，这一开机就是二百米，刘师傅，这太疼人了！金彪，把印废的这些量一下，看看有多少，给工人们分了吧！"

金彪应着："掌柜的，这要是全分可能不够。"

寿亭嫌他笨："说你傻吧，当着这么多人；说你精吧，你还傻得没谱儿。先分给那些孩子多的。吃饭的人多，挣钱的人少，这样的人家先分。撑不着饿不着的后分。工长把头各槽的主机不分。这点小事都弄不明白！"

金彪挠着头傻笑着带人去了。

寿亭又问那技工："刘师傅，你以前是怎么印的？"

刘师傅有点难为情："陈掌柜的，过去我在南京那厂里，是用的单色机，是一遍一遍地印。可咱这里是新式的三色机，好几种颜色一次印出来。这种机器我没开过。所以——"

寿亭抬手打断他："那德国人来教了这么久，我看着印得挺好呀！怎么人家一走你又不会了呢？"

刘师傅说："我实际上并没学会，只是觉得差不多了。我看陈掌柜的急着开工，就说学会了。再加上那德国话我一句也听不懂，所以——"

寿亭摆摆手："那德国人说一句，卢先生翻译一句，我看你都听懂了，这下好，一堆废铁。你也别着急了，快擦擦头上的汗，到一边抽烟去吧。能从南京来投奔，这本身就是信得过我陈寿亭。不用担心，咱慢慢地来。实在不行，我就把德国人从上海叫回来，再教一遍。远离着布，到车间门口去抽支烟歇歇吧。"

刘师傅满面羞愧地走开了。他身后一个小伙计拿着洋火准备划。东初夹着公文包走过来。寿亭用两个指头捏住他袖口："老三，我正要去找你。你说，六合染厂的布那

251

么薄，可那花印得那么踏实，他是怎么印的？"

东初不以为然地说："这很简单，调高底簧。等会儿让我厂里的那两个老毛子过来，调一下就行。"

寿亭笑了笑："昨天你哥就把那俩人派来了，底簧是高了，花也印实了，可布差不多挤断了。不行，我得去上海，就让六合染厂拿这两成份子。"他拉着东初就往他办公室走，又回身喊道，"你们把机器刷出来。金彪，断了电。你们全去染布车间，没有我的话不能再试了。顺子，给刘师傅冲上壶茶。"

顺子闻声直奔暖壶，然后又跑回来："刘师傅，你是喝茉莉还是喝珠兰？"

刘师傅臊得无颜以对："你随便吧。"

寿亭的办公室很宽敞，写字台冲门摆放，右边有个小型会客区，一个中式红木圆茶几，四把西式小圈椅。寿亭和东初坐在那里喝茶，老吴的侄子吴文琪站在门外候旨。

"六哥，六合染厂的事，有些变化。"

"怎么着？"

"唉！"东初叹了口气，"这人哪，真是说变就变。林祥荣是我多年的同学，本来人很好，可现在买卖干大了，谁也不在他眼里。前几天我去上海，他晚上请客，除了我和他，一桌子全是外国人，逼得我说了一晚上英文。他故意震唬我。"

"咱不管那些，说说合伙的事。他就是把月亮上的人弄来，也和咱无关。"

"他现在与德国人英国人都弄得很熟，今年四月里又在静安寺附近开了一个厂。我把合伙的事给他说了，他说，要是让他出让技术，就得给他四成份子。这也忒狠了吧！"东初说时伸出了四个指头，"不过，他那印布技术，连德国人都说好。"东初看着寿亭脸上的变化。

寿亭没表态，拿过壶给东初添茶。他把壶往桌上一放，下了决心："四成就四成，一共三年，还是咱拿大头。"

"六哥，"东初已十分为难，使了好几次劲，才说，"你让我怎么说呢？他现在改了，得五年。因为现在的花布市场差不多由他控制着，他谁都不怕。天津开埠印染厂那么大，布又结实印得又好，我看都快让他挤得撑不住了。"

寿亭说："这两天，我也出去看了看，开埠染厂的布确实不错，就是价钱高。好东西卖不了好价钱，真也没办法。"寿亭站起来在屋里走动。他给东初递上红锡包烟，自己也把土烟点上。他猛地回过头来说："五年就五年。他不是狠吗？咱也有狠的。只要他那技工一来，我一看就能明白个八九分。这回德国人来教印花，我听了你哥的，苗先生也说我，不让我总想着自己下手干，要放手让工人学。这倒好，一点儿没学会！这回姓林的那些技工来了，不仅我自己看着干，还得再弄上几个伶俐伙计从头到尾地跟着学。随后我把技术拿到你厂里。你厂里印的那布，也和花老虎儿似的，不能卖，砸牌子。老三，我还有闲钱，你回去给你哥说，咱合伙再买两条三十英尺的大印花机，一块儿干。他那四成份子大概也就剩下一成了。我平生就怕别人敬着我，就是不怕挤对。他挤咱？咱学会了还不一定谁挤谁呢！"

东初高兴地站起来："还是六哥主意多。我哥准愿意。"

寿亭又说："老三，咱得明白这样一个局势，染布快过时了，技术太简单。现在，乡下的几个土财主一凑合，就能开染厂。他那工人就是管顿饭，根本不给工钱，加上没日没夜地干，成本低，卖的价钱就低。咱现在已经顶不住了。东初，人只能活一回，要是落到后头再想撺，那就晚了。咱现在也是堂堂工业家，要是让这些土财主给挤死，我看还不如直接一头撞死得了！老三，咱得弄点新玩意儿，一股劲地向前冲。要是再染下去，这路越走越窄。咱的厂太大，窄路上跑不开咱这样的车。"

东初很认同："是呀，得往前发展。还是你那句话，咱得弄点别人干不了的。"

寿亭摁灭烟："说一千，道一万，还得向前干。你联络姓林的，我尽快去上海。我是越想越坐不住。你这就给姓林的去电报，我去上海会会他，看看是个什么人物。"

东初有点犹豫："发电报可以。可是，六哥，你脾气这么急，姓林的又特别傲，我怕你谈砸了。我看，你还是让老吴去吧。要不让家驹请两天假，让他也陪着。"

寿亭一摆手："不用不用都不用！没事，老三，我能忍。咱迁就的是人家的本事，不是他这个人。咱干大了，咱比他还傲。要是高了兴，咱还不理他呢！没事，我忍着。你去办。"

东初乐起来："六哥，这行吗？"

寿亭把东初的包塞到他怀里："当初我在通和染坊，跟着那刘师傅学徒，那小子不仅傲，还坏。我一阵子把他的毛儿给捋顺了，学了个差不多之后，我亲自去辞了他。姓林的上过大学，知书达理通人情，我一躬到地，他还能骑在我头上拉屎？别在这儿说废话，打电报去！"说着把东初轰出来。

东初走后，寿亭在办公室里来回转，眉头紧锁着，烟抽得也很凶。这时，老吴进来了，说："掌柜的，那訾文海来了，在楼下。"

寿亭很意外，刚扬手想往外轰，但又突然改变了主意："他自己来的吗？"

"是，掌柜的。"

253

"这个老贼羔子想开染厂。好，开吧。让他上来。我看看他到底有些什么营生。"

訾文海身穿黑色中山服，挂着怀表，拄着文明棍，由于偏胖，走起路来两脚有点向外撇。一听寿亭让他上去，嘴角露出笑意。

寿亭站在楼梯口的平台上等他，訾文海紧走几步，上来就拉住寿亭的手："陈掌柜的，你好啊？"头歪向一边，动作既优雅，又很得体，口气里透着亲切。

寿亭笑笑："訾律师，光看你这打扮儿，就知道是个人物。我看着，你比国民政府的那几块洋姜都强。"

訾文海笑起来："玩笑，玩笑！"

二人进了屋，老吴的侄子吴文琪送来新茶，给二人倒上，然后退至门外，听候召唤。

寿亭给他递烟，訾文海一躬身，用手一挡："我无此雅好。"

寿亭点上土烟，捏着下巴看着他："訾律师，这三宝殿上无闲人，有什么话，咱直接说。你不了解我，咱一点弯子不用绕。"

訾文海用文明棍支着身子，先看着圆桌面，然后慢慢地抬起头来："陈掌柜的，这样吧，以后你叫我文海，我就叫你寿亭。可以吗？"

寿亭笑笑："完全可以。你叫六子也行。"

"不敢，不敢，我没有资格。只有苗瀚东先生那样的工业家，才配叫陈掌柜的别名。寿亭，我是有件事情向你请教。"

寿亭笑眯眯地盯着他："想开个染厂？"

訾文海叹口气："唉！文海当年只身东瀛，寻求法律治国护民之道。学成归来之后，不避荆棘，为民说言，伸张正义为主，得以衣食为次。这些年来，四处奔走，身心疲倦，为山东的老百姓争回了不少公道。打官司当然得用钱，因为我也要吃饭。可往往官司胜了，却嫌我收费高，于是恶言相加，把我说成是刮地皮的。我听了之后相当伤心，深悔当初不识时务，误入此行。我已早过知天命之年，得此评价，既是灰心丧气，也是无可奈何。我与寿亭老弟素昧平生，并不认识。你也刚来济南，并不了解我。但是只看那天你对我的态度，我就知道周围的人对你说了些什么。寿亭老弟，唉！实在没有办法！好人难做呀！"说着用文明棍杵了几下地，表情也十分沮丧。

寿亭跟着点头。

訾文海接着说："这些年来，同乡中人，还有银行界的朋友，多次劝我投身实业。我也是受了苗瀚东先生和你，还有赵氏兄弟成功的启发，想来想去，感觉到还是实业较为可靠。我把布染好了，交给商家卖出去，不与老百姓直接打交道。我卖你买，我卖贵了你肯定不买，这你可不能再说我刮地皮了吧。所以，我就来找到老弟，问问这染厂是

254

不是可以干？怎么干？寿亭，咱俩无冤无仇，外人之言，多有不实之词，还请老弟据实相告。"说着用恳求的目光看着寿亭。

在他说话期间，寿亭精力十分集中，一刻也没离开訾文海的脸。他摸过烟来对燃上，认真地说："訾律师，你那公子和家驹东初都是同学，你是我的长辈。既然来问我，我就应当如实给你说。在山东省内，就我这个年纪的，包括赵东俊，也不敢说比我懂印染。訾律师想干这一行，我看行。谁都得穿衣裳，只要穿衣裳就得有颜色，只要有颜色就得有染厂，咱就有买卖。没颜色的衣裳是哭丧的孝袍子，不能算是衣裳。哈……"

訾文海也笑了："寿亭老弟真是很风趣，我就愿和这样的人交朋友。老弟既然让我坦诚直说，那我也就没有必要绕弯子了。寿亭，你想过再合伙开一个工厂吗？比如咱俩合伙？"

寿亭没有立刻回答，他向烟缸里弹了下烟灰，慢慢地说："訾律师，我想开很多很多的工厂，挣很多很多的钱，把苗瀚东也比下去。唉，訾律师也知道，我是要饭的出身，我现在这成色，应当说是暴发户，当辈子发了财，并没从祖上继承下什么来。你也看见了，我这新厂刚刚上道，所有的钱差不多都用进去了，现在已经没钱和别人合伙了。訾律师，我在济南，咱们就是朋友，你的能力是我不能比的。能和你这样的人合伙办工厂，只有赚钱，不会赔钱，我当然求之不得。如果我有钱的话，咱俩合起来，再加上訾律师这样的社会地位，用不了几年，山东省的同业就得俯首称臣。唉！"他说得很真诚，一脸的惋惜之相，还不住地抖手。

訾文海向上推了下眼镜："寿亭老弟的财力我是知道的，这不是搪塞我吧？啊？哈……"

寿亭浅浅一笑："訾律师，我做买卖就是想发财，我不管别人说什么，谁能给我带来财运，我就和谁合伙。搪塞？把钱往外搪？"

訾文海点点头："既然你资金方面不凑手，能不能到我的厂里兼任经理？我给你百分之十的干股。"

寿亭乐了："訾律师，这就没必要了。你再干染厂，肯定是买印花机，就是单色布，你也不会再染了，也要用单色版印上颜色。訾律师，这印花机是新玩意儿，我自己还没弄明白呢！你来的时候我正在着急。你看——"说着走到办公桌前，拉开抽屉，取出一块废花布拿过来，"这就是我那新机器印的花布，这三个颜色根本不一样。这能卖吗？你请我这样的掌柜的有什么用呢？我是上一个时代的人物了。这一个时代的掌柜的，不仅要能干，还得有文化。我实际上已经过时了，也就是维持罢了。"

訾文海拿过去看了看，说："至于是印还是染，我是一点也不懂。这样吧，寿亭老弟，到工厂办起来的时候，你常过去指点指点总可以吧？”

寿亭干脆地说：“没问题，随叫随到。但是，你既然买印花机，德国货也好，日本货也好，他都来人教，教不会不走。不过我倒是可以帮你核算一下成本价钱之类的，就是帮忙也帮不上什么大忙。”

訾文海很高兴：“寿亭，你是内行，能有你帮着我，我就放心多了。我说，寿亭，这印花机是德国的好，还是日本的好？”

寿亭笑笑：“日本货便宜点，但和德国机器比起来，这样说吧，日本货就是个小草驴，德国货是大骡子，虽然都能拉车，可那小草驴驾不了辕。从长远处打算，还是买德国机器好。”

訾文海深有感触：“有道理，有道理。日本毕竟是后起的工业国，水平比德国低，是正常的。这样，寿亭，我回去了。但是你要答应我一件事情，给我一个时间，让我请你吃一次饭。”

寿亭站起来和他握手：“你也别请我，我也别请你，咱俩出去吃饭——”寿亭把眼向别处瞅，“人家一看，这陈六子来了才几天，怎么先摊上官司了？”

二人执手大笑起来。

訾文海的洋车夫见他下来，忙掸了一下座位。訾文海板着腿上了洋车，车夫在一旁扶着。他从上车的那一刻起，就不住地向寿亭摆手，快出厂了还扬起文明棍向寿亭告别。寿亭笑着，客气地相送。

老吴也陪着出来送客，他见訾文海出了厂门，问：“他来找咱干什么？”

寿亭笑笑：“他想开个染厂。”

老吴表情有些紧张：“这一行里要是进来这样的人，咱还能肃静了？”

寿亭淡淡一笑：“我说老吴，这人哪，是生有处，死有地。想找死呀，你怎么也拦不住他，不如由着他去。你留神看着报纸，一发现他厂里招工人，马上告诉我。”

3

夜明妃叙情馆里，下人们忙着里外地收拾，准备迎接寿亭。楼下，远宜十分高兴，哼哼着歌插花。

姨母过来说：“远宜，你六哥顶多在这里坐俩钟头，那晚上还见客吗？”

远宜没抬头：“不见，晚上我请六哥吃饭。”

256

姨母不高兴，但也没说什么。

远宜问旁边的下人："你们知道哪里有卖土烟的吗？我六哥专抽土烟。"那口气就像抽土烟是一件特殊技能。

下人说："知道，出了咱街口，往东一走就是土烟店。"

姨母接过来说："你六哥抽的那土烟不是一般的土烟，那是好烟叶专门找人卷的。那天他在楼下一个劲地抽，弄得满屋是烟，可一点不呛。你六哥那做派也真够受的！那天我就没明白过来是你恩人，要是明白过来，我就羞得他出不了这个门儿。"

远宜不理姨母的抱怨，对下人说："去，去土烟店问问，也让他用最好的烟叶卷一点，不管多少钱，把烟弄回来就行。"

姨母剜她一眼，走开了。

下人看了看姨母，很是迟疑，远宜说："去呀！"

下人再看看姨母，这才解下了腰间的围裙。

东初发电报回来了。寿亭让他坐下："还是汽车快！办好啦？"

东初说："办好啦，只是没给他说日子，说近期。"

"嗯，我安排一下厂里的事就走。哟，我刚才一想，真还一时半会儿走不开呢！"

东初说："没事，到咱定下来之后，我再通知他。六哥，还有一档子事，你得给我个明白话儿。白志生这两天一直盯着要请客，这些王八蛋挺坏，我看还是见一面吧。"

寿亭哼了一声："不见，让他慢慢琢磨去吧！"

"六哥，这小子把我厂里的钱也送回来了，还说今后永不再来打扰咱们。这都多亏人家沈小姐，给咱请了那么多有势力的人。"

寿亭一抬眼："东初，他是不敢收咱的钱了，可是其他买卖铺户还得受他那一下子。你说说，这是他娘的什么世道！什么玩意儿！老实人根本没法活。不管你愿意不愿意，非逼着你和他玩儿命。还他娘的青洪帮，哼，算这些王八蛋识相。"

东初叹了口气："咱管不了那么多，没办法。我当初上大学，整天是什么实业救国呀，教育救国呀。六哥，你说，咱现在也算是办了实业，救谁？咱谁也救不了。六哥，图个肃静吧！"

寿亭一摆手："你给我把那帮子地痞回了，我是不见。下午我去见沈远宜，也算当面谢谢人家。"

东初一听沈远宜，立刻来了精神："六哥，沈小姐对你可不一般呀！"

寿亭自嘲地笑了笑："你这话说得不讲究。漂亮女人谁都喜欢，谁都愿意多看几眼。

但是她和我，没有那些男男女女的事儿。我也说不明白，我觉得是另一路子事儿。那天我喝醉了，她用汽车送我回家，你六嫂也见了，你也在呀。你六嫂也说她不像风尘中人，看不出一点歪的来。"

东初点点头："我大哥也这么说，他说沈小姐只是和你亲，好像没别的。六哥，那天你可把济南府给镇住了。多少达官贵人想请她出去，帮着应酬应酬，壮壮台面，这不知要说多少好话，花钱那就更别提了。可那天，你走到哪儿，她跟到哪儿，还用手在旁边扶着。那些人眼馋不说，还真弄不清楚这是怎么个缘由。"

寿亭笑着问："家驹怎么说？"

东初一拍大腿："嘿，家驹说得更有意思，他说，六哥行好也能找对人，真是有两下子。六哥，沈小姐要是真成了咱亲妹子，我和家驹也就踏实了，什么也别想了。"

寿亭抬手打了一下东初的后脑勺："你俩就安安生生地过日子吧！"

东初端起茶来喝一口，表情严肃地说："六哥，刚才我去发电报，顺便去高岛屋拿提货单，我看见一个人上楼。我怎么越看越觉得那个人像滕井呢！"

寿亭笑笑："那高岛屋是日本人在山东的总部，来往的都是日本人。这日本人长得都差不多高，你看走眼了。不过，滕井那商社也在那里住着人。他娘的，他要是跑到济南来鼓捣事儿，我还得办他！"

东初说："这日本人现在挺猖狂，只要不惹到咱头上，我看还是躲着点儿好。"

4

下午，夜明妃叙情馆楼上，远宜的椅子就在寿亭跟前，他俩坐得很近。她总是笑。他们已经聊了一会儿了。

寿亭要点烟，远宜像小孩子似的一把抢过火柴："我点！"

寿亭听她的话，让她点上烟。寿亭吐出一口烟，说："妹子，那天亏了你……"

远宜用手捂住他的嘴："不能再说了。"

寿亭也没了那股粗劲，在她面前也只能听从："好，好，妹子，不说不说。咱说点别的。"寿亭傻笑。过了一会儿问："那军长有下落吗？"

远宜低下眼睑，点点头。

"你没去找他？"

远宜苦笑了下："唉，六哥，不管叙情馆也好，窑子也好，都是青楼瓦肆一类，你那染缸里还出白布吗？"她向窗外看了看，然后回过头来，"六哥，咱不说这些吧，那些事情都过去了。"

寿亭很关心："如今这人在哪？"

远宜苦涩地笑笑："在南京。他当初是政府派到日本的军事留学生，他是学的野战。他自己没说过，我听我那些同僚说，地形越复杂，他的本事越大。后来他被张少帅请来，也就是报纸上说的那些'留学生将军'，这在中国也是头一份儿。他的同学很多，东北失利后，上边儿把他调离了东北军，也就是现在的西北军。他现在在国防部军需处，据说是个肥差。"

"南京？我过两天就去上海，要么我在南京下车，找他一趟？"寿亭很关心。

她摇摇头："有个作家写了一篇文章，是写我的，他看到了，立刻来了信，让我去南京找他。后来几乎是一天一封信，我也没答应。一切都过去了。"她苦笑着，独自摇头，"六哥，当年曾是海誓山盟，现在你让我怎么和他再见面？我真没有这样的勇气。"

寿亭也叹气："都是小日本闹的。嗨，妹子，这好说。咱当初找不着他，不是急得跳了海嘛！咱这可是真情真意呀！杀人不过头点地，我命都不要了，你还让我怎么着？"

远宜迷惘地摇摇头："六哥，我要是跳海殉了情，他可能会一辈子念念不忘，可我现在苟活乱世，沦落风尘……"

寿亭忙进行纵深诠释："咱活着不是为了等他嘛！什么他娘的风尘不风尘？不风尘，一个女人靠什么活着？没事儿，我去南京给他说。还地形越复杂，越有本事，抵不住日本鬼子就是没本事。我到了南京，把他弄到平整地上，先把他的本事弄没了。没害煞俺妹子，他还倒是有了理儿！"

远宜的情绪好了一点，她给寿亭倒上茶："六哥，他过几天就到济南来，你陪我和他吃顿饭行吗？有你在旁边，我感觉踏实。咱就算做亲兄妹吧！"她的口气里透出一些哀求。

寿亭摁灭烟，哈哈大笑，然后慢慢地把头伸过去，顶住了远宜的额头，像小孩子似的摇晃着拱。寿亭的声音很轻，却是极为真诚："好，妹子，我就是你哥！"

远宜激动地流下泪来。她说："我不光见了你亲，和六嫂也挺亲。那天见了六嫂，我当时就想送给六嫂一件首饰，可我怕六嫂嫌脏，也就没敢。六哥，选一天我和六嫂上趟街行吗？我要买件礼物送给六嫂。"

寿亭笑着说："她在家里坐着喝茶，平白无故地得了个妹子，该她送礼给你。妹子，好好地留着你那钱，别乱花。我这几天忙忙活活的，沉不住气。等我从上海回来，咱得仔细说说。总在这种地方不是个长法儿。"

远宜意味深长地说："是呀！"

259

寿亭脸上掠过一丝哀伤："妹子，我看着你高高兴兴的，心里还好受点儿。一看见你叹气，我的心就揪着。唉！"

远宜突然换了口气，欢快地说："六哥，六嫂都四十了，还那么漂亮，年轻的时候还不知道多美呢！"

寿亭笑笑："要是不好看，我能娶她？我这是吹牛，我当初是个要饭的，要不是人家，我早冻死了。这人，是个缘。我谁都敢骂，就是不骂她。不是我怕她，是我张不开嘴。哈……"

这时，老吴噔噔地跑上来，姨母在后面跟着。寿亭很意外，忙站起来问："怎么找到这里来了，厂里出了什么事？"

远宜也跟着站起来。

老吴手里拿着一张纸："滕井让人送来的，晚上他在高岛屋请你吃饭。"

远宜惊讶地问："日本人？"

寿亭冷冷一笑："是日本人。妹子，放心，我就冲着日本人毁了你的终身，也得再给滕井扒层皮。老吴，你先回去，告诉东初，让他准备汽车，晚上让他跟着我去。"

老吴下去了。

寿亭和远宜站在那里，远宜见寿亭的左胸上有个小线头，就用手捏下来扔掉，然后用手扫一下："六哥，你可小心，日本人可狠呢！我恨死他们了！"

寿亭目光冷峻："这里不是东三省。王八蛋，我举着钢叉正等你呢！"

5

高岛屋在十字路口的东南角上，三层的红砖楼，地基很高，门前有七八级台阶，出入的全是日本男女。

晚上，寿亭进了高岛屋，东初坐在车里等着。东初戴着鸭舌帽坐在司机座上。这时，一个日本醉汉东摇西晃地从里面出来，那些侍女站在台阶上和他招手。

醉汉来到汽车前试图滋事，东初从车上下来。东初身材高大，往车前一站，日本人抬头看了看，刚想用脚踢汽车，东初大叫一声："八嘎！"

日本醉汉一惊，随之行礼。这时，从台阶上跑下一个中年日本男人，也向东初赔礼，扶着那醉汉向南走了。

东初自己也笑了。

楼上，寿亭与滕井对坐着。一个侍女身着和服偎在寿亭跟前，负责给他倒酒布菜，手里拿块手帕,准备给他擦嘴。几次要擦,都让寿亭挡住。桌上是几样小菜和两壶清酒。滕井很高兴,不住地对着寿亭笑。寿亭对滕井说:"我能搂她吗?"

滕井抿着嘴笑:"你想把她怎么样都可以。"

寿亭笑笑:"这是你们买来的吗?"

滕井笑着摇头:"不是,她们都是自愿来的,她们可以用任何方式为帝国献身。"

寿亭点头:"那我就让她献不成身。哈……"

侍女羞怯地低着头笑。

滕井也笑起来:"陈先生,一别日久,还是那么幽默。我在青岛很想你呀!我对三木说过多次,在中国人里,陈先生是很优秀的。只是陈先生太固执,不肯与我成为商业上的伙伴。这实在是可惜。来,咱们干一杯!"

二人一饮而尽,侍女接着给寿亭添酒。

寿亭说:"滕井哥,我就是不明白,你们和我打交道,一次一次地总是吃亏,为什么还想和我合办染厂呢?"

滕井摇摇头:"那是我们的立场不同。如果我们站到一起,那就会让别人吃亏。是这样吗,陈先生?"

寿亭点点头:"滕井先生,咱们也是多年的朋友了,咱们在一起合办染厂的事,就到此为止,不要再往下谈了。我知道你的条件很优惠,甚至我不出钱都可以。但是,这事不能办。因为我太精明,不会受你的支使。你要在济南开染厂,应当找一个外行,如果那样,一切都好办。"

滕井点头:"你的话很坦诚,我是想找一个外行。今天我把陈先生请来,一是想见见老朋友,再就是我很钦佩你的才智。你卖给我工厂的时候,我就没想到鸽子会认家,可是你想到了,结果留给了我一座空厂。这怨不得你,尽管商社的人都恨你,我却不恨。商业就是商业,事情明摆在那里,是我自己没有看到。"

寿亭抬手制止:"别,这事咱得说说。你要是天天白面馍馍炖肉,把工钱再提高点儿,那些工人还不死心塌地地跟着你?好嘛,接过工厂没两天,你那工头就用皮靴踢工人,又骂他们是猪,他能不跑吗?我这边已经把人招齐了,你这一闹,那些工人全来了济南,你知道这给我添了多少乱!来,咱俩碰一个,算你给我赔礼了!"

滕井用手点着寿亭:"不管是不是这样,我都佩服陈先生。"他一扬脖把酒喝下去,"陈先生,你如果不与我合作,我的染厂一旦开工,可能对你不利,这一点你想到了吗?"

寿亭把盅子往桌上一蹾:"不光你,哪家染厂开工都对我不利。"

滕井盯着寿亭:"我的身后是整个帝国,那种财力不是哪一个人能比的,这一点陈

261

先生想过吗？"

寿亭浅浅一笑："想过。可是我琢磨着，你那帝国不能把所有的钱都用在一个染厂上吧？它还得鼓捣硫黄造炸药呢！滕井哥，听我的，还是找个外行吧，这样的人听话。我很难对付，也很难管束。你呀，就土地爷掉到井里——"

滕井问："这是什么意思？"

寿亭笑道："就别捞（劳）这个神了。"

二人大笑起来。

这时，坐在车里的东初，看见来了两辆洋车。车到跟前，原来是訾文海父子从车上下来了。东初赶紧拉低帽檐。

訾氏父子让车夫把车停到远处去。他怕别人看见他来了高岛屋，于是快速上了台阶。

东初的嘴角上露出嘲笑。

6

家驹院子里，亮着灯，院子很大。

北屋的左书房里，二太太戴着眼镜给孩子们批改作业。她对哪一个孩子都很亲，看不出哪是她生的，哪是翡翠生的。这时，孩子们的作业还没做完，她自己在台灯下看书，不时地抬起头来看看孩子。

翡翠的房里，家驹正和翡翠下围棋。二人都身着便装。

翡翠落下一个子儿，抬眼看着家驹，偷偷地笑。家驹点上烟，进行"长考"，越看越不知道该把子儿下到什么地方，左右扭了扭脖子。翡翠说："别下了，我看你的脖子不舒服。"

家驹笑笑："没事。"说着把子儿落下。

翡翠说："你要是下到这里，我就'征子儿'了，我看你好像心不在棋上。"

家驹推开棋，背靠在椅子上："唉，是心不在焉。"

翡翠起身给他端来碗茶，放在家驹跟前，说："我看你这些天情绪不高，是不是在洋行里干得不顺心？"

家驹抽着烟："也不是，都对我挺好。自从离开了六哥，我就劝自己，尽快从染厂的影子里走出来，过一种平静的生活。包括来和你下棋，和老二出去看话剧看电影。可是，我好像那魂儿留在了染厂里，所以打不起精神。昨天我去见了苗先生，谈了一下午，苗先生也说我离开六哥不对。"

翡翠说："那你就再回去，你整天这样无精打采的，都不像以前那个人了。"

家驹笑笑："我再适应一段时间看看。我觉得时间长了，也就好了。我是想在洋行里，从另一个侧面帮帮六哥。"

翡翠说："我给你捏两下脖子？"

家驹说："不用，你就陪我坐一会儿吧！"

翡翠笑笑："我看你这一段时间也没怎么看书。还是咱爹说得对，活到老，学到老。"

家驹说："我以后在家不看书了。洋行里不忙，我在那里看，回家之后，也该陪着你俩说说话。跟着我，也没享了什么福。亏了你还大度，没弄得整天争争吵吵的，这就不错。当初我回国的时候，说要教你拉提琴，这些年一直也没空。我自己也忘得差不多了。等我恢复过来这后，我就兑现当初的诺言。"

翡翠很感动："咱都老了，平平静静的，这就很好了。除了那回滕井朝咱家里打枪，我看周围的人都没我过得好。"

家驹笑笑："你陪我出去走走吧。"

翡翠笑着："等一会儿让老二陪你出去走吧，省得你光守着我，让她心里不高兴。"

家驹点头："都不错，这没什么。前人的句子里，有'执子之手'和'相濡以沫'，这些境界我都体会到了。"

翡翠说："家驹，自从你离开了六哥，好像一下子长大了，过去的那些玩闹也没了。我和老二在家里也说，你在六哥跟前，还觉得自己是个兄弟，是个小孩子，总是有个依靠。现在自己在外面做事，自己独当一面。从这一点来说，这也是好事。"

家驹无语，只是苦笑。

翡翠说："那时候我刚到青岛，我和老二，俺俩整天怕你再弄个老三回来。现在俺俩不怕了。"

家驹却说："你俩这是高抬我了。我远没有你俩想象得那么好。人毕竟是人，女人无所谓正派，正派是受到的引诱不够；男人也无所谓忠诚，忠诚是背叛的筹码太低。道德的力量是很有限的。当然，老三我是不会弄了。"家驹轻轻地笑。

翡翠努着嘴："我过年的时候，把你这话学给咱爹听。"

家驹笑着说："夫妻间的对话，是不加修饰的。咱说点别的吧，这快成了哲学讨论了。"家驹的茶凉了，他正要喝，翡翠忙拿下，倒进痰桶，又换了一碗来。

翡翠说："老二听六嫂说，那沈远宜弹琴，她说她也会弹，只是弹得不好。她想让我给你说说，看看能不能咱也买一个？"

家驹笑笑："买一个可以，但是我在家的时候不能弹，她那个水平我知道，弹得很差。

你要是让买，那你在家里听吧。哈哈！"

翡翠觉得自己挺有面子："我能告诉她吗？"

家驹点点头："我明天就从上海订一个，用六哥的话说，就是'这里还住着个弹棉花的吗？'哈哈……"说时，家驹学寿亭的神态。

翡翠也笑了。这时，有人轻敲门，家驹说："弹棉花的来了。"接着高声说："请进！"

二太太进来，见二人正在笑："我来得不是时候？谁赢了？"

家驹伸手请她坐，翡翠站起来拉过把椅子："坐，二妹。还没等下完，就说起你的那钢琴来了。"

二太太说："我是随便一说，家驹知道我弹得不行。只是孩子们都上学去了，我和大姐在家里闷。"

家驹说："对你这种谦虚，六哥有专门的评价。坐下。"二太太坐下了。家驹接着说："那年在青岛，我和六哥闲逛，逛来逛去逛进了乐器铺，正赶上一个二十多岁的少爷在那里买三音号。那少爷虽是买，可是吹不响。出来门后，六哥说：'买这东西合适，就是吹不响，还能卖铜，比买胡琴划算。'"

二太太笑得眼泪都出来了。

翡翠拿过家驹的外衣，对二太太说："你陪着他出去走走吧，家驹刚才说他有点闷。我去看着孩子们洗澡。"

7

寿亭从高岛屋里出来，上了东初的汽车。

东初问："滕井放了些什么屁？"

寿亭说："还没等他放出来，就让我给堵回去了。看来他是想在济南鼓捣点儿事。"

东初说："你在上头看见訾文海了吗？"

寿亭说："看见了，他那根文明棍我认识，就挂在走廊的衣帽架上。"

月色如水，二太太挽着家驹散步。

二太太说："这些天你一直不太高兴，难得今天有这样的心情。"

家驹说："我爹常对我说，平静是人生的最高境界。我现在还做不到，最多也就是安静罢了。"

二太太说："我看这就挺好。这些年随着不断的陶冶，想起当初来，真觉得很幼稚。

小布尔乔亚式的生活，多是些不切实际的幻想。现在我教教孩子们，陪着你和大姐说说话，不也挺好吗？"

家驹拍拍二太太挽着他的那只手："人生却待中年后，炉火是看纯青时。我出洋的时候，十分鄙视中国文化。咱这也算老了，倒是觉得中国文化里，有很多精辟的人生见解。昨天在洋行里，看了胡适之新近的两篇文章，觉得很幼稚。又读了罗素在中国大学里的讲演稿，我觉得他还不如胡适说得透彻呢！"

二太太自谦："你说的这些，对我来讲就深了一点。我也就看看新月派的那些诗。"

家驹侧头问："感觉怎么样？"

二太太说："我觉得还行。"

家驹笑了："你感觉行，这就对了。那些诗就是写给你这种水准的人看的。当年我看泰戈尔的那些诗，就觉得一句好。"

二太太抬着脸问："哪一句？"

家驹说："'亲爱的，不要未向我告别就走啊！'平白如话，很真诚。其他的我就没看出好来。"

二太太说："徐志摩这是死了，要是不死，你这话让他听见，准得讨伐你。"

家驹笑着说："徐志摩的飞机就撞在济南的白马山上，不用他讨伐，选一天，让东初开上汽车，咱们一块儿到那里看看，也凭吊凭吊你的偶像。"

二太太说："一说东初，我倒想起来了，他太太兰芝，今天来了咱家，动员我去妇女建国会做点社会工作。"

家驹淡淡地问："你怎么说？"

二太太说："我没答应。我觉得那地方太乱，什么人都有，还有訾有德那样的男人。大姐也是这个意思。"

家驹说："这就是成熟。做人要懂得'避'，有些人，你认识，不如不认识。"

二太太点头："咱们走出来很远了，往回走吧。"

二人挽着，地上投下了夫妻的影子，大致也相当于新月派诗里的意境。

第十八章

1

初冬的一天，寿亭一行三人，住进了上海四川北路新亚大酒店。

这时寿亭从卫生间里出来，从上到下一身新："老吴，看我这套行头怎么样？"

老吴连连赞赏："精神！有气派！"

金彪也跟着说："一看就不平常。有气派！"

寿亭笑起来："什么他娘的气派！我就是再怎么打扮，一看就是个土财主，不像工业家。这头发也短，有油也使不上。"

老吴摘下花镜："掌柜的，你这打扮现在最时髦，这叫国粹派。你没见报纸上委员长见外国人，都是长袍马褂？"

寿亭笑了："让你这一说，我心里还有点底。他给咱定的两点见，咱现在就走。东初说这人傲，咱先到了在那里候着，别让他挑了眼。"

六合染厂是一个大厂，当街就是一座洋灰大楼，楼中央是个拱顶的门洞，这就是厂门。厂门旁边有个门市部，批发六合染厂的产品。寿亭进去看了，花色种类很多，一捆一捆地立在那里，还有成件打好包的。寿亭很佩服，不住地点头。

林祥荣正坐在办公室里。他四十岁左右，西装革履，油头锃亮，戴着紫框眼镜，气势逼人。他的账房约有五十岁，绸缎衣着，中式打扮，只是人瘦了些，显得很有心计。

"董事长，山东那姓陈的到了，安排在哪间会议室？"账房孙先生问。

林祥荣依然叼着烟斗写字："我还没想好是不是见他。"

账房上前一步："董事长，生意场上讲的是个信用。我们既然答应让他来上海，还是见一下比较好。"

林祥荣抬起头来："孙先生，这人极不简单，别看他不认字。他现在的厂虽然比不上赵东初，但是这人很有魄力。对于这样的人，不能马上就见他，我要先杀杀他的锐气。"

孙先生一笑："噢？来求我们，他还有锐气？那就不要来求嘛！"

林祥荣轻蔑地一笑："他倒是不敢和我摆什么架子。只是上次滕井到上海，和我谈起山东的印染业，滕井特别提到了这个陈寿亭，说他极为狡猾，很难对付。哼，干小买卖的，不狡猾也没办法。"

寿亭和老吴规规矩矩地坐在候见室里，双手摆放在腿上，很老实，一副乡下人进城的样子。

金彪站在门外，一动不动。

孙先生给他们倒茶："陈老板，真对不起，我们董事长正在和英国客人谈生意，你可能要等一会儿。喝茶，喝茶。"

寿亭赶紧说："没事，没事，我等着。"

墙上的表正好两点。

黄浦江上，一艘灰色的外国轮船几乎占去了整个江面。它低沉地鸣笛，四个烟囱向外吐着黑烟。

外滩黄浦公园，那块"华人与狗不得入内"的牌子十分刺目。两个印度警察头缠红布，正在驱赶摆摊的小贩。

2

东俊在办公室里，正和东初在说话。东俊多少有些焦急："六子没来济南的时候，也没想起和谁商量事儿来，可他一来，有什么事儿总想着和他商量商量。訾家马上就要开工建厂，用不了一年，这厂就能建好。咱应当事先想个对策。可他去了上海。老三，我从来没说怕过谁，这两三年，济南前前后后上了七八家染厂，我都没在意。可訾家这么一闹腾，我心里怎么这么七上八下的呢？"

东初说："其实訾家没什么，是个外行。染布又用不上法律，这一年半载的他还上不了道儿。关键是那滕井。咱现在有那一万件布放着，倒是不怕什么。就怕六哥把合伙的事儿也谈成了，咱们都干起来了，滕井把布给咱断了，只卖给訾家，那就麻烦了。"

东俊端起茶来想喝，一听这话又放下了："你也是，应当给你六哥说这事儿，让他顺便和林祥荣谈谈布。现在本埠产的这些布，成色也还将就。咱和别的厂没打过交道，心里没底。你再去给他补个电报，给他说说这事儿。"

东初有些为难："刚才我打电话问过老吴的侄子，他说六哥到了上海之后，没来电报，不知道住在哪个饭店。大哥，六哥是走一步看三步的主儿，不用咱嘱咐，他也能想着这事儿。"

东俊点点头："你当律师就当律师吧，干的哪门子印染！"

东初笑着说："大哥，这商业上使坏，首先得懂行。他訾文海再坏，可他毕竟是个耍嘴皮子的，根本弄不懂醋从哪里酸，盐从哪里咸。除了滕井截断坯布来源这一招儿，根本不用在乎他。"

东俊在屋里来回走了两圈："老三，你再给宏巨打个电话，看看你六哥来电报没有。"

东初无奈地摇摇头，出去了。

3

林祥荣办公室，孙先生走进来说："董事长，他们都等了一个小时了，我看可以了。"

"NO！还不行，还要让他们等。我要折磨得他一点脾气也没有了，再去见他。广东人讲究煲汤，不到那个火候，是出不来味道的。现在他来求我们，我们就是要慢慢地煲他，这样才好谈一些嘛！谁为主，谁为副，一定要搞清楚。你先下去吧，我要打几个电话，不要管他。"

寿亭还在那里等着。他看看墙上的表，已经五点了，用鼻子哼了口气。

孙先生走进来，表情十分尴尬："陈老板，实在不好意思，董事长让你再等一下，他马上就处理完手上的事情。陈老板请多担待。"

寿亭起身说："没关系，我等着。"他停了一会儿，问："孙先生，你们上海人吃得好，工人的工钱很贵吧？"

孙先生忙说："是这样，厂子大，这是很大的一笔开支。没有办法，薪水低了请不到人的。"

寿亭傻瞪眼："一般工人得三块大洋？"他伸出中间的三个指头。

孙先生笑笑："倒没有那么高，但是也差不多。"

寿亭点头："那高级技工得十块大洋？"

孙先生说："最高级的有五个人，他们是陈老板说的这个数字。其他的多是五块至八块。我们厂子的薪水是全上海最高的。济南低一点吧？"

寿亭答道："济南是个小地方，很穷，一般的工人不用给工钱，管他们吃饭就行。这一点比上海好。要是这么高的工钱，在济南根本没法儿干。"

孙先生说："噢？赵先生来的时候，说他们厂里给工钱的。"

寿亭笑笑："赵先生是要面子，所以才这么说。他的布和我的布同样的价钱。如果他给工钱，那他的厂子就很难干下去。"

孙先生明白了："原来是这样的。陈老板，我再去看看，你等着。"

天渐渐地黑下来。

孙先生从候见室出来，回了账房。账房里有七八个人在外间办公。他进了自己的屋，把门关上。他拿起电话来拨号，一会儿，电话通了，他说："林公馆吗？我是染厂的孙启孟，能让老爷听个电话吗？好好，我等着。"

林老爷六十岁出头，人略瘦，二目清朗，相当精神。中式对襟绸袄，十分可体。花白头发向后梳去，下巴一缕短胡须，显得流畅。他拿过电话："启孟，有什么事情吗？"

孙先生说："林伯，是这样。我们约了山东宏巨染厂的陈老板，谈在山东合伙开工厂的事情。他人也来了，我看人很憨厚，样子也蛮老实。可董事长到现在还不想见他。"

林老爷问："他为什么不见？"

孙先生说："他说……他说……"

林老爷说："你大胆说，这没什么嘛！"

孙先生说："董事长说，要先杀杀这个人的锐气。可已经等了好几个钟点了，再等下去不太好吧？"

林老爷说："启孟，这要谢谢你！生意上的来往，就是要有信用。不想见，就不要让人家来，来了就要以礼相待。这是干什么！启孟，请陈寿亭到上海，这件事情我知道。昨天祥荣也对我讲了，说陈寿亭今天到厂里去。这样，就当我们没有通过电话，我就当作关心这件事情，打个电话问问，你看好吗？"

"谢谢林伯。"孙先生放下电话，表情很满意。

林祥荣的办公室里，他正在和林老爷通电话。接老爹的电话，他十分恭敬。林老爷在那边说："你开出的条件，已经够苛刻了。如果是换了我，就不会和你合作。但人家还是来了，这人很真诚嘛！马上去见，晚上请人家吃饭！"

林祥荣说："好好，爸爸，我会的。"

林老爷说："祥荣，不要因为人家没有上过学就瞧不起人家。就是瞧不起，还有赵东初的面子！这样不好。今后你要做很大的事情，在这些小事情上处理不好，那就麻烦了。记得了吗？"

林祥荣说："好好，记下了，爸爸，你放心吧，我会处理好的。"

说着放下电话，不服气地对着电话说："什么都要你管！"

这时，孙先生进来了，说："董事长，再不见一下，可不像话了，他们等了一下午了。"

林祥荣鄙夷地哼了一声："这才刚开始。今天不见了，让他们明天早上再来。今天，哼，我今天本来也没想见他。"

孙先生有些为难："这让我怎么去说？"

"你随便说！"林祥荣正在气头上，"说我今天不愿意见也可以，无所谓。让他明天早上八点来。"

四川北路桥旁边的面馆里，寿亭和吴先生正在吃面。老吴叹口气："掌柜的，孙先生明明对我说是两点，咱也按点去了，怎么不见咱？他这是演的哪一出？他是不是想抻抻咱？他那条件够狠了，还想怎么样？"

寿亭冷冷一笑，冲着堂倌喊："来头蒜！"

4

早上，上海的大街上车水马龙，有轨电车呼呼地从寿亭的洋车边驶过。他和老吴坐在车上，金彪在地下也走也跑地跟着车。

寿亭他俩又来到候见室。孙先生比昨天还客气："陈老板等一下，我这就去请董事长。"说着走了。寿亭起身，眼里充满了希望，还整了整衣裳，同时也算松了一口气。屋里没人，他回过身对老吴说："兴许人家昨天真是忙。咱的买卖要忙到这个成色，那就好了。"

老吴赶紧跟进："是这样，掌柜的，咱的买卖要是忙到这个样儿，咱就专门雇上经理，你没事就去和苗先生下棋！"

寿亭原是看着窗外，听见这话回过头来："我有那样的命吗？"

林祥荣办公室，他身后的那面墙全是紫木书橱，足有十几米长。他顺着书橱来回走，虎口托着下巴深思。他步子很慢，抬起脚来想一想，才落下去。他这样来回地走着，慢慢用门牙啃着食指的根部。

孙先生敲门进来，先笑笑才说："董事长，山东的那两个人又来了。"

林祥荣好像没听见。

孙先生涎着脸向前走了一步说："董事长，我看还是见一下吧。"

林祥荣回过身来："孙先生，这件事情我想了一夜。这姓陈的很有能力，我们要是和他合作，五年之后我们山东的市场怎么办？山东现在是我们的四大重点市场之一，仅次于南京，比天津好得多。如果他真要是掌握了印花技术，对我们江北的市场将是一个很大的威胁。赵东初也和他关系很好，他们要是合起来对付我们，我们将很被动。"他慢慢地摇着头，"他们是有这个实力的。让我再想一下。"

"董事长，生意可以谈不成，但是要守信用。咱不愿意和他合伙，可以把条件再提得苛刻一些。可总是不见他们，赵先生那里好像也说不过去。"

林祥荣有些不高兴："不用你教训我，我知道怎么处理。就是见，也不能现在见。"

孙先生连连说是，继而又说："董事长，你说这姓陈的脾气很急，我们要是把他搞急了，他与昌盛、长城合作怎么办？"

林祥荣笑了："孙先生，你是我们家的老员工，也算是我的前辈，但是，在有些地方，你和我父亲那一代人的头脑，有些旧了。你原谅我讲话直率吧！除了我们，上海还有三家厂子能印花，成通已经被我们吃掉了，还有昌盛和长城，大概用不了多久，也会被我们吃掉。姓陈的别看是从小地方来的，也不一定能看上他们。昌盛也是一样，他们也不敢和一个从不认识的人谈生意，何况是这样的生意。除了我们，他还能找谁呢？孙先生，既然是想和他合作，我们就要说了算。从会谈开始，就要养成这种习惯，明白吗？"

孙先生说："我们现在是发展很快，昌盛和长城也可能支撑不了太久，但是我们也应当看到，现在宁波无锡的一些士绅正在进军上海，也在谋划开印染厂或者纺织厂。这个行业想形成垄断比较难。我们是不是应当把山东姓陈的当作同盟看待？应当尽快让市场饱和起来，减少后起工厂生存的可能性。这仅是我个人的一点想法。"

林祥荣不屑地笑笑："这些我都想过了。孙先生，你让我一个人静一会儿，我要从长远处考虑考虑。"

孙先生从林祥荣的办公室出来，十分不满。他点上支烟，叹口气，慢慢地向楼下走去。他的表情十分为难，都走到候见室门口了，又折了回来，去了自己的办公室。

候见室里，表已到了十点。寿亭说："难道英国人又来了？今天还见不上？"

吴先生赶紧安慰："不会，不会。那孙先生一直没回来，可能是真有事，暂时走不开。"

5

訾家，院里局部充满阳光。因为院墙太高，有些阳光被拦在外面。正堂厦檐下面放着个凳子，上面晾晒着紫毛皮袄，一个小丫头在皮袄上找东西。这时，老妈子又拿出一件抖开，飞起一些粉尘。

父子二人坐在那里喝茶。訾文海穿着毛衣，外面披一件皮斗篷。訾有德穿着黑西装，披着水獭领子的皮大衣。其实还没到数九寒冬，但屋子太深，冷得就早一些。

訾文海说："自从定下这件事来之后，我就觉得这事不明智。滕井和咱想得不一样。咱想的是怎么发财，他想的是怎么扩大日本在中国的影响。坯布由他控制着，机器也得由他出面买。陈六子明明对我说德国机器好，可滕井非要买日本货。一切都由他掌控，咱这个大股东是不是有点冤大头呀！我越想越觉得该和陈六子合伙。可这些人不知道对他说了些什么，陈六子把门堵得严严实实的。唉，有德，我这都是为了你呀！"

訾有德很领情："爸爸，我知道，我会很努力。爸爸，有些事情不用想得那么难。不管咱是大股东也好，小股东也好，滕井反正也投了资，厂房设备里有他的一半。他想扩大日本的影响可以，但不能妨碍咱赚钱发财。如果他不让咱发财，咱就停机撤股，反正机器是在中国放着，又不是在日本。也可以这样说，在当前局势下，除了咱，没有人敢和日本人合伙。咱根本不用怕他，到时候还是咱说了算。"

訾有德认为儿子的话也在理："嗯，到时候再说吧。有德，你一定要主动和陈六子、卢家驹、赵家兄弟搞好关系。这也是对付滕井的一种办法。我们和滕井合伙，是被逼无奈，如果在济南能找到懂行的合伙人，我也不找这个麻烦。咱家虽然有点钱，但毕竟不如这些买卖人。这个厂一旦开起来，能让陈六子等人帮咱一把，那就好了。这就要靠你去拉拢他们。我呢，主要拉拢苗瀚东。他和陈六子还有赵家都是桓台博山那一带的同乡，让他说句话，一切都好办。这也怨你，当初我让你追苗瀚东的妹妹，你却嫌人家胖。现在这个倒是瘦，能干什么？你现在要是苗瀚东的妹夫，我就是他的长辈，那不一切都好办了？"

訾有德不断地点头，设想着做苗先生妹夫的感受。

訾家住在一条南北走向的街上。这时，从街北头进来一队出丧队伍，抬着个白槎薄皮棺材，棺材上连漆都没有。一个号啕寡妇旁边有两个孩子。一个闺女有三四岁，拉着娘的衣裳哭；一个男孩子五六岁，走在娘身边，两眼到处看人，没有哭。街上的人都看着可怜，不住地叹息。

那寡妇到了訾家门前，就用头去撞门，被陪丧帮忙的人拉住。她又去撞，又被拉住，就势坐在訾家门口，倚着门哭起来："訾文海呀，你可缺了大德了！就是因为滴水檐子那么点小事，你就逼死了人哪！天理呀！老天爷呀，我可怎么活呀！他爹呀，你怎么这么傻呀，撇下我们娘仨你走了呀！天哪，你睁睁眼哪——"寡妇突然昏厥过去，口吐白沫。众人赶紧凭经验急救，不外掐人中蜷腿之类，一阵忙活。

一个汉子问另一送丧的汉子："这是怎么回事儿？"

"嗨，别提了，她家翻盖房子，往外扩了一砖的地儿，后院的刘家说她那房上流下来的雨水，能冲到他家的后墙。这刘家是济阳人，和訾文海是老乡，这就打起官司来。打着打着刘家撑不住了，就说不打了，可这訾文海不同意，硬是逼着刘家打，说刘家要是不打，他就帮着被告把刘家告成诬告。刘家没办法，只能硬着头皮再打。这前前后后那钱是花老了！刘家也什么没剩下，连房子也卖了。这倒好，本来雨水冲了他家的墙，

272

这回连房子也搭上了。这倒利索！官司胜了，就得有个胜的模样。买老刘家房子的那一家知道这事，就说免了吧，别再折腾了。可訾文海不愿意，说这样就毁了他的名声，就是要让市民知道违法是个什么后果。这不，前天，是前天，法院来拆了她家的屋，她男人一气之下，吞了六包老鼠药，眼见的工夫就七窍流血，毒得那牙都是黑的。唉，大哥，你说说，人家房主都将就了，你訾文海还撺掇什么？真他妈的坏呀！"

听得那汉子很生气，从地上拾起砖头扔进院里，咣的一声，不知道砸到什么东西上。

这时，一个老者对那汉子说："快跑吧，訾家通着局子，跑慢了你就得进去！"

汉子一听，还想充硬汉，但一看老者那神态，吓得跑了。边跑边回头，也是觉得没面子。

老者说："这是多少年了，年年有人来他门前哭丧。我看就冲这缺德劲儿，訾家也兴旺不了。"

那寡妇缓过来了，倚着门坐在那里两眼发直，两个孩子摇着娘的腿，吓得直哭。寡妇并无反应。众人呼唤劝导，那寡妇却是两眼呆滞，并无反应。

訾氏父子一听院门发生骚乱，大致知道是怎么回事。訾有德出来站在台阶上喊："五更，去看看是怎么回事！别开门哪！听见了吗？"

五更答应着向前院走。

訾有德回到屋里。这时，訾文海表情十分沉静，并无任何惊异之色，喝着茶，等着五更回来汇报。

五更进来了："老爷，是西杆面巷张家那个寡妇，就是因为滴水檐打官司的那一家。"

訾文海点点头："你出去吧。"

訾有德说："爸爸，我看给她两个钱儿打发了吧，这样闹下去也不好。"

訾文海不动声色："这法律讲的是公正，既然是打官司，就得分出个胜负。他男人吞老鼠药的事，昨天就上了报，我也知道。但这和我一点关系没有。不仅要让他们知道这个，还要让人们知道，法律就是无情。你当初为什么不在原来的地基上盖房子？为什么要多盖出一墙来？既然侵犯了他人的权利，就要付出代价。还给她钱？如果给了她钱，她还觉得咱应当负责呢！再有这样的事怎么办？再给钱？哼！"说着站起来摸过电话。訾有德低着头，没往这边看。

"王云祥所长吗？我这儿又来了借着出殡闹事的了，还得劳驾你来一趟呀！忙着？唉，王所长，让这些人在我门口这样闹，不像话呀！劳驾，劳驾！云祥我有重谢！好，好，拜托，拜托！好好！"訾文海放下电话，回过身来说："宁肯把钱给了警察，也不能给这些人，给了一回，就有第二回。我要让他们知道，法律就这样。"

派出所的王所长放下电话。几个手下一听訾文海来电话，本来都出了门，又都回来了，凑上来问："所长，又是一笔小财。这就走？"

王所长向上一推帽子："刚才这伙子人从咱门口过去，我就知道是去了訾家。这訾文海也真缺德，把原告弄得倾家荡产，回了济阳县，把被告的男人也给逼死了。刚才我看见那孤儿寡母的，心里都酸溜溜的。"

一个手下说："他就靠这吃饭。他不逼得别人没法活，他自己怎么活？"

另一个说："咱也管不了这么多。所长，这走吗？"

所长说："你他妈的慌什么？你是所长，还是我是所长？这什么事都得讲个火候，光在电话里说了有重谢，没说是怎么个谢法。先让那伙子人折腾一阵子，他不来三遍电话咱不动弹。他刮了地皮想自己全掖起来，门儿也没有！先让那些人把他弄服了气，然后咱再去，这样他给钱多。知道吗？"

一个瘦子始终没说话，坐在那里想计策。这时他站起来说："所长，我看不行，一个寡妇娘儿们，带着俩孩子，没什么闹腾头儿。咱去晚了，她再自己撤了，那咱什么也捞不着了。"

所长一听大惊，抓过武装带："诸葛亮说得有理。快，走！"他带着那伙子人出来，走到院子门口，他停住说："到了那里之后，咱先别硬轰，就由着那些人闹。等着訾文海把钱递到咱手里，再下手不晚。知道了？"

众人都是内行，大家都笑。

所长说："还是好言好语的，谁也不能踢人家！"

东俊坐在办公室里唉声叹气。东初进来了，手里拿着电报，可一看哥那神态，忙过来问："大哥，出了什么事？"

东俊抬手示意他坐下："唉，咱二车间的那个张万生你认识吗？"

东初点头："认识，不就是前两天打官司的那个？一个多月没来了。"

东俊叹口气："前天吞老鼠药死了。这个訾文海，可缺了大德了！剩下了一个寡妇带着俩孩子，这日子可怎么过！老三，你六哥能放俩残废在门口，这些事咱得学着。不光是学这个，这积点德，行点善，兴许也能有点好报。你去一趟，给那娘仁送俩钱儿过去。你再给难民局写个东西，看看能不能给张家申请点救济。能申请着更好，申请不着，你就让张万生他老婆每月到厂里来领两块钱吧，两块钱吃窝头也就够了。他娘的，就冲这，他訾文海也发不了财。"

东初点头："六哥要是回来，不说别的，就光这一件事，他也得气得嗷嗷地骂。大哥，也不差那一块钱了，就给那娘仨三块钱吧。"

东俊点点头："好，就三块。咱全帮也帮不过来，从这开始，凡是咱厂里的工人，不管谁家出了事，咱都得表示表示。咱不能让人家在背后说咱为富不仁。你手里拿的什么？"

东初乐了："嗨，我快让訾文海气糊涂了。六哥的电报，他说会谈顺利。"

东俊为之一振，接过电报看了看："给你六哥回个电报，提醒他一下本埠布的事。我看可以这样写：'訾氏开厂，于我不利。日本坏布，只恐有变。'他一看就明白了。"

东初站起来："好，我先去拍电报，然后就去张家送钱。送多少呢，大哥？"

东俊站起来："法院来拆了他家的后墙，怎么着也得把那墙垒起来吧？送二十块钱吧。訾文海缺了德，倒是拉上咱破财，真他娘的不是东西！"

6

孙先生又走进林祥荣的办公室。他对林祥荣说："董事长，都十一点三刻了，你要是不见，我就让他们回去吧。"

"嗯，你说得对。"林祥荣站起来，表情很得意，"生意可以谈不成，可是不能不见面，不见面说不过去。我下午就见他，一定见他。孙先生，你告诉他们，下午把款子带来。每年按十万元的利润计算，我们说好是四成，先交三年，也就是十二万。这事赵东初已经对他们交代好了，他们也是同意的。告诉他们，一定要带款来。滕井说他狡猾，我们收了他的款子，不管赔钱还是赚钱，我们先赚到手里了，任他怎么狡猾。"

孙先生应着，转身想走。林祥荣接着说："爸爸又来电话，让我陪他们吃顿饭。这样的面子我是不能给的，就是要让他晓得，他是一个很小的小人物。所以，我要最后羞辱他一下。中午你不要陪，找个一般的职员陪一下就可以了。去乍浦路上找个小店——记着，店越小越好——要几个小菜。我就是要让他晓得，我们不重视他。让你账房里的小何陪一下。对，就小何，他人聪明。回来我要问小何，姓陈的说了些什么。"

孙先生带好门出来，无奈地摇着头，慢慢地向楼下走来。

小何把寿亭他们带到乍浦路的一家文嫂锡菜馆。

小何要了几个小菜。小伙子二十多岁，梳着分头，细皮嫩肉。"陈老板，咱们喝一点加饭酒？"

275

寿亭显得很土气："好，好，我没喝过加饭酒。我们那里都是喝土白酒。"

小何朝后喊："加饭酒搞一点来嘛！"

酒来了。小何把酒给寿亭倒上，然后二人碰杯。寿亭咽下去后，连连说好。他指着那菜问："这是什么菜？"

小何吃着解释："冬笋，很好吃的。陈老板，吃一点。你们那里吃什么菜？吃，吃，陈老板。"

寿亭受宠若惊，忙夹了一口，嚼着说："嗯，是好吃，我还没吃过冬笋。真好吃！我们那里这个季节只有白菜，再就是萝卜。何先生，我请教一下，你们这里吃得这么好，一定挣钱很多吧？"

小何不满地说："不多，我每月赚两块。"

"是少点。不过你还年轻，将来还能涨。那一般工人挣几块？"

"从一块到一块半，很少的。"

"那最高级的技工一定挣钱很多吧？"

小何喝口酒说："也不多，最多的五块。"他连吃带喝还挺忙。

寿亭跟上去问："那五个最好的技工也只挣五块钱？"

小何还在吃，随口说："是这样，陈老板，那五个人一个拿六块，三个拿五块，最少的那个四块半。就这样，也不是太多。"

寿亭突然站起来。小何有点意外："陈老板不吃了？"

寿亭笑笑，拍了一下小何的肩："何先生，你回去告诉林老板，我谢谢他的招待。你告诉他，这是我陈寿亭吃过的最好的饭。"说着一撩棉袍，昂首而去。老吴金彪忙跟出来。

小何拿着筷子傻在那里。

新亚大酒店房间里，寿亭气得咬牙切齿，又不住地冷笑，继而哈哈大笑。

吴先生慌了："掌柜的，别气坏了身子！"

金彪也过来了："掌柜的，咱也没丢什么，和这样的人犯不上生气。"

寿亭一把拉住吴先生："老吴，我是诚心诚意来上海，四成份子我也认了，五年的期限我也认了，款子咱也带来了。可这姓林的也太他娘的不知道头轻蛋重！"寿亭大口喝水，放下杯子说："你！现在就去办！找上海最大的三家报馆，登广告，招收高级印花技工，每月五十块大洋，济南试工。金彪，你留下，咱花钱买票，带着应招来的人一块儿回去！要是那些应招的人不信，你就先给他十块大洋。老吴，广告上一定说明这

276

一条：如果到了济南试工没试住，也就是不合格，也送五十块大洋，就算见面礼。老吴，你再打个电报给东初，问问他们厂要不要人。我非把上海的高级技工全给他挖空了不可。我一个月的工钱顶他一年的，我就不信请不动人。他还要四成份子！我一开始就没想过来，还傻了巴唧地把汇票带来了。老吴，林祥荣这一晾咱，咱可省下大钱了。老吴，抓紧办！金彪，你跟着。"

老吴很激动："掌柜的，还是你招儿多！"

寿亭冷笑一声："这才刚开始呢！老吴你看着，我让姓林的到济南府来给咱赔不是。"寿亭吼了起来。

下午，六合染厂门市部内。这里的布都是成捆的，显然是不零售，所以很消停。三个职员，一个老的在里面算账，一个在柜台里面看小说，一个倚在门板上，嗑着瓜子看街景。这时，一个穷人模样的人戴着破毡帽进来了。他身上的衣服也很旧。看街景的伙计站起来阻拦："出去出去，这里的布不零卖的。"

穷人好像没听见，还是往里走，慢慢地低声说："我看看，见见世面。这么多布呀！"

看小说的那位放下小说："哪里来的？"

穷人说："济南。"

柜台里面的那个伙计说："家住济南府，生活真很苦，闲着没有事，出来卖屁股。哈哈……"

账房也笑了。

穷人说："你才卖屁股！你这小伙子怎么说话？"说着就用手捻布。

门口的那位伙计过来："你还是出去吧，这里的布你买不起的。出去出去。"他说着就过来推穷人。穷人不走，还是看布。

"我看看还不行吗？"

"你这人好讨厌！这里的布不是卖给你的，出去出去！"

"这布多少钱一尺？"

"这里布不论尺，是论件卖的，你根本买不起，出去出去。"

"多少钱一件？"

"多少钱一件你也买不起！"

"你怎么这么看不起人，我问一下还不行？多少钱一件？"穷人说话的速度很慢，但很执拗，也挺气人。

"一块钱一件，你买得起吗？你有银洋吗？"

穷人点点头："这几种都是一块一件吗？"

"都一样的，一块一件，出去出去，你买不起的。"

穷人笑了笑："你怎么知道我买不起？"

"你看看你这个样子，我就说你买不起！"

"我要是买得起呢？"

"那你拿款子出来，一块一件，我马上卖给你！"

"你说话不算数。"

"算数的，一块一件，你拿款子来！"伙计的手伸在那里。

"这一共是八种，一种一千，八千件就是八千块，钱是不少。"

"我说嘛，你还是出去吧，你买不起的。还八千件，吹牛！你一件也买不起！"

穷人把帽子一扔："我买得起，你每样给我来一千件，发货到济南北关车站。"

一屋人全傻了。账房跑出来："你这个讨饭的捣什么乱！"

寿亭一笑："我不是要饭的，我是济南宏巨印染厂的陈寿亭。"

"吹你妈的牛皮！"看小说的那位也跑过来了。

寿亭不再说话，解开怀，从里面拿出一沓银行票据："八千？嗯，这是一万。伙计，你看清楚了，这是真正的大英帝国渣打银行的本票，这是一万元，交完了运费之后，余下的钱按此账号给我汇到济南。"

看小说的那伙计两眼大睁着，张着嘴，只出气不进气，口吐白沫，当场昏了过去。年龄大的那位慌忙拉住寿亭："陈掌柜的，得罪得罪！刚才他们是开玩笑的。"

寿亭冷笑："哼，生意场上无戏言，准备发货吧！"

"我们没有说过刚才的话，我们不承认的。"

"你可以不承认，你如果说不卖，我立刻就走，马上去报馆，就说六合染厂言而无信，拿客商开玩笑，把客商当成要饭的耍。你们看着办吧！"

孙先生一脸惊慌地撞开林祥荣办公室的门，上气不接下气地说："董事长，有人骗买！"

"慌什么，什么人这么大胆？跑到这里来胡闹。"

"陈寿亭！"

林祥荣惊得站起来："啊？你先去处理一下。"

孙先生苦着脸："董事长，这事得你出面，我不够分量。"

"你先去处理一下，看看怎么回事嘛！"林祥荣一跺脚，孙先生也只得去。

孙先生拉着寿亭的手哀求："陈老板，他们不懂事，你务必高抬贵手，放过他们。现在找个差使不容易。"

寿亭笑笑："这样的伙计不能用。你们董事长瞧不起人，伙计也瞧不起人。堂堂六合染厂就这样？"他拉过孙先生的手，"孙先生，你这人不错。不过，跟着林祥荣这样的人，这辈子怕是没有出头之日。看在你的面子上，我可以不要这些布，让你们林老板下来赔个不是，我马上就走。"

孙先生忙说："这好办，这好办！"放开寿亭，飞也似的往回跑。

林祥荣在办公室里来回走，他拿起桌上的一件摆设要摔，举起来了，又放回去。孙先生跑进来，他忙上去问："怎么回事？"

"唉，别提了，门市上那些伙计看不起姓陈的，以为是讨饭的，双方一激，姓陈的真掏出钱来了。八千件，好几十万呀！"

"不管这事怎么办，你先把这些人全辞掉。这也太不像话了！姓陈的想干什么？"

"他说他可以不要布，就是让你下去道个歉。董事长……"

林祥荣抬手制止，在办公室里来回走。孙先生焦急地看着说："董事长，这有什么，不过是开个玩笑。赵先生不是说过嘛，陈寿亭常常搞出一些让你想不到的事情来。董事长，这没什么……"

林祥荣回身站稳，示意孙先生不要再说："孙先生，没有那么简单。陈姓的，赵东初，都是全国印染行业的知名人物，我要是让姓陈的耍了，用不了多久，大家都会开我的玩笑。我们又正在收购昌盛长城两厂子的关口上，这个面子不能丢。我道歉，可以保住几十万，可六合染厂的信用，还有我们厂的气势就会打折扣。道歉？不！你下去，就按八千件发货给他，不仅发货，就说我晚上在国际饭店请他。我要借这件事情，树立六合在中国印染业的地位。姓陈的，我先让你知道什么叫财大气粗！然后你还得把布再给我运回来！"他的眼都红了。

孙先生长叹一声："天哪！董事长，这种事情在上海滩上也不是第一次，我们何必呢？我看还是打个电话问问林伯吧！"

林祥荣怒吼一声："不用，我现在是董事长，按我说的办！"

寿亭喝着茶，和那个账房聊天。这时孙先生进来了："陈老板，我们董事长说，六合染厂的信用是第一位的。我一会儿就让人给你发货。楼上正在开单子，一会儿就送下来。我们董事长很佩服陈老板的才智，晚上他想在国际饭店请陈老板吃饭。"孙先生的口气这时已经有些傲慢了。

寿亭有点意外。稍顿，他说："也就是说，林老板宁可赔上几十万也不下来道歉？"

孙先生说："无所谓道歉，这是正常的生意，几十万对六合来讲不是太大的事情。"

寿亭冷笑道："既然林老板不肯来，我就只能把布运走了。记住，济南北关车站。好，孙先生，你替我转告林老板，今天晚上的饭，免了。你原话转告他，我等着他到济南给我赔不是。"寿亭突然放缓了口气，"孙先生，林老板这样逼我，你可都看见了。唉！林老爷那么大的商业家，养出这样的儿子来，让我这个外人都替他老人家难受。你代我问候他老人家，就说陈寿亭得罪了！"说罢，抱拳，阔步而出。

店里一片哑然。

孙先生坐在凳子上，低着头，无力地用手一划拉："你们，全被辞退了！"

7

采芹正在家里和沈小姐说话。采芹递过毛巾说："妹子，别再哭了，咱说点高兴的事儿。你一哭，我的心里也酸溜溜的。咱姊妹说着话，喝着茶。我让孔妈买肉去了，一会儿咱俩亲自动手包饺子。我擀皮子，你包。妹子，听六嫂的，可别再掉泪了，啊？"

远宜拿过手巾擦擦泪："嗯。"

采芹攥着远宜的手："妹子，你六哥常说，事往宽处想，人往细处做。你姨也是没法儿，咱不说这个。妹子，你六哥临走，说你要来家，我高兴了好几天，今天夜里你就别回去了，咱姊妹俩说一宿话儿，行吗？我让人给你姨送信儿，你打电话也行。"

远宜点头："嗯。我恨不能永远不回去。"

采芹倒掉那碗茶，又添上新的："妹子，你六哥临走，交代下了一件事儿，让我劝你从良，可别再去那种地方了。"

远宜点点头："嗯，我听六嫂的。等六哥回来，我再听听六哥怎么说。"

采芹说："妹子，你六哥还让我交代你——他一个大老爷们，不能直接说——让你见着那军长，就一口咬死了，咱是卖艺不卖身。妹子，这不是说咱不诚实，咱这是为他好。当初咱是大学生，真正的黄花大闺女，他倒是在咱前头有一个。这男人，不愿意把他喜欢的女人往坏处想。人家那军长是有学问有身份的人，兴许也不问。要是问，就按这个说。刚才我问了家驹的二太太，这词该怎么说，她告诉我说，这叫守身如玉。妹子，至于守不守身，染坊里出不出白布，这都是没有凭据的事儿，可别说出来，伤人家那军长的心。你就给人家那心里留下些肃静吧！妹子，记下了？"

远宜抬起头来，看着采芹："六嫂，你真幸福呀！六哥既懂道理，又那么爱你。"

采芹说："妹子，咱不说这些。我刚才说的那事你记下了？"

远宜有些为难："可是我……"

采芹勃然变色："哪来的那么多可是！就按我说的办！"她的口气突然缓下来，"妹子，你心里就只有那军长，这就行了。那军长现在这么得势，在南京什么人家的闺女找不着？他老婆又陷在了东北，到这也没去南京找他。可是人家没说再找女人，倒是一天一封信地往济南来，这是什么心思？他是那公事缠着走不开，要是走得开，兴许早来了。他还不知道多么想你呢！妹子，这话得这么说，说了实话，害了自家，也害了人家。人家都觉得你是王宝钏，你为啥硬说自家是潘金莲呢！妹子，你六嫂是老式人，没经过第二个男人。咱这么说吧，就是蒋委员长想娶我，我也舍不下你六哥。你六哥听了这话该怎么想？还不高兴得蹦到桌子上去？男人要的是女人的心！就这么办吧！当然，蒋委员长看不上你六嫂！"

二人笑起来。

远宜说："你说得也对，有时候把实话说出来，双方都痛苦。"

采芹高兴了："这就对了。"

孔妈提着菜回来了，放在南屋厨房里之后，过来复命："太太，肉买回来了，剁馅子吧？"

采芹说："你一点一点地切吧。我和俺妹子在这里说话，你别弄得和来了木匠似的。"

孔妈笑着出去了。

远宜笑着说："六嫂，你和六哥待久了，说话也和六哥一样有意思。"

采芹说："妹子，你六哥常说做人难，其实咱女人们更难。你这新式人，还好点；像我这样的，多娘给你找个什么，你就得跟个什么。想起这些来，我也就知足了。等那军长来了，让你六哥给他拧上两把弦，按你六哥那意思，是在济南就把亲事办了，咱先捂住他再说。"

远宜笑得直不起腰来："六哥太急了，没事儿，他跑不了。"

这时，电话铃响了，采芹接起来："谁呀？噢，翡翠呀！噢，我得问问。"采芹捂住电话，回身问远宜，"家驹的大太太，她俩听说你来了，想过来看看你。都听说你长得俊，想来开开眼。让她俩来吗？"

远宜过来接过电话："卢嫂好，我是沈远宜。"

翡翠说："妹子好。我想过去看看你和六嫂，只是怕打扰你俩说话。"

远宜说："快来吧。我一下子多了好几个嫂嫂，可高兴呢！我和六嫂等着你。"

"好好。"

远宜放下了电话。

老孔正在院里修理马扎，采芹和远宜来到门口，命令道："老孔，你去汇泉楼，让他们五点钟送一桌好菜来。它那糖醋鲤鱼全中国有名。记住，让他们带着家什，来咱这里做这道菜。"

老孔答应着："好嘞！"

采芹对远宜说："我整天待在家里，都待傻了，把饭馆子这个茬儿给忘了。妹子，你六哥回来之后，要是知道我在家里摆大席，请了他妹子，准得夸我会办事儿。"

远宜稍揽着采芹往回走："六嫂，我能常来吗？和你在一块儿，什么愁事儿都忘了。"

采芹说："给你姨打电话，告诉她先住三天。不用你，我直接给她打。我虽没有你六哥那些招儿，但对付个老娘儿们还绰绰有余。我先让她见识见识周采芹——你娘家嫂子！"说着就去打电话。远宜站在那里笑。

第十九章

1

早上，东俊站在三元染厂门口，看着工人上班，表情严肃。这时，茶房老周从厂里跑来，对东俊说："大掌柜的，陈掌柜的来了电话。"

"噢？"说着马上跟着老周向办公室走去。

这时，东初来到厂门口，下了自行车。他一见大哥没站在那里，多少有些纳闷，于是到处看。门房凑上来说："三掌柜的，大掌柜的去接电话了，是陈掌柜的打来的。"东初点点头，骑上车进了厂。

东俊接起电话来："六弟呀——"

电话里传来寿亭的声音："我说你整天和个枣木桩子似的杵在门口，也不知道杵个什么劲！上海的事我办好了。还他娘的四成份子，狗屎！"

东初从办公室出来，他刚走到东俊门口，就听见东俊的桌子砸得咚的一声，东初吓了一跳。他听东俊说："好！寿亭，我一会儿就过去。你这回可办了大事。那六合染厂这下子让你挖空了。哈……"

东初进来了："六哥的电话？"

东俊放下电话，舒心地坐在椅子上："这个陈六子，还真是有两下子。他从上海招来的那些技工昨天晚上一块儿到了，一共十三个。其中就有六合染厂的那三个最好的。真行，他的脑子是快，这回什么都办了。"

东初笑了："我早知道林祥荣不是六哥的对手，所以我事先就激了他，说林祥荣这人特别傲慢。我知道六哥那脾气容不下这一套，去了上海肯定是一场恶斗。这下好了，林祥荣的威风该煞煞了！还弄一桌子外国人陪我吃饭！哼，连个文盲都对付不了，真不知天高地厚！"

东俊笑笑："老三，这姓林的就是不识相，把六子放在候见室里傻坐了两天。就他那头脑，这两天还不什么主意都想出来了？哼，林祥荣绝对没想到陈六子能这样办他。像林祥荣这样的人，有再多的钱也没用。我估摸着，你六哥还和他不算完。"

东初一瞪眼："还不算完？办了人家的货，挖了人家的人，都伤筋动骨了。"

东俊一笑："这是皮毛。林家在上海是铜帮铁底，别说几十万，再加一倍也没事儿。

至于技工被挖,这更算不了什么,在上海,找这样的工人不是难事。实在不行请洋员嘛!"

东初说:"六哥昨天说了,只要姓林的来济南赔个礼,这八千件布就还给他。"

东俊摇摇头:"六子还他布,这我信。但是,我不信姓林的会掉这个价儿。这是富家子弟的大毛病。富不过三代,原因就在这里。"

东初点点头:"是这样,林祥荣就是个样子。林老爷子那么大的商业家,什么事儿都懂,可就是看不出自己孩子的毛病来。唉!"

东俊说:"这你说得不对。林老爷子正是看出他儿子的毛病来,才放出去让他练。但这个对手太厉害了,一招儿就要了命。老三,你知道林祥荣为什么敢让六子把八千件布运回来吗?"

东初摇摇头。

东俊说:"他爸爸和苗哥是很好的朋友,也是棋友,一到上海,两个人就杀得天昏地暗。他知道只要苗哥一句话,你六哥就得把布送回去,所以有恃无恐。但是,我估计这事儿林老爷子不能出面,他得逼着自己的儿子来应付这个局面。苗哥说,林老爷子很有见识,不是一般的有见识。"

东初笑笑:"他爹不说也罢,说了倒是让苗哥笑话。苗哥也断不会压六哥把布送回上海。大哥,六哥还挺义气,在上海招人还想着咱们。"

东俊苦笑了一下:"老三,也不全是这样。这样的技术工人中国很少,几乎都能数得过来。他挖来的人越多,对上海方面的打击就越大。他这是一箭双雕,既出了气,打击了对手,也送个顺水人情给咱。"他看了一眼东初,叮嘱道,"老三,你六哥和林祥荣闹翻了,咱不能和他翻。姓林的这一头儿不能断。上海毕竟是中国最大的商埠,六合纺织的布对咱也很重要,说不定将来就能救命。记住前人说的,'愚以事贤,弱以从刚'。和林祥荣来往,对咱没有坏处。等一会儿,我去宏巨挑技工。其实也不用挑,好的早让小六子自己留下了。你马上去给姓林的发个电报,就说咱们劝了寿亭,让姓林的来一趟,寿亭同意还他布。"

东初说:"大哥,六哥说布的事不用放在心上,他已经设下埋伏。他说,只要滕井这边的布一断,上海布接着就来,让咱放心。"

东俊一惊:"噢?他没说在上海找了谁?"

东初摇摇头:"六哥的嘴很严实,我也就没往下问。"

东俊点点头:"好,你去吧。备车,我去宏巨。你打发人去发电报。"

东初却没走,他看着东俊高兴,就嬉皮笑脸地说:"大哥,你弟妹骑着车子去了建国会。大哥,我看就由她去吧,这也不是大事儿。"

284

东俊笑笑："三弟，你也四十出头了，有些事我也管不了。你不怕她骑着车子跑街丢人，我……唉！"东俊抓起黑呢子礼帽，叹着气出了办公室，把东初晾在了那里。

2

夜明妃叙情馆里，远宜梳妆完毕后，大声喊："顺子！"

顺子是个干净利索的小伙子，剃着光头，在这里主要是干些粗活儿。此时他正在后院往缸里倒水，一听召唤，把篙一放，噔噔地跑上楼来。

姨母坐在那里喝茶，表情并不愉快。她看着顺子跑上去，嘴角有一些鄙视的微笑，不由得轻轻哼了一声。

顺子上来问："小姐，什么事？"

远宜说："你到我六哥那里去一趟，让他下午务必来一趟。记着，务必！"

顺子问："好，小姐。让陈掌柜的几点来？"

远宜有点烦："顺子，那是我哥呀，还管什么点？"

顺子惭愧地傻笑，领旨跑下楼去。

姨母上来了，冷冷地说："你打个电话不就行了，还用顺子再跑一趟？"

远宜更冷："大事不能在电话里说。"

姨母拉着远宜坐下："远宜，咱有了现在这个成色不容易，你不能有了哥哥，就谁也不见了呀！"

远宜直视着姨母："姨妈，有些话，那天我六嫂都在电话里给你说了，我就不重复了。咱的这些钱，我一分也不要，你老今后的生活也就够了。六哥临去上海，特别来对你说了，咱不再见客人了。你如果嫌钱少，我也可以让六哥再给你一些。今天我六哥来，有大事要商量，我现在也没心思。姨妈，我已经走错了一步，已经很后悔了。霍长鹤将军很快就到济南来，我不能开着这个门接他吧？"

姨母擦着泪："孩子，你不知道，男人薄情，霍将军知道你沦落了风尘，你还指望着破镜重圆？孩子，姨是过来人，当初北洋政府的参议和我也是海誓山盟，最后怎么样？孩子，听我的，还是趁着年轻挣下点钱。就你这样子，三十以后再嫁人也不晚。"

远宜静静地说："姨，你没正式结过婚，不知道那是一种什么感觉。那是家，是真诚的彼此相待。我和六嫂在一起住了这三天，明白了许多事情。至于霍长鹤是不是嫌弃我，那是他的事。但是我，就从现在起洁身自好。我宁可下半辈子讨饭，也要清清白白的，这是人格。"

姨母仰天长叹："傻呀，枉费了我的一番心血呀！"

远宜站起来，走到窗前，冷冷地看着远方。

寿亭和东俊站在印花机前，机器呼呼地转着，花布快速印出。寿亭高兴，东俊既高兴又羡慕。没上机的那些技工跟在旁边，显然是寿亭挑剩的。他们全看着东俊，希望从东俊的表情里看出自己的就业之路。

开机器的那几个技工眉开眼笑，忙忙活活，十分积极，抽空还回过头来和寿亭东俊打打招呼。

寿亭把金彪叫过来，机器很响，他大声喊，也是故意让那些技工听见："你，去商埠上的江浙饭店订饭，让他们天天送。从今以后，让他天天早晨派人来问，师傅愿吃什么，就给他们做什么。告诉他们，咱要的是正宗上海本帮菜，不是那些乱七八糟。"

金彪高声答应："知道了，上海本帮菜。"说完快步走去。

那几个没上机的技工低声议论着。上了机的那几位实在没法再表现什么，就拿着包皮布使劲擦机器。

寿亭东俊他俩并肩向车间外边走，来到外边，噪声没有了。

东俊说："六弟，你是真舍得花钱。你那钱都花在刀刃上了，比我强。"

寿亭说："东俊哥，这水有源，树有根，没有平白无故给咱卖命的。这钱，有些是冤钱，但多数不是冤钱。当初我就想到年后要卖大华，过年的时候我就给每个工人发了二十大洋。要不怎么能留给滕井一座空厂呢！"

东俊笑了："你呀，是贼里选出来的贼！谁惹着你，你就办谁。我可没惹着你，就是惹着你，你办我的时候也得先告诉我。"

"我要是告诉了你，还能办得着吗？"

他俩来到办公室楼下。

东俊说："别和那姓林的置气了，我让东初给他发了电报，他要是真来了，就把那些布还给他吧！"

寿亭点上烟："一点儿问题没有。别说他来，只要他发个电报来，我就让他原车运回，现在还没卸车呢。那姓林的也是老三的同学，他爹又和苗哥是老朋友，我一回来就给苗哥说了这事儿，苗哥大声说办得好，买卖就是不能开玩笑。可是，我也不能办得太绝了。我是想让他知道知道我陈六子是个什么人，根本没想讹他的布。这事你放心，我准办。"

东俊说："你这花布也印出来了，我带着这些技工回去，当天也能开机。下一步咱俩得商量商量价钱。首先，咱俩不能顶起来。你说呢？"

寿亭说："行，回头先核算一下成本。咱俩都是两台机，这四台机要是全开起来，那个产量可是不小呀！东俊哥，可是这两天我看了看，有虞美人在这里比着，咱的价钱怕是上不去。看来现在是挣不了钱，别说挣钱了，兴许还得赔点。"

东俊："是呀，咱们刚开始，赔点就赔点吧！"

寿亭说："天津开埠也好，上海六合也好，他们为了省钱，这些年一直用随着机器带来的那几套印版。这样不行。我在上海，也去市面上转了一圈，六合比开埠还好一点，开埠是六套版，六合是八套版。这么大的产量，要是只用那几套版，全中国的花布不就一样了？花布花布，就是花色不同的布。昨天我给家驹说了，让他找德国人再给咱设计几套版，等样子送来，咱俩商量商量，只要看着顺眼，抓紧去德国刻出来，咱给他出出新。"

东俊点点头："那要不少钱吧？"

寿亭说："东俊哥，大家都印花布，人家为什么买咱的？咱得出点新样子。我想好了，我给他年年换，年年新花样。我非和林祥荣杀一场不可。"

东俊说："六弟，这日本坯布越来越不按点儿来，咱现在有那些压仓布，还觉不出难受来。可是这訾家马上就要开工建厂，如果滕井为了挤咱，控住咱的坯布，这六合纺织对咱可就重要了。咱要是和他弄得太顶了，下一步怕是受难为呀！"

寿亭笑笑，拉住了东俊的手："走，到办公室喝壶茶。东俊哥，这三元和宏巨加起来，得数上中国前十名。这样大的厂一说要布，那些织布的还不得来送礼？还他娘的六合纺织呢！我在上海转了三四个纺织厂，一报字号，全他娘的一脸笑，争着请我下馆子。东俊哥，上海那些后起的纺织厂，全是德国高速投梭织机，咱要什么布，它就能织什么布。还他娘的滕井，咱是图他便宜，这个老王八蛋只要一捣鬼，咱就立刻停购。訾家，哼，狗东西，因为一堵墙就逼死了人。你看着，我让他下辈子满街要饭！就是要饭也不敢在济南要！可气死我了！"

二人上了办公室的楼梯。

3

寿亭的院子很安静。这是一个四合院，青砖青瓦，青条石的基座，院中左右各种一棵梧桐树。

北屋里，东俊太太在和采芹说话。这屋内是八仙桌子靠山几，陈设简单实用。大堂两旁各有一个锁壁厅（即里屋，但从外边也可以进去），青岛家里带来的东西只有那幅中堂。东俊太太坐在上首椅子上，采芹拉个凳子就近坐在赵太太跟前，二人显得很亲。

赵太太拉着采芹的手："妹子，今天一大早，那俩孩子进来门就磕头，你表哥也掉泪，我也忍不住。唉，这个訾文海，真他娘的不是东西！妹子，你说，这样的人得遭报应吧？"

采芹说："遭报应？小六子听老三说了这事，气得回来都没吃饭，喝一口酒，骂一顿。大嫂，我看不用别人，小六子就和他散不了伙。我劝他，他瞪着眼差点骂了我。"

赵太太进一步说："妹子，你还不知道，訾家准备开染厂的那块地，也是打官司打来的。人家给不了他钱，最后拿那块地抵给了他。我看这家人得不着好儿。"

采芹纳闷："那天訾文海来咱家，我看着长得平头正脸的，不像是坏人呀！"

赵太太一拍采芹的手："妹子，人可不能貌相呀！不光訾文海，他那儿子你没见，长得可体面了，比家驹都精神，可就是不办人事儿呢！"

老孔和赵太太的车夫大老李坐在院子里说话，晒着太阳，二人很谈得来。

赵太太说："一个寡妇，拉着两个孩子，这什么时候是个头儿呀！人家那儿子要是长大了，能饶了他訾文海？我还就不信。"

采芹站起来，冲着院子里喊："老孔，叫着大老李进来！"

二人进来："太太，有事？"

采芹掏出十块钱，递给老孔："你跟着大老李去认认门儿，把这十块钱给张家那寡妇送去。老爷嘱咐了好几遍了。你再去南屋里弄上一袋子面，放在车上拉了去。告诉张家，不用来道谢，老爷要是看见那俩孩子，又得生气，又得难过。去，张家就住在前街上。孔妈，你找找福庆穿着小了的那些衣裳，赶明儿给她送去。这事办好了，老爷回来准夸你。快去。你俩，一人给一棵烟卷儿，就算路费。"

二人接过烟，笑着出去了。

赵太太说："妹子，不用，咱厂里见月给她钱。你表哥说，这也是跟着寿亭学的。"

采芹坐回原位："大嫂，十块到了人家手里，就能吃好几个月的饭。咱不知道也就罢了，知道了，就不能不花两个儿。小六子也说了好几遍了，今天回来一听我办了这事，准得高兴。"孔妈又过来添茶。"大嫂，咱那买卖要是干得好，是上天帮咱；干不好，我谁也不怨。咱没干坏事，不是上天报应咱。我多常说，要不是当初行好，收下小六子，咱能有这成色？苗家兴许不知道这事，苗嫂子要是知道了，也得送两个儿。"

赵太太点头："嗯，是这么回事。咱就图个心里静吧！妹子，你这一说苗家我倒想起来了，早晨我出来的时候，正看见老三家出门，骑着洋车子走了。"

采芹劝她："你也是，骑洋车子怕什么？东初家是新派人物，和咱不一路。你别生这样的闲气，她愿骑就骑吧。咱看不上人家骑车子，人家还看不上咱在乡下的时候骑驴呢！"

赵太太一收脸上的表情："你是不知道。老三家生生地是学苗嫂子那儿媳妇。人家那雅芝是英国留学回来的，才二十多岁。老三家是什么？一个初中毕业学生！也三十大几了！你是没见哪，妹子，她人又高又胖，穿着那制服裤本来就包着腚，她一腚坐上去，连洋车座子都看不见，就见是一根铁棍子顶着！这街上没有不看的。这个老三，什么事都依着她。"

采芹打趣地说："大嫂，你也别看着不顺眼，不就是骑洋车子吗？她骑，咱也骑！"说着二人笑起来。赵太太佯装要打采芹。

孔妈在西屋里收拾着福庆的旧衣裳。

二人说笑了一阵后，赵太太小心地说："妹子，寿亭认识的那个沈小姐，不要紧吧？那天你也不叫我，也没捞着见。你表哥回来说，那可真是美人儿呀！这寿亭虽说是知情知义的，可这长了架不住总在跟前晃。别三晃两晃，寿亭再动了心。"

采芹说："大嫂，这事也不用拦，就是拦，也拦不住。寿亭去了上海，那沈小姐来家玩了算是三天，唉，也是苦命的人，随说着随哭。她那个姨呀，唉！弄得我也陪着掉泪。寿亭开业喝醉了，那沈小姐送他回来，我猛一看，有点傻，心说，这整天在家里和我甜哥哥蜜姐姐的，这是在外头有人儿呀！等他醒了酒，我从侧面劝他，把沈小姐收了——"采芹一指门，"你没看见那块玻璃是新的吗？我这话还没说完，他抓起茶壶就把玻璃砸了，说我看扁了他，还气得掉了泪，吓得我给他赔了一晚上不是。"

赵太太说："嗯，你表哥也说不要紧呢！你说说她这个熊姨，干什么不行，非逼着外甥闺女干这个。"

"大嫂，咱这是饱汉子不知道饿汉子饥呀！她姨一个说大鼓书的，多少年上不了场子了，不干这个能干什么？那天我给她打电话，越说越生气，没让我把她挖苦煞！"

赵太太忙问："怎么说的？快说说。"

采芹冷冷地说："说得多了！最后这话我都说了，让她开个价儿，我给远宜赎了身。当然，远宜也不是买去的。大嫂，这可是亲姨呀！可气煞我了！"

4

寿亭给远宜带回来上海冠生园的蛋糕，他坐那里用慈爱的目光看着远宜吃。远宜边吃边笑，还像小孩子似的吮指头。

"真好吃。"远宜拿过毛巾擦了下手。

寿亭从腰里掏出一个紫绒首饰盒，远宜打开，是一只手表。远宜摘下原来的手表，戴上了新坤表，很高兴："很漂亮。六哥，这浪琴表很贵的，我会一辈子都戴着。"

寿亭笑了笑："戴着吧。我也不懂什么琴，就是拣着最贵的买。回来之后，家驹说，还有比这好的，只是我乡下人进城，有点傻眼，没找对地方。"

远宜笑他："你没给六嫂买一块？"

寿亭笑着说："这什么人呀，得什么打扮儿。在青岛的时候，我给她买了一块，她一回没戴过。你六嫂说得更有意思——这不如那座钟看得清楚！"

远宜说："六嫂人真好，我和她坐在那里说话，她这一天一天的，就没松开过我的手。"

寿亭笑笑："她家从小也就她自己，乍得了个妹子，也是高兴得不得了。我这些天在上海，一想起有了个妹子，心里更是不住地喜欢。上海一个姓林的王八蛋，惹我生了一顿那么大的气，可一想起咱有妹子，觉得那些都不算什么。"

远宜忙问："是谁惹我六哥生气？"

寿亭淡淡地说："一个不知道头轻蛋重的小子。呸！瞧我这嘴，当着妹子也说粗话。"

楼下，姨母守着十几匹绸缎，高兴得不得了，看看这种，看看那种，还往身上比量："这陈掌柜的真是内行，我也去过苏杭，就是没找着这种货色。你看看人家的眼力。"

那些下人跟着夸奖。

姨母又拿过一条金项链看着，越看心里越美："这周周生（民国时期上海最大的金店）的金货就是好！不仅是样式好。你看见了吗？这是真正的美国紫金，一点杂质也没有。这陈掌柜的真是见过世面的人，人家买东西就是地道。"说着套在脖子上，转身去镜子那里照，照了前身照侧身，十分高兴。然后喜去悲来："当年谭鑫培来济南演出，我去垫的场子。那真是四处里借衣裳，当初就是行头不好，济南地方也是小，也没人捧，要是在北京，早就红了。"

一众下人大概听过好几次这样的遗憾回忆，所以反应并不强烈。

她放下那些礼物后，对一个丫头说："凤子，上去问问陈掌柜的在这吃饭不。要是吃饭，咱好准备。"

凤子是远宜的丫头，她说："刚才我上去收蛋糕，小姐说不让打扰。"

姨母看了看墙上的表："看着，五点钟陈掌柜的不下来，就告诉燕喜堂送菜。可咱也不知道陈掌柜的爱吃什么呀？"

凤子说："豆腐，那天我听他说来着。"

姨母笑了："净胡说，人家那么大的买卖家能吃豆腐？"

凤子低头去收拾那些绸缎，没敢对豆腐再说什么。

楼上，远宜说："六哥，长鹤，噢，就是那个军长要来了。"说着低下了头，玩弄着桌布。

寿亭高兴："好呀，我请他。妹子，具体的招法你六嫂也都说了。咱干这一行也是没法儿。只要人家不说别的，我看，就跟着他走吧！你能有这正经的去处，我也就放心了。妻妾没大小，全是处得好，别去管那些用不着的，啊？"

远宜摇摇头，看了看窗外，回过脸来苦笑一下："六哥，新式的感情你不懂，没有你想得那么简单。"

寿亭一听，故意一瞪眼："妹子，这你可说错了。我和你六嫂十五就认识，我就住在她家。家驹说我这是正规的新式恋爱，我怎么不懂？男人就怕你心里没有他。那军长来了，我对他说。"

远宜幽幽地说："六哥，他不是你，他现在是春风得意的青年将领，相当受宠。咱不说这些了。我叫你来，六哥，是想给你找个生意做。"

"怎么还出来买卖了？"寿亭有点烦。

"六哥，长鹤是国防部的军需处长，是专管花钱的一个机关。这次他到山东来，是来采购中央军的被服。你是开染厂的，这不正好吗？我让他多给你钱。"

寿亭的脸拉下来："妹子，这事不能办，我不和官府做买卖，更不能让你帮着我做买卖。我说不出为什么，就是心里觉得别扭。"

远宜把头低下了，慢慢地说："六哥，你是怕别人说你靠妓女发的财？"

寿亭的眼立刻瞪起来，远宜很害怕。寿亭大声说："谁要是敢说你是妓女，我宰了他！这事我早定了，咱今天就从了良。咱现在不缺吃不缺穿，说不上什么生活所迫。咱青岛的房子还没卖，带上你姨，去青岛，消停上个一二年，找个正当的人家嫁了，可别再干这一行了！我在上海，一想起你在这个去处，陪着些贼羔子男人说话，就恨不能用机关枪把那些男人都突突了。从良，这是正道。"

远宜点点头，自言自语地说："是呀，是该从良了！"她又把脸转向窗口。

寿亭高兴了："这就对了。吃穿嫁妆全是我的，到你出嫁的时候，咱办得热热闹闹的。只要你愿意，咱租个飞机上天转一圈。"

远宜被那美好的一幕感动了，她慢慢地点着头，然后慢慢地低下头，泪流下来，她拿起手绢擦着。寿亭很纳闷："妹子，咱说得好好的，怎么哭了？我哪句话说得不是地方？"

远宜摇摇头。

"你还放不下那军长？嗨，你说话呀！可急死我了！"

远宜说："不是。六哥，从来没人劝过我从良，我亲姨都不让我从良。"

寿亭说："你姨？我一会儿就下去，给她下半辈子作个交代。至于别的，都不用你管。嗨！别哭了，你一掉泪，我那心里就难受。咱当初是没法儿，才一脚踩在这烂泥里。不管跟不跟那军长，咱都不能再干这个了。是我不让你干。你是我妹子，我就能做了这个主。咱今天就关了这扇门。你姨她要多少钱，我都给她，外带着给她养老送终。妹子，人这一辈子很短，我想起当初要饭来，觉得并不远，可都二十多年了。女人更是老得快。你也不能总是这么俊。听哥的，咱先看看那军长怎么说。他不忘旧情，咱就跟他去，我就认下这妹夫。如果他说三道四的，去他妈的，还他娘的留学生将军！那项羽是个老粗，人家也没留过学，可人家'四面楚歌乌江岸，乌骓画戟奈何天'，四下里全是韩信的兵，马上就没命了，还没丢下虞姬自己蹿了呢！他倒好，自己出城逃命，也不带上咱。妹子，见了他，这话我可能不便直说，可是我得告诉他，这是他的不对。男子汉大丈夫，情义二字比命重。这里放着你的心上人，噢，那日本人一放枪，吓得你把什么都忘了？那天你给我说什么来着？噢，海誓山盟，对，就是海誓山盟，妹子，是他先忘的，不是咱，你可别和没理儿似的。"寿亭气得呼呼直喘，"还他娘的'地形越复杂本事越大'，沈阳城在块平地上，地形根本不复杂，你都跑得这么快，要是地形再复杂点，让你那本事使出来，还不跑得更快呀！气死我了！"

远宜怕寿亭继续诋毁自己的心上人，就把手放在他的手上："六哥，那是军事命令，他不能不听呀！"

寿亭正在气头上，正想进一步攻击东北军将领，但见远宜面有不悦，就说："你也够没用的，我说他两句你就不高兴。你倒好，总想着是咱自己不对。妹子，咱不欠他的。你刚才说，还让我和他做买卖？妹子，这事不行，我不能办。"

远宜摇晃着他的腿："六哥，我听你的。我已经去了电报，说这生意就是让你做，你就接来吧，啊？"

寿亭很着急："嗨，妹子，咱现在的买卖很好，你六哥染的那布，洗烂了也不掉色，现在是染多少卖多少。那两台二十尺的大印花机也呼呼地转，印的那花也很好。妹子，你想想，我要是接了这生意，你就欠着那军长的情。咱不欠这样的情！妹子，没必要，听我的，咱不做。"

远宜站起来，寿亭也随着站起来。她把脸偎在寿亭的胸上："哥……"她抽泣着，哭得那么伤心。

5

东俊正在三元染厂办公室里看报。东初拿着电报进来："大哥，来大买卖了！"

东俊惊喜地站起来："噢？什么买卖？"

"林祥荣来了电报。他根本没提六哥的事，说中央军要在山东采购被服，派来个少将。他已经和对方说好了，争取让咱做这买卖。"

东俊喜色全无，又坐回去："他要几成？"

东初说："百分之五，噢，就是五分。一共三十万匹，约合一万八千多件。"

东俊不屑地哼了一声："他要五分？哼！"

东初不解："大哥，你不愿意做？"

东俊笑笑："老三，政府的贪污你是知道的，具体经办人至少要拿一成，再加上量大，他给的价钱肯定很低。这事没法干。给他回电报，就说谢谢他，免得白忙一场。"

东初的兴头也退下去，拿过暖壶冲了冲茶。他坐下之后说："哎，大哥，我有件事不明白。过去中央军都是在沪宁两地采购被服，现在怎么到山东来了？这有点蹊跷。"

东俊笑笑："这没什么蹊跷的。东北沦陷之后，民众对政府的腐败很不满。上海南京的布价高，又是官商把持，偷工减料，政府不敢再那样办了。哼，我看这也是表面文章，最后说不定比南方还贵。"

东初明白了："我回了他？"

东俊说："回是回，口气一定得委婉。"

6

山东宾馆门外，四个卫兵持枪站在高台上，门前停着一辆汽车。过往的行人远远地观看，但谁也不敢驻足。

马路对面，有一个卖切糕的，点着一支干电池灯。夜里，街上已十分冷清。

宾馆内，套间门口，两个卫兵持枪守卫。走廊上有流动哨兵，一个尉官坐在一张桌子前，提醒走动着的哨兵："走路轻点，别弄出动静来。"

套间卧室床上，远宜依偎在长鹤胸前。他们身着银灰缎子睡衣。长鹤有三十多岁，英武俊朗，眉目清秀。他抚摩着远宜的头，不住地叹气。

长鹤说："六哥这个人说话真痛快。这人好，是和一般商人不一样。"

远宜还是那样偎着，轻轻地说："是吗？"

长鹤说："六哥这人说话很有条理，他说得很对，咱俩的感情没有变，是日本鬼子给咱捣乱。我思来想去，还真是这样。要是没有日本人进攻沈阳，咱现在还不是好好的？他妈的，我一提日本鬼子，就恨得牙根疼。我真不知道委员长怎么想的，就是摁着不让打。唉！"

远宜抬手摸他的脸："咱今天不说那些不高兴的事儿。"

长鹤嗯了一声："远宜，你说六哥不识字，我看不像呀！他讲了那么多故事，都头头是道，他说是听说书的听来的，真是不可思议。"

远宜说："六哥虽然不识字，但他很有见识。你想想，一个不识字的人，能做那么大生意，没有见识根本办不到。"

长鹤说："嗯，是这样。远宜，你说起生意来了，我给了他订单，价格也对他说了，布样他也看了，可我看他对这件生意不感兴趣。要是换了别的买卖人，一听这么大的买卖，还不高兴得一夜睡不着？可是我看他很冷淡。"

远宜没有动，只是轻声说："可能价格低一点，他知道咱俩的关系，又不便说。"

长鹤寻思着说："不低呀，这是按上海的价格打的九折。我临来山东之前，也就这事儿询问了上海六个染厂的经理，他们都抢着要做。哎，你这一说，我倒想起来了，六哥在上海得罪过一个叫林祥荣的人吗？"

远宜抬起头："不是六哥得罪他，是他手下把六哥当成讨饭的，六哥不吃这一套，用一块钱一件的价格骗买了他八千件布……"

长鹤笑了："六哥真有心计！怪不得呢，我临来的时候，姓林的特意嘱咐我，不让我和六哥做这生意，当时我不知道这一段儿，也没往心里去。"

远宜问："你很在乎他吗？"

长鹤轻蔑地一笑："除了委员长，我谁也不在乎。"

远宜轻声地说："长鹤，要不是六哥救我，那天我就冻死在海边了。人家救过我的命，长鹤，你就在每匹布里再加一块钱，行吗？"

长鹤下床点支烟，远宜也下来，坐在床边上扶着他的腿，看着长鹤抽烟。"我就愿意看你抽烟的样子。这些年我想你想得太厉害了，越想你的样子越模糊，就是你抽烟的样子我忘不了。"说罢低下头去。

长鹤感谢加感伤地苦笑一下："我也是，越想你越记不清你的样子。好在我的皮夹里有一张照片，没人时我就拿出来看。那次让委员长看到了，他也拿过去看了，还夸你漂亮呢！"

远宜笑了："那是因为委员长喜欢你，所以才这样说的。"

长鹤攥住远宜的手，不禁长叹一声。

远宜说："我刚才说给六哥加一块钱，你还没回答我呢。"说着努起小嘴，露出甜甜的怨意。

长鹤想了想："这不妥吧。"

远宜抬着眼睛："你怕别人说你吗？"

长鹤说："不是，我是怕让委员长失望。远宜，自我上任以来，没贪污过一分钱。我调国防部，委员长给了我三百两黄金，我也退了回去——尽管后来还是收下了。我是怕别人说布价高，让委员长知道了……"

远宜挑衅地说："你是怕那姓林的知道你和六哥做生意？怕他背后说你坏话？"远宜的声音很柔。

长鹤略微有点急："我说过了，我谁也不怕。姓林的是一个很小的小人物。我是想，六哥可能不是为了价钱。"

远宜说："生意人就是为了挣钱，不为了价钱还能为什么？"

长鹤说："价钱真不低，我自己主持的询问会……"

远宜说："你说加不加嘛！"远宜晃他的腿。

长鹤说："你明天再问问六哥吧。"

远宜低下头，良久无语。长鹤纳闷，问："你怎么啦？"

远宜并没抬起头来，只是淡淡地说："长鹤，你非逼着我把真话说出来吗？"

长鹤吃惊："怎么了？"

远宜说："加一块钱是我想要。我想，也算见到你了，等钱到手之后，我在离你不远的地方买个房子住下来，这地方只有你知道。你可以来，也可以不来，我只想让你知道，我离你不远。"远宜落泪了。深色的泪掉在浅灰的睡袍上，一颗一颗，十分清晰。

长鹤像被烫了一下似的，把烟一摔，忽地站起来，冲着门口喊："卫兵！"

卫兵进来，立正。

长鹤冲着外面喊："叫马副官来！"

"是！"

长鹤气呼呼地穿上军装："远宜，"他咬牙切齿，"我一生一世就办错了这一件事——出沈阳的时候没带上你！"他冲到外间去了。

295

远宜在里面听着。长鹤命令道："你明天早上带上沈小姐，拿上布样去工厂。同时通知南京，让他们在原来预算的基础上再加三十万，山东布贵，让他们派专人送来，越快越好！"

"是！"马副官答应出去，回身轻轻带好门。

长鹤回来了，他气呼呼地点上支烟："远宜。"

远宜赶紧过来："你怎么了？我让你为难了？"

长鹤两眼通红："六哥给我讲的那些故事我全明白了，人家这是在臊我！别说人了，六哥家的公鸡，来了老鹰，公鸡明知是送死，也拼着命去和老鹰斗，保护母鸡小鸡逃跑。我呢？我霍长鹤投笔从戎，志在保家卫国，可我连自己心爱的人都保不了，我这算什么呀！"说着，他的泪掉下来。

远宜偎在他胸前："何必呢，不哭，长鹤。相互牵挂，劫后重逢，我们应当高兴才是。"她拿过手绢擦长鹤的泪，"不用自责，长鹤，我知道你是迫不得已。'我是那铺满干草的巢，待着你那美丽的翅羽'，每当剩下我一个人的时候，我就默念着你写给我的这首诗。"

长鹤把远宜紧紧地抱住，泪从他刚毅的脸上流下来。

7

两个残废门房正在说话，一辆军用吉普车在前，一辆黑色轿车在后，飞驰而入，二人吓得往后退了一步，面面相觑，不知道发生了什么事，试试量量地向寿亭的办公小楼前小心地凑。

吉普车上下来四个士兵，持枪向外站立。沈小姐和马副官从车上下来。沈小姐穿着紫色银鼠薄皮斗篷，款款上了寿亭的办公室外的楼梯。

寿亭在车间印花机旁监督生产，吴先生慌慌张张地跑来了。

"掌柜的，可了不得了！来了些当兵的，沈小姐也来了。"

"噢？走！"

办公室里，远宜坐在圆桌旁，马副官夹着公文包恭敬站立。寿亭进来，远宜上去抱住他胳膊，拉着他坐下，也让马副官坐。

马副官打开公文夹说："陈老板，霍处长决定让你置办这批军需，这是布样，一共三十万匹，颜色不能有出入。"

寿亭木讷地接过布样，远宜在一边笑他。

"霍处长说，因为山东布价太贵，决定在昨晚谈过的预算上，再加三十万，款子两天之内就会送来，请陈老板大胆开工。"

寿亭问："工期多长时间？"

马副官说："二十天。霍处长说如果时间太紧，也可以拖延三到五天。霍处长不便亲自来，让我问候陈老板，这是他给你的信。"

寿亭接过信就想找老吴，远宜伸手拿过来，说："马副官，公事说完了，你到楼下等我吧。"

马副官起身立正，寿亭也跟着站起来。他正要出去送，又被沈小姐拉回来："你坐下吧！"

屋里只剩下他俩。

远宜调皮地说："六哥，你不是挺厉害吗？这是国防部的命令，不干把你抓起来！"

寿亭笑着说："妹子，你让我说什么呢？这事你六哥不能干。"

远宜说："你别说了，就算为了我。你刚才听见了，我让他多给了三十万。你让我从良，我得有嫁妆呀！"

"噢——"寿亭恍然大悟，"原来是这样。嗯，好！为了你，我干什么都行。随后告诉我发货地点，二十天，我保证给他染出来。"

远宜像小孩子似的抱着寿亭的胳膊："给我租飞机！让我上天转一圈！这是你说好的。"

他俩笑了起来。

寿亭说："刚才家驹来了电话，说是大伙一块儿请俺妹夫吃顿饭。你看行吗？"

远宜说："本来他要亲自来的，可是让你说得他不好意思了。他说他现在谁都不怕，就怕见你，觉得自己没有脸面。我头一次见他这样自卑。"

寿亭说："嗨，都不是外人，这怕什么。我看着这人很懂道理，忙完了这一出，跟着人家走吧，啊？"

远宜点点头："嗯。"

寿亭犹豫着问："他没问咱别的吧？"

远宜低着头："所有让我为难的问题，他一句也没问。我很感激他。"

寿亭高兴："这是汉子！妹子，你可得好好待人家呀！"

远宜点点头："我会珍惜的。六哥，我要是跟着他走了，可就见不着你了。"

寿亭说："妹子，你这是出嫁，又不是逃难，回头有了空儿，我去看你也行，你来济南也行。我也断不了地去上海，到南京下车，看看妹子，那也挺好。"

远宜点点头："六哥，你可注意身体呀。我看你酒喝得太多,那会伤身体的。我走了,更挂牵你。"说着眼泪掉下来。

寿亭说："妹子，别掉泪。留着那泪，等我送你的时候再掉。长鹤那狗屁丈人在满洲国当了汉奸官儿，他那老婆也登报和他离了婚，这正好给咱让出空儿来。这就是那缘！知道吗？我说在济南给你俩办了婚事，长鹤觉得不方便。咱就依了他。到你在南京成亲的时候，我带上济南你这几个哥，一哨人马去南京。我连咱苗哥也请了去。"

远宜拉过寿亭的手，放在脸上："六哥，我等着。"

第二十章

1

家驹的房子是来到济南后新建的。虽说是中国式的庭院，但多了份典雅。院墙是大号的红机器砖加细线勾缝，没有大门洞子，两边是门垛，上面是拱形门架，还镶着块扇形贝叶石，上镂"意归"，取嵇康的典故，右面门垛子上还有一小块长方形的黑色花岗石门牌，镂的金字是家驹用英文开的玩笑：The lus inhabit here。翻译过来就是"这里住着个姓卢的"。

一辆汽车等在门口。

院子里遍植丁香，只叹正是冬季，花没有开。

家驹和二位太太一起吃早餐。家驹穿着背带裤，两位太太都成了中式打扮，只是二太太的头发烫过，显得和大太太不一样。家驹吃的依然是面包牛奶之类，两位太太却是稀饭小菜和馒头。家驹往面包上抹着果酱，说："六哥厂里来了大买卖，从洋行订的染料。我晚上得去六哥那儿一趟。晚上你俩不用等我了，和孩子们吃饭就行。"

两位太太对视一下，答应着。

二太太说："六哥真厉害，想干什么就能干成了。昨天六嫂让人送来的花布，是咱厂里自己印的，真是好看。是吧，大姐？"

翡翠看着二太太说："二妹，以后别说咱厂里咱厂里的了。六哥给了咱一成的份子，这本身沾着人家的光，就不大合适，再张嘴闭嘴咱厂里的，让人家笑话。"

二太太赶紧笑着说："我是习惯了，光想着在大华的时候咱是东家。以后改。"说着给大太太盛稀饭。翡翠赶紧接着。

翡翠说："家驹，六嫂说，自从厂里开了印花机，六哥很晚才回来。你在洋行里下了班，也常过去看看，帮帮六哥。"

家驹点头，继续吃饭。过了一会儿说："翡翠，六哥家就一个福庆，星期天孩子们不上学的时候，你也把福庆接来玩玩。咱这是代代的世交，让孩子们也成为朋友。老二见了六嫂多少有点儿发怵，你没事就常过去坐坐。"

翡翠忙答应："我今天就去。张店老家捎了好丝棉，我给六嫂做了个小袄，我一会儿就给她送过去。沈小姐过些天就要走了，我和六嫂商量商量，俺们想请远宜再吃顿饭。"

二太太说："沈小姐那气质真不寻常，那天我去了，没敢多说话。倒是人家找着我说。"

家驹说："别去打扰沈小姐了。霍先生没来过山东，可能要去看看山东的名胜。'山河破碎风飘絮，身世浮沉雨打萍。'唉！'劫后重逢人再见，苍凉凄楚泪双垂。'唉，这一时里，他俩的伤心，外人是没法体会的。就让他们安安静静地互相适应适应吧。"家驹说完，无奈地摇摇头，"六哥说了，到沈小姐结婚的时候，咱们倾巢而出，包括你俩，一块儿去南京贺喜。"

二位夫人也跟着叹息。

家驹的六个孩子一齐进来告别："爸爸，娘，妈，我们上学去了！"六个孩子一齐鞠躬。二位太太起身。家驹原地没动，扫了一眼那群孩子："嗯，再见，都好好用功！"

六个孩子出去了。他们叫大太太娘，叫二太太妈。

家驹斜着眼问二太太："孩子的作业你天天检查？"

"检查，这些事你就别操心了。"

家驹点点头喝下了杯里的牛奶，拿过餐巾擦着嘴："我在齐鲁大学请了个老师，从下礼拜开始，让他们一块儿学英文。我没空教，教也教不好。老二，你也趁这个机会把英文恢复一下，好检查他们的作业。记着，把福庆也叫来一块儿学，这孩子我看挺好。很用功。"

二太太点头答应着，回身就去取家驹的皮大衣。

翡翠问："那仨小的也学？"

家驹说："都得学。"说着站起来。翡翠拿着西装，二太太的另一只手里拿着礼帽。家驹说："洋行里我已交代过了，只要姓訾的打来电话，就说我出差了。訾有德要打电话到家来，就说我去了南京。让他乱死我了！"

二位太太应着，一起送家驹到门外。

家驹出来了，上了洋行汽车。

她俩看着家驹的车走了，二太太说："我看着那姓訾的说话挺好呀！"

翡翠忙用手拨拉她一下："可坏了！六嫂说，他家三天两头地逼死人。再来电话，直接让王妈给他说老爷出了差，咱俩都别接。"

2

东俊坐在办公室里，唏嘘不已。

茶坊老周把茶冲好倒上说："大掌柜的，喝一碗吧。"

东俊点点头："好。你出去把三掌柜的叫来。"

还没等老周去叫，东初风风火火地跑了进来，一屁股坐在桌前的椅子上说："大哥，你知道中央军的被服订单被谁拿去了吗？"

东俊叹口气："知道了。正要去叫你。唉，你六哥来过电话了，还分给咱二十万匹。你去把布样拿来吧！我总防着人家，可人家有了买卖让出一些给咱做。唉，难怪人家都夸他是小号的苗瀚东呢！"

东初站起来："噢？一共三十万匹，六哥就给咱二十万？有这样的事儿？"

东俊让他坐下："老三，我说过你多次了，要处变不惊。坐下。"东初笑笑又坐回去。东俊也给东初倒了碗茶，接着说："是给了二十万匹。不仅数量大，价钱也不低。他在电话里说他欠咱们一个人情，我想了个遍，他不欠咱什么情呀！他说这就算扯平了。这小六子！整天装神弄鬼的，一会儿弄个计，一会儿布个阵，弄得我整天乱猜。"

东初说："大哥，是不是他看着花布赔得厉害，让咱补一下？"

东俊晃着头："不是为这。这花布的价钱是上不去，不光咱赔，他也赔呀。"

东初说："我见了他得好好问问。"

东俊说："别问了，六子这人我知道，他不想说的事，问也没用。抓紧拿回布样来开工，一共二十天的工期，军队的事，咱不敢耽误。另外还有沈小姐的面子。"东初点头答应，刚要走，东俊又叫住他："三弟，咱干印染多年了，可咱多是用纯色兑成中间色。你六哥是用中间色兑中间色。这中间色的价钱是纯色的一半。你试着看看，能不能跟他要个方子。这一是为了两家染的布色值一样，再者咱也学学他那套办法，看看他怎么鼓捣的。"

东初面有难色："大哥，我看这事儿就免了吧。方子是染厂的命根子。人家让给咱买卖做，这本身就是天大的人情，再要方子，是不是不大合适呀！六哥那么精，别再让他想歪了，反而不好。"

东俊点点头："也是。好，你去吧。我这就去车间试着兑。你说得对，要方子是有点过分。"

寿亭和东初坐在圆桌边。文琪把烟茶端过来,然后又去门外站着。寿亭显得很疲惫,拿过订单递给东初:"老三,这是原订单,你自己看吧。告诉你哥,我一分钱也没加。"

东初接过去,也没看,又放回桌子上:"六哥,你让我们说什么好呢!我哥说,这三十万匹,你自己二十天也能干出来,分给我们二十万匹,真是过意不去。"

寿亭拍拍东初的肩:"老三,我这些天明白了不少事儿,这人哪,还不能光剩下钱!"寿亭的脸色很难看,口气里也透着感伤。

六哥:"你哪里不舒服?"

寿亭点上土烟:"没事,是我自己胡乱琢磨的。老三,咱不说这些了。你回去按样子抓紧干,用上心干,要不咱不好对人家交代。"

东初说:"六哥尽管放心。可是,六哥,人家沈小姐帮了这个天大的忙,我哥说,咱怎么着也得给人家留点钱。"

寿亭勉强笑笑:"这些事你就甭管了,我另有安排。你只管染布,剩下的事我来办。"

东初说:"好,要是出钱的话,你千万告诉我。"

寿亭说:"东初,我这些天得在厂里盯着,腾不出空儿来。人家沈小姐的朋友来了,过不多长时间,就是咱们的妹夫。他好像不大愿意见我,那你就和家驹陪着人家吃顿饭。你俩是我的兄弟,也是远宜的哥哥,又都有文化,一准儿差不了。记着,只字别提买卖的事。那军长旁边总跟着马弁,别哪句话说得不是地方,误了人家的前程。"

东初说:"好,六哥放心。昨天家驹也和我通了电话,他也是这个意思。可是又怕沈小姐这一时里正伤心,弄得人家嘴上不说,心里再烦。我们想在大明湖上租条船,边看景边吃饭。"

寿亭说:"这天冷了,大明湖也没什么景可看,找个体面的馆子就行。回头我给远宜打电话,你听我消息吧。"

东初说:"好,六哥。"

寿亭说:"你上海的那朋友没来电报?"

东初笑了:"没来,六哥,别管他了,你把布卸下来卖了吧。对于这样的人,不用客气。"

寿亭没说话。

东初说:"六哥,说来也巧,咱现在这笔买卖,林祥荣也知道,是他先告诉我的。那时候咱们还不知道是沈小姐的朋友经办。"

寿亭说:"噢?还有这么档子事?"

东初说:"六哥,现在想来这人挺差劲,还不知道这事儿在什么地方,他张口先要五分的利。我一听这话，怎么觉得人情薄如纸呢？那么多年的同学，怎么好意思直接说呢？买卖做成了，还能亏待他吗？唉！"

寿亭笑了笑："让我办了他一下子，他嘴上不说，其实也是挺心疼，想在这个买卖上补回去。老三，我的气也消了，你给他打个电报，让他出个运费，把布运回去吧。都在生意场上，弄得过僵也不好。"

东初站起来："六哥，这不行，他在上海三番五次刁难你，就是没把咱们看在眼里。这事不行，得让他来济南当面道歉。再说了，咱现在的花布赔着卖，还不是让他挤的咱？不行，不行。"

寿亭叹口气："咱现在太忙，顾不上这王八蛋，等有了空儿再说吧。东初，回去告诉你哥，染这'国军绿'得用进口草酸，试了好几遍，这是方子，按这方子办就行。"

东初接过方子，很意外也很感激。

寿亭接着说："染料你别自己买，我让家驹在洋行里订了。咱两家合起来量大，价钱兴许能低点儿。运来之后分开就行。"

东初已是无言以对，只是低着头。

寿亭接着说："你哥染布我知道，他是用纯色加水兑成中间色。这国军绿用纯色是兑不成的，加黑少了就是浅绿，加黑大了就成了菠菜叶子绿。回去告诉他，就按这个方子办。家驹怕搞错了，在每种颜色的下面对注上了德文。还有一件东西我没让写上，怕你那儿的工人偷出去，就是温度。"

东初第一次听说，十分惊讶："六哥这么精到！"

寿亭苦笑："记住，八十一度，高了低了都不行。你不是常问我，车间门口那些带螺丝嘴的铁桶是干什么用的吗？我告诉你，那是'冷坨'。这国军绿在染的过程中不能兑水降温，一加水，色值就会降下来。这就要加冰坨。把那铁桶里装满水，拧上口放在外面冻着，水温一高，扔上一个，降下来之后就再拿出去。我让金彪弄了十五个给你厂里送去了。济南这么多染厂，还有訾家那窝子王八蛋，咱得防着点儿。你那工人要是跑出一个去，你六哥这些年的心血就白让人家使唤了。记住，不能对工人说，把插在槽子里那水温表上的字全刮去，只在八十一度那里做个记号，这样就行了。你哥明白怎么干。"

东初直接不敢抬头了，只是低低地说："我记下了。"

东初下楼来到汽车跟前，回头见寿亭还站在室外楼梯的平台上看着他，就扬手让他回去。司机给他打开车门，东初无力地坐进去。车开出了宏巨染厂，东初闭着眼，头无力地靠在座椅上，长出一口气："唉——"

303

寿亭站在那里，看着东初的汽车出了厂，低低地叹息一声。风吹来，他打了个寒噤，看上去苍老了许多。他抬头看了看天，天阴着，零星的雪花飘下来。他慢慢地转过身，向办公室走去，步子是那样没有力气。

3

下午，上海林公馆，阳光明媚。林老爷在花房里侍弄花，旁边一个花匠戴着蓝围裙陪着林老爷。

花房的门开了，林祥荣走在前面，司机端着一盆花走在后面。

祥荣甜甜地叫了一声："爸爸！"

林老爷看看他，又看看那盆花，脸上有了些笑意。

林祥荣说："爸爸，刚才我去英国领事馆，亨利让把这盆花带给你，说这是比利时杜鹃。我也不懂，只是看着开得很好。你看还行吗？"

林老爷挺喜欢，用手托着花看："好，好，放在这儿。你回头打个电话，替我谢谢亨利。"

这个花房很宽敞，阳光从玻璃顶子照下来，配了那葱茏的花木，十分怡人。花房的尽头，有一个乌木的圆桌，两把椅子朝南放着，对着花房的玻璃墙。坐在那里可以沐浴着阳光，看着院子里的景物喝茶。林老爷对花匠说："让人把茶送到这里来。你们都出去吧，我和少爷要说话。"

司机和花匠出去了。父子二人坐下来。

林祥荣掏出烟来，还没来得及点，林老爷就说："这里不能吸烟。"

林祥荣笑笑，把烟放回去。涎着脸说："爸爸，身体还好吗？亨利说你哪一天方便，他过来和你下国际象棋。"

林老爷应着："随便什么时候都可以来。正好有人给我送来一只宣威火腿，让他尝一下，看看中国的火腿比欧洲的怎么样。"林老爷眼觑着，看着外面的景物。

"好好，我一回厂就告诉他。"

林老爷看着外边："济南那些布还没运回来？"

林祥荣低头不语。

林老爷接着说："祥荣，错了就是错了，不要死要面子。这样不好。"

林祥荣干笑着说："是，是，爸爸。只是这几天厂子里太忙，我还没顾得上。"

林老爷不看他："几十万的东西都顾不上，你的事情也太重要了！"林老爷的声音

304

虽不高，但足以震慑得林祥荣不敢抬头。

林老爷接着说："这是有苗先生和赵东初的面子，才没出了其他事。祥荣，陈寿亭是生意人中的江湖派，要的就是面子。他给了咱们面子，也给了赵东初甚至苗先生面子——尽管我还没有把这件事情告诉他。我们应当识趣。去认识一下，大家哈哈一笑，这有什么不好？"

林祥荣嗫嚅地说："我不想用这种方式要回来。"

林老爷看着外面冷冷一笑："这几天你躲着不回家来见我，大概是在想主意吧？祥荣，这个家业早晚是你的。现在我活着，上海滩的工商界都让着你，也都夸你能干。真是这样吗？我看未必。不要总是想着以势压人。陈寿亭堂而皇之地运走了八千件布，你当时就没压住他，难道还想在山东压住他？人家同意把布还给你，这已经是万幸了，不要总觉得丢了面子。难道陈掌柜就不要面子？他如果不要面子，早把那八千件卖掉了。几十万的东西人家可以不要，这是什么人物？难道你也不想想吗？这样的人不该认识认识吗？"

祥荣小声地说："我会把布拿回的。"

林老爷冷冷一笑。

这时，三个丫头把茶端进来。林老爷说："把茶端走好了，少爷要走了。"说着站起来，向花房的后面走去。

林祥荣这才掏出手绢来擦汗，偷眼看向父亲的背影。

4

早上，寿亭穿着工作服在车间里监工，拿着布看。

东俊穿着工作服在车间里监工，拿着布看。

滚筒染机轰轰隆隆地转着。

訾家，正堂上，訾文海和訾有德父子俩都穿上了皮大衣，看来要出门。

訾有德看看手表，焦急地说："这个赵东初，说好的九点，怎么还不来？"

訾文海说："我看昨天你就不该向赵家借汽车。"

訾有德笑笑："爸爸，我不是想借他的汽车，是想让他看看咱这个场面。我想拉上赵东初私下里入一股，他太太那里我倒是说通了。其实，赵东初很看不上他哥那一套，早有分出来自己干的意思。"

訾文海坐在椅子上看着院子里，慢慢地摇摇头："这事没有那么简单，关于咱家的

305

事，可能就是他给陈六子说的。这些年干律师，咱得罪的人太多了。这一行是不能再干下去了，早该转行了。你看苗瀚东多大的气派，仅仅是一个开面粉厂的。别看开面粉厂的，谁都得吃饭，但不一定谁都要打官司，这就是实业的意义所在。仅从这一点来看，咱也得转了。人家那工厂越来越大，现在已经是山东第一粮商。韩复榘那么不着四六，见了苗瀚东也不便胡说八道。滕井是一点一点地挤咱。无声无息地拆那些旧房子就算了，他非要炸，非要弄出点动静来不可。他说那四条大型印花机已经从日本起运，咱钱也付了，说什么都来不及了。那四条印花机一旦开起来，就能顶三元宏巨这俩厂。这当然很好。可是流动资金怎么办？这几天我睡不着，总想这些事儿。"

誉有德安慰父亲："这不要紧，银行方面反正也说好了，都是熟人朋友，再说你也帮他们打了多年的官司，资金周转应当没问题。"

誉文海笑笑："银行的钱是要还的。我们还得指望着工厂挣钱。那四条大印花机一旦转起来，那么大的产量，势必与陈六子还有赵家产生冲突。再说了，天津上海的花布也挡着咱的道儿。唉，哪一行也不容易呀！"

誉有德说："没事儿，爸爸，李万岐当经理万无一失。他本来就是上海长城染厂的厂长，相当内行。他说咱一开始不能印花布，要印单色布，印布比染布成本低。我努力说服赵东初入股。用不了几年，咱就能杀出一片天地。他苗瀚东能成为山东最大的粮商，咱为什么不能成为山东最大的布商？"

誉文海感觉有些道理，点点头说："希望如此吧。那些人不是把咱家叫作模范监狱吗？好，我让他们都穿上模范牌的衣裳。滕井说得也有道理，得弄出点动静来。报纸还没来吧？"

誉有德说："还没有，得十点多钟才能来。"

誉文海冷笑着："等一会儿一声巨响，不用报纸他们也就都知道了。再看看咱报纸上那广告：'平地响起一声雷，模范染厂不怕谁！'哼，等着吧！"

看院子的五更跑进来："老爷，少爷，汽车来了。"

父子俩对视一眼，一前一后走出院子。

东初那司机下车开门。誉有德没见东初，说："你三掌柜的没来？"

司机说："三掌柜的有急事去了宏巨，他让我给誉老爷道歉。"

5

滕井站在高岛屋的窗口处，尽管是冬天，却打开了窗户。三木站在他身后，关心地说："社长，关上窗子吧。天气很冷，关上窗子也可以听得见。"

滕井笑着摇摇手："我们的记者都去了。这一声爆炸很有意义，用不了几天，本土的所有国民就会知道我们在支那的壮举。哼！军队总以为他们能够攻城略地，我们就是要在他们前面，先炸济南一下，从此改写日本商人海外拓展的历史。"

三木鞠躬。

滕井看着手表，指针慢慢向十点钟靠近。滕井把手举起来，准备向下劈。三木抬头望着北方——模范染厂的方向。

秒针渐渐靠近十二，滕井嘴里喊着："预备——"秒针搭在了十二上，滕井大喊："放！"随之把手劈下来。可那声音并未如期到来。滕井看三木，三木忙说："可能差几秒。"

滕井又把手举起来，这次是准备用手势配合远处传来的声音。

侍女躬着身把茶端进来，滕井的手举着，可那爆炸就是不来。他回身看了一下侍女："走开！"手却还是举着。侍女又躬着身退出去了。滕井总举着手也感觉挺傻，就放了下来，命令三木："打电话问一下为什么没炸。"三木听命去打电话，刚拿起电话来，滕井又说："我亲自打。"说着就朝办公桌走。这时，一声巨响，滕井吓得浑身一抖，忙跑回窗口，手按窗台，频频地点头："炸了，好呀！哈哈……"他狂笑起来。

此时，寿亭正在东初办公室比对布样，听到爆炸声，寿亭问："这是谁家的锅炉炸了？"

东初笑笑："什么锅炉，是訾家那模范染厂奠基。"

寿亭放下布样："别崩死这个舅子！"

这时，老吴拿着报纸跑上来："掌柜的，訾家那染厂登报了。"

东初接过来嘲笑道："六哥，你先听听这广告'平地响起一声雷，模范染厂不怕谁！'他这不是冲着咱来的嘛！"

寿亭哼了一声："他不冲着咱来，咱还想冲着他去呢！他这厂明年才能弄好，到时候再拾掇他也不晚。老三，报上说招工人的事儿没有？"

东初在报纸上找了一遍："没有，只是说请了上海长城染厂的李万岐当经理。他现在招工还早了点。"

寿亭摇摇头："老吴，这几天盯着这事。老三，他肯定是上印花机，这东西一时半会儿学不会，他得弄些人跟着学。我估摸着用不了几天，招工的广告就能打出来。"

东初说："是这样，六哥，他准备上四条大印花机。"

寿亭冷笑一声："这訾家虽说是图财害命地弄了点钱，可这干工业，那是小钱玩不转呀！他要是真弄上这四台机器，我看不用咱办他，他自己就得死。"

东初说："六哥，别忘了，他身后有滕井呀！"

寿亭哈哈大笑："滕井赔得起，訾家赔不起。你就等着看好戏吧！"

6

家驹在办公室里忙着，安德鲁拿着单子进来了。家驹起身让座，然后拿过安德鲁的单子看着，随看随摇头："这个价格，陈先生是不接受的。"

安德鲁笑笑："为什么？这已经很低了。"

家驹把单子递给安德鲁："陈先生是印染界的奇才，他用的全是中间色。这种方式我在上学的时候也学过，但是操作过程相当复杂。正是因为复杂，所以用的厂家就少，中间色的价格也就低。你不要因为陈先生没从咱们这里订购过中间色，就以为他是外行。其实他这些年一直在用。在青岛我是他的合伙人，这一点我相当清楚。我建议你还是把价格落下来。"

安德鲁不以为然地说："那么他买别人的好了。"

家驹笑笑："那样你会十分后悔。"

安德鲁说："在济南，除了我们还有别人能提供这种产品吗？"

家驹递一支烟给安德鲁，他不抽，家驹就自己点上："安德鲁，你对陈先生很不了解。他在收到这份订单的同时，就派出采买人员去了上海。是我告诉他咱们想做这笔生意，他才勉强答应。现在是十点半，如果十一点得不到我们的报价，不能签下这份合同，他就会电报通知上海发货。现在英国人的报价是我们的百分之六十。其中包括运费。"

安德鲁说："这不可能。"

家驹淡淡一笑："生意我是争取来了，能不能做成，那就要看你的了。如果我们觉得无利可图，这次我们就放弃。我们再去争取他的印花专用料，那个量应当比这还大。"

安德鲁见家驹如此平静，就有些发毛："他的印花用料我们可以争取到？"

家驹笑了："没有问题，他是我最好的朋友，他会给我们做的。"

安德鲁点头："我们和英国人的价格一样可以吗？"

家驹摇摇头："我们不能向英国人示弱。"

安德鲁认同："百分之五十八，我想陈先生会满意的。"

家驹说："你去签合同吧。我马上给陈先生打电话。"

安德鲁一指自己："我？"

家驹站起来："你应当去感受一下陈先生风趣的谈话，争取和他成为朋友。你自己到了他的工厂，这本身也是一种礼貌。中国人很讲究面子。"

安德鲁笑起来，用力地拍着家驹的肩。

远宜和长鹤游泰山。长鹤身着便装，潇洒英俊。警卫也着便装在后面跟着，还有一个穿中山装的人陪着。旁边还有轿夫抬着两乘滑竿式的小轿。

他俩来到回马岭的亭子前。长鹤扶着远宜的肩："回马岭，为什么叫回马岭？"

远宜笑着说："你都不知道，我能知道吗？"

长鹤也笑了："远宜，你累吗？"

"不累。"

长鹤又着腰，看着四面的山势，感叹不已："这里虽然险峻，但不能伏兵。山形太规则，没有视觉差。山炮很快就能把上面的人全炸飞了。你知道日俄战争中，日本人进攻旅顺口为什么费了那么大的劲吗？"

远宜抿着嘴笑他："我是艺术系的学生。"

长鹤乐了："难为沈小姐了。当初日本人攻旅顺口，俄国人在旅顺口的炮台上，就只有几门老式的榴弹炮，那种炮只相当于现在的克虏伯Q型，炮弹又小，射程也很近，眼下早淘汰了。但那几门就是瞄着旅顺港的入口。日本军舰一进港，这里就开炮，保证打中。日本人连攻了两个月，也向炮台上开炮，看着是打上了，可炮台上的那几门炮就是不哑，那是因为有个视觉差。后来我专门去看过，也从海里向上看过。那个炮台总共有十米宽，从海上看是山的一部分，但离着后面的山却有五十多米，所以日本人打不中。选址设计这个炮台的是乌里斯塔夫公爵，真是很有军事天才。"

远宜笑着问："不会用飞机从上面先看看吗？"

长鹤笑她："我给军官们上课的时候，也有人提出这个问题，让我臭骂了一顿——那时候还没有飞机呢。"

那些随从离得很远，听不见他俩说话。

远宜说："那你也骂我好了。"

长鹤说："我不骂女生。"说着，长鹤拉远宜在亭子上坐下来。他看着山形，说："委员长说，要是在江西剿共的时候，有我就好了。"

远宜问："你怎么说？"

长鹤笑笑："我什么也没说，只是笑了笑。现在军队里也满是抗日情绪。远宜，你不是军人，不知道国土被别人占了，当军人的是种什么感受。在南京，我都不好意思穿着军装上街。六哥说得对，家里来了贼，那狗还汪汪两声呢。人家是没好意思说出来，咱这军队，还不如看家狗呢！家都看不住，真是没脸面！"

远宜用力握了一下长鹤的手，算是安慰他："六哥没文化，你也别往心里去。"

长鹤说："还用人家说吗？事实就是如此。没文化的人都这样想，有文化的更会这样想了。唉！"

远宜想把话题岔开，就问："你平时不忙吗？"

长鹤点上支烟："日本人在华北有驻兵权，他们正在往山西外围渗透。我来济南之前，阎长官请我去了一趟。回来之后，委员长同意我的要求，说如果日本人胆敢得寸进尺，在华北挑起战事，就让我去前线协助阎长官。你同意我去吗？"

远宜看着他："我跟着你去。"

长鹤握着她的手："我现在满脑子是和日本鬼子开战，一洗东北军的耻辱。远宜，你看着，总有一天，我要扬威抗日前线！"

7

下午，寿亭在办公室听文琪给他念报纸，老吴拿着一些单子进来了。文琪马上折起报纸，退了出去。

寿亭问老吴："款子全到了？"

老吴把那些单子放在他的办公桌上。

寿亭大致扫了一眼，说："你把二十万匹的货款先给三元送去。当初咱买卖小，没办法，借着滕井那船布一下子发起来。要是没有他这个下家，老吴，那事我还真不敢办。虽然他赵东俊也得了便宜，但这事老在我心里搁着，一见了他兄弟俩，就觉得对不住人家。"寿亭看了看外边，收回眼光来问，"老吴，这两年我是不是老得太快？"

老吴坐在他对面的椅子上："掌柜的，你是操心操的。等忙完了这一阵，也得歇两天。这没白没黑地干，铁人也受不了。"

寿亭领情地拍了下老吴的袖子："把这钱交给东初的时候，脸上不能表现出什么来。老吴，咱们也在一块儿多年了，这钱，是没多没少。给了他这笔钱，咱的心里也就肃静了。

你抽空就给他们送过去吧。"

老吴说："掌柜的，你看你说的！咱不欠他什么。五十六块钱一件布，和拾得差不多，咱没坑他。你没必要总想着这事。"

寿亭摆摆手，老吴把剩下的话就咽了。"把那三十万也先给沈小姐送去。回头你再核算一下咱的成本，把咱这回挣的钱，全给沈小姐。人家一个孤身女人不容易，咱不能从这样的买卖上挣钱。她将来要是从了良，也就没了进项。唉！"

老吴称赞："好好，该这样，掌柜的。"

寿亭又嘱咐："你记着，一定亲自交到她本人手上，万万不能给她姨。你想想啊，能劝着自己的亲外甥闺女干这行儿，什么事干不出来？千万记着！千万千万，交到远宜手上。这钱太多，她姨能拿着跑了。"

"是是是，掌柜的放心。她不在家我就拿回来，你放心吧。"老吴嘴角上有点笑，"掌柜的，你说她姨能拿着跑了？这么大个数目，我觉得她姨一看能晕过去。"

两人笑起来。寿亭说："外甥闺女落难来投奔，吃不好还吃不孬吗？远宜给我说，她本来联络了一个中学去教书，人家也答应了，可他姨就是不依。这是她娘的哪门子亲戚！"

老吴也跟着叹气。

文琪进来冲茶，他出去后，寿亭说："老吴，我想把文琪安到訾家那个染厂里当个耳目。他这四条印花机真要是开起来，那可不得了呀！"

老吴说："行，文琪很灵透。反正他晚上得回来住，这样他那厂的什么事，咱也就都明白了。"

寿亭说："老吴，就冲訾家那狠劲儿，我看对工人也好不了，文琪去了兴许得吃点儿苦。你哥临死把文琪交给了你，我想了好几天，觉得不合适呢。"

老吴说："没啥，你不用觉得是个事儿。"

寿亭点点头："这边的工钱照拿。你哥一家也没分出去，还是跟着老爷子过，也难为不着他们。如果遇上难处，就告诉我，咱们也是老弟兄们了。"老吴很感激，刚想说话，寿亭接着说，"你再去找一趟家驹，让他把吕登标叫回来。我想在西门里最热闹的地方开个门市，你觉得这小子能撑起来吗？"

老吴赞成："准行。其实谁干都一样，都是你在背后指画着。"

8

远宜与长鹤坐在趵突泉边上的茶社里喝茶。茶社的外边站着便衣，不让游人靠近。三股泉水努力地喷涌着，由于天冷，还有些热气飘起。远宜向水里投食物喂金鱼，她很高兴，长鹤在一边陪着她。

她喂完了鱼，拍打一下手，回过身来，和长鹤一起坐着。

茶社里有李清照的画像，画的也是她词里的意境"夕暮争渡"，装在玻璃框中的字却是"生当作人杰，死亦为鬼雄"。石桌上放着茶社特意准备的《漱玉集》。长鹤看着李清照的画像与四周的环境，亦是感慨万千，把远宜的手拉过来放在自己腿上，感谓地说："人杰鬼雄均旧事，一番苍凉叹古今。此景此情，也算是与北宋南迁相近。一个纤弱女人，尚有如此襟抱气度，让我这样的军人感到无地自容。"说着拍打着远宜的手，叹息不已。

远宜低声地说："长鹤，咱换一个地方坐吧。"

长鹤苦笑一下，摇摇头："就坐在这里，这里挺好，面前是李易安，旁边是你。这样的心境，人之一生，大概也不会有几天。"

远宜说："你心里的感觉我知道，只是这种伤怀会让你很难受。"她低下头，"我更难受。"

长鹤把远宜的手用双手握着，看着墙上的画："委员长常找我去说话，他知道我日夜想着东三省，就劝慰我说，出世入世，都要讲究'得时'。委员长的字写得相当好，他给我写了八个字：'青山绿水，或待贞元'。等你到了南京就看到了。"

远宜说："那是委员长赏识你，留着你将来有大用。李清照的词里也有这样的句子：'帘卷西风，人比黄花瘦。'你看我老了吗？"

长鹤苦笑一下："美人未迟暮，英雄却垂老。咱还是离开这里吧，去那边走走。我不愿意把你弄得也这么消沉。"

远宜挽着他走出来。冬天趵突泉公园里一片萧瑟。他俩走在石头甬路上，远宜脸轻枕他的肩。长鹤的声音很轻很深长，说得也很慢："苏曼殊在日本写了很多诗，在他那《本事诗》里有这样一首：'春雨楼头尺八箫，何时归看浙江潮？芒鞋破钵无人识，踏破樱花第几桥。'我看了这些，觉得这是无病呻吟，现在想来，确实如此。远宜，等有一天，打走了日本鬼子，国家也太平了，我辞了一切官职，咱回沈阳买一个小院子住下来。晚上咱俩坐在院中的小凳上，天上是月亮，对面是你，喝着茶，就这样无尽无休地谈下去……"他的语气里带着凄婉的憧憬，"朝夕相守，好吗？"

远宜的泪已流下来："长鹤，我们会有那一天的。"

9

车站里，成件的布在往车厢里装，士兵在旁边持枪警卫。寿亭和东俊都来了，表情挺轻松。

东俊说："寿亭，这回可真亏了你呀，我自从干买卖以来，还没在二十天里一下子挣过这么多钱呢。咱可得好好地谢谢人家沈家妹子。我想，趁着人家还没走，咱老兄弟俩一块儿请人家吃顿饭。叫上老三，家驹。"

寿亭说："行，可是老吴去了好几趟，一直没见着人。她姨不是说去了泰山，就说上了曲阜，我这些天一直还没见她呢！老吴——"

吴先生过来了："掌柜的。"

寿亭说："我和大掌柜的先回去。你交接签收完了之后，去一趟山东宾馆。上回远宜就是在那里请我吃的饭。远宜的朋友也住在那里。别去芙蓉街。如果见上了，就说我和大掌柜的想请他俩吃顿饭，他们大后天离开济南，你问问人家这两天什么时候方便。"

老吴答应着。

晚上，寿亭在家中给东俊打电话："东俊哥，老吴没见着远宜。可是她刚来了电话，说是后天晚上一块儿吃饭，就算送行。我说，东俊哥，你带上大嫂，我带上采芹……好，好，一定是鱼翅席，这你放心……人家什么都不缺……这些你就别管了，我都办好了。好，好，就这样。"说完放下电话。

采芹过来说："我不去，人家是军长，我见了人家不知道说什么。要是光远宜嘛，我倒是能拉拉家常。"

寿亭说："什么也不让你说，只管吃饭。陪着远宜拉家常就行。我说，你还真有事干，我们喝酒的时候，你把远宜叫出去，把那钱给她。老吴去了四五趟，一直没见着她人。"

第二天早上，寿亭正在办公室喝茶，东初一步冲进来："六哥，不好了，沈小姐走了，这是报纸。"

寿亭忽地站起来："放屁！她大后天才走，昨天晚上她还给我打电话呢！"

东初说："六哥，你看，这是照片，门都关了。我给你念念。"

寿亭慌了："快快！快念，我不信！"

文琪过来扶着寿亭坐下："'香消玉未殒，叙情馆人去楼空；江山虽依旧，只留叹息忆佳人。'六哥，这是为什么呀！"

这时，一辆三轮军用摩托车冲进厂来，两个残废又吓了一跳。老吴忙迎出来问："老总，有什么事？"

当兵的从车上下来，从背包里拿出一个火漆封着的军用信封："签个字，陈寿亭先生的军事专函。"

老吴的手哆嗦着，接过笔来总算签了字。

摩托车转一个弯，带着一溜尘埃飞驰出厂。

老吴这才醒过神来，抓紧向楼上跑。

寿亭两眼直勾勾地发着呆。老吴慌慌张张地跑进来："掌柜的，当兵的开着摩托送来的信，沈小姐的。"

寿亭呆呆地说："念！"

老吴哆嗦着撕开信封："'六哥台鉴：青岛寻短，得遇我兄，古道热肠，妹实感念。妹自沦落风尘以来，深感漂零落寞，孑然一身，孤苦无助，凄凄惨惨，不知所终。强颜欢笑，醉生梦死。三省沦陷，归家无计，举目四顾，俱为陌路。天公怜我悲切，赐兄再遇济南……"

寿亭早已慢慢地站起来，呆立着那里。他的眼前是远宜一幕一幕的往事，老吴念的什么，他大概也没听见，只听见最后一句："妹远宜深躬，长鹤同拜。"

寿亭呆呆地看着外边，他的手在抖动，手中茶碗里的水也洒出来，随之当啷一声茶碗落在脚下，碎了。泪也流了下来……

第二十一章

1

第二年的早春，林公馆院中的那棵老梅树开花了。林老爷和老伴站在那里欣赏。

早上，林祥荣走进他的办公室。他在书架前捏着下巴慢慢地走来走去，思考问题。他这样走了几趟，然后走到办公桌前，快速写下一点东西。然后按铃叫人，那茶坊进来了。林祥荣说："通知现在开会。"

会议室里，上海六合染厂的中高层领导都在，有孙先生和另外十几个经理。这些人都穿着阔气，个个志满意得。

林祥荣清清嗓子，开始发言："我把几位驻外埠的经理叫回来，是想大家商量一点事情。上海几个能染花布的厂子，成通被我们吃掉了，昌盛也正在接手，还剩下长城苦撑——他的厂长李万岐已经跑掉了，跑到济南的一个工厂去当厂长。有李万岐的时候，他们还能撑一段时间，这李万岐一走，我看不会撑太久的。其实他撑得越久，亏损就越严重，我们接手也就越容易。我们吃掉他不会是长久的事情。现在他的股东正在和我接触，不过现在要价太高，我是不接受的，还要再等他一段时间。但是，吃掉长城只是一个时间的问题。昌盛的马子雄自称上海印染业的第一高手，不是也被我们打败了吗？马子雄那么厉害，那么懂印染，都顶不住我们，难道长城的那些人比马子雄还厉害吗？"

孙先生在做记录，多数经理在抽烟，其中一个人在看自己手上的大金戒指。

林祥荣接着说："在外埠，我们目前的主要对手是天津开埠染厂。这个厂子大，机器也好，技工的水平也很高。天津也靠着海，离得北平又近，不挤垮这个厂子，我们很难向北发展。这个厂在北方市场的占有率还是很高的。我们也应当再加把劲。这些具体的事情，散会以后朱先生要提一个计划出来，看看我们用什么方法，去占领开埠印染厂在北方的地盘。这样吧，朱先生，你先谈谈天津的情况，让大家也都知道一下。"林祥荣一伸手："请！"

朱先生有三十多岁，精明瘦小。他刚想站起来，林祥荣一伸手，示意他坐着说。

朱先生说："开埠厂的情况是这个样子的。他们是一个合伙的公司。股东主要是小型煤矿业主和一些农村的士绅，没有官员股东，也没有哪家银行参与其中，所以财力有限。他们用的是德国罗兰三色印布机，技术方面没有什么弱点。但是，由于现在花布市场我们在坐庄，它的价钱上不去，所以，从开业到现在，还没分过一次红，股东们怨言很多。那些股东不懂印染，看到花布总赔钱，现在已经开始限制产量……"

林祥荣一扬手："这些不要去管他，谈一下市场的情况。"

朱先生连忙点头："好，好。他们现在请了一个英国留学的博士当厂长，这个人叫周涛飞，很有商业头脑。他的那个助理也很厉害，本来在日本教书，日本人占领东三省后，一气之下回了国。这个人也很有头脑。这两个人本来是朋友，现在一起做起生意来，胆量很大，有些事情根本不通过董事会，自己就能做主。他俩看到我们的花布卖得好，就很不服气，发誓要与我们争，但是他们的意见多数不能被股东们认可。我们的花布在天津的是每尺一毛四，他俩通过多次说服股东，现在降到了一毛六。但他的质量比我们的好一点。他用的是舶来纱……"

林祥荣打断他："我们也是舶来纱。老百姓不管是什么纱，就认价钱低！他卖得怎么样？"

朱先生说："降价之后明显好转，因为他的布质量好。但我听他厂里的人说，在这个价格上，他们是赚不到钱的。"

林祥荣在本子上记下了些东西："质量好的布我们也有，但是我们不能用好布去和他争，那样会两败俱伤。现在我的打算是，让他伤，我们不伤。所以要用次布打击他。你寄回来的布样我看过了，它用的是三十二支一等纱。还说他很厉害，还是英国留学博士，用这么高级的纱本身就已输定了。布那么厚，我看做船帆都可以，不亏那才怪！"那些人哄堂大笑，林祥荣用手按下笑声。"你说的这个情况我已经知道了。他现在亏得还不够。他那些股东不是着急吗？好，我让他们更着急。打电报过去，从明天开始，我们降到一毛二，还是要比他低四分。不能让这个厂子喘过气来！"

大家一齐鼓掌。

林祥荣双手一伸，把掌声压下："诸位先生，花布，政府是不要的。我们得不到政府订货，就只能靠市场，靠老百姓。现在老百姓很穷，太多的钱没有，但又要穿花衣服，所以，我们的产品是适合他们的。我们现在这样做，利润会少一点。但是等我们完全控制了整个花布市场，价格就由我们说了算了嘛！"

又是一片掌声。

林祥荣说："周经理，你谈谈山东的情况。"

周经理是个胖子，表情里透着一股贼气："山东的情况与朱先生说得差不多，只是最近宏巨、三元两个印染厂的花布已经上市……"

林祥荣笑了笑："先不要去管它两个，等我们收拾完了开埠之后，马上挤死他，一定要挤死。这两个厂的花布每尺多少钱？"

周经理说："他们与天津开埠的价格是一样的。开埠降价他们也跟着降了。"

林祥荣说："那我们在山东的价格也降下来。一网下去，鱼和虾米一块打。特别是那个姓陈的，我要把他挤出印染界，让他重新去讨饭！"

哄堂大笑。

林祥荣接着说："我们是这样说，但不能小看山东的这俩厂。三元厂的赵东初就是我的同学，人蛮聪明的。他到上海来，不管我怎么问，他总是找话题岔开，就是不谈他厂里的事。至于那个什么破宏巨染厂，姓陈的骗走了我们八千件布的事情，大家也都知道了。我会让他送回来的。不仅送回来，还要哭着送回来！"林祥荣用手背抹眼，学寿亭哭，那些人跟着笑。"这个人蛮难对付，孙先生也见过他。我们打垮了开埠染厂之后，下一个目标就是他！他不仅骗走了我们的布，还挖走了我们的技工。当然了，他也帮了我们的忙，没有他，昌盛和长城也不能倒得那么快——没法干了嘛！周经理，你要想办法到他厂里去一趟，看看他的实力。孙先生，你和咱们走掉的那三个技工私交也是有的，也可以给他们写写信，让他们身在曹营心在汉。还是大上海嘛，在济南那种土地方有什么意思？早晚还是要回来嘛！你告诉他们，宏巨染厂是没办法与我们六合抗衡的，那个厂子太小了。"林祥荣掐着小拇指，把寿亭的厂子比作那么小，"鞋子一脚踏上去，他就找不到了。孙先生，你说是不是这样？"

孙先生说："写信是可以写，只是陈寿亭给的工薪那么高，我怕是说不动他们。"

林祥荣不以为然地说："陈寿亭那是胡闹，技工不值这么高的钱。他当时挖人的时候可以出到那么高，现在大概早降下来了。孙先生，人很讲究出身，陈寿亭本身就是个讨饭的，虽然是有了一点点钱，但是他的骨子里还是很穷，他会把一分钱看得很大。虽然赵东初来了电报，说可以把布运回来，但大家不要以为他很大方。他这是怕我们打击他，故意与我们和好。他知道我们林家在上海商界的地位，他知道与我们为敌是没有好结果的，所以，他是想借这件事情来巴结我们。这也是我不急于取回布来的原因。虽然布放在他的仓库里，实际上他比我们还着急。天天盼着我回电报。你等着吧，我让你慢慢地等。电报我们不会打给他的。这样的人不配和我们林家交往，我不会睬他那假惺惺的好意。等我们把开埠打垮了，包括赵东初，都会跑到上海来求我们。我在这里宣布一条规矩——"他看了一眼孙先生，"有什么事情，直接找我说就可以，不要去打扰我爸爸。他老人家奔波一生，我长大了，应当替替他了。今天之前的也就算了，但今后不能再这样。如果让我知道了，对不起，我只能劝你另谋高就了！大家晓得了吗？"

317

下面的人糊糊涂涂地答应着。孙先生低着头。

2

寿亭在办公室里抽烟，思考，从屋子的这头走到那头，然后再走回来，眉头也皱着。

老吴进来了，他手里拿着洗过的花布："掌柜的，虞美人的花布虽然降了价，可缩水不大，一丈缩了一寸二分。"

寿亭多少有些意外："噢？"他拿过花布来看着。放下布之后，坐回椅子上。"除了用布薄了点，这个厂还算守规矩。他这是往死里挤开埠呀！他在天津降价，在济南也降了价。明祖来电报说青岛也降了。他这是搂草打兔子，想捎上咱呀！"

老吴坐下来："掌柜的，孙掌柜的又来了一份电报，说他的印花机停了，咱派给他的那两个师傅也给送回来了。掌柜的，孙掌柜的工厂准备卖给滕井，他想听听你的意思。"

寿亭并不意外："滕井的胃口真大呀，别噎死这个王八蛋！回电报，告诉明祖，卖！卖了之后让他到济南来住两天，这老伙计不错。"寿亭拿过烟，"老吴，这人得分生到什么时候。明祖要是生在太平盛世，创业也行，守业更行。可生在这个乱时节，他就跟不上趟了。滕井对付他，绰绰有余，卖厂是早晚的事。我看卖了倒是利索。"

老吴说："嗯，是这样的。掌柜的，孙掌柜的还问问卖多少钱合适。"

寿亭托着下巴看天："多少钱……多少钱……告诉明祖，不能低于二十五万，如果低于这个数，就让赵老三联络上海姓林的，他准要。明祖那个厂虽然机器过时了，可他面对着整个胶东乡下市场，他那货卖得很对路，并不少赚钱。"

老吴忙提醒："掌柜的，那不是引狼入室嘛！"

寿亭冷笑："姓林的比滕井好得多，别看他现在忙活得挺紧，他不是狼，只是长了个狼样。如果是狼，能让咱办他八千件布？不识相的东西！要是赶上哪天不高兴，就把他那些破布卖了。"

老吴说："好，我一会儿就让给他回电报。"老吴给寿亭添了点茶，"掌柜的，我有句话得说了。"

寿亭看着他："说吧。"

老吴说："掌柜的，咱现在用的是滕井那船日本布，所以还谈不上赔，可咱要是把这些布用完了，咱可是印得多赔得多呀！"

寿亭点点头。

老吴说："咱请的那上海工人工资那么高，所以……"

318

寿亭不再让他说："论说一毛六的价钱应当能赚点钱，要是机器开足了，兴许还能多赚点儿。现在主要的是卖不动，这边开着机，那边卖不出去。唉！你出去吧，我琢磨琢磨。"

老吴说："咱是不是停机？我看还是先停一下吧！"

寿亭摇摇头："外面有姓林的，济南有姓訾的，滕井还搅在当中，我得想想。"寿亭忽然叫住老吴，"我说，放着坏布也得放着，就是停了机，咱也不好意思给上海来的那些人停工钱。如果这工钱一停，那些人就能再回上海，回了上海姓林的也不会再用这些人。老吴，那咱可坑了人家了！做买卖讲的是风水轮流转呀！要是花布的行市好了，咱再请人家，人家可不会再来了！我看，开着机，印！我给他来个'破了头用扇子扇'，我让姓林的摸不清我想干什么。"

老吴说："掌柜的，大事，可不能动火气呀，咱弄不好就能毁到这一场里。"

寿亭脸色十分温和，他看着老吴说："老吴，这做买卖干工厂，就好比打麻将，只要你一天不金盆洗手——彻底不打麻将了，就不能说是输了赢了。宏巨染厂不小了吧？可是只要一天还干着，就有可能倒闭！当然，也可能杠后开花干得更大！"寿亭和老吴都笑了。寿亭接着说："从青岛到济南，咱俩多年来一直是在一个桌子上吃饭，你没见我碗里剩下过一个米粒，因为我原先是个要饭的！用东俊的话说就是'盐里淘，卤里煮的过了好几遍了'！我一分钱没有上的牌桌，现在赢了这么多，咱还怕什么？正是因为我不怕什么，所以那些干染厂的嘴里不说，心里都怕咱。大不了再去要饭！当然咱也到不了那一步。老吴，什么事都得看得开，这钱生不能带来，死不能带走，要是看得过重了，干起买卖来就顾虑重重，买卖也就干不好。你放心，我不会和姓林的硬干，只是我现在还没想好怎么拾掇这个舅子！放心吧，老吴，快打发人给明祖回电报，让他卖了工厂就到济南来，商量商量他下一步干什么。其实什么也别干了，现在这买卖也太难做！"

老吴刚想走，寿亭叫住他："等等，你给我准备八万五千块钱的银行本票，三张两万的，两张一万的，一张五千的。"

3

傍晚，南京莫愁湖北岸，高级军官别墅区，长鹤和远宜在他书房中喝茶。这个书房很宽大，陈设简约高雅，两个紫红色的书橱，一张写字台，上面放着两部电话。这边的墙角处，是两把藤椅。屋里的光线柔和静谧。墙上是两个条幅，一幅写着"念宜"，另一幅是"小言"。字体细瘦清峻，飘远拔俗。远宜坐在那里看着笑。一个卫兵在院中走动，另一个持枪站在门口。

远宜听见了院子里士兵的走动，就多少有些厌烦地说："有这个必要吗？我看没有人想行刺咱们。"

长鹤笑笑："自从我来到南京，一直是这样。往好处说，委员长是效法曹孟德，让我感到他很器重我；往坏处想，可能怕我思念少帅，再一时心血来潮，离他而去。唉，中原大战的时候，少帅派我去给委员长助战，见到了冯玉祥。冯将军是老一代的军人了，刚直的人品也让我十分佩服。可是他作战的方式却有些旧了。得胜而归之后，委员长就对我宠爱有加。一个人的能力，得到另一个人或者上司的欣赏，这也算是一种知遇。"

远宜抬起眼来看他："你以为自己是关云长？"

长鹤看了一眼别处，叹息一声："关君侯是忠义千秋的典范，也让人景仰。但是他的负面作用也很大，特别是在军队里。西洋的军队是忠于自己的国家，但是中国的将领却是忠于某一个人。包括我，也不能摆脱这种局限。"他前后看了看，把手放在远宜的肩上，"我知道委员长剿共不合时宜，但是我却不便正面说出来。其实从长远来讲，日本鬼子也不足为惧，总是要打败他的。但是中国要想有更好的发展，首先应当放弃文化中的一些糟粕，比如愚忠。"

远宜小声问："你是说，中国缺少一种凝聚民众的共同理想？"

长鹤站起来，来到窗前，对院里的卫兵和气地说："走路的声音小一点，或者到门外，我和太太正说话。"

士兵立正，转身去了院门口。

长鹤回来坐下，笑笑："唉，是缺少一种凝聚民众的理想。比如说，现在没有日本鬼子捣乱，中国就能太平吗？桂系这股势力不能忽视吧？少帅虽然易了帜，但是心里怎么想的谁也不知道。还有云贵川的各种地方势力，这都是些麻烦。总的来说，还是清朝留下了那烂摊子。清朝这个朝代，是中国历史上最可恶的一个毒瘤，遗患无穷。甚至一百年之后，余毒也未必能肃清。"

远宜问："委员长知道这些吗？或者，这些话你对委员长说过吗？"

长鹤苦笑一下："委员长当然比我明白。如果他没有这样的心计，能把共匪朝着不毛之地驱赶吗？他就是想让共匪与地方武装相互消耗，然后歼灭余者。但是没想到毛润之这么厉害。委员长嘴上不说，但他心里对毛润之十分佩服。他说毛既没钱发给部下，又吃不上饭，但他的人却不散去，这是为什么？白长官对我说过这样的话，他说委员长坐镇贵州剿共，突遭共匪袭击，委员长曾仰天长叹：'朱毛不过是一隅流寇，三军堵杀，不得剿灭，天欲何为！'白长官也是听别人说的。唉，委员长也够难的。"

远宜叮嘱道："我知道你不爱做官，你最好还是别和委员长不喜欢的人来往。"

长鹤笑了："你说对了。我在国防部的官职不算高，但是没有谁敢小看我，在外人眼里我是委员长的亲信。这让我感到很尴尬。在东北将领的眼里，我就是三国时的华歆。"说罢，苦笑着独自摇头。

长鹤问："你没给六哥写封信吗？你别把他急出病来。这个老兄，我真是挺想他。"

远宜说："我也是，再过一段时间吧。"

长鹤看着墙上那"小言"，自言自语地说："有时候，不说什么反而更好，留下些空白的想象。"

远宜说："'小言'二字我问过你好几次了，到底怎么讲？"

长鹤站起来："今天月色不错，咱们出去走走吧。'小言，小言'，唉，等一会儿我告诉你。"

二人站了起来。

他俩沿着莫愁湖走着，杨柳依依，月色衬着这湖边的伉俪，远宜的手放在长鹤的臂弯里。

两个卫兵一前一后，前面的那个离他约有二十步远，后边的那个大致也是这个距离。

远宜侧着脸问："你怎么不说话？"

长鹤扔掉烟："'离别家乡岁月多，近来人事半消磨。惟有门前镜湖水，春风不改旧时波。'可惜这眼前的湖水不是沈阳。"

远宜转过身偎在他胸前："不说沈阳行吗？"她的口气带着些凄楚，"江南风景，落花逢君，先忘下那些事情吧。我怕你整天是这种情绪，再带到机关里，让我不放心。"

长鹤拍拍她的背："唉，也只有和你在一起的时候，我才感到自己的存在。在机关里……不说这些了。"

前面的那个卫兵跑过来，小心地问："处长，还去胜棋楼坐一会儿吗？要不要我回去给太太拿件外衣？"

长鹤说："就去胜棋楼坐一会儿吧，外衣不用拿了，谢谢。"

那个侍卫快步向前走去。

4

晚上，东俊在家里喝闷酒，太太把孩子轰去了西屋。

太太说："你喝得太多了。停了吧！花布卖得不好，咱就卖染布，还用犯什么愁呀！"

东俊笑笑："我不是犯愁，是心里烦，不知道下一步怎么干。"

这时，东初进来了。"大哥，大嫂。"

东俊指着对面的椅子："坐下，咱弟兄俩喝两盅。你让王妈再炒两个菜。"

赵太太答应着出去了。

东初见大哥已有醉意，就说："大哥，我吃过饭了。你也别喝了，咱俩喝茶吧。"

东俊大声喊："王妈！拿盅子！"

王妈这时正进门，一套餐具放在了东初面前，随手把酒也倒上了。

东俊举起杯："三弟，干一个。"他不等东初回应，自己已喝干了。

东初喝完之后放下酒杯："大哥，咱停机的事儿我对六哥说了，他笑了笑，什么也没说。今天我去他厂里，见两台机器全开着，现在开埠和林祥荣打得正紧，花布的价钱一路向下走。这不行呀！"

东俊说："你六哥比你精，不用咱为人家操心，咱看好自己这一摊子就不错了。"

东初有些着急："大哥，咱不能看着六哥和林祥荣拼命呀！"

东俊看着自己眼前的杯子："拼吧！老三，咱俩虽说是亲兄弟，是一个娘养的，但有些话我还是不能说出来。记着，咱看好自己这一摊就行了，其他的事情不要管得太多。"

东初说："大哥，咱可不能坐山观虎斗呀！六哥就是拼命，咱也得搭把手呀！人家刚给了咱那么大的生意，咱……"

东俊一抬手："不要再往下说了，我全明白。人情是人情，买卖是买卖。成语中有坐以待毙，今天花布市场上的这个局势，咱们应当是以静制动，坐以待对手毙。小六子的脾气我知道，劝也劝不住，由着他去吧，他的情分我也忘不了。来，干！"

东初没有端酒杯，东俊自嘲地一笑，自己干了。

东初冷冷一笑，站起来说："大哥，我回去了。"

东俊也不起身，只是说："老三，记着'留得五湖明月在，不愁无处下金钩'。我赵东俊不是无情无义的人，可也不是意气用事的人。"

他那个"人"字还没说出来，东初已经出了门。赵太太正向北屋走，一见东初气呼呼地出来，就问："怎么没坐住就走？"

东初说："大嫂，等有一天我掉到井里的时候，你告诉我哥，别救我，免得湿了他的衣裳！"说着冲出院门。

东初气哼哼地回到家里，太太正在写自传。东初进门脱下外面的皮夹克用力一甩，摔到了墙上，然后坐在沙发上喘粗气。太太赶紧停止创作，过来扶住东初的手臂："怎么了？你不是去南院了吗？"

东初拿过烟，太太赶紧划着火点上。"别生气嘛，怎么回事？"

东初说："大哥是念的私塾，读的是四书五经，怎么找不着一点仁和义的影子呢！太买卖人了！他看着六哥往火坑里跳，也不说劝一下，还说什么坐以待对手毙！他这话一说出来，吓了我一跳。"

太太释然："大哥这话并没有错。其实，六哥也就是对手。如果没有外面的那些染厂在山东闹，咱和六哥还不是对手？大哥的这种想法很长远，不过，只是感情上说不过去。"

东初冷笑一声："哼！人家六哥可从没拿咱当过对手，一下子给了咱那么大的买卖。"

太太笑了："东初，我说句话你别不愿意听。这话很难听！"

东初冷静了一些："噢？说，没事，说错了我也不骂你。"

太太："我可说了？"

"说吧，什么话呀，这么费劲！"

太太笑着说："六哥没把咱当对手，是因为在他看来大哥和你不配当他的对手。所以才对咱那么好。咱的厂子现在就比宏巨大，他不是想着赶上咱，反而处处帮着咱，这是为什么？"

东初大惊："噢？说下去！"

太太受到鼓励，来了精神："你想呀，同行是冤家，他要是怕咱发展大了，将来能挤对他，能帮咱吗？"

东初怒色全无，认为太太说得有理："嗯，是这样。这回染中央军的被服，他把冰坨子方子全说给咱了，这就是没防着咱，知道咱碍不了他的事。嗯，是这么回事。"

太太眼珠乱转："东初，大哥也是好人，但是毕竟是上一个时代的人物了。再用这种头脑想事情，是跟不上潮流的。"

东初叹气。

太太接着说："东初，你想没想过咱自己分出来干？"

东初又是一惊："这是什么话！你以为这是乡下呀，兄弟俩找个保人来，把地分了。"

太太说："咱就是不分家，也可以把咱的钱入股别的染厂呀！"

东初笑笑："我说过了，六哥的盘子太大，咱那点钱放进去没有意思。"

太太想了想，决定一吐为快："那咱入小厂。比如訾有德家的模范染厂。"

东初像被蜇了一下子似的站起来，死盯着太太，半晌无语，然后突然大吼："放屁！"

太太站在那里吓得浑身一哆嗦，以为东初要打她，还做了一个护脸动作。

323

东初怒目而视："訾家这样的臭狗屎躲都来不及，你还往上凑！"东初指着门，"这个家你要是不愿待了，现在就滚！"

太太吓得脸也黄了："是他到妇女建国会去找我，是他让我找你的。"

东初一脚踹翻了茶几，指着太太说："从明天开始，你哪里也不能去！你要敢走出大门一步，就永远别回来！我赵东初说到做到！"说罢，倾尽全身力气猛一摔门去了自己的房间。由于用力太猛，门上的玻璃掉下一块来。

下人们闻声全出来了。东初穿过院子，进了西屋。然后又打开门，冲着院子里吼道："老王，拿锤子把那辆自行车给我砸了，使劲砸！你要是砸得不够烂，明天你也滚蛋！"咣当一声又关上了门。

太太站在那里傻了一会儿，捂着脸哭起来。

胜棋楼上，长鹤拉着远宜坐了下来。长鹤把远宜的手拿在自己的手里，感喟地说："打江山有打江山的难处，可这坐江山，更不容易。"

远宜看着前面："咱们不坐江山。六哥说得对，钱再多，官再大，也就三顿饭，用不着那么麻烦。人们往往看不开，所以，自寻了些烦恼。"

长鹤说："到时候，你想不麻烦也不行呀！你知道这里为什么叫胜棋楼吗？"

远宜斜过脸来："你除了军事，就是政治，这又加上历史，整天弄得我穷于应付。"

长鹤拍打着她的手："咱这是闲聊，我又不是考你。朱元璋定都南京之后，就开始诛杀功臣，你就是没有错，他也找出个错来杀你。所以《明会要》中有这样的话：'无几时不变之法，无一日无过之人。'他把兔死狗烹、鸟尽弓藏演化到了极致。唉！"

远宜说："所以吗，咱才不去坐江山，等打走了日本鬼子，咱们回沈阳过一般老百姓的日子。咱谁也不妨碍，也就没事了。你总让我看《明史》，可我看见的全是些心计和血腥，感觉最没意思的，就是做官和功名利禄。"

长鹤说："官，可以不做，但历史是要知道的。特别是明朝的历史。因为明朝是中国封建主义的顶峰，它的政治建制也是历朝历代最完善的。唐人李山甫有这样的句子'借问繁花何处在，雨苔烟草石成秋'。历代的兴亡之中，多是伴着些无奈的感伤。"

远宜说："我看，你将来当语文老师最合适，历史老师也行。咱俩一个学校，我去教音乐。"

长鹤说："这个时代，语文老师没有用，音乐更没用！我的话，说给你听，你的琴，给我欣赏。也就是在这个环境里，只有你我的时候，我的心才找到一点慰藉。"说着亲了远宜一下。

远宜喃喃地说："你还是说这里为什么叫胜棋楼吧。"

长鹤笑笑："刚才说朱元璋诛杀功臣，他手下有个名将叫徐达。你读《明史》，知道徐达。他英勇善战，为人谦和。但就是这样的人，朱元璋也容不下他。此人善下棋，但每次都输给他的皇上。这一天，朱元璋和他来到咱坐的这个地方，命令徐达把真本领用出来，不许再输。徐达无奈，只得赢棋。但是，赢了棋，可能就没了命呀！他们下的是围棋，后来徐达果然赢了。朱元璋当时就面有不悦。按照古代的规矩，君白臣黑，朱元璋用的是白子。但他刚想发火，徐达跪下磕头喊'万岁'。朱元璋不知何故，再看棋盘时，徐达虽是赢了棋，但他却用棋子摆成了'万岁'二字。远宜，难不难？从落第一个子，就满脑子里是'万岁'二字的形状，同时还得赢棋，这要费多大的心思！唉，外人只看见高官的荣华富贵，却不知道还要提心吊胆。"

远宜天真地问："朱元璋就因这不杀他？《明史》说他'病笃遂卒……帝为辍朝。临丧悲恸不已，追封中山王'。这也算是个例外。"

长鹤轻轻地哼了一声："哼，那就不是朱元璋了！后来徐达背上长了个恶疮，这种病怕吃蒸鹅，朱元璋却派人送了蒸鹅去，徐达也只能含着泪吃下。唉！"

远宜问："我怎么没读到这些故事？是不是你给我的版本不好？"

长鹤笑笑："前人早说过'六十年无信史'为尊者讳。你读的那《明史》就是由史官笔记而来，所以这些丑事当然不会记载。"

远宜把脸枕在长鹤的肩上，良久，小声地说："委员长不会也给你吃蒸鹅吧？你越说这些，我越为你担心。"

长鹤淡淡地一笑："不等这道菜上来，我就和你遁迹远方了。中国文化最精妙的地方，一个字足以概括。"

远宜抬起脸："哪个字？"

长鹤干脆地说："退！"

远宜点点头："你在外面还是少说话，祸从口出。光退还不行。"

长鹤说："你看见我书房那幅字画了吗？"

远宜说："就是'小言'那两个字？"

长鹤说："是。中国的书法境界很高，但还没有达到'道'的境界，只能说是书艺，或是书法艺术。那不能读成'小言'，其实是'不语'。我把小字上面的那一横画，和语字旁边的那个吾字去掉了，放了在心里。"说时，用手在腿上写这两处。

远宜用拳捶他："我为什么问了你那么多次，你就是不说？成心气我。"

长鹤侧身抱住她的小拳头："我是怕你为我担心。过去我跟着张少帅，还多少说几

325

句话，现在我是直接不说话。除了闲谈。远宜，不语还不是最高境界。"

远宜又打他："你别让我着急了，快说出来，什么是最高境界？"

长鹤说："不问。这比不语更难。我身为军人，除了军事事务我发言，再就是闲谈的时候我说话，其他时间，我就是看书，思考。委员长最喜欢我这一点。所以《老子》说'多言术穷，不如守中'。"

远宜抬脸看着他："我觉得你挺神秘的，有些话对我也不说。"

长鹤逗她："你比我更神秘。家驹兄几乎每天要往国防部来一封信，你就是不让回，六哥还不觉得你神秘？"

远宜说："不是我不让回，你要是回了信，六哥把钱送了来，大家推来让去的，多尴尬。你那套'不语不问'能顶得住吗？他的声音又那么大。"

长鹤说："也是，这老兄的声音是有些太响。天有些凉了，咱们回吧。"说着把远宜挽起来。

面对着眼前的水天，远宜喃喃自语道："也不知道六哥怎么样了。"

5

早上，东俊愁眉苦脸地坐在办公室里，东初和寿亭进来了。东俊赶紧让座。还没等东俊说话，寿亭就说："东俊哥，难道咱上印花机上错了？"

东俊苦苦一笑："先停了吧，六弟。我那两台机早就停了。唉，咱不能硬干，得想想办法。这样耗下去，咱们撑不住。"说着拿过一张报纸，点着报纸上的广告，"寿亭，虞美人又降了二分钱，这是冲着开埠和咱来的。六弟，我看你也停下吧。回头咱们再想想办法。"

寿亭寻思着说："难道咱就在这里坐等？再退回到染布上去？要是当初知道这通乱，还不如不上那些熊机器呢！"

东俊把手放在寿亭的膝头："六弟，这染色布，既能在城里卖，也能去乡下卖。可印花布呢？只能在城里卖。上海天津这俩厂打得这么热闹，咱也跟着受害。咱现在要是没有那些染槽滚筒机，只有印花机，哭都来不及呀！"

寿亭赞许地点头，点上烟说："东俊哥，我是真烦了！你帮我打听着，把我那两台印花机卖了，卖了倒省心。"

东俊有些诧异，看了东初一眼，东初赶紧把头低下了。

寿亭接着说："便宜点也不要紧，要不，卖给你？我还落个人情。"

326

东俊苦笑着说："六弟，没必要，还不到那个时候。你这个脾气，一上来就是急的。等等再说。听我的，咱等着看看。"

寿亭很执拗："东俊哥，你说你要不要？你要是不要，我打听着卖给别人。可让这些花布乱死我了！工人的工钱那么高，这边机器呼呼转，那边卖不了，卖了也是赔钱。咱图什么呢？卖！我刚才来的时候，已经让那两台贼羔子机器停下了。这两天可气死我了！我前两天生气，一气印了一千件，一件布一千米，全济南的人都穿花布也够了。"

东初有些着急："六哥，不能卖。实在不行咱换上单色版印单色布，那也比染省钱呀！"

寿亭咬牙切齿："我一看见那两台机器就气不打一处来。我恨不能把它砸了！"

东俊慢慢地说："六弟，卖机器倒是不至于。但是以后再买机器倒是该慎重了。咱俩当初一时头脑发热，一人买了两台，要是当初买一台，现在也好点呀！"

寿亭说："说这些都没用了。东俊哥，你在济南待的时候长，你看看咱下一步怎么办？咱可不能就这么在这里喝着茶等死呀！"

东俊苦笑一下："昨天我心里烦，在家里喝了两盅，说了一句坐以待对手毙，老三烦了，把门一摔就走了。"说着看东初。

寿亭问："这……"

东俊的手放在寿亭的膝上拍两下，让他停住："他以为我是要看着你去跟林祥荣拼命，我对他说，你六哥没有那么傻。老三，这也当着你六哥，你说说，林祥荣和开埠是咱的对手，我再没人味，也不能把你六哥当成对手呀！你说是吧，六弟？"

东初不语。寿亭接过来说："老三这人呀，总是不等你说完就想急。对手？谁是谁的对手？宏巨和三元？那我就别坐在这里了，我赶紧回去想办法对付你算了。老三净胡说八道！"寿亭又转向东俊，"东俊哥，坐以待对手毙，眼下还只能如此。按你那意思，咱先看看？机器先不卖？"

东俊笑笑："先不卖。"

寿亭说："嗯，那就再看看。他娘的，自从下手干买卖以来，我还没这么心烦过呢！"

东初接过来说："六哥，咱们都不是外人。我看咱们去趟天津，一方面是了解一下天津的行市，一方面也是散散心。天津开埠印染厂的周涛飞，就是那个留学生经理，昨天又来了信，还是邀请咱去一趟，大家一块儿商量商量下一步怎么办。说白了，他是想让咱帮他一把。六哥，咱不妨抽这个空，去天津看看。帮不帮他，那是后话，咱也就算散心吧。我看自沈小姐走了后，你一直打不起精神来。加上买卖上的这些烂事儿，我看你也够心烦的了。去天津玩儿一趟，兴许咱这根筋一松开，能想出主意来呢！六哥，

327

沈小姐没来信？"

寿亭叹口气："唉！她和别的女人不同。我现在心烦的是，不知道她在什么地方。那钱还没给人家呢，这叫什么事儿呀！我要是把好几十万块一下子汇到南京国防部，那明摆着毁了人家霍长鹤的前程。可钱放在这里……嗨！这个小妮子，这是唱的哪一出呀！"

东初说："六哥，我说句话你别不愿意听，要是没有这些钱，沈小姐说不定能来信。"

寿亭摆摆手："先不说这些了，去天津！"

三元染厂的汽车把寿亭送到楼下，司机鞠躬告别，寿亭上了楼，回了自己的办公室。

老吴正在做账，文琪惊慌地跑进来："叔，掌柜的回来之后，坐在那里愣神，接着就冷笑，随后又哈哈大笑。你快上去看看吧！"

老吴慌忙撂下手里的活计，摘下花镜跑上来，也没敲门就冲进来："掌柜的，你怎么了？"

寿亭这时已经不笑了："没怎么着。这不挺好吗？"

老吴看看身后的文琪。寿亭说："坐下，老吴。文琪，去冲壶好茶来！"

文琪见所报不实，心里没有底，一边回头看着，一边慢慢地出去冲茶。

寿亭说："老吴，我要饭的时候，常去书棚里听说书。张店城里西关有个孙塌鼻子，他专讲《三国》。这个人是生梅毒生得烂了鼻子，可那书讲得真好。再加上他比画，我听得都能忘了饿！他讲到那关公战黄忠，关公就是胜不了，那么有名的大将哪丢过这个人？就琢磨着第二天来个败中取胜，要用拖刀计斩了黄忠！"寿亭说到这里，摸过印台来啪地一摔。老吴本来就觉得寿亭不正常，提心吊胆认真听，这一摔印台吓得老吴一惊，身子往上蹿了一下。寿亭也笑起来。"我这是醒木！咱接着说。第二天，关公真的诈败，可那黄忠不知道这是计，使劲在后头追。正追着，骑的那马自己趴下了，关公的刀也举起来了。老吴，这关二爷可是义气千秋的人物呀，不能砍哪！"寿亭又要举印台，老吴赶紧站起来拿下，放回原位："掌柜的，这醒木就免了吧，反正我听书你又不收我钱。"

寿亭说："没了醒木这不像个样呀！将就着吧！这些年我常想，要是关公一刀砍下去，二爷的一世英名也就毁了。黄忠也就成不了刘备的五虎上将了。这什么事儿呀，都得凑巧！这些年我一直想用拖刀计，也来个败中取胜，可就是碰不上黄忠。不仅碰不上黄忠，还净碰上些蒋干——拿着假信当真信。"寿亭突然站起来，端起身架，念白叫板："只害得老夫，妄杀了那蔡瑁张允！气煞老夫者也！呜呀——"

吓得老吴赶紧过来扶住他："掌柜的，你没事吧？文琪，快送茶来！"

文琪端着茶进来，一见寿亭那架势，更是傻了。寿亭身边是老吴，但架子依然端着，继续念白："老夫，统百万雄兵，横陈这长江之上，周——郎！文琪，把茶放下，端着那盘子收你叔的钱！哈哈……"

老吴这才松了一口气："掌柜的，你这么个闹法儿我撑不住呀！可吓死我了。"说着擦头上的汗。

寿亭在椅子上乐得直蹬腿。

6

林祥荣在办公室里，正与孙先生密谋。

林祥荣说："我刚刚得到消息，是陈寿亭做了国防部的那笔生意。他能赚几十万呀！他有了这笔钱，将来就有实力和我们对抗。这个人很厉害，他能做了这笔生意，也就证明他有些背景。"

孙先生问："我们不是和霍将军……"

林祥荣一抬手："霍长鹤不会听我的。他让人捎回话来，让我以后不要难为陈寿亭。怪了，陈寿亭是个要饭的，霍长鹤是个将军，他们是怎么认识的呢？费解，真是让人费解！孙先生，这件事不要对我父亲谈起。"

孙先生赶紧应道："不会，不会。董事长，那我们怎么办呢？陈寿亭要是有这样的背景，就对我们江北的市场是个威胁，还是应当早防着他好一些。"

林祥荣笑笑："我早想好了，你今天晚上就坐火车去济南。我们先搞他一下再说！山东税务总署的署长吴其川是我家的世交。他现在的这个官就是我爸爸帮他谋的。礼物我也准备好了。你找到他之后，让他无论如何把姓陈的工厂查封了，最好能罚他个倾家荡产，出出我这口气。你准备一下，今天晚上就走。"

孙先生迟疑："要是姓陈的没有偷税漏税怎么办？"

林祥荣笑了，拿着烟斗说："在中国，做生意的没有一个不偷税的，包括我们。如果老老实实地缴税，我们能做吗？再说，他骗走的咱那八千件布肯定不入账，我一直没往回要，就是为了搞他一下，然后再收回来。八千件布不是个小数字，光这一条就够他受的。我们不仅要拿回那八千件布，还要让姓陈的从此永远无法翻身。再说了，就是他没偷税漏税，吴伯也会有办法。欲加之罪，何患无辞？你放心吧！"

孙先生点头。

孙先生正要走，林祥荣一把拉住他："孙先生，你去了之后，千万不要对吴伯说姓陈的做了国防部的生意。他要是知道这件事情，就不敢下手了。现在的官员都不干净，很害怕丢掉乌纱帽的。记下了？"

孙先生说："这我知道。我就说姓陈的原来是个讨饭的，没有什么势力。"

林祥荣很得意："有了礼物在那里，其实什么也不要说，吴伯就知道怎么办。"

7

白志生正在宏盛堂药铺后堂看报纸。看着看着，他突然骂道："嘿他妈的！姓陈的这小子是有点实力，又在西门开了个门市。世亨，还得想想办法，这口恶气我始终就没出来，想起来心里就窝囊。"

钱世亨坐在另一把椅子上，摇着头说："大哥，这姓陈的来济南的时间不长，可势力并不小。咱就始终没弄明白这小子背后是谁。我看，这事还得先放放，不能太急。大哥，现在的这些买卖家，都是趁着一股的乱劲儿发的家，什么三教九流，五行八作，全都熟悉！"

白志生说："不行，给他西门新开的铺子放把火！明的不行，咱来暗的。"

钱世亨说："大哥，咱是求财不求气。放把火可以，但是咱们又能捞到什么？再说了，西门里的那个铺子我也看见了，咱就是烧上他这样的三个铺子，也伤不到姓陈的筋骨。你别急，大哥，我找个明白人彻底打听打听这小子。"

白志生放下报纸："整天是打听，也没打听出个子丑寅卯来。姓陈的一来，好，三元染厂赵家也跟着不交钱了，真他妈的憋气！"

钱世亨忽然想起来什么事，说："大哥，这有五六天了。我正在汇泉楼吃饭，苗瀚东还有姓陈的、赵老大进来了，他们进了雅座。过了一会儿我进去敬酒，苗瀚东直接往外轰我，姓陈的也不让敬酒。赵老大喝得差不多快醉了，他指着我说，如果再胡闹，就让运河帮的宁五爷连咱的药铺给炸了。回来之后我也没敢说。"

白志生一听宁五爷，立刻有点傻，左右地摇着头："这宁五爷到底和赵家有什么瓜葛呢？怎么只要天津一来人，就先嘱咐咱不要去惹赵家？世亨，打听打听这事儿！从根儿上打听！"

税务总署署长吴其川是个五十岁左右的胖子。他面前办公桌上摆着五张女人照片。他手里拿着好几块手表，正在根据照片上女子以往的表现和具体成色分配手表，自言自语地说："这个给你，这块给你。这行了吧？不高兴呀，那给你这块。"说着把手表放在照片上。每个照片上都放上了，他就坐在那里端详，他认为自己在分配中有些地方还欠妥，就摇了摇头，又将其中的两块手表换了一下。再端详："嗯，这样就合适了。"

六块手表五个女人，还剩下一块。他掂了掂，笑笑，放进抽屉里，然后慢慢地拿起电话："给我接宏巨染厂……喂！宏巨印染厂吗？……噢，陈掌柜的去了天津？什么时候回来？……不知道？我是哪里？我是山东……"

8

家驹正在办公，他的上司安德鲁过来了。家驹刚要起身，他用大手按下他，自己也坐在家驹对面。

安德鲁问："卢先生，你知道陈先生怎么得罪的林祥荣？"

家驹很警惕，但表面还算平静："噢，这谈不上什么得罪，是商业上的竞争。林祥荣想自己独占中国花布市场，陈先生印花布，他当然不高兴。怎么了，林祥荣上海来信了吗？"

安德鲁晃了一下手里的信："他不让再卖给陈寿亭染料。"

家驹笑笑："他威胁我们吗？"

安德鲁说："是的。他说，如果我要再供给陈先生染料，他就从英国人那里购染料。"

家驹说："你的意思呢？"

安德鲁说："林祥荣购买的数量，远远高于陈先生。但是我们与陈先生有长期供货合约。"

家驹说："你是让我说服陈先生解除这个合约？"

安德鲁说："所以我很为难，想听听你的见解。"

家驹说："至于是否继续对陈先生供货，那是以后的事情。我们现在来想这样一个问题：如果我们在中国只有林祥荣这一个买主，而林既可以买我们的染料，同时又可以选择英国人或者日本人，你认为我们的处境很美妙吗？"

安德鲁很惊异："噢？你说下去！"

家驹说："我们现在的交易情况是多头对多头，当中国只剩下了林，那我们就是多头对寡头，他会拿英国人的价格来挤我们，然后再拿挤过水的价格去压英国人。这个道理很简单。"

安德鲁说："很有道理，我们是要避免那种局面。"

家驹说："你还不太了解陈先生，他这人相当聪明，即便与我们解除了合约，只要

331

他愿意，他既可以从英国人那里买，也可以从日本人那里买，我们拉过这个客户来，本身就很不容易。我甚至可以这样说，我们就是把各个出货口都堵严了，他照样可以从我们这里买走他要的东西，而且价格比现在还低！我们是没有办法阻止他的。"

安德鲁笑了："这大概不会吧。"

家驹说："你可以这样认为，但我劝你不要去碰他。如果我们中止了合约，结果可能会让我们难堪。"

安德鲁说："林祥荣已经和英国人还有日本人说好，他们不会把染料卖给陈先生的。"

家驹笑笑："英国人日本人很容易答应林祥荣的要求，因为陈先生本来也不与他们交易。他们并没失去什么，我们却失去了一个客户。你把我们的这种想法告诉上海总部，他们会明白过来的。同样，如果上海总部的价格比英国人或者日本人高，林祥荣还能与我们交易吗？"

安德鲁说："嗯，是这样。你总是把陈先生说得那么厉害，那他的花布产量为什么不如林祥荣大？"

家驹笑了："陈先生最近遇到一个奇异的女子，弄得他心神不宁。我相信，用不了多久，他会让林祥荣一败涂地。"

安德鲁说："爱情？"

家驹说："不是，这种情绪德文的语境中没有。"

安德鲁说："这影响到陈先生的商业信心？"

家驹说："只能说陈先生现在注意力不集中。姓林的我也见过，他只是一个有钱的富商子弟，虽然很上进，但毕竟不是商业家。他与陈先生的差距相当大。可以这样说，他俩不是一个级别的拳手，陈先生会很轻易地把他打昏。我敢肯定，林祥荣连一个回合都顶不过去。这样，中午我请你吃饭，给你讲几个陈先生的故事。"

第二十二章

1

晚上，天津国民饭店餐厅里。周涛飞要请寿亭和东初吃饭。周涛飞三十一二岁，看上去比东初年轻很多。他西装革履，意气风发，眉宇间有股刚毅之气。他得体地一躬身："陈厂长，赵厂长，中餐还是西餐？"

东初看寿亭，寿亭说："这中餐西餐咱先往后放放，咱先改改口。涛飞老弟，中国印染界都知道，我陈寿亭是要饭的出身，也不认字。今天能到天津来，能和上过洋学的工业家一块吃饭，我要饭的时候是从来没想过的。我想到过发财，但没想到今天这个情景。自从我第一眼看见老弟，就从心里喜欢。说书的说过，这人哪，宁生穷命，莫生穷相！这相貌要是让人看着不顺眼，这人就很难走运。我一看老弟这气度，就知道不是等闲之辈。只可惜赵子龙跟着公孙瓒——投错了主呀！咱今天这么着，老弟，一个人看着另一个顺眼，这就是缘呀！遇见不易，看着顺眼更不易。老弟，我比你大十岁，你就叫我六哥，我就叫你涛飞，你看怎么样？"寿亭语声朗朗，大气开阔。

涛飞谦逊地笑着说："陈厂长是印染界的传奇人物，涛飞初入此道，与前辈兄弟之称，涛飞觉得不妥。"

餐厅门口有个身着白制服的老年侍者，满脸笑意，干净利落。

寿亭一指："那位的年纪得六十开外了吧？我要是和他兄弟相称，那还不是抬举？老弟，买卖是买卖，朋友是朋友，咱就这么办！你要是不答应，我就帮着上海林祥荣办你！"

三人一齐大笑起来。

涛飞笑着说："好，那我就叫你六哥。"

东初接来说："涛飞，你和六哥认识的时间还短，等时间长了，你就会想他。我就是这样，过上几天不见六哥，心里就觉得没底，就得到他厂里去转一圈，说上几个笑话，一天心里都豁亮。"

涛飞有些感叹："我很羡慕你们两个厂的关系，是同行，还相处得那么融洽。在天津就不是这样，大家见面也很客气，可是都相互防着。六哥，咱还没说呢，中餐还是西餐？"

寿亭说："你那位朋友来了再说吧。"

涛飞说："丁文东是我的助理，也是很好的朋友，我们不要去管他，他是中餐西餐都可以。"

寿亭说："还是中国饭吧！洋鬼子的机器是没的说，可他那饭，实在没什么劲。"

涛飞笑着一拍手，侍者忙走过来。"按我开来的单子上菜。"他用手一指旁边桌子上的那对外国男女："让他们走开，这周围的桌子我都'买清'了，我们要谈话。六哥，这个饭店没有雅座，但是菜做得不错。"

侍者犹豫地说："先生，那是洋人。"

涛飞剑眉一挑："洋人更懂道理，告诉他们这些桌子订出去了。这是中国的土地！还要我自己去说吗？"

侍者过去对洋人说了几句，洋人站起来，对着涛飞躬身致歉，涛飞也还礼。

寿亭说："老弟行，话不多，挺有劲。我和你一样，看见洋鬼子在咱这里晃来晃去的，那气就不打一处来。"

涛飞说："六哥，你没出过洋，不知道外国人怎么瞧不起中国人。论说我在英国也能找到工作，也有些公司请我，可那感觉太难受了。他们有对仆人的礼貌，可对中国人呢？还不如对仆人呢！"

东初说："涛飞，咱们这些人在表面上看来，是所谓的工业家，其实是在无奈地挣扎。在全世界，哪个国家丢了仨省还不宣战？只有中国！人家能瞧得起咱吗？这怨不得洋人。"

寿亭说："咱不说这些不高兴的，要是生起气来，咱这顿饭也别吃了！我给你说个笑话。"寿亭点上土烟，"德国人到我厂里安机器，一到六点就洗手下班。我不明白，怎么天没黑就不干了呢？就问我的那朋友卢家驹，他说外国人就这样，到点就下班。我说你把那仨洋鬼子叫来，他把三位叫来了。我说这是在中国，下班不看表，看天，天黑了才下班。你要是天不黑就下班，机器余款我就不给你。他们也是工人，怕丢了差使，就答应了。说来也巧，那天，天阴得乌黑，要下大雨，五点多天就黑了，他们就洗手下班。我一看不到点呀，就问这是为什么，他指着天，那意思是天黑了。真他娘的有意思！"

大家笑起来，涛飞的眼泪都笑出来了。

这时，涛飞的助理丁文东来了。这位也三十一二岁，中等身材，身子笔挺，少有的英俊。藏蓝西装，白衬衣，打着领结。他们都站起来，周涛飞一一介绍："这是陈厂长，陈寿亭先生。这是丁文东。"文东躬身行礼。寿亭先是眉头一皱，继而问："文东老弟，我先问句题外话，你和滕井是亲戚吗？"

文东摸不着头脑："滕井？哪个滕井？"

334

寿亭说："我怎么看着有点像日本人呢！"

涛飞笑得直跺脚，丁文东也笑起来。他又介绍了东初，坐下之后说："文东的父亲原是北洋政府驻日本的采办，文东在日本上的大学，后来又在东京帝国大学教中国科技史，'九一八'之后，不堪其辱，就回来了。我硬拉他来了开埠。六哥说他像日本人，一点不错，连日本人都这样认为。"

东初在笑着擦泪。寿亭问："你在日本那么多年，喜欢日本人不？"

文东笑笑："我喜欢日本女人。哈……"

涛飞说："他找了个日本太太，一块带回来了。她太太家是日本所谓的贵族。"

寿亭瞅文东："老弟是有一套！这堂堂国民政府、堂堂东北军都办不了日本人，你倒把日本人办了！"说完自知失言，抬手打了自己一个嘴巴，"呸！这不是当哥哥的说的话！对不住，老弟！"

大家笑得更厉害。远处那些洋人无奈地耸耸肩。

寿亭又问："你太太对你好吗？"

文东说："好是挺好。可自从日本鬼子占了东三省，她在我跟前就像做错了什么事儿，一下子矮了半截。有时候我看着她也莫名其妙地生气。她越是低声下气，我就越想踹她！"说时，文东的脸上略有恨意。

寿亭拉过文东的手握着："老弟，人家不愁吃，不愁穿，跟着咱漂洋过海地回来了，撇下爹娘，这相当不容易。人家不图咱什么，人家是图咱这人。好好地待人家，占咱东北的那些贼羔子和她不是一路。你可别价，国民政府打不了日本人，你就在家里拿着日本人出气。你要是那样，老哥哥笑话你！"

寿亭这几句话很让文东佩服，他深深地点头认可。

涛飞说："文东，六哥——你也就叫六哥吧！文东，你要是不知道，我给你说六哥不识字，你信吗？"

文东摇摇头："绝对不信！六哥，你真的一个字也不认识？"

寿亭说："也不是，钱上面的那些字我认识。哈……"

东初笑着说："六哥虽不识字，但绝对不是没文化。多年前，就有位前辈这样评价过。就是现在，他也专门雇着人天天念报纸，什么西他拉（希特勒）上台啦，西班牙打仗啦，六哥全知道。"

周、丁二人十分惊讶。这时，菜上来了，文东开始倒酒。

大家端起酒来，涛飞致辞："六哥，东初，由于敝厂股东不肯听小弟之言，不肯用低档布和林祥荣决战，更不敢把布向东北卖，这才致使开埠印染厂江河日下，朝不保夕。

335

烦请二位远道来此。人生际遇，殊难预料，小弟在此先谢了！"

他正要干，寿亭放下酒："慢！涛飞、文东，我也不识字，说不出四六对仗的句子，但是我得说两句。我和开埠染厂一不是亲戚，二不是朋友——但二位是我的朋友——我就冲着你俩，也得帮上一把。涛飞、文东，我虽是老粗，但是从不说大话，因为我从心里喜欢二位。所以，用不了多久，我就让林祥荣的那位'虞美人'血肉横飞。来，干！"

2

晚上，寿亭坐在椅子上听戏。突然电话铃响起，他一扭嘴，让采芹过去接，并嘱咐道："要是訾家那一窝子，就说我睡了，明天让他到厂里找我。"

采芹点点头："谁呀？哟！东俊哥呀，俺嫂子那病好了吗？好了，那就好。你找寿亭呀，好！这电话也不只是你们男人用。你先叫俺嫂子，我先和她说两句。随后你俩再聊。"东俊叫太太，采芹回过身来对寿亭说："我这快，一两句就行。"

寿亭关上收音机："你多扯上两句，我先出去放放水。"

赵太太来了，采芹说："嫂子，好了？"

赵太太说："好了。"

采芹说："我下午连着打了两个电话，王妈都说你出去了。刚好了那病，满街跑什么！"

赵太太说："你表哥让我去街上买两块花布，就是上海和天津那俩厂的。一样买了三尺，也不知道干什么用。我说，妹子，梅兰芳来济南了。"

采芹说："我就是为这事找你。明天晚上头一场，我打发人订了四张票。咱俩还有苗嫂子，再叫上老三家。"

赵太太说："老三家不能去，现在东初不让她出门，说出门就打断她的狗腿。不行叫上家驹家老大吧？"

采芹说："我本来也是这么想的，可是家驹说他订了票，带着老大老二一块去。老三家也是，净掺和些男人家的事儿。待一会儿我给老三说，吓唬吓唬就行了，多大点儿事儿，还能没完了！好了，嫂子，寿亭等着和俺东俊哥说话呢！"

寿亭接过电话来："东俊哥，有事？"

东俊说："我不放心呀！你不能看着周涛飞顺眼，就豁上钱拼命。六弟，咱犯不上。"

寿亭说："东俊哥，那咱也不能就这样等着等着呀。再这样下去，开埠染厂就倒了。要是开埠倒了，那姓林的就该腾出手来拾掇咱了。让开埠活着，有这个厂在前头，咱兴许

336

还能好一点。你说呢，东俊哥。"

东俊说："这两天我想明白了，咱就用印花机印单色布吧。印单色布，也用不着技工，调好颜色就能干。别再搅和什么花布了。六弟，咱弄俩钱不容易，你那脾气我知道，只要上来那股劲，头都敢不要了。六弟，这不行。老三过来给我说了，我就坐不住，这才给你打电话。听哥哥的，千万别硬干，还是那句话，咱先看看再说。六弟，另一方面，现在滕井的布一件里涨了三块钱，这是冲着咱来的。下一步，咱还得用上海布，和姓林的弄僵了，对咱不利呀！如果咱不印花布，把花布市场让出来，他卖给咱坏布还不得便宜点？"

寿亭笑笑："东俊哥，死了张屠户，咱也不能吃带毛的肉。离了滕井这帖膏药，一样拔出脓来。不用怕，还长三块钱？我这就让他来求着咱买。咱弄的那船布一时半会儿用不完，不用慌。"

东俊无奈："好吧，电话里也说不清楚，明天我到你厂里去，咱见面再细说。好，好。"电话挂断了。

寿亭坐在椅子上，抽着烟自语："怪不得不让我和姓林的硬拼呢，原来是想买点便宜布。"

采芹说："你别谁的也不听。东俊哥是老买卖人了。别整天不是和这个拼命，就是和那个没完的。咱那心里肃肃静静的，比什么都好。"

寿亭说："给老三打电话，让他明天放兰芝的假。今天下午兰芝打电话到厂里，让我帮着她说。你出面，我看比我灵。熊他！"

采芹笑笑，开始拨电话，老妈子接的，采芹上来就说："让赵东初接电话，我是他表姐。"

很快东初来接电话："表姐呀，怎么，六哥有事找我？"

采芹说："还你六哥！是我找你。你现在长本事了，还打断这个的腿，打断那个的腿的。什么不是，我看就是你的不是。让兰芝骑着洋车子满街跑的是你，不让出门也是你，你想干什么！"

东初说："表姐，你不知道，她胡闹掺和事儿。"

采芹说："行了，我也说她了，以后不再掺和了，那建国会咱也不去了。明天，让他和我去看戏，有你嫂子，我，还有苗嫂子。把你那破汽车借俺们用用。什么？你敢说不行？还反了你了！你只要再说个不行，我这就让苗嫂子找你，你要是觉得本事大，能顶住苗嫂子骂，那你就挺着。就这么定了，让兰芝接电话！"

采芹捂着听筒，寿亭在一边说："你给她说说，那訾家没一个好玩意儿，别往前凑！

这也怨不得东初。"

东初太太来了："六嫂！"

采芹说："怎么样？还得我救你吧！哈……"

第二天上午，寿亭在办公室听文琪念报纸。吴先生进来了，文琪自动撤退。寿亭赶紧问："税务局叫咱什么事？"

老吴干咽了一口唾沫，然后自己倒了一杯水："说咱偷税漏税。"

寿亭站起来："胡说！咱来到济南没怎么开张，偷什么税？咱染的那些布都去了乡下，根本没有账！给中央军加工的那些东西是免税的，咱已经给他们说了。"

老吴坐下来："唉！掌柜的，要不是给中央军干了那点事，咱的麻烦就大了。咱从上海弄回来的那八千件布我根本没入账，光这一下就能要了咱的命。好在税务局那些贼羔子，一下子弄不明白咱的底细，这才没敢乱来。"

寿亭明白了："噢，怪不得老三左一封电报，右一封电报的，姓林的就是不来提布呀，原来他是想让税务局办咱。他说什么？"

老吴说："那个局长姓吴，倒是还算客气，他说他会考虑到具体情况，秉公办理。我一听没事儿，就想走，可他又是冲茶，又是倒水的，就是不让我走，拉我在那里问这问那。他拐弯抹角地给我弄了一早晨，最后我算明白了，他又找了个相好的，想让咱给他买座四合院。"

寿亭想了想说："我一般不吃这一套。官家敲竹杠，土匪敲竹杠，我是全不吃。可是有姓林的给咱下了蛆，咱也多少有点漏风的地方，要是不给他这个四合院，兴许还得来乱咱。给他办，拣着好的办！别说四合院，八合院也给他办！老吴，别的可以不做账，这个四合院得明明白白地写在账上，赶哪天咱有了空，还得让他吐出来，顺便把这个王八蛋除了。陈六爷喂狗的肉里，都带着七步断肠散。"

这时，家驹进来了。

3

早上，林祥荣刚进了办公室，茶房就递给他一封快信。林祥荣一看，很高兴："噢，吴伯来的。"说着放下手里的公文包，开始看信，越看脸色越不对。随后把信摔到桌子上，摔了还不解恨，拿起来撕个粉碎。他冲着门口喊："叫孙先生来！"气得在屋里来回走，拿过烟斗往里装烟丝。

孙先生进来了："董事长。"

林祥荣说："吴胖子来了快信，说姓陈的在山东很有势力，他要慢慢来。他妈的，真是忘恩负义的狗东西！"

孙先生很吃惊："他收了咱们六块金表，能这样？"

林祥荣点上烟斗说："咱们离得远，他收咱的礼，是偶然的；姓陈的就在他跟前，他可以经常地收下去，所以他要保护他。这些人一旦做了官，就忘恩负义，这是个最普通的规律！"

孙先生说："那咱们怎么办？"

林祥荣说："你通知山东、天津，把布价再降下一分钱来！我谁也不求，我自己就挤死这些江北佬。"

孙先生说："那咱们会亏的。"

林祥荣笑着摇头："不会的，等一会儿我就通知车间，加大拉长机的拉力，把短布硬拉长了。我们不会赔的。"

孙先生说："董事长，这样可会砸咱的牌子。"

林祥荣："不要紧，等他们都死掉了，就剩下我们自己了，老百姓也就只能买我们的。上海虽然也后起了一些印花布的工厂，但一时半会儿还成不了气候。再说，这是暂时的，我们还可以把拉长机的拉力再恢复回来嘛！"

孙先生明白了。

林祥荣鼻子里出冷气："我不仅要把姓陈的挤垮，还要把他搞臭！现在还不是时候。我先对付天津开埠那个所谓的英国留学生，接下来就是姓陈的。他就是不印花布，我也饶不了他。我要让他在印染界无法立足。"

4

春天来了，桃花开了。宏巨染厂的那个小花园也是一片生机。

寿亭站在办公室窗口看着小花园，表情很平静。这时，吴先生进来了："掌柜的，上海的那几个师傅问问咱们还干花布吗？如果不干，他们就回去了。"

寿亭笑笑："干！只是现在不干。"

吴先生说："那咱得给人家说个时间。"

寿亭说："告诉那些人，别觉得不干活，光拿工钱，心里过去。没事儿！咱要是从此不干花布了，早让他回去了，让他们再等等。现在姓林的和开埠打得这么热闹，咱

339

先看个究竟。等他们两家死上一家，我们才下手呢！"

吴先生说："要是死的是开埠呢？"

寿亭笑了笑："不用要是，开埠肯定干不过姓林的。我看开埠撑不了多久。东初又去了趟天津，刚回来，现在开埠就想停工，股东也开始撤股，还问咱要不要他那印花机。"

老吴不等寿亭说完，就忙着摆手："掌柜的，这事万不能办！这印花害得咱还不够苦呀！"

寿亭笑了："东俊也是这个意思，他是不要，我们当然更不能要。开埠愿意卖给谁就卖给谁吧！咱就这样等着，看看院里的花，染点布往乡下卖着，这不挺好嘛！"

老吴说："掌柜的，现在'虞美人'的布已降到一毛一尺，他也不够本呀！"

寿亭笑笑："我知道他不够本儿。可这个姓林的也太缺德了。他加大了拉长机的拉力。昨天我让你六嫂去买了一丈，下水之后缩了二寸多。我看他这牌子也差不多了。姓林的毕竟是个书生。哼！小王八羔子，你等着你陈六爷！"

老吴笑了："掌柜的，你有日子没骂人了。你一不骂人，我就觉得咱这买卖没底。哈……"

寿亭也笑了："老吴，我这一阵老是在想，这人，不能善！尤其是买卖人，更不能善！你要是善，什么事也干不了。我刚从天津回来的时候，想帮着开埠和姓林的干一场。可是我又一想，就是把姓林的干垮了，开埠也会掉过头来咬咱们。没办法，先让他俩打吧。"

老吴说："掌柜的，你的善心可不能再发了。咱给了三元二十万匹的买卖，可他停了印花机，也不和咱打个招呼。明知道前边是坑，他绕过去了，倒是让咱往前走。"

寿亭笑笑："那二十万匹也不全是善心，是我不想做那种买卖。也就是说，沈小姐的情我领着，但这钱却不能要。老吴，我让家驹打听沈小姐，还是没消息？"

吴先生摇摇头。

亭寿站起来说："老吴，济南汇泉楼的糖醋鲤鱼那是一绝，你打电话给老三，说我请他吃饭，让家驹也去。"

5

天津开埠染厂，周涛飞的办公室十分阔气，紫红的家具紫红的地板。他正在那里和丁文东商量事："这陈厂长给我说得好好的，口气那么坚决，为什么到现在还没动静呢？前一阶段天冷，花布是淡季，可花也开了，是时候了，怎么还不动手呢？这人，还不能只听他说什么，还得看他干什么。"

丁文东也在思考："我看陈厂长不是言而无信的人，他可能另有所图。大概他觉得还不到时候吧？"

涛飞苦笑一下："还不到时候？再等下去，就是动手也晚了。现在股东们都急着往外撤，四处打听买主。天津是没人要，赵厂长也来看了，股东们也和他谈了。咱这厂里的机器这么好，只出了一个废铁的价钱，赵厂长他哥哥都不买。陈厂长更利索，根本没来，直接回了个电报，就俩字，'不要'！文东，现在想来，是我害了你。股东们不懂经营，可总是乱指画。我一来到这个厂，就说要用绉布和林祥荣干，可他们怕那样会砸了牌子，以后没法干。这倒好，现在想用绉布也来不及了。"说着摇摇头，"唉！陈厂长的那句话说得对，'宁给好汉牵马坠镫，不给赖汉当祖宗'！咱俩就是干的这种事——给些赖汉子当跑堂的。"

文东的表情很平静："涛飞，你别急。我看着上次陈厂长到天津来，可能另有用意。是不是他想请你到济南当厂长呀？我看着，他的眼就没离开你的脸，那是一种男人对男人的欣赏。"

涛飞笑笑："咱虽然和陈厂长接触的时间不长，可我看就他那能力，经营济南的那个厂，他玩着就能干了，根本不用另请人。你再去给他发个电报催一下，让他和林祥荣干一阵。虽然股东们不懂行，但是那些人却都不错。咱好争取一点时间，把开埠染厂多卖一点钱，也算回报人家了。"

文东点头，站了起来："我这就去。可是，那电文怎么措辞呢？"

涛飞笑笑："很简单，就四个字'救救老弟'。连打上三个叹号。"

汇泉楼饭庄。

临水而建，窗下就是清潭——济南名泉江家池。寿亭他们三人临窗而坐。东初问："六哥，怎么想起吃饭来了？"

寿亭舒口气："你刚从天津回来，我想听听开埠染厂现在是怎么回事。"

东初笑了："还能怎么样？快撑不住了。林祥荣这回是下狠心了，不把开埠染厂挤死，看来不会死心。那些股东现在急于卖厂，那价钱真是够低了，现在就是没人敢买。"

寿亭笑着问："你哥不要？"

东初说："他？他要有那个胆量，三元早不是今天这个样子了！可是，六哥，你为什么不要？"

寿亭说："唉，有些东西看上去便宜，可这便宜，有时候也能咬着手！咱现在这两台机我都想卖，还要？要来摆着看哪？"

东初说：“那这花布以后咱就不印了？”

寿亭点点头：“印是得印，但我还没想好怎么个干法。”

东初说：“我哥也是这个意思。”

寿亭笑了："我觉得，咱在天津也喝了人家的酒，答应了人家周涛飞，不表示表示也显得说话没准儿。好，回去我再想想，要不就开始印，边干边说。"

家驹插进来："六哥，你可想好了，现在可是印得多赔得多呀！这事行吗？"

寿亭反问："咱那印花机值十几万，就这样干放着？咱那技工就这么养着？"

家驹没话了。

东初接过来说："六哥，六合、开埠打得这么热闹，咱要是再掺进去，是不是有点找死？"

寿亭自己干了一杯："不掺进去，就是坐着等死。"

家驹摇头叹气。寿亭想了想说："我先干一阵子，先和姓林的过过招！"

东初劝道："六哥，这事得慎重。咱和姓林的不一样，人家是买办，咱是土生土长的生意人，没必要和他硬干。"

寿亭反问："咱不干，他能饶了咱？"

东初无言以对。寿亭对家驹说："家驹，你在宏巨虽说只有一成的份子，可这事还得你同意。咱现在有一千件印好的花布，一直没卖出去。我想拿着这些布玩儿一把，给六合搅搅局。"

家驹笑笑："你说怎么干，就怎么干，我听六哥的。"

寿亭把筷子往桌上一放："好！你写个广告，发往上海、天津、济南的大报馆。从明天开始，飞虎牌的印花布暂时降价，九分钱一尺！"

东初睁大眼："六哥，你疯了！"

寿亭平静地笑着："没疯，疖子不挤，脓总不出来。东初，你给周涛飞打个电报，告诉他我开始参战。"

东初摸不着头脑，糊涂着答应。

寿亭办公室。文琪冲完了水，刚想出去，寿亭叫住他："你到楼下站着，别让人上来。"文琪答应着下去了。

寿亭开始给老吴面授机宜："天津发了二百匹，你告诉老刘，让他在天津每天就卖十匹，多了不能卖。上海地方大，每天卖二十匹。记着，天津的这二百匹要卖二十天，上海那六百匹要卖一个月。告诉他俩，谁要是提前卖完了，就不用回来了，让他们滚蛋！"

老吴问："济南这二百匹卖多长时间？"

寿亭笑笑："济南的门市是咱自己的，告诉吕登标，每天卖两匹，也是不能多卖。"

老吴纳闷："掌柜的，你这是要干什么？"

寿亭笑而不语。

6

林祥荣办公室里，孙先生对林祥荣说："董事长，这姓陈的在搞什么鬼？每天卖那么几匹布，第二天又是几匹，他这是要干什么？"

林祥荣很内行地笑笑："他这是在玩猫捉老鼠。他一降价，我们也得跟着降价，开埠也得跟着降价。姓陈的布少，无所谓，我们也无所谓，可开埠却受不了这种闹法。孙先生，这姓陈的本来是想挤咱们，但他不识字，实际上他这是挤开埠。他卖九分一尺，我们也降到这个价钱。倒要看看开埠怎么办。"

孙先生有些顾虑："姓陈的要是一直这样与我们玩下去，时间长了我们会受不了的。"

林祥荣用一个指头左右摆动："不会的，这是他库存的布，他卖完了，开埠也就垮了。我会有办法收拾他的。你去吧，降下来，今天就降下来，我倒要看看姓陈的还有什么花样！"

7

周涛飞在和丁文东一起着急："这个陈厂长，他把事情弄反了！他是想打击林祥荣，可这样咱也受不了呀！这没文化就是不行，好心办不出好事来。"

文东说："我是不是到济南去一趟，给他说明白？"

涛飞站起来走到窗前，苦苦地一笑："想救火是好意，可拿着汽油当成了水。文东，不用去了，我想用不了多久，开埠染厂就不存在了，还是想想咱俩下一步干什么吧。九分钱，买坯布也不够呀！陈厂长，陈六哥，唉！"

文东走过来："刚才我过来的时候，董事们正在开会，都快打起来了！"

寿亭正在办公室里与老吴下棋。外面，春雨如絮。

老吴问："掌柜的，天津的布卖完了，是让咱的人回来，还是在那里等着？"

寿亭看着棋："上海天津都再登个广告，说新布马上就到。让咱的人回来吧。"

老吴不解："既然让人回来，那咱还登什么广告？"

寿亭落下棋子："将军！"

8

家驹办公室里。家驹打开报纸，刚一看，立刻站起来，慌忙抓起电话。电话不通，他拿起包刚要走，安德鲁进来了。

安德鲁问："你要出去？"

家驹说："是的，天津开埠印染厂倒闭了，我要去告诉陈先生。"

安德鲁笑笑："我也为这件事情。林祥荣又来了电报。你通知陈先生，他如果在一个月内不能开工，我们将中止与他的协议。这怨不得我们。"

家驹看了他一眼："那是你的事情，你自己去说！"说着冲了出去。

寿亭正在办公室里和苗先生通电话。

苗先生说："六弟，还撑得住吗？"

寿亭说："放心，苗哥，我还没开始呢！"

苗先生说："林伯清，就是林祥荣他爹，给我来了封信，说了你在上海的事情，夸你聪明能干，可没具体说什么事。我看不用去管他。你放开了手干，没什么大不了的。你说得对，咱不能让他不把山东人放在眼里。"

寿亭笑着说："苗哥，你得帮我个忙呀！"

苗先生说："什么忙？说吧。"

寿亭说："这样，晚上我去你家，一块儿看看苗嫂子。咱弟兄俩见了面再说吧。"

苗先生说："缺钱吗？如果钱不凑手，你打发账房现在到厂里来就行了，不用等到晚上。"

寿亭说："苗哥，这事比钱难。"

苗先生说："好，晚上我等着你。我先说好了，咱谈完事可得杀一盘儿。"

寿亭笑笑："苗哥，我是服了你了！好好，杀一盘儿。"

三元染厂，东俊办公室，东初和东俊正在商量事情。他的表情很紧张。

东俊说："老三，你记着，不管陈六子怎么劝咱开工印花布，你也别答应。咱们没有实力和林祥荣干。开埠倒了，咱不能跟着垫背！"

东初说："大哥，六哥可是一直对咱们很够意思呀！"

东俊说："有恩说报恩。他陈六子要是倒了，咱再帮着他爬起来，那是情分。做买卖，不能明明看着是火坑也闭着眼往里跳。"

东初一扭头："这话我说不出来，还是你说吧！"

东俊有点急："咱俩谁也不用说。你这就去把上海来的工人全辞掉，让他们马上走。陈六子来了，什么话就都好说了。咱不是不印，是没了工人，咱印不了了。"

东初用陌生的目光看着东俊："大哥，这可有点不仁义呀！"

东俊说："做买卖讲的不是仁义，做买卖讲的是识时务！开埠倒了，现在只剩下咱和六子能印花布。咱不印，姓林的愿意和谁打就和谁打，可咱要是掺和，就得跟着死。咱也好，六子也好，都是燕子叼食似的从小弄到大，并没有后继财力。可姓林的世代经商。开埠为什么干不过他？姓林的那布是专门织的，就是那么绍。绍了就用纱少，用纱少就成本低。开埠也不是不懂，关键是没人给他织那样的布。老三，你听我的，咱得抓紧上岸。最主要的是，咱辞了工人，退出了花布市场，姓林的肯定领情。你再去上海见他一趟，给他说，以后咱就进他的布。咱要是张嘴让他便宜点，他能不答应？"

东初说："大哥，辞了工人，以后咱也就只能染布了。唉！大哥，我们为什么不能给六哥搭把手呢？"

东俊说："论说六子也不是外人，采芹是咱表亲。你还不知道六子，他要是发起狠来，根本不顾后果。前一阵子沈小姐扔下几十万，不辞而别，弄得他一直没回过神儿来。放下这么多的钱一走了之，这样的人谁也没见过。前天我见他，他一个劲地笑姓林的，还说让姓林的等着死。你说，就他那点钱能陪着姓林的玩儿吗？嗨！别说了，快去辞工人，他要是一步迈进来，咱就不好办了。"

东初摇着头，叹着气，慢慢地站起来。

寿亭办公室，家驹给他念完了报纸，寿亭哈哈大笑。

家驹问："六哥，你笑什么？"

寿亭说："该咱上场了，怎么着，不愿意看你六哥露一手？"

家驹没说话，只是干笑。

寿亭说："你笑什么？觉得你六哥抵不住林祥荣？我这就弄出他的屎来！"他有点急。

家驹说："不是，六哥，我不想再在洋行里干了，我还是想回来跟着你。"

345

寿亭惊且喜："噢？不怕挨骂？"

家驹说："六哥，自打我离开你去了洋行，就没有一天高兴过。翡翠也这么说，老二说我是把魂儿落在你这儿了。洋行里对我也不薄，可我就是不愿待了。这句话只能这样说，你的人格魅力别人是不能比的。"

寿亭说："什么是人格魅……你直说，说我能听懂的词。"

家驹说："就是你这人让人忘不下。"

寿亭一把拉住家驹："这就对了。什么他娘的洋行，回来！回来！先别说多少份子了，只要是咱挣了钱，什么份子，抓过来花就是了。你还是天天给我念报纸。那文琪念得是不错，可外国的事儿，他说不明白，急得我直想揍他。"寿亭拉着家驹的手笑起来。

家驹问："六哥，你想和林祥荣干一场？"

寿亭说："对呀，你看我行不？"

家驹说："不是，姓林的家里相当有钱。"

寿亭说："他有钱，也是一点点地挣来的，也不是他祖宗一生下来就有钱。有钱怕什么？"

家驹说："咱要是干，是不是拉上东初兄弟俩，让他给咱帮把手？"

寿亭笑了："咱也不想拉，就是拉也拉不上。东俊的为人我很了解，你可千万别提这事，别让人家为难。家驹，没事，你就等着看热闹吧。哈哈……"

老吴进来了："掌柜的，上海六合染厂的山东外庄掌柜的来了，这人姓周，点名要见你……"

寿亭一顿："噢？下战书？请！"

9

东俊来到东初的办公室，他显然对弟弟很客气。

东俊说："林祥荣知道咱辞了工人，也没说什么？"

东初没理他，随手把电报递给他："你自己看吧。"

东俊看电报，小声念道："'我兄深明大义，在鲁协助，将来定当厚报……'老三，这很好哇！"

东初站起来："大哥，我想分出来自己干。"

东俊意外："嗯？为什么？"

东初说："我觉得这样挺没劲！"

10

周经理跷着二郎腿坐在寿亭对面，他摆弄着手里的烟嘴，根本没拿寿亭当回事。

周经理说："我们林老板的要求很简单。第一，你先辞掉上海来的工人，特别是六合背叛过来的那三个人。"

寿亭用肘撑着桌子，表情很认真："辞掉了工人，那我怎么干呢？"

周经理把烟叼上了："那我们不管。我们就是要让那几个人知道，背叛六合是没有好下场的。"

老吴和家驹在旁边生气。

寿亭依然和气："噢？背叛六合没有好下场，你们林老板这明明是不让我印花布嘛！"

周经理说："印不印花布是你自己的事。不过我们林老板说了，你就是印，也顶多是下一个天津开埠。你自己看着办吧！"

寿亭说："你老板没提那八千件布？"

周经理说："林老板说了，说你知道该怎么办。"

寿亭说："噢，是这样。我知道怎么办。周经理，林老板也没给我写封信？"

周经理轻蔑一笑："林老板说不用写，说你不识字。"

家驹想冲过来，寿亭示意他坐下。

寿亭笑着说："我周围有识字的呀！老吴，你去把金彪叫来，他识字。"

不用叫，金彪就守在门口，他推门进来，怒目而视："掌柜的，什么事？"

周经理根本不看他，看着天抽烟。

寿亭对周经理说："周经理，你们林老板的意思我知道了。现在请你转告我的意思。金彪！反正抽这个王八羔子十个嘴巴！"

周经理惊得站起来，金彪一把抓着他的领子。他叫道："你不要胡来！你不要胡来！"

金彪的大巴掌抽了下去。

文琪在门外吓得两腿直抖。

周经理坐在地上，满嘴是血。

寿亭对老吴说："通知车间刷机器，晚上江浙饭店请客。金彪，你这就去江浙饭店，让他把场子清了。两桌上海菜，专请上海来的师傅，三桌山东菜，就请那些老伙计。咱们来个一醉方休。喝完了酒，明天开工。"

347

周经理问："陈先生，我可以走了吗？"

寿亭冷笑："你也别洗脸，就这个模样回去，告诉林祥荣，用不了几天，他比你还惨。滚！"

金彪刚想过来扔出他去，周经理一看不好，自动蹿出去，由于撤退太急，一下撞在门框上。

第二十三章

1

早上十点多钟，寿亭站在办公室的窗前抽烟，看见厂伙房采购的那辆地排车进来了。车走近了，他看见车上有半片子猪肉还有些菜。他去烟缸里摁灭烟，走出来站在楼梯平台上大喊："站住！"说着下来了。

那俩伙夫一看，立刻有些慌神，站在那里等，面有惧色："掌柜的。"

寿亭说："老刘，这宏巨染厂是你的？"

老刘纳闷加上害怕，两只手直往围裙上擦："掌柜的，我什么事干得不是地方？"

寿亭说："我昨天就让文琪给你交代了，车间里正在玩命地干，让你做饭的时候多放肉，少放菜。这厂里二百多口子人吃饭，你就弄这点儿肉回来？咱那些工人吃不好能高兴吗？"

伙夫傻笑着，等着挨骂。寿亭接着说："吃点儿怕什么？工人一高兴，手脚一勤快，八片子肉也有了。"

老刘说："掌柜的，这一顿饭半片子猪就不少。我怕放得太多了，你嘴上不说，心里骂我。嘿嘿！"

寿亭说："放屁！你这个熊毛病不是一天了。在青岛，我让你炖鱼，一买一筐鱼，弄上三锅汤，满厂里腥气，就是找不到鱼在哪里。工人们随吃随埋怨，以为是我让这么办的。你这个王八蛋，怎么整天惦记着毁我呢？要不是看着你比我大两岁，我一脚踹死你！"伙夫浑身哆嗦。寿亭指着他说："你给我记着，从今天开始，每天四片子猪，忙过这一阵，咱再另说。你看看你做的饭，清汤寡水，没滋没味。滚回去再买！"

伙夫逃去。

这时，老吴拿着报纸过来了。那两个伙夫走了之后，老吴说："掌柜的，訾家那模范染厂登报招工人了。"

寿亭和老吴走向那个小花园，在石台子上坐下来。老吴说："我让文琪去报名？"

寿亭叹口气："你去把王长更叫来吧，文琪还太小，别再有个什么闪失，那就对不起你哥了。还是王长更吧，当年咱办孙明祖，就是他下的钏。"

老吴说："王长更现在管着整个二车间，再说，干染厂的差不多都知道长更是咱伙计。

349

要是让訾家认出来，反而误事。"

寿亭看着远处："是呀，长更也老了。这些伙计跟着我东拼西杀，从青岛到济南。还有家里那柱子。唉，也没过上什么舒心的好日子。老吴，訾家这事先放放吧，我这两天满脑子里是姓林的，等我办了这个舅子，咱再说訾家。不用等过年，八月十五就给伙计们先分一回'喜面儿'。人这一辈子，真快呀！"

老吴也有些感伤："掌柜的，咱对工人们不错。三元染厂在济南就算好的。你不知道，有多少人托我，想上咱厂里来呀！"

寿亭说："就这样吧，别让文琪去了。咱干买卖，不能打发个孩子到狼窝子里去探信儿。咱先对付林祥荣，訾家一时半会儿的还成不了事儿。要是没有滕井这个王八蛋，訾家根本不用管他。先放放吧。滕井的布虽然又降下来了，但我看着他这是想和咱玩，一会儿涨上去，一会儿降下来，让你不知道怎么办好。这也是个事儿！咱下一步看来得从上海进坯布。我现在是想，怎么通过和姓林的这一战，让那些纺织厂求着咱买他的布，让他按咱的标准织。要是单纯打败林祥荣，我明天就让他趴下。"

老吴说："掌柜的，你打算怎么办？"

寿亭说："怎么办是想好了，可怎么办漂亮了还没想好。"

2

上海林祥荣的办公室里。周经理的脸还肿着，委屈地望着林老板，孙先生站立一旁，示意不要让他再说话。

林祥荣在办公室里走来走去，他停下来对孙先生说："请几个大报馆的主笔来，我要让全国的人都知道姓陈的是个骗子。我要搞臭他，让染织界的人谁也不敢和他做生意。"

周经理说："董事长，咱们能不能把他骗来，也揍他一顿？反正山东我是不敢再回去了。"

林祥荣气得想说什么，可刚想说又忘了。他在屋里转了两圈，又把词想起来："他打你，是因为你当着那么多人，说他是讨饭的。你还是回山东去，他要是再敢打你，我就让我爸爸找山东省国民政府把他抓起来。不会有事的，他不会再打你了。过不了几天，整个中国都知道他是骗子，光那些麻烦就够他受的了！"

3

远宜自己在家，她坐在沙发上看书，不时地向后捋一下头发。这时，女佣拿着报纸进来，放在她面前的茶几上。"太太，你整天看书，当心累着。你刚怀了孕，还是按大夫说的，要注意休息。"

远宜笑笑，打开了报纸。她一看标题，立刻说："岳大嫂，再去买一份来，不，买两份。"

下人紧张："太太，又出了什么事？"

远宜说："不是日本鬼子，是我哥哥的事情。"

下人答应着去了。

远宜看着，越看越生气，一下子把报纸摔到茶几上："真无耻！"她随之去了长鹤的书房，拿过信封写着，写好之后又回到客厅，把那张报纸装进去。

下人拿着新买的报纸回来了。远宜把信封递给她："你这就去邮电局，用快信把这个寄走！记住，一定是快信！"

下午，济南筐市街路东，有一个赁小人书的书店。房子既旧又矮，里面也黑乎乎的，靠墙是一排排的小人书架，有些书都破了，封面封底糊着白纸。一个小伙子坐在柜台里头看画书，由于学生还没放学，堂内的小凳上只有一个三十多岁的人坐在那里看。这时，一个浓眉大眼的小伙子进来了。从他的神色里一看就知道是有事。他走到柜台前说："哥，把门关了吧，我有事给你说。"回头他来到那个看书的人跟前："五子哥，我和我哥有点事，这书你拿回去看吧。明天送来就行。"

那人站起来："我正好也看完了，给你。钱我也交了。走了，兴业。兴家，我走了。"

柜台里的那个小伙子忙说："明天再来，五子哥。"

兴业出来拿过门板上好，随后回到屋里。

兴家问兄弟："兴业，怎么回事？"

兴业说着从怀里掏出一张报纸："哥，报仇的机会来了，訾家那模范染厂招人呢！"

兴家看着，看完之后把报纸往柜台上一拍："好！咱年年往訾家扔火把，可他那房子就是着不了。这回行了，咱俩混进他厂里当工人，瞅空子把他的仓库点了，烧死这窝子王八蛋！"他说着说着，开始喘粗气，"当初就是借了点钱，暂时还不上，訾文海就帮着劝业银行霸占了咱家的皮革厂，气死了咱爹妈。苍天有眼呀！爹！妈！你二老保佑着我和兴业成了这事吧！"兴家眼泪下来了。

兴业说："哥，你不能去。訾家那些王八蛋认识你。就是我去，也得改名换姓，装成乡下来的。"

兴家坐下，伏在那里哭起来。兴业大吼一声："你哭什么！"

兴家抬起泪眼："兴业，我恨哪！呜——"

兴业大叫："别哭了，哭有什么用，咱应当高兴才是！"

兴家说："兴业，咱爹妈要是活着，今年也不到五十呀！爹呀——"

兴业也忍不住了，坐在店堂内的小凳上抽泣起来。

晚上，远宜坐在餐厅里，等着丈夫回来。她有些着急，慢慢地起身，走出小楼。下人拿着斗篷在后面跟着："太太，这天冷，你披上。"

远宜用手一挡，来到了院中，看着通往自己家的路。风吹来，她额前的头发摆动，表情带着忧虑。

这时，一辆军用吉普车转过来，长鹤在车上看到了远宜，车停下后，没等卫兵来开门，自己跳下来，跑过来拉住远宜："你怎么了，怎么站在这里？"

远宜一见了亲人，就想掉泪，她和长鹤往屋里走，那两个卫兵小心地溜着边，去了楼下另一边的西屋。

远宜说："我早上就想给你打电话，可又怕你着急。林祥荣在报纸上骂咱六哥是骗子！"

长鹤安慰她，二人来到沙发前坐下，下人送过来茶。"有这事？"

远宜把报纸递给他。长鹤大致地一看，把报纸摔到茶几上："不知道天高地厚！我明天正好去上海检查物资储备，我去找他。什么东西！"

下人一见这情景，赶紧出去把门带上。远宜拉着长鹤的手，眼泪也流下来了："我这些天自己在家，总想六嫂，也想六哥。早晨我一看报纸，心里急，就把报纸寄去了济南。寄走了，我也后悔了。六哥的脾气那么急，一看还不得气出病来！可怎么办呀！"

长鹤安慰她："六哥是见过风浪的人，没事儿。别哭了，远宜，明天我到了上海，警告林祥荣，不让他再登就是了。"

远宜说："可是他在报上说六哥是个要饭的，现在大家都知道了，六哥多没面子呀！"

长鹤哈哈大笑："傻瓜！六哥从来没觉得自己要饭是件丢人的事儿。林祥荣这是在帮着六哥做广告，这正从另一个方面证明了六哥的能力。再说了，林祥荣让一个要饭的骗买走了八千件布，他自己还光荣吗？你这个小傻瓜！"

远宜撒娇："那不是骗买，是他自己卖给六哥的。"

长鹤赶紧更正："我错了，我错了！"

远宜执拗："就是你错了！"

长鹤哄她："好好好，我错了！你快去洗洗脸吧。"

"我就不！"她偎在长鹤怀里。

长鹤亲着她的头："好，不。远宜，詹姆斯少将自认为是中国通，但有一个词他就是翻译不了，问了我好多次，问我怎么翻译才恰当。你知道是哪个词？"

远宜偎在那里："人家怎么会知道！"

长鹤抱起她的脸："起来，我给你说。这个词是'冤家！'你就是我的冤家！"

远宜双拳捶打，长鹤防守着，渐渐地安静下来。"我什么都不怕，就怕你掉泪。吴三桂冲冠一怒为红颜，完全可以理解！刚才我一拐过弯来，见你站在那里，那心立刻就揪起来。唉，快去洗洗脸吧，这不是什么大事。你这么挂牵六哥，就给他去封信吧。再过些日子，咱也就有小宝宝了，你把六嫂也叫来帮帮你。我以前也没有孩子，也不知道怎么办。你说呢？"

远宜说："现在六哥正在应战，先别给他添心事了。"

长鹤说："你呀，左也不行，右也不行，我是没办法了。在机关里大家见我威风凛凛，说什么也想不到，我在家里处处给你赔着小心。你说我难不难！"

远宜说："你是说我虐待你？"

长鹤说："这话有些直白，应当说是甜蜜的折磨。哈……"

远宜靠在长鹤的肩上："我让你烦吗？"

长鹤说："不是。是让我心碎的那种痛。好了，不说这些了，我明天去了上海，让林祥荣写信给你和六哥道歉。"

远宜忽然坐直了："长鹤，我看不用。六哥准有招对付他。你要是一去，反倒显得咱们以势压人。反正报纸他也登了，我想他也没有别的招了。"

长鹤拿过烟，远宜笨拙地搓打火匣的小轮，长鹤就那样看着她。给他点上，长鹤抽了一口，看着外面说："我和林祥荣的父亲吃过一次饭，他爹那人挺好，这事他可能不知道。林祥荣这种举动，显得像小人。我看，到了上海，我给他爹打个电话吧。这样也含蓄一点，不至于给六哥带来坏影响。"

远宜点点头："商业就是商业，干吗揭人家的短呢？气死我了！"

长鹤碾灭烟："好了，洗洗脸吃饭吧。就这么点儿小事儿，就先成了小泪人儿，唉，我是服了你了！"说着扶远宜起来。

353

4

晚上，訾文海和訾有德正在家里商量事，小丫头冲好茶，訾文海说："你出去吧，不叫别进来，我和少爷有话说。"

小丫头不敢抬头，慢慢地走出去，随手带好门。

訾文海叹了口气："有德，咱这厂照这个建法，秋后就能开工。机器也到了青岛了，正在联络火车往这运。这招工广告登出去之后，找我的人不少。可我看了看，全是些少爷羔子，没什么中用的。你联络联络赵家，看看能不能借几个好点儿的工人来。这李万岐当经理行，上机器干也行，可就他一个人还是玩不转呀！"

訾有德很尴尬："爸爸，现在赵东初卢家驹都不接我的电话。我看还是你出面找找苗瀚东，让他帮着找找吧。"

訾文海无奈地笑笑："咱没行下春风，望不来秋雨呀！指望谁也不行啊，还是招来人让李万岐慢慢地教吧。"

訾有德说："要不你再试着找找陈六子？"

訾文海说："陈六子那技工是他从上海花大钱挖来的，一是他不肯借给咱用，再就是那样的大钱咱出不起呀！"訾文海喝口茶，"以往咱对人太薄，所以社会传言对咱就不利。幸亏外人不知道咱和滕井合伙，这还好一点。过去，我太追求法律的公正性，不知道通融，在法制精神和中国礼制文化之间，我选择了法制。外人不理解，所以叫咱刮地皮。我维护了法律的公正性，却得罪了许多人，甚至还有仇家！咱这染厂招工，也难免有仇人混进来。"说罢喟然长叹。

訾有德听了父亲的话说："爸爸，咱们之所以改行干染厂，就是为了不再继续得罪人。等那些工人来了，咱好好地对他们，既不打，也不骂，以礼相待，和陈六子似的，让那些工人死心塌地地跟着咱。"

訾文海认同儿子的说法："当初这厂名起得就不对，济南谁不知道咱家叫模范监狱？还有滕井指画着打的那广告，'平地响起一声雷，模范染厂不怕谁'，这明明是和同行——和赵家、陈六子叫板嘛！有德，这些难处都应当想到啊！"

訾有德点头，起身给爸爸倒茶。

訾文海依然很消沉："自打去年你妈去逛大明湖，让人家当众骂了一顿，就回了济阳老家，怎么叫也不回来。在西方，律师是最受人尊敬的职业；可在中国，律师的太太能被人当众辱骂，原因却是因为律师秉公辩护！这是对我个人的嘲讽，更是对中国法制落后的嘲讽。"

訾有德笑笑："咱这不是出来了吗？没事，爸爸。"

訾文海点头："我现在正在想，不能让这两个厂合起来对付咱，最好能让他两家先打起来！咱拉上其中一个厂，打击另一个厂，先打败第一个之后，再收拾第二个，分而治之，最后全部歼灭。等咱厂建好之后，我看看怎么样能让陈六子惹上官司，只要把他拖进官司里，那就好办了。"

訾有德眼前一亮："爸爸，这招准行。他陈六子干染厂内行，打官司他可是外行吧？"

5

明祖卖了厂之后到了济南，正在寿亭办公室说话。二人坐在那里，有说有笑。

明祖说："六弟，这卖了厂，浑身真轻快，心里也宽绰了很多。愿意早起，就早起到海边上遛一圈；愿意晚起，就一直睡，不用挂牵着厂里的事儿。"

寿亭倾着身子："我给你指画的那个价钱还行？"

明祖高兴："可是行！就是我把你那招儿给变了变。"

寿亭感兴趣地问："怎么变的？也让我学学！"

明祖说："我给滕井说：陈寿亭给我说了，只要下来二十五万，他就要。滕井知道咱俩的关系，主要是怕你再回青岛给他捣乱，也就认了。六弟，我这计行吧？"

寿亭用力一拍明祖的手："可是行！当初我脑子乱，没想起这一招儿来。咱俩该给他来出双簧，价钱兴许还能再抬上点去。"

明祖感喟："六弟，这就行了。自打你从青岛退出来之后，我就没心干了。这好比两个不和睦的人一块走夜道儿，虽是又吵又打，可是心里不害怕。这光剩下一个人了，也没人和你吵了，也没人和你打了，可是越走越害怕。滕井虽说没朝我家里打枪，可是断不了让日本浪人到厂里捣乱，还断不了往院子里扔个死猫死狗的。搅得我心神不宁。总算你留给了我那辆汽车，这上工下工的，不怕他在路上办我。你弟妹说，这让她放心不少。滕井买厂的时候，想连咱的车也买了去，我是说什么也不卖。后来他都出到两万块钱。我想，德和洋行的新车才九千多，他为什么出这么多钱？后来他才对我说，他想买过去砸了，不愿意整天想起你来。六哥，你可要小心呀，滕井嘴上不说，心里可是真恨你呀！"

文琪过来冲茶，寿亭说："下去把你叔叫来。"文琪答应着去了。

寿亭说："他恨也没用，只要他那些贼羔兵打不进关来，明祖，你就放心，他滕井一点辙也没有。卖厂这事办得不错，唯一可惜的是，贾小姐给滕井当了经理，还用她的名字当了牌子——思雅牌。唉！"

明祖也是无奈："这个女人论说不坏，就是心太野。算起来今年也四十了，可打江山的那股子劲一点也没减。现在管着俩厂，过去的大华和元亨，总算过了当掌柜的瘾。"

老吴进来了，他已见过了明祖，过来之后先向寿亭躬躬身："掌柜的，有事儿？"

寿亭说："你打电话给老三，告诉他孙掌柜的来了，让他叫上他哥两口子，再叫上他家里那块洋姜，就是那兰芝，再给你六嫂打个电话——晚上你也去，咱在一块好好喝喝！"

老吴说："好，我这就去打。掌柜的，咱订那个馆子？"

寿亭说："聚丰德！明祖，咱在海边上住了这么多年，好东西没吃出好来！聚丰德那烹虾段，真是棒。老吴，告诉馆子里，让他一次上四盘子，咱一回吃个够！"

老吴说："掌柜的，这样上菜，人家别再笑话咱土。"

寿亭说："你给那掌柜的说，这还是第一步，要是吃着好，兴许还得加两盘子！哈……"

老吴也笑了："好，这就打电话。孙掌柜的，嫂子刚从宾馆里来过电话，让你踏踏实实地和掌柜的聊，不用慌着回去。"明祖点点头，老吴出去了。

寿亭说："明祖，这厂也卖了，下一步打算干点儿什么呢？"

明祖说："我这不就是来和你商量嘛！六弟，我在码头边儿上有处房子，虽说不太大，倒是能办公。我想开个贸易行。你看这事能干吗？"

寿亭想了想："能干！这事儿能干。所谓贸易行，就是从这个门儿拿了东西，卖到那个门儿里。不用水，不用电，用人也少，挣钱也挺快。你在染行干了多年，胶东一带的布铺全熟悉，不用干别的，往外销布就行。咱不干染厂了，可咱一样倒腾布。咱这么着，我这花布很快就大批上市，我把潍县以东一直到烟台青岛这块地方割给你，在这一带，你就是飞虎牌的总办理。胶东只要来了提货的，我就往你那里打发。今天晚上吃饭，我再给东俊说说，让他也割给你这块地方。"

明祖很高兴，也很感激，拉着寿亭的手："六弟，我不说谢了，你这是帮着兄弟吃饭呀！晚上我得敬你两个酒。唉！早知道今日，当初咱俩在青岛打得什么劲！"

寿亭笑笑："明祖，刚才咱只说了一项，还有一项也能干。你也可以代表我和三元买坯布。我再帮你在济南联络几个染厂，这整个济南的染厂要是都从你那里进坯布，量就相当大。面对这么大的量，滕井也好，上海那些纺织厂也好，都不敢小看。就是你加完了利润，也得比这些厂自己去买便宜不少。怎么样？"

明祖高兴："行，现在上海开往青岛的轮船就是一个礼拜一趟。六弟，有你指画着，这贸易行能干大了，不一定比元亨少赚钱。六弟，这下我心里有底了。"

寿亭拿过土烟逗明祖："我这么多年，就是没能让你抽一支土烟，刚给你支了招，你得抽一支。"

明祖笑了："好，抽一支。"

二人笑着点上烟。寿亭说："明祖，咱这些年挣的那些钱就不说了，就光卖元亨的这二十多万，吃上两辈子也没事。可是你记着，这钱不能让它老老实实地躺着睡觉，要让它来回地转。这一转，利就来了。明祖，干这贸易行得忌讳一件事。"

明祖说："什么事？"

寿亭说："囤货。十家倒闭的贸易行，最少有九家倒在囤货上。这囤货囤好了，能狠赚一把；要是囤不好，把钱全变成了货，货再囤死了，明祖，那可是哭都来不及呀！"

明祖点头，寿亭又说："明祖，你什么时候想囤货，先来电报问问我。布以外的货我不懂，但是在这一行里，我还不至于走了眼。"

这时候，金彪进来了。他一看寿亭和明祖说话，又退了出去。明祖站起来说："六弟，厂里这么忙，有什么话咱晚上再说。我先回去了。"

寿亭送明祖下来楼，刚想用厂里的洋车送，东初开着汽车进了厂。寿亭笑了："明祖，济南这买卖家一共有两辆汽车，一辆是苗先生的，另一辆就是东初这花车。我琢磨着，在外国，这车兴许是专门为唱戏的准备的，弄得花花绿绿。我在上海，看着那窑子门口净些这样的汽车，兴许是出去接嫖客的。哈……"

东初从车上跳下来，拉着明祖的手用力摇，十分亲切。寿亭制止："老三，有什么话晚上再说，先开着你这花汽车，把明祖送回宾馆。顺便拐个弯，路过泰康点心铺，买上二斤好点心，让孙嫂子也尝尝咱济南的名吃。"

东初高兴地答应着，和明祖上了汽车。车都快到厂门口了，明祖的手还伸在车窗外边。

老吴站在寿亭旁边，一块儿看着汽车出了厂门，他也十分感慨："这一眨眼的工夫，掌柜的，十五六年了。从当初的对头，到今天的朋友，有些事还真没处猜去。"

寿亭站在那里，也是感触良多，连着叹了好几口气。随后他说："过年的时候，苗哥打发人给我送来四瓶汾酒。我也没舍得喝。那大我去苗哥家，他就是拿这汾酒招待的我。俺俩喝了一瓶，真香呀！我挣了这么多年的钱，还没喝过这么好的酒呢！我从厂里直接去馆子，你拐个弯，到家里拿上这四瓶酒，咱一块儿喝了。"

老吴说："行。"接着他又试探着说，"掌柜的，孙掌柜的也算是岛上名人，和苗先

357

生也认识。你看看，咱是不是请一下苗先生？"

寿亭摇摇头："要是请，苗哥肯定能去。可是，明祖这来头还是小了点儿。别让苗哥嘴上不说，心里说我给他添乱。我看就免了吧。"说着寿亭上了楼。

家驹拿着一张报纸和一个信封跑进来："六哥，明祖走了？"

寿亭说："刚走。晚上咱一块吃饭。你手里拿的什么？"

家驹说"六哥，刚才我去洋行里签合同，见有我的一封信，可是打开一看，就是一张报纸，是用快信从南京寄来的。"

寿亭站起来："是沈小姐？"

家驹说："不知道，只有报纸没有信。"

寿亭又坐下了："报纸上说什么？"

家驹坐在旁边："是姓林的在报上骂你。还念吗？"

寿亭笑笑："怎么骂的，我倒是要听听，念！"

家驹小心地抬眼看了一眼寿亭，然后念道："'陈寿亭奸商诈买，林祥荣如数履约'。六哥，这是题目。你往下听，'去年十一月初，济南宏巨印染厂老板陈寿亭，到上海六合染厂，与林祥荣先生协商联合在济南印制花布事宜。六合染厂林老板知道陈氏原为讨饭出身，为人恶劣，心存刁顽。陈氏是在青岛靠坑骗发财起家。他曾经破坏抵制日货，购买了日本东亚商社的布匹，又不顾民族尊严，贪图小利，把自己在青岛经营的青岛大华染厂高价卖给了日本人。面对如此无赖，林祥荣先生不堪与之为伍，一口回绝联合事宜。陈氏恼羞成怒，故伎重演，操起看家本领，化装成叫花子混进六合染厂门市批发处，骗走花布八千件，约合六十四万多米……'"

寿亭听着，脸上的表情变化不定。

他一拍桌子站起来，吓了家驹一跳："六哥，你……"

寿亭夺下他的报纸："我这些天一直想不出什么好招来对付姓林的，这回行了，他给我支了招儿。你现在就去报馆……"

6

东俊在办公室里拿着林祥荣寄来的布样用放大镜看着，那块布有二十多米。他打开抽屉，拿出剪刀，剪开一个小口，然后用力撕下来一块，再用放大镜看布茬儿。随后他高声喊："老周！"

茶房老周进来了："大掌柜的。"

东俊把那块布递给他："你到车间交给李先生，让他洇湿了，上拉宽机拉，再上拉长机拉，不要烘干，要晾干。让他记个数，全面测一下这布的成色，明天早上告诉我。"

"好，我这就去。"老周拿着布走了。

东俊再看林祥荣的信。这时东初进来了。

东俊问："怎么没把明祖接过来玩玩？"

东初说："他说先回宾馆歇歇，晚上一块吃饭。六哥让你带上大嫂。你看的什么，大哥？"

东俊一笑："林祥荣回信了，报价七十八块钱一件，八百米。折算过来，比滕井的便宜七块多钱。我看着这布的成色还行。你看看。"

东初接过来用手捻，又拿着放大镜在布上面找疵点："嗯，这新式机器织的就是好。同样的棉花，却是两个成色。"

东俊笑笑："这不是本国棉，林家用的是印度棉，这棉花毛长，刚才我撕着挺有劲呢。"

东初说："晚上吃饭的时候，把这布拿给六哥看看。"

东俊拿过布来放进抽屉里，东初有些诧异。东初说："你看看林祥荣这封信，他在上海的报纸上大骂陈六子。唉，这样一来，你六哥能不能干下去，还是个问题呢！"东初拿过信去看，东俊接着说，"我给他说了好几遍，开埠倒了，林祥荣下一个目标肯定是咱这边。这下好了，全国都知道他骗了林家的布，如果滕井那边的布一断，谁还敢和他做买卖！这不认字就是不行呀！不明白'小不忍则乱大谋'这个理儿，下一步还怎么混？我看他怎么收拾吧！"

东初看完了信，面有怒色："大哥，林祥荣这么干是不是有点无耻呀？六哥多次让他来提布，他就是不来。这倒反过来往六哥头上扣屎盆子！这是他娘的什么玩意儿？"

东俊把信拿过来放进抽屉里，劝三弟道："老三，咱和你六哥，既是亲戚，又是朋友，弟兄们感情也不错。咱不能见死不救！可这救，得分怎么个救法儿，咱不能明着救！"

东初认真地听着，也认为哥哥说得有理。东俊接着说："你的文字比我好，你给林祥荣回封信，就说咱已经和陈寿亭一刀两断了，让他觉得咱和他一伙儿，就是接下来没人卖给你六哥布，咱也可以代他买。不能让外人知道！今天晚上一块吃饭，千万别提这事！一是明祖来了，大伙儿高兴，一提这事你六哥那脾气又急，别弄得大家不痛快。再者，你六哥要是知道这事，肯定和姓林的不算完，他要是行动得快了，林祥荣就知道是咱给他透的信儿，这就不好了。你记住了？"

东初犹豫地说："大哥，这样不大好吧，六哥可不是外人呀！"

东俊说："事已至此，这句话我得说出来了。陈六子尽管对咱非常好，但毕竟是同行。他这又来了济南府,咱这俩厂挨着没有二里地。咱现在已被他压下去了。他开业，去了沈小姐，去了苗瀚东，这是多大的声势！三弟，这一山二虎，也不能不防着呀！客商到济南来提货，买他货的越多，买咱货的就越少。三弟，六子这人是不错！可他真成了大树，把咱罩在他的树荫下头，这树下长不成树，咱就麻烦了！"

东初说："你说得倒是对，可我怎么觉得咱不应当这么办呢？他要是真怕咱干大了，能给咱二十万匹的买卖做？大哥，这事得想想！"

东俊有些着急，他把手放在东初手上："三弟，他是不怕咱干大了，可咱怕他干大了呀！"

7

清晨，宏巨布店门口排着好多人，大都是些中年妇女。有的坐在马扎上，看来是排了一夜。

胖女人："报上说那'虞美人'花布一分钱五尺，这准吗！"

瘦女人："人家在报上说了，要和平常布店里的不一样，甘愿受罚！大姐，你几点来的？"

胖女人："我昨天晚上就来了。"

高个儿女人插进来说："报上说，这'虞美人'花布只能给孩子当尿布，不能做衣裳。"

胖女人："这'虞美人'的布我买过，是不结实，只能穿一年。可是也不能说只能当尿布呀！"

高个儿女人："每人只能买一丈。大嫂，你家来了几个人？"

胖女人："都不信这报上说的，就来了我自己。这我闺女还不让来呢！"

瘦女人："报上说连卖一百天，每天卖二百四。只要今天咱能买着，明天再来，多叫人来。"

宏巨布店对面的茶馆里，寿亭喝着茶吃烧饼，右手拿着咸鸡蛋。茶坊老头过来添水："先生，你要是买布，坐在这里没有用，你得去排队。"

寿亭说："没事儿，我认识里头的人。"

茶坊说："认识人也不行。这布铺一直在我这里打水。昨天晚上我去找他们，想提

360

前弄点布。"

寿亭立刻转过头来看着老茶房："弄着了吗？"

茶房摇摇头："他们不敢卖，说要是让掌柜的知道了，就给砸断腿！"

寿亭笑了："噢，他这个掌柜的还挺厉害。你听说过他这个掌柜的吗？"

茶房说："可是听说过。我听说这个人叫陈六子，是白手起家，原来是个要饭的，天不怕地不怕的，把小买卖干成了大买卖，现在自己开了染厂。"

寿亭说："老哥，你知道这布为什么这么便宜吗？"

茶房迟疑了一下："说是布太绡，不能做衣裳，所以人家就当尿布卖。"

寿亭哈哈大笑。

布铺的门开了，人群一片混乱。

吕登标拿着告示板出来，立在门前。小伙计递过一个凳子，登标站了上去，大声讲演："各位大嫂大姐，大家不要挤，今天头一天卖，不限二百四。"下面一阵欢呼。"掌柜的说了，卖到掌灯就停。咱现在就定个点，春天，天黑得晚，可是我们也得吃饭，卖到晚上八点吧！我们已经把布裁好了，一丈一块。大家每人准备二分钱。咱先说好了，这布不能做衣裳！这布太绡，如果是大闺女小媳妇做成衣裳穿上了，人家就能看见里头你那套营生！"

下面一片大笑。

登标接着喊："看见不要紧，就怕一不小心撕了裤裆，跑了光，麻烦就大了。"下面的人笑得更厉害。"咱先说好了，这布买回去只能给孩子当尿布，千万不能做衣裳！如果因为做衣裳惹出事端来，本店概不负责。"

"别说了，快卖吧！"

"都看了报了，都知道。你快下手卖吧！"

吕登标又喊："各位，咱这里不仅卖，还送。我家掌柜的原是要饭的出身，他说了，天下要饭的全是他同行。我们每天送一百个叫花子。只要是叫花子，就不用花钱买，但是也得排队，从那边的窗户领。今天怎么没有叫花子呢？"

下面的一个女子对另一个说："嫂子，这要是满街的叫花子都披上这花布，咱可怎么穿呀！"

另一个说："要是那样，咱就不能买，就是买回去，也只能当被里。"

中年女甲说："当被里也合适！二分钱一丈布，这就是白送！他这是为什么呢？"

布开始卖了，门口一片混乱，金彪带着四个大汉维持秩序。女人们买完了布出来，都兴冲冲的，多数人是把刚买到的布藏在身上，再排到队伍后面，继续买。

寿亭坐在茶坊里哈哈大笑。

白志生手里拿着一根极细的文明棍进来了，还有一个喽啰在后头跟着。茶房赶紧招呼："白爷，上坐，我这就给你沏茶！"

寿亭连头都不回，就当没听见茶房的话。白志生一看寿亭，忙转到正面来作揖："陈掌柜的。"

寿亭淡笑一下："是白先生。坐。"

白志生小心地在寿亭对面坐下，涎着脸说："陈掌柜的，你的手真大！那都是好布，就这么个卖法儿，志生从来没见过！你这是想干什么呀？"

寿亭冷冷一笑："玩儿！我这人好看热闹，这不挺好嘛！你孩子缺尿布吗？白先生，如果不嫌，你就到厂里来拿，我有八千件。我从这卖到年底。"

茶房过来了："我早就看着你不像买布的。掌柜的，你卖给我一丈吧。茶钱我不要了。"

寿亭笑着说："老哥，茶钱照给，回头我让人给你送两丈来！两丈不够，五丈！"

茶房作揖，白志生嫌他过来添乱，一挥手："去去去！"

寿亭转脸，表情温和地说："白先生，这人不能这样，不能因为他是个茶房，你就小看他。我当初还不如他呢！"白志生点头哈腰。寿亭接着说："白先生，你多次想请我吃饭，我都回了，今天借着这个空，我得说你两句。这世道乱，干你这一行的人就多。可是，不管干哪一行，都能干出个子丑寅卯来。咱就说你这一行，往好处干，你就是为民除害的侠客；往坏处干，就是地痞恶霸！天津运河帮和你是同行。可是人家，不管是说相声的，还是说大鼓书的，甚至拉车打草绳的，谁要是饿得实在撑不住了，找上门去，宁五爷保证帮忙。在天津，那是一呼百应。日本人厉害吧？那日本浪人在街上调戏中国女人，警察都不敢管，大白天，就让宁五爷的手下，把那日本浪人一刀砍死了！砍死还不算，还把头给割下来。日本人在天津有驻兵权，也驻着兵，那又怎么样？也是拿他没法儿。前几天我和赵东初去天津，和宁五爷一块儿吃饭，宁五爷多次问到你，东初没少替你说好话。我说，白先生，要是东初那嘴稍微一歪歪，我觉得你就不能在这里坐着了。"

白志生脸蜡黄，站起来给寿亭躬身作揖："全靠陈掌柜的美言，全靠陈掌柜的美言！"

寿亭说："我不认识宁五爷，你得谢赵老三！"

白志生忙说："是是是是！多靠陈掌柜的点拨，志生明白了，要和宁五爷学。"

寿亭说："我知道你后头有警察，可警察不是你姐夫，是你花钱买通的。警察认的

362

是钱,白先生,是你的钱多,还是干买卖的钱多?"寿亭端起茶来喝一口,白志生赶紧给倒上。寿亭接着说:"白先生,咱俩也算认识了,我这是为着你好,才说你两句儿。快喝茶吧。"

白志生端过茶,轻轻沾了一小口,想走。

寿亭笑笑:"白先生,你会写字吗?"

白志生忙起身:"会,写什么?"

寿亭对茶房说:"老哥,你找块板子来,写上,只要买布,免费喝水。我一个月给你两块大洋,你就供着买布的人喝水吧!咱不仅布卖得便宜,还外带管喝水。白先生,有点意思吧?"

白志生更不解了:"陈掌柜的,你这是要干什么?"

寿亭坐着没动:"给,这个月的钱我先支上。把炉子全捅开,使劲烧!白先生,你问这是干什么?我这是玩儿个心惊肉跳。这才刚开始,热闹还在后头呢!"他把两个大洋放到桌子上,白志生盯着看。寿亭笑笑:"白先生,没有钱,给我说。开个茶坊不容易。劫皇上,日娘娘,那是好样的,我佩服!别总盯着干小买卖的!"

街上,叫花子裹着花布要饭,过路的人都笑……

寿亭在办公室里回答记者:"这些布,当初是我一块钱一件买的。现在我卖一分钱五尺,还是十几倍的利。因为这是废布,不能做衣裳穿。回头诸位走的时候,我送每人三丈本厂的花布,你们比一下,看看这两种布有什么不一样。"

8

几天之后,布铺门口,都有这样一景——大板子上贴黄纸,红字写着"本店所售花布,均为本埠宏巨染厂出品之飞虎牌,本号不经营虞美人牌花布"或"不售虞美人,只售飞虎牌。买尿布去西门里"。

寿亭和家驹出来看市场,他俩看着布铺门前的那些招牌笑。

布铺掌柜的迎出来,寿亭问:"我那布卖得怎么样?"

布铺掌柜说:"还行,现在有身份的人家都买你这布,都说颜色也好,布也瓷实。你这飞虎牌可是叫开了。"

寿亭大笑:"你那'虞美人'退回去了吗?"

布铺掌柜说:"全退了,就是还没退钱。现在外埠也有地方知道了这事,退货的很多。

363

我得着信儿后就告诉了天津我四弟，他退得早，钱要回来了。"

他俩和掌柜的打了个招呼，继续向前走。

寿亭对家驹说："你准备一下，明天发给天津三百件'虞美人'，我让他全面开花。让金彪去盯着办。往南嘛，沈小姐就在南京，我得让她知道这事。家驹，发南京二百件。但是，告诉南京的外庄，不能再往前走一步。派出人去看着，如果镇江、常州、无锡、苏州出现了咱这'虞美人'，告诉南京外庄老马，就不用回来了！这事，家驹，得派上人盯着办。回去之后，告诉老吴，南京来的那客商在这里磨叽了好几天了，想做飞虎牌的南京总办理。那就先给一百件，条件也一样，不准卖出南京去，合同也只签三个月，不能签长了。如果把布卖出南京，保证金不退，当时取消总办理资格。"

家驹问："这是为什么？林祥荣能在报纸上骂了咱，咱为什么不能同步进上海？"

寿亭笑笑："家驹，干买卖能怄气吗？"

第二十四章

1

早上九点多钟，远宜来到南京新街口德安布铺，站在花布柜台前，她旁边跟着个丫头。伙计一看，眼神里透着惊异，殷勤热情："小姐，你要点什么？"

远宜笑着问："有虞美人牌的花布吗？"

伙计嘲笑："还'虞美人'？早退掉了。现在讨饭的才要穿'虞美人'！小姐，你不是开玩笑吧？"

远宜问："有什么牌子的？"

伙计忙着把布展开："新牌子，飞虎牌，济南出的。这花样也是新的，刚从德国刻回来的版。人家不像'虞美人'，一个版用好几年。这布印得好，布也厚，很好的。小姐，这些天报纸上全是'飞虎戏美人'的故事，你不知道？这宏巨染厂的老板叫陈寿亭，原来是个讨饭的。"

沈小姐打断他："飞虎牌一共几个花色？"

伙计说："八个，你看这一种比较适合你，很素雅。"说着顺手拿过一种。

沈小姐说："八种每种给我来三丈。"

伙计有点傻。沈小姐声音不大："听到了吗？三丈！"

伙计说："好的。小姐，你要这么多干什么？"

沈小姐笑笑："我把窗帘，床单，全换成飞虎牌。"

伙计半懂不懂地点头，丈量着布。小丫头站在一旁笑。伙计问："这位小妹，你笑什么？"

小丫头说："你说的那陈寿亭，是我们太太的哥哥。"

林祥荣坐在皮椅子里，一点威风也没有了，头发也掉在额头上，看上去有些失魂落魄。

孙先生站在那里，神色焦急，几次想说话，都被林祥荣抬手制止。

孙先生还是忍不住，说："董事长，各地都在拼命地退货，要求我们还回货款。现在有几个地方，我们的外庄经理，都被当地的店铺打了。我们该想一个解决的办法出来。"

林祥荣说："太可怕了，我没想到他会这样做。"

孙先生说："董事长，眼前的这种事态要及时制止，否则后果不堪设想。现在陈寿亭骗走的'虞美人'，和他自己的飞虎牌同时到达南京。过去经销我们产品的南京总办理，现在是飞虎牌的总办理。董事长，南京离上海太近了。上海六大棉布行的经理全都到了济南，如果我们再想不出办法来，用不了几天，他就会打到上海来。董事长，事情太紧急了！"孙先生急得双手抖动。

林祥荣闻言大惊，慢慢地站起来，盯着孙先生："他想干什么？"

孙先生说："不光上海，现在镇江苏州一线的棉布商也都去了济南。山东周经理打回电报来，说那些人都等在那里，争着拿到飞虎牌的总经销权。董事长，这事不能再拖了！我们应当先退款，抓紧使用好布印制，把拉长机的拉力也减回来，把我们的牌子改成'绝代虞美人'。如果我们就这样等着，就会像报上说的那样'飞虎戏美人'了。"

林祥荣坐了回去，双手插在头发里，丧气地叹气："这个陈寿亭太难对付了。赵东初多次来电，让我取回布来，我大意了。他劝我那么多次，可是我没把他当人看，没想到他敢与林家对抗，总是想用硬的方法压服他。唉！孙先生，我现在脑子很乱，你先退款，让我再想想。我不能就这样输给他，事情还没完呢！"

孙先生看着林祥荣垂下了头，无奈地叹口气出去了。

孙先生回到自己的办公室，拿起电话："林公馆吗？请抓紧让林伯听电话！"

林祥荣在办公室里垂头丧气地坐着，电话铃响了，林祥荣拿起听筒，没好气地问："谁？"

林老爷说："你爸爸！你给我滚回来，事情出了这么多天，还不服气！抓紧回来！"对方挂断了电话，林祥荣拿着电话犯傻。

2

訾氏父子的模范染厂，办公室是新的，家具也全是西式的，很气派。爷儿俩坐在沙发上，茶几上是一摞报纸。訾文海指着那些报纸说："陈六子厉害吧？林家从清朝就开始做生意，曾经和胡雪岩共过事，就是这样的买卖家，都扛不住他。有德，这陈六子就在济南，离咱太近。如果咱的产品一上市，一场争斗也是在所难免。唉，现在我还没想好，是除掉他，还是躲着他。"

訾有德笑笑："爸爸，我想，还是给滕井打个电报，让他来一趟，咱们一块商量商量。"

訾文海摇头："滕井不会有什么好办法，他在青岛和陈六子斗了那么多年，也没斗过陈六子，更别说现在是在济南了！"

訾有德试着问："让滕井断了他的坯布，给他来个釜底抽薪？"

訾文海说："这个办法我也想过，但是三元和宏巨加起来，坯布的用量相当大，只怕滕井不肯放弃自己的交易。"

訾有德说："我看差不多。爸爸，你想呀，滕井要不是为了打垮山东的印染工业，他能和咱合伙办厂吗？滕井是把他的帝国利益放在第一位，咱就这样给他说——陈六子和三元的发展，妨碍日本产品在山东的扩张，我觉得滕井能答应。"

訾文海点点头："这样说是可以。吉鸿昌的抗日同盟军察哈尔抗战失败了，吉鸿昌又在去年冬天被枪毙了。全国上下反日情绪越来越高。吉鸿昌的余部，现在分散到全国各个城市，号称抗日锄奸团。济南也来了几个，前几天就在高岛屋跟前劈死了一个日本浪人。我怕在这个时候和滕井来往太频繁，安全是个问题。唉！"

訾有德："爸爸，那个浪人大白天冲着学校撒尿，学生们正放学，男生女生都有，这个日本浪人也是找死……"

訾文海抬手打断儿子的话："小心为妙吧。"

訾有德说："爸爸，滕井虽然有政府的背景，但毕竟还是以商人的身份出现。我们和他的交易，是民间的交易，这不能说明什么。生意人是以盈利为最终目的，顾虑太多没必要。在这一点上，我们应当向陈六子学，他就不怕林家的气势。当然，我们不是学他这种蛮干。你说呢，爸爸？"

訾文海点点头："也是。我们一定要掐断陈六子和三元的坯布来源。"

訾有德看了一下门口，小声对他爹说："爸爸，我还有一招儿，既干净，又利索。咱花钱让白志生钱世亨……"他做了一个打枪的动作。

訾文海并不惊讶，只是轻轻地摇摇头："有德，咱家是律师起家，这犯法的事情咱不能做。再说了，那俩人真要帮着咱办了这件事儿，他会一辈子敲诈咱。"说着站起来，"有德，这种想法不要再有了，关于这件事，到此为止吧！那样可能身陷牢狱，两害相权取其轻吧！"

3

林家。林老爷坐在那气得喘粗气，林老太太在一旁劝慰他。

林家的客厅里是一色中式南洋红木家具，典雅气派，房子很大，桌前铺着地毯。

林老太太说："伯清，阿荣让那个无赖耍了，本身也很着急，来了之后，想想怎么办，不要太难为他。"林老太太很富态，看上去也是大户人家出身。

林老爷斜过眼来："谁是无赖？是陈寿亭无赖，还是阿荣无赖？人家多次让他去济南把布提回来，有这样的无赖吗？是他自己故作聪明，又是让吴其川查人家的账，又是在报纸上败坏人家的名誉。要是换了我，我比陈寿亭报复得还厉害！不要因为林家经商早一点，就觉得自己是最正宗的商人，其他人都不如自己。这样不好！"正说着林祥荣进来了。

林祥荣说："爸爸，妈。"说着放下包就要坐下，林老爷看他一眼，他又站起来。

老太太说："有话坐下说。"过来就把儿子往椅子上按。林祥荣看看父亲，小心地坐在椅子边上。

林祥荣率先发言："爸爸，我已经让老孙开始退款了，争取把损失降到最小。"

林老爷气呼呼地把茶杯往桌上一放："这就是你干的好事！你丢了那八千件布，我没说你，你为什么还在报纸上骂他！自作聪明！"

林祥荣低着头，细小的汗珠已现额际。

林老爷转过脸来对祥荣说："你在报纸上把他骂成了无赖，又嘲笑他原来是个讨饭的。讨饭的又怎么了？讨饭的难道就不能开染厂？我的爷爷也讨过饭，那又怎么样？你说这事怎么收场吧！从你爷爷那辈起，我们创立了这'虞美人'的牌子，你知道这牌子值多少钱？现在只是在国内，如果这事传到南洋，咱的生意还怎么做？"

林祥荣低头受训。稍后他嗫嚅地说："我们能不能告他扰乱市场？"

林老爷把茶碗往桌上一蹾："放屁！人家报纸上写得明明白白的，你一块钱一件卖给人家，不是尿布是什么？还不服气！是谁在扰乱市场？扰乱市场的就是你！"他指着儿子的头。

老太太过来按下老伴的手："这是在家里，有话好好说，别让下人听见。"

这时一个穿花衣裳的小丫头提着水进来，老太太赶紧接过来，把小丫头打发出去。

林老爷看着祥荣的头上直冒汗，口气缓和了些："你找一下赵东初，看看能有什么办法。我给苗瀚东写封信，让他劝劝陈寿亭。我林伯清一生谨小慎微，没想到生出你这么个东西！你倒是不讨饭，你倒是上过学，你、你、你还不如讨饭的呢！"

林祥荣只是点头，眼却乱转。他见父亲的气稍微小了一点，就试着说："爸爸，我们是不是找一下黄金荣或者杜月笙，他们在济南也有弟子。"

林老爷慢慢地站起来，走到林祥荣跟前，林祥荣跟着站起来。林老爷猛然抬手抽了他一个耳光："我，我，我没想到你这么下贱！黄金荣杜月笙是什么人？是地痞流氓！

咱是什么人？是堂堂大上海的商业家！做生意，有个闪失这不算什么，可你怎么能想出这样的办法来！你还受过教育，你的书都读到狗肚子里了！"

祥荣捂着脸，老太太过来护着儿子。

林老爷指着门，轻轻地说："滚出去，我不叫你不许回来！"

祥荣拿起了包，冲着爸爸鞠躬："爸爸，是我让你失望。妈，你代我劝劝爸爸，是我做得不好。"说着又冲他娘鞠躬。老太太的泪都下来了，看了一眼老头子，扶着儿子出来了。

院子里的下人都低下了头，不敢看这娘儿俩。

林老爷在屋子里来回踱步，看着墙上的字画停下来。"多忘"两个字，出于上海名家吴湖帆之手，笔力旷达舒畅。他站在那里轻轻地叹口气，又坐回椅子。

老太太护送儿子归来，随手关上门，过来责备老伴："你怎么能打他呢！"

林老爷示意她坐下，老伴坐下了。"你知道吗？他坏了我的大事。"

老太太一愣："噢？什么大事？"

林老爷转向老伴："这八千件不算什么。现在竞争这么激烈，再用绡薄布印花布已经过时了。那些布就是运回来，也是处理到乡下去。这不算什么事。关键是宁波嘉兴一带的乡下绅士，接二连三地在上海开办纺织厂，用的都是新式机器，不仅织得好，还既省工，又省料。六合纺织没有办法，也换上了新机器。但是新机器的产量高，我们自己又用不了，我想拉住陈寿亭和赵东初这两个大户，把布卖给他们。前些日子，我已经给苗瀚东写过信了，我在信上夸赞了陈寿亭，想通过这件事情，和陈寿亭搞好关系，让他成为我们固定的客商。那样，我们的纺织厂就可以开足马力干。现在上海的纺织厂都看上了这两个客户，报的价钱也相当低，也派人盯着。苗先生也含蓄地答应，帮我们说服陈寿亭买我们的布。正是因为这样，陈寿亭才没和上海去的那些厂签约。就在这当口儿，他在报上骂了人家。虽然苗先生在山东影响很大，和陈寿亭的私交也很好。但陈寿亭毕竟不识字，加上脾气急，阿荣这样一闹，还让苗先生怎么说话！"

老太太抱怨："你的这些想法也没给阿荣说，他也不知道呀！"

林老爷说："纺织厂也归他管。虽然那边有总经理，但他是董事长，纺织厂那边的情况他应当知道。淑敏，阿荣都四十多了，难道还要教给他怎么走路吗？"

老太太说："伯清，你再费心给苗先生写封信。你的面子还是有的，苗先生虽然很高傲，我看对你还算尊敬。他每次来找你下棋，都是我亲自下厨烧菜，你就说你求他。你让他劝劝那个姓陈的。我看那姓陈的就是生阿荣的气，可未必能驳苗先生的面子。"

林老爷无奈地笑笑："苗先生的文字在全国商界是有名的。上回来信，就拐弯抹角地挖苦了我，说'谢家宝树，偶有黄叶，青骢骏骑，小疵难免'。现在阿荣骂了人家，这信，你让我怎么措辞？"

老太太鼓励道："你的文字，我看不比苗先生差，总是有办法的。"

林老爷笑了："没办法也得有办法呀。寄信是来不及了，应当派个人送了去。淑敏，陈寿亭的脾气那么急，可飞虎牌到了南京就没再往这边来。我派去的人回来说，陈寿亭还专门派了他厂里的人，在总办理那里看着。这是为什么呢？我想，这就是给咱留了面子，可能也是给苗先生的面子。淑敏呀，要是陈寿亭一怒之下，进了上海，二分钱一丈布，虞美人满街是，咱林家这几十年的心血也就全毁了！"

老太太来了精神："我就说嘛，他不好驳苗先生的面子。快写，在这里写还是去书房？我给你研墨。"说着过来就拉老伴。

林老爷半推半就地站起来："都是你养的好儿子！"

老太太一听他的火气小了，就笑着对老伴说："生儿子也不能光怨我，没有你我能生出来吗？就知道怨人家！"说着拉着老伴去了书房。

4

沈小姐准备了一桌丰盛的晚餐，还备下了烛台，等着长鹤回来。她来到客厅里，拿过报纸看，一边看，一边笑："六哥，你真有一套！"

下人过来子："太太，这几天看把你高兴的，这报纸你都看了好多遍了。"

远宜笑着说："我就知道姓林的抵不住我六哥。岳大嫂，不用说六哥，就是我六嫂，也和别人不一样。"

下人见远宜高兴，就向前走了几步："太太的嫂嫂什么时候来南京？"

远宜高兴地说："快了。信我已经发了，她收到信很快就能来。"

这时，长鹤的汽车拐过弯来，远宜站了起来，向院子里走去。长鹤赶紧下了车，快步走过来："以后你别出来迎我，一是身子不太方便，再者你让我很抱歉，我觉得自己不配。嘿嘿。"

远宜深情地看着他："知道这是什么牌的布吗？飞虎牌！六哥把林祥荣彻底打败了！"

长鹤过来亲她："我已经在报上看到好多次了，再加上那些记者演义，都快成评书了。远宜，商业也挺有意思。你今天去买布了？"

"嗯！"

长鹤说："嗨！你让岳大嫂去买就可以。你怀着小宝宝，别到处乱跑！"说着，长鹤去洗手，然后夫妇携手来到餐厅。岳大嫂侍候着远宜坐下后，退去了外间。

远宜说："长鹤，你也该去商店看看，南京全是咱六哥的布。等一会儿你到楼上看看，我把床单也换成飞虎牌了。"

长鹤坐在对面，伸过手来弹了她额头一下："你高兴的样子真好看！"

远宜歪着头："你不高兴吗？"

长鹤笑着说："当然高兴，就是不高兴也不敢说呀！哈……"说着举起酒杯，"为六哥干杯！"

远宜说："可惜我怀着孩子，只能喝点橘子水。来，干杯！"

这时，长鹤站了起来，绕过餐桌来到远宜身后，端杯子的手揽过远宜，二人一饮而尽。

远宜夹一点菜放在长鹤面前的盘子里，长鹤却没吃："我在想，六哥要是个军人会怎么样？"

远宜说："他当军人不行，脾气太急。"

长鹤吃了一点菜："远宜，你知道在'飞虎戏美人'这出戏里，你是个什么角色吗？"他深情地看着太太。

远宜说："这里面哪有我呀！"

长鹤说："你是个通风报信的小特务。"

远宜说："我揍你。"

长鹤说："你要不把报纸寄给六哥，他反应不了这么快。北方没有《江南日报》。"

远宜笑了："你这一说，我还多少有点功？"

长鹤说："可是！是大功。来，为你这功，干一个！"

二人干杯后，长鹤若有所思。

远宜看着他问："你在想什么，为什么不说话了？"

长鹤笑笑："我是在想这段话的出处。"

"哪段话？"

长鹤说："'良贾深藏若虚，君子盛德若无'，这是《大戴礼记》上的一段话。六哥也算得上良贾了。唉，多少人，有了点钱之后，就忘了自己姓什么，为人也吝啬得很。甚至有些人，自己本身也是穷苦出身，可一发了财，就忘了出身。唉，六哥也没读过书，可做出事情来，却是不脱仁义礼智。林祥荣他多来看是撑不住了，今天下午派人送来信，说让我感谢六哥，没直捣他上海的老巢，还说六哥给了他面子。全是些客气话，我也没

371

带回来。"

远宜说："哼，现在知道了。我倒觉得，他该早劝劝自己的宝贝儿子。你也有功，六哥有你这么个好妹夫。敬你一杯吧！"

长鹤笑着，碰了一杯，然后说："我明天陪着委员长去浙江，看看那所谓的海防。"长鹤说到这里叹了口气，笑意全无，"日本海军最近很猖狂，拿着中国渔船当靶子打。他妈的，这样下去什么时候是个头呀！总憋着，还要憋到什么时候？"

长鹤伸手拿烟，远宜把手按在他的手上面："长鹤，上前线，咱去。你就是殉国了，我和肚子里的宝宝也为你光荣。可是，你可少说话呀！啊？岳大嫂，你先出去一下。"

岳大嫂出去了。

远宜说："长鹤，伴君如伴虎，这你比我明白。记着，能少说一句，就不多说一句。啊？"

长鹤很沮丧，不住地摇头："哼！派我去欧洲考察国防装备，回来单单把海岸炮勾掉了。英国的那R9海岸炮射程五英里，炮弹七十磅重，还带着自动测距仪，一炮就能炸沉军舰。英国人演示给我看，我从心里喜欢。不说了，越说越生气！远宜，我近来觉得，这辈子是废了！"

远宜绕过桌子，抱着长鹤的头："你没废，亲爱的，你在我的心目中，永远是英雄！"

5

东初愁眉苦脸地坐在办公室里，看着什么都不顺眼，随手拿过一书本甩了出去。这时，东俊正好进来，东初斜他一眼，没说话。

东俊说："老三，还生我的气？算了吧，你哥都快五十了，也是不容易！三弟，你还得去一趟，去找一下你六哥，让他派两个伙计来，先让咱那印花机转起来。现在那些去宏巨提货的都挤破了门，在他那里提不到布，都跑到咱厂里来了。三弟，你六哥特别喜欢你，你一去，他不好说什么。"

东初没抬眼："我看，还是你自己去吧！"

东俊说："老三，我……"

东初转过身来："大哥，人家六哥开始印布之前，来和咱打过招呼，让咱一块儿印，说花布的好行市马上就来。你那头摇得和拨浪鼓似的，一口说出十个不印来！气得人家一摔门走了。噢，现在见人家的花布卖疯了，飞虎牌也成了最有名的牌子，又想起印布来了。咱现在去请伙计，还是人家的伙计，咱这不是抢人家的买卖嘛！"

东俊尴尬地笑着："我当初不是没想到他有这一手嘛！"

东初说："哪一手？人家让咱印布，说用不了几天提货的就会自动上门，你说人家说梦话，结果怎么样？"

东俊说："老三，要么这样，你去上海，再把那些工人请回来？"

东初一斜眼："你说什么？去上海请人？那些人临走的时候都给咱下了跪，你就是不让留下！还去找？不用找了，他们全在六哥那里，六哥把那些人派到了天津。"

东俊大惊："天津？派到天津干什么？"

东初冷笑："开埠印染厂让六哥买下了。"

东俊大惊："什么？"随之一腚坐到椅子上。

东初接着说："哼！当时开埠要价那么低，全套的罗兰印花机只卖个废铁价钱，你死活不让买。大哥，你、你、你打心眼里就瞧不起人家，你觉得人家是个要饭的。不错，六哥是要过饭，可人家现在雇着英国留学生当厂长！你知道那俩厂长工钱多高吗？倒着四六分成！周涛飞丁文东他俩拿六，六哥拿四。大哥，这样的事你做不出来吧？六哥连个账房也不往天津派，这是多大的信任！周涛飞丁文东面对着这样的东家，能不玩儿命干？大哥，六哥也看不懂《资治通鉴》，你看看人家这用人的方法！大哥，六哥来了济南才几天，就干出这么大的事来，可是咱呢？咱这些年有什么发展？"东初气得呼呼直喘，"大哥，咱什么也别说了。咱爹也死了，赵家门里就咱俩，这样，大哥，咱分开干吧！"

东俊坐在那里，神情恍惚地说："开埠染厂不是让苗瀚东买去了吗？"

东初冷笑道："大哥，你整天《三国》不离手，一会儿一个计，一会儿一个招儿，我就纳闷儿，你怎么没看出六哥这一计？六哥料定咱不肯买开埠，所以他也说不要。开埠染厂没了办法，正在绝路上的时候，苗哥出现了，开埠算是一眼看见了救星。四台二十四英尺的罗兰机才七万块钱呀！大哥，人家六哥早就瞄上了开埠。大哥，这才是计。明哲保身，隔岸观火，那些烂计永远成不了大事。"

东俊仰天长叹："爹呀，你当初嫌陈六子要的份子多……"

天津开埠染厂，周涛飞办公室里，寿亭正与文东、涛飞商量事。涛飞拿着计划单说："董事长，错！该打！六哥，现在飞虎牌卖得这么疯，我看这两个月开埠就先打这个牌子。我是这样想的，开埠厂的货不能和宏巨对冲起来，我想开埠的销货半径为，南到德州，东到唐山，北到北平大同太原及山西全境，你觉得行吗？"

寿亭说："告诉我销到哪里就行了，至于是打飞虎牌还是貂蝉牌，你俩看着办，不用问我。"

涛飞点点头："好，六哥，老开埠欠工人们的工钱，咱昨天都给他补齐了。我还有

373

个想法，也和文东商量过了，但是，这事儿还得你同意。"

寿亭说："有什么想法，你俩只要觉得对，直接办就行，根本用不着问我。我在济南的时候多，天津一年兴许能来上几趟，要是什么事都问我，涛飞，咱什么事都耽误了。什么想法，说！"

文东接过来说："六哥，开埠染厂这些年经营得也不行，工人的工钱也都很低，咱接过厂来了，要让工人们感觉到和以前不一样。涛飞的意思是，想给工人们涨点钱。这样的事儿，必须经你同意。涛飞是想以董事长的名义出个告示，同时也好把董事长的威信树起来。"

寿亭盯着涛飞："涨工钱，这是一定得涨。你看看以前那厂弄得，堂堂高级技工，和泥瓦匠差不多的钱。涨！涛飞，干得好的，技术好的，多涨！但是——"寿亭拍了一下涛飞的手，"不要以我的名义涨。兄弟，咱这虽是一个工厂，但也和一个国差不多。这乍一改朝换代，人的心里多少都有些不自在。所以，天津我还是少来为好，尽量不来。就以你的名义出告示，涨钱！今天就发钱！八月十五也快到了，每人发个后肘。不管是看门儿的，还是倒垃圾的，一人一个。来点实惠的。涛飞，你兴许没过过穷日子，这工人，你就是给了他钱，他也不舍得买肉吃。咱直接发只猪腿给他，他端着的那碗里全是肉，还不想着咱？还不想想这肉是怎么来的？就是不想这些，兴许也不能骂咱吧！涛飞，这工人要是来了劲，心里想着工厂，感念东家或是掌柜的，那股子干劲直接吓你一跳！根本不用管他，他就玩儿命地干。少出点废品，多干点活儿，省下的钱，比咱发给他的多得多。就这么办！"

涛飞十分认同："是这样。可是以我的名义办这事，是不是不合适呀！"

寿亭说："这工厂谁是东家？我是东家。我说合适就合适。涛飞，工人们认识你，不认识我。要是以你的名义涨了钱，你就有威信，你说话他才听。"

涛飞也觉得有理，就点点头："就按六哥的意思办吧。六哥，你还是派个账房来，这样好一些。"

寿亭多少有些急："我派账房干什么？你把我看成什么人了？还是那句话，一切按你的意思办，不用问我。咱买卖好了之后，挣了钱，一人买辆汽车开着，也对得起留学生这身份。就这么着吧。"

涛飞感喟地叹息："唉！"

寿亭说："涛飞，开埠是个很好的工厂，可是这好工厂得分在什么人手里。比如，都是这个中国，唐朝那么盛，清朝那么熊，还不都是人弄的？我要不是上趟来天津，看上了你兄弟俩这人品能力，我是不会买下开埠的。老弟，放开了手干！别东家伙计的分得那么清，要是那样，就误会了你六哥的一番心意。"

涛飞和文东双双点头，寿亭话锋一转："文东，我可有话说到前头，咱买汽车可不能买日本汽车。你想呀，你开着日本汽车，旁边再坐着日本老婆，人家会说——"寿亭的眼往外一瞅，"哟！这陈六子真能，雇着日本鬼子当厂长！哈……"

三人大笑起来。

6

早上，寿亭进了办公室，老吴亲自来送茶。寿亭问："文琪呢？"

老吴坐下来，慢慢地说："掌柜的，我说了你可别急，我让文琪上了訾家那染厂了。"

寿亭气得一甩手："老吴，咱不是说这事散了嘛！"

老吴说："掌柜的，这些年我跟着你，也没出什么力，就是整天跟着分红。好歹有这个事，也算让文琪出去历练历练，替咱厂里出点力。那訾家后头有滕井，咱防着点总是好。"

寿亭叹口气："我怎么一点也不知道？"

老吴笑了笑："那天咱说完，第二天我就打发他去考，这訾家招人很严，文琪去试了三回，这才算验住。"

寿亭说："让咱在那里干什么？"

老吴说："现在还没说。我觉得文琪认字儿，兴许下不了力。掌柜的，咱只要有个人在他厂里，就能知道訾家干什么。起码，他印了多少布，咱能知道吧？"

寿亭也没再责怪老吴，只是说："看看再说吧，要是让咱干壮工，卸布包，就让他回来。文琪还太小，撑不住。你去把发货的那账拿来，咱俩碰一下。"

老吴答应着下来了。

宏巨染厂一片繁忙景象，马车装着布往火车站运。提到货的外地经理喜气洋洋。

寿亭拿过烟来点上，电话响了，他拿起电话来："哪一位？我是陈寿亭！"

"嘀，六弟，底气挺足呀！"

寿亭赶紧站起来："苗哥，嗨！挺好吧？俺嫂子说那天津十八街的麻花还行吧？哈……"

苗先生说："行，我也吃了半根。我说，寿亭，林伯清派人送来了信，谢你没把他那烂布弄到上海去。他很领情。咱俩商量的那一套还真行，他想来济南见见你，顺便想和你谈谈，让你以后买他的坯布。咱让他来吗？"

寿亭说："让他来吧。这样，苗哥，我拾掇拾掇厂里这些烂事儿，马上就上你那里去，你还得给我指画指画！"

苗先生说："你这是要你老哥哥呀！你精得跟猴儿似的，还用得着我指画？我冲上茶等着你。我说，寿亭，这林伯清可是个人物，他那象棋下得相当好，也是惯用巡河炮，那真是沿河十八打呀！我看咱俩谁也顶不住。你觉得你那张店巡河炮有一套吧？可你那套和林伯清比起来，你只能说是土炮。我看是顶不住。我先给你说说他的布局。他是先手巡河炮，后手过宫炮，出神入化，变化无穷。六弟，林伯清是个不错的商人，也有正义感，很值得交往。我想，他来了之后，咱给他个化干戈为玉帛。先说正事，然后，咱仨开上汽车，找个肃静的地方——我想起来了，咱去大明湖里的铁公祠——咱仨来个车轮大战，造就鲁沪商界一段佳话！"

寿亭说："苗哥，要不怎么说这人得有学问呢！你说出个事儿来，就是不一样，听着就那么舒坦。你别说我要贫嘴，我马上过去。"

苗先生说："抓紧来吧！我挂了。"

寿亭放下了电话。

老吴拿着账本回来了："掌柜的，咱飞虎牌现在最响。上海的那些客商都等了好几天了，就发给他们货吧！"

寿亭笑着："上海，上海，飞虎牌要是进了上海，林家可就没有翻身之日了。老吴，这事不能做绝。这样，一会儿，我去苗哥那里有事商量。中午你和东家在聚丰德摆上两桌，请请南京以南一直到杭州福建的所有客商——让上海的那些客商坐上座，好酒好菜——就说林伯清找了苗先生，咱不能把货往南卖了。我得让林伯清欠苗哥一个人情，让这些人回去向林家父子学舌。咱接下来还有大事。等抽出空儿来，咱俩再往细里说。"

老吴说："掌柜的，你不是说不能发善心吗？"

寿亭说："是不能发善心。可这'虞美人'从清朝就有，是有名的牌子，要是毁在咱手里，那就有点过分了。就这么着吧！"

老吴说："掌柜的，你忘了他把咱们弄到乍浦路那小店里……"

寿亭摆摆手："老吴，要是单纯一个林祥荣，那咱怎么办他都不过分。可是他爹都出来了，这就行了。南京总办理的协议，当初我让签了三个月，到了期。南京也不再发货，咱把南京也给他让出来。老吴，长江以北，这个地方就不算小了。"

宏巨布铺，布摊子都摆到街上来了，就是没人买。伙计大声叫卖。过路的人都躲着走。

金彪来了，吕登标赶紧往里让，倒上水后问："有事儿？"

金彪说："掌柜的让收了这一套，全都送回仓库。让你清点一下，看看总数是多少，明天早上发回上海。"

登标问："这就算完了？他骂了咱，就这么便宜了他？"

金彪说："你现在就办，掌柜的让你尽快报数。那些事儿，不是咱能管的。"

7

早上，寿亭办公室，家驹领着安德鲁进来。他一见寿亭就张开臂膀，寿亭抬手制止："老安！别，别，你那套礼数我受不了，坐。"

家驹说："六哥，我们现在是德意志洋行最大的购货商，安德鲁先生决定降低对我们的供货价。"

寿亭笑笑，举着土烟："老安，抽支土烟？"

安德鲁很高兴，接过来点上了，抽了一口说："陈先生这专用烟真不错！"

寿亭笑笑："老安，过两天林祥荣就来，一块见见？"

安德鲁说："好，谢谢陈先生给我这个机会。陈先生，我在这个洋行服务了多年，走过好几个国家，中国人是最有意思的！卢先生当时对我说，林祥荣不是你的对手，我怎么也不肯相信，事实证明确实如此，我很佩服。"

寿亭摆摆手："老安，这人要是给逼急了，什么主意都能想出来。你把我逼急了，我也一样！哈……"

8

寿亭在厂里的小花园浇水，东初来了。

东初说："六哥。"

寿亭放下喷壶："来了，老三，我派去的那几个伙计还行吗？那布印得怎么样？"

东初拉着寿亭的手："六哥，什么也别说了。"说着就要掉泪。

寿亭拉起他的手，向办公室走去。

办公室里，他俩还是坐在那个圆茶几旁。东初说："林祥荣从上海来了电报，他想把剩下的虞美人按正常市价买回去。"

寿亭一抬手："我已经给他发回上海了，也打发人坐快车去了上海，把提货单给他送了去。老三，都在印染界，林祥荣是个书生，难免把事情想简单了。再说，他爹也找了苗哥，还有你这里的面子。我看就这么着吧！接下来，他的'虞美人'照样在山东卖，但是我的飞虎牌就是不过长江——给他一个恢复元气的机会，他只要领情行。回头我再找找你哥，咱两家把布提起一分钱来，让'虞美人'低着点，也好在山东及江北恢复恢复。"东初点头。寿亭接着说："他爹给苗哥来了电报，说这几天就来济南。他来了之后，叫上你哥，咱和林祥荣商量一下，都用一样的布，让他低一分钱，等恢复过来之后，三家的价钱再一样。老百姓愿买谁的，就买谁的，咱把花色岔开就行了。论说中国就这么几个厂印花布，根本不用这么打。只是林祥荣当初想独霸这个市场，这才惹出来这些乱子。好好的一个开埠染厂就这样给打垮了。这也得感谢人家林家，要不是他林祥荣打垮了开埠，咱能拾个染厂？哈……"

东初也笑了："六哥，我哥不好意思见你，他想晚上请你吃顿饭，让你叫上六嫂。咱去汇泉楼。"

寿亭说："你哥这是没味儿！有什么不好意思的？他又没害我。老三，我告诉你，你哥为什么不好意思。那是他整天看《三国》，满脑子里是诸葛亮那些计，可是我就在他眼皮子底下摆了一个大阵，他硬是没看出来，这才不好意思。哈……"

东初也笑起来。随后，他问："六哥，你什么时候对开埠动了心思？你说出来，我也学学。"

寿亭看着天，想了想说："这个事儿嘛，我得想想。当初我在张店要饭的时候，碰上了一位世外高人，把我带上了昆仑山，到底这就是我老师——传艺三年。在我临下山的时候，他老人家曾经特别交代过，不能把招数教给一个叫赵东初的人。哈……"

东初一直瞪着眼听，气得笑着站起来："你到底哪是真，哪是假呀！"

二人大笑起来。

9

林家，林老爷正在书房看书，林祥荣拿着提货单来给父亲报喜："爸爸，那个讨饭的不要钱，把我们的布发回来了。这是提货单。"

林老爷气得把书一摔，眼睛一瞪："你这人怎么这样？人家把布还给你，你应当从心里感激人家才是，怎么还说人家是要饭的？不可救药！"林老爷站了起来，林祥荣自动让出场地，让老爷子活动。"人家陈寿亭早让你去一趟，把布运回来，你就是不肯掉这个架子。你要是认识到自己做错了事情，早去见人家一面，哪来的这么多麻烦！还说人家讨饭！要不是讨饭的放咱一马，'虞美人'在上海也得二分钱一丈。所有的讨饭的也都披在身上了。"林老爷向他跟前走，林祥荣的头更低了。"祥荣，你大概不知道吧？上海六大棉布行的老板们在济南，说了那么多好话，都想拿到飞虎牌的上海总经销权。陈寿亭最终还是没给上海供货，鱼翅的宴席谢客商，都给打发回来了。陈寿亭怕你吗？不是，是我找了苗先生。苗先生是什么样的人？多么自负！我舍下了多么大的面皮？还讨饭的呢！好几辈子的家业都快毁到讨饭的手里了！"

林祥荣没了脾气，连连说是。

老太太闻声又过来了，忙打圆场解围："有话好好说嘛，阿荣，你也不对，以后不能再说人家是讨饭的！快坐下吧，有话坐下说嘛！"

爷儿俩双双坐下。

林老爷说："派人去买票，我和你一块去济南，当面谢谢人家！"

林祥荣说："没这个必要吧？"

林老爷说："哼，还摆这样的臭架子！堂堂林家，堂堂大上海工商界的脸快让你丢尽了，还摆架子！"

老太太在一旁用手拉一下儿子："苗先生回信说，陈寿亭这个人很好，很值得交往。虽是比你大两岁，但年龄差不多，你们可以借这件事情成为朋友嘛！阿荣，这事我得说你。咱家的家境太好，你没吃过一点苦。能和出身苦一点的人交朋友，你会学到许多东西的。"

林祥荣忙应着，嗫嚅地说："赵东初也这样说过，说陈寿亭这人并不坏。"

林老爷说："你派人去冠生园订一些点心，再去买些好茶。还有苗先生那里，他是老一代的留学生，喜欢喝巴西的咖啡，你也准备一些。阿荣，你自以为见过世面，上海的头面人物你都认识，哼，等到了济南，你也见识见识苗先生的风度！他穿上中国便服，那就是雅儒士绅；穿上西装，就是有文化的大亨！你呀还早呐！"林老爷放下茶碗，"唉！我一想要到济南去，脸上就发烫，丢人哪！我们林家在商界做了这么多年，什么风浪没见过！太平天国打上海，胡雪岩空头囤货，上海那么乱，我们林家四处周旋，照样发达。一代一代，哪个不是上海商人的榜样？再看看你！"

林祥荣不敢抬头，脸上的汗向下淌着。

10

老吴正在做账，寿亭进来了，他赶紧站起来问："掌柜的，有事儿？"

寿亭说："我忙忙活活的把正事儿忘了！你，赶紧去银行办一张十万元的本票，我今天晚上要让林家父子却之不恭，受之没脸，让他恨不能找个地缝子钻进去！"

老吴疑问："给林家？他能要吗？"

寿亭笑笑："老吴，他要不要是另一回事。今天晚上苗哥请客，那是我的老哥哥，林伯清也是商界的前辈，还当着他那个宝贝儿子，这个面子是要给的。再说，林家以后想给咱供布，正好，咱也担心这日本布长不了，这样一来，两方面都好！"

老吴说："我琢磨着林祥荣他爹不能要，那么大的买卖家，不会掉这样价！"

寿亭笑了："老吴呀，唉！让我说你什么好呢？什么是奸商？看上去仁义礼智信，这就是奸商。抓紧去办。"

傍晚，采芹在打扮寿亭。采芹让他穿上了新衣服，给他弄舒展了，嘱咐道："见了人家林家父子，别说难听的了。"

寿亭笑笑："不会，不会。现在我就觉得自己有点过了。林老爷子那么大年纪了，还亲自来了济南。唉，这怨不着我，是那林祥荣逼我。"

采芹劝他："杀人不过头点地，得饶人处且饶人。记着啦？别喝上口酒，就胡说八道的，那些陈糠烂谷子的千万别提，尤其是还当着苗哥的面。寿亭，记着，人家林老爷是上海买卖家中的前辈，见了人家叫大爷，作揖，鞠躬。别让人家走了之后说，真是个要饭的！"

寿亭傻笑："我就是个要饭的，借你爹的光，开了个小染坊。嘿嘿！"

采芹打了他后脑勺一下："别胡说八道了，走吧！"

寿亭傻笑着，像个小孩子。

这时，家驹和东初跑进来了，他拿着封信气喘吁吁地说："六哥，六嫂，沈小姐的信。"

他俩大喜："她在哪儿？"

家驹说："信上没有地址，只写着南京。"

寿亭说："念，念，快念！"

家驹的信早展开了："六哥六嫂同鉴：恕妹不辞而别，有劳兄嫂挂念。妹本进步学生，亦想热血报国。然时事更迭，倭寇祸乱，误入娼门，万念俱灰。远绝父母，近避亲朋，醉生梦死，不得更生。兄嫂同时劝妹从良，又燃再生之念。良言一句，醒妹终生。由娼而良，始知美好……"

采芹擦泪，不住地抽泣。

寿亭拿着烟，就是点不着，东初赶紧掏出打火匣给他点上。

家驹又接着念道："自我兄与上海林氏骤起争斗以来，妹心悬系。然妹深知我兄才智过人，定可不战而胜。现在南京花布，皆出我兄工厂，飞虎牌号，亦是家喻户晓。兄虽目不识丁，却是乱世奇商……"

寿亭站在那里，呆呆地发愣。他想起了当初远宜坐在海边上的情景，又想起了宏巨染厂开业，远宜款款走来："哥，我在青岛借了你二十块钱！"又想起最后一面，在他的办公室里，远宜对他说："你不是挺厉害吗？这是国防部的命令，不干，把你抓起来！"远宜那天真烂漫的笑就在他的眼前。家驹下面念的什么他再没听见，只是长叹一声，掏出手巾擦了一下眼泪，背对着家驹说："信上没留下地址？"

家驹说："沈小姐说，你只要别提钱的事，她就告诉咱地址。她让你下保证。"

寿亭长出一口气："好吧！山高水长，不在一朝一夕。给她回信，答应她。"

家驹看着寿亭："还有一封信，是专门写给六嫂的，她说她快有小孩了，想让六嫂去南京帮帮她。"

寿亭回过身来，深有感触地说："好呀！"

采芹催家驹："你快念呀！"

东初一把把信夺过来："我念！你这个家驹，你不知道六嫂着急嘛！"

此时，天已黄昏……

第二十五章

1

聚丰德饭庄，三楼上的广德厅一般不开。整个结构是模仿豪宅的三进式，最外边是侍应生站立的地方，摆着各种豪华酒具，有英法等国出品的银杯金壶，还有上自乾隆下至光绪的真品青花瓷的酒具。所有的托盘全是地道的福建漆器。

再往里是二进间，左右各放一个花梨木的圆桌。此时，苗先生与林伯清坐在那里喝茶，林祥荣坐在另外的那个桌子上，无所适从。

林老爷对这个房间很欣赏，左右地看着，说："上海虽是文明开化之区，但这样的酒店却没有。在中国，文化连着民俗，有些地方你要细体会，才能看出精妙所在。"

苗先生拍着林老爷的手："一会儿陈寿亭来了，更能印证你这句话。他是民俗连着文化，正好和你反过来。哈哈……"

林老爷摇摇头："瀚东，我也没见过陈寿亭，但这个人做的事，多少有些让我胆寒。当然不害怕，是觉得与众不同。瀚东，我有些过时了，你是承上启下的人物。既有新的，也有旧的。一会儿陈寿亭来了，你还得替我照应着。"

苗先生哈哈大笑："别的我不敢说，但寿亭不会让你有丝毫的为难。我说，伯清兄，你的见识我知道，咱喝的这种茶你知道是叫什么吗？我敢说，你十有八九说不出来。哈哈……"

林老爷子看着那茶，喝了一口，琢磨着说："绿茶无疑。"他又喝了一口，"这茶应是出在天气冷的地方，这也没有问题。我读梁启超的《饮冰室合集》，其中说到，日本人曾把中国绿茶移回他们国家栽种。可是日本茶我喝过，不是这个成色。严复的笔记里倒是说，瑞士人休坎普曾把福建的茶树带回去，种在他家院子里。瀚东，该不是你从欧洲带回来的吧！"

苗先生哈哈大笑，边笑边拍林伯清的手。

林老爷笑着问："差得太远？快说说，瀚东。"

苗先生说："这是山东日照的野绿茶，生长在海边的山上。前几项你都说对了，是属于绿茶一类，那里天冷也不错。今天我对你弟妹说，我要考考伯清兄，所以从家里带茶来。我也给你准备了一些，带回去给嫂嫂喝。冻顶、毛峰之类当然也好，但这没有名的东西,也不一定不好。它之所以没名,是因为没有人认识它。就我自己感觉,在绿茶里,真正挡住这个茶的,应当说是没有。"

林老爷笑着说:"别人看着一般的东西,你却看着好,再敢于说好,这很难。在世俗常规中,我们往往被虚名所误。瀚东,既然你开了例,那就每年给我一些。"

东俊在前,家驹东初在后,上得楼来。苗先生一看没有寿亭,有些意外,问:"小六子呢?"

林老爷及祥荣也站了起来。

东俊叹了口气:"嗨,寿亭觉得自己一时鲁莽,得罪了林老伯,跪在了门口!"

苗瀚东一跺脚:"这个小六子!"说着就和林伯清往外走。祥荣想跟着下来,林父一摆手,让他原地待命。

聚丰德所在的这条街很热闹,寿亭垂首而跪,来往的人都看,聚丰德的刘掌柜在一边陪着,既不敢拉,也不敢走,两手挓挲着,不知自己该干什么。

苗先生大步流星走在前面,林伯清随后。还离着三四步,苗先生就大声说:"六弟,错了就是错了,何必如此呢?快起来!"

林老爷也跟着过来,刚想搀扶寿亭,寿亭磕头至地:"小侄出身寒苦,没有上过学堂,得罪了林老伯,这里赔罪了!"

林老爷忽有泪意:"唉,寿亭,折煞我了!"

寿亭并未回话,又转向苗先生:"二十多年前,苗哥给六弟赏饭,二十多年后,六弟还让苗哥费心,六弟谢了!"磕头再三,潸然泪下。

苗先生十分怜惜,神情激动,伸手慢慢地扶起寿亭:"六弟,哥哥老了,受不得刺激。咱楼上慢慢地说话吧!"

寿亭慢慢站起。

采芹吃完饭,孔妈把茶端来。

孔妈说:"太太,沈小姐什么时候生呀?"

采芹说:"生还早呢,她说主要是想我,让我早些去。你想呀,他男人整天在外头跑,她一个人在家里闷得慌,想让我去和她说说话儿。我恨不能现在就走。孔妈,这人和人要是看着对了眼儿,真是从心里想。不行,我得叫个参谋来。"说着就去打电话。电话通了,采芹说:"翡翠呀,吃饭了吗?噢,吃完了。快来吧,沈家妹子有了音信,你得过来参谋参谋,看看往南京带点什么。"

翡翠说:"好,我这就过去。"

采芹说："光你过来不行，让老二也来。咱得问问她，这新式人儿喜欢什么。我这就给兰芝打电话，咱请个新式人儿给咱参谋参谋！咱俩那一套，怕是跟不上趟。别教堂里烧香，费劲不少，神还不认。快过来吧！"

采芹放下电话，自己也笑了。接着又给兰芝打电话。

宴会早已开始，苗先生主陪，上首林老爷，下首林祥荣，寿亭坐在苗先生对面。他表情平静，垂眉收目。

苗先生说："寿亭，一共就是指甲盖大小的事儿，也都说完了。说两个笑话，热闹热闹！"

寿亭苦笑一下："唉，苗哥，笑话是说不了了。太监出京就该斩，我现在是安德海碰上丁宝桢，说什么也没用了。"

大家都笑起来。

寿亭碰了一下家驹，家驹站起来走到林老爷旁边："伯父，我寿亭兄一时鲁莽，给'虞美人'造成了一些不好的影响。寿亭兄相当懊悔，这十万元本票，权作赔罪。"

林老爷一惊，林祥荣更惊，惊完了忙把头低下。赵氏兄弟对视一下，注视事态发展。

林老爷一抖手："瀚东，救救林伯清！是祥荣寻衅滋事，这才引得寿亭一怒而为。瀚东，你学贯中西，《淮南子·氾论训》曾谓'观小节可以知大体'。适才寿亭门前一跪，已让伯清再睹先贤之风。你是寿亭的至交，劝他收回成命吧！瀚东，我实在太尴尬了。"

家驹把本票放在桌上，坐回原位。

苗先生正视着林伯清，把他抱拳的手按下来，就势拉着："伯清兄，你就收下吧。你刚才说到了《淮南子》，我也用《淮南子》中的话来说：'人无善志，虽勇必伤。'寿亭心存善志，你就成全了他吧。"

林伯清苦苦一笑："那样，伯清就此告辞。"

林祥荣的汗都出来了。

苗先生按下林伯清，试着问寿亭："六弟，你的心意林老爷子领了，你就收回去吧！"

寿亭淡淡一笑："好，把本票递给我吧。"东初靠着林老爷坐着，随手拿过本票，递还寿亭。

寿亭说："还是家驹他爹说得对，书读多了是有害，什么淮南子淮北子的！"说着拿过东初的打火匣，丝的一声，火着了，拿着本票就要烧。林老爷大惊："不行！"东初一把把本票救下来。

苗先生一伸手："给我吧。"回头转向东俊："东俊，我平时忙得晕头转向，你和小六子常在一块儿，你得多说他！祥荣一时不慎，惹恼了寿亭，你是该劝阻的。你看看这通乱！"

东俊点头："是，苗哥。"

苗先生剑眉一扬："好了，东俊，你明天和家驹祥荣一块儿商量买卖上的事，我和寿亭请伯清兄去铁公祠下棋。听着，谁也不准再说买卖上的事了。家驹，还有你，你有文化，得常说着寿亭点儿！伯清兄，家驹是在德国留的学，但那英语却是地道的牛津腔，真好听。家驹，你也有错，就用英文朗诵一首雪莱的诗吧！"

家驹傻笑。寿亭说："东俊哥，咱俩先下去弄个小桌吃着，等他们鼓捣完了这些洋事儿咱再上来。"

大家笑起来。林老爷子十分高兴。

2

铁公祠原是铁保的住宅，南面是湖，北面是座二层的小楼，庭院很大。院中有一个亭子，高出地面很多，亭中有一六棱石桌，四个石凳。此时，寿亭正与林老爷对弈，神情专注，苗先生抽着烟，抿着嘴笑。

这铁公祠有两个门，一东一西，东门已经关上，西边是个月亮门，门里是缕石的对子"四面荷花三面柳；一城山色半城湖"，笔意虽出米芾，但多了些斧凿之气。门外停着苗先生的汽车，金彪还有另外四个大汉立于门前，面前放个冰箱子。一对青年学生走过来，金彪赔着笑迎上去："二位，请绕行，来吃支冰糕。"

那男学生问："为什么？"

金彪一躬身："要人正在下棋，实在不方便。"

二人接过冰糕，沿着院墙绕了过去。

寿亭被林老爷子杀败了，笑着站起来："苗哥，还得你来，我是真搪不住了。巡河炮变成了天地炮，我的眼都花了。"

苗先生笑着过来坐下："我说吧？光天地炮还不要紧，关键是没防住'大刀剜心'。"

林老爷笑着说："寿亭是让着我。哈哈……"

寿亭笑着说："苗哥，这撒尿用文化词该怎么说？"

苗先生笑："晋以前叫如厕，晋以后叫更衣。"

寿亭说："哼，后边儿这个词儿多少沾点边儿，撒尿就得解衣裳。用后边儿这个。林伯，小侄先去更衣。"三人哈哈大笑，亭寿走下亭子。

他俩重新摆棋，林老爷子忽然把手放在苗先生的手上："瀚东，林伯清有事相求。"

苗先生十分意外，抬起头来看着林老爷子，这时，林老爷的眼里满是诚恳的期待。"伯清兄，什么事？"

林老爷子说："我想请走陈寿亭。"

苗先生愣着，然后喃喃道："这个人只能做朋友，不能当下属。当初他在周村那个小染坊里，我就开出过年薪三十万的天价。他不肯背弃周家，竟成我一生之恨。唉，伯清兄，放弃这个念头吧。人生讲的是缘。"说罢，脸上是失意的苍凉。

林伯清说："他的宏巨开埠我都不要，上海所有的林氏企业全有他二成的份子。每年保底八十万，这比他这两个厂加起来的利润都多。瀚东，你帮我说说吧。这样的人，在济南这样的地方可惜呀！"

苗先生点上烟，觑起眼来望向湖面："他虽是穷人出身，可把钱看得不重。要是没有我在前面请过他，可能还好一点，只怕这事一旦说出来，伤了伯清兄的一番心思。"

林伯清起身坐到苗先生侧面的凳子上，拉着苗先生的手："寿亭很熟悉'三国'里的故事，你这样给他说，诸葛亮如果不出茅庐，不过南阳耕夫而已。瀚东兄，帮帮我吧！"

苗先生轻轻地说："好吧。至于寿亭跟不跟你走，那是后话，但就你这一请，他会终生感念足下知遇。唉！"苗先生说罢摇头叹息。

寿亭从树丛中出来，来到月亮门前，金彪说："掌柜的，更衣回来了？"

寿亭拿过一支冰糕："金彪，从这以后，我一三五说更衣，二四六说如厕。这文化词还真有点意思。"

金彪笑着问："那礼拜天呢？"

寿亭说："礼拜天这俩词一块说。哈哈……"

他回到了亭子上，见二位的棋是摆好了，但是没有下，就问："这是没开始呢，还是又一盘？"

林老爷强笑笑说："等着你呢，我也去更衣。"说着走下亭子。

寿亭问："这是怎么回事儿？"

苗先生点上烟，喟然长叹："唉！寿亭，坐下。"苗先生的头低垂着，寿亭纳闷。这时，苗先生抬起头来说："唉，有些事儿明知道说出来伤心，可是还得说。林伯清想请你去上海……"

寿亭抬手："苗哥，到此为止，别往下说了。林老爷子的情我领了。"寿亭看向湖面，又慢慢地转过脸来，"寿亭一生，在我眼里的人很多，在我心里的人只有一个，就是哥

386

哥你。哥哥，如果有来生，我追随哥哥鞍前马后。"说罢，泪如雨下。

3

中秋，天上是一轮明月，万里无云，清澄宽广。家驹一家在院子里摆下了酒席。六个孩子一桌，在前院，有说有笑。北屋高门台下，是一个小圆桌，铺着雪白的台布。上面摆着几盘菜，和切好的西瓜及月饼。院子里的灯也开着，那光线不强，冲不去月色。

家驹的面前是高脚杯和洋酒，二位夫人却是小酒盅。

二太太说："家驹，八月十五是中国人的节日，你应当喝点白酒才对。"

家驹笑笑："其实都一样。来，咱们干一杯。"说着把杯子端起。二位夫人也端起来，看着丈夫，显然等着家驹发布致酒辞。

家驹看了看天上的月亮，感慨良多："写中秋的诗很多，但多流于感物伤怀。咱爹说，比较起来，还是苏轼的《中秋月》写得深透，正合逝者如斯，不舍昼夜的意思。"两个听众等着听朗诵，家驹看着天空的明月，带着些忧郁："'暮云收尽溢清寒，银汉无声转玉盘。此生此夜不长好，明月明年何处看。'唉，这日本人占了东三省，不仅没有退兵的意思，反而越来越猖狂，又进入了滦东地区。国家如此，我们也不知道明年中秋会怎么样。"说罢默然无语，慢慢地把酒杯举起。

翡翠说："过节了，咱说点高兴的。当初毛子乱新疆，满朝上下都说不能打，说那毛子多么厉害，还不是让左大人和咱爷爷那些人，生生地把他们打了出去？那毛子都是丈二的身高，人高马大的，咱都赢了他，还怕小日本？那腿比獾腿长不了多少，根本撑不住打。我看这日本鬼子弄不长。家驹，咱不说这些，咱说过节，说高兴的。"

二太太说："就是嘛，苏东坡也说过'但愿人长久，千里共婵娟'。你说呢？大姐？"

家驹颔首一笑："谢谢二位，我卢家驹才貌无一，二位夫人不弃浅陋，相随多年，家驹谢了！"他虽是开玩笑，但口气里透着感伤的真诚。三人碰杯一饮而尽。

翡翠拿过一个螃蟹递给家驹："六嫂去了南京，你该把六哥叫来过节。就他和福庆两个人，也没意思。"

二太太给家驹倒酒。

家驹说："我说了，让他一块儿来，可是他说福庆晚上还得写作业，回去晚了写不完。福庆这孩子挺用功，和咱那些孩子一块儿学英文，我看就他学得好，发音也好听。"

二太太接过来说："他怕六哥骂他。六哥不认字，可盼着孩子上进呢！"

家驹说："你这就说错了，六哥没骂过福庆一句。他说好孩子不是打出来的，骂更不管用。你只要让他觉得你挺看重他，这就行了。他这就是老子所谓的无为而治。他管工厂也是这一套。天津开埠他根本不管，可干得还真不错，整个华北除了'飞虎'就是'貂蝉'，全是咱的布。六哥还给周涛飞支了一招儿，让他中秋节每人发个肘子。开埠二百多个工人，每人一个肘子，我估计天津的肉价都能涨上去。果不其然，今天下午涛飞来了电报，十六个字'一人一肘，前所未有，全厂上下，感恩戴德！'有点意思吧？"

三人笑起来。

翡翠问："宏巨没发？"

家驹说："发了。每人还发了点钱。"

家驹的话音一落，二太太便关切地说："那些家眷不在济南的，一个肘子吃不了呀！"

家驹笑着端起酒杯："那些人发的钱，和发肘子一样。厂里伙房里今天也是吃肉。唉，六哥的招儿是多。来，再干一个。"

翡翠说："当初六哥去咱家说那合伙的事儿，我和咱娘在里间屋里听着。二妹，你不知道，六哥说话的声音虽不大，可就是听着有劲。就这样，家驹当初还不想和人家一块干呢。我没冤枉你吧，家驹？"

家驹点上支烟："现在想起来，我自己都觉得悬。当初我刚留学回来，不知道天高地厚，根本没把一个染匠放在眼里。唉！要是当初让我把六哥气走了，我现在不知道是个什么样呢！还是爹说得对，什么叫走运？碰上明白人就叫走运。"

六个孩子端着水，一块儿来到北院，给爹娘敬酒。孩子们把杯子举起，齐说："年年明月照我家，我家年年有明月！祝爸爸、娘、妈中秋快乐！"

三位早站了起来，家驹和他们挨个碰杯。

孩子们高兴地回去了。

家驹坐下之后说："什么是家学？这就是家学。这是咱爹的老词儿。"三人笑起来。

二太太问："家驹，明天訾家那模范染厂开业，你和六哥去吗？我看着报纸上，同行祝贺里有宏巨和三元的名呢！"

家驹冷笑一下："不去！那名是他自己写上的，谁也没让他往报上登。你看看他那套广告吧，'十五的月亮十六圆，济南染厂数模范'。这訾文海也算留日的学生，又是有名的律师，竟写这样狗屁文字。"

翡翠问："六哥怎么说？"

家驹笑了："六哥听了那广告，随口给他对出了下联：'老少浑蛋开染厂，兴许熬不到过年！'"

翡翠正吃了一口菜，笑得回身喷到地上。

第二天早上，寿亭在厂门口下了洋车，一眼看见东初的花汽车在楼下停着，东初东俊站在车跟前。寿亭一愣，赶紧往这边走，这时，汽车发动着了。

寿亭不安地问："出了什么事儿？"

东俊说："嗨！訾家那染厂今天开业，早上我还没起来，他那个熊儿訾有德就去请我，让我务必去捧场。我一想，他能来找我，肯定也得来找你。"这时，家驹也提着公文包过来了。"正好，家驹也来了，咱四个坐上车躲了吧，免得被他拉了去，给他架秧子。"

寿亭笑了："东俊哥，咱不去不就行了吗？还用得着躲？"

东初说："六哥，你不知道訾家的为人，他真能把你硬拉了去。正好，咱四个借这个机会商量商量，看看怎么办这窝子王八蛋。"说着就往车上推寿亭。寿亭说："你先等等，东俊哥，你猜，我刚才一见你站在这里，想的是什么？"

东俊说："什么？"

寿亭说："我还以为俺嫂子有喜了呢！"

东俊说："我这就揍你！"

车开出了厂门，向东开去。

寿亭和家驹东俊坐在后排。寿亭说："我说，这个点儿，戏园子饭馆子都不开门，咱去哪呀？"

东初在前座上回过头来说："七月里核桃八月里梨，九月里柿子来赶集。现在南山里的柿子红了，咱去灵岩寺。我说，家驹，你想想有没有关于柿子的诗，到时候咱喝着茶，听着诗，也算歇一天。"

家驹笑着说："有关柿子的诗我是不知道，要是回张店问我爹，这也来不及呀！"

寿亭说："还回张店问，咱现做就行。'柿子熟了红通通，柿子要吃还得烘。'有点韩复榘的意思吧？"

东初笑得不行。

东俊止住笑："寿亭，韩复榘和你不是一派。他是'趵突泉里常开锅，就是不能蒸馍馍'。"

又是一阵大笑。

汽车已经出了城门，向南开去。

家驹说："东俊哥，这不可笑。张宗昌做山东督军的时候，出过一本诗集，叫《效坤诗抄》,我在青岛的时候买过一本。其中一首叫《咏闪电》,听着——'突然天上一火链，

389

莫非玉帝想抽烟？如果不是想抽烟，怎么又是一火链！'"

司机笑得实在受不了，踩下了刹车。

4

晚上，高岛屋日本餐室里，滕井和訾文海相对而坐。在另一个屋里，訾有德抱着一个日本女人喝酒。他拿着一杯酒，往日本女人的领口里灌，日本女人在那里发嗲。

滕井端起酒杯："訾先生，很好，我们的开业典礼办得很像个样子。来，我敬訾先生一杯！"

訾文海说："这都得益于滕井先生的支持。"二人一饮而尽。

滕井说："我的那个销售企划你认为怎么样？"

訾文海说："好是很好，可是，滕井先生，如果卖一毛二一尺，那我们会赔很多。开始一段时间这样做，是可以壮大我们厂的声势，但是时间长了，我们撑不住。滕井先生当然无所谓，可是我赔不起。我认为，还是随行就市为好。现在陈寿亭的飞虎牌，三元染的名士青，还有那虞美人，都是一毛六一尺。七月份以前，虞美人比飞虎和名士青低一分，现在三家一样了。这三家现在看来关系很好，谁也不做广告，也不降价。在这种情况下，我们卖一毛二，我感觉没有必要。比他们低一分就行。"

滕井笑着摆手："我们当然不会长久地卖下去。我们的第一步，就是要打破他们的这个联盟。"说着从桌上拿起一份文件，"我想了一下，擒贼还得先擒王。陈寿亭在这三家里面是个主角，我们首先要打败他，然后再收拾另外两家。这是陈寿亭的山东客商名单，是我们浪人一个县一个县地调查出来的。我们一毛二一尺向外一发货，陈寿亭的整个山东销售网就会立刻垮台。济南这边有你，青岛那边有大华和元亨；你负责潍县以西，大华元亨的胶东市场基本不变。用不了多久，我们就会控制整个山东市场。陈寿亭他们降价又降不起，不降价又卖不掉，当他们感到无利可图时，就会自动退出市场。我想，连三个月都用不了，他们就得完蛋。"

訾文海点头，认为机会来了："滕井先生，这个计划自身没有问题，但是我已经把家里所有的钱都投在工厂里了，我是赔不起呀！"

滕井安慰他："訾先生，我做生意，历来讲究公平。按现在的成本核算，卖一毛二，我们每尺赔二至三分钱，咱们就按三分钱算吧，亏损的这些钱都算我的。这样总可以了吧？"

訾文海说："那我不就成了白干了？滕井先生，我也得吃饭呀！"

滕井说："訾先生，我们赔钱或者暂时不赚钱，是为了更多地赚钱。三个月以后，陈寿亭他们就不存在了。"

訾文海笑笑："我回去再想一下，明天答复你。"

滕井不悦："訾先生，今天开业产品没有同步上市，这本身就不对。去了那么多布店老板，我听说都在追着你问价格，你却支支吾吾，这本身就是心里没底嘛！訾先生，不要再犹豫了，明天就开始登广告，同时派出人去，按照名单去找陈寿亭的那些客商，尽快把我们的产品铺满整个山东。你就准备发货吧。我运来的第一批坯布是五千件，这些布卖完后，先留做模范染厂的流动资金，这样总可以了吧？"

訾文海听到最后一句时，眼前一亮，但还是故作姿态："滕井先生，你最好停止给陈寿亭供货。这符合我们共同利益。"

滕井淡淡地笑了笑："訾先生，我们上海方面的人员告诉我，自从林祥荣来到济南之后，他们就开始使用六合纺织厂的布。在这短短的两个半月里，陈寿亭三次逼迫我降价。如果是在前几年，这样做完全可以，但现在，中国的纺织技术进步很快，日本布已经没有优势可言了。訾先生，如果这个办法可行，我能不用吗？"

訾文海听到这话，脸色很难看，自言自语地说："原来如此。"

滕井接着说："陈寿亭不管买谁的布，都是加过利润的，而给模范染厂的布，却没有加利润，才八十元一件，这种优势已经很大了！訾先生，不要只看见眼前的利益，应当把目光放得长远一点。"

訾文海说："我们八十块钱一件卖一毛二一尺都赔钱，他们才卖一毛六，也没什么利呀！"

滕井笑得很甜："我虽然做贸易多年，但做印染，和你一样，也是个外行。你提的这个问题我也想过，但如果他们没利润，怎么会发展得这么快呢？"

訾文海说："我们俩虽然是外行，但我请的那个经理李万岐却是内行，成本是他算出来的，应当没错。"他的胖脸上出了些油，拿过手巾来擦了一把。

滕井说："好了，我明天抽个时间去看一下陈寿亭，顺便把我们的布拿给他看看，让他大吃一惊。"

訾文海忙摆手："不行不行，不能让他知道咱们是合伙人！"

滕井哈哈大笑："他们早就知道了。这一点你不必放在心上。陈寿亭关心的是利润，不是什么政治。你放心吧！来，干！干了这一杯，咱们再商量一下明天的广告。"

早上，模范染厂，工人们往厂里走。一个监工在那里收工人的上工牌，然后开始搜身，嘴里还说着"勿带火种入厂，勿带火种入厂"。

吴文琪和兴业也走过来，双双把牌交上，张着手接受搜身。兴业的表情有点紧张。

兴业说："文琪，中午吃饭的时候，我去找你。"

文琪说："行，我就在仓库，哪里也不去。"

他俩向相反的方向走去。

兴业避开人，慢慢朝东院墙走，然后拐进车间和厂院墙之间的一个夹道。他回头看了看没有人，从鞋里把洋火拿出来，放在一个早准备好的罐头瓶子里，然后忙抓过垃圾盖上。

他刚从夹道里出来，迎面来了一个人，抬手就是一个耳光："叫你在这里撒尿！"

兴业捂着脸："下回改！"说着低头走去。那个监工站在原地骂骂咧咧。

寿亭在办公室里喝茶，老吴端着茶壶进来了。寿亭说："等一会儿，你去告诉王长更，他侄子从老家来了，想来厂里干点事。文琪不在，让他来当给我倒水好。这孩子还没个正规名，给他起个什么名呢？"

老吴笑着说："掌柜的，你连诗都能做，这起名还用问我？"

寿亭笑了笑："有了，就叫飞虎，和咱那牌子一个名儿。"

老吴说："好！这名行，挺亮堂！可是，掌柜的，那文琪回来之后干什么？"

寿亭说："跟着你学做账，我看着这孩子行，挺机灵。以后账房里的小活，什么到税务局送礼之类的，你就打发他去。你现在是大厂的账房了，也得有点派头。"

老吴把茶倒上："谢谢掌柜的。"他猛然想起了什么事，放下茶壶，"文琪昨天把訾家那数算出来了，车间一共从原料库里领走了两千件布，至于现在印了多少不知道。"

寿亭一惊："两千件？日本大件是一千米，敢印出这么多布放着。他昨天开业，可是布没上市。你和东家都留神看着报纸。他这是想干什么？"

老吴说："他不会一下子放出来冲咱吧？"

寿亭站起来说："冲咱，他怎么冲？用价钱冲？咱当初和林祥荣赵东俊定的这个价钱不高呀。他冲少了不管用，冲多了他就得赔呀！一个新厂，就是赔也赔不起呀！"

这时候家驹进来了："六哥。"

寿亭说："正好，咱一块儿商量商量。訾家那窝贼羔子已经印好了两千件布，可是昨天没上市。你说，他印好布放着干什么？"

家驹想了想："他是不是想一下子放出来？"

寿亭说："放出来这倒没事儿，他要是价钱比咱高，肯定卖不过咱，可要价钱低，他还能怎么低？再一个事儿就是，他是在济南卖还是在整个山东卖？姓訾的和滕井都是外行，可这外行弄的这招法，咱这内行怎么看不明白呢？"

家驹笑笑："六哥，没事儿，就那几块洋姜凑到一块儿，办不出什么高明事儿来。六哥，訾家和咱不一样。咱干了多年了，有了底。他一个刮地皮的，指望着打官司害人，能有多少钱？就是滕井赔得起，他也赔不起呀！当然，滕井供他布，可以暂时不收钱，或者算是入股。可光那工钱——一百多人，他也撑不住。"

寿亭说："去他妈的！他要好好地干，咱也先不去惹他；他要是乱出招儿，哼，那是找死。你说得对，外行能干出什么高级事儿来。来，家驹，先喝上一碗。老吴，晚上还得问问文琪，问问又往外发布没？五千件布用了两千了，我估摸下一船也快来了。这下一船咱没订，一个模范染厂也用不了。老吴，给青岛滕井发电报，口气硬着点，让他把布降到八十以下，否则，停止交易。"

老吴担心地说："那咱可就只有上海这一家了。"

寿亭冷笑："有林老爷子那面子在那里放着——咱是不好意思了——咱现在就是让林祥荣降价，他也得降。那么多纺织厂整天来拱着咱。哼，这不是前几年了，没有谁能控得住咱。发！直接给他出个价儿，七十五，否则，永远停止交易。"

老吴下去了。

家驹笑了笑说："六哥，我估摸着，滕井就在济南。"

寿亭一愣："噢？嗯！狗腿子开业，他得来坐镇！昨天别看没跑到大堂上吃酒席，兴许蹲在伙房里吃呢！"

家驹笑起来："让你这一说，滕井成了老妈子的男人了。"

寿亭没笑："这小子要是在济南，兴许得跑来震唬咱一下。不用管他，他年轻的时候就没高招儿，老了好忘事，年轻时候的那些招儿兴许也忘了。"

家驹想了想说："六哥，这印出来两千件，一尺也没卖，他想干什么呢？一个济南连一千件也卖不了。两千件，六哥，他肯定向外冲。不仅向外冲，而且还是向西南冲。因为东边有原来的大华和元亨。现在虽说青岛那两个厂上了新机器，也印花布，但顶多也就和咱打个平手，并没有什么优势。尽管他比咱低一分钱，但咱印工比他强，明祖说卖得还挺好。"

寿亭站起来："有理，有理，他不是向东冲，很有可能沿着津浦路向徐州一带冲，那一带咱是老大。你快打电报告诉西南两路所有的外庄掌柜的，让他们和当地客商每天见一面，特别是大客商，一有情况马上往回打电报。可是，他怎么能冲得动呢？咱是一毛六，扣了给客商的利，也就是一毛四分五左右，他还能怎么冲？要是他便宜个一星半

393

点的，咱那些客商不会进他的货，可是再往下，他就赔大了。"

家驹说："六哥，是不是他印好了布不知道怎么卖呀？"

寿亭摇摇头："他从上海请来的那个李万岐很内行。不用管他，我倒要看看他能把咱怎么样！"

5

中午，工厂吃饭，兴业手里拿着窝头朝东院墙走来，看看四处没人，就拐进了夹道儿，取出洋火掖在腰里。

文琪在和几个伙计一块吃饭，这时，兴业朝这边走来。文琪看见了他，放下窝头往外走。

仓库外边是一道墙，门口站着监工，他看到文琪过来，上下打量着。兴业来到那个监工跟前，鞠了一躬："嘿嘿，我找文琪有点事。"说着就往里走。监工一把抓住他："有事就在这里说，里头不能进！"

文琪过来说："那书我还没看完，明天给你吧，兴业。"

兴业说着从腰里又掏出一本来："我又给你带来一本。"

监工一把抓过去："上工不能看书。没收了！"

訾家父子正在办公室里商量事。

訾有德说："爸爸，就按滕井说的办。反正咱也没钱了，赔也好，赚也好，反正是他滕井的。咱的厂已经建起来了，这厂是建在中国，不是日本，他想搬是搬不走了。"

訾文海说："我也是这么想的。咱赔是赔不了。滕井也知道咱没钱了。可咱干这厂是想挣钱，不是陪着他滕井玩儿。有德，咱得让他越陷越深，最后听咱的。否则，中止合伙。你说得对，反正厂建在济南府。"

訾有德说："那广告就这样发？一毛二一尺？"

訾文海站起来："发吧！也出出这口气，也让苗瀚东、赵东俊这些人看看咱的气势！这些年他们根本没把咱放在眼里。咱开业，我也亲自去请了，怎么着也不给点面子，真是不知道天高地厚！让他们等着，等着咱干好了染厂，咱再开个面粉厂，我非得和苗瀚东见个高低不可。有德，把广告发出去！按滕井给的名单地址，给陈六子的客商发电报。路途近的直接派人去。大客商他都用红铅笔勾出来了，派专人去请！明天，山东省、济南市，就要听咱这平地一声雷。"

394

訾有德一跃而起："好，我这就去！"

6

下午四点多钟，家驹正在给寿亭念报纸，老吴慌慌张张地跑上来："掌柜的，滕井来了，在楼下呢！"

寿亭和家驹对视一眼，也是稍感意外，双双站起来。寿亭说："还真来了。好事猜不对，这坏事倒是一猜一个准。让他上来吧。"

老吴去了。

家驹说："六哥，我一看见滕井，就想起他往我家扔手榴弹来，就恨得我牙根疼。我真想踹他两脚！"

寿亭笑着拍拍家驹的肩："卢家驹先生，你是一个有文化的人，要顾及国家的大体，不要再给国民政府添乱，要'顾全大局，从长计议'，不要再给委员长添麻烦了。哈哈！"

滕井进来了，紧跑几步拉住寿亭的手："陈先生，好呀！"

寿亭也挺客气："你打个电话来，我去看你就行，还让你跑一趟。模范染厂的事情处理完了？"

滕井哈哈大笑，然后又和家驹握手："卢先生，从青岛到济南，这么多年，我每次见你，你都是这样衣冠楚楚。"

家驹笑笑："衣冠楚楚容易，可不见老就难了。你大概每天吃我们的东北人参吧！"

三人在这圆桌旁坐下来，王长更他侄子王飞虎——这是寿亭赐名，已经启用——端上茶来。

滕井问："陈太太好吗？我又给她带了点药来，你代我问候她。"

寿亭接过来："每次都劳你破费。怎么着，那布怎么没上市？印出来两千件就那么放着？"

滕井的笑容收敛起来："你怎么知道？"

寿亭说："你模范染厂那一百多人里，起码有五十个是我派去的，别说印布，中午吃的什么饭我都知道。"

滕井笑起来："陈先生果然派出了商业间谍。五十个不至于，但三五个是有的。其实印染行业根本没有什么秘密，陈先生一看全知道。"

寿亭把茶端给滕井，问："我当初让你找外行合伙对了吧？这多听话！你控制着原料来源，訾家爷儿俩干活。要是听说听道的，咱就照常供原料；如果胆敢不听话，立刻给他断了布，让他爷儿俩守着那四台机器哭。哈哈！"

滕井也笑了："合作还是平等的，只是由于目前日中之间的局势，我不便出面罢了。陈先生，你今天早上发往青岛的电报，三木收到了，也给我回了电报。咱们是老朋友了，就按你说的价格办，七十五块，你可不能对訾文海说呀！"

寿亭说："我是这样说，但是我现在还不能要。尽管现在不要，滕井先生也是给了老朋友面子。"

滕井说："这没问题，我先运到济南来，放到模范染厂仓库里，你什么时候需要，就去提布，还是很方便的。"说着，拿出约有三丈花布："陈先生，你是内行，看看印得还行吗？"

寿亭打开，频频点头："不错，不错。我们的上海师傅说，李万岐的技术在上海是数得着的。果然不错。"

滕井说："你认为我会卖多少钱一尺呢？"

寿亭说："以你的实力，加上你身后的帝国，我还真猜不出来。想卖多少钱？"

滕井谦虚地一探身："一毛二可以吗？"说完看着寿亭的反应。

寿亭一惊，随之摸摸滕井的额头："滕井哥，你没发烧吧？"

滕井笑笑："没有。两千件，甚至以后更多的布，都卖一毛二。陈先生，当初我劝你那么多次，咱俩合作，你就是不肯。在商业上，实力是第一位的。当然，我这不是针对陈先生，我是针对整个中国市场。"

寿亭笑笑："滕井先生，你要卖这样的价钱，我就没法干了。"

滕井说："报纸广告明天就会登出来，就是一毛二。我要把模范染厂办成山东最大的染厂。陈先生，卢先生也不是外人，还是咱们合作吧！再办一个这样的工厂，把你的能力和我的实力加在一起，是没有人能够和我们对抗的，包括上海的林祥荣。怎么样，陈先生？"

寿亭很认真地说："滕井先生，光说不行，我还得看看再说。你也给我个时间，让我想想。敢卖一毛二一尺，这是我没想到的。滕井先生，我和你合作，你卖一毛二，我怎么赚钱呢？"

滕井大笑起来："这就对了嘛！赚钱是第一位的，咱们随后再谈。只要你有兴趣，我们随时可以谈。我们是老朋友了。"

寿亭点点头："我想想再说吧。你明天登广告，用不了几天就满街跑'模范'。我是服了！实力，唉，没有办法呀！"他转向家驹："你通知印花车间，停机！"

家驹一愣，站了起来："这就停？"

寿亭说得很肯定："先停下，我得想想这事。一毛二一尺的布满街都是，印出来也卖不了。先停下，我想想再说。"

家驹去了。

滕井说："还是陈先生脑子转得快。还是咱们合作吧，那样，你就什么也不怕了！"

寿亭说："滕井先生，这不是小事，我得先看看訾家和你合作是不是能挣着钱再说。我现在脑子里很乱，今天也就不留你吃饭了。另外，滕井先生，我还得给你提个醒，冯玉祥吉鸿昌的长城抗战是失败了，可是他们的余部在济南成立了锄奸团，你出门还得小心点！吉鸿昌那部队好用大刀片儿，他们见了日本人就劈。前几天劈死的你那日本浪人，到现在也没破案。我说你呀，老哥，尽量还是少到济南来。如果真要来，你穿上套中国衣裳，小心让那锄奸团劈了你！小心哪！如果我想和你合作，我就去青岛找你，那里安全。你可别再这个打扮到我厂里来了，别让那些人盯上，以为我通日本，再朝着我下手！"

滕井点点头站起来。

车间里，印花机印完了机上的那卷布，慢慢地停下了。家驹看着机器停下，无奈地叹了口气。

金彪过来问："东家，这是为什么？"

家驹没理他，低着头走出了车间，直奔寿亭的办公室。

老吴正和寿亭说着话，家驹进来了："六哥，为什么停机？咱还用得着这么怕他？"

寿亭拉着家驹来到圆桌处坐下，大声喊："飞虎！"

飞虎进来了，寿亭指着桌上的茶具说："把这套家什给我扔了，狗用了，人不能再用！换家什冲茶来！"

飞虎收拾起那套东西走了。

老吴问："掌柜的，咱真就这么停着？"

寿亭冷笑道："咱要是卖一毛二，只赔一分钱。咱的工人干得猛呀！也不出废品呀！他要卖一毛二，就得赔三分左右。加上让给布铺的利，我看够他受的。老吴，当初咱和林祥荣还有东俊为什么定了个一毛六？就是防着滕井呢！没事儿，长不了，滕井撑得住，訾家也撑不住。从现在开始，咱就得想办法，看看怎么除了这一害。"

老吴说："他要长久这个价钱卖下去呢？"

家驹说："这不可能，他那成了往街上扔钱了。"

寿亭问："给明祖发的那五百件发出去了吗？"

老吴说："没有，最快也得后天。"

寿亭说："先停停吧。别发了去，明祖再卖不了，又碍着面子不肯退货，那就不好了。这是咱的老朋友了。"

家驹问："滕井能自己冲自己，訾家那布进了青岛，他那俩厂怎么干？"

寿亭说："先看看吧，这日本人什么事都能干出来。"

老吴说："是不是给孙掌柜的去个电报说一声？"

寿亭说："先别吓唬明祖了，等等再说。家驹，咱先给他用个小型离间计。一会儿你下去，让上海来的高师傅没事儿就请模范染厂的李万岐。他们在上海的时候都很熟悉，来了济南之后也在一块吃过饭。咱出钱，让老高请客，哪里能让模范染厂的人看见，就在哪里请。不仅请，还要经常请，让老高也顺路问问他厂里的事儿。刚才我给滕井下了一把蛆，说他厂里有咱的人，他回去准得问訾文海。这老高请客要是让訾家知道了，他们之间就得不和，弄不好就能辞了李万岐。只要这一个内行走了，剩下的全是傻瓜。"

家驹说："这一计行是行，六哥，是不是慢点呀！"

寿亭笑了："这快的不是还没想出来嘛！"

老吴问："咱停机告诉三元不？"

寿亭想了想："一会儿我就给他打电话。家驹，打个电报给林祥荣，告诉他这个情况。咱让他恢复了这多半年，'虞美人'也活过来了，三家的价钱也又一样了，山东又成了他的大市场。我觉得他也得着急。"

家驹说："咱就这样任凭訾家顺利地卖布？"

寿亭说："卖得越多，赔得越多。让他卖吧。家驹，咱这一阵子，机器根本没停过，早该停机检修了。借着这空儿，正好检修一下机器。你明天告诉洋行，让他们从上海派人来。"

飞虎端着茶进来了。寿亭说："老吴，我给狗蛋子起的这个名行吧？飞虎，听着就那么亮堂。"飞虎把茶放下。寿亭指着桌子上滕井送来的药："飞虎，你把那些东西拿出去用脚踩烂了，扔到垃圾箱里！别让这个王八蛋药死俺老婆。"

7

东俊和东初坐在办公室里发愁着急。

东俊说："这才刚干了几天舒心买卖，又蹦出一个訾家来，真他娘的硌碜人！"

东初说："大哥，咱停不停机？"

东俊长叹一声："咱停不起呀！訾家那货一时半会儿的还卖不到天津，你六哥有开埠在后头垫着，咱不行呀！"

东初说："可是开机印出来也卖不了呀！用不了三天，布铺子还有外埠客商就得退货，咱可怎么办呢？"

东俊说："你六哥也说长不了，我也觉得没这个干法的。光赔的买卖谁也撑不住。訾家也不是有钱的主儿，我看他弄不了几天！"

东初说："滕井要是自己包着赔，逼着訾家硬干，他也只能干。六哥也给林祥荣去了电报，这回，大哥，咱这三家能不能合起伙来一起灭了訾家？"

东俊说："这没问题。就是多花上点钱也没事，可是没好办法呀！要是有办法，我恨不能今天晚上就灭了他。三弟，停一台机吧，也趁着这个空儿，轮着修修机器。采芹没在家，晚上叫上你六哥，咱一块吃饭，兴许就能想出招来。"

东初高兴："好，我一会儿就给他电话。"随之提醒道，"大哥，备点钱吧，退货的马上就来，咱得有准备！"

东俊站起来："如果姓訾的这样闹上三个月，我就让宁老五来宰了他！"

8

兴业和兴家在书店里吃饭。兴业说："哥，我看白天放火不行，人也多，就是点着了也能救灭了，咱得晚上干！"

兴家说："我这几天也是在想。今天我去了普利门化工行，见那里有汽油，咱得给他浇上油烧，让他救也没法救。你到厂里之后，看看哪个地方没电网，或者怎么把电网弄坏。咱俩进去，直接往仓库浇汽油，就是咱俩一块烧死，也值。"

兴业说："电网我看不好办。从明天开始，我看看哪里有阴沟能爬进去。咱这回得弄个稳的。从哪里进，从哪里出，得全弄明白了。咱先选到年三十，厂里放了假，人少，咱就给他烧。我就不信老天爷不帮咱。"

兴家说："我恨哪！恨不得今天晚上就给他点了呀！一会儿吃完饭，咱先去转一圈，看看哪里的墙薄，实在不行，年三十晚上咱给他刨个洞，钻进去。"

兴业笑了："哥，全是洋灰的墙，哪能刨得动呀！哥，你想呀，恨訾家的不光咱自己，他那墙能好刨吗？"

兄弟俩还在商量着……

宏巨染厂门口，老吴撑个桌子准备接受退货。金彪带着几个工人在旁边侍候着。

几辆地排车排着队，等待退货。

訾文海戴着礼帽坐在洋车上，帽檐拉得很低。看到宏巨染厂的这一幕，他冷冷地笑了。

车夫想往里拐，訾文海忙说："别进去，继续往前拉。"

车夫问："掌柜的，去哪呀？"

訾文海哼了一声："去三元染厂。从那里路过之后，再去宝德染厂。咱今天一个染厂一个染厂地转着看。"

第二十六章

1

林老爷在花房里看着花喝茶，花匠在里面侍弄花。他气态陶然，神容俱静。这时，林祥荣提着皮包进来了："爸爸，你好。"

林老爷挺高兴，指了一下那把椅子说："坐下。山东的事情怎么样了？"

林祥荣说："陈寿亭今天又来了电报，还是劝我不要往山东发货，我们驻山东的周经理也这样认为。有些事情我拿不准，所以来问爸爸。"祥荣表情谦恭。

林老爷点点头："山东虽然是我们的大市场，但是陈寿亭赵东初比我们还着急。这几天我在想，日本人会不会也跑到上海来这样干。山东离着日本近，当然是先受其害，但是上海离着日本也不远，他们也会这样干！山东的模范染厂仅仅是个苗头，这倒不至于把我们怎么样，关键是，我们不能让他这种试验在我们中国成功。从现在开始，有意识地减少和日本人的商业往来，尽快全面结束和他们的交易。"他叹了口气，"英法等国仅是在中国要了块租界，日本人却占去我们三个省，加上察哈尔及滦东地区，四个省都多了。我们这些生意人什么都不怕，就怕战乱。缴了那么多的税，纳那么多的捐，也不知道都干了什么！"

林祥荣说："我来找爸爸，就是为了这件事。赵东初建议，我们，还有陈寿亭赵东初，三家合起来把这个汉奸染厂灭掉。爸爸说得对，不能让日本人的这种试验成功。"

林老爷眼前一亮："有个计划吗？"

林祥荣摇摇头："目前还没有。东初说爸爸是商界前辈，见得世面也多，想请你老出出计策。"

林老爷苦笑一下："我能有什么好办法。但是也不妨想想。上次我们去济南，收获很多，拉住了两个大户。陈寿亭这个人也不错，很仗义。阿荣，商业就是商业，人情只是一个方面，你应当参照一下同业的布价，主动给他们降一点价下来，不要等着人家说出来。现在那里还有个什么模范染厂，他们也是很艰难。"

林祥荣说："好的。爸爸，应当说，陈寿亭的机器也停下了，但是今天收到他的电报订单，让我们再发两件，这是为什么？"

林老爷也是一愣，摇着头："我猜不出。阿荣，我这是老了，我要是现在你这个年龄，就会不惜一切代价，把陈寿亭拉到上海来。山东那个地方太小，这样的人可惜了！这好比美女生在穷乡僻壤，只能在小地方露脸。"说罢喟然长叹。

林祥荣说："这个人是挺有意思，我也常常想起他来。"

林老爷说："上次一见陈寿亭，真是让我耳目一新。自己跪在了饭店门前——那明明是咱们有错在先嘛！阿荣，那可是山东有名的生意人呀！也是有身份的。不管他是真的也好，假的也好，都让我很感动。其实人生本来就是一场戏，商场更是一台戏，也无所谓真假，只要演好了就行。那天在铁公祠里下棋……"

林祥荣看着父亲这样夸奖寿亭，脸上略有愧色，说："爸爸，我回去了，回头我把布价报给你。"

林老爷说："山东的事情不用太着急，我想，一个陈寿亭，大概就能应付。如果需要我们帮忙，一定帮他们。你给陈寿亭写封信，就说等他有时间的时候，让他到上海来，我还想再和他下棋。"

2

上午，寿亭的办公室里，周涛飞听说了山东的情况，从天津来了，正和家驹寿亭在那里说话。

寿亭说："涛飞，你和家驹都是留学生，你俩用外国话对两下子，我也听听！"

涛飞和家驹都不好意思。涛飞说："家驹兄是留学的前辈，我怕顶不住。"

寿亭说："顶住也好，顶不住也好，你俩都得对两下子。你知道，你六哥不认字，可我周围的全会外国话。我心里那个美呀！来，对两下子，也让我开开眼。"

家驹说："六哥，你这不是添乱吗？现在厂里全是退回来的货，咱那正事还没个头绪，对的哪门子外国话呀！你又听不懂。"

寿亭说："正是因为听不懂，所以才想听听。要是看戏的都是梅兰芳，那马连良怎么吃饭？他那戏还有人听？来来，开始。家驹，你先起个头儿。"

家驹和涛飞都笑。家驹说："那说什么呢？涛飞，英语还是德语？"

涛飞正想说话，寿亭先说："这好办，两样都来上一阵儿。至于说什么嘛，也好办，你俩就装着谈恋爱，家驹，你装那女的。"三人笑起来。

这时，老吴进来了，周涛飞赶紧起身，寿亭拉他坐下："我说，你一会儿一起立，一会儿一起立的，弄得谁都不敢进来了。坐着。老吴，有什么事儿？这里正想听外国恋爱，你一脚迈进来了。"

老吴尴尬地笑笑，不肯说是什么事儿。寿亭说："没事儿，说！"

老吴说："济南的退货是完了，可外地的退货都在车站上堆着呢！掌柜的，这要是往厂里一运，咱那脸可丢大了。"

寿亭一笑："那怕什么，往厂里运。不行，运回厂里过不了几天还得往外发，就放到纬六路车站仓库吧。"

周涛飞说："六哥，不行租几个车皮发天津吧。"

寿亭按住他的手："不用。谁退回来的，我还得让谁再买回去。这訾家长不了。老吴，明祖退了吗？"

老吴摇摇头："没有，连个电报也没来。前几天他说货卖完了，还催咱发货呢。可是，咱最大的户——枣庄的老孔来了，虽说没退回货来，可是我看他也挺为难。訾家派人硬把他拉来的，他说也是没办法。现在就在我那里坐着呢，他想和你说说这事儿！"

寿亭一顿，涛飞家驹都盯着他，寿亭看着窗户愣神儿。寿亭说："家驹，你和涛飞下去，给东初打电话，让他开汽车来，你们三个先上聚丰德等着我，我得和老孔好好聊两句。"

家驹和涛飞站了起来，飞虎进来收拾东西。

老孔有三十八九岁，通红的脸，浓眉毛，身板结实，一看就是个急脾气。

飞虎端上来新茶，寿亭亲自给他倒上。

老孔说："六哥，你那么信得过我，这事……"

寿亭给他递上烟："老弟，咱什么都别说了，我就问你一句话，你觉得这模范染厂能长得了吗？"

老孔干笑着："这不是说嘛！我怕就怕这个，就怕他卖个三天两早晨的煞了戏。咱这飞虎牌我也不卖了，你也把经销权给了别人，他那模范染厂再停了摆，那我可就麻烦了。"

寿亭笑着问："那你打算怎么办呢？"

老孔一趔身子："我不是没了招儿，这才来问你嘛！我要是不卖他这模范布吧，就怕他找了别的商家顶了咱；卖吧，又怕他长不了。六哥，你能不能想个急招儿灭了这个王八蛋？"

寿亭说："我要是能有急招儿，那什么都好办了！这不是当时没招儿嘛！"

老孔叹气："六哥，当初你打败了'虞美人'，那么多人来争咱这'飞虎'，你信得过兄弟，把枣庄临沂一直到徐州的经销权给了我。我也在咱这飞虎牌上发了财。这八月十五，你还从济南打发人去给我送了礼，给了兄弟这么大的面子。让姓訾的这一闹，我真不知道怎么办了。唉，好好的买卖，又出了这么一套！"

寿亭把茶端起来喝了一口，说："在你当地，还有实力和你差不多的商家吗？"

老孔说："要是没有，我根本就不来济南。这回訾家一块儿叫来了俺俩，就是临城刘家。上回他争飞虎虽是没争过我，但那实力却不能小看，他家里有三四个炭场子，也是一方财主。六哥，我要是今天下午不答应訾家，他就让刘家干。六哥，要是那样，兄弟也就只能退货了。可是，退了货以后干什么呢？他娘的！"

寿亭并不着急："訾家给你什么价钱？"

老孔说："零卖才一毛二，他给了我一毛零五厘！六哥，你知道，这贸易行进价高低没有用，进得低也就卖得低。咱要卖高了，别处的货立刻就能冲到咱的地盘上来。价钱低，贸易行是狗咬尿泡空欢喜！一点儿实在玩意儿也弄不着。唉！"老孔左右为难，摇头叹气。

寿亭问："你一毛零五进来之后，多少钱往外发？"

老孔说："顶多加上五厘钱，一毛一，他规定死了，只能卖一毛二，咱得给人家布铺留一分钱的利吧？"

寿亭平静地说："好。老孔，咱也是老弟兄们了，我这人做买卖讲的是对眼！咱兄弟俩就挺好，也挺对眼。都退货你没退，还来找我说一声。这样，今天下午你就答应訾家，吃进一千件。他这些天一共印了四千件，你最好吃进一千五百件。然后，你一毛一卖给我。我让你原地发财，连运都不用运。"

老孔纳闷儿："六哥，咱厂里的机器都停着，你要那破玩意儿干什么？"

寿亭说："这你别管。你还是卖你的飞虎牌，先别让刘家和訾家接上火。这是主要的。"

老孔说："我可没带那么多钱呀！"

寿亭笑了："我这里有。今天下午我就派人跟着你去。接过货来之后，让他运到纬六路火车站仓库，那是公用仓库，他不会想到你就地把布卖了我。"

老孔高兴："行！可是六哥，我多少钱买的，你就多少钱接过去，不用给我加码。你要是那样，就是瞧不起你兄弟。"

寿亭乐了："老弟，听我的，就这么办。一会儿我就让老吴算个数出来。兄弟，这钱不是我的，是訾家那窝王八蛋的，一定得收！"

老孔说："六哥，别说收钱了，咱能不让临城刘家挤进来，兄弟就很高兴了。只要他挤不进来，咱那飞虎牌就照样在当地卖。我再收钱，那就成了没人味了。"

寿亭说："好！我不给你钱,回头给你的布低五厘。我就冲着咱兄弟们这份情义。走,咱一块儿去吃饭,顺便认识一下我的留学生厂长。"

老孔说："六哥,不行,起码是今天中午不行。訾家要请我,我要是不去,刘家就顶上了。咱办完了这一出,晚上好好喝!六哥,能说说你要了这些布干什么吗?"

寿亭说："你想知道?"

老孔说："可是想知道,我得好好地跟着六哥学几招儿。"

寿亭说："好,到晚上,我当场干给你看。"

3

訾文海家正堂上,灯火通明,爷儿俩正在宴请滕井。滕井听了寿亭的劝告,穿着一身中式衣服,只是肥了点,显得他人更瘦。

訾文海说："四千件,就这样出去了,真快呀!"

滕井也美滋滋的:"陈寿亭和那些客商都有协议,但是协议又有什么用?商人都爱占便宜。你们中国的商人更是如此。"

訾有德插进来说："日本的商人不爱占便宜吗?"

滕井笑笑:"不一样。日本的商人是很注重情义的。再说,我们本土的市场也没有这么乱。訾先生,通过这件事你看到实力是什么了吗?"

訾文海刚才在儿子说话的时候,就瞪了他一眼。现在忙说："确实是实力第一。山东商界第一就是苗瀚东,他也不敢这么干呀!"他笑着双手端起酒杯,"来,滕井先生,我敬你一个,为了我们一炮打响,为了咱这平地一声雷。"

滕井也端起酒杯:"这才刚开始呢!"说着二人一饮而尽。

訾文海说："怪不得陈六子发展得这么快,他那些客商真有实力,枣庄那个姓孔的一次就要了一千三百件。这是厂里没货了,要是有货,他要一千五百件。真厉害呀!"

滕井点头:"訾先生,对于这样的客商要特别重视。我们掐断了陈寿亭出货的通路,他就是有天大的本领也没用了。现在他可能正在哭呢!"

訾文海夹一只虾放到滕井的盘子里,滕井点头谢谢,但是没吃。

訾文海说："滕井先生,有一件事情我要埋怨你。"

滕井说："噢?什么事?"

訾文海说："你不该提前告诉陈六子咱的价格,吓得他当天停了机。他要是一直印着,现在才难受呢!哈哈!"

滕井也笑起来。

訾有德说："爸爸，今天三元染厂赵家也停机了，他们全服气了。真痛快！来，我敬滕井先生一杯！"

滕井说："你应当叫我叔叔，我的哥哥和你的爸爸是同学，我和你爸爸也认识好多年了。是这样吗，訾先生？"

訾有德赶紧改口："好，滕井叔叔，小侄敬你一杯！先干为敬。"说着一扬脖子喝了下去。

滕井沾了一小口，放下杯子说："中国的什么都不行，就是酒厉害。我都有些晕了。"

訾文海说："慢一点喝，一会儿就好的。滕井先生，这五千件印完了，其他的还按这个价钱卖吗？"

滕井点点头："如果现在停住，我们就前功尽弃了。现在还没有伤到他们的筋骨。第一步，要让他们的货卖不出去。第二步，逼着他们解雇工人。第三步嘛，当然就是他们关门了。訾先生，你放心，他们不会撑太久的。一直这样干下去，直到他们死掉。"

訾文海说："滕井先生，这样做你当然没什么问题。我先不挣钱可以，但是我不能赔钱呀！"

滕井说："你只要和我合作，我不会让你们吃亏的！"

訾文海说："滕井先生，从法律上来说，我是大股东，我自己就有决策权。可是你为了打垮竞争对手，提出了自己的销售建议。就是我一分钱不赔，你也是无偿地使用了我百分之五十一的股份，因为设备及整个工厂我都占有百分之五十一——你现在的这种方式，在法律上只能称之为来料加工，你是应当付加工费的。"

滕井表情平静："如果没有我，你能建起这个工厂来吗？即使可以建起来，以你的实力，还有钱买布吗？即使有钱买布，面对着山东这三个大牌子的花布，你能销出去吗？"

訾文海说："滕井先生，这句话我不愿说出来，其实你在华的活动都得到政府的资助。你应当把这种资助拿出一部分，分给我，因为我帮助你在中国拓展了事业。"

滕井在訾文海说话时，脸色很难看，但最后还是不住地点头，表示认同："訾先生很了解日本。这样，你好好地干，新到的这五千件布仍然作为工厂的流动资金。我将写个文件，发回国内，称颂在支那地区的工作，争取让帝国奖励你。我看这样好不好，你把你的百分之五十一股份加价卖给我。当然我们这是私下的交易，表面上还是你在经营，我付你年薪。可以吗？"

訾文海笑笑："滕井先生，你知道我做律师的礼金很高，如果不是为了创办实业，我是不会与阁下合作的。同时，这也是违法的。请你原谅。"说着来了个日本式的鞠躬。

滕井站起来："我要回去了，工厂先这样运行。那些细节的事情，我们另外找一个时间谈。我要让陈寿亭等人看看，和帝国合作，能得到多大的好处！不和帝国配合，会是个什么样的下场。"

訾有德很佩服父亲的讲演，用崇拜的目光看着爹。

4

早上，东俊急得在屋里来回走，老周提着壶站在那里劝道："大掌柜的，茶已经倒上了，你喝一碗吧。"

东俊叹了口气，坐下："你去把三掌柜叫来！"

东俊摇电话："接宏巨染厂董事长办公室！"他端过茶来喝一口，"喂，寿亭吗？噢！飞虎呀，你掌柜的呢？没来？为什么没来？在家睡觉？什么？还不让往他家打电话？为什么不让打？什么？好好歇歇！好吧！"东俊气得放下电话，不禁哼了一声。

东初进来了："大哥，有事儿？"

东俊说："你说这个小六子！我想找他商量商量，他却在家睡觉。这机器就这么停着？"

东初说："没事儿，六哥不是说让等等嘛！"

东俊说："他能等，咱能等吗？真是，急死我了。这訾文海真不是东西，快成汉奸了！"

东初说："你以为他是什么呀？他就是汉奸！"

东俊拿起烟来想点，又放下了："老三，把所有的染槽子全开了，染布下乡。"

东初笑着说："你真让六哥猜对了，前几天，他就说咱快开染槽子了。大哥，咱争不过那些土财主，你就等等吧。六哥准有办法，林祥荣也来电报说，他愿意随时支持咱们。"

东俊说："他在家睡觉？不行，我得给他打电话，不能让他这么安稳，有什么计策大家一块说说。可急死我了！"说着就要摸电话。

东初说："昨天晚上刚见了面，这才一夜，他又不是神人。就他那急脾气，要是真想出计来，一早就跑来了！"

东俊不屑地说："哼，他买开埠就没给咱说。我现在想起来了，就在林祥荣和开埠打得最热闹的时候，他跑到咱厂里来，劈头就问要不要他那印花机，这才让我中了他的计。想起来了吗？这就是你六哥！"

东初恍然大悟："是，是这么回事。大哥，他那是怕咱和他争，把开埠的卖价抬起来。大哥，咱本来也没想买开埠，人家也没害咱，见了六哥可别提这事儿了。咱那么讨好林祥荣，我还和他是同学，咱为了不得罪他，还辞了工人，可他第一回给咱的报价和上海其他工厂一样，根本不低。就是那布好一点。还不是人家六哥，见了林伯清纳头便拜，一件布里下来了七八块？这不又给下了两块。你一提当初开埠，一下子把他揭穿了，反而不好。"

东俊叹气："咱现在要是有开埠在后头垫着，我也睡觉不上工，也能沉住气。老三，这都是咱爹呀！嫌他要的份子高。要是现在六子在咱厂里，咱仨拧起劲来，还不生生地杀进大上海去。"

东初说："这也一样，整天见面，还是亲戚，也是挺好的朋友。大哥，别老想着这件事儿！一切都是缘呀！"

5

元亨染厂门口排满了退货的。贾小姐的汽车几乎进不了厂，按了好几声喇叭，那些人力车才让开。她问司机："这是怎么回事？"

司机回头说："贾总经理，你去了东北，这退货从昨天就开始了。青岛来了个模范牌的印花布，一毛二一尺，是原来咱厂里的孙明祖从济南运来的。咱的客商全去了那里，孙明祖那贸易行的门都快挤破了。"

贾小姐虽然老了，但打扮得还是挺妖艳。她一听这话气得在车上一踩脚："回去，去东亚商社！"

东亚商社的旁边就是海，滕井穿着黑色和服正在海边向远方眺望，表情凝重，满脸憧憬。他听见了汽车喇叭声，慢慢地回过身来。一看是贾小姐的汽车，笑着慢慢地朝这边走来。

贾小姐怒冲冲地从车上下来："模范布你都运到青岛来了，大华怎么干？元亨怎么干？"说完根本不看滕井，径直向商社走去。滕井在后面跟着，嘴里直说："怎么会？怎么会？"侍女忙拉开门，贾小姐进了滕井的办公室，坐在桌前的椅子上掏出烟来点上。滕井过来扶她的肩，她用手打开。

贾小姐说："我们在青岛干得好好的，你非跑到济南去开什么染厂，拓展什么帝国的事业，这下好了，没打垮陈六子，打起咱自己来了！你说怎么办吧！"

滕井说："应该不会太多吧，可能是少量的。我前天才回来，一共印了五千件。回头我打个电报问问。你知道是谁运来的吗？"

"孙明祖！这是陈六子干的。"

滕井一惊："噢？有这个可能！嗨，我怎么就没想到呢！怪不得陈寿亭当着我的面就停了机呀，他故意向我示弱，原来是变着法儿地对付我！我不会放过他的！"

贾小姐说："你能把他怎么样？你敢杀了他？"

滕井笑笑："杀他倒不用，我要拉他一起干。他不干，咱们大华和元亨也把布卖一毛二，让他无法生存。思雅，你放心，陈寿亭是个小人物，不用怕他。我马上订票去济南，和他最后谈一次，如果谈不拢，大华元亨一块干，低价布占满整个山东。"

贾小姐说："我当初就说这么干，你说先在济南试试，这倒好，咱得接受退货。你通知厂里的账房准备钱吧！"

滕井点点头："好，我马上打电话，接受退货。思雅，你到孙明祖那里去一趟，看看他运来多少，还有没有别人也往这里运。我们好做到心中有数。"

贾小姐说："去干什么呀？让人家嘲笑咱们呀？我看还是免了吧！"

滕井绕过桌子，扶住他的肩："去一趟吧，做生意，讲究知己知彼嘛！"

贾小姐没好气地站起来，用手把滕井拨开："我看，还是停了济南那个模范染厂吧，那爷儿俩都是废物，根本不是陈六子的对手。"

滕井笑着说："还不到一步。刚开始干，出点小乱子是正常的，我会有办法对付陈寿亭的。"

6

早上，寿亭坐在办公室里喝茶，老吴进来了。

老吴说："掌柜的，这货也到了好几天了，也不知道青岛孙掌柜的干得怎么样了。"

寿亭说："今天不来电报，明天准来。明祖是老内行，没事。金彪从东北没来信？"

老吴说："没有，我估摸着快回来了。"

寿亭点点头："赵氏两兄弟找了我好几天了,我都让飞虎接的电话，说我在家里睡觉,这哥俩儿也急坏了。一会儿你下去给他们打个电话，把咱这一套给他说说，也让他高兴高兴。"

老吴问："咱开机吗？"

寿亭说："还不行，还得给滕井来点绝的。这个绝的咱自己就办不了，得拉上林祥荣和三元一块干。这样吧，你让他俩过来，说我晌午请他吃饭。"

老吴答应着就要走，寿亭叫住他："先别慌，我得给东俊来两句韩复榘一派的诗。"

老吴站在那里笑："快做，我好给他说！"

寿亭看天构思："嗯，这睡觉睡不着挺难受，在哪里睡觉难受呢？有了！听着：鏊子上睡觉不好受，今天中午请炖肉。有点意思吧？"

老吴笑着坐下，从衣襟上掏出钢笔："我得记下来，别一下子忘了。这煎饼鏊子的鏊是哪个字来？"

寿亭笑了："你问谁呀？想挨骂呀！"

老吴也笑了："想起来了，鏊子上睡觉不好受，今天中午请炖肉。好，我这就念给他听。"

寿亭又叫住他："老吴，别让上海的那个高师傅请客了，咱那个小型的离间计撤了，留着那个李万岐。高师傅说这个人不错，只是投错了地方。让他混口饭吃吧，大老远的，从上海来了，也不容易。"

老吴说："怎么着？那几顿饭就白吃了？"

寿亭说："这訾文海呀，还真不能小看。老高和李万岐吃饭，他看见了，又是给老高敬酒，又是让老高问我好。他这是臊我呀！他娘的，识破老夫一计。"

老吴说："那就再给他来一计，来个让他识不破的。"

寿亭笑笑："据老高回来说，这訾文海很会用人。他不仅对李万岐很好，对李万岐从上海带来的那些人也挺好。李万岐说，上海有个印染界最有名的人，叫马子雄，原来是昌盛印染厂的厂长。昌盛倒了之后，马子雄去了宁波，可干着不顺心。訾文海知道了这事儿，就催着李万岐去请这个人。老吴，人外有人，天外有天，这訾文海看来是真想大干哪！"

老吴说："马子雄再能，那昌盛也让林祥荣给挤趴下了。他要是真能，就该把六合挤倒了。我下去了，掌柜的。"老吴下去了。

寿亭自己倒上茶，和着西皮流水的板式吟唱起来："老滕井，不知道头轻蛋重，在六爷的面前胡闹腾。施小计，让你手忙脚乱，等明天，我操你祖宗！哈哈！"

7

訾家那爷儿俩面面相觑，坐在办公室里有点傻。訾有德看着父亲摇头叹气，想说话又不知道从何说起。"爸爸，你喝点水吧，这怨不着咱。是他滕井让卖这样的价钱。货出了厂，往哪里卖，咱根本管不了。"

訾文海说："他来电报，不让卖大宗，可卖小宗，外地客商根本不来。来趟济南，搭上路费就弄一件布？咱外行，我看他比咱也内行不到哪里去。"

訾有德说："爸爸，李万岐昨天算了一下，就咱厂里的这个产量，仅能供应济南和济南周边地区，根本用不着往外地卖。济南的这些布铺加上周围，这块地方正好。咱占住了这块地方，就是胜利，他陈六子和三元就没法在这些地方卖。这样他既运不到胶东去，咱还挤了他们。我看咱就出个告示，指定些县，除此以外，一概不卖。"

訾文海笑笑："他是按人口算的。济南能和上海比吗？济南周围全是些穷地方，有几个穿得起洋布的？还得往外地卖。实在不行，等滕井来了，咱就给他说说，恢复正常价钱，和陈六子他们一样，正常地竞争吧。他要不愿意这样干，那就拉上青岛的两个厂，一块干，一块赔，只要他赔得起就行。"訾文海鼻子里出粗气。

訾有德说："爸爸，咱还是挣钱第一。你说得对，咱和陈六子的价钱一样，一块发展吧。我看滕井也没大有劲了。"

訾文海说："不行，就是恢复正常价钱也不能在这当儿恢复！借着滕井在气头上，把那五千件也印出来，你这就去车间，通知开工。不用等滕井了，他也没告诉咱停机。印！咱不管什么青岛胶东，先解解气再说。"

訾有德站起来："爸爸，你想好了？"

訾文海说："想好了，就这么干！"

訾有德出去了。訾文海在屋里独自散步，走来走去。这时候，一个监工敲门，訾文海大声说："进来！"

监工进来了，冲着訾文海龇着牙笑。訾文海正在气头上，怒问："你有什么事？"

监工一躬身："董事长，门口来了个人，问你现在还接不接打官司的事？"

訾文海气急败坏地说："让他滚，不接！还打官司，都什么年代了，还打官司！"

寿亭东俊等四人从厂里的伙房出来，往办公室走。飞虎站在楼梯的平台上瞭望着，一见寿亭他们往这走，飞也似的跑去冲茶。寿亭从远处看到了，对东俊说："东俊哥，飞虎跑去冲茶了，你信不信，保证冲的是青茶。"

东俊说："你怎么知道？"

寿亭说："吃饭之前我告诉他的。"

东俊说："寿亭，你也四十多了，怎么还和没长大似的！"

寿亭说："东俊哥，这话你说对了。不知道怎么回事，我觉得自己才二十多岁呢！"

四人说着上了楼，在小圆桌处坐下。飞虎端上茶来，还没来得及倒，老吴举着电

411

报上来了。"掌柜的，电报！"

四个人一齐站起来，家驹一把夺过来。这时，老吴才说："是南京来的。"

"远宜来的，快念。"寿亭说，两眼直盯着电报。

家驹念道："'六哥，妹得子，六斤，长鹤请六哥赐名。六嫂安好，勿念！远宜。'"

大家都挺高兴，东俊说："六弟，这是好事，咱得把那伙子娘儿们组织起来，让她们去南京贺喜。"

寿亭说："咱先说赐这名，贺喜是后一步的事儿。东初，这赐名是不是让我起名呀？"

东初说："是这个意思。霍军长很看重六哥，所以才让你起名。这是抬举你。"

寿亭说："这是胡闹呀！我不认字，他是留学生，让我这老粗起名，不行，不行！"

家驹说："没事儿，起一个寄去，用不用是人家的事。咱几个帮着六哥起。"

寿亭说："我这外甥倒是和我有点儿缘，六斤，和我下生的时候一样沉。我看着，这小名就叫六子。你们说怎么样？"

东初说："这不行，孩子要是来了济南，我哥有时候就叫你小六子，你爷俩倒是叫的谁呀！"

东俊也说："这不行，这叫犯尊讳，你不认字儿，不知道这一套。这绝对不行。"

家驹说："这倒不一定。在西洋，孩子往往和最尊敬的人一个名。什么保罗、约翰之类的，都是《圣经》上的西洋神。我那孩子大的叫寿之，小的叫亭之，就是用了六哥的名字。我看叫六子不错，也显得亲。"

寿亭指着东初说："还是留学生！东初，你这中国土大学就是差点事儿。什么尊讳，六子！这小名就定了。家驹，回头给远宜写信的时候，把你刚才说的这一段儿写上。可这正规名叫什么呢？你们都说说。"

家驹受到了肯定，很高兴，接过来说："远宜有一种超凡脱俗的气质，成语中有冰清玉洁，六哥，叫玉洁怎么样？"

东俊说："不行，那是个女人名，将军的孩子不能叫这样的名儿。"

东初说："对，这军人的后代那名字叫出来得有劲。我看叫扬威行，耀武扬威。"

寿亭点头："老三说得有点意思，可是直了点。他俩都是沈阳人，这沈阳让日本人占了……"

东俊抢着说："对，叫光复！光复东北大好河山！"

大家一致叫好。

寿亭说："家驹，你也不懂印染，这茶你也别喝了，到楼下写信去吧。"

"六哥，我四十多岁了……"家驹气得笑，说着站起来。

寿亭说："你先别走，东俊哥说了，得把那伙子娘儿们打发到南京去。到南京忙活月子的有以下人士：东俊嫂子，老三家，还有你家翡翠，一块儿去！你下去通电众娘儿们，让她们开会准备，随后把礼单报来。"

东俊气得笑："你弄的这一套，怎么和黎元洪段祺瑞那伙子似的，动不动就通电下野。"

老吴又上来了，还是拿着电报："掌柜的，是来了两封电报，刚才我一慌，落下了一封，是青岛孙掌柜的来的。"

寿亭高兴："念！"

老吴念道："'青岛大捷！'这是第一行，下面是'青岛满街是模范，大华元亨全都乱，有布继续往这发，办死这帮王八蛋！明祖拜上'。"

寿亭一拍大腿站起来："好，正宗韩复榘！韩派！"

东俊拉他坐下："你坐下！你一惊一乍的，就这么一会儿，让你闹得我晕头转向的。"

东初说："六哥，明祖这诗虽属韩派，但是该给訾文海发一份去。"

家驹说："你们先坐着，我不懂印染，先下去写信。晚上咱好好喝一场，可他娘的出气了！"说着和老吴下去了。

东俊说："六弟，咱这会儿能开机了吗？"

寿亭说："开机还不行，还不到时候。我估摸着滕井该想想退路了，他是个老买卖人，虽不懂印染，可是懂得经商。只是訾家那爷儿俩怕是不肯罢休。滕井有布囤在他厂里，他兴许还得给咱捣乱。"

东俊点点头。

东初说："滕井会不会联合青岛的两个厂，仨厂一块儿压价捣乱？要是那样，咱可真顶不住。"

寿亭说："他能干出这样的事来。我回头给明祖去电报。那俩厂里都有他的熟人，一有动静，咱很快就知道。东俊哥，怕事没用，咱得想想怎么对付他。"

东俊说："要是真到了那一步，咱再另说。咱先对付訾家这窝子。六弟，你得想个狠法，咱得弄得他没法干了。"

东初说："老孔买他一回布行，再去可就不灵了，他们已经加上小心了。訾文海虽说是外行，可那李万岐是个内行。"

寿亭说："刚才咱是吃炖肉，没腾出嘴来说；接着是远宜这喜事。东俊哥，我有个想法，得拉上林家，咱三家一块干，我自己办不了。"

东俊说："快说呀！我也是这么想的。"

413

第二十七章

1

山东劝业银行是个德式的小楼，在济南经二路上。

早晨，高名钧正在和一个梳分头的小头目商量事儿，有人敲门。他轻轻说了声："进来。"

訾文海提着公文包进来了。他意气风发，西装革履，老式眼镜也换成了新式金边眼镜。高经理一见，慌忙绕过桌子，伸着双手过来："訾先生，不，訾董事长，这么早就来了。快请坐。"说着拉他到沙发上坐下。回头对手下说："倒茶！"那人出去了。

高经理问："买卖怎么样？我看三元他们都让你给挤趴下了。"

訾文海笑笑："小事一桩，这才刚开始呢。名钧，你看着，好戏还在后头！"说着从公文包里拿出一张票据："四万七，连本带利一块儿还上！"

高经理很吃惊："这么快呀！"

訾文海笑笑："过去傻呀，干律师，弄个千儿八百的就算大钱，现在想来真没劲。干律师，说多少话，费多少劲，外带得罪人。说来说去，还是干实业呀！"

高经理说："你厂里的布我听说还赔钱呢！"

訾文海说："那是对外这样宣扬，名钧，要是赔钱我还干个什么劲？"

茶送来了，茶房出去之后，高经理说："要按你这个说法，那三元赵家还有那个什么陈六子，可挣了大钱了！"

訾文海叹口气："谁说不是呀。名钧，咱下手晚了，要是早干，苗瀚东那点钱算什么？"说罢，一脸后悔不迭的表情。

高经理点点头："怪不得济南这么多染厂呢，这一行还真挣钱。我多次派人找这几个厂，求着他们低息贷咱行里的款，他们就是不贷。原来这一行利挺大呀！"

訾文海说："这一行利大归利大，但不是一般人能干得起的。光那些设备就买不起。好在有你帮着我，这才算把厂干起来。真得谢谢你呀！"

高经理问："和你那合伙人相处得还行吗？"

訾文海淡淡一笑："无所谓行不行，只是这人胆子太小，再加上资金也不充裕，我的好几个计划也就无法实施。名钧，当初合伙的时候，很多人劝我，不让我和他合伙，说这人虽然人品不错，但是个书生，不是干实业的料。你说，我也没干过实业，也不知道什么人能用，什么人不能用。他又在上海，咱要干个什么事，还得打电报去通知他，这也延误了好多生意。"

高经理眼珠一转："你有没有想过把他的股份收过来？或者另外选合伙人？"

訾文海笑笑："那不行。这厂刚刚挣了点钱，咱就这样想，有悖我的处事原则。既然合伙了，就要一直干下去。只能他自己退出，咱不会主动提出这样的事来。否则，一旦传扬出去，咱这名誉受不了呀！"

高经理点点头："也是，这样也真是不太好。不过他人在上海，这边的事情他也不知道，挣钱赔钱还不是咱说了算？"

訾文海正色道："名钧，你知道，我是法律硕士，所有违法的事情我是不会去做的。挣，就一块儿挣，赔，也一块儿赔，该怎么样就怎么样。名钧，你不知道，这干实业就怕合伙人不和，一旦出现那种局面，双方都很尴尬。唉，就这样吧！"

高经理说："哟，我都忘了给你拿烟了。我自己也不抽烟，总是忘了。"说着就要去拿烟。

訾文海隔着茶几拉住他："名钧，我现在不抽烟了，厂里防火，我要率先垂范，戒烟了。咱这是正规的工厂，不能和陈六子那样土作坊一样。不叫董事长，也不叫总经理，非要叫什么六哥！弄得跟白莲教似的，哪里像个工厂的样子！"

高经理很赞许："訾先生，我算看出来了，你不仅是个好律师，干工业也是好样的。"

訾文海谦逊地笑笑："也是难呀！唉，光挣钱了，也是忙得我焦头烂额。名钧，你这边的生意怎么样？"

高经理无奈："也和你差不多，股东们也是意见不统一，加上又都在社会上有点地位，自以为本事挺大，我也很难说服他们。咱这业业银行，本来就是私人银行，和官办的就应当不一样。人们到咱这里来存钱，本来就是为了利息高。我提过好几次了，就是通不过。他们说利息高了，贷款利率也得跟着抬起来。现在的情况是，有钱的不贷，没钱的咱不敢贷，整天掂量。加上你又不替我办法律方面的事了，这就更不敢贷了。万一贷死，谁帮着往回要呀！訾先生，你这一换行业，对我这里也是有影响呀！"

訾文海说："我自从干了染厂，读了很多金融经济方面的书。我看你们这里经营的思路就不对。在西方，贷款就是对企业的投资，银行是从企业的盈利中获得利益，是一种长远的合作。而国内的银行呢，看重的是利息，这种方式太幼稚了！中国的银行不能称之为银行，只能说是钱庄，是很初级的一种金融机构。比起清朝来，也没多少进步。中国民族工业之所以发展缓慢，与这种银行经营方式也有很大关系。"

高经理听得津津有味，不住地点头。这时，訾文海站起来告辞："我得回去了，上海的供货商十点钟到厂里去。名钧，你不知道，这一干染厂呀，什么人都找上来了，通过各种关系向你推销他们的货，也实在没办法。"

高经理起身相送："訾先生，你还得关照我的生意，你什么时候方便，咱们还得长谈一次。真是士别三日，当刮目相看！听了你刚才这番话，真长了不少见识。"

2

东亚商社里，滕井在办公室里和三木讨论问题。

滕井说："我们最理想的人选，就是陈寿亭。这个人虽然对我们不友好，也多次欺骗我们，但是他的商业能力是我们需要的。我想去济南再和他谈一次。他是个商人，对他来讲，钱是第一位的。你认为怎么样？"

三木说："社长，我看，你要是真想让他为帝国出力，只能挤他，挤得他走投无路，让他主动与我们合作。那样，他才能心甘情愿。訾文海太自私，也没有眼光。他把自己发财放在第一位。我们只是出于无奈，才选择了他。如果我们真想把陈寿亭拉过来，只有一个办法，那就是让青岛的这俩厂一块儿加入倾销。到时候不用说陈寿亭，可能连另外那家姓赵的，也会主动跑上门来求我们。如果我们不这样干，济南的模范染厂就没必要再经营下去。那一个厂孤掌难鸣，白白浪费帝国的资金。是这样吗，社长？"

滕井点点头："訾文海我是早想放弃了，但是我们投入的那些资金还没有收回来，就这样罢手，太占便宜他了。这人让我十分讨厌。"

三木进一步说："社长，我们派去的财务人员昨天来电说，訾文海从厂里开走了四万七千元的支票，还了银行的贷款，自己又从家里拿来钱顶上。他这是为什么？是不是想找退路？"

滕井一惊，转而笑了："他这可能是硬充颜面。他在济南相当孤立。"

三木说："济南这个地方我们不干则已，只要干，就得着眼于整个山东。中国人很穷，除了吃，就是穿，布匹对于中国来讲，事关国计民生，也就是所谓的战略物资。所以，我建议，把青岛的这两个厂一块儿加上去，加重打击的筹码，一举冲垮山东的印染业。"

滕井慢慢地点头："是这样，控制了印染业，也就间接地控制了纺织业，然后就沿着津浦路向南推进，与我们上海的同仁会合。三木君，去订车票，我处理一下手边的事情就去济南。同时，你把我们刚才讨论的决定，写一个最后通牒发给陈寿亭，约他后天早上十点，进行最后谈判。不要早发，要等着我到了济南之后再发，不能给他留出思考的时间。懂了吗？"

三木站起来："嗨！"一鞠躬出去了。

滕井摇电话："接元亨染厂贾总经理办公室。"滕井拿过全家的合影看了看，笑笑，放下了："思雅吗？忙什么呢？"

贾小姐说："退货！仓库里全堆满了。都是你干的好事。"

滕井笑着："没有问题。我采纳了你的建议，加上大华元亨一块儿干。你现在把这两个厂的机器全开起来，印布！"

贾小姐说："还印？往哪里放？"

滕井说："放在车站新建的仓库里。印出来的布先不要往东北发了，等我电报。我要是和陈寿亭谈不拢，就把这批货发到济南。我们占领整个山东市场的日子已经不远了！"

贾小姐冷冷地说："要是早这样干，山东市场早在我们手里了。贪图小便宜，误了大事。好，我忙着，挂了！"

滕井说："晚上你过来吗？"

贾小姐说："今天不方便，等你从济南回来再说吧！"

滕井放下电话，阴险地笑了。

3

訾有德和父亲在办公室里喝茶，表情很轻松。訾有德说："还是这新机器快，李万岐也真能干。爸爸，从上海新来的那两个技工，也是第一流的。只是要求加薪呢！"

訾文海说："工薪低，当时应当提出来。合同已经定了，就按合同办事。有德，记住，不能他说什么咱就答应什么。要依法办事。关于加薪的事情，等合同到了期再说！"

訾有德说："他要是走了呢？"

訾文海说："那他是自找麻烦。你忘了咱是干什么的了？他只要一走，法警马上去上海把他抓回来。不仅挣走的钱要交回，他还得赔偿咱们的损失。"

訾有德点点头："也是，咱的工钱比上海高，他回上海还挣不到这些钱呢！可是，爸爸，他们提出来说，没想到还要加夜班。"

訾文海说："不加夜班能给他那么多钱吗？合同上又没有规定不加夜班，不用理他们。"

訾有德说："好，就这么办。爸爸，可是你注意到没有，咱厂对面那个旧房子被推倒了,这才几天,又盖起一个新式房子来。我让人去问了,说是贸易行,明天开业。"

訾文海笑了:"什么是实力,这就是实力。他怎么不跑到热闹的地方开店,却跑到咱门口来?就是看着咱的买卖红火。一是想和咱做买卖,再就是咱这里来的客商多,他能沾上点儿光。"

訾有德说:"滕井明天就到,正好让他看看。"

訾文海说:"有德,滕井这边我看可能有变,咱的货去了青岛,他应当早来了。这有两个可能,一是没想出好办法来,再就是他心有退意。"

訾有德很紧张:"他要是撤了,咱可怎么办?"

訾文海自信地笑笑:"什么叫狡兔三窟?哼,撤了更好,我早找好下一个合伙人了。劝业银行!那不比滕井好千倍?"

訾有德高兴:"对,那样名声也好听,省得咱整天不敢说和谁合的伙。这好,有银行在后头撑着,比滕井好多了。再说,劝业银行的那些股东多是些头面人物,对咱们也是有利的。现在推销布的都快把门挤破了,咱完全可以不用滕井的坯布。"

訾文海说:"这几天你盯着,还是连夜干,把那五千件布全印了。他要运走,就得付加工费或者冲抵股本。否则,一件布也运不走。这里不是东三省,他不敢把咱怎么样!"

大概有十点多钟,模范染厂对面的那家贸易行开业了。左边牌号是"赵陈林记印染纺织贸易行";右边并排挂着三块牌子:"上海林氏六合染厂""济南三元印染厂""济南宏巨印染厂"。

广告招牌是"加款收单",那字一个足有半米。

吕登标和六合染厂的周经理还有三元染厂的刘经理,站在门口。

三挂大鞭炮挑着。一个伙计过来问吕登标:"吕经理,点吧?"

吕登标流里流气地向上一拉袖子:"他娘的,点!"

三挂鞭炮一齐点燃,响成一片。

訾有德在办公室里听见动静,一惊,正想站起来出去看看,一个监工跑进来:"董事长,总经理,不好啦,三元宏巨还有上海六合染厂把店开到咱门口啦!"

訾文海一听,忙对儿子说:"去,快去看看是怎么回事?"

訾有德连跑带走地出来,这时,鞭炮已经停了,登标他仨也回身进了屋。訾有德拍打着硝烟来到贸易行,定睛一看,抱拳行礼:"恭喜恭喜,哪一位是主事的。我是模范染厂的总经理。"

登标坐在那里没动,斜着眼问:"你就是那姥姥不喜、舅母不爱的訾有德?有什么事？"

訾有德一听："你怎么这样说话？"

登标站起来："我原来不知道有你这一号，也是听别人说的。訾经理，有何指教？"

訾有德憋气地忍了忍："我是想问问你门口这加款收单是什么意思。"

登标一扬脸："好，请坐。上茶！"

这时，钱世亨带着两个喽啰抬着匾进来了，额上写的是"财源广进"。他进门冲着登标躬身抱拳："吕经理，恭喜发财！我大哥有事不能来，送块小匾，不成敬意，还望笑纳。更盼贵号日进斗金，日进斗金！"

訾有德一看钱世亨那客气的样子，有些傻眼，忙上前施礼："二哥也来啦。"

钱世亨看他一眼："这是三元宏巨的买卖，宁五爷从天津来了电报，让我告诉你爷儿俩，还得多关照。"

登标说："钱老板，今天忙，改日把酒补上。"

钱世亨一抱拳："不敢叨扰，告辞。"说着带着两个手下出来。

登标也送出来。回来后，登标给訾有德递上烟，茶也倒上了。他说："訾经理，你刚才说什么来着？"

訾有德说："噢，我是问你加款收单是什么意思。"

登标说："嗨，这简单，这收单，就是收你客商的单。"

訾有德说："那是为什么？"

登标说："赚钱！你厂里那布便宜，我们收了再卖，专往胶东卖。"

訾有德说："你们这不是故意和我们作对吗？"

登标说："你正好把话说反了，是你们和我们三家作对。所以才收你的单。你那客商从你厂里提出布来，运回当地，顶多加上五厘钱，我看这也太麻烦，我们直接加上五厘钱收了，让客商连运费都省下。"

訾有德气得无言以对。登标接着说："其实，咱对门干买卖，你根本不用费那样的劲，印完了，直接交到这里来就行，那五厘钱我让你赚，这样多好！"

訾有德说："我有五千件，你能一下子要了吗？"

周经理插话说："别说五千件，就你这样的厂子，一下子收下五个都不会有问题。你不知道上海林家吧？"

登标冷冷一笑："訾经理，要说卖个三尺二尺的，你兴许还能做了主，五千件，这么大的数，你得先问问日本鬼子。"

訾有德一听这话，站了起来："你这是什么意思？"

419

登标说："訾经理，我在青岛就认识滕井，那时候你还不知道干什么呢！别说这个，滕井昨天从青岛订的火车票，今天到济南，这个我都知道——盯人盯票，我们都用了好多年了。回去给你多说吧！还有什么事吗？"

这时，进来一个客商，三元的刘经理赶紧接过来："冯掌柜的，多少？"

那个客商看看訾有德，不敢说。登标说："你怕他个球，用不了几天这个厂就没了。"

訾有德实在受不了，一甩手愤然而出。

登标哈哈大笑，又向上一拉袖子，对旁边的伙计说："去，告诉掌柜的，开业大吉！"

伙计得令而去。三个经理坐下来喝茶。登标说："怎么样，有点儿意思吧？对付这样的王八蛋，就得给他来点儿绝的。"

周经理说："你们陈掌柜办法真多！"

正说着，三元染厂派来的刘经理指着模范染厂门说："快看！"

这时，模范染厂里出来两个人，抬着块大牌子，往门口一立，白纸黑字："暂停发货！"

三人大笑起来。

4

晚上，高岛屋，滕井和訾文海席地对坐。訾文海神情激动，滕井倒还平静。

訾文海说："滕井先生，你明天也别再和陈六子费话了，咱们就开始干吧。我非把他们挤死不可！"

滕井反唇相讥："訾先生，你又不负责亏损，我自己受不了呀！"

訾文海突然变得十分大度："好，我承担亏损，我就是把这个厂全赔完了，也要和陈六子干到底！甚至连上乡下我家的那一千亩地！"

滕井说："你早就应该这样！訾先生，明天我去了，把咱们的想法对陈寿亭一说，我估计他当场就会服输。訾先生，陈寿亭惯于使用化敌为友的手段，当初他和孙明祖在青岛就是对头，现在孙明祖帮着他在青岛打击我们。今年春天，他和林祥荣势不两立，现在他们又联合了起来。你能说，他不会和我们化敌为友吗？不一定。他惯用的手法就是先让你认输，然后再和你成朋友。这一次，我们要给他改改规矩，要先让他认输，然后再成为伙伴。訾先生，今天你是吃了一点气，这没什么，回头我让陈寿亭向你道歉。訾先生，我应当知道，把大华和元亨扯进来，我们付出的代价相当大。这个问题我想了很久，不到万不得已，我们不能这样做！"

訾文海说："他要是不怕这一套……"

滕井哈哈大笑起来，然后说："他们三家收布可能收得起，可收起来以后又怎么办呢？他们把布运到那里，就冲击哪里的市场。他们光收布了，自己的染厂还干不干？他之所以跑到模范染厂对面收布，就是为了干好自己的染厂。訾先生，你应当看到，他这是一种没有办法的办法，因为我们的冲击力让他惧怕。他不收，自己的染厂就开不了工。他现在可以向青岛反倾销，我们把青岛都让出来了，他还往哪里卖呢？你等着，陈寿亭明天晚上就会坐在这里，端着酒向你道歉！我有这个把握。"

訾文海点头："只是太生气了，我都快气糊涂了。来，咱干一杯！"

二人一饮而尽。放下酒杯之后，滕井问："訾先生，亏损，你是要承担一点的。如果我们把陈寿亭拉进来，他也要承担一点。将来等我们把山东的染布市场占领之后，把价钱提起来，得利最大的还是你和陈寿亭。"

訾文海说："咱们抽时间再商量。"

滕井哈哈大笑："如果坐在对面的是陈寿亭，我想他就不会这样说。"

訾文海说："他会怎么说？"

滕井说："因为只要他进到我们这个行列里，我们就不会亏损了。因为他的工厂和模范厂加起来，只要稍微一降价，三元染厂就受不了，接着也会投奔我们的。至于林祥荣，他也会主动退出山东市场。这样，我们就沿着津浦路一路南进，到上海与我们的同仁会合。訾先生，现在你还恨陈寿亭吗？"

訾文海显得很幼稚："他要是与我们志同道合，我当然也就不恨他了。来，滕井先生，干！"

二人一饮而尽。訾文海笑着说："你要是早来，我就不让有德回家卖地去了。济阳县也没有电报，通知也晚了。"

滕井笑着说："地，不值钱。一千亩地顶多卖一万块钱。但是，我看到了你的决心。这是让我最高兴的。"

訾文海说："我想好了，我跟随滕井先生干到底，一块儿发大财！"

二人大笑起来。

5

东俊家，东俊兄弟俩在喝酒，王妈上菜。

东俊看着墙上的表："再给你六哥打个电话？"

东初说："不用打了，他说要是想不出办法来，就不过来了。唉！訾家这窝王八蛋呀！

来，大哥，不管怎么样，反正咱今天是吓得他不敢发货了，咱先胜了第一阵。"

东俊快快地端起盅子："这些老婆去了南京，家里和少了不少人似的。你六哥不来，该把家驹叫来，咱仨还热闹点儿。"

东初说："大哥，你真是老了。家驹去天津好多天了！六哥是防着滕井把布运到天津去，所以把家驹派去了。"

东俊摇摇头，感叹自己记性不好了。兄弟俩碰杯。

东初说："滕井明天十点和六哥最后谈一次，发来的那电报，直接就是最后通牒！我把那份电报要了过来，原样发给了林祥荣。大哥，滕井要是真把青岛那俩厂也混进来这样干，咱就麻烦了。六哥今天下午也没有精神，我看，他也是怵！"

东俊说："谁不怵呀！要是那样，咱这些年的心血就全完了。唉，自林则徐禁烟以来，咱这个国家就没赢过洋人。日本人还不算洋人，只能说是倭奴。就是这倭奴也赢不了呀，北洋舰队那么多船，生生就能让人家打败了。我看这个国，也真快到头了。就算咱、你六哥，再加上林家，那才多大点劲？能是滕井的对手吗？整天这税那捐的，咱一样也没落下，可这国家怎么就是不出来给咱撑腰呢？咱这个国要是撑劲，和美国英国似的，什么他妈的滕井，我早一脚把他踹出去了！说起这个来，我的气就往上冲。报纸上整天只是他娘的什么剿共胜利，生生让日本占着东三省，你剿的哪门子共？共产党咱没见过，反正共产党没逼得咱走投无路。可是日本鬼子就能逼得咱这样。你把那些钱，那些人，那些枪炮用到日本人身上，咱就再多拿点钱也不憋屈！这倒好，来了一个滕井，长得还没有三方豆腐高，就搅得咱心神不宁。说搅得是好听，是吓得咱心神不宁！"说完端起酒来，一口干了。

东初也叹气："大哥，别生气，这些事咱也管不了，听天由命吧！"

东俊说："不听天由命怎么办？现在你六哥还不在家急得一圈一圈地转？那天，苗哥还有你六哥俺三个在一块儿吃饭，苗哥说，咱这国家要是撑劲，就凭咱这些人的能力，能把外国人也给干趴下！能把咱的东西卖到全世界去！当时，我听着，心里那个敞亮！可吃完饭，从馆子里一出来，一想眼前这些烂事，真觉得没劲！"

东初问："苗哥那买卖还行吧？"

东俊说："他开的是面粉厂，日本不出粮食，还好受点儿。"

东初说："下午林祥荣接到模范染厂停止发货的电报，挺高兴，立刻回了电报祝贺。不管怎么说，訾家今天是服气了。"

东俊说："明天就该咱服气了。老三，訾家那伙子王八蛋要再这样干，大华元亨要是再掺进来，就不能再留着这个东西了。前几天，你六哥没想出这个办法来的时候，咱厂里停着机，我急得在办公室里直转，杀訾文海的念头我动了好几回。宁老五八月十五来送礼，问了我好几次，有没有谁欺负咱，那时候訾家还没开业，要是现在，我连犹豫都不犹豫，直接给宁老五说了！发财就发财吧，他和劝业银行好得和一个人似的，帮着那个放印子钱的熊银行逼死了好几家子。别人不和你合伙，你和劝业合伙呀！日本人占着东三省，你又不是不知道。为什么还干这些坑爹害娘卖祖宗的事儿呢？气死我了！"

东初说："大哥，不到万不得已，不能给宁五哥说这事。大哥，还是那句话，还是咱这个国家不行，灭了一个訾文海，还会出来和訾文海一样的人。大哥，你听兄弟的，把这个念头放下。六哥也不会让你这么做！"

东俊仰面向天，长叹一声："这是过的什么日子呀！"

6

晚上，林公馆，林祥荣正在和父亲讨论问题，父子二人表情忧虑。

林祥荣说："我想滕井不会这么干吧？"

林老爷说："这个人我多年不见了，听寿亭说变化极大，相当骄横。今天给了他这么大的打击，他能善罢甘休吗？"

林祥荣试探着说："就陈寿亭那个性，他肯就范吗？"

林老爷叹口气："唉，一个人的能力是有限的。阿荣，你知道我最担心什么吗？"

林祥荣说："我猜不出，爸爸。"

林老爷说："至于青岛大华元亨一块儿这样干，完全有可能，甚至是不可避免！我怕就怕陈寿亭在滕井的威逼利诱之下，把宏巨卖给滕井。宏巨一旦撑不住了，三元随之就得完蛋，济南其他的小染厂就更不用说了。这些工厂加起来，就会沿着津浦路一直向上海冲，我们的市场就会全面崩溃。加上陈寿亭的能力，后果将是不堪设想。"

林祥荣听着听着汗都出来了，直盯着父亲说："那我们怎么办？"

林老爷叹口气，摇摇头。

林祥荣说："那我们就只有和政府军队做生意了。"

林老爷："那样的生意现在还有意思吗？欠着那么多的款子不给，难道我们还要往里陷吗？"

林祥荣掏出烟来："爸爸，我可以抽支烟吗？"

林老爷说："抽吧。"说完，看着墙上的"多忘"二字叹口气："多忘，就是日本鬼子忘不下！"说着无奈地苦笑，"这是什么政府！他们知道咱们多艰难呀！"

林祥荣说："爸爸，还有没有可以应对的办法？"

林老爷笑笑："现在说，大概也晚了。"

林祥荣说："爸爸还是说一下吧！"

林老爷说："我想把陈寿亭请到上海来，这样宏巨三元即使是卖了，也不至于很快地摧毁我们的市场。如果这个人被滕井所用，大概到不了年底，我们的江北市场将全部失去，想来真是不寒而栗呀！"

林祥荣说："他一个人能有什么用？要请，把赵东初他们一块儿请来，再给滕井留下一座座空厂。"

林老爷拿过一封电报，看着笑："陈寿亭这个人，我是真从心里喜欢。明天他和滕井谈判，明知道不能取胜，还在电报上说笑话。你妈妈也说这人有意思。你看看。"

林祥荣双手接过电报，轻念道，"'林伯，明日小侄将用前辈之巡河炮狙击滕井。'哈哈！爸爸，你怎么不早拿给我看？"

林老爷说："都急忘了。东初先来的电报，足有二百字，那是滕井的最后通牒。唉，你们这一代的企业家没赶上好时候呀！话又说回来，中国有过好时候吗？"说着自己也笑了。林老爷想了想，又说："我们家现在还被人们称之为买办，其实，买办的时代早已过去了。如果不过去，我们会涉足实业吗？"

林祥荣有些高兴，父亲说完之后，他说："爸爸，是不是六哥有办法了？"

林老爷说："能有什么办法？这不过是临死之前的一种态度罢了。"林老爷十分温和地看着儿子，"祥荣，我想听听你的意见。如果我把陈寿亭请来，给他林氏三成的股份，你能同意吗？"

林祥荣说："如果有用当然可以，但是……"

林老爷抬手打断他："明天等电报，如果五点接不到陈寿亭的电报，我去济南。你派人到电报局等着。我要与滕井拼死一搏，不能眼看着多年的市场就这样垮掉，中国商人还不至于这么熊！"

林祥荣站起来："好，我听爸爸的。"

林老爷也站起来："你记一下。"林祥荣忙拿笔和本子。林老爷看着黑黑的窗户："卖厂不卖人，高鸟入高林，青山依旧在，总有第二春！你现在亲自去电报局，加急发出！"

这时，闪电裂空，随之是一声响雷。林老爷的表情越发悲壮。

7

早上九点，东俊兄弟俩焦急地坐在寿亭的办公室里。老吴安慰他："十点之前准时来了，滕井说的是十点。大掌柜的，喝茶。"

东俊看看墙上的表："老吴，你再打个电话。家驹也是，办完了天津的事情你可回来呀！多一个人多一份心眼儿。可急死我了。"

老吴说："刚打了，没人接，他也是急呀！"

这时，飞虎拿着电报进来了，老吴接过来打开，然后递给东俊："上海林家打来的。唉！"

东俊东初看完电报之后，拉过老吴来："老吴，你看这么着行吧，这封电报先别给寿亭看，别泄了他的气。等他和滕井谈完了，咱再给他。"

老吴犹豫，东俊说："老吴，出了事我担着，你甭管了。"说着把电报装到口袋里。

这时，滕井进来了，一见东初东俊主动说："二位赵先生也在这里。哈哈！"

东初挺身而起，怒目而视："哼，你别得意得太早了，你的兵还没打到济南呢！"说着愤然而出。

8

林公馆，林老爷坐在那里看着墙上的表，九点五十分，长长地叹了口气。

老伴过来心疼地说："你从夜里四点就在这里坐着……"

林老爷起身，拉住老伴的手："淑敏呀，再有十分钟，陈寿亭就和滕井谈了。这么多年，我从没像现在这样担心过。你坐下吧，陪着我说说话。"说着拉着老伴去了那边的红木长椅上坐下。老伴掏出手绢来擦泪。

林老爷拍拍老伴的手："淑敏，回头你把我的西服找出来，让人熨一下。自从祥荣接手厂子以后，我就没再穿过西装。现在，又该穿上了。"

老伴点点头，流着泪倚在林老爷的肩上。

滕井一个人在寿亭的办公室里坐着，飞虎守在那里，好像是怕滕井偷东西。

东初东俊在楼下老吴的屋里，走来走去。这时，东初从窗子里看见寿亭慢慢地走来，表情忧郁。他们跑到门口，想说什么，寿亭抬手，让他们回去。

425

寿亭上楼推开门，滕井站起来，寿亭示意他坐下，自己也在小圆桌旁的椅子上坐下：
"老滕井，你电报上说得都很明白了，我都知道了，有什么话你就直接说吧。"声音很低。

滕井说："我看陈先生不高兴呢！"

寿亭笑笑："你大兵压境，我能高兴？"

滕井说："陈先生何必这样说呢？我们联合起来不就可以了吗？"

寿亭叹了口气："我要是不和你联合呢？"

滕井笑笑："陈先生这么精明的人，能干那样的傻事吗？我不相信陈先生会那样做。"

寿亭说："这聪明人有时候也犯傻，我一想跟着日本人干，心里就觉得别扭。我还想再和你练上一阵子，实在练不过你了，我再跟着你干。"

滕井笑起来："陈先生真会开玩笑，再练下去我会伤害到陈先生的所有财产，真要到了那个时候，大家的面子都不好看。何必嘛！陈先生做生意，本来就是想发财，咱们合在一起发财有什么不好？不要这样固执，咱们是多年的老朋友了。"

寿亭冷冷一笑："咱们是多年的老朋友了。从我在青岛干染厂开始，咱们就认识。那时候我二十多岁，你就帮着我买机器，还卖给我便宜机器。那时咱俩都年轻，那时候你多好，还请我喝日本的清酒，你喝醉了，还给我唱日本歌。我也请你到我家吃饺子。咱俩还一块去钓鱼。那时候你多好，那么有礼貌，见了谁都鞠躬。唉，你现在却来催我。想起来，滕井哥，你做得不对呀！"说罢，寿亭低下了头。

滕井也有些感伤："陈先生，寿亭，我从来没这样称呼过你。人的一生非常短暂，咱们在一起，算起来也快二十年了。商业的交往中，我胜也好，负也好，咱俩从没真正伤害过彼此的感情。我想买你青岛的工厂，你不卖，确实是我让人向卢先生家放的枪，这是我从商当中的一个污点。但是，寿亭，帝国的使命所迫，我也有难言的苦衷。这次也是一样，如果你能与我合作，你的工厂我会出一个很高的价钱，高得让你意外，但条件是陈先生必须出任总经理，不能再给我一座空厂了。陈先生，你就算帮我个人一个忙好吗？"

寿亭抬起头来，笑笑，看向窗外，表情十分茫然。

滕井说："你现在就说个数吧，我不会驳你面子的。"

寿亭说："要卖也不是现在，我还得和你再练一阵子。如果我真的败了，我一分钱不要，宏巨染厂归你，我跟着你干。"

滕井说："那有什么意义呢？现在青岛的两个工厂日夜开机，就等我的电报，只要他们接到我们谈判失败的消息，整列车的布就会像洪水一样涌来。"滕井向前移了一下身子，"我请教一下，陈先生你，还有林祥荣、三元，你们能顶得住吗？这种抵抗有意义吗？你们的军队都一枪不放，你这是干什么呢？"

寿亭笑笑："我要是和那些窝囊废一样，还用你费这么大的劲？还是那句话，我们是老朋友了，大家各自都留下些面子，我们也都老了。你就收回成命吧。真要是干起来，大家都不好！国民政府虽然狗屁不是，但中国的商人比他们强得多。以后你到济南来，不要是这种样子来，来逼我和你合伙。我们应该是朋友，如果那样，我会请你吃饺子。好吗？滕井哥？"

滕井纳闷儿地问："你的意思是我们谈判失败了？"

寿亭冷冷一笑："我本来也没想成功，只是觉得老朋友不应当弄得太僵了。"

滕井站起来："寿亭，我的老朋友，别怪我，我发电报通知青岛开始发货了。"

寿亭也站起来，冷笑道："滕井哥，你这是要走吗？"

滕井脸上一喜："陈先生，我们还能再谈？"

寿亭冷笑着，看着滕井，良久，慢慢地说："滕井先生，本来我是想让你发货的，我已张开了大网，正等着你呢！但是，朋友一场，我让你免过一劫吧！"说着，去桌子的抽屉里拿出一摞纸，递给滕井："滕井哥，看完之后，你就会知道你错了。"

滕井十分惊讶，接过那摞文件来，看着看着，头上的汗都出来了。寿亭点上土烟冷冷地看着他。滕井看完之后，原地站好，规规矩矩给寿亭鞠了一个躬。寿亭拉着他坐下："滕井哥，当初卖给你空厂的那件事儿——咱俩扯平了！"

滕井问："陈先生，不说这些。我想知道，你怎么想到的，能告诉我吗？"

寿亭说："很简单，水往低处流，货往高处走。訾文海一开业，我就料到你会有这一手。我就派出十多个人去了东北。你们控制着整个东北市场，东北的染色布两毛八一尺，花布三毛二一尺，你们真狠呀，那是榨中国人的油呀！除了你们日本本国来的那大光牌和平牌，只有你的思雅牌可以进入东北。"

寿亭的声音很低，滕井脸上神色绝望。

寿亭继续说："你为什么一开始不拿青岛的两个厂和我拼？为什么？因为你们在东北能得到暴利，你舍不得。你知道我天津开埠染厂的布卖到哪里去了吗？就是卖到你那鸡巴满洲国去了！那叫走私！在中国自己的土地上走私！滕井，你知道现在有多少人在往东北走私布吗？成千上万！小的几丈，大的几件。你还运到济南来？根本不用，我在青岛就给你全收了。我要是把一毛二的布装上火车，沿着唐山—古冶—滦县一字摆开，根本不用到什么山海关，一下子就把你东北的市场冲垮了。你们在东北实行的是专营制度，那些日本商人一看你不通过专营，私自卖布，甚至参与走私，告到你们国内，滕井哥，你还有命吗？"

滕井点点头，擦汗，双手直抖。

　　寿亭继续说："你还拿着大华元亨吓唬我，好，来吧，有多少我要多少！我再从热河外围给你摆开一字长蛇阵，沿着察哈尔穿过草原全线向东北扩散。这是你们占了东北，要不，我低价把你的布买过来，给你运到日本去！滕井，你知道卢家驹先生干什么去了吗？"

　　滕井惊异地看着寿亭："陈先生，你要告诉我。"他哀求着。

　　寿亭冷冷一笑："他就在唐山，他和我天津的两个高级经理正在待命，另外还有东三省最大的八个'走私贩子'。一个月之前，我就收了你一千件布，我现在一个电报，他们就开始放货，立刻沿着铁路向东北冲！顶多四天，绥中、兴城、锦州、新民一直到沈阳，全是你低价的思雅牌！滕井先生，你希望这样吗？"

　　滕井脸色蜡黄："陈先生，不要这样做，不要这样做，我知道你是很讲义气的。"他双手拉着寿亭，抬着脸。

　　寿亭拉起滕井的手："滕井哥，我没等你把货发出来，就把我的这套计策告诉了你，你知道这是为什么吗？"

　　滕井流着眼泪："我，我不知道。"

　　寿亭拉着他坐下，轻轻地说："我看着你还是个商人，曾经是我的朋友。滕井哥，二十多年了，何必呢？听我一句话，别和訾文海那样的人来往了，那样的人不值得和他做买卖。你也别整天到处帝国帝国的，五六十岁了，这样不好！让人家笑话。你回青岛以后，把钱汇到我账上，我把那一千件给你发回青岛。我也不要高价，可以吗？"

　　滕井站起来："陈先生，我不管两国之间怎么样，今天你让我看到了什么是朋友。我告辞了。真对不起你！"说着深深地慢慢地鞠了个躬，擦着眼泪出去了。

　　寿亭送他到楼下，二人作别。滕井上了汽车，寿亭在原地抱着肩膀冷冷地发笑。

　　东俊等人从老吴的办公室里冲出来……

第二十八章

1

一个秋天的黄昏。兴家从店里端出了门板，把门上好，回到屋里扫地。

兴业回来了，进门之后丧气地坐下："哥，咱光等年三十，模范染厂的布全运走了，一件也没有。从明天开始，我也不用去上工了，让在家听信儿。"

兴家过来问："訾家染厂垮了？"

兴业抬头看了他一眼："垮了还让我听信儿上工吗？"

兴家问："那是怎么回事儿？"

兴业站起来："当初放给咱爹印子钱的那个银行——劝业银行又来了，和訾文海合伙。"

兴家说："好，这样更好，一块儿给他烧，咱那仇正好一块儿报。"

兴业冷冷地哼了一声，说："哥，你就猜不到，刚刚开始合伙干厂，没进布，没进料，什么材料都没进，你猜猜先进来了些什么？"

兴家问："什么？"

兴业说："十条德国大狼狗！正在那里驯呢！还专门请来了人。"

兴家拉着兄弟慢慢地坐下了："那可怎么办？"

兴业说："唉，他妈的，他也是防着呀！訾家坏，仅是害了几家人，可那劝业银行害人可就太多了，他比訾家仇人更多，所以才买来狼狗。"

兴家说："兴业，君子报仇，十年不晚。咱先看看，如果实在不行，咱就直接在下工的路上砍了訾文海！没事，咱再另想别的法儿。"

兴业说："我也是这么想的，咱不是觉得砍了不解恨嘛！让他一下死了，什么也不知道，那就便宜他了。要砍不早就砍了嘛！"

兴家说："慢慢地来，兴业，他要是来信儿让咱去上工，你还得去。"

兴业说："我可得去，我还得看着他死呢！他不给工钱我都去！"

2

早上，东俊办公室里，寿亭正在和这哥儿俩一块儿喝茶。

东俊说："从八月十六訾家开业，到这也就四十多天，滕井就在这里放下了几十万！那訾文海可占大便宜了。现在来了劝业银行，这个放印子钱的也不是好东西，不知害死了多少小买卖人。六弟，真要是比起来，这一窝子比訾文海还坏。你说说，这济南府出过李清照，出过辛稼轩，本来是个人杰地灵的地方，怎么到了现在，净出些王八蛋呢！六弟，咱还得想办法，不能让这家子王八蛋缓过劲儿来！"

寿亭笑笑："我料他也不会有什么出息头儿！一窝子外行。东俊哥，别看訾家只干了四十来天，咱的市场可让他弄了个一塌糊涂。有些客商回来了，有些不好意思回来，还得再打发人去请！这一正一反，是多大的费用！那天家驹给我念了訾家合伙的广告之后，我就想好了，不办，也就罢了；要是办，一次把他办得死挺挺的，从根儿上除了这一害。"

东俊一拍桌子："就得这么着，不能让他一会儿缓过来拉上这个干，一会儿缓过来再拉上那个干。要是那样，咱什么也别干了，光侍候着他吧！老三，回头你给林家写个信，告诉他訾家这边的事儿，没让这个王八蛋和滕井逼死咱，就是万幸。这一害绝不能留着！六弟，要是他的布一上市，咱拉上林家，一块儿降价，挤得他没法活，不给他留下一口气。可让这窝子气死我了！要不是你办住了滕井，咱现在还不是在刀尖上？这还不是让訾文海逼的？"

寿亭说："东俊哥，不用生气。咱要是一块儿降价，那就中了人家的计了，咱三家也就吃大亏了。那是以大搏小。为了这么一个鸡巴厂，咱三家一块儿赔，这样的傻事儿咱不能干！"

东初说："六哥，訾有德还真是不要脸，前天提着点心去了我家，说是要给咱讲和，还说什么一块儿发展。我当时想，没必要当场把他轰出去，就在那里和他胡扯。这小子扯着扯着来了精神，非拉我出去喝酒。我一想，也好，就一块去了。我灌了他几盅，这小子一高兴，说那李万岐回上海请高人去了。六哥，这一行还能有什么高人？"

寿亭说："高人不高人，那是后话，天外有天，这也不一定。至于讲和，可以，让他爷儿俩自己骗了。只要他爷儿俩自己骗了，从此蹲着更衣，咱就和他讲和。还他娘的讲和！你想打就打，你想和就和？这些爷都是中国机器印染的开山祖师爷，你他娘的算什么东西！不讲和！那几天我整夜地想着怎么和滕井干，弄得我差点疯了。讲和？

现在我琢磨的不是讲和，是让他开不了业！"

东俊说："对，不能便宜了这窝子王八蛋！我看着他还不如滕井呢。滕井还识趣，人家一看不行，就知难而退了；这窝子王八蛋是什么东西！根本不知道天高地厚！"

东初问："六哥，你为什么不等着滕井把布放出来之后，再办他一下子？"

寿亭苦笑一下："老三，没那个必要。你知道那天我为什么和滕井好言好语地叙交情吗？我是硬把滕井往人里推。这些日本人都是狼！当初他派人往家驹家打枪，还扔手榴弹，咱要是弄上几千件布往东三省一冲，滕井肯定能给逼急了。杀人的事儿，滕井能干出来。知道吗？兄弟，多年之前，滕井对我说过这样一句话，我觉得是真话，我也很感激他。那是他请我喝酒，谈经商谈得对了路，他拉着我的手，说'国家太弱，个人太强，就容易吃亏'。唉！滕井是个不错的商人，就是他那鸡巴国，整天到处里杀人放火的，他也跟着耀武扬威，给弄得不像商人了。兄弟，咱见好就收吧！"

东俊点头，随之问："小六子，你也真沉得住气！这么大的计策，也不先告诉我一声，没把我急死！就冲这，你也得请饭。"

寿亭点上烟，认真地看着东俊："东俊哥，你知道我这一辈子最佩服谁吗？"

东俊说："谁？苗哥？"

寿亭说："不是，家驹他爹。"

东俊十分意外："噢？说说。"

寿亭说："卢老爷子的眼力，才分和见识，不在林伯清之下。甚至还高。当初人家是东家，人家是大股东，却让咱倒着四六分成，一般人能答应吗？我在青岛干了有一个月，老爷子去了青岛一趟，当着我的面，硬是把家驹轰了出去，随后从腰里掏出一张纸来，上面写着一行字，他一个字一个字地教我。我是不认字，但那一行字，我认识，就这一行字，让我一辈子受用不尽！"

东俊两眼直盯着寿亭："快说，一行什么字？"

寿亭叹口气："很简单：'君不密，则失臣，臣不密，则失身，几事不密则害成。'这么大的事我能说吗？我说了，你俩不一定谁，一高兴再走了嘴。家驹、涛飞还有文东全在唐山，还有全东北最大的八个走私贩子，唐山离日本人的地盘那么近，甚至唐山就是日本人控制着，滕井派人杀了他仨怎么办？那都是我的五虎上将，都是我的兄弟呀！"

东俊长出一口气："唉！这学问分什么人学！什么人用，根本不在多少！"说罢神色怅然。

东初说："卢老爷子真是高人！"

寿亭很激动："他要是一般的高，我根本不和他干，早跟着你家老爷子干了。东俊哥，咱兄弟们也都老了，这话我也能告诉你了。后来，你家老爷子答应了我要的份子，专门打发你现在的账房赵先生去了周村。赵先生现在就在楼下，你叫上来问问。但是这时候我已经和卢家谈成了，正在忙着给柱子办婚事，就让采芹他爹——当然也是我爹了——给你老爷子回了封信。这时候，我就知道你老爷子高人一头了。他一见回信，当着我爹派去的那伙计，抬手打了自家一个嘴巴。东俊哥，咱们是同行，也是亲戚，我也把你兄弟俩当成亲兄弟看，就是因为欠着你爹这个人情。一个要饭的，能被这些前辈高人这样抬举，这是多大的面子呀！我能忘吗？"寿亭说完潸然泪下。

东俊把脸侧了过去，泪掉到地上。东初低着头。寿亭擦了一下泪："这些前辈，敢把这么大的事业，甚至是所有的家当交给我，我能不玩命干吗？家驹他爹就见了我一面，人家一眼就看出我的毛病来，所以专门来青岛，教我认下了那行字。你家老爷子和卢老爷子，是生在了乡下，要是在上海，能比林伯清林老爷子差吗？"

室内默然，只是秋风吹来，办公室的门轻叩一下。外面，秋雨如诉。

寿亭说罢，抬起头来看着天棚："一个人再有本事，要是不被明白人看上，唉……"

3

林公馆，林老爷子很高兴地在书房里写毛笔字。老伴在旁边侍候着。林老爷子写的是幅"四尺三开"。写完之后拉开距离欣赏，然后转向老伴："寿亭在和滕井进行最后谈判的前一天，给我来了电报，写的是'小侄将用前辈之巡河炮狙击滕井'。在济南，我和他还有苗先生，在大明湖里面的铁公祠下棋，我用巡河炮杀得他不能抵挡。实际上，他谈判之前早已成竹在胸，所以来电让我放心。这些天我一直在想怎样写个字给他。我太喜欢这个人了。今天夜里我想起来了。你看——"他指着自己写的对子"'一炮巡河，三言御倭'还可以吧，淑敏？"

老伴赶紧笑着赞颂："好，我看着你写的什么都好！"

林老爷不满意："不是，我是说，我对得还工整吗？"

老伴立刻明白刚才赞颂得不到位，马上加强力度纵深颂扬："可是行！一对三，这是数字对数字，炮，是兵器，言，也是兵器，而且是更厉害的兵器。诸葛亮舌战群儒、骂死王朗，都是用的言，这比炮还厉害。好，对得好！你这正合李笠翁那'天对地，雨对风，大陆对长空。来鸿对去雁，宿鸟对鸣虫'。对得严实。伯清，我盼着你天天这么高兴！"

林老爷朗朗大笑起来。

这时，林祥荣来到门口，见父母拉着手，即所谓"白头情话"，忙欲退出，林老爷回头笑了，从书房里出来。

父子坐下之后，小丫头端上茶来。林祥荣说："爸爸，我有事情来问你，看看是不是给六哥说。"

林老爷说："什么事？"

林祥荣说："赵东初来了封快信，说那个模范染厂又和银行合伙干起来。还说这个姓訾的要到上海来招高人。我马上派人出去打听印染行，原来昌盛的那个马子雄让模范染厂请去了。"

林老爷多少有些惊讶："这太不利了。马子雄是精通印染各个环节的顶级高手，他如果去了济南，那个汉奸染厂还得作乱。寿亭都未必能对付得了他。唉，这些人呀，我们那么请，给了那么高的薪水，就是不肯来！为什么偏偏跟着汉奸干！当初，要不是这个马子雄，兼并昌盛哪能费那么大力气。"

林祥荣说："是李万岐来拉他去的，说是那个厂给他二成的股份。"

林老爷摇头感叹，看着儿子说："阿荣，这是值得我们检讨的地方呀！咱给马子雄出的价太低了。在中国的文化中，有'一人兴邦'之说，当然更能'一人兴厂'呀！唉，他去了别处还好一点，偏偏是去了山东，而且还是咱没留住。你看这样行不行？咱再加码子，把马子雄挖回来？"

林祥荣说："爸爸有所不知。六哥打败滕井之后，我去济南贺喜，专门请所有上海在济南的师傅吃了一顿饭。六哥东初他们也陪着。当时我和六哥就商量把模范染厂的师傅全挖走，可是他们都不敢出来，说訾家是律师，只要毁约，立刻就会被起诉。我觉得，马子雄这时候已经签过合同了。"

林老爷刚才的高兴劲全没了："模范厂，要是有这么个能人当经理，身后又是家银行，唉，用不了太久，又是一场大战。滕井刚刚偃旗息鼓，又出来了马子雄！阿荣，抓紧把这个消息告诉寿亭，让他多加防备。"

林祥荣说："好，我一会儿就派人给他发电报。不，写信，详细介绍一下马子雄，派专人送去。"

林老爷很赞同："好，不能让这个汉奸染厂再干起来。他能勾结青岛的滕井，就能勾结上海的山田。自己是中国人，连祖宗都忘了，这样的人一定要灭掉，不能让他在商界立足！"

林祥荣说："爸爸，通过这几件事情，我倒觉得不用太担心，那马子雄不是六哥的对手。"

林老爷："阿荣，当初昌盛没干好，是因为那些股东发财心切，给马子雄捣乱。如果当初昌盛全权交给马子雄经营，昌盛就是上海最大的印染厂家。这个汉奸染厂爷儿俩全是外行，可在用人上却有一套。大意不得，快，快回去办！"

林祥荣站起来就要走，这时，老爷子想起刚写的字，回到书房拿出来："我本想裱好了给寿亭，正好有人去，就带去吧。在信上务必给他说，让他一有时间就来上海一趟，我真是挺想他。"

林祥荣看了看那字："一炮巡河，三言御倭。好！爸爸的字也好，词也好，六哥准会喜欢的。不要紧，爸爸，我派人送到朵云轩，多出钱，让他们急裱，用熨斗烫干，一个小时就好了。"

林老爷高兴："嗨！真是老了，这都忘了。上海朵云轩不下于北京荣宝斋，办这点事情没有问题。好，快去办！"

4

模范染厂会议室里，訾氏父子和高名钧还有马子雄在开会，听取马子雄的经营建议。

马子雄放下手中的稿子之后，訾文海频频点头："好好，马总经理真是业界精英！只是我和高经理都是外行，你最好能举个例子说一下。我过去是律师，所以很注重实际的例子。"

马子雄有四十多岁，中等身材，西装革履，人也长得很体面。他笑笑："济南市面上的这三家花布我都看了。论印工，都非常好。但是，他们少了一道工序，所以，我们第一步，就是首先在布的感观上和他们区别开来，让老百姓拿过布来一摸，就买我们的！"

訾文海兴趣大增，两眼发亮："快说说，怎么能让老百姓一摸就买我们的？"

马子雄淡淡地一笑："这布在纺织的过程中，都要经过浆洗，因为只有把棉纱蘸上浆，线才发硬，才好织一些。但是我们在印布或染布之前，首先要把这层浆淘洗掉，否则，印上去的颜色就不能印到纤维中，而是印在了布表面的浆上，那样，老百姓买回去，下水一洗，颜色掉了。我们为什么有那么多台淘洗机？就是因为要洗掉布上面的这层浆。但是，一般的工厂在印完布之后，只是拉宽，拉长，整平，却不肯再挂上一层浆，所以布就显得柔软，也显得薄。我们在印完之后，再挂上一层浆，让老百姓一摸，布很厚，布也发硬，他们是外行，自然会觉得这布结实。这样，我们产品的优势就出来了。"

高名钧鼓起掌来，訾家爷儿俩一看，也跟着鼓掌，连连说好。

马子雄受到鼓励，接着说："挂这一层浆，只需要很少的钱。一件布也用不到一块钱，但是效果却相当好。林祥荣，大家当然都知道了，我在昌盛的时候，和他同用绡布印花，

434

'虞美人'就卖不过昌盛的'兰贵族'。只是昌盛的那些股东不懂行，感觉这一块钱是费了，不让再挂浆。我常说，昌盛倒就倒在一块钱上。这是上海印染界都知道的。李万岐也知道。"

　　訾有海点头："但是，马经理，如果陈六子他们也挂浆呢？"

　　马子雄笑笑："同是德国海德堡的印花机，为什么这个陈六子印不出花布来，而跑到上海去请师傅呢？每个行业，都有自己的诀窍。这个挂浆，林祥荣也挂过，但却挂得让人看出来，后来干脆不挂了。等咱们的挂浆机运来之后，我要再改动一下，这是他们学不去的，只要我们自己保好密就行。德国的印花机都附带着挂浆机，咱们用的是日本印花机，只要在整平机前面，连上挂浆机就行。"

　　訾文海说："这没问题，这个机器不让外人靠近，让我老家来的那些本家叔侄开。外人也进不来，十几条狼狗看着门呢！"

　　马子雄点点头："再就是价格。现在花布的价格已经很低，利润已经很小，大家的成本也差不多，但是，我们要硬把成本拉下来。"

　　訾文海说："怎么往下拉？"

　　马子雄说："我有办法。现在上海的纺织厂日子都不好过，竞争也十分激烈，甚至快把日本布顶出中国了。这样，我们招标，上海布也好，日本布也好，谁的价格最低，我们就用谁的。我们今天定好之后，我就开始起草编制标书，然后回上海登报。到时候我们就在上海招标，到时候现场的竞争将空前激烈。我们以一万件为单位招标，这一万件，我们厂顶多用三个月。这次的获标者，就是我们以后的供应商，就按这个价格给我们供货。他们为了得到这个用户，会拼命地相互压价。我们再请上路德维拍卖行，让所有的竞标者交上保证金，到时候如果不能按招标价格如期交货，保证金归我们所有。我想，保证金的数目暂定十万。董事长，你看着，日本大件布，不超过七十五元，本埠小件布，不超过六十元。这样的价格陈六子能拿得到吗？"

　　訾文海绕过桌子，过来握着马子雄的手用力摇："马经理，太好了，太好了。用不了几年，我们就是山东最大的印染厂。这全靠阁下呀！"

　　马子雄说："没什么，我就是要干个样子给那些人看看，特别是过去昌盛的那些股东。我要让他们知道，自己犯了一个多大的错误！"

　　訾文海靠着马经理坐下来："没问题，我全力支持你。"

　　马子雄说："我会努力的。咱们今天只是谈的大方面，至于怎么卖布，那都是小事情，我有办法的。"

　　訾文海说："好！好！"

马子雄说："事不宜迟，我请董事会抓紧讨论决定。如果定下来，我就回上海发布招标消息。我们这边也要准备资金，到时候也要放到拍卖行里，如果我们不能履约，人家也是要扣我们保证金的。"

訾文海说："我是律师，这我懂。资金先准备八十万可以吗？"

马子雄说："用不了那么多，七十万就够。日本大件布我想把它打压在七十以下，我就敢说这样的话！"

高名钧说："好，我回到行里之后，马上召开董事会，把咱们的讨论结果通报一下就行了。"

马子雄说："好，现在是十一月初，定在十二月八号可以吗？因为再晚了，我们就赶不上过年这个旺季，那我们的经营是会受影响的。我们就定下上海交货，当场成交，三日内交货。我们早一点把广告登出来，我回上海后，先让把标书定向投送各个纺织厂，各个日本商社，广告也同时刊出，也好让投标方准备货源。甚至日本货还要往这边运。我们要给人家留出充足的空间，这样，才显得我们通情理。"

訾文海说："好好好好！一切听马经理的安排。陈六子，你不是能嘛，还有比你能的！"

马子雄说："董事长，以后不要再提那个什么陈六子了，他那样的人物早过时了。我们现在是在山东小干，等我们立住脚之后，咱们大家一起去上海滩闯天下。"

訾文海用拳砸响自己的手掌，断喝："好，就是要有这样的气度。有德，你以后要多向马经理学。"

訾有德诡谲地笑着说："陈六子还有赵东初他们，还不知道自己又要大难临头了呢！哈哈！"

5

林老爷那作品挂在了寿亭的办公室里，他越看越高兴。东俊东初还有家驹坐在那里，商量对付模范染厂的办法。

家驹拿着林祥荣的信说："按祥荣这一说，这个姓马的不是等闲之辈呀！"

东初也说："要不是有两下子，訾家是什么人？能给他二成的份子？"

寿亭看着墙上的字，不住地笑："一炮巡河，三言御倭。行，这几个字我也认识了！又多认了八个字。家驹，这右边是巡河炮那一句，这一点问题没有，那'一'我认识。我没说错吧？"

东俊说："行了，以后就在这里挂着了，先别看了，先说说咱下一步怎么迎敌吧！"

寿亭把目光收回来："有我这'一炮巡河'你们还怕什么？姓马的？姓驴的也得让他趴下！"

家驹问："六哥，祥荣在信上说的这成品挂浆是怎么回事？为什么他挂不上，姓马的就能挂上？"

寿亭点着土烟，依然看着那"一炮巡河"："这封信，我听来听去，就听出这点事儿来？"他回过头来，"什么？挂浆？挂什么浆？光绪年间的工艺了。"

东俊说："我也挂过，是不好挂。"

寿亭说："东俊哥，你知道我在周村是怎么让那些染坊趴下的吗？就是靠的挂浆。回头我把柱子叫来，那是我挂浆的大弟子，模范染厂马经理挂浆的老祖宗！"

家驹东初都笑。

东俊问："你说说，怎么挂？"

寿亭说："东俊哥，你也好意思问。干咱这一行，讲的就是浆里来，水里去。怎么才用了几天机器，就把挂浆忘了？中午你请饭！"

东俊说："快别看了，你再看我给你摘下来拿走。快说说，我说的是机器挂浆。"

寿亭说："我先说说你是怎么挂的。你是印好了布，拉宽整平全完了，这才挂浆，那浆在布上面浮着，老百姓一眼就看出来。你还挂不匀，是不是？"

东俊诧异："你怎么知道的？"

寿亭一笑："这你得问家驹。德国印花机都带着挂浆机，我嫌乱，让我给撤了。挂浆机说明书上就是这样写的。"

家驹也笑了。

东俊问："你说怎么挂？"

寿亭问："挂双浆还是挂单浆？你是不是想让布摸起来厚点儿？"

东初说："六哥，你快说吧，这就把我哥急死了！"

寿亭说："中午这饭你是请定了！听着，印染完了之后，干布下浆，洇透了，再上甩干机，然后拉宽整平，这是单浆。你得答应晚上饭你也请，我才说挂双浆呢！"

东俊抬手佯装打他，寿亭吓得缩头："我说，我说。想让布再厚点儿，把挂浆机改一下，把两个滚筒调低了，滚筒下部蘸着浆转，布在整平之前先从挂浆机上过去，接着趁热整平，这布就厚。东俊哥，我拆下来的那俩废物就在厂西头放着，你走的时候，正好，你兄弟俩一人扛一个。"

东俊笑起来："你是真有一套呀！我怎么就没想起来呢！对，这很简单，就是没想到。

437

晚上饭我也请了！"

寿亭说："姓马的蒙訾文海那样的外行当然行，让他跑到这里试试？还二成份子！就是挂浆呀！一件布里多上一块钱？老百姓买回布去一下水，黏黏糊糊的，人家不骂咱们就这点本事，还跑到济南府吓唬我？我用我的巡河炮一炮就结果了他！"

大家都笑起来。

6

林氏企业开完了董事会，大家纷纷过来给林老爷道别，林老爷也和大家打招呼。最后，会议室里就剩下他爷儿俩，林老爷坐下，林祥荣也坐下了。

林老爷说："祥荣，寿亭收到你的信，好像不把马子雄放在眼里。不能刚刚胜了滕井，就高兴过了头。前天他给我来了电报，也是八个字，说'绳索钢叉，专绊快马。'这马子雄可不能小看呀！"

林祥荣说："是，东初也给我来了封信，我看也有点轻视马子雄。爸爸，这模范染厂身后是个银行，不能小看他的实力。走，到我办公室，你看看，他想在上海招标买布呢！"

林老爷一惊："噢？要是那样，纺织行的水分就全给挤干了，大家的生意还怎么做？这个马子雄，曾经在上海练过这一手。他找一个人，专往低里喊，你低他跟着低，低得快让你受不了啦，正好让他套住。他那回是收的保证金，中标不履约，保证金就被罚扣掉。那时候竞争没有现在这样激烈，纺织厂也少，以后也没人去了。可现在要是这样干，不仅上海的这些厂会应标，我看日本人，英国人都得参与进来。那可真叫拼命呀！"

父子俩说着来到林祥荣的办公室，林祥荣把报纸递给父亲。林老爷掏出花镜来看着，林祥荣亲自给父亲倒水。

林老爷摘下花镜，点着报纸说："和上次完全一样。这事你是怎么想的？"

林祥荣："昨天早上，模范染厂招标组派人送来了标书，报纸是后出来的。我已经派人送到济南去了，这时候大概都收到了。"

林老爷说："这是胡闹呀。马子雄去了之后，还得往布上挂浆，他一挂，大家都得跟着挂。咱又挂不了他那么好，这不是添乱吗？"

林祥荣笑了："东初来信说，六哥是挂浆的祖师爷，让我们放心好了，到时候他派人来指导咱们挂。"

林老爷说："寿亭说的大概是手工挂，不是机器挂吧？"

林祥荣说："爸爸，东初说六哥就是靠挂浆发家，机器挂也会的。你放心吧。"

438

林老爷笑了："这个寿亭……"

7

下午，寿亭办公室，家驹给寿亭念完了标书，担心地看着他："六哥，这姓马的还真不能小看呢！"

寿亭点点头："这一招儿是够毒的。我这巡河炮猛一下子还不知道往哪里打呢！"

家驹看看标书，说："六哥，这标书上还有英文和日文，看来他是想来个中外大战呀！"

寿亭一听，猛一下收住笑容，开始愣神，眼从家驹的头上看出去，呆在那里。家驹想站起来，寿亭伸手："别动！"然后继续往外看着，手也停在那里，不肯放下。他看着外面，用一只手在桌子上摸索着找烟，家驹慢慢地把烟放到他手底下，他摸出一根来，家驹忙给他点上。虽然叼在嘴上并没抽，只是那样燃着。稍后，他回过神来，认真问家驹："你是学染织的，这布横着撕是经线受力，还是纬线受力？"

家驹知道这不是开玩笑了，想了想说："横着撕是经线受力，纬线受力仅为百分之十。六哥，你问这些干什么？"

寿亭站起来："你马上给周涛飞发电报，让丁文东以最快的速度来济南。然后你立刻回来，咱俩要商量大事。"

家驹答应着，快步跑下楼。

寿亭又坐回去，大声喊："飞虎！"

飞虎闻声进来，这时寿亭已经到了门口，他拨开飞虎急速地下了楼。

这时，老吴正好从屋里出来。他问："掌柜的，你这是干什么去？"

寿亭盯着老吴，愣神。

老吴害怕，双手扶住寿亭："掌柜的，你这是怎么了？"说着就想哭，"掌柜的，你哪里不舒坦？"

寿亭缓过来："没事儿。我去车间找块布。老吴，没事，我是在想事。噢，碰见你正好，咱厂里一共有多少人？"

老吴毫不犹豫："二百八十二个。"

寿亭说："这样，咱给每个工人在银行里立个存折，先存上一块钱，告诉他们不能提出来花了，这是底钱，要是提出来，以后就没法往里存了。告诉工人们，谁要是干得好，咱就暗地里给他们存，年下再告诉他们总数，一块儿提出来过年。到时候也省得一个一

439

个地发了。"

老吴说："这个办法好！"

寿亭说："你就按照工人的花名册存吧。咱这些伙计四十岁以上的也得占一半了，都是跟着咱闯青岛下济南的子弟兵，实在也是不容易。过年多发钱！我这一辈子，就是不当守财奴！去存，按花名册存，存到劝业银行。就这样吧，记住了？"寿亭瞪他一眼。

老吴点头："好好，劝业银行。"

8

模范染厂马子雄办公室里，他在和訾文海一块儿看文件。

马子雄说："董事长，到现在为止，日本贸易商报名的有七家，上海的有十家，只有林家还有另外的两个厂没报名。离着报名结束日期还有一个礼拜呢。让我意外的是，英国人没有报名。"

訾文海说："可能中国境内货源不够吧。不用管英国人，他的布咱也没用过，我还是倾向于用日本布。"

马子雄说："可能是这样，没有英国人更好！我觉得日本人还好对付一些。至于上海的那些厂，我差不多全认识。董事长，你看着，这次竞标将空前激烈，日本商人分属于各个不同的株式会社，这些会社又依附于不同的银行，也是相互竞争。他们也都急于在中国发展。我估计，最后中标的可能是日本人。只是东亚商社没有报名，是不是再催他一下？"

訾文海哈哈大笑："他不来正好。滕井也有些老了。新一代的日本商人有些是军人背景，有些是家族财阀，甚至过去的贵族也加入到开发中国的行列里来。我们就等着看好戏吧！"

9

林祥荣正在办公室里处理手边的文件，孙先生进来了。

林祥荣抬起头："有事吗？孙先生？"

孙先生笑笑："那个日本人明石有信来了，在候见室等着呢。这人的中国话说得真好！刚才我怕他不会说中国话，就请刘先生一块儿去，刘先生出来说，他的日语太棒了，是最高贵的那种日语。我看，人长得也不错。"

林祥荣说："噢？我把这事忘了。我这就见他。"

候见室，林祥荣进来了，明石有信身着黑西装，戴着金丝眼镜，文雅潇洒。他一见林祥荣，站起来鞠了个九十度的躬："打扰了。"

祥荣也还礼，明石有信双手呈上名片："井伊商社明石有信。"

林祥荣一听这话，多少有些吃惊："明石先生，原来是日本的名门望族呀，请坐。"说着递上自己的名片。

明石鞠躬坐下。

林祥荣说："明石先生的贵商社开业不久吧？"

明石一鞠躬："小灶初起，多承关照！"

林祥荣说："我看你的名片，贵社在霞飞路，那一带的房子很贵呀！"

明石说："是这样，如果是一般日本商人，在什么地方办公都可以，但我家，就不便这样。"

林祥荣说："明石先生屈尊敝号，林某可以在哪方面为阁下效劳？"

明石淡淡一笑："想定织一万件布，三十二支一等纱。贵厂可以费神吗？"

林祥荣说："没有问题。那是最好的纱，但是价钱要高一点。"

明石说："请林先生报价，我初涉此道，还请关照。"

林祥荣说："我看明石先生人很好，你是要日本大件还是中国八百米件？"

明石说："日本大件，商标为井伊牌。我们谈妥之后，详细要求及商标我会派人送来。"

林祥荣想了想："六十七元可以吗？"

明石说："谢谢林先生。"从西装内衣袋里掏出一个信封，放在林祥荣面前："这是六十五万，林先生的报价比我预估的高出两万，回头就让人送来。"

林祥荣抽出银行本票一看，多少有些意外，又装了回去，笑了笑说："能为明石先生效劳，林某已是荣幸之至。就按六十五万吧，不要送了。明石先生，什么时候交货。"

明石说："十一月底可以吗？"

林祥荣说："可以，十一月二十八号就可以织好。发往什么地方？"

明石说："放在闸北仓库，就是日本商人的共用仓库。"

林祥荣说："好。织好之后，我会通知明石先生的。"

这时，明石又从西装内衣袋里掏出一个信封，林祥荣盯着。明石从里面抽出一缕线，放在林祥荣面前："林先生，经线用三十二支一等纱，纬线请用这种线。"

林祥荣拿过线来，随之从口袋里掏出折叠式高倍放大镜，摘下眼镜看，然后戴上眼镜，不解地问："明石先生，你这是要干什么？"

明石一笑，把一张纸放在林祥荣面前："请林先生在上浆的时候，在这种线上加入桃胶和SIN胶，具体的配伍上面写得很清楚。我想让布更结实一些。"

林祥荣放下线，看着那张纸，笑笑："明石先生，我写一个字，好吗？"

林祥荣掏出钢笔，在上面写了一个字，推到明石的面前。明石看着，然后迷惘地问："林先生这是什么意思？"

林祥荣笑笑："没什么。我会按时交货的。就按明石先生的要求织，一定织好。我不会让明石先生失望的。"说着站起来，明石也站起来。

林祥荣送明石到楼梯口，双方同时鞠躬作别，孙先生负责送下楼去。

林祥荣快步走回办公室，拨通电话："喂，我是少爷，老爷在吗？在花房？好，去告诉老爷，我马上回家。"

他放下电话，按铃，茶房进来了，还不等发问，林祥荣大声命令："马上备车，我这就下楼。"

林老爷在客厅里站着等儿子，林祥荣跑进来。

林老爷紧张地问："出了什么事？"

这时，屋里有个下人，林祥荣示意他出去，又走到门口看着下人出了院子那竹子扎的院栅，向公馆的假山处走去。他这才回过身，拉着父亲去红木长椅上坐下："爸爸，那个日本人今天到厂里去了，他要定织一万件布。"

林老爷问："这有什么大惊小怪的？"

林祥荣拿出那缕线，林老爷接过一看，大惊失色："啊？他想干什么？"

林祥荣递过一张纸："这是蘸浆过胶的配方，这种配伍是最先进的，这SIN胶也是最好的。"

林老爷拿着线走到桌前，拿过花镜，又从抽屉里拿出放大镜，走到靠门的亮处，细细地观察，然后抬起头来，自言自语地感叹："大上海呀！"

林祥荣站在父亲身后，不敢再说什么，看着父亲的背影。

林老爷看着院子里的梅树，慢慢地低下了头，然后又抬起头来，慢慢地回过身。林祥荣看着父亲那苍老的样子，走过去扶住他，慢慢地、轻轻地扶着父亲在长椅上坐下。林祥荣又忙倒杯茶过来，放在父亲的面前。林老爷一语不发，就那样呆呆地坐着。林祥荣慢慢地坐在父亲的身边，看着父亲。林老爷望着墙上"多忘"那两个字，喃喃自语地：

"我忘不下呀！唉！"叹罢无奈地摇摇头。

林祥荣掏出信封，抽出那张六十五万的本票，林老爷拿过去，觑起眼来看，更是感慨万端。他把本票又装回了信封，慢慢地站起来，走进了书房，抽开一个抽屉放了进去。然后慢慢地走出来，来到院子中，在梅树下的一个石凳上坐下来，林祥荣小心地扶着。林祥荣小心翼翼地问："爸爸，我们怎么办？"

林老爷低下了头，良久，又抬起头来，指着对面的石凳说："荣儿，陪爸爸坐一会儿好吗？"

林祥荣小心地点点头，看着父亲，坐在了石凳上。

林老爷抬起头来，看着梅树："荣儿，我忘了，梅花几月开呀？"

林祥荣嗫嚅道："早春二月吧。"

林老爷点点头："最晚也就是三月，咱家这棵老梅树也就开花了。受人之托，忠人之事。我这一生，经历的事情太多了，想起来让我心里不能平静，所以请吴湖帆先生写了那两个字，总盼着自己忘掉一些人和事。但是，哪能忘得下呀！"

林老爷透过门栅，看着那偌大公馆的远处，表情里带着失意、迷惘和一缕深深的哀伤……

第二十九章

1

采芹从南京回来了，一家三口坐在那里吃饭。寿亭手里拿着一个镜框，里面是一张满月婴儿的照片。

采芹笑着说："快吃饭吧，都看了一百遍了！你也真是老了，这么喜欢孩子！"

福庆把镜框要过去："该我看了！"

寿亭端起酒来一饮而尽："好，这孩子长得虎头虎脑的，像个军人的后代！"说着又要照片。福庆亲了相片一下，还给了父亲。寿亭看着相框，对着里面的孩子说："六子，这个名行吗？这是我给你起的，你和我一个名儿，我是你舅！"眼里满是慈爱。他端过酒盅，一碰相框："咱爷儿俩先干一个！"说着一饮而尽，纵声大笑。

采芹把相框要过去："你别给弄湿了，先吃饭。"

寿亭又是一盅。

福庆说："爹，把小表弟的相片挂到我屋里吧？"

寿亭说："那可不行，我还得看呢！"

采芹说："你派去的那犒军团快成了送年货的了，吉普车那斗子差点装不下！"

寿亭说："我这还从礼单上弄下来一些没用的来呢！要是依着东俊嫂子那意思，我看得专门挂一节车厢！家驹说，德国有冰箱，吃不了的东西可以放在里面，夏天也不怕。咱中国要是有那东西就好了！"

福庆说："我那物理老师也说过。"

采芹说："咱妹子家里就有！就是太响，在楼下厨房里放着，像个大衣橱，整天嗡嗡地转，没让那东西乱死我！"

寿亭说："噢？要是早知道有那东西，咱就多办上几个肘子了。"

采芹说："还吃肘子！远宜可胖了，现在都不敢吃饭了。"

寿亭："哈哈，胖了好，显得富态！我就看着那些面黄肌瘦的不得劲，和没吃饱似的。你们也没一块儿照个相？"

采芹说："照是照了，远宜不让往回拿，说是太难看了，怕拿回来大伙笑她。"

寿亭笑着说："嗨，好看难看的怕什么，知道是那个人就行。"

采芹说："寿亭，我就纳闷，你怎么知道坐月子要吃阿胶？我又没吃过。"

寿亭说："咱这些土孙哪知道这些！是厂里那些上海师傅说的。嘿嘿，怎么着？"

采芹说："这东阿阿胶一捎了去，远宜那下人直说正宗地道。远宜天天吃，只是捎得少了些，这兴许快吃完了。"说完，采芹脸上有计算数目的表情。

寿亭不以为然："这好办。既然远宜觉得好，明天让家驹寄一箱子去。你体质弱，也该吃一些，不用等着坐月子。可是，你什么时候坐月子？"

"我揍你！"

寿亭笑得很幸福："我说，咱那妹夫没领着你们在南京逛逛？"

采芹说："逛！全逛了。翡翠大嫂俺仨还好点儿，老三家是玩疯了，长鹤还派军官请她跳舞，军队一有舞会就派汽车来接她，没把大嫂气死。这出了济南府，我看大嫂那威风也没了，老三家也不管那一套了，汽车一来，抹上那口红，穿上制服裙子就走呀！不管大嫂怎么用眼剜她，全不管用了。在那里跳了还不算，回来之后那脚还蹦跶呢！"

寿亭哈哈大笑："好！明天我就给东俊哥说说。他不是有本事吗？不是整天讲什么家风吗？好，老三家舞也跳了，我看他怎么办。"

采芹说："这个老三也是！他老婆临走，给了她那么多的钱。她出去跳舞，一看金货过了时，什么金镏子、金耳环全摘下来了，从耳朵到手上全是钻石首饰。长鹤也是依着她，还打电报叫来上海培罗蒙的裁缝，是当兵的叫来的。那裁缝哪见过这场面？给她量尺寸，那手直哆嗦。远宜也是，在个月子里，也下了床，在一边给裁缝指画着。什么女式西装，裙子、坎肩，整整一大皮箱呀！培罗蒙一见长鹤那气派，知道这官小不了，没几天就把衣裳送来了。要不老三家这么个闹法，我们还得再待几天。我一看不好，这才催着回来。远宜也不放心你一个人在家里。福庆，别在这里听大人说话，去你屋里写作业去吧。"

福庆十五六岁了，正听得热闹，不愿意走，可一看母亲那脸色，也只得站起来快快地出去了。

福庆出去之后，采芹接着说："寿亭，你不知道，长鹤派来的那三个军官都是什么来着？"

寿亭着急："我又没去，我知道是什么？什么事就直接说吧。"

采芹想起来了，一拍腿："想起来了，都是校官。你不知道那人长得多么精神！都穿着那将校呢的军服，扎着那武装带，个个都会说外国话。我对远宜说，老三家别跟着人家跑了。远宜一听，差点笑死。嫌我封建。可大嫂是真撑不住劲了，一有空就催我，恨不能马上回济南。我也是怕，老三家要是真的跟着军官跑了，咱回来怎么对老三交代呀!"

寿亭正要喝酒,一听这话乐得一口酒喷出来。笑过之后,擦了擦嘴说:"这事我也得给东俊说说。我看他怎么说!"

采芹说:"你可别价,别让大表哥脸上挂不住。"

寿亭说:"采芹,你这就是外行呀!人家为什么弄了三个军官轮流着请?就是怕摁着一个人请她,弄出感情来。这是让老三家花眼。让她看着一个比一个好,可是和哪一个也玩不长。我说,老三家跑了不要紧,只要你别跑了就行。想起来了,你是小脚,跑不快。"

采芹也笑了:"我这就揍死你!翡翠说,幸亏没让她家老二一块儿来,要是这俩新式人儿凑到一块儿,那才刹不住闸了呢!这回来的路上,老三家就和掉了魂似的,直说济南土,没有意思。"

寿亭伸手:"再把咱外甥那相片递给我,我还得看看。"

采芹递给他,寿亭看着,就是觉得好,不住地点头。随后问:"咱妹夫没说'光复'这名怎么样?"

采芹说:"夸你呢,说你起到他俩心里去了!"

2

早上,飞虎看见寿亭进了厂,飞速冲茶。老吴在办公室里刚想坐下,寿亭提着一盒子点心进来了:"送礼的来了!"

老吴忙上来双手接过去:"掌柜的,这是六嫂带回来的?"

寿亭说:"正宗南京桂花斋的十八样。那云片糕还真是有点意思。"

老吴双手捧着点心放到桌上:"我得好好放着,到年下捎给我爹。谢谢掌柜的,也代我谢谢六嫂!"

寿亭拉把椅子坐下:"这货卖得怎么样?"

老吴说:"咱那些客商又都回了头,又开始进货了。这天冷了,老百姓该准备棉衣裳了,单色布出货快,花布慢点。掌柜的,别看訾家就闹了这四十来天,咱又是停机又是退货的,至少得亏十万块钱!昨天三元的老赵叫我去喝酒,他厂里也是亏了这个数。到这时候那些一毛二一尺的模范布,在有些地方还没卖利索呢!咱这厂太大,地盘也大,撑不住冲货。要不是刹住得早,咱兴许过不了这个年呀!"

寿亭冷冷一笑:"自打我干染厂以来,还没吃过这么大亏呢!文琪回去了吗?"

老吴说："回去四五天了。上海来的那马经理天天教课，前天算是教完了，还留下了作业，说是从上海回来之后还要检查，谁要是做得不好，当场就辞。那姓马的又从上海叫来两个印布的高手，教那些工人学着开机器。那俩人说的上海话工人们听不懂，訾家那儿子就当翻译。他娘的！这是要大干呀！"

寿亭笑笑："一会儿，你上楼去我那里一趟，我得给文琪交代点事儿！"

3

上午九点，上海法租界路德维拍卖行，应标厂家三三两两地陆续入场，一边走，一边商量。

这个小会场虽然不大，但很讲究，每个竞标厂家的面前都放牌子，标出厂名。以中间的过道为界，左边是中国厂家，右边是日本商人，泾渭分明。

訾文海身着笔挺的藏蓝西装，上口袋处挂着小红条，一朵小花，小红条上写的是"发标方董事长"。高名钧也是衣帽整齐，标牌为副董事长。马子雄油头锃亮，神采飞扬，红条职务为总经理。这时，三人正在贵宾厅议事。

訾文海看看表："子雄，就看你的了！"

马子雄信心百倍地点点头："董事长，你就等着看好戏吧！"

这时，一个马子雄的助理带着拍卖师进来。马子雄赶紧站起来握手："长丰兄，你还得多帮忙！"

訾文海高名钧也站起致谢。

拍卖师说："没有问题，这个'虚灶'和我配合多年了，没有问题，他会见机行事的。"

马子雄说："古董字画他可能内行，却不一定懂纺织。中国厂家叫到六十的时候，就要小心，不要随意再叫，让他看看再说，不能让他掉到'井里'。日本大件叫到七十的时候就得小心。日本人很团结，他们往往为了国内各方面的关系，不会拼得太厉害。千万千万！日本人亏本的生意是不做的。他的本钱在六十三附近，一定不能让'虚灶'乱叫'点儿'！"

拍卖师说："日本方的那个虚灶就在日本留过学，我是花大钱请来的，人很精明，你放心好了，你就等着请功吧！"

马子雄看了一下表："九点三刻开始，还有十分钟。董事长，咱们上台吧，等唱完了厂名差不多正好到点。"

这一行人站起来，穿过会场向主席台走去。会场一片小声议论。

訾文海在主席台上就座。马高二位一边一个。

主席台上方的横幅是："山东模范印染厂上海坯布招标会"。

主拍师用槌子轻打了一下落铃，会场安静下来。他冲着下面笑笑，朗声宣布："山东模范印染厂上海坯布招标会，现在正式开始！"

一片掌声。

他又打了一下落铃："本行在接受此次竞标委托之后，特别聘请了法租界专业人士，对所有报名企业的产品样品，进行了第三方权威鉴定。通过拉长拉宽缩水等各项试验，各报名企业之产品均达到发标的质量要求，全部合格。"

又是一阵掌声。

主拍师开始进行下一项："现在我介绍发标方代表。"他向后一躬身："日本东京帝国大学法律硕士、中华律师公会理事、著名律师、山东模范染厂董事长訾文海先生！"

在掌声中訾文海起立致意。

主拍师开始宣布拍卖规则：

"先从中国八百米小件拍起，然后再拍日本一千米大件，然后，通过尺寸折算，以价格最优者为获标者。现在开始宣布中方应标者企业名称。"他清了清嗓子，开始唱企业名："上海庆丰纺织厂！"

厂方代表起立。

"上海德华纱布公司！"

这时，一辆豪华汽车朝这边驶来，汽车上插着日本国旗，法租界巡警的两辆白色三轮摩托开路，行人都驻足观看。

汽车上，明石有信身着白西装，器宇轩昂。他旁边的太太一身日本和服，右胸上戴着贵族族徽，图案是两把战刀交叉在一起。日本太太美丽恬静，明石有信戴着白手套的右手握着她的手。

会场内，中方企业已经唱名完毕。正在进行日方企业唱名。

"日本三菱商社上海分社武田为泽社长及他的助手！"

武田五十多岁，站起来鞠躬。

"三和商社大岛成二社长及他的助手！"

两个日本人站起来鞠躬。

"井伊商社明石有信社长及他的助手！"

日本方队里没有人站起，但却交头接耳。

武田说："井伊阁下家也来支那经商？"

助手摇摇头。

武田说："那我们怎么敢和阁下同场竞标？"

助手说："能见见阁下家的人也是我们的幸福。"

武田说："明石少爷也是应当见见的，听说是全日本最有气派的男人。"

助手说："不用说井伊阁下，就是明石家来，我们也只能退出。"

主拍见没人答应，就说："我继续向下宣读。"

汽车已经接近拍卖行。

拍卖方已宣布完了日方单位，说："井伊商社到现在还没来，根据规则，这属于自动弃标。我们不等了。现在，山东模范……"

他还没有说完，日本方队中站起一个青年日本人："不行！要一直等下去！否则我们全体退场！"

主拍有点傻，訾文海有点慌，刚才念出井伊来时他已经有些慌乱。

那个青年日本商人站在那里说："井伊前辈阁下曾经和乃木男爵一起，为了帝国的事业，与俄国人大战旅顺口，血洒老虎滩。那是我们大日本帝国永远的光荣！井伊前辈阁下是帝国永不凋谢的名将之花！"

日本方队这时已经全站了起来："对！如果不等，我们会向中国政府抗议的！"

会场有点乱了，日方方队中许多表情不屑，骂骂咧咧。这时，两个法国巡警手拿着一张纸进来，蹿上主席台，洋腔洋调地说："明石先生到了，你必须照这些宣读！"

訾文海、马子雄等全傻了。

主拍师拿着那张纸，张口结舌，定了定神，答应了巡警。可是那俩巡警却不下台，而是一边一个站在台口上，好像是保安。

主拍师看着那张纸，高声朗读："井伊喜志伯爵之女井伊博浪及她的丈夫明石有信先生！"

日本人全体起立，面对门口。

这时，明石有信穿着白西装，挽着太太向主席台走来，身后是两个穿西服的助手。

这边，早有人在主席台前放好位子。

明石有信刚走进过道，日本人集体鞠躬："阁下！"

明石淡淡一笑，日本太太只是轻轻地一点头。

449

明石往前走着,日本人躬着身,不敢抬头正视。訾文海想站起来,被马子雄一把拉住。

明石有信和夫人入座后,茶立刻送上来。主拍师看着他,明石示意可以开始。

主拍师擦了擦汗:"我们十分荣幸地请到了明石先生及他的夫人。我们现在开始发标。先从中方开始……"

那个日本青年又站起来:"不!要先从我们开始。"

明石戴着白手套,根本不向后看,只是轻轻一抬手,那个日本青年立刻鞠躬坐下。

明石示意开始。

主拍师喊道:"八百小件从六十八元倒竞,依次举牌,减价一元。现在正式开始!"

下面一个牌子举起。

主拍师喊道:"六十七元!"

又一个举牌的。

"六十六元!"

又一个举牌的说:"我们直接叫到六十二元!"

会场一阵嗡嗡声。

主拍师:"六十二元一次!"

訾文海在台上直出汗,掏出手绢来擦着。

"六十一元!"

又一个举牌的,马子雄和訾文海交换了一个眼色。

"六十元!"

会场一片肃静。

"六十元一次!"

又一个举牌的。

"五十九元!五十九元!"

又一个举牌的。

这时场内的空气有点窒息,中方应标众人交头接耳,摇头叹息。

"五十九元一次!"

主拍师向下看着,訾文海已露出喜色,马子雄按着他的手。

"五十九元两次!"

主拍师的槌子拿起,这时,明石示意助手。那个助手高喊:"五十八元!"

主拍师有些傻,干笑着说:"明石先生,我们现在是竞八百米小件。"

助手说:"大日本帝国不出产那样的小件!一千米,五十八元!"

主拍师差点昏过去，晃了两晃，扶住桌子，这才保住了平衡。

中国方队参加的企业有些蒙了，其中一位说："这不是来玩帅吗？哪是竞标！"

另一个说："少爷羔子不行，什么样的家业也能让他玩没了！"日本方队也傻了，随之全体起立，爆发出热烈的掌声。

明石回过身，浅浅一躬身，算作致谢。

訾文海马子雄实在受不了了，直接从台上蹦下来。訾文海老远就伸着手，直奔明石有信。可明石毫无反应，只是冷冷看着他，訾文海那手只好落下："阁下，我曾在贵国读过书，是东京帝国大学。那是我一生中最好、最值得回忆的一段时光！在日本读书的时候，我曾在墙外瞻仰过贵宅，没想到今天能和阁下成为长久的商业伙伴，訾文海实在倍感殊荣！"说罢深深地鞠了个躬。

明石一笑："多承关照。具体事宜请与我的助手滕山君接洽。明石告辞！"

明石挽起太太昂首向外走来，那两个法国巡警跟在后面。日本人全体起立，先是鞠躬，然后齐呼："光荣属于帝国！光荣属于帝国！"

主拍师这才想起竞标已经结束，"当"地敲了一下落铃，高呼："井伊商社中标！并取得长久为山东模范印染厂供货资格！"

日本人还在那里欢呼雀跃着。

4

晚上，上海国际饭店中餐厅，訾文海和高名钧还没从喜悦中沉静下来。

訾文海看着窗外夜色里的霓虹灯，不由得感叹道："十里洋场，无奇不有啊！大上海，多年不来了！嗨，这些年光剩下打官司了，为了千儿八百的争来斗去的。名钧，现在想起来真觉得幼稚，甚至是脸红！"

高名钧也说："该让银行里的那些股东也来看看这个场面，看看明石有信的气派。唉，真不平常呀！真气派呀！他老婆也真漂亮！这样的日本女人我还从来没见过。"

訾文海说："贵族就是贵族。这是多少代人气质的沉淀呀！名钧，你知道他的布为什么这么便宜吗？"

高名钧说："不知道！"

訾文海说："这就是贵族。井伊家参加过日俄战争，他是不交纳所有税赋的。这一点让英国的皇室都眼红。有了这样的供货商，还什么陈六子、赵东俊，全得给我跪下求饶。"

高名钧说："天意呀！这是天意，是天帮着咱发财呀！訾先生，你看看人家，人家那气派！你看那些日本人，平时里那么横，一见明石两口子全没脾气了。"

訾文海说："名钧，你是不了解日本呀！日本是个等级分明的社会。在明治以前，只有贵族才有姓氏，其他人就是乱起名，就和咱这里狗剩子、连锁子似的，随便一叫，就是个记号，连个姓都没有。直到明治八年，才颁布了《苗字必称令》，一般的日本人才有了姓。别看那些日本人在中国这么横，在他们国家，见了贵族就得让路，就得主动过来请安。有的人一生也不一定能见上贵族一面，更别说什么在一块竞标了。今天是先竞的中方，要是先竞日方，那些人根本不敢举牌。借给他们三个胆也不敢举。还是子雄有眼力，一下子叫了两国两方，要是只叫日方，今天咱就麻烦了。要是明石要个高价，日本人都不敢争，布价再高咱也得要呀，否则保证金就没了。我现在想起来都后怕。"訾文海抖着手。

高名钧眼界大开，也长了见识，不住地点头："子雄回来，咱得好好敬他几杯。訾先生，这闸北仓库不远吧？该回来了吧？"

訾文海说："快回来了。交接完毕之后，咱明天就往回运。我恨不能今天夜里就开工，把陈六子赵家等等所有济南的土驴子全干死！"他说得咬牙切齿。

这时，马子雄兴冲冲地回来了，手里拿着一块布。訾文海站起来，迎上几步，拉起他的手："顺利吗？子雄？"

马子雄坐下，也没等着让，就从桌上果盘里拿过一个苹果啃："很顺利。钱货两清，现在已经向车站运了，争取明天发出！小姐，拿把剪刀来！"

訾文海说："要剪刀干什么？"

马子雄说："这布我撕给你看，真有劲呀！这成件的布比样品好多了！"

小姐拿来一把剪刀。马子雄隔着三寸剪一个口，剪了四五个，用力一撕，布撕开了。随之让訾文海撕。訾文海第一下没撕动，再用力，那布才撕开。"好！这成色真是好呀！"

马子雄说："我交接完了之后，想去井伊商社打个招呼，也想顺便商量一下第二批供货的事情。可是到了门口一看，排着十几个日本人等着接见，有的出来的时候还激动地擦眼泪，还有法国领事馆的车停在那里，我就没敢进去。"

訾文海深深地点点头："子雄，多亏你呀，咱可走了大运了！咱靠着这么棵大树，还怕谁？这井伊一家初到上海，日本人都排不上队，咱也先别凑热闹了。等过几天，咱带上礼物专门来一趟。子雄，合同全签好了吗？"

马子雄说："董事长，全妥了。你看！"说着从包里拿出来一份合同。訾文海接过去，大致一看，又看看最后一页的签字，说："好，咱们回到济南后，把这最后一页拆下来装到镜框里。明石的签字，这就有收藏价值。来，干！今天咱来个一醉方休。咱明天早上就回济南，布一到，就开工。不用别的，就过年这一个卖货旺季，就让济南所有的染厂全傻眼！可惜呀，这时候陈六子他们还不知道呢！哈哈！"

5

兴家做好饭等着兄弟。这时，兴业回来了，表情很沮丧。

兴家忙问："怎么了？"

兴业说："布全运回来了，明天就开工。我看见那些布就想烧。哥，我听说仓库里一时放不下，还有一些放在车站的仓库里。咱是不是去烧车站仓库？"

兴家说："那可不行。烧了车站仓库，车站得赔訾文海，他并不吃亏。"

兴业说："咱还得想办法，不能看着訾文海这么得意。你没见他那样，见了谁都高兴地鞠躬。我恨不能拿块砖砸死他。"

兴家说："咱年三十下手的计划不变。这两天我去图书馆查了些资料，我想出计来了。"

兴业高兴说："快说说！"

兴家说："年三十晚上，咱在肉里放上一种没有味的毒药，从墙外头扔进去，狗一吃就行了吗？"

兴业高兴地站了起来："那毒药好买吗？"

兴家说："我同学开化工行，他说他那店里就有。"

兴业说："你对外人说了这事儿？"

兴家说："我能那么傻吗？我说是药邻居家的狗，说那狗夜里叫，弄得我睡不着。"

第二天早上文琪去上工。訾文海身着盛装，站在厂门口，对每个进厂的工人都鞠躬。两边是监工牵着狼狗。

随后，訾文海，訾有德，高名钧还有银行来的一些董事，来到车间里，准备一齐目睹这个激动人心的开心时刻。马子雄以首席专家的身份与来宾一一握手，然后，回身问："董事长，可以开机了吗？"

訾文海十分优雅地一点头："我们将揭开山东印染划时代的一页，开始吧！"

这时，机器上已经做好了准备，布也上了机，正在等待马子雄下令开工。只见马子雄右手用力向下一劈："开机！"机器飞转起来。

訾文海等人高兴地鼓掌祝贺。花布从这一头出来。众人走过去看。

訾文海实在高兴得受不了了，过来一把抱住马子雄："子雄，你就是我的赵子龙呀！"

机器在飞转着。兴业在印花的一头怒目而视。

正在这时，一个技工跑过来："总经理，快看看去吧，那布一过拉宽机全都断了！"

訾文海放开马子雄，马子雄也慌了，忙向拉宽机跑去。这时，拉宽机已经停下了，他拿起布来横着一拉，立刻就断了，好像是湿了的纸。马子雄大惊："快！快去仓库再拉几件来！"

訾文海跟在他后面，直问："怎么回事儿？怎么回事儿？"

马子雄挥手示意停机，拿过印染专用剪刀把布冲断，拿过来横着一拉，布立刻断了。剪刀掉在了地上。

工人们拉着地排车飞跑，监工在后面催着："快！快！"

另一件布拉来了，工人们在呵斥声里快速打开包。马子雄用剪刀裁下一块，竖着一撕，很有力量，再横着撕，也很有力量。他立刻命令："上淘洗机！"

那些人把布放进淘洗机里，訾文海双手直抖，脸色蜡黄。

马子雄看了一下手表："可以了，停机，拿出一块来！"

一个工人蹿上去，找到布头，拉出一块剪下来。马子雄横着一拉，那布立刻断了。

訾文海问："这是怎么回事？"

马子雄说："布上有德国的 SIN 胶或者是桃胶。我们中计了！"

訾文海晃了两晃，算是没摔倒："一万件都这样？"

马子雄说："再试一件吧。"

那些股东全乱了。

兴业等人拉着车又朝仓库跑去。

文琪正在仓库里忙活着，一看又有人风风火火地往这跑，远处有人就喊："快，快，快抬出一件布来，车间里正等着呢！"于是，仓库里一阵慌乱。文琪正要和伙计们装布，突然向后一仰，摔倒在地。伙计们停下手里的活，忙过来抢救："文琪，文琪，你怎么了？"又是掐人中，又是蜷腿，一阵乱急救。

一个监工急了："车间里急着试布，快，快装布！你俩，把这个小崽子抬到厂外头去。只要不死在厂里头就与咱无关！"

兴业问："这是谁说的？"

监工说："董事长！快，你快把他背出厂去！"

兴业无奈，只得背起文琪向厂外走。

厂外，不远处，东初的汽车在那里停着。

兴业背着文琪随走随说："兄弟，不远就是医院，你挺着，兄弟！"

把门的牵着狼狗，轻轻地哼了一声。兴业把文琪背出了厂，向西走了有十多米，文琪从兴业的背上下来，吓了兴业一跳："文琪，你——"

文琪急忙地对兴业说："我得走了，你也不用回去了，訾文海的厂垮了。明天你去宏巨染厂找我，让我叔求求陈掌柜的，让你在宏巨干。"

这时，东初亲自开着汽车冲过来，急刹在文琪面前，文琪拉开车门跳了上去。汽车飞驰而去。

兴业在原地站着看着，不知是怎么回事。看着飞驰而去的汽车，慢慢地笑了。

6

寿亭，家驹还有老吴登标金彪全在楼上办公室里焦急地等待着。

东初的汽车冲进了工厂，登标站在室外楼梯平台上大喊："掌柜的，来了！"

寿亭从椅子上一跃而起。这时东初拉着文琪冲进来："六哥，文琪说厂里乱了。"

寿亭问："怎么个乱法儿？"

文琪说："一次一次地来拉布！"

寿亭眉毛一扬："好！金彪登标，今天停工放假，就是为了提款。去车间，全体工人一块儿去劝业银行提钱，就说过了今天就提不出来了。你俩给我领着闹。"

二人飞奔出去。

寿亭说："东初，你开着汽车去通知所有报馆电台，拉着他们去劝业银行。"

东初答应一声，冲下楼去。

这时，二百多工人向厂外跑去。

家驹正在打电话，电话通了："东俊哥，成了。把工人放出去，去劝业银行提款。"

隔着电话就能听见东俊的答复："好！"

寿亭说："文琪，下头有辆洋车子，电报稿在你叔桌子上，骑上车子去发电报，通报上海林祥荣，济南大捷。"

老吴忙拿出钱交给文琪，文琪跑下楼去。

屋里剩下了老吴家驹，寿亭一手拉着一个，来到小圆桌前坐下。寿亭抬眼看了看林老爷的题字，然后高声叫板："飞虎，冲——茶来！"

此时劝业银行门前已是一片混乱，登标金彪抱着德国小洋楼的立柱站在高处大喊："劝业银行垮了，过了今天就提不着钱了！"

门前的马路上全是人，前呼后拥，乱喊一片。东初的车来了之后，工人们让开，几个记者跳下来，站到高处拍照。

这时，济南其他的街道上，也有人慌慌张张地往这边跑，相互传递信息："劝业银行不行了，快去提出那钱来吧！"

另一个说："好人谁往那里存钱，你去提吧！"

"走，看热闹去！"

"走呀，劝业银行倒了！"

"放印子钱的倒了！"

白志生正在屋里剔牙，一个伙计冲进来："白爷，不好了，劝业银行倒了！"

白志生一跃而起："什么？要是倒了我宰了高名钧！跟我走！"

这时，钱世亨正往里走，白志生迎上去，抬手抽了他一个嘴巴："劝业银行，劝业银行，你整天是劝业银行，还他娘的利滚利，本钱都搭上了！把钱放在哪里不行，你非放在那种狗屁银行，图小利，这回全完了！"

钱世亨捂着脸傻站着，看着白志生冲出去。他想了想，把腰里的枪抽出来，顶上火，跟着白志生去了。

模范染厂车间门口，马子雄拿着布呆呆地站着，像是被点了穴道。随之，他口中涌出些东西，身子慢慢地向后仰，随之轰然倒地。訾有德刚想过去，訾文海一把拉住他，向外走了几步，低声说："不用管他了。咱们快跑吧！"

訾有德不解："咱们回上海找他们去！"

訾文海说："孩子，这是套子呀！找谁去？这银行里的钱全买了布，那劝业银行的股东除了警察署就是法院，还有宏盛堂的白志生钱世亨！这银行一倒，他们能饶了咱吗？快！快回家拿上细软，先回济阳老家再说。打官司也好，坐监狱也好，都由他高名钧顶着，在法律上和咱没有直接关系。快呀！"

父子二人一回身，只见一员大将拦住了去路，高名钧拿着一根扁担高声断喝："訾文海！坐监牢，上法院，咱俩一块儿！跑？门儿也没有！"

訾文海用手推他，高名钧举起了扁担，这时，訾有德从后头用一块砖打在高名钧的头上，父子二人仓皇逃去。

7

第二天早上，劝业银行门前一片狼藉，只有一个捡破烂的老者在那里捡些纸。他拾起一张存单，看着。这时，一个穿长袍的青年过来了："大爷，别捡了，这没用了。"

老者说："你给我看看这是多少钱呀？"

那青年接过来一看："一块。"

老者拿着存单，极为惋惜："两块钱一袋子面，唉，这一地全是单子，这是多少袋子面呀！"说罢摇头。

劝业银行的门上贴着封条，两个警察持枪守卫。

一个报童跑着喊："卖报！卖报！本埠特大新闻，劝业银行倒闭！"

老者看着那报童，报童也纳闷儿，下意识地站住了。他看着老者说："大爷，你想干什么？"

老者说："你要是前天告诉我这个信儿就好了。"说罢摇摇头。

风来了，地上的存单在初冬的早晨随风飘散。

8

三天后，聚丰德饭店门口竖着个大牌子，黄纸红字："宏巨包场。"

楼下四桌，老吴登标等还有宏巨厂的一些老职员，老工人，边吃边乐。

登标说："刚才报上说，訾文海爷儿俩给从济阳抓回来了。"

老吴问："定了什么罪？"

登标说："勾结日本商人诈骗银行。他不是会辩护吗？这回他倒省下律师费了！"说罢哈哈大笑。

金彪说："都小声点！掌柜的不让大声说话。我看你快挨骂了。"

登标一缩头："是。我说，金彪，天津开埠丁经理那日本太太真漂亮呀。要是日本人不占东北，咱也去日本弄一个来。"

老吴训斥："你这话要是让掌柜的听见，没别的，两个大嘴巴子。"

登标笑笑："这不是掌柜的没在这里嘛！"

老吴说："别在这里胡说八道了。王长更那桌不用去了，他陪着就行了。咱仨分开，一人一桌。那些老工人，都是跟着掌柜的创业的老弟兄们，掌柜的说了，一会儿他下来敬酒，要是一看咱几个没陪着，那准是劈头就骂！快点！"

这楼上有个中等大小的餐厅，外边是女席，寿亭等人坐在里头。两个房间之间是个月亮门。

女席上，东俊太太在上首，她旁边是涛飞太太，然后是采芹，接着是丁文东的日本太太，然后是家驹的双太太和东初的太太。丁太太穿着日本和服。

东俊太太说："采芹妹子，你让着丁太太吃。我让着周太太吃。"

采芹忙布菜，丁太太忙还礼："六嫂你吃。"

采芹说："妹子，你说，这两下里不打仗多好。让你那国里这一闹，弄得你也没法回娘家看看。那些领头管国的最能添乱，没事你打的哪门子仗呀！妹子，吃菜。"

东俊太太说："丁家弟妹，这中国人好，这中国男人更好，是不是？"

丁太太含羞地点点头。大家都笑她。

采芹说："妹子，你吃菜。这两下里打仗和咱姐妹无关。他打他的，咱吃咱的，你别不吃不喝的。"

丁太太低着头："我穿着和服，坐在这里就觉得对不起大家。刚才一下汽车，大街上的人都看我。我说不穿和服，六哥不愿意。他命令文东说，要是我不穿和服来，他就一脚把文东踹出去！"

大家笑起来。

里面，东俊上首，他左面是林祥荣，右面是家驹，对面是寿亭，寿亭左面是周涛飞，右面是丁文东。寿亭听着外面笑，就说："这窝子娘儿们，组织的这个国际会餐还挺闹！"

大家哈哈大笑。

林祥荣说："我见过好多日本女人，丁太太是最漂亮的。"说着竖起大拇指。

文东说："本来是挺漂亮，可这日本人一占东三省，我看着一天比一天丑！"

大家都笑。

林祥荣说："丁太太不仅漂亮，而且大智大勇。那天我在宾馆送他俩去竞标现场，丁先生的风度自然不用说了，丁太太神情镇定，那气质真是目空四海。六哥，你是不知道，把整个国际饭店全给镇住了！"

寿亭说："我在家里一炮巡着河，提着心，吊着胆，整夜睁着眼。幸亏没去，就是去了，兴许也看不出个四五六来。"

大家笑得更厉害。

东初问："文东，你面对着那么多日本人，不怕人家认出来？万一有见过明石有信

458

的怎么办？"

文东说："东初兄，你没去过日本，他那个熊社会，穷人就是穷人，富人就是富人，根本掺和不上。现在楼下，就是跟着六哥青岛创业的工人，上的菜也一样，酒也是剑南春，六哥一会儿还要下去敬酒。这在日本根本没法想象，穷人和富人根本沾不上边。商人也一样，也是下等人。明治维新之后，商人才算有了一点地位。过去贵族武士在马路当中，商人之类的要溜着墙根儿走，根本不敢抬起头来四处乱看。人家西洋的贵族是彬彬有礼，日本的贵族是不知道天高地厚，只相当于中国的土豪。别说他们认不出我来，就是认出来也不敢说。现在这是进步了，过去日本的贵族随便杀人。再说了，我是假的，你弟妹是真的，明石有信就是她姐夫，我也认识，长得也差不太多。再有涛飞兄和我那四个留日同学起着哄，又是要退场，又是先让日本人投标的，那些真日本人全傻了，光剩下鞠躬了。"

寿亭说："那些咱就不说了，在座的都是你的老哥，说说，你怎么把弟妹勾住的？"

文东笑了："六哥，她这是竞标把咱抢来的。咱家老爷子当时也是北洋政府的高级官员，天朝上邦，泱泱大国。说起来，我和訾文海是同学校友，东京帝国大学里女生少得都能数过来。每一个女生，家里都有背景！还我勾她？她要不在家里绝了食，逼得她哥，还有那明石有信，跑到我这里来双鞠躬，她根本得不了咱这标！"

大家笑得更厉害。

寿亭总结道："你这标既然让人家夺了，就好好地按照合同办。我要是再听涛飞说，你在家里骂她，我一脚踹死你！"

文东说："六哥，你不知道，日本人那节太多。一到过节，天津那些不着四六的日本人，就上我家去给她请安，烦死我了！"

家驹说："人家又不是去看你，你就将就着吧。涛飞，这回你演得也行，咱弟兄俩喝一个！"

林祥荣说："第一功就是家驹兄，这德国 SIN 胶不是真正学纺织的，绝对不知道。这是最近的技术。家驹兄常看专业杂志吧？来，还有涛飞，咱三人干一杯！"

三人一饮而尽。涛飞放下杯子，说："还是林老爷子厉害，法国领事馆全力协助，又是警车开道，拍卖行根本没见过这个阵势。"

寿亭说："我当初就想，这事儿成不成，全看老爷子的了。訾文海实际上中了老爷子的巡河炮。"

林祥荣说："六哥，你猜我最怕什么？"

寿亭说："噢？还有悬的？"

祥荣说："法国领事馆的那辆汽车破了，根本没法用。实在没办法，就用了我爸爸的车。上海印染纺织行业的人，都认识那辆汽车。我就怕马子雄站在外边，认出那辆汽车。"

寿亭说："不会！马经理那时候正坐在台上忙着挂浆呢！"

林祥荣笑得实在受不了，捂着嘴跑到门口站着。

林祥荣再次坐下后，东俊端起杯来："寿亭，当着涛飞文东我就不叫小六子了，你这一计……"

寿亭抬手制止："东俊哥，别这一计那一计的了。我提议，大家都端起来，还是敬咱那些爹娘一杯吧！要不是咱那些爹娘谈恋爱，能生出咱这一伙子来？"

9

下午，林老爷在书房看书，林祥荣进来了："爸爸，我回来了。"

林老爷笑笑："坐吧。"

林祥荣坐下了："爸爸，我完全按你说的做的。火车快开了，我把装着本票的信封交给了家驹。我告诉他第二天再打开。"他说得挺得意。

林老爷苦笑一下："你去济南的时候，也就是刚上火车，竞标得来的那五十八万就到了咱的账上！唉！"

林祥荣惊得站起来。林老爷示意他坐下，林祥荣坐回原处。

林老爷独自唏嘘不已，似是忘了儿子的存在。稍后，他看着祥荣说："阿荣，马子雄是活蹦乱跳地去的，是用担架抬回来的。这还是他家里花了大钱，才没让警察抓起来。这马子雄自称上海印染第一高手，可是在寿亭面前连一个回合都走不上！唉，我就不明白，陈寿亭这样的人，我怎么就得不着呢？"林老爷站起来在书房里来回走，林祥荣也跟着站起来。林老爷越走越快，走着走着，突然回过头："不行！你发电报，我这就去济南。你马上派人去订票。也给苗先生发一份，就写五个字'再战铁公祠！'"

第三十章

1

夏天的一天早上，兴业兴家高高兴兴地走进宏巨染厂。随后，寿亭穿着圆领汗衫走来。没了右手的老杜好像不大高兴，但还是笑着说："掌柜的，早呀！"

寿亭也说："早！"说完就往里走。他走了两步突然回过头来问："怎么就剩下你自己了，老王呢？"

老杜叹口气："唉！掌柜的，老王病了。"

寿亭答应一声，又往前走，走出去有十几米了，他好像想起了什么事，急匆匆地折了回来："我昨天还见他，今天怎么就病了？这十几年他从没请过假呀！"

老杜一看寿亭那表情，也只能实说："掌柜的，老王这病有些时候了，断不了地吐口血。我也劝他告个假去看看，他就是不去。只是一把一把地吃药丸子。可那病还是不见轻。掌柜的，俺兄弟俩跟着掌柜的从青岛到济南，这十几年来，年年多发给俺俩钱。俺俩也给厂里出不了什么力，本来脸上就挂不住，心里放不下的，再……"

他的话还没说完，寿亭抬手抽了他一个极其响亮的嘴巴："混蛋！老王在哪里？"

老杜捂着脸，含着泪说："老王觉得自己不行了，想收拾一下回老家。他不让我给掌柜的说。"

登标站在车间门口看着工人上班，一看寿亭打残废，马上跑过来："掌柜的，这是怎么了？"

寿亭气得呼呼直喘："什么也别说了，你，上车间找上两个人，再去老吴那里拿上钱，抓紧去老王家。他一口一口地吐血，这个王八蛋不去医院，一把一把地乱吃药丸子。觉得自家不行了，想回老家去等死。他娘的还有你，你这把头是怎么干的？全他娘的一窝子糊涂虫！去！快去！去那外国人开的和瑟医院。先住上医院，看看是怎么回事，赶紧打发人回来告诉我。"

登标答应着，飞奔而去。

寿亭看着老杜，老杜吓得想下跪，寿亭忙拉住他："老杜，咱既是同乡，也是多年的弟兄们，你这事办得不对呀！你俩从二十多岁就站在厂门口，现在都四十多了。我天天看着你俩站在这里，一个少了右手，一个少了左手。我陈寿亭没什么能耐，但是我愿

461

意让弟兄们知道，这辈子跟着我，没有跟差了人。老王长病你不告诉我，他也不告诉我，你让我怎么想？不错，看病是得花钱，那能花多少钱？花了咱再挣呀！咱的布都卖到了广东，这么大的工厂还看不起病？你俩轧断了手，我一辈子欠着你俩的情。你呀，老杜，伤了你六哥的心了！"寿亭说罢潸然泪下，一甩手，走了。

<h1 align="center">2</h1>

东初的汽车开过来，他一看大哥没像以往一样在厂门口站着，就停下车，问门房："大掌柜的呢？"

门房冲那边一指："大掌柜的在那儿呢。咱那棵枣树不知为什么突然死了。"

东俊看着那棵碗口粗的枣树，一脸的迷惑与哀伤，不住地摇头。

东初放下汽车后，走过来："大哥。"

东俊没有回头，只是长长地叹了口气。

东初说："大哥，死了一棵树至于这样吗？"

东俊慢慢地回过头来："老三，当初咱从博山来济南开染厂，咱爹让佃户挖了这棵树来种上。当初你在北平上学，不知道——这棵树只有指头那么粗。咱爹说，这枣树既耐旱，又耐涝，那意思就是让我挺住。这些年，我只要遇见难事儿，就看着这棵树，一切也都觉得无所谓了。这些年来你兴许也看到了，我每天从这棵树下走，天天抬头看看。可是今年春天，这树就死了一半，我的心里就咯噔一下子！又是浇水，又是上肥，总算活过来了。后来开了一树花，可是一个枣也没留下。这不，自从上个礼拜开始，叶子就开始干，怎么浇水也没有用了。唉，我是想呀，自打灭了訾文海，这两年多来，咱的买卖顺风顺水，一天比一天好，这棵树怎么突然就不行了呢？这是个什么征兆？唉——"

东初忙安慰："大哥，这棵树在这里有十几年了，你和它有了感情。实际上树并没有灵性，它是植物，和咱的买卖没关系。这夏天不能挪树，等明年开春儿，咱再种上一棵。咱再从老家挪一棵来。"

东俊苦笑："我一看这棵树，就想起咱爹来。唉，咱拼打了这么多年，工厂总算成了气候，咱的货也卖到了武汉。这么好的买卖，这树怎么就死了呢？"

东初用手扶着哥哥的后背，慢慢地向办公室走。一路上，东俊不住地叹息。

寿亭坐在小圆桌那里喝着茶，看着墙上林老爷题字。飞虎把电扇往这边搬了搬，寿亭说："飞虎，这两年给我端茶倒水的，还行吧？"

飞虎笑着："可是行！你就是不管饭，光让我听你说话都行！"

寿亭说："行！小子，会说话，比你叔强。飞虎呀，刚才你没进来的时候，我坐在这里想，这宏巨染厂的人，我没骂过的兴许没几个，这里头就有你和文琪。飞虎呀，东家还没来，你坐下，咱爷儿俩说几句。"

飞虎看看寿亭，不敢坐。

寿亭一欠身子，拉着飞虎坐下。飞虎虽说是坐着，但只是虚坐在椅子边上，随时给寿亭添茶。

寿亭看着那"一炮巡河，三言御倭"说："自打前两年灭了那訾文海，咱们的货出郑州，过衡阳，一阵子杀到了广东。这济南府也因为有了这些染厂、纺织厂、面粉厂，在全中国扬了名。买卖也挺顺。可是飞虎——"他盯着飞虎，目光里有些疑惑，"这些年一直都急上火的，这乍一肃静了，我这巡河炮咋不知道往哪里打了呢！"

飞虎说："掌柜的，我还是站着和你说话吧，坐着我害怕。"说着就想站起来。寿亭哈哈大笑，拉他坐下："飞虎，你知道我是怎么走的运？发的财？"

飞虎傻笑："掌柜的本事大，这谁都知道。"

寿亭说："你说得不对。是因为我先是碰见了好心人，后来碰上了明白人。没有这些人，我就是一堆狗屎！虎呀，我有些老了，回想这一辈子，觉得应当先做人，然后才能做买卖，做不好人，那买卖也做不好，就是做好也长不了。虎呀，我和你叔就和亲兄弟差不多。当初我派他去青岛元亨下蛆，他连眉头都不皱，真是好样的！当初咱要是青岛打不响，也就没有后来的这些故事了。他比我还小一岁，可是去年就死了，我一想起来，心里就难受。"寿亭低下了头，飞虎的头也低下了。寿亭叹了一声，淡淡地说："虎呀，明天，你就别在这里给我倒水了，我给老吴说好了，你去账房学着买卖吧，去学着认字。今年你才十七，认字还来得及，别和我似的，在上海把报纸都拿倒了！"

飞虎站了起来。

家驹提着公文包急匆匆地往寿亭办公室奔，然后跑上了楼，一下子把门撞开，飞虎惊得站起，退到一边。寿亭也愣了一下："怎么了？"

家驹把包往旁边一放："六哥，今天早上我听英文广播，说日本人正在打宛平，在卢沟桥与中国守军干起来了！"

寿亭大张着嘴："天哪——"

家驹急问："六哥，咱们怎么办？"

寿亭呆呆地说："北平离天津太近了，天津本来就驻着日本兵，开埠危险呀！家驹，快！给涛飞文东发电报，让他们不要把一个鸡巴工厂放在心里，能处理的都处理了，不能处理的，扔了不要了，让他们带着家眷来济南，看看再说。"

家驹说："六哥，不至于吧。这一回，咱们的军队总算放了枪，和日本人打了一阵。加上守天津的又是张自忠，那可是有血性的军人啊！他就能眼睁睁地看着日本鬼子占领天津？我觉得……"

寿亭抬手制止他："家驹，你不知道。林老爷子对我说，蒋介石此人很有心计，他对他的部下极好，甚至都兄弟相称。日本人在皇姑屯炸死了张作霖，那是张学良他爹呀！张学良和日本人有杀父之仇呀！可是老蒋一句话，张学良一枪不放，弃了东三省。这都是老蒋那'义气'起了效。去年张学良在西安，又是哭谏，又是跪谏，实在没了法，这才把老蒋扣起来。现在张学良在哪里？还不是给送上了军事法庭？咱再说一件事，远宜她男人那也是好样的，他和日本人也有亡家之恨。他是一个专门在山地作战的军官，据林老爷子说，霍长鹤极有才能——不用看，只听那动静，就知道炮弹是从多远处打来的。老蒋怕他帮着张学良，生生地把他调到国防部，待如上宾，还给了个肥差。又是加官，又是给钱，远宜坐月子，还派人送了礼。他没血性？还不是乖乖听话儿？张自忠是一个师长，老蒋要是不让他打，他敢怎么样？咱再说说咱厂里，咱的买卖这么好，我为什么不让再添机器？就是林老爷子支的招儿。钱咱可以带着走，机器能带走吗？要是没林老爷子，家驹，咱比现在还着急。你快去办吧！"

家驹并没站起来："六哥，我觉得济南不要紧，有黄河隔着呢！"

寿亭苦笑一下："家驹，别人说这话，我不在意，你说这话，我就觉得不对了。咱在青岛待了这么多年，你看见青岛港里有一条中国的军舰吗？有吗？一条也没有！日本人根本不会从北边来，他会顺着胶济一路西进，三天就能打到济南。林老爷早说了，整天是什么蒋桂大战，中原大战，除了和李宗仁打，就是和冯玉祥打，再加他娘的剿共，咱缴的那些税，全买成了陆地上用的家什，哪里有海军呀！林老爷子，小侄这里谢了！"寿亭抱拳在胸，仰望天棚，"家驹，要不是人家，咱这染厂还不得扩大三倍呀！"

家驹紧张起来："既然形势这么危险，咱那两万件布就别往这运了！"

寿亭叹口气，苦涩地笑笑："晚了！昨天祥荣来了电报，咱和三元一共是三万件。因为数量大，专门组了一整趟车，今天早晨就发出来了。你快，快打电话，把这事告诉东初，让他们抓紧到我这里来。天哪！这是他娘的什么国，什么政府呀！老蒋呀，你可害死这些买卖人啦！"

464

3

上海，林祥荣办公室，他站着给铁路局长打电话："刘局长，帮帮忙！让那辆专列停下，不要再往前开了！"

刘局长说："我刚问过，车已经过了真如，这时候快到苏州了。"

林祥荣一头大汗，孙先生站在旁边双手直抖。林祥荣说："刘局长，就是到了苏州也得停下！对方是诈骗犯，你要不让车停下，我们林家就完了！刘局长，停下吧，就算我和我爸爸求你了！祥荣在这里给你跪下了！"说着真的跪倒，"刘局长，你是前辈，咱们也是多年的世交，你就帮帮我们吧！"

刘局长叹了口气："唉，祥荣，这不是小事呀！让我想想。"林祥荣跪在地上，双手抱着电话，汗流满面。这时，刘局长说："好吧。原车运回吗？"

林祥荣跪着说："原车运回。祥荣及林家全体感激你的大恩大德！我给你磕头了！"

刘局长说："好吧，我这就命令调整运行图。运回后停在哪里？"

祥荣站起来："把车甩进北货场，随后我就让人去卸。"

刘局长说："好，最晚也就是明天就能回来。告诉伯清兄，让他放心吧！你净给我添乱子，不收到款子就发车！好，我挂了！"

林祥荣放下电话，孙先生过来把他搀起，慢慢地坐回椅子上。一头大汗直往下淌。孙先生递上湿手巾，林祥荣拿着，呆呆地说："给我六哥发电报，让他放心吧，专列停下了。"

孙先生说："陈老板并没来电让停运，咱……"

林祥荣抬着手："不用说了。国家都这个样子了，生意，已经做到头了。运了去，我六哥多年的心血，就都给了日本人了。我一个人坐一会儿，掐断我的电话线，告诉我爸爸，我马上回家。"

孙先生答应着出去了，祥荣的眼泪从脸上淌下来。

南京东路上，一片恐慌，各商店门前全是抢购的人群，马路上有人扛着面，有人扛着布，人们在乱跑着……

林公馆里，林老爷和老伴拉着手坐在长椅上。老伴把另一只手压在老爷子的手背上安慰着。

林老爷表情平静，一言不发。一个下人进来说："老爷，商会来的电话，是谢会长。"

林老爷没回头，只是淡淡地说："告诉他，我已经退出商会了。"

这时，林祥荣进来了，母亲站起，林祥荣坐在了父亲对面："爸爸，我把那辆专列截下来了。这事办得对吗？"

林老爷看着儿子："好哇！荣儿，你也成熟了！"他十分难看地一笑，"可是国家也不行了。这都是天意呀。"说罢，浅浅地笑着。

林祥荣看着父亲："爸爸，那些布运回来怎么办？现在正在抢购，张德裕贸易行正在囤货，交易所的布价一路飙升，我们是不是卖掉？"

林老爷笑笑："荣儿，你让我自豪，也让我感动，你商业的头脑越来越灵。只是，天公不佑我华夏，可惜呀，林家另一代的商业英才没有机会啦！"

下人送来了茶，祥荣给父亲倒水，表情很凄哀。

林老爷说："把那三万件布高价卖给张德裕，逼着他用美金交易。他如果不要，就减一点卖给周得海，刚才他来过电话，同意用美金交易。然后，把卖布的钱，按两万件、一万件分开。三元的那一部分，你去电报问问东俊东初怎样处理。寿亭那部分钱，一半继续持有美金，一半用美金买成黄金。"林老爷冷冷地一笑，"'盛世的古董，乱世的黄金'，这句话今天算是用上了。我就不信泱泱大中华——"他的嗓门儿突然提高，"就这样长久被日本鬼子欺负！祥荣，留下这笔钱，也就给你六哥留下了翻身的本钱。"说罢，剑眉竖起，满脸恨意，腮上的肌肉抽搐着。

林祥荣问："爸爸，咱们怎么办？是接着干还是渐渐地收口？"

林老爷说："荣儿，北平卢沟桥虽然离着上海很远，但上海比济南更危险。日本人本来就在上海、苏州、昆山有驻兵权，自今年春天以来，这三个地方都增了兵。日本军舰就泊在吴淞口。蒋介石忙着剿共，买的军火全是山炮机关枪之类，中国哪有海防呀！自甲午海战以后，中国海军实际上已经不存在了。"

林祥荣点点头，看着父亲那平静而悲壮的脸。

林老爷淡淡地说："荣儿，咱林家，是帮办入行，买办起家。咱们是在外国物资与中国市场之间，上下其手。上海人把买办称作'康摆渡'，咱们就这样摆渡来，摆渡去，投机取巧，从小到大。现在咱们有四个印染厂，六个纺织厂，两个橡胶厂，一个锅炉厂，也算是上海数得着的买卖了。这些年来，我也好，你爷爷也好，虽然是投机钻营，甚至囤缺居奇，哄抬物价，到了后来甚至操纵市场，但那仅仅是为了赚钱，并没干出辱没祖宗的事情来。"说着林老爷站起来，从博古架上拿下一个玻璃盒子。这盒子里面红绒衬底，上面放着指甲大小的一块瓷片。他坐下后，把盒子放在茶几上，小心地打开盒盖，爷儿俩看着那块薄瓷片。"荣儿，在所有的瓷器中，这碗是最难烧制的，大碗，更难烧制，因为胎子薄，不等晾干进炉，胎子就变了形，碗口也就不平了。咱家——那时候你也就是有两三岁——就有这样一个宣德官窑的大碗，直径三尺，就这么薄！要说价值连城，那是说小了，根本就没价儿！当时收藏界称之为'一碗胜万瓷'。那个大碗，摆在一个专门的架子上，要是想动地方，要六个人围起来，小心地捧着，稍微用力不均，那碗就能断了。那是国宝呀！不能给外国人呀！正好，英国远东公司的经理史沫特到我们家来，一见这碗，张嘴就要买。咱当然不能卖，可是当时咱正和英国人做着买卖，不敢得罪人家。你爷爷就说买什么，既然你喜欢，送给你吧。史沫特非常高兴，就过去摸碗。你爷爷装着出去方便，对两个下人交代了两句。回来之后嘱咐下人小心地往外抬，两个人也就真小心翼翼抬着往外走。走在前面的那个人，是我们的本家，我得叫他二伯。二伯倒退着走在前面，过门槛的时候故意摔倒，那个碗也就碎了。你爷爷心疼得当场就昏过去。这就是林家的家风！宁可疼昏了，国宝也不能给外国人。这就是我们林家的气节！也是我们家这些年聊以自豪的地方。咱家是发财了，甚至是发了不义之财！但是咱家，进口，没进口过一钱鸦片，出口，没出口过一件国宝！阿荣，明白了吗？"

祥荣一脸肃穆，认真地点点头："爸爸的意思是——"

林老爷拉过儿子，坐在自己身边："过去咱们东三省朋友那么多，现在都不来往了。他们为了自己的那点生意，保财舍节，现在被逼都干了伪差事。难道我们也要步其后尘吗？如果日本人真的占了上海，拿刺刀逼着你，你能不干吗？我知道自己没有那样的勇气。荣儿，趁着现在工厂还值点钱，我们全卖掉吧！你说呢？荣儿，覆巢之下，无有完卵，人生的得与失，其实是一件很平常的事情。"说罢深情地看着儿子。

林祥荣拉着父亲的手，坚定地说："爸爸，我们家，就是一切都从头再来，也不能在日本人的刺刀下面发财！"

林老爷长叹一声，父子俩的双手紧紧地握在一起……

一九三七年八月十二日，在"八一三"事变的前一天，林氏企业被后来的汉奸商人张德裕以极低的价格买去。经营六十余年的林氏家族就此退出商界，结束营业。

<h2 style="text-align:center">4</h2>

远宜家，她急得在屋里来回走。老妈子抱着孩子在院里坐着，逗着孩子玩。这时，长鹤的汽车飞驰而来，还没等远宜出来，长鹤就从车上跳下来，随走随解军装的扣子。他连院子里的孩子也没看，直接冲进屋来，把上衣猛摔到墙上："他妈的，我的肺都快

气炸了！"坐在沙发上，摸过烟来，然后又扔下，"这是要干什么！"

远宜过来拉住他："你小点声音。"

长鹤怒目而视："大也不过是个死！不说增兵，倒是讲和。从金元，到明清，北平就是中国的国都，那是京畿重地。大批的飞机就在徐州，增援一下又有什么不好！炸他一顿还不一样讲和吗？哼，反倒说我乱言误国。抓了张少帅，扣了杨虎城，怕我不满，把我调到作战部，我想这可来了机会！还什么抗战不分前后方，全是胡扯！"

远宜按了一下他的手，站起来过去把门关上。院里的那两个卫兵知趣地去了院子门口。老妈子也抱着光复往外走了走，但是没出院子。

远宜倒了杯水端过来，然后扶着长鹤的肩坐下："消消气，喝杯水。长鹤，军人是要服从命令的。别生气了，我比你还急，一天到晚在家为你担着心。"

长鹤傲视着门口："你看看这个中国，日本人四处有驻兵权，从吴淞到舟山，全是日本人的军舰。日本要是大国，那也罢了，一共他妈的和个鞋底大小，根本没有能力和中国全面开战。怕它干什么？就是因为不战而退，它才有恃无恐。我在日本多年，全面地考察了它的国民产业，十分脆弱。日本人是用中国的资源侵略中国。我今天说了这些，你猜那蒋委员长说什么？"

远宜看着他，长鹤说："他说，他到日本的时候，我还在小学呢！好，既然不听我的，干什么夜里四点把我叫了去？远宜，你知道今天谁最忙吗？外交部！忙着要求国际调停！我说飞去北平亲自看看，哼，怕我不回来了。错呀！"长鹤仰天长叹。

远宜拉过他的手来抚摩着。长鹤慢慢地说："告诉六哥准备南迁吧，北京一旦失守，日本人就会直扑济南，那是中国最重要的战略要地之一。远宜，你也准备准备吧。今天已经讨论到迁都的事情了，是昆明还是重庆，还没定下来。唉，让人心寒呀！"

远宜问："南京有长江之险，难道也守不住？"

长鹤原样没动："日本人会从上海打过来，唉！这时候他该想起那些海岸炮来了。"长鹤自嘲地笑着，"得时，得势，堂堂的少将，仅是个摆设。远宜，你嫁了个行尸走肉呀！"

远宜伏在他的胸前："别这样想。北平的事情可能会有转机。我陪你喝点酒吧。"

长鹤好像没有一点力气，他看着天棚："保不了国，就保家吧。你明天打电报给六哥，就说西南可以安家。"

远宜说："我想去一趟。"

长鹤猛地坐正了，拉住她的手："远宜，要不是为了你和光复，我今天就跳起来了。咱们已经有了一次沦陷的经历，别再冒险了。六哥是明白人，知道该怎么办。我求你不要去，我实在受不了了！"说着把远宜抱过来，嘤嘤地哭起来。

5

下午，开埠染厂周涛飞办公室，他和丁文东二人站着说话。

涛飞说："你去花旗银行，汇丰也行，把刚卖的这些钱也都买黄金。从今天开始，给工人发双薪，二十四小时不停地干，把仓库里最后的那三百件布全印出来卖了。街上正在抢购，各染厂都缺布，如果有要坏布的，也卖。然后，你带着金票去济南，我等着和德国人办交接，随后去找你。合同已经草签了，德国人还要请示国内总部最后定夺，只要一回电报，立刻就能交接。一旦交接完毕，我带着剩下的钱，立刻去济南。"

文东说："这些事情都没问题，只是我觉得咱这厂卖的价钱太低，便宜了德国人。"

涛飞说："这十几天来，六哥一天一遍电报来电催我，让我直接把工厂扔了。德国人虽然给的价钱低，但也比扔了强。德国人就是趁着咱这国难，所以来发咱的财。文东，随着张自忠和日本人的交涉，战事好像有了些转机，可能日本人一时半会儿还打不进来。金价也开始落了。你快去吧，别不知道哪里再响一炮，哪怕就是不小心走了火儿，金价还得上去。虽然咱的钱大部分换成了美金，但什么也不如黄金。你把所有的钱全买成金子。就这么定了！拿着金票比什么都踏实。"

6

早上，寿亭在办公室里急得直转，来回乱走。

家驹进来了："六哥，咱厂里的布全卖完了。我又给涛飞发了一封电报。"

寿亭站住："都什么时候了还卖工厂？都什么时候了！家驹，我得去天津把他俩抓来！这样不行。一会儿打，一会儿停，我都快疯了！"

家驹扶着寿亭坐下："六哥，你不能走。你一走，我们这些人全没了主心骨。还是我去。"

寿亭把眼一瞪："什么？他俩不来，你再往里陷。不行，你去了弄不回他俩来。这两个守财奴，日本人就在眼皮子底下，还管他娘的什么染厂呀！"

家驹安慰他："六哥，从卢沟桥开了火，到这也有十几天了，日本人虽说还闹腾，好像轻了点，兴许一时半会儿的没事吧！"

寿亭说："有事怎么办？这些年，开埠染厂的布全去了东北，尽管咱一会儿换一个牌子，一会儿换一个牌子，那些日本特务能不知道是开埠在给他捣乱？日本人最恨的就是开埠染厂。日本人在东北实行什么统一价格，可让开埠弄得，沈阳以西的布就是便宜三分钱。日本人一旦占了天津，能不去找周涛飞？还有那个丁文东，娶了日本老婆，可他比谁都恨日本人。这两个人凑到一块，见了日本人能有个笑脸？要是国民政府向天津增兵派将，咱心里还踏实点，可你听听那戏盒子里，都是放了些什么屁！什么要求国际社会调停，可气死我了！家驹，从今天开始，停止念报纸。不听，我这气还小点儿。"

正在这时，老吴领着柱子进来了，寿亭一惊，忙站起来迎上去："兄弟，出了什么事？"

柱子拉着寿亭的手，哭着说："六哥，锁子叔病重，周村治不了。我想抬着上火车，可火车怕那病传染，不让咱上。咱爹这才打发我来问你咋办。"

寿亭一听，脸色蜡黄，拉着柱子呆呆地坐下："难道真要大难临头？难道锁子叔这是来给我送信？家驹，快打电话给东初，你俩开着汽车去周村。这边我让老吴联络和瑟医院，拉来之后直接去医院。现在走，夜里就能回来。我在和瑟医院等着你。"

家驹给东初打电话："东初，锁子叔病重，开上汽车过来……"

寿亭拉着柱子坐下，慢慢地问："家里都好吗？"

柱子点点头："都还好。按你说的，把所有的染坊都卖了。咱爹咱娘也都搬到了我那院子里。六哥，这染坊都卖了，咱以后干什么呀？"

寿亭给柱子递上烟："兄弟，这干什么，一时我也说不上来，咱先这样吧。咱就坐着吃吧，没事儿。那面都买下了吗？"

柱子说："整个西屋里垛的全是面，家里的事你就放心吧。日本人是往城里打，兴许不下乡，乡下没有值钱的东西。"

寿亭说："这些王八蛋，什么事能都干得出来。你和咱爹咱娘好好地在家里待着，还有你那些孩子，别乱上街。听见了吗？"

柱子点头。

这时，东俊大步流星地进来了，他撞开门冲着寿亭说："听说咱锁子叔不好？"

三人坐下来。寿亭说："唉，前天看门的老王就死在和瑟医院里。东俊哥，难道咱弟兄们就到此为止了？"

东俊拉着寿亭的手："六弟，咱就等着吧。苗哥也是急，他让我问问你什么时候有空儿，咱好一块合计合计。"

寿亭说："好吧，锁子叔这一病，我看也是凶多吉少。瞎婶子去年死了之后，他就一直没下来床。唉，也八十多岁了。东俊哥，一想锁子叔要走，我的心就和碎了似的，就想起当年他给我的那半块饼来。"说罢泣不成声。

470

一轮血红的太阳照着原野，汽车里十分闷热。东初开着车，家驹坐在旁边，用蒲扇给东初扇着。后面，两个工人揽着奄奄一息的锁子叔，一行五人向济南驶来。汽车在土道上颠簸着，顶着太阳。

两个工人轮流着把毛巾在水桶上洇湿了，然后往锁子叔额头上放。

东初两眼大瞪着，盯着前方的路，想开快，又怕颠抖，急得两眼通红。家驹的蒲扇越扇越快。

夜里，医院病床上，锁子叔已经不省人事。寿亭坐在床前，双手捧着锁子叔的左手，放在自己的脸上，泪顺着那手往下流着，采芹坐在旁边，也是不住地擦泪。

家驹东初东俊站在病房外。家驹问刚出来的大夫："大夫，这病人还能撑多长时间？我们好准备后事。"

大夫摘下口罩："已经不行了，顶多也就是到天亮。"

他们几个人进了病房。东俊伏下身子说："六弟，大夫说锁子叔怕是不能撑到亮了天。咱们……"

寿亭没有动，只是慢慢地说："东俊哥，准备后事吧。家驹，让老吴叫开棺材铺的门，今天下午我让他去定下了一口柏木四独的棺材，运到我家去吧。东俊哥，我心里乱，你们就商量着办吧。"说罢寿亭泪如雨下，已经不能言语。

多少年前的那个冬天的景象，又出现在寿亭的面前。

他的声音再次响起："叔，你放心，谁也不是带着钱生下来的！叔，有财等着我去发，我死不了！锁子叔，你老人家好好地活着，你看我陈六子给你盖青砖大瓦房，看我让你和瞎婶子三顿吃白面！我就不信我陈六子要一辈子饭！"……

这时，寿亭感觉到锁子叔一抖，他急忙站起来把脸贴上去，然后大叫一声："锁子叔呀！你可再看小六子一眼呀——"

众人急拥进来。

7

天津日本特务机关，一个汉奸进来说："伍田先生，周涛飞卖掉了开埠染厂，这两天就办交接。"

伍田站起来："想跑，不行。"伍田凑到汉奸的耳边低语，汉奸点点头出去了。

晚上，汇泉楼饭庄，寿亭和柱子对坐着，腰里还都系着孝带。店里并没有其他客人。

掌柜的过来了："陈掌柜的，你这番孝道，兄弟是从心里佩服。济南府谁不知道陈六爷是铁汉子！可早上发丧，你哭得周围那人都起了鸡皮疙瘩。这桌饭，你说什么也不能再给钱！就算我跟着陈掌柜的学做人了。"

寿亭苦笑着站起来，双手抱拳躬身："寿亭谢了！"

掌柜的叹息着走去，随之拿起一块板子，立在了店堂门外，上写"贵客清场"。

寿亭二人端起酒杯，举过头顶，然后洒在地上。二人泪流不止。

柱子起身给寿亭斟上酒，自己也斟上："六哥，我……"

寿亭不让他说话，把他敬酒的双手慢慢压下："兄弟，我有话说。拉着锁子叔灵柩的骡车，后天才能到周村。明天早上，我让东初派汽车送你回去。兄弟呀，我十五进的周家，咱俩在一块儿三十多年了。这三十年中，咱经历了多少事呀，可这想起来，就和昨天似的！本来我想找个空儿，咱弟兄俩好好说说话，可是自打日本鬼子在卢沟桥闹腾之后，我就心烦意乱的。天津的那俩厂长也让我揪着心。锁子叔这一去，我的心更乱。兄弟呀，今日一别，也不知道还有没有再见的日子。"他的口气极其平静，也极其哀伤。柱子想说话，他抬手不让说："我又不在周村，你就代我尽孝吧。回去替我问咱爹咱娘好。再有空儿的时候，去趟张店，去看看家驹他爹。我看老爷子也差不多了，也是躺在床上半年多了。兄弟呀，你六哥风风雨雨几十年，脾气又急，张嘴就骂人，哪里有不当的地方，兄弟你就多担待吧！"二人相对流泪，沉默片刻。寿亭擦擦泪，调顿了一下情绪说："回去之后，不要想着干什么买卖。安葬完锁子叔之后，就好好在家过日子。过日子要节省，咱的钱再多，可要是没了进项，也有花完的时候。好比一大缸水，就是用酒盅子往外舀，也有舀干的时候。看着孩子好好念书，好好上进。对那些孩子说：不好好地念书，你六伯就回来骂你。唉！我弄了点金子，已经交给了金彪，他明天带着人，带着枪护着你回周村。回去之后别放在一个地方，分开埋着。虽是不多，但要是省着花，三辈子是够了。兄弟呀，来，咱弟兄俩开始喝酒，我先敬你一个！兄弟，陈寿亭这里谢了！"

柱子哇的一声哭了出来。

8

早晨，涛飞文东在办公室里，另外还有洋行来的德国人和中国帮办。交接完毕之后，双方握手，德国人送出来，双方告别。

涛飞对文东说："你先回家，带上所有的票据，晚上咱码头上见。三天之后，六哥家驹也到上海，咱们在那里聚齐以后，再和林老爷子还有祥荣商量商量，看看下一步怎么办。"

文东问："你这不走？"

涛飞说："我沿着厂子再转一圈，算最后的道别吧！走，我先送你到厂门口，然后我从厂门口开始转。唉，这乍一离开，心里还酸酸的。"说罢苦苦地笑。

二人说着就走到厂门口。周涛飞抬手和丁文东告别。文东向西走了，涛飞站在那里目送着他，然后无奈地摇摇头，苦笑一下，开始往回走。

他刚一转身，一辆黑色的汽车冲过来，一支长枪从后窗上伸出，一排子弹打在他的后背上。

文东走出去并不远，听见枪声忙往回跑，这时，就见那辆黑汽车已经飞驰而去。

文东跑到厂门口，见涛飞倒在血泊中。文东把他抱起来，涛飞苦笑着，最后说："人生多么快呀。去，去济南吧。问六哥他们好！"

文东大声喊："涛飞——"

工人们跑出来了……

9

寿亭和家驹坐在办公室里，寿亭问："从天津到上海，三天能到了吧？"

家驹说："不知道他俩是坐的法国船，还是英国船。英国船能到了，法国船得四天。"

寿亭说："一会儿你给东初打个电话，让他准备准备，咱明天就走，咱先去了等着他。这些天可急死我了。看我见了周涛飞不骂他个狗血喷头……"他的话还没说完，丁文东一头撞进来，扑通跪倒："六哥，日本人在厂门口打死了涛飞！"

寿亭坐在椅子上没动，家驹忙过来扶丁文东。寿亭这时盯着门，两眼发愣，直勾勾的，一言不发。家驹他俩赶紧过来叫："六哥，六哥——"

寿亭把手搭在家驹的手上，想慢慢地站起来，文东挽着他另一只胳膊。可寿亭站了两下，没有站起，只好再坐下，坐下之后，又想站起来，站了几次，还是站不起来。寿亭一急，往上猛一蹿身，身子站得笔直，随之昏过去……

东俊正在办公室里，东初一头撞进来，两眼通红："大哥，不好了！周涛飞被日本人杀了，六哥一急，口吐鲜血，人事不知。"

东俊扶着桌子，慢慢地站起来："日、本、鬼、子，我日你祖宗！六弟——"他张

473

着手向门外冲去。

林老爷和老伴坐在院中的石凳上说话："这回寿亭来了，我就扣住他，不让他再走。我要天天和他在一块儿说话。"

老伴说："我也是这个意思。寿亭一会儿一个笑话，一会儿一个笑话，笑得都肚子疼！"

林老爷说："这些天我想来想去，中国不是商人待的地方。欧洲也乱哄哄的，希他拉（希特勒）也闹得紧，我看也是麻烦不少。我和阿荣商量了，咱叫上寿亭他们，一块儿移居美国吧！"

老伴说："你和阿荣家驹他们可以，我和寿亭一句英语都不会讲，去了做什么？"

正说着，林祥荣跑进来："爸爸，不好了！周涛飞被日本鬼子杀害，六哥一急，住进了医院，上海不来了。我去济南看看吧！这是电报。"

林老爷没看电报，慢慢地站起来，老伴在一边扶着他，两三个下人也过来搀住。林老爷推开他们，两眼怒视："我要是蒋介石，早自己吊死了！"

一个下人从屋里搬来了椅子，大家扶着林老爷子坐上去。林老爷老泪纵横，老伴给他擦着，林老爷拉住太太的手："周涛飞才三十多岁，那是少见的商业奇才，就这样死了，这是为什么呀！寿亭也不知道怎么样了！"林老爷举首向天，"天哪，国民政府呀，怎么这么多窝囊废呀！"说罢，顿足捶胸，咳嗽不止。众人齐忙。下人端来水，林老爷喝进去，又吐了出来，林太太说："快去叫医生！"

一个下人跑了出去。

林老爷止住了咳，摆摆手。然后抬起头，拉住了祥荣的手："荣儿，我们哪里也不去了，我就在这里！就在这里看着，看着日本鬼子到底还能怎么样！我倒是要看看这个蒋委员长，怎么对中国人交代！"他呼呼地喘着，"我要好好地活着，我要看着日月重光！我哪里都不去，就在生我养我的大上海！"说罢又是大咳不止。

祥荣点头，满脸是泪："爸爸，我们陪着你！"

林老爷稍微平静了一些，对祥荣说："去济南，祭奠周涛飞，看望陈寿亭！"他转向老伴："淑敏，你去研墨，我要写下我的心痛！"说罢放声大哭！

书房内，多人扶着林老爷，林老爷手拿提斗大笔，写下一幅十二尺长的大挽联：

国祚将尽西山日薄空劳少年捐身躯

474

山残水剩东海涛飞何是商贾过零丁

林老爷的泪，滴在纸上。笔掉在了地上，人也软下来……

一九三七年七月三十日，北平天津双双沦陷。

10

天凉了，树上的叶子也已落去。寿亭倚在家中的床上，家驹老吴在病床前，金彪和几个人站在院里。

寿亭拉着家驹的手："兄弟，林老爷用当初訾文海扔下的那些钱，在法租界里买了两个小楼。本来是想等着咱俩去住的，院子里还有个带棋盘的石桌子，老人家还等着再用巡河炮和我杀几盘。可涛飞死后，我的魂都散了。涛飞呀，你把你六哥疼煞了呀！"说罢放声痛哭，众人无不落泪。

采芹过来劝解："寿亭，你把这些人叫来，是要说事的。先别哭了，啊？等着光剩下咱俩的时候，你再哭。寿亭，听话！"

寿亭勉强止住了哭声，稍微稳定了一下说："那两座小楼，涛飞老母妻儿和文东住了一座。你别在这里陪着六哥，日本人已经打到了潍县，另一路也打到了德州、恩城。与其都在这里等死，不如你先逃生。你带上那些孩子们走吧。这里有你六嫂陪着我，就行了。家驹呀，咱弟兄们一生相伴，时候也够了。林老爷子在上海给咱存着钱，万一你六哥不在了，你就用那钱，替我给涛飞的老母养老送终，看着涛飞的儿子长大成人。陈寿亭在这里谢了！"说罢要起身，众人按住。家驹已经泣不成声，把头伏在了寿亭手上。寿亭说："你起来吧，我和老吴有话说。"

家驹哭着去了院外。老吴坐在那个凳子上，寿亭拉着他的手："老吴，我什么话也不说了。你回去之后，让弟兄们散了吧，发钱给弟兄们，让他们另找饭碗吧！"

老吴含着泪问："每人多少？"

寿亭笑笑："你就和东家商量着办吧。跟着咱去青岛的，多发些，剩下的那些人，唉，你就看着发吧。你起来吧，把金彪叫进来。"

金彪来到床前就跪下。寿亭苦笑："兄弟，坐下说话，六哥没劲拉起你来。"

金彪坐在凳子上，寿亭拉起他的手："金彪，我什么也不说了，日本人打东北，咱弟兄才遇见，这遇见就是缘呀！金彪，你得帮六哥办件大事儿。"

金彪哭着说："说吧，掌柜的，要命，你这就拿走！"

475

寿亭说："这韩复榘整天在戏盒子里说，誓与济南共存亡，这是咱唯一的盼头儿。咱盼着他能挡住日本人，咱不当亡国奴。可是咱也得有点准备。从明天开始，一般的工人都回家了，我让老吴留下了十几个人。你是电工，比我内行。你听着，你把两路火线全进电机，所有的机器都这样接上。我让东家从普利门的化工行买了一百大桶汽油，明天一早就送来。你把这些油放在咱厂里重要的地方，好机器跟前多放，孬机器跟前少放，新车间里多放，旧车间里少放。你也想个法儿，把电线接过去，把线扯在厂后墙外边的那个小屋里。只要日本人来占咱宏巨染厂，你就合闸，我要让宏巨染厂一片火海！从明天开始，你也不用来看我了，你就住在那个小屋里。文琪到点就给你送饭，你一刻也不能离开那个地方！韩复榘如果真能挡住日本人，咱就接着干；挡不住，咱这工厂也不能留给日本人！兄弟，听明白了吗？"

金彪点点头："掌柜的，你就放心吧！"

11

天，渐渐地冷了，人们穿上了棉衣。

苗先生打电话给东俊："东俊，我刚从寿亭那里回来。这天公真是显了灵了，寿亭前两天都交代了后事了，这又好起来了。高兴！高兴！"

东俊说："苗哥，家驹去问过那个外国大夫，寿亭没什么太大的病，是气的急的。我昨天就见他下床了，挺好的。苗哥，你厂里也乱哄哄的，不用天天过去看了。我天天去看寿亭，回来给你打个电话就行。"

苗先生高兴："我说，小六子从来不过生日。刚才我问了采芹，下月初七就是他的生日，咱也别说祝寿了，他比咱俩都小，咱弟兄们凑到一块儿去吃顿饭吧！就在聚丰德，我刚才打电话订下了。连那些家眷都叫上，咱一块热闹热闹，用喜气给他冲冲！"

东俊说："好，这事好！我一会就去告诉他。"

重庆西坪军官别墅，远宜正在自己的房间里。她跪在那里，双手合十，闭目祷告，面前是个菩萨。"菩萨啊，你显显灵吧，保佑着韩复榘守住济南，保佑我六哥一家平安。我六哥叫陈寿亭，我六嫂叫周采芹，我侄子叫陈福庆。他们都是好人呀。菩萨呀，你显显灵吧，你让那些日本鬼子全长病，让日本人的炮打不响。菩萨呀……"

她正祷告着，长鹤轻轻推开门，笑了："太虔诚了，连我回来都没听见。"长鹤想过来拉起她，她不起："长鹤，你来祈祷一下吧。"

长鹤笑笑，冲着菩萨鞠了一个躬："好了，起来吧。好消息，我明天一早去济南。"

远宜一跃而起，惊喜地抱住了他，用力亲着。二人来到客厅。

远宜问："去督战？"

长鹤轻蔑地一笑："哼！有这个意思，但主要是把山东的黄金运回来。让我当天返回。"

远宜焦急地问："又要撤吗？"

长鹤说："倒是不撤，先把黄金运回来，以防万一。"

远宜说："那为什么让你去？"

长鹤说："让韩复榘觉得重视他。你递给我一张纸。"

远宜起身拿了一张纸递给他，长鹤掏出笔来："济南的防御体系是我协助制定的。韩复榘弃守黄河以北，这在军事上是对的，因为黄河北面全是平原，现在他的炮全架在黄河的二道坝与一道坝之间。济南南面是山，轻兵驻守就可以；济南以东，有两处制高点，一个叫茂岭山，一个叫燕翅山，这是济南的两扇大门，全有重兵把守。制高点的前面是纵深二十公里的地雷带。只要韩复榘想守，日本人休想靠近济南！由于六哥在济南，我是特别用心，上次去，我每一个地方都亲自看了。今天飞机送来了部署图，基本完成了原来的构想。现在就看他韩某人的了！"

他随说着随画，远宜半懂不懂地点着头。

远宜问："你觉得韩复榘能守得住吗？"

长鹤点上支烟："此人心计很重。中原大战，他弃冯投蒋，这次涉及民族存亡，我想他不会干出太离谱的事来。委员长还是不放心，才让我再去见见他。"

远宜说："我们先不说这些。你到济南之后，务必把福庆接来重庆。六哥就这一根苗，六哥有工厂，走不了，可这孩子不能留在济南，那太危险了！"

长鹤点点头："上次我去，六哥病得那么重，我话都到嘴边了，也没好意思说出来。现在六哥好了，我不管他愿意不愿意，非把福庆接来不可。就是抢，我也得抢来。远宜，你不从军，不知道军队里的事。要是这兵败起来，唉，咱不说这些丧气话。也许明天晚上，福庆就在咱家里了。"

远宜站起来，长鹤问："你干什么？"

远宜说："我让人去给六哥买礼物。"

长鹤拉他坐下："太太，放心吧。礼物我都让人装到飞机上了。"

初冬，寿亭渐渐地好起来，穿着棉袄坐在椅子上。

采芹说："咱福庆吃不了四川那辣，也不知道胖了瘦了。"

寿亭说："他俩全是东北人，家里那饭不是四川饭。净操些没用的心。"

采芹说："要是这日本人紧着不走，咱福庆在重庆待上几年，那回来还不是一口四川话呀！"

寿亭说："四川话也是中国话，也比那些满洲学生说日本话强。"

这时，电话铃响了，采芹过去接："老吴，寿亭挺好。好，我让他接电话。"

采芹把电话拿过来，寿亭说："什么？韩复榘派人收抗日捐？"

老吴说："是，要一千块呢！"

寿亭说："给他一万！让他把日本鬼子顶住！多杀日本鬼子，给周涛飞报仇！一万不行就两万！就这么着吧。"说罢放下电话。然后自言自语地说："涛飞……"

采芹吓得赶紧过来说："寿亭，中午你想吃什么？"

寿亭恨恨地说："我想吃炖肉！炖日本鬼子的肉！"

采芹忙笑着打趣："这日本鬼子现在也不好逮呀，你就将就着吃猪肉吧！"

东俊东初在办公室里，工厂也停下了，厂子里也是很冷清，门也关了。

东初说："六哥就是个急火儿，这火儿渐渐地消了，他也就好了。我昨天去看他，基本是没事了。就是不说笑话了。"

东俊说："这日本人杀了周涛飞，他一是心疼，再就是他治不了日本鬼子，没有报仇的办法。现在就是不知道，这韩复榘说得挺热闹，是不是真能和日本鬼子干。"

东初笑笑："大哥，韩复榘是山东的土皇帝，又是自己审案子，又是自称韩青天，他就是为了他自己这地盘儿，也得和日本人玩命。现在黄河南岸全是炮，一排一排的。"

农历初七晚上，聚丰德饭庄，还是上次大家聚会的中等规模的餐厅，还是里外各一桌。仍然是女席在外，只是少了周太太和丁太太。

采芹说："苗嫂子病了，要不一块来多好！"

东俊太太说："唉，寿亭好得这么快，全是天保佑。苗嫂子下午来电话，托我给寿亭敬酒。寿亭又不让祝寿，说一祝就把他祝煞。妹子，这样，咱先不去敬寿亭了，就一块儿敬天一个吧！是天保佑着寿亭。"

采芹说："大嫂，咱等一会儿再敬天，还是先敬韩主席一个吧，是他让咱安安稳稳地坐在这里。日本人要不是怕他拼命，要不是怕黄河南岸的那溜炮，还不早打进来了？"

翡翠说："是，咱天和韩主席一块儿敬，让天也保佑着韩主席！"众女人一块儿举杯向天。

里间，寿亭看上去已经完全好了，苗先生坐在上首，左首靠着寿亭，右首靠着东俊。家驹东初也都挺高兴。

苗先生说："六弟，前几天看着你就是不行了。六弟，你要是去了，那就把我生生地疼煞了！"苗先生浓眉一挑，"我苗瀚东当初梳着清朝的辫子留洋，刻苦学习，没日没夜地用功，盼的就是国家强大。唉，这国家不仅没强大起来，反倒是一天不如一天。六弟，咱不说这些了，你这里也好了，我的心也算放下了。咱慢慢地来吧。盼着战事有转机，咱一块儿干一个！"

寿亭端起酒杯说："苗哥，这日本鬼子也怕不要命的，韩复榘这一拉开拼命的架势，日本人还真就在济南外头停下了……"

他的话还没说完，登标闯进来，大呼："掌柜的，大事不好！韩复榘扔下济南跑了！"

寿亭说："胡说！"

登标说："掌柜的，现在满街上都是逃难的，济南府的人都往泰安那边跑。韩复榘的那些兵满街抢东西。咱们也跑吧！"

寿亭冷冷一笑："你跑吧。"登标突然一昂头："我不跑！我死也陪着掌柜的！"

寿亭用一种新眼光看着登标："好，好样的！你回厂，告诉金彪和护厂队的弟兄们，只要那些乱兵一进厂，就给我开枪打！打这些王八蛋！"

登标坚定地应着，转身跑去。

屋内，十分静寂。

寿亭苦苦一笑，平静地说："苗哥，来，咱弟兄们干一个！"

众人愣了一下，还是举起了杯，一饮而尽。

寿亭说："老三，这里头你年纪最小，给你这些哥哥斟上酒。"

东初表情平静，给众人一一斟上。

寿亭端着酒杯站起来，众人也随之站起。寿亭淡淡一笑，说："苗哥，东俊哥，这是天意！家驹，老三，这没什么！天意如此，济南即将沦陷，咱弟兄们正好凑在一块儿。这就是咱弟兄的缘分！来！咱再干一个！"

外间里那些女眷也齐端着杯子站起来。

众人表情悲壮，把酒端起，一饮而尽。

寿亭放下酒杯，却还站在那里。苗先生坐下后，又站起来，他看着寿亭，小心地扶着他："六弟，你怎么了？"

众人也都围过来。寿亭脸色冷冷的，他盯着远处，一言不发、牙咬得格格地响。他一只手扶住了桌子，一只手拉住了苗先生，两眼通红，慢慢地说："这是什么军队！这是什么国家！"他紧抿着嘴，怒视着，血从他的嘴角漾出来，身子打了个晃，向后一仰，又向前一伏，一口鲜血喷了出来。

他，慢慢地，向后倒了下去……

一九三七年十二月二十七日济南沦陷。

随着抗日战争的全面爆发，中国民族工业，那一现的昙花，彻底地凋谢了，似一颗美丽的流星，划过了中国历史的天际。人们目送着那颗流星，带着那长长的叹息……

国家，是人生活动的最终平台，当这个平台倒塌的时候，所有的一切，亦如流星逝去。能力、热血、才华、激情，也仅是垂死者那惨白的面孔上，一缕灿烂的笑容！

后　记

看完了前面的那个故事，就换一种心情来看后记。

二十多年前我就会写作，曾在丁玲诸先贤前辈主办的期刊上发表作品。这好比老了的女演员偶然得到一个群众角色，便说自己当初如何。时过境迁，我儿子又到了我写作的那个年龄。他生性贪玩，再加上我的教子方式类如清朝的外交，重在感化，所以才要赔款出洋念书。我是那种没什么出息也不想有出息的人，三餐无忧，已很知足。所以钱不太多。万般无奈，就想写钱。吉人天相，正赶上名满天下的君子文人张宏森先生犯昏——影视界前辈兼忠厚长者王汉平先生也没把住关，就糊糊涂涂地购去剧本。央视信任二公，注资千万，正在拍摄。我是钱货两清，交完税后还了账，已然无款可退。

油卖了，榨油剩下的豆粕也可以换钱。所以我又改写出书。由于本书是从剧本演化而来，用的是福斯特所谓"第三者客观立场（The objective view of a third person）"，我叙述描写的功夫无法使出，只能来后记里卖弄。这好比卖字——按客户要求写隶书，落款却是用的行草，以表示自己另有乾坤。成稿之后，大学问家栾贵明先生的法眼审阅，勘误一百余处！栾先生不是那种通俗名人，而是中国文化的超级独行客，生生把中国有价值的典籍（七千万字）装进电脑里！《二十四史》《全唐文》之类真也买不起，买得起也没处放，有处放也没法查，有法查也费劲，费劲就弄一头汗，弄一头汗也查不着。所以我说栾先生功德无量！田奕小姐是我的课外辅导员，栾先生勘后，田小姐再矸，课外辅导员又变成班主任，认真地为我批改了作业。好在大家师友多年，我也就省了那个谢字了。

我最为景仰的前辈泰斗也破例奖掖，赐题书名，我十分感动。老人家高龄九秩，当以清静为上，就不犯讳颂谢了——以免他人效法，平添烦累。但作为人生的纪念我将永志不忘。

在我写钱的过程中，得到了姜强、巩岩二先生的大力支持。我没什么出息，但我认识的人均非等闲。姜先生是中国媒体运作的顶级高手，是心怀善念的商界奇才；巩先生是中国广告界媒介数据派的典范，可谓仁恭之士。二位宽厚的人品让我肃然起敬——相知是一种很深刻的感情，会给你带来信心与鼓舞。

我算上过三年小学，但我的三位助手却是学士或硕士。于此鸣谢美丽细心的张宗苗小姐，及才情茂盛的刘凯、刁志强二先生。淡水里掺入了这么多盐，我大概已达职业高中的水准。

　　最后还应鸣谢我儿子，要不是他逼得我走投无路，上下求索，捉襟见肘，东当西借，我大概不会胡写乱写。

记于我佛喜楼

2002 年 11 月

ⓒ 陈杰 2016

图书在版编目（CIP）数据

大染坊 / 陈杰著. — 沈阳：万卷出版公司，
2016.9（2024.3重印）
ISBN 978-7-5470-4142-0

Ⅰ.①大… Ⅱ.①陈… Ⅲ.①长篇小说—中国—当代
Ⅳ.①I247.5

中国版本图书馆CIP数据核字（2016）第061784号

出 品 人：王维良
出版发行：北方联合出版传媒（集团）股份有限公司
　　　　　万卷出版公司
　　　　　（地址：沈阳市和平区十一纬路29号　邮编：110003）
印 刷 者：辽宁新华印务有限公司
经 销 者：全国新华书店
幅面尺寸：160mm×235mm
字　　数：600千字
印　　张：30.5
出版时间：2016年9月第1版
印刷时间：2024年3月第12次印刷
责任编辑：史　丹
版式设计：展　志
封面设计：所以设计馆
责任校对：高　辉
ISBN 978-7-5470-4142-0
定　　价：49.80元
联系电话：024-23284090
传　　真：024-23284448

常年法律顾问：王　伟　版权所有　侵权必究　举报电话：024-23284090
如有印装质量问题，请与印刷厂联系。　　　　　　联系电话：024-31255233